독자님들께 깊이 감사드립니다.
박스오피스

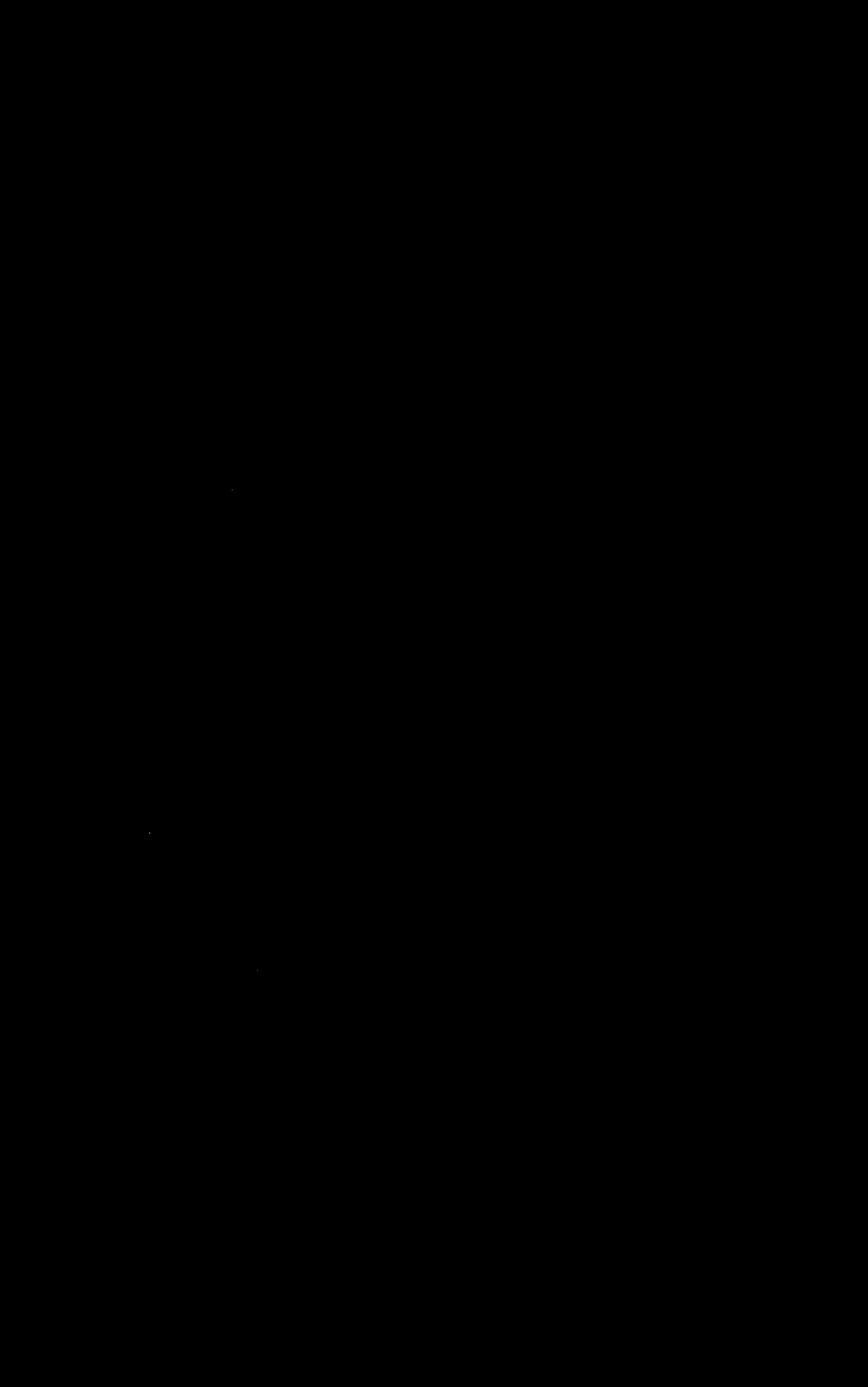

좀비국시록 82-18

8

MOON
PHASE

좀비묵시록 82-08

8

박스오피스

MOON PHASE

8
좀비묵시록 82-08

초판 1쇄 인쇄	2025년 11월 06일
초판 1쇄 발행	2025년 11월 27일
ISBN	979-11-7315-086-9 [04810]

지은이	박스오피스

기획	이하늘
교정·교열	김경희, 윤화리
디자인팀장	공가을
디자인책임	공가을
편집디자인	임은영
타이틀제작	진유성

펴낸이	문상철
펴낸곳	주식회사 바이프로스트
주소	서울시 강남구 선릉로 549, 에본빌딩 3층 (역삼동 694-35)
출판등록	제2020-000007호, 2020년 1월 9일
대표전화	070-8833-7312
전자우편	bifrostkr@gmail.com

이 책은 저작권법의 보호를 받는 저작물로서 무단 복제 및 재배포를 금지합니다.
잘못된 책은 구입처에서 교환하여 드립니다.

BIFROST SERIES

CONTENTS

Chapter 63
나비효과 ··············· 007

Chapter 64
Jet ··············· 068

Chapter 65
가장 뜨거운 날 ··············· 130

Chapter 66
업그레이드 ··············· 217

Chapter 67
손실률 5% ··············· 258

Chapter 68
판도라 ··············· 301

Chapter 69
에너자이저 ··············· 353

Chapter 63
나비효과

01

젠킨스는 테라와 함께 오후의 산책을 하고 있었다. 그에게 이 시간은 너무도 소중한 기쁨으로 승격되었다.

이국의 미소녀와 나란히 걷는다거나, 그녀가 이따금씩 간식을 보상으로 준다는 1차원적인 이유 때문이 아니다.

그는 자신이 널 키드의 생태를 바로 곁에서 지켜보고 있다는 것에서 매 순간 짜릿한 희열을 느꼈다. 그녀와 나누는 대화 내용 한마디, 한마디마저도 최상급의 데이터들이다.

널 키드에 대한 데이터는 아무리 수집해도 부족하다. 극한의 확률로 존재하는 그들이 항체를 형성하고 난 뒤에 어떤 신체적, 정신적 변화를 겪게 되는지 정확하게 알고 있는 사람은 아무도 없다.

'하지만 나는 다르지. 위대한 타일러 젠킨스는 매일의 자료를 이 뛰어난 머릿속에 모두 저장해 두고 있단 말이야.'

젠킨스는 우월감을 느끼며 생각했다. 허락만 된다면 테라를 투명한 재질로 만들어진 방에 가둬 두고, 24시간 내내 곁에서 지켜보고 싶은 마음이다.

식사, 수면, 생리작용...... 살아가는 모든 과정들을 한순간도 놓치지 않고 기록해 두고 싶다. 인형 같은 외모를 가진 그녀가 유리로 된 방에서 살아가는 모습을 상상하는 것만으로도 짜릿하다.

"으흐으~!"

자신의 상상에 깊이 도취한 젠킨스는 가볍게 몸을 떨었다. 조금 거리를 두고 함께 걷던 테라가 이상하다는 눈으로 돌아본다.

"괜찮으세요, 젠킨스 씨?"

"음? 으응, 괜찮아. 갑자기 좀 오싹해져서 그런 거니까 걱정하지 않아도 된다네, 테라 양."

젠킨스는 본심을 감추며 웃었다. 테라는 감정을 읽을 수 없는 그녀 특유의 표정으로 돌아갔다. 아주 살짝 올라간 저 입꼬리가 묘한 밸런스를 유지해 주기 때문에 미소를 짓는 것처럼도 보이고, 걱정을 하는 것처럼도 보인다.

"그래도 다행이에요."

테라의 말에 젠킨스는 어깨를 으쓱했다.

"응? 뭐가?"

"젠킨스 씨, 요 며칠 동안 걷는 게 많이 늘었어요. 숨차 하는 것도 한결 덜하고, 속도도 올라갔고요. 이런 추세로 조금만 더 운동을 하시면 급성 심장마비에 대해서도 크게 걱정하지 않아도 될 것 같아서요."

아...... 그거. 그건 내가 지옥 같은 고통을 이겨 내고 경쟁을 하는 과정 속에서 얻은 부수적 효과지…….

젠킨스는 흉터 남자와의 레이스를 떠올렸다. 그 망할 자식은 이제 너무 빨라져서 이기기 힘든 상태가 되었다. 지능지수를 포기하고 야생의 회복력을 선택한 게 분명하다. 멍청한 짐승.

물론 자신이 질 것 같아졌을 때부터 젠킨스는 더 이상 레이스에 참여하지 않았고, 그래서 아직도 둘 사이의 전적은 젠킨스의 전승으로 남아 있다.

그러니까 흉터 남자가 아무리 죽어라 연습을 해도 자신을 이길 가능성은 제로다. 자신은 그 레이스에 이제 참여해 줄 생각이 없으니까.

무패의 챔피언. 젠킨스는 또 히죽 웃었다.

무패…… 얼마나 아름다운 단어인가.

"아, 사람들 정말 관심이 크네요. 여기 정도면 정말 안전하고 편안한 건데도요."

반대편 내야석에 모여 있는 사람들을 보며 테라가 혼잣말을 중얼거린다. 젠킨스도 관심을 보이며 물었다.

"그래, 저 구역 말이야…… 나도 궁금했어. 어제부터 영 혼잡하더군. 무슨 말을 하는 건지는 몰라도 사람들이 모여서 웅성거리고…… 이 스타디움의 전체적인 분위기도 뭔가 들떠 있어. 대체 무슨 일이 벌어지고 있는 건가, 테라 양? 장내 스피커로 줄기차게 떠들어 대던 것과 무슨 연관이 있나?"

"저기…… 저 깔끔하게 양복 입은 사람들 보이시나요? 만남의 벽 왼쪽에 서 있는 사람들이요."

테라가 가리킨 곳에는 남색 양복을 입은 일단의 남녀들이 사람들에게 둘러싸여 있다. 정말로 깔끔한 옷차림이어서, 이 쉘터의 수용자들과 한눈에도 구분이 된다.

그들은 옆에 쌓아 둔 커다란 박스에서 뭔가를 꺼내 사람들에게 나눠 주며 길게 설명을 하는 중이었다.

"뭘 주는 거지? 먹을 건가? 간식?"

젠킨스가 목을 길게 빼며 물었다. 테라는 고개를 저었다.

"팸플릿이에요. 남부 지방의 민간 수용 시설을 홍보하는 팸플릿. 여기 쉘터가 너무 붐비고 거주 환경이 열악하기 때문에 태양 그룹에서 분산 수용을 해 준다고 하네요. 더 쾌적한 주거 환경에 음식까지 보장한다고…… 장내 방송은 그걸 알려 주는 거고요."

"타이양? 민간 기업이라고? 이런 때에?"

젠킨스는 눈을 똥그랗게 뜨고 물었다. 이 세상에 어떤 자본도 회수가 불투명한 곳에 투자하지 않는다. 그리고 좀비들이 지배하고 있는 지금, 미래는 그 어느 때보다도 예측이 어려워졌다.

그런데 민간 기업이 자신들이 소유한 재화를 사용하겠다고? 웃기시는군…….

젠킨스는 고개를 저었다. 둘 중에 하나다. 뭔가 엄청난 것을 정부로부터 약속받았거나, 아니면 뭔가 대단히 구린 일을 꾀하고 있거나.

"그런데 테라 양은 왜 가서 설명을 듣지 않는 거지? 쾌적한 주거 환경이 싫은가? 아, 알겠다. 거기로 옮겨 가 버리면 이 타일러 젠킨스의 얼굴을 더 이상 볼 수 없을 테니까?"

젠킨스는 일부러 테라를 떠봤다. 물론 그녀가 정말로 이동하겠다고 하면 당연히 가능한 모든 수를 동원해서 말릴 것이다. 소중한 널 키드를 그렇게 포기할 수는 없다. 그녀는 자신의 것이다.

그녀를 차지하는 대가가 자신의 남은 수명 중 절반이라고 해도 젠킨스는 기꺼이 내놓을 준비가 되어 있다. 테라는 무표정한 얼굴로 고개를 젓는다.

"안 가요. 저는 저 회사 안 좋아해요."

브라보~.

젠킨스는 마음속으로 만세를 불렀다. 그녀가 타이양을 싫어하게 된 이유는 모르겠지만, 그로서는 그저 감사할 따름이다.

하지만 아직 안심하기는 이르다. 이 또래 소녀들의 마음이란 고양이의 눈보다도 더 변화무쌍한 법이니까.

젠킨스는 저 망할 민간 기업이 언제 유혹의 손짓을 거두고 떠나 버릴 것인지 알고 싶었다.

"그래, 이주는 언제 시작해서 며칠 동안이나 진행한다는 건지 혹시 알고 있나?"

네, 테라가 고개를 끄덕였다.

"오늘 오후 늦게부터 1차 이동이 시작될 거래요. 그래서 다들 저렇게 만남의 벽에 자기 행선지를 써 붙이고 있는 거예요."

같은 시각, 문 대위와 오 중령은 여단장인 김 준장을 기다리고 있었다.

"자네, 안색이 왜 그래? 어제 못 잤나?"

오 중령이 문 대위에게 속삭여 물었다.

"건대 쉘터로부터 부사관 사망 사고 보고를 받아서 그걸 걱정하고 있었습니다."

문 대위는 멋쩍은 표정을 지으며 대답했다. 살인 사건이라는 말은 하지 않았다. 김 중사의 보고에 의하면 증인이 많다지만, 아직 판단을 내리기에는 미심쩍은 부분이 너무 많다.

이 원사님이…… 누군가에게 원한을 사서 목숨을 잃었다는 것이 도무지 이해가 가지 않는다. 게다가 그 범인이 강 소위와 고 하사라니.

"그래? 언제?"

"그제 밤에서 어제 새벽으로 넘어가는 시간에 사고가 났다고 합니다."

음, 오 중령은 대수롭지 않다는 듯 고개를 끄덕였다.

"죽은 사람들한테는 미안한 이야기지만, 그런가 보다 하고 잊어버려. 이것도 엄연한 전쟁인데, 전쟁을 하면서 전사자가 나오지 않기를 바랄 수는 없지. 자네는 그런 일들에 너무 신경을 쓰는 경향이 있어. 전사자 한 명이 나올 때마다 일일이 속상해서 머리 싸매고 그럴 수는 없잖은가. 건대에서는 지금까지 몇 명이나 전사했지?"

"위탁받은 수감자 사망 사고가 한 번 있었고, 병력 사망은 이번이 처음입니다."

문 대위의 말을 들은 오 중령은 입을 떡 벌렸다. 매일 좀비들의 습격을 격퇴하고 그 사이에는 진지 구축 공사를 하는데 이번이 첫 전사자라고?

이건 뭐 괴물도 아니고…… 지휘를 어떻게 하면 그런 일이 가능한 거지?

단순히 '운이 좋았다'고 치부하기에는 다른 쉘터들과 너무 비교가 된다. 그 자신만 해도 언제부터인가 더 이상 잠실의 사상자 수를 헤아리지 않고 있었다. 오 중령은 가볍게 한숨을 내쉬면서 자신의 부하 장교를 칭찬했다.

"훌륭해! 첫 사상자라…… 그것도 또 나름대로 아프겠구만."

"부끄럽지만, 마음이 영 편치가 않습니다. 제가 책임을 다하지 못하고 자리를 비운 대가를 치르는 건가 하는 기분도 들고요."

문 대위는 진심으로 대답했다. 떠나기 전에 봤던 이 원사의 얼굴이 자꾸 어른거린다. 그의 대대장이 허락만 해 준다면 잠시 건대로 복귀해 무슨 일인지 조사해 보고 싶은 마음이다. 하지만 오 중령은 애초부터 그런 가능성을 차단했다.

"에헤이! 쓸데없는 소리! 몇만의 생명이 걸려 있는 판국에 뭔 소리야? 지금 자네 임무는 만반의 준비를 갖추고 대기하다가 여단장님께서 '야, 뭐 다른 방안이 없냐?'고 말씀하실 때 척 나서서 청산유수로다가 보고를 올리는 거라고. 그걸 잊지 말아, 알겠어?"

"네, 명심하겠습니다."

문 대위가 고개를 끄덕이자 오 중령은 목소리를 낮추며 말을 이었다.

"기회가 오더라도 딱 한 번 있는 거야. 그러니까 잘해야 돼. 여단장님 성격 알잖아? 응?"

'응?'이라는 물음 뒤에 생략된 표현을 문 대위는 알고 있다.

'또라이.'

김 준장은 결코 나쁜 사람이 아니지만, 아니, 좋은 사람 편에 훨씬 더 많이 속해 있지만, 가끔 남들과 다른 지점에서 폭발하곤 한다. 그리고 일단 성질이 나면 그 고집을 꺾을 수도 없다.

그 대단한 고집과 강단의 결과물이 바로 이 잠실 쉘터와 수만의 생존자들이다. 굳이 말하자면, '착한 또라이'랄까.

"야, 너희들 기다리고 있었구나. 오래 기다렸겠다. 쉬어, 편히 쉬어. 더운데 힘들었지? 요새 날씨가 무지하게 덥다고. 올해는 좀 유난스러워. 근 몇 년은 그렇게 더운지 모르고 지나갔었는데…… 응, 올해는 덥다고."

잠시 후, 김 준장이 참모들과 함께 방문을 나선다. 문 대위를 비롯한 장교들이 일제히 경례하자 바짝 마른 김 준장은 손을 내저으며 낮은 목소리로 웅얼거렸다.

 알아듣기 어려울 정도의 크기로 비슷한 말을 쉼 없이 반복해서 떠든다. 얼핏 들으면 살짝 미친 사람의 넋두리 같지만, 그게 그의 말버릇이다.

 "헬기 왔나? 태양 그룹 헬기, 지금쯤 온다고 했었는데."

 김 준장이 물었다. 복도에서 대기하고 있던 부하 장교 하나가 나서서 대답했다.

 "네. 조금 전 외부 주차장에 도착했습니다. 그런데 여단장님께서 이렇게 직접 환송하지 않으셔도……."

 "아니지, 그게 아니야. 지금까지 여기 민간인들 다 내가 책임지고 보호하고 있었던 거잖아. 근데 오늘부로 옮겨 가는 거라고. 그러니까 내가 얼굴을 내미는 게 맞지. 건강하게 잘 지내시라 인사 정도는 하는 게 맞잖아. 그게 보급만 제대로 됐어도 이렇게 외부로 분산 수용 하지는 않았을 건데. 하~ 미친 새끼들, 뭐 한다고 편 가르기나 하고…… 어디서 못된 것만 배워서…… 그 지랄 떠느라 보급이 안 오니까 이게 뭐야……. 어쨌든 그래. 내가 인사 정도는 하는 게 경우에 맞아. 그렇지, 오 중령?"

 김 준장은 오 중령에게 시선을 돌리며 물었다.

 "지당하신 말씀입니다!"

 오 중령은 깍듯하게 대답을 했다.

 음~ 김 준장은 고개를 끄덕이며 날카로운 콧날을 신경질적으로 문질렀다. 뭔가 고민이 있으면 항상 저 버릇을 하며 혼자 넋두리를 한다.

 "쯧, 남부 지방이니까 여기보다는 낫겠지? 음, 그래. 아무래도 서울보다는 나을 거라고. 그래도 거기는 시스템이 좀 유지돼서 돌아가는 중이라니까 지내기가 거기가 더 안전할 거야. 남부 지방…… 거기가 진짜 안전하기는 한가? 내가 직접 가 보면 확실할 텐데, 그럴 여건은 안 되고……. 응, 여건이 안 돼. 뭐, 대기업이 그런 걸로 거짓말하지는 않겠지. 거기서 공장도 돌리고 다 하니까. 여섯 군데인가로 분산 수용을 한다고 하더라고. 여섯 군데가…… 어디 어디더라? 일단 부산이 있고…… 거제가 있고, 부산, 에…… 포항하고, 부산이랑……."

야구장 쪽으로 걸어가는 동안에 김 준장은 계속 콧날을 쓰다듬으며 심각한 표정으로 중얼거린다. 대체 부산을 몇 번이나 더 읊으려는 건지 모르겠다.

하지만 부하 장교들은 다들 가만히 듣고 있었다. 별것 아닌 일을 지적했다가 공연히 성질나게 할 필요는 없으니까.

02

"으으으~ 어이구."

의무실로 향하는 복도를 걷는 동안에 이미 민구의 귀는 신음 소리로 가득 채워졌다. 민구는 문을 열고 들어섰다. 언제나 그랬듯이 의무실 안에서는 수많은 젊은 군인들이 사경을 헤매는 중이었다.

울부짖고, 앓고, 누군가를 원망하거나 갈망한다. 비어 있는 침대가 거의 보이지 않을 만큼 여전히 붐빈다. 후끈거리는 열기와 알코올 냄새, 그리고 피 묻은 시트…….

여기는 잠실 쉘터 전체에서 죽음이 가장 가까운 곳이다.

민구는 입구에 가만히 서서 의사나 의무병을 기다렸다.

잠시 후, 지친 기색이 역력한 의사가 다가와 한 손으로 허리를 짚고 선다. 밤톨과 함께 여기를 찾았던 첫날, 걸을 수 있으면 입원이 안 된다고 말했던 그 의사다.

"이거 받으러 왔습니다."

그가 용건을 물어보기도 전에 민구는 다 쓴 붕대 심과 소독약 통을 내놓았다. 의사가 소독약 통을 보면서 미간을 찌푸린다.

무슨 환자였는지 기억하지 못하는 모양이다. 당연하다. 저렇게 죽어 나가는 사람들이 많은데…….

민구는 말없이 지퍼를 내리고 옆구리의 총상을 내보였다. 이렇게 설명해 주는 편이 훨씬 빠르다. 의사는 대번에 고개를 끄덕인다.

"음, 기억난다. 전에 그 양반이시구만. 근데 왜 붕대만 달라고 했어요? 진통제는? 그것도 다 떨어졌을 텐데."

"진통제는 안 먹습니다. 머리가 맑지 않아서."

"허!"

의사는 가벼운 탄성을 지르고는 다시 민구의 상처를 살폈다. 꽤 아물었다고는 해도 여전히 지독한 부상이다.

살덩어리가 날아가고 그걸 또 칼로 지졌다면서 약 없이 버틴다고?

"독한 양반이네. 그럼 여기는 어때요? 전에 비해서 좀 낫습니까?"

의사는 금이 간 민구의 갈비뼈 주변을 살짝 누른다. 까맣게 물들었던 멍도 꽤나 풀렸다. 민구는 별 표정 변화 없이 고개를 끄덕였다.

그 정도는 그냥 결리는 느낌뿐이다. 누군가 작정을 하고 후려치는 것만 아니라면, 갈비뼈의 고통 때문에 움직이지 못할 일은 없을 것 같다. 물론 완전히 붙으려면 아직도 꽤나 긴 시간이 필요하겠지만…….

"앞으로도 운동 꾸준히 하세요. 너무 무리는 하지 마시고."

붕대와 소독약을 건네주며 의사가 말했다. 민구는 그러겠다고 대답한 뒤 의무실을 나섰다.

저 안에서 어린 병사들의 신음을 듣고 있으면…… 괴롭다.

"우습구나. 평생 남 비명 지르게 하는 재주로 먹고살아 온 주제에……."

민구는 씁쓸하게 중얼거렸다. 7월 14일에 저질렀던 일의 여파는 너무도 크다. 시간이 갈수록 점점 실감이 되면서 그의 가슴속을 묵직하게 만든다.

의무실을 나와 자신의 돗자리가 깔린 곳까지 야구장을 한 바퀴 빙 돌던 민구는 한 무더기의 인파와 만났다.

꽤나 많은 사람들이 들뜬 표정으로 걸어오고 있다. 행렬의 맨 앞에서는 깔끔한 남색 양복을 입은 젊은 남녀가 손을 흔들면서 지시를 하고 있었다.

"자! 여기 좀 보실게요! 이제부터 두 줄로 서 주세요! 조금만 협조해 주시면 더 편안하고 안전하게 이동하실 수 있으세요!"

사람들은 웅성거리며 줄을 만든다. 민구는 그들과 부딪치고 싶지 않아 벽에 기대어 섰다. 아직은 팔꿈치만 세게 스쳐도 숨이 턱턱 막힌다.

'뭐지?'

민구는 낯선 남색 양복들을 빤히 쳐다봤다. 쉘터 수용자들의 더러운 트레이닝복들 사이에서 그들의 깔끔한 양복은 단연 돋보였다.

"줄 다 서셨나요? 거기 어머니, 세 분이 서 계시네요. 뒤로 좀 가 주세요. 네에~ 감사합니다. 여러분! 한 번 더 안내해 드릴게요! 지금 야구장 밖으로 나가실 건데요, 나가시면 저희 헬리콥터가 대기하고 있으실 거예요. 그러면 그걸 타시고 인천까지 가셨다가 거기에서 대형 여객선으로 모실 거예요. 총 여행 시간은 여섯 시간 정도가 소요되실 거예요."

남색 양복을 입은 여자가 떠들어 댄다. 말본새가 딱 사기꾼 약장수 같은 느낌이다. 그런데도 사람들은 웃으며 환호한다. 다들 잠실에서의 생활이 어지간히 지겨워져서 뭔가 새로운 자극을 원하고 있는 사람들이었다.

그들의 손에 꼭 쥐어진 팸플릿에는 제법 그럴듯한 조립식 주택들이 줄지어 들어선 그림이 그려져 있다. 북적거리고, 덥고, 사생활이 도무지 없는 이곳을 떠나 훨씬 더 나은 곳으로 간다고 믿고 있는 것이다.

"헬리콥터래. 나 한 번도 타 본 적 없는데……."

"그러게. 나도 마찬가지야. 후후후, 아들, 너도 좋지?"

중간에 선 여자들이 들뜬 목소리로 대화를 나눈다. 꺅꺅꺅, 귀에 익은 아기 목소리도 한몫 거들었다. 민구의 시선이 자연스레 그쪽으로 향한다.

'저건…… 그때의 그 보따리 같은 놈이군.'

테라의 심부름으로 주스를 가져다줬던 꼬마다. 녀석의 엄마는 테라가 이별 선물로 준 게 분명한, 커다란 과자 봉지를 안고 있다.

"쥬쯔! 쥬쯔! 흐으~."

민구를 알아본 꼬마가 알은체를 하며 몸을 흔든다.

'그런가. 이 녀석도 어디론가 옮겨 가는구나…….'

민구는 고개를 끄덕였다. 하긴 애를 데리고 있으니까 더 나은 환경을 찾고 싶기도 할 테지.

잠시 후, 야구장 외부에서 건장한 남자가 넷 들어왔다. 민구의 눈이 커진다. 본 적이 있는 유니폼이다. 온통 검은색 군복과 장비로 깔 맞춤을 해서 얼핏 보면 군인으로 오해하기 딱 좋은 복장.

예전에 그가 병원 옥상에서 만났던 놈들과 한패다. 구조대랍시고 사람들을 데려가던 생양아치 새끼들.

'이 새끼들이 여길 왜 기웃거리지?'

민구는 검은 군복들을 노려봤다. 남색 양복들이 검은 군복들에게 다가가 귓속말을 주고받는다.

저 개새끼들, 한패였나……. 그럼 이 요란한 짓들이 다 새빨간 거짓말이라고?

민구는 어처구니가 없었다. 옥상에서 총을 맞고 죽어 가던 놈이 숨을 헐떡거리며 털어놓았던 이야기를 그는 아직도 또렷하게 기억하고 있다.

— 구조 같은 게 아니에요……. 사람들을 데리고 가서 좀비 밥으로 줍니다. 좀비 예방약을 만들기 위한 실험이라서.

그 이야기를 들었을 때, 태양 그룹 같은 양아치들이라면 충분히 그러고도 남을 거라 생각했었다. 철거를 할 때도 용역으로 투입된 만배파보다 그놈들이 더 악질이었다.

'그럼 이 사람들은…….'

민구는 두 줄로 서서 해맑게 웃으며 남색 양복의 말을 경청하고 있는 사람들을 돌아봤다. 이 사람들은 죽으러 가기 위해서 이렇게 길게 줄을 서고 있는 셈이다. 이게 무슨 개같은 일인가.

"아찌! 아찌! 쥬쯔!"

그때, 그 꼬마가 민구를 불렀다. 녀석은 제가 먹던 주스 팩을 흔들며 헤, 하고 웃는다. 녀석의 볼과 작은 입술을 홀린 듯 바라보던 민구는 아이 엄마 쪽으로 시선을 돌렸다.

그녀는 들뜬 표정으로 옆의 여자와 이야기를 나누고 있었다. 옆의 여자 역시 아이를 데리고 있다.

둘 다 별 대단할 것도 없는 평범한 여자들이다. 그 평범한 여자들이 저렇게 작고 약한 자식들을 지금까지 용케 지켜 내 왔다. 그런데 지금 그녀들이 자식과 함께 죽음이 기다리는 곳으로 가려 하고 있다. 얄팍한 거짓말에 속아서…….

"아…… 젠장."

민구는 머리를 긁적였다. 자신의 안위와 무관한 타인의 일에 끼어드는 건 그의 스타일이 아니다. 어지간해서는 잔소리 같은 것도 하지 않는다. 말 그대로 남이니까 정 성질에 거슬리면 두드려 패는 편이 차라리 편하다.

하지만…… 테라 때문에 저 꼬마 놈과 인연이 생겨 버렸다. 한 번 정도는 위험하다고 말해 줘야 할 그놈의 의리가…….

"후우~."

줄 서 있는 사람들에게 다가가며 민구는 한숨을 내쉬었다. 아직 이렇게 나설 수 있는 몸 상태가 아닌데…… 그 바짝 마른 계집애랑 얽히면 꼭 이렇게 자신답지 않은 짓을 하게 된다.

"아, 뭐야? 왜 밀어요? 사람 서 있잖아요!"

민구가 줄을 밀치며 앞으로 나가자 사람들이 투덜거린다. 민구는 신경 쓰지 않고 전진했다.

"지나갑시다!"

처음엔 불만스러운 표정으로 돌아보던 사람들도 그의 얼굴을 보고 나서는 순순히 길을 터 줬다.

저 커다란 흉터와 사나운 눈빛.

별로 시비를 벌이고 싶지 않은 인간이다.

행렬의 중간에 도착한 민구는 아이 엄마의 손을 턱 잡았다. 여자는 기겁을 한다.

"헉! 왜 이러세요?"

"가지 마쇼. 이놈들 말한 거 다 거짓말이야. 가면 죽는 거요."

"네에? 뭐야? 이 사람, 왜 이래? 좀 놔줘요!"

여자는 엉덩이를 뒤로 빼고 사정을 한다. 일행들이 물었다.

"누구야? 아는 사람이야?"

"아니, 몰라……."

그러자 여자들이 한목소리로 놔주라고 소리를 질러 댄다. 그러거나 말거나 민구는 꼬마 엄마의 눈만 똑바로 보면서 다시 한번 설득했다.

"따라가면 죽는다고. 생각해 보시오, 저것들이 왜 당신들을 데려다가 공짜로 호의호식시키겠소? 이전에는 모든 걸 돈 받고 팔았었는데 갑자기 천사가 되었나? 그럴 리가 없잖소. 조금만 생각해 보면 수상한 소리라는 걸 알 텐데."

꼬마 엄마의 표정이 미묘하게 바뀌었다. 여전히 두려움에 빠져 있지만, 그래도 뭔가 의심할 여지가 있다고는 생각하는 것 같다. 그런데 주변의 여자들 중 하나가 민구를 향해 손가락질을 했다.

"나 이 사람 알아! 매일 비틀거리면서 야구장 안을 빙글빙글 돌아다니는 사람이야! 끝까지 걸어갔다가 벽 치고 돌아오고, 또 이쪽 벽 치고 돌고 그러더라고."

"맞아, 나도 봤던 거 같아……. 정상이 아니었구나. 살짝 돌았나 보다."

여자들은 순식간에 민구를 미친놈으로 만들어 버렸다. 민구는 난감해졌다. 이래서야 말발이 먹혀들 리가 없다. 양복 입은 대기업 직원과 트레이닝복을 입은 미친놈, 둘 중 누구의 말을 더 신뢰할지는 뻔한 일이었다.

'젠장, 이래서 슈트를 입고 다녀야 하는 건데…….'

민구가 혀를 차고 있을 때, 남색 양복을 입은 남자가 사람들 사이를 헤집고 다가왔다. 그의 곁에는 검은 군복 하나가 바짝 붙어 있다.

"선생님, 줄을 서셔야 해요. 안 그러시면 같이 못 가십니다."

"개수작 그만하고 꺼져! 이 사람들 안 가!"

민구는 놈을 밀어냈다.

허! 남색 양복이 어처구니없다는 듯 웃으며 민구를 되레 밀치려 든다.

"이 아저씨 이상한 분이네…… 아야! 아으윽!."

공격을 피한 민구는 놈의 머리카락을 움켜쥐고 뒤로 꺾었다.

"실험이 그렇게 하고 싶으면 네 몸뚱이부터 쓰면 되잖아. 애꿎은 사람들 끌어들이지 말고."

"뭔 소리야! 이 미친 새끼가! 아! 아야야!"

'실험'이라는 말에 발끈하고 본색을 드러내던 남색 양복이 비명을 지른다. 민구는 놈의 머리카락을 쥐고 흔들다가 바닥에 내동댕이쳐 버렸다.

싸움이 일어나자 주변의 사람들은 소란을 떨며 뒤로 물러났다. 손이 자유로워진 꼬마 엄마도 아이를 꼭 껴안고 사람들 틈으로 숨어 버렸다. 민구는 그녀를 따라가며 소리쳤다.

"이 새끼들이 당신들을 왜 데려가려는지 압니까? 괴물들 밥으로 던져 주고 실험을 한단 말이오! 약을 만들려고!"

"좀 닥쳐! 이 미친 새끼야! 어디서 정신 나간 소리를!"

당황한 검은 군복이 달려든다. 민구는 손바닥으로 녀석의 턱을 올려 치고, 곧바로 팔을 돌려 사타구니를 후려갈겼다. 검은 군복은 거품을 물고 바닥에 쓰러졌다. 티는 내지 않았지만, 그 정도의 힘을 쓰는 것만으로도 민구 역시 옆구리가 욱신거린다.

"이 미친 새끼가!"

남아 있는 검은 군복들 중 둘이 곤봉을 빼 들려 하자, 가운데 서 있던 놈이 둘을 제지하며 나섰다.

"너, 너, 너희들은 빠, 빠져. 저, 저건 내가 처, 처리한다."

민구는 자신을 향해 다가오는 검은 군복을 노려보았다. 걸음걸이만 봐도 제법 실력이 있는 놈이라는 걸 알 수 있었다.

꽤나 빠르겠군. 주먹도 묵직하겠어. 호기롭게 혼자 나설 만해…….

민구는 검은 군복의 검게 그을린 얼굴을 보며 생각했다. 그로서는 그다지 반가운 소식이 아니었다.

"왜 이럽니까, 시끄럽게? 무슨 일 났어요?"

소란스러워진 상황을 보고 병사 하나가 다가왔다. 그런데 하필이면 대민 지원 센터에 있던, 그 낙타 닮은 놈이다.

사람들로부터 설명을 듣던 낙타는 이내 민구를 알아보았다. 하긴 그의 커다란 흉터는 어지간해서는 잊기 어려운 특징이기는 하다.

"저 인간은 혼 좀 나야 됩니다. 버릇 좀 고쳐 주세요. 아주 질이 안 좋은 깡패 새끼예요."

낙타는 팔짱을 낀 채 뒤로 물러섰다. 군인의 개입에 잠시 멈칫했던 메이저는 당당히 허락을 받고 나서 다시 민구를 향해 걸음을 뗐다.

민구는 두 팔을 축 늘어뜨린 채 가만히 서 있었다. 그의 눈은 메이저의 전술 조끼에 부착된 대검에 꽂혀 있다.

"뒤, 뒤늦게 거, 거, 겁이 났나 보네. 그, 그러게 왜 마, 마, 말썽을 피, 피워."

메이저는 가식적인 웃음을 지으며 거리를 좁혀 온다. 그가 볼 때 이 흉터 남자는 그리 대단하지 않은 인간이었다. 힘도 부족하고, 몸의 균형도 어딘가 엉망이다.

제법 주먹이 빠르기는 했지만, 어디까지나 아마추어 레벨의 움직임이다.

메이저의 계획은 간단했다. 먼저 이 미치광이를 슬쩍 위협하는 척해서 놈이 먼저 공격하도록 만든다. 그래서 놈이 덤벼들면 그 공격하는 팔의 관절을 꺾어 제압한다.

그리고 놈에게 지속적으로 고통을 주면서 사람들에게 민간 수용소의 치안이 얼마나 안전할지에 대해 알린다.

물론 그의 성질대로라면 이 미치광이 놈의 얼굴을 곤죽이 될 때까지 두들겨 패도 시원치 않겠지만, 사람들 앞에서 그렇게 난폭한 모습을 보여 줄 수는 없다.

여기에서 쌓인 스트레스는 태양 그룹 본사 내 자신의 방으로 돌아가 계집년들에게 풀면 된다. 때리기 좋도록 수갑으로 묶어 놓은 계집년들.

민구는 왼손을 쓸 생각이었다. 옆구리에 힘이 들어가지 않아 제대로 휘두를 수 없는 오른손보다는, 갈비뼈가 욱신거리더라도 왼손 쪽이 낫다.

"이, 이, 이리 와! 시, 시끄럽게 굴지 말고!"

메이저가 민구의 팔을 향해 손을 뻗었다. 민구는 그 손을 피해 놈의 콧잔등에 왼손 잽을 빠르게 꽂아 넣었다.

팟―.

정확하게 들어간 공격이었다. 메이저가 움찔하며 황급히 뒤로 피했지만, 코끝에서 날카로운 통증이 찡, 하고 전해진다. 메이저의 눈이 커진다.

이놈, 조금 전에 섀도 실드 요원을 때릴 때 최선을 다한 게 아니었나…….

"음?"

이상한 기운을 느낀 메이저가 자신의 코를 쓰다듬는다. 붉은 피가 가죽 장갑에 묻어 나왔다.

주르륵, 흘러내린 코피가 입술까지 타고 흐르며 비릿한 피 맛을 전한다.

"네가 대장이냐? 근데 어째 영 시원치가 않다?"

주먹을 적중시킨 민구가 비아냥거렸다. 메이저는 대답하지 않았다.

아~ 씨! 이게 대체 무슨 개망신이지? 대원들 보고 있는 앞에서 저렇게 비리비리한 놈에게…….

코피를 훔쳐 낸 메이저의 눈에 살기가 어린다. 그러거나 말거나 민구는 깔보는 듯한 표정으로 말했다.

"창피해하지 마라. 애초에 너 같은 놈이 넘볼 수준이 아니야."

의도적인 도발이었다. 놈이 이성을 잃고 미친 듯이 폭력을 휘두르기를 바랐다. 그래야 따라가려던 사람들이 정나미가 떨어질 테니까.

"하하하! 미, 미, 미쳤구나."

메이저는 민망함을 감추기 위해 호탕하게 웃었다. 그러고는 웃음소리가 그치기도 전에 재빨리 앞으로 튀어 나갔다. 조금 전의 잽을 날릴 때에도 이놈의 발은 땅에 그대로 붙어 있었다.

이유는 모르겠지만, 빠른 주먹에 비해 풋워크가 엉망이다. 발을 쓸 줄 모르는 놈을 잡는 건 어렵지 않다.

"아니지!"

민구의 왼손 잽이 가드 사이를 비집고 날아와 메이저의 눈두덩을 때린다. 메이저의 눈앞에서는 불이 번쩍 튀었다.

두 대째. 구경하던 사람들의 술렁임이 커졌다. 뒤로 물러난 메이저는 빠득, 이를 갈았다. 폭력적으로 보일 것 같아서 발은 쓰지 않으려 했는데, 이제는 부득이하게 몇 대 차 줘야 할 것 같다.

파악―.

메이저는 거리를 유지한 채 주먹으로 한 번 페이크를 쓰고 로우 킥을 날렸다.

'홋, 내가 그따위 유치한 속임수에 걸릴 사람처럼 보이냐……'

민구는 왼쪽 다리를 들어 올려 가볍게 피하려고 했다. 그런데 총 맞은 오른쪽 옆구리에 힘이 들어가지 않으면서 몸이 비틀댄다.

빠악!

메이저의 로우 킥은 살짝 들린 민구의 발목에 적중했다.

"윗!"

타격을 받은 민구의 몸이 중심을 잃고 흔들렸다. 메이저는 그 틈을 놓치지 않고 달려들었다.

뻐억!

메이저의 오른 주먹이 민구의 턱을 때린다. 민구는 재빨리 고개를 틀었지만, 온전히 피하지는 못했다. 미칠 노릇이었다. 이렇게 빤히 다 보이는데 몸이 따라 주지 않아서 피하지를 못하다니…….

휘익―.

턱이 돌아가는 상황에서도 그 회전의 기세를 실어 민구는 왼 팔꿈치로 놈의 관자놀이를 노렸다. 하지만 허리가 온전히 돌아가 주지를 않는다. 팔꿈치 공격은 녀석의 눈썹을 스치며 무산되었다.

젠장, 한쪽 옆구리의 근육이 없다는 게 어지간히도 많은 제약이 된다.

"자, 자, 잡았다! 가, 가만있어! 파, 파, 파, 팔 부러져!"

비틀거리는 민구의 왼쪽 어깨와 팔을 움켜쥔 메이저가 기쁨의 탄성을 질렀다.

그는 관절을 꺾으려 하고, 민구는 버티는 대치 상황. 이쯤에서 메이저가 더 주먹을 쓰지 않고 이 싸움이 봉합되면 당연히 놈이 돋보이는 그림이 된다. 말썽을 부리던 또라이가 사설 경비 업체 직원에 의해 제압되는 그림.

그건 곤란하다. 때깔 좋은 옷으로 가리고 있지만, 이 새끼들의 맨얼굴이 실제로는 얼마나 상스러운 양아치인지 사람들도 알아야 한다.

"야, 너희 애들 강서병원 옥상에서 세 명 죽였던 거 알아?"

민구는 어깨가 반대로 꺾이지 않도록 용을 쓰면서 메이저에게만 들리도록 말을 걸었다. 세 명이라는 구체적인 숫자가 메이저의 관심을 끌었다.

놈의 표정이 변하는 걸 확인한 민구는 도발을 계속했다.

"그거…… 내가 한 짓이야. 칼로 스윽~! 한 놈씩, 한 놈씩…… 아주 천천히 목을 따 줬지. 마지막 놈은 존나게 징징 짜더라. 살려 달라고…… 윽!"

분노한 메이저가 민구의 옆구리를 무릎으로 찍는다. 금이 간 갈비뼈가 아니라서 다행이지만, 그래도 눈앞이 캄캄해질 만큼 고통스럽다.

후우~ 후우~.

민구가 콱 막힌 숨을 억지로 내쉬려 애쓸 때, 메이저는 그의 어깨를 한 번 더 세게 당겼다. 그러고는 고통스러워하는 민구의 귀에 대고 속삭였다.

"개새끼야, 너, 너한테도 또, 또, 똑같이 해 줄게. 데려가서 꺼, 꺼, 껍데기를 까, 까 주마."

이걸 기다렸다. 놈이 귓속말로 마주 도발하기 위해 바짝 다가오는 순간을…….

민구는 놈에게 안기다시피 하며 체중을 실었다. 그와 동시에 재빨리 오른손을 뻗어 아까부터 눈여겨봐 왔던 놈의 대검을 잡아 뺐다.

메이저가 낌새를 알아채고 몸을 뒤로 빼려 했지만, 민구가 칼을 훔치는 게 더 빨랐다.

쉭—!

민구가 내리그은 대검의 날 끝이 메이저의 겨드랑이 부근을 지났다. 하지만 얕다.

젠장, 힘줄 정도는 끊으려고 했는데…….

회심의 일격을 실패한 민구는 혀를 찼다. 역시 지금 몸 상태로 이런 동작들은 무리인 모양이다.

"이, 이, 이런 개새끼가! 가, 가, 감히 누, 누구한테!"

겨드랑이에 실낱같은 상처를 입은 메이저가 분통을 터뜨리며 민구의 등짝을 걷어찬다.

윽! 민구는 휘청거리며 쓰러졌다.

땡그렁—.

놓친 대검이 바닥에 뒹군다. 이제 신나게 두들겨 맞을 일만 남았다. 애초부터 그렇게 되고 싶어서 도발했던 것이긴 하지만, 저놈에게도 뭔가 치명적인 피해를 입히지 못한 건 영 아쉽다.

젠장, 그랬어야 본전 생각이 나지 않는 건데…….

옆으로 쓰러진 민구는 메이저를 노려보며 두 팔과 무릎으로 옆구리와 갈비뼈를 감쌌다. 채 준비를 끝마치기도 전에 제2타가, 제3타가 날아왔다.

"봐, 봐, 봤지? 이, 이 새끼가 카, 카, 칼 휘두르는 거?"

주변을 가득 메운 구경꾼들에게 메이저가 외쳤다. 자신에게 정당성이 있다는 걸 확인받고 싶어서였다.

"주, 주, 죽어! 죽어!"

다시 민구 쪽으로 고개를 돌린 메이저는 닥치는 대로 걷어차고 밟았다.

이 별것도 아닌 개새끼 때문에 하마터면 큰 부상을 입을 뻔했다는 게 너무 화가 난다. 비록 찰나이긴 해도 심장이 오싹했다는 것 역시 그를 분노하게 만들었다.

"끅! 윽…… 끅!"

민구는 비명을 삼키면서 놈의 발길질을 고스란히 받았다. 갈비뼈가 터지는 것같이 고통스럽다.

그 새끼…… 참 모질게도 찬다.

요령 없는 놈이 맞았더라면 벌써 죽었을 것이다.

젠장, 이럴 줄 알았으면 처음에 코 말고 눈알을 노리는 거였는데…….

민구는 찌릿찌릿하게 전신을 울리는 통증을 꾹 참았다.

"이제 그만 때려요! 정신도 온전하지 않은 사람을! 그러다가 죽겠어요. 군인아저씨! 아저씨도 좀 말려요!"

꼬마의 엄마가 끼어든 것은 민구가 예상하지 못한 일이었다. 그녀는 아이를 다른 여자에게 맡기고 뛰어와 메이저의 팔을 잡았다.

낙타는 말리지 않았다. 자신에게 대들던 깡패 새끼가 초주검이 되도록 밟히는데, 그 좋은 구경을 끊고 싶은 생각은 없다.

"응?"

피와 폭력 때문에 잔뜩 흥분해 있던 메이저는 반사적으로 자신을 방해하는 여자의 머리채를 움켜쥐었다. 평소 자신의 방에서 여자들을 대하던 버릇이 고스란히 튀어나온 것이다.

"아악! 왜 이래요?"

여자의 비명을 들은 메이저는 숨을 헐떡거리면서 그녀를 내동댕이쳤다. 바닥에 얼굴을 짓찧은 꼬마 엄마의 입술에서 피가 터졌다. 메이저는 눈을 희번덕거리면서 그녀 쪽으로 걸음을 옮겼다.

'이런 젠장…….'

민구는 이를 악물고는 바닥에 떨어진 칼을 향해 기었다. 꼬마 엄마가 끼어들어 다치는 것은 그의 계획 속에 없던 일이다. 이러면 꼬마에게 빚을 갚는 게 아니라 오히려 더 큰 빚을 지게 되는 꼴이 된다.

턱—.

민구의 손이 칼에 닿았을 때, 메이저가 고개를 돌렸다. 그런 후, 메이저는 크게 스텝을 밟으며 오른쪽 허벅지를 뒤로 끌어당겼다. 무방비로 노출된 민구의 턱에 싸커 킥을 꽂아 넣을 심산이었다.

"야! 이게 뭔 짓이야!"

야구장을 쩌렁쩌렁 울릴 정도의 호령이 들린 것은 바로 그때였다. 날카로운 일갈이 모두의 동작을 멈칫하게 만들었다. 메이저와 민구, 그리고 주변의 사람들이 일제히 소리가 난 쪽을 돌아본다. 거기에는 한 무더기의 장교들과 병사들이 서 있었다.

"뭐 하는 짓이냐고, 이 새끼야!"

가운데에 서 있던 바짝 마른 군인이 메이저를 향해 소리쳤다. 그의 계급장에 달려 있는 별 하나. 이 쉘터의 책임자, 김 준장이다.

가장 들키지 말았어야 할 상대에게 미친 짓의 현장을 들켜 버린 메이저는 돌처럼 굳어 버렸다.

"헬기장으로 하도 안 나와서 올라와 봤더니, 이 지랄을 하고 있네! 이런 개새끼가!"

민구와 꼬마 엄마를 한 번씩 쳐다본 김 준장은 메이저에게 바짝 다가와 얼굴에 침을 튀기며 지휘봉으로 배를 쿡쿡, 찔렀다.

"누가! 이 새끼야! 누가! 너희들한테 민간인 구타해도 된대? 그것도 내 쉘터 안에서! 응? 이 새끼야! 대답해 봐! 확 쏴 죽여 버리기 전에!"

목덜미까지 시뻘겋게 달아오른 김 준장은 권총집까지 끌러 가며 호랑이처럼 으르렁거렸다. 평소의 웅얼거리던 목소리와는 완전히 다르다. 메이저가 아무 대답도 못 하자 김 준장은 참모들에게 소리쳤다.

"야! 이송 계획 취소해! 이 새끼들한테 안 보내! 최고로 모시겠다고 해서 허락을 해 줬더니…… 내가 끝까지 이분들 지킨다! 한 분도 빠짐없이 내가 지켜! 잠실 벗어나기도 전부터 이 지랄 하는데, 내 눈에 안 보이는 데에서는 오죽하겠냐? 응? 내 눈에 안 보이면 얼마나 개지랄을 떨겠냐고? 저 사람 봐, 저거. 아주 송장 됐어."

김 준장은 바닥에 엎어져 있는 민구를 가리켰다. 여기저기 발바닥 자국이 나 있는 그의 트레이닝복이 모든 상황을 다 말해 주는 것 같다.

아까부터 슬그머니 칼을 놓고 있던 민구는 이때다 싶어 끙끙거리며 앓는 척을 했다. 바닥에 얼굴을 묻어 흉터도 숨겼다. 이럴 때 그 커다란 흉터가 보이는 건 여러모로 불리해진다.

"저…… 그…… 그분이 자꾸 다른 사람들에게 시비를 걸고…… 그래서…… 질서 유지를 위해서 어쩔 수 없이…… 이거는 부득이한 일이었습니다……."

남색 양복을 입은 태양 그룹 직원이 벌벌 떨면서 변명을 늘어놓았다. 김 준장은 그를 돌아보며 차갑게 내뱉었다.

"내가 너한테 말해도 된다고 했냐?"

"아…… 아닙니다. 죄송합니다."

남색 양복은 얼른 고개를 숙였다. 김 준장은 그에게 다시 물었다.

"질서 유지를 하는데 저렇게밖에 못 한다고? 겨우 생각해 낸 핑계가 그거야? 저…… 저 비쩍 마른 남자 하나를 제압하는데 개 잡듯이 발길질을 했냐고? 대답해 봐!"

"아니…… 저 남자분이 의외로 힘이 셉니다. 저희 직원도 두 명이나 부상을 당했고…… 게다가 칼까지 빼 들고 덤비는 바람에……."

"칼?"

김 준장의 시선이 바닥에 떨어진 대검으로 향했다. 칼집이 비어 있는 메이저의 전술 조끼를 슥, 훑어본 김 준장이 물었다.

"저 대검이 누구 건데?"

아뿔싸…… 말실수를 깨달은 남색 양복의 안색이 급격히 어두워졌다. 그의 표정에서 이미 확신을 얻었지만, 김 준장은 계속 다그쳤다.

"누구 거냐고? 응? 야!"

갑자기 입을 굳게 다문 남색 양복 대신 주변의 구경꾼들이 메이저를 지목한다.

"그 칼, 저 검은 옷 입은 사람 거예요."

'역시 그렇지?' 하는 표정을 지은 김 준장은 지휘봉으로 다시 메이저의 배를 쿡쿡, 찔렀다.

"어떤 개새끼가 군부대 내에 들어오는 민간인더러 무장해도 된다고 하디? 응? 야! 대답해 보세요, 민간 보안 업체 직원님아! 응? 대체 무슨 깡으로 여기에 대검을 차고 들어왔냐고? 간이 부었어? 출입하게 해 주니까 여기가 우습냐? 아후~ 진짜 너 같은 새끼도 민간인이라서 내가 정말 꾹꾹 참는다! 당장 꺼져! 꼴도 보기 싫으니까 꺼져, 이 새끼들아! 그리고 너희 사장한테 전해! 한 번만 더 음식 지원하면서 분산 수용 같은 개소리 지껄였다가는 탱크로 건물 다 부숴 버릴 거라고! 알았어?"

한참 동안 메이지를 다그치던 김 준장이 손을 휘저었다. 분한 얼굴의 메이저를 비롯한 태양 그룹 직원들이 어깨를 움츠린 채 사람들 사이를 헤치고 계단을 향해 걸어갔다. 총으로 무장한 군인들이 약간의 거리를 두고 따라 걷는다.

소란스러워진 틈을 타서 낙타는 얼른 허리를 굽히고 기어서 도망쳤다.

"어이! 어이! 거기 서! 너희들 다 멈춰!"

메이저 일행이 첫 번째 계단으로 내려섰을 때, 김 준장이 다시 그들을 불러 세웠다.

"너희들은 안 돼, 안 되겠어. 한 번 봐주려고 해도 도저히 구제할 수가 없네, 너희들 하는 꼬라지를 보니까."

이번엔 또 뭘 트집 잡으려고 저러는 거지?

메이저는 불만스러워서 빨라지는 호흡을 꾹 눌러 참으며 김 준장을 돌아봤다. 김 준장은 민구와 꼬마 엄마를 가리켰다. 둘 다 병사들의 부축을 받아 일어서 있었다.

"이분들한테 사과를 하고 가야 될 거 아니야! 사람 새끼라면 그 정도는 알려 주지 않아도 해야지, 뭘 잘했다고 모가지를 빳빳하게 세우고 걸어가? 응? 왜 모가지 굽히지를 않느냐고! 말 안 해 주면 그런 기본적인 것도 안 해? 응? 야! 외부 경비대대에 연락해서 이 새끼들 헬리콥터 다 잡아 놓으라고 해! 압수야!"

"압수? 헬리콥터를?"

메이저 일행들뿐만 아니라 참모들과 부하 장교들까지도 어안이 벙벙해졌다.

"이게 무슨…… 산적도 아니고…….'

하지만 토를 다는 장교는 없었다. 그들의 상관이 현재 또라이 모드인 것이 너무도 분명해 보이기 때문이었다.

"그…… 그럼 저희는 어떻게…….'

남색 양복이 공포에 질려 물었다.

혹시 여기에 구금하려는 것인가?

그렇게 한다고 해도 누가 해결해 줄 수 있는 사람이 없다. 법이고 체계고 다 무너진 상황이니까. 애초에 태양 그룹과 다리를 놓았던 참모는 혹시라도 자신에게 불똥이 튈까 봐 고개를 푹 숙이고 있다.

"걸어가든가. 가다가 좀비들 만나면 때려죽이면 되잖아? 당신들, 싸움 잘하더구만. 기운도 펄펄 넘치고."

김 준장이 말했다. 이게 농담인지 진담인지 알 수 없어진 메이저 일행은 우두커니 멈춰 서서 김 준장의 입만 바라보았다.

"다른 헬기 오라고 해서 그걸 타고 가든가 난 그건 몰라. 하여간 저 헬기는 압수야. 이 지랄을 떨고 민간인들을 다치게 한 거에 대한 배상이라고 생각해. 징벌적 배상. 그러니까 헬기 값만큼 식량 가지고 와서 찾아가. 알았어? 야! 저 새끼들 내 눈 앞에서 빨리 치워! 이분들 치료해 드리고!"

참모가 나서서 민간인들에게 소란과 부상에 대해 사과를 하고 민구와 꼬마 엄마는 의무실로 옮겨졌다.

"후우~."

아직도 분이 가라앉지 않았는지 김 준장은 칼날 같은 콧대를 문지르면서 한숨을 내쉬었다.

"사실 처음부터 이게 불안했다고, 이게. 아무래도 내가 다 끌어안고 있는 게 나은데…… 괜히 허락을 했다 싶어서 불안했는데…… 아니나 다를까, 저 새끼들이 저 지랄을 하고 있네. 그래, 맞아. 내가 끌어안고 있어야 해. 끌어안아야 하는데…… 아~ 그놈의 보급 때문에……. 처음부터 그러려고 이 쉘터를 만든 거잖아. 내가 괜히 저 새끼들을 믿어 가지고…… 어휴~."

한참을 웅얼거리던 김 준장이 부하 장교들을 돌아보며 물었다.

"전부 다 안고 갈 수 있는 방안 있어? 저 깡패 같은 새끼들한테 손 벌리지 않고 민간인들 계속 보호할 수 있는 방법!"

다들 입을 다물고 있다. 그런 걸 생각해 본 적도 없는데 갑자기 내놓으란다고 없는 아이디어가 뚝딱 나오지는 않는다.

모두가 별말이 없는 것을 확인하고 나서야 오 중령이 눈치를 보며 입을 열었다.

"여단장님, 제가 복안을 하나 마련해 둔 게 있습니다. 아직은 좀 부족하지만……."

"괜찮아! 없는 것보다 부족한 게 낫지. 내 방으로 와서 보고해! 지금 시간이……."

김 준장은 시간을 확인하고 말을 이었다.

"오 중령, 19시까지 준비 가능하겠어?"

오 중령은 곁눈질로 문 대위의 반응을 살폈다. 문 대위가 작게 고개를 끄덕이는 걸 확인하고 오 중령이 대답했다.

"네, 여단장님. 차질 없이 준비하도록 하겠습니다."

03

19시 정각부터 19시 30분까지, 30분간 이어진 문 대위의 보고를 다 듣고 나서 여단장실 내부는 잠시 술렁임으로 채워졌다.

서울을 버리고 중부 이남의 농경지로 이주해 간다니…….

'정말 그래도 되나?' 하는 의문 때문에 다들 자신의 옆자리를 돌아보며 수군거린다. 서울을 버린다……는 개념 자체가 낯선 것이었다.

전통적인 군사전략에서 수도는 반드시 사수하거나 탈환해야 하는 전략적 요충지였다. 전세가 그다지 밀리고 있지도 않은 상황에서 쉽게 내던져 버릴 만큼 만만한 지역이 아니다.

그러나 문 대위의 제안을 듣고 난 지금, 다들 새로운 시각이 열렸다. 그동안에는 자신들이 좀비와의 전쟁을 수행 중인 거라고 굳게 믿고 있었다. 하지만 돌이켜 보면 그들이 하고 있던 것은 전쟁이 아니었다.

아군 중 그 누구도 좀비를 공격하고 있지 않았다. 그저 방어만 하고 있었을 뿐이다. 절대 포기하지도, 먹지도 않는 적들을 상대로 농성을 한다는 것은 무의미하다.

다시 말해 어느 순간 이후부터 그들 모두는 타성에 젖은 채 하루하루를 보내고 있었을 뿐이다. 보급이 끊어지려는 지금에 와서는 그나마도 불가능한 일이 되어 버렸다.

"음? 이놈들, 벌써 왔나?"

갑자기 밖이 소란스러워지자 김 준장이 창가 쪽으로 고개를 돌렸다. 서쪽에서 밀려오는 좀비들이 잠실 쉘터의 철책에 달려들 시간이다.

매일 총격을 가하고 있지만 그 수는 어째 점점 더 불어나기만 할 뿐, 줄어들지 않는다. 공격 시간도 조금씩 앞당겨지고 있다.

놈들이 한 번씩 난리를 치고 돌아갈 때마다 아군 병사들이 조금씩 소모되는 것도 문제지만, 더 큰 문제는 바로 공격하는 시간대에 있다.

지금은 그래도 사방에서 몰아치는 좀비들이 각기 다른 때에 몰려오니까 그 방향으로 화력을 집중해서 막아 낼 수는 있다.

그런데 만약에…… 우연히든, 뭐든, 어떤 이유에서든 네 방향으로 한꺼번에 좀비들이 들이닥친다면…… 그것도 예전보다 훨씬 더 규모가 커진 좀비들이 일시에 달려든다면, 그날 잠실의 병력들이 입어야 할 피해 규모는 엄청날 것이다.

"그래, 내가 계속 뭔가 이상하다고 생각하기는 했었는데…… 그게 뭔가 했더니 이제 알 것 같아. 애초부터 이놈의 전쟁을 언제까지 한다는 목표가 없었어. '어떤 조건을 만족시키면 우리의 승리다.' 하는 것도 없었고…… 생각해 보면 체계적인 지휘라는 것 자체가 깡그리 없었다는 말이지. 그래, 그런 것 때문에 이상했던 거야. 서울을 버리고 인구가 적은 곳으로 간다라……. 저 지긋지긋한 좀비 울음소리 듣지 않고, 농사를 지어서 자급자족할 수 있는 곳으로……."

한참 웅얼거리던 김 준장이 코에서 손을 떼며 단언하듯 말했다.

"나는 마음에 든다, 오 중령. 이 계획 자체는 썩 괜찮아."

칭찬을 받은 오 중령은 기쁜 표정을 숨기지 않았다. 그를 내세워 이 작전을 여단장에게 전한 문 대위의 가슴 역시 벅차올랐다.

희생을 치러 가며 건대 쉘터를 비운 보람이 있다. 이제 비로소 수만 단위의 사람들이 살아날 수 있는 길이 열릴는지도 모른다.

"그런데 말이야……."

김 준장이 몸을 앞으로 숙이며 말을 이었다.

"문제는 뭔가 하면, 얼핏만 생각해 봐도 이게 엄청나게 큰 사업이라고. 어쩌면 잠실에 쉘터를 구축하는 것보다 더 규모가 클지도 몰라. 그렇지? 엄청나게 큰일이라고. 말처럼 간단한 게 아니야. 응, 간단한 게 아니지."

문 대위는 고개를 끄덕였다. 야구장에 병력을 투입해 좀비 청정 지역이 될 때까지 클리어하고, 주변의 생존자들을 호위해 이동시켰던 것도 물론 대단한 일이었다. 그러나 그래 봐야 일정한 구역으로 작전 범위가 한정된 거였다.

반면, 그가 계획하고 있는 일은 민군을 합쳐 적어도 6만 이상의 인원이 250킬로미터를 도보로 이동해야 하는 대장정이다. 그리고 그 긴 여정을 마친다고 해도 정착지를 찾아내서 실제로 정착을 하게 되기까지는 또 긴 시간이 필요하다.

"첫 번째로 드는 의문인데…… 자네들은 이거 사전 준비에 어느 정도 규모의 병력이 필요하다고 생각해? 그게 제일 궁금하다고. 병력이 너무 많이 필요하면 허가해 주기가 쉽지 않아. 차출 때문에 생기는 공백이 위험하다고. 응, 지금도 방어하는 데 꽤 힘에 부친단 말이지. 얼마나 필요하려나…… 어휴~ 여기서 용산역까지 길을 내려면……."

김 준장의 넋두리가 계속된다. 오 중령이 문 대위의 옆구리를 툭, 쳤다. 여단장의 기분이 좋은 동안 빨리 대답해 주라는 의미이다.

발언 허락을 받은 문 대위는 슬라이드에 떠 있는 지도 화면 옆에 가서 섰다.

"일반적인 방법으로 여기에서 용산역까지 철책을 세워 가며 이동로를 확보하기에는 시간과 자원이 부족한 게 현실입니다. 다행히 저희들에게는 한강이라는 특수한 지리적 요건이 있습니다. 그리고 대부분의 쉘터는 한강 주변에 있습니다. 그렇기 때문에 미리 안전을 확보해야 하는 영역은 선로로 오를 때 필요한 한강 철교 주변뿐입니다."

"그러면 이동을 어떻게 해? 그냥 거리로 민간인들을 내몰면 자살행위라고. 준비를 미리 해야지."

김 준장의 질문을 들은 문 대위는 지도 화면의 한강 위에 잠실 쉘터부터 용산역까지를 잇는 대각선을 그었다.

"준비가 완료되고 이동이 정식으로 시작되었을 때, 민간인들과 그들을 호위하는 병력은 한강을 통해 이송됩니다. 기존의 유람선을 이용할 수도 있고, 보급용 수송선을 이용해도 무방합니다. 이 방법을 채택하면 노력과 자원을 확실히 절약할 수 있습니다."

"오오, 한강으로…… 그건 괜찮네, 괜찮아. 그렇게 하면 다른 쉘터들까지 다 길 터놓느라 생고생을 하지 않아도 되겠어. 철책 박고 경비 서는 게 아주 골 아프다고. 전에 건대니 한양대니 분산 쉘터 만들어 놓으라고 해서 길은 터야 하는데, 아주 죽겠더구만."

김 준장은 연신 고개를 끄덕였다. 이후에도 한 시간 이상 회의가 계속되었다. 쉬운 문제는 하나도 없었다.

6만의 인원이 250킬로미터. 그중 대부분은 민간인. 하루에 20킬로미터 전진도 어렵다. 그리고 6만의 인원이 길게 늘어서면 그걸 관리하는 것만도 엄청난 일일 터였다.

그 많은 사람들을 호위해서 보름 이상을 이동하며 물과 음식, 덮고 잘 것, 생리 현상을 해결할 장소들 따위를 준비해 줘야 한다.

그리고 이동 지역 부근에 주둔하고 있는 군 병력과도 미리 연락을 취해서 불필요한 긴장이나 마찰을 사전에 제거할 필요가 있다. 그게 또 보통 까다로운 일이 아니다.

"조금 가까운 데는 안 되나? 경기도나 뭐, 이런…… 음, 안 되겠지? 거기도 여기처럼 좀비들 천지일 테니까. 그래, 아주 좀비들 천지일 거야. 그러니까 아무래도 인구가 적은 데로 찾아가는 게 맞아. 음, 가까운 데가 이동하기는 좋겠지만, 방어하기에는 영 안 좋을 거라고……."

장고에 장고를 고민한 끝에 김 준장은 문 대위의 계획을 승인했다.

"오 중령, 자네가 애를 써 봐. 병력 차출을 얼마나 할 수 있는지는 더 이야기를 해 봐야겠지만, 전폭적인 지지를 해 주겠다고 약속은 못 해. 응, 여기를 지키는 것도 등한시할 수 없으니까 그쪽으로 완전히 힘을 몰아줄 수는 없다고. 하지만 그래도 어떻게든 활로를 만들어는 봐야지. 다른 사람들도 다 최대한 협력해 주라고. 운명 공동체라는 생각을 가지고 말이야. 이젠 비축된 식량이 한 달 치도 안 남았어. 큰 문제 없이 가려면 일주일 이내에 출발해야 돼. 그래도 또 이동하는 도중에 무슨 일이 생길지 몰라."

김 준장이 부하 장교들을 돌아보며 말했다. 모두의 얼굴에 복잡한 감정이 떠오른다. 일주일이라는 구체적인 기한이 거론되자, 막연하게 느껴지던 작전이 한층 실감된 것이다.

또라이에게 발동이 걸린 이상, 안정적으로 한 달을 버티면서 미래를 도모한다는 선택지는 사라져 버렸다. 작전 참모가 오 중령과 머리를 맞대고 가용 전차들의 수효와 병력의 규모에 대해 의견을 교환한다.

서울 시내의 모든 쉘터 병력과 수용자들을 다 이끌고 중남부 지역으로 옮기는 대이동의 첫 번째 단계는 그렇게 시작되었다.

유빈은 삼식이, 태권 소녀와 함께 코스트코 옥상에서 어두워진 거리를 바라보았다. 낮에 밀어닥쳤던 좀비들의 행렬은 저녁 늦게까지도 좀처럼 완전히 사라져 주지를 않고 거리를 배회하며 울부짖어 댄다.

물론 아까 오후에 한창 몰렸을 때처럼 수천이 빽빽하게 몰려 있는 것은 아니지만, 그래도 한눈에 들어오는 것만 백 단위는 훌쩍 넘었다.

"쟤들 계속 돌아다니네. 길을 잃었나? 저러면 곤란한데."

도로 중앙에 버티고 서 있는 좀비들을 보며 유빈이 말했다. 선로는 왼쪽, 코스트코는 오른쪽, 그 가운데 6차선 도로가 있다. 한마디로 유빈 일행과 보안관 일행은 좀비들의 장벽에 의해 강제로 분리되어 있는 상황이다.

이쪽은 석조 건물 내부에 있는 데다가 먹을 것도 풍부하니까 별 위험이 없지만, 선로로 도망간 보안관과 제니는 사정이 다르다.

오늘은 첫날이어서 배낭 속에 든 물과 식량만으로도 버틸 수 있고, 자동차 트렁크에도 여분의 음식이 있을 테지만, 만약 이 상황이 장기화돼서 다 소진하면…… 보안관은 위험을 무릅쓰고 낯선 동네로 음식을 찾으러 나서야 한다.

"빠지고 있는 것 같기는 해. 속도가 영 안 나서 그렇지."

태권 소녀가 손가락으로 대충 수를 헤아려 보며 중얼거렸다. 노을 때문에 주변의 경치는 온통 붉게 물들어 있다. 이제 한두 시간만 지나면 거리는 어둠에 묻히게 될 거고, 이렇게 육안으로 좀비들의 움직임을 파악하기는 어려워질 것이다.

"근데…… 오늘 밤이나 내일 아침에도 또 큰 무리가 이 앞으로 지나가기는 하겠지? 그때는 또 얼마나 남겨 놓으려나."

태권 소녀의 표정에 근심이 어렸다. 이 좀비들이 오늘 이렇게 갑자기 규칙을 깨고 돌아온 걸 보면, 그들의 이동 경로 어딘가에 큰 변화가 생겼다는 뜻이다.

어떤 이유인지는 몰라도 좀비들은 이제 예전처럼 크게 원을 그리며 돌 수 없다. 그건 놈들이 앞으로 어떻게 움직일지 아무도 예측할 수 없다는 의미이기도 하다.

새로운 패턴이 생겨난다고 해도 그 패턴을 파악하는 데만 꽤 긴 시간이 필요할 것이다.

"여보세요? 여보세요? 보안관? 나야, 삼식이. 들려?"

삼식이는 무전기를 잡고 보안관에게 연락을 취하고 있다. 가끔씩 음성이 뭉개져 들리기는 해도 장난감 무전기치고는 꽤나 요긴하다. 아마 보안관이 피해 있는 곳이 앞뒤로 뻥 뚫린 선로 위이기 때문에 이 정도의 수신 감도라도 유지되는 모양이다.

― 치이익, 그래, 잘 들려. 왜? 치익.

"하아, 그냥 전화했어. 좀비들 아직 안 빠지고 있다는 거 알려 주려고. 넌 지금 어디야?"

― 치익, 더운 거 좀 지나가서 나랑 제니도…… 치이익, 이 근처에 와서 보고 있어. 주유소 앞에…… 치익, 젠장, 저 좀비 새끼들, 왜 저렇게 기웃거리고 있지? 얼른 안 빠지고? 치이익.

"초조해하지 말라고 해, 삼식아. 아직 시간 충분하니까 안전한 데 있으라고."

유빈이 삼식이에게 말하고, 삼식이는 그걸 그대로 보안관에게 전달해 줬다.

― 치이익, 야! 내가 왜 초조하겠냐? 제니랑…… 치익, 같이 있고, 먹을 거 있고, 자동차도 있는데…… 생각해 보니까 필요한 건 다 있는 셈이네…… 치이익― 그런 걱정 하지 마. 어쨌든 오늘 밤 내로는 못 들어갈 것 같다.

"참, 보안관! 배터리 있어? 이거 무전기 약 다 닳았을 것 같은데……."

― 취익, 아, 배터리 있어. 유빈이가 배낭 안에다가 억지로 다 챙겨 넣어 놨잖아. 걱정하지 마. 치익, 걱정하지 말고, 너희도 자라. 치이익― 아침까지는 차에가 있어야겠다. 이젠 너무 어두워져서 뭐가 잘 안 보인다.

보안관이 호기를 부리며 무전을 끊으려 할 때, 곁에서 제니가 과장되게 밝은 목소리로 잘 자라고 인사를 한다.

"그래, 너도 잘 자."

제니에게 인사를 해 준 삼식이가 무전기를 내려놓으며 한숨을 쉬었다. 기분이 이상하다. 좀비 세상이 온 뒤에 여러 일을 겪었지만, 친구와 떨어져서 밤을 보내게 되는 일은 처음이다.

"미안해. 잘 지내고 있었는데…… 내가 온 뒤에 자꾸 안 좋은 일만 생기는 것 같아서……."

임수정이 풀죽은 목소리로 중얼거린다. 유빈은 깜짝 놀라 손을 내저었다.

"예? 아니에요, 그런 거. 무슨 그런 말씀을…… 그냥 우리가 좀비들에 대해서 훤히 꿰고 있다고 생각해서 방심했던 거죠. 이건 누나랑은 아무 상관 없는 일이에요."

"그래요, 언니. 그런 말 하지 마요. 갑자기 좀비들이 들이닥쳐서 그런 건데……."

태권 소녀도 임수정을 달랬다. 하지만 임수정의 마음은 무거웠다. 따지고 보면 보안관이 자동차들을 살펴보려고 나갔던 일 역시 잠실에 테라가 살아 있다는 것을 자신이 알려 줬기 때문인 거나 다름없다.

그냥 모른 채 살아갔더라면 이들은 이 낙원 같은 곳에서 오늘 하루도 무사하게, 행복하게 지낼 수 있었을 텐데.

"오늘 왜 좀비들이 갑자기 돌아온 걸까? 전에 봤던 총구멍 난 좀비들도 그렇고, 그냥 감으로는 뭔가 건대 쉘터와 관련이 있는 것 같은데…… 누나는 혹시 뭐 짚이는 거 있어요?"

유빈의 질문에 임수정은 고개를 저었다.

"나 같은 민간인은 그냥 철책 안에서만 생활했으니까 그 밖에서 무슨 일이 일어나는지는 잘 몰라. 아…… 한 가지 기억나는 건 있어."

말하던 도중 임수정의 머릿속에 푸른 옷을 입고 공사를 하러 나가던 수감자들이 떠올랐다. 그들은 쉘터 북쪽의 어린이대공원 방향으로 걸어 나갔다가 땀에 절어 돌아오곤 했다.

"그래…… 외곽으로 나가서 공사를 한다고 그랬어. 북쪽 외곽이니까, 이쪽과 연관이 있을지도 몰라. 그리로 탱크도 계속 지나다녔고…… 혹시 무슨 방벽을 쌓거나 한 건 아닐까?"

"방벽이라…… 그렇게 생각하면 말이 되네요. 좀비들이 되돌아왔던 시간대도 대충 맞아떨어지는 것 같고……. 그럼 거기 공사가 끝나서 길이 완전히 막힌 건가?"

유빈은 어둑해진 도로 위, 페인트 묻은 좀비들을 노려보았다. 벽을 쌓아 좀비들을 돌려보낸 군인들을 원망하지 않으려고 노력했다.

사실 그들로서는 가장 효율적인 방법을 택한 것뿐이다. 유빈 역시도 능력만 됐다면 높고 단단한 벽으로 좀비들을 아예 차단했을 테니까.

문제는 이제 이 좀비들의 미래 행동이 전혀 예측 불가능한 영역에 들어서 버렸다는 데 있다. 그게 걱정이다. 힘들게 겨우 한 덩어리로 묶어 놓았지만, 앞으로도 이놈들이 계속 함께 다니게 될 것인지도 지금으로서는 장담하기 어렵다.

만약 좀비 무리가 또 잘게 나뉘어서 5분이 멀다 하고 이 앞을 어지럽힌다면…… 그걸 정리하기 위해 또 긴 시간을 허비해야 하고, 그동안 보안관과 제니는 계속 고립되어 있어야 한다.

"야, 뭔 수를 좀 내 봐. 아, 이런 분위기 답답해. 초상집 같다고. 담배도 못 피우는데…… 스트레스 받아! 아우, 쌍!"

신입이 찡찡대며 잔소리를 한다. 그래 봐야 무슨 뾰족한 수가 확 떠올라 줄 리가 없다. 상대는 거리에 넓게 흩어져 있는 100마리가 넘는 좀비들이다.

태권 소녀와 보안관이 아무리 날고 긴대도 둘이서 그만큼을 잡는 건 불가능에 가깝다. 그러다가 한 사람이라도 물리면…….

그러니 뭔가 좀 더 안전한 수를 생각해 내고 싶은 거다.

그렇다고 예전의 복지 센터 때처럼 유인해서 가시방석으로 잡을 수 있는 구조도 아니다. 워낙 넓게 퍼져 있어서 놈들을 가까운 데로 모은다는 것 자체가 큰 일이 되었다.

지금 생각나는 유인책이라고는 코스트코 앞에다가 담뱃불을 크게 피우는 정도인데, 그건 너무 위험하다.

눈에 보이지 않는 좀비들이 이 부근에 얼마나 있는지도 모르는데, 그놈들까지 끌어들였다가는 문제만 더 키우는 꼴이 된다.

셔터로 막아 두고 있다지만, 수십, 수백 마리가 한꺼번에 몸무게를 실어서 밀면 무너지는 것도 금방일 거고.

"일단 지금은 밤이니까…… 내일 아침까지는 기다려 보자. 그사이에 저놈들이 빠져 주면 좋은데…… 쯧."

유빈은 그렇게 대답할 수밖에 없었다. 그래도 혹시 모르는 일이어서 돌아가며 밤새 도로를 감시하기로 했다. 만약 새벽녘에라도 좀비들이 빠지면 보안관을 불러들여야 한다.

"제가 먼저 할게요."

규영이가 첫 번째 감시 역을 자청했다.

"괜찮겠어? 졸리지 않아?"

"아뇨. 나는 할 수 있는 일이 이 정도뿐이니까 도울 수 있을 때 돕고 싶어요. 형아랑 누나들 좀 자요. 좀비 수가 좀 줄어들면 깨울게요. 어차피 밤이 되면 그나마도 잘 안 보이겠지만……."

녀석의 의지가 확실해서 유빈도 두 번 말리지 않았다.

"그래, 알았어. 평소랑 다른 소리가 나거나 하면 그때만 플래시를 켜서 비춰 봐. 어차피 전체적으로 도로를 다 밝힐 수는 없으니까."

04

그렇게 밤이 시작되었다. 유빈은 새벽 1시경에 깨서 태권 소녀와 교대를 했다. 캄캄한 도로를 노려보고 있어 봐도 별로 좋은 소식은 없었다. 좀비들이 포효하는 소리와 그들이 지나면서 자동차를 건드리는 소리 정도만이 암흑 속을 울려 댈 뿐이다.

새벽 4시, 유빈은 마침 깨어난 삼식이와 교대를 했다. 그리고 불안 속에서 겨우 잠이 들었다.

"유빈아, 일어나 봐. 지금 좀비들 꽤 많이 빠졌어. 찬스야, 찬스!"

삼식이가 흔든다.

응?

유빈은 빨갛게 충혈된 눈을 떴다. 시간을 보니 5시 반이 조금 지났다. 눈을 감자마자 깬 것 같은데, 그래도 한 시간이 넘게 잔 모양이다.

"정말? 좀비들이 없다고?"

유빈은 급하게 몸을 일으켰다. 난간에 기대어 보니 어젯밤에 보았던 수효의 절반 이하로 줄어들어 있다. 그래도 50마리는 된다. 실망한 유빈이 얼굴을 긁적였다.

"아직도 너무 많아. 저거 다 못 죽여."

"다 죽이자는 소리가 아니야. 잠깐 유인해 보자는 거야."

삼식이가 보기 드물게 진지한 표정으로 말했다.

"유인? 어떻게?"

잠이 덜 깬 유빈은 계속 얼굴을 비비며 물었다. 삼식이가 유빈의 등 뒤쪽을 가리킨다.

"저걸로."

거기에는 박스에서 꺼내 막 조립을 마친 자전거와 조립 공구를 들고 하품을 하는 신입이 서 있다.

"어…… 신입, 안 잤어? 이건 뭐야?"

"삼식이, 저 새끼가 이거 같이 조립하자고 하도 귀찮게 깨워서 어쩔 수 없이 일어났잖아. 아우, 졸려. 제기랄. 아하암~."

신입은 또 입이 찢어져라 하품을 한다. 말은 그렇게 하지만 녀석은 자전거에 올라타서 제대로 조립이 된 건지 페달도 밟아 보고 브레이크도 걸어 보는 중이었다.

철컥, 철컥.

기어가 물리는 소리도 제대로다. 유빈은 삼식이를 돌아봤다.

"자전거로 어떻게 꼬신다는 거야? 설마 밖에 나가서?"

"응, 당연히 밖에 나가야지. 그 수밖에 없잖아. 저거면 좀비들이 아무리 빠르게 뛴다고 해도 충분히 따돌릴 수 있어."

삼식이는 너무도 평온한 표정으로 대답한다. 유빈은 고개를 저었다.

"안 돼, 그건. 너무 위험해. 자칫 삐끗해서 자빠지기라도 하면 그냥 죽는 거야."

"하하하, 자빠질 리가 없잖아. 생각해 봐. 어렸을 때도 아니고, 요즘에 자전거 타다가 자빠진 적 있어? 한 번도 없을걸? 그런데 왜 하필 오늘 자빠진다고 생각해?"

뭐, 그건 틀린 말은 아니지만…….

유빈은 섣불리 그렇게 해 보자고 대답할 수가 없었다. 위험하다. 앞쪽이 좀비들에게 둘러싸이기라도 하면 그걸로 끝이다.

아무 안전장치도 없이 또 한 명의 친구를 외부로 내보낸다는 건, 그의 성격상 허락하기 어려운 일이었다.

"봐 봐, 유빈아. 지금이 기회야. 지금은 좀비들이 저렇게 드문드문 서 있으니까 자전거로 헤치고 나가 보겠다는 생각이라도 할 수 있는 거라고. 더 많이 모이기 시작하면 그나마도 못 해 봐."

유빈이 망설이자 삼식이는 더욱 적극적으로 자신의 작전을 밀어붙인다. 그 말 역시 논리적으로는 맞는 말이다. 하지만…….

"나름 계획도 있어. 저기로 들어가서 골목을 돌고, 쪽으로 돌아 가지고 결국은 그 앞의 모텔 골목 싹 한 바퀴 도는 거야. 기억나지? 우리가 저기에다가 밧줄 많이 쳐 놨잖아. 쫓아오는 좀비들, 아마 절반은 거기에 부딪쳐서 자빠질걸?"

삼식이는 골목의 코스를 가리키며 자신이 그동안 생각했던 것을 일러 준다. 유빈은 그래도 안심이 안 됐다. 삼식이 녀석이 잠도 안 자고 나름 열심히 계획을 짰다는 건 알겠는데, 그래도 허술하기 짝이 없다.

"골목으로 들어갔다가 앞뒤가 다 막히면 어떻게 하려고?"

"물론 그 경우도 다 대비가 되어 있지. 모텔 골목 안까지만 들어가면 별로 걱정할 것도 없어. 정 아슬아슬해지면 자전거 버리고 파라다이스 모텔 안으로 도망가도 되고…… 방법은 무지하게 많아."

삼식이가 열심히 설득을 할수록 유빈은 더 불안해진다.

뭔가 놓치고 있는 것은 없을까? 불과 10분 뒤에 내가 후회하고 있으면 어쩌지? 미처 깨닫지 못한 끔찍한 실수 같은 건?

부정적인 이미지들로 머릿속이 가득하다.

"유빈아, 너무 무서워하지 마. 네가 걱정하는 일이 전부 다 실제로 일어나는 건 아니야."

망설이는 유빈의 얼굴을 보며 삼식이가 씨익, 웃어 준다. 여자들을 홀릴 때의 그 미소다. 유빈은 입술을 깨물었다.

이 녀석의 말이 맞다. 이미 이것보다 훨씬 더 위험한 일을 잔뜩 해 왔다.

"그래, 알았어. 일단 보안관부터 깨우자. 아직 차 안에 있을 것 같은데……."

유빈의 말에 삼식이는 무전기를 들어 보인다.

"벌써 아까 깨웠어. 지금쯤 이 근처에 와 있을 거야. 아~ 여보세요? 여보세요? 내 말 들려, 보안관? 어디까지 왔어?"

— 치이익, 나 지금 제니랑 주유소 있는…… 치이익, 데에서 기다리고 있어. 야 이 씨! 좀비 없다더니, 아직 많잖아! 치이익.

"하하하, 그게 엄청 줄어든 거야. 그리고 이제 조금만 기다리면 그마저도 확 줄어들게 해 줄게."

— 치이익, 진짜? 네가 무슨 재주로?

"내가 끝내주는 거 생각해 봤지! 어쨌거나 거기에서 조금만 더 대기하고 있어! 알았지?"

삼식이는 웃음을 거두지 않은 채 무전기를 내려놓았다. 유빈은 고개를 끄덕이며 아래쪽 도로를 살펴봤다. 이왕 하기로 결정했으니까 이제부터는 어떻게 해야 더 '잘'할 수 있는지 그 궁리를 해야 한다.

"다 좋다고 쳐도 어떻게 나가려고? 셔터는 다 잠가 뒀고, 그 앞에다 카트로 막아 놓기까지 했는데."

어느새 깬 태권 소녀가 눈곱을 떼어 내며 물었다. 삼식이는 도로 반대쪽을 가리켰다.

"하하하, 일어났구나. 잘됐다. 내려가는 건 주차장 2층에서 자전거를 줄로 묶어서 먼저 내려놓고, 그다음에 나도 줄 타고 내려갔다가 뛰어내릴게. 애들도 그쪽으로 들어오라고 해. 물론 나도 이따가 그거 타고 올라올 거고."

"그러면 네가 잡고 내려갈 줄은 올가미 형식으로 만들어야겠네. 그래야 끌어 올릴 때 편하지."

유빈이 아이디어를 냈다. 본격적인 참전이다. 일행들이 세부적인 사항들을 점검하는 동안, 삼식이는 새 자전거를 타고 옥상의 자동차들 사이를 돌며 몸에 익혔다.

고급이라고 할 수는 없는 물건이었지만, 어차피 대단한 속도를 요하는 건 아니니까 괜찮다. 좀비들의 달리기보다 빠르기만 하면 된다.

"보안관, 나야. 너 지금 보이는 건물이 뭐야?"

준비를 마치고 모두 2층 주차장으로 내려와서 유빈이 무전을 보냈다. 보안관은 곧바로 답을 한다.

─ 치익, 코스트코랑 모텔 보여. 치이익, 바로 맞은편에 와 있어. 와, 근데 여기는 좀 높다. 뛰어내리기에는…… 치익─ 한 5미터는 되는 것 같은데…….

"조금 있다가 삼식이가 자전거를 타고 나가서 좀비들을 끌어들인 다음, 꼬리에 달고 동네를 한 바퀴 돌 거야. 그 틈에 너희는 빨리 이쪽으로 와야 돼."

─ 삼식이가? 치익, 그거 괜찮냐? 난 또 무슨 대단한 재주라도 부리는 줄 알았

는데…… 치익— 그냥 하지 말고 기다리면 안 되냐? 치치익.

"안 돼! 벌써 카운트다운 들어가서 이제 돌리는 건 힘들어! 그리고 기회도 언제 또 올지 몰라! 그러니까 유빈이 말 잘 듣고 따라 해. 알았지, 보안관!"

유빈이 뭐라고 대꾸하기도 전에 삼식이가 끼어들어서 대신 대답을 해 버렸다. 잠시 침묵이 흐르던 무전기 저쪽에서 보안관이 말했다.

— 치익, 뭐, 유빈이가 어련히 알아서 걱정했겠지. 알았어. 치이익— 신호 보내. 치익.

"응, 그럴게. 신경 쓰고 있어."

무전을 마치고 유빈은 삼식이를 돌아봤다. 삼식이는 치킨 사러 나가는 사람처럼 지극히 평온한 표정이다.

"코스 기억하고 있지, 삼식아? 저 골목으로 들어가서 빨랫줄 걸어 놓은 거 피하면서 달려. 오른쪽 먼저, 그다음엔 왼쪽. 순서 헷갈리지 말고. 그리고 무전기 울려도 대답할 생각 하지 마. 그냥 듣기만 해. 알았지?"

삼식이의 목에 세 번째 무전기를 걸어 주면서 유빈은 신신당부를 했다.

"응. 오른쪽, 그다음에 왼쪽, 다시 오른쪽."

삼식이는 쾌활하게 고개를 끄덕이며 유빈의 말을 확인한다. 태권 소녀와 유빈이 밧줄에 연결한 자전거를 아래쪽으로 조금씩 늘어뜨렸다.

자전거는 이내 바닥에 닿았다. 아직 근처의 좀비들은 그다지 신경을 쓰지 않는 눈치다.

"자전거 묶은 매듭 두 줄 중에 끝에 까만색으로 칠해 둔 줄을 잡아당기면 풀려. 너 진짜 조심해야 돼. 알았지?"

삼식이가 줄을 타고 내려가기 직전에 유빈이 거듭 다짐을 받았다. 삼식이는 엄지손가락을 척 들어 보인다.

"그만 까불고 내려갈 거면 서둘러. 저 새끼, 이쪽 쳐다봤어."

길가를 살피고 있던 태권 소녀가 재촉을 한다. 유빈, 태권 소녀, 신입, 임수정까지 네 명이 밧줄을 잡고 조금씩 늘어뜨려 삼식이를 아래로 내렸다.

탁.

지상 2미터 정도까지 내려갔을 때, 삼식이는 훌쩍 뛰어 자전거 옆에 섰다. 그러고는 유빈이 일러 준 대로 줄에서 자전거를 풀어냈다.

"갔다 올게! 너희도 잘해!"

삼식이는 2층을 향해 가볍게 손을 흔들어 주고는 자전거에 올라 도로 쪽으로 내달렸다. 슬슬 관심을 보이는 좀비들이 늘어난다.

"얘들아, 안녕?"

인도의 중앙에 멈춰 선 삼식이는 좀비들을 정면으로 마주 보며 담배를 세 개비나 물고 한꺼번에 불을 붙였다.

후우우~.

연기를 내뿜자 거의 신령님 등장 수준의 양이 모락모락 주변으로 퍼져 나간다.

그롸아아—.

갑작스레 등장한 먹잇감에 좀비들이 흥분하며 포효하기 시작했다. 그런데 먼 곳에 있는 놈들은 아직 돌아봐 주지 않는다. 삼식이도, 보고 있던 유빈 일행도 당황스러운 상황이었다.

"야! 이것 좀 보라고! 왜 갑자기 모르는 척해!"

삼식이는 페달을 밟아 인도를 가로지르며 크게 소리를 질렀다. 이만큼 커다란 목표물이 큰 소리를 내고 담배 연기까지 친절히 뿜어 줬는데 반응이 부족하다. 그렇다면 이쪽에서 한 발짝 먼저 다가가는 수밖에······.

삼식이가 노력한 보람은 있었다. 금세 몇십 마리나 되는 좀비들이 그의 기척을 알아채고 뛰어오기 시작했다.

삼식이는 아슬아슬한 지점까지 접근했다가 자전거의 방향을 반대로 바꿨다. 이제 아까 봐 뒀던 그 골목 쪽으로 도망가기만 하면······.

그때, 대여섯 마리의 좀비들이 인도를 가로막는다. 몇 놈은 그가 목표로 삼았던 골목 쪽에 서서 포효하고 있다.

아무래도 유혹하는 데에만 정신이 팔려서 너무 깊이까지 들어와 버린 모양이다.

"어? 안 되는데! 야! 내가 그리로 갈 건데!"

앞을 막아서는 좀비들 때문에 당황한 삼식이가 큰 소리를 질렀다. 2층 주차장에서 보고 있던 유빈도 놀라기는 마찬가지다.

"삼식아! 뒤에! 뒤에! 더 빨리 밟아!"

삼식이가 머뭇거리는 사이, 그 뒤를 쫓아 달려오던 좀비들이 어느새 바짝 따라붙는다.

목 부근에서 울리는 무전기 소리를 듣고 삼식이는 자세를 낮추며 힘껏 페달을 밟았다. 그러고는 핸들을 틀어 자동차들 사이로 방향을 바꿨다.

그롸아아아아ㅡ.

앞쪽에서 그를 노리고 달려오던 좀비가 몸을 날리며 팔을 휘두른다.

으앗!

삼식이는 목을 바짝 움츠렸다.

틱, 좀비의 갈퀴 같은 손이 삼식이의 목을 아슬아슬 스치고 무전기 줄을 움켜쥔다. 불과 10센티 정도밖에는 차이가 안 나는 일격이었다.

삼식이는 핸들을 더 왼쪽으로 틀어 재빨리 놈의 옆으로 피해 나갔다. 좀비의 손에 걸려 있던 무전기가 바닥에 떨어진다.

"으아아아!"

차량 사이로 막아서는 좀비들을 피해 삼식이는 몇 번이나 아찔한 곡예를 하며 겨우 인도로 올라섰다.

휴우우~.

겨우 죽을 고비를 넘긴 직후지만, 안전해지자마자 그는 잠시 속도를 늦춘 채 좀비들이 따라붙을 수 있는 시간을 줬다. 그의 임무는 좀비들을 이끌고 멀리까지 가 주는 것이다. 그냥 따돌리는 것이 아니라.

"우와~ 가까이에서 보니까 좀 무서워지네."

뒤돌아보고 있던 삼식이는 수십 마리의 좀비들이 맹렬히 달려오는 것을 확인하고 다시 페달을 밟기 시작했다.
 긴장 때문에 몇 번이나 비틀거려야 했지만, 이내 자전거는 안정적인 궤도에 올랐고, 좀비들이 뛰어서 그 뒤를 쫓는다.
 "삼식아!"
 무전기가 바닥에 떨어졌다는 걸 알면서도 유빈은 애타게 불렀다. 녀석은 지금 애초에 계획했던 도주 코스로부터 너무 멀리 떨어져 버렸다. 그건 삼식이도 잘 안다. 하지만 이제는 돌이킬 방법이 없다.
 골목 안으로 들어간 놈들은 그가 꾈 수 있는 범위 밖에 있다. 일단 걸려든 놈들이라도 끌고 가능한 한 멀리 달아나는 게 도와주는 거다.
 씨이잉—.
 그롸아아아아아아—.
 인도를 따라 달리던 삼식이가 포효하는 좀비들과 함께 시야 밖으로 사라져 버리자 유빈과 태권 소녀는 멍해진 얼굴로 서로 마주 봤다.
 이 계획, 시작부터 너무 틀어져 버렸다. 게다가…… 삼식이를 쫓아가지 않은 좀비들이 아직도 도로에 여러 마리 남아 있다. 적어도 열 마리 이상이다.
 "애들 오라고 해! 내가 마중 나갈게! 저 정도면 싸워 볼 만해!"
 태권 소녀가 야구 배트를 집어 들면서 유빈에게 외쳤다. 유빈도 따라가려고 하자, 밧줄을 잡은 태권 소녀가 고개를 저었다.
 "넌 여기 있어! 끌어 올려 줄 사람도 있어야지! 이 둘만 가지고는 힘이 모자라서 안 돼!"
 유빈은 이러지도 저러지도 못한 채 똥 마려운 강아지처럼 발을 동동 굴렀다. 조금이라도 힘이 되고 싶은데, 임수정과 신입만 믿고 내려가기도 불안한 건 사실이다. 결국 그는 남기로 하고 태권 소녀에게 간절히 외쳤다.
 "부탁할게!"
 "걱정 마! 애들 빨리 불러!"
 태권 소녀는 밧줄을 잡고 중간 정도까지 내려가기도 전에 부웅, 몸을 날려 땅에 내려섰다. 유빈은 보안관과 연결된 무전기를 잡고 외쳤다.

"보안관! 지금 몇 마리 안 남았어! 와야 돼!"

— 치익, 간다!

무전으로 한마디씩 주고받는 그 짧은 순간 동안에 태권 소녀는 벌써 두 마리와 마주하고 있었다.

"으얏!"

태권 소녀가 배트를 크게 휘두르며 첫 번째 좀비의 머리를 후려쳤다. 그러고는 훌쩍 뛰어 앞으로 나서며 두 번째 좀비의 턱을 걷어찼다. 중심을 잃고 빙그르르 도는 두 번째 좀비의 정수리에 태권 소녀의 야구 배트가 꽂힌다.

태앵—!

알루미늄 배트에서 요란한 소리가 난다. 앞으로 고꾸라진 좀비의 뒤통수를 향해 태권 소녀는 몇 번이나 연거푸 배트를 휘둘러 댔다. 살이 찢어져 으스러진 뼈가 비칠 때까지 태권 소녀는 암팡지게 매질을 했다.

그와아아—.

일격에 턱이 부서진 첫 번째 좀비가 목이 반쯤 돌아간 채 달려든다. 태권 소녀는 자세를 낮추고 스텝을 밟으며 놈의 무릎을 배트로 갈겼다.

까앙—.

경쾌한 타격음과 함께 무릎이 꺾인 좀비가 앞쪽으로 나뒹군다. 다시 일어서려는 놈의 뒤로 쫓아가 들려 있던 뒤통수에 풀스윙을 날리자, 놈은 힘없이 고개를 떨어뜨렸다.

"제니야! 뛰어!"

보안관은 차에서 가져온 야구 배트를 먼저 던져 놓고, 차단벽에 매달렸다가 바닥으로 몸을 날렸다.

쿵—!

100킬로그램에 가까운 몸무게가 3.5미터 높이에서 떨어져 내리자 엄청난 소리가 울린다. 반면에 제니는 보안관의 걱정이 무색할 만큼 가볍게 내려섰다.

"내 뒤로 따라와! 차 위로 올라가서 뛸 거야!"

자동차 위로 기어 올라와서 몸을 날린 좀비의 머리를 호되게 후려치며 보안관이 외쳤다. 관자놀이를 강타당한 놈은 앞차의 후면 창을 박살 내며 나가떨어졌다.

6차선 도로, 불과 20여 미터. 하지만 사방에서 좀비들이 정신없이 달려드는 20미터다.

보안관은 자동차 보닛 위를 뛰어가는 방식을 택했다. 바닥을 기어 다니는 놈들에게 맥없이 물리기는 싫다.

"까불지 마, 이 새끼야!"

배트를 휘두르는 보안관의 눈은 복수심으로 이글이글 불타오르고 있었다. 앞을 가로막는 좀비의 머리통이 와작, 소리를 내며 휙 돌아간다.

이 개새끼들…… 내가 너희들 때문에 그 빨간 주사를 맞고 아주 저세상으로 갈 뻔했다, 이 개새끼들아! 얼마나 아팠는지 알아?

보안관은 이를 악물고 모질게 배트를 돌려 댔다. 눈에 보이는 좀비들을 모두 어제 그를 포위했던 놈들로 간주하기로 했다.

원수 같은 새끼들!

그롸아아아―.

쉴 틈을 주지 않고 앞을 막아서는 또 다른 좀비.

보안관이 놈의 아가리에 300㎜ 안전화 킥을 박아 넣었다.

쇠판이 들어 있는 안전화 앞코가 훑고 지나자, 녀석의 이빨이 사방으로 튀어나간다. 비틀대다가 겨우 다시 몸의 중심을 되찾은 좀비의 관자놀이에 풀스윙한 배트가 꽂힌다.

따앙―!

알루미늄 배트가 확 찌그러질 정도로 강력한 충격이 좀비의 두개골을 이상한 모양으로 우그러뜨려 버렸다.

"빨리 와!"

세 마리째 좀비를 해치운 태권 소녀가 차선 세 개 너머의 보안관과 제니를 향해 외쳤다.

어느새 골목에 숨어 있던 좀비들까지 슬슬 기어 나와 가세하고 있다. 서두르지 않으면 포위될지도 모른다.

"혜주야! 뒤에!"

유빈의 애타는 목소리. 태권 소녀는 고개를 돌렸다. 골목 안쪽에서 튀어나온 좀비 다섯 마리가 그녀를 노리고 몸을 날린다.

"익!"

태권 소녀는 배트를 휘둘러 가장 앞선 놈의 턱을 날렸다. 그런 후, 그 회전하는 에너지를 그대로 실어서 두 번째 놈의 가슴팍을 후려쳤다. 하지만 세 번째 놈은 아무런 방해도 받지 않고 그녀의 목덜미를 향해 덮쳐 온다. 그리고 뒤에 두 마리나 더 있다.

'아, 안 돼…… 뒤로 물러나야…….'

태권 소녀가 난감해하며 뒤쪽으로 점프를 하려던 순간, 눈가를 스치며 날아오는 무언가가 있었다. 안전 장갑을 낀 보안관의 왼손이다.

턱—.

좀비의 아가리를 꽉 틀어잡은 보안관이 팔을 크게 휘둘러 놈을 뒤쪽으로 집어 던져 버렸다. 무지막지한 힘이다.

쿠당탕!

뒤따르던 두 마리가 거기에 얽혀 함께 바닥으로 나동그라졌다. 잠시의 여유를 얻은 보안관이 휘청거리는 태권 소녀를 부축해 받으며 씩 웃었다.

"아슬아슬했다, 응?"

보안관의 숨결이 닿자 태권 소녀의 볼이 화끈 달아오른다.

젠장, 이 고릴라…… 멋있다.

05

보안관은 뒤따라온 제니에게 태권 소녀를 맡기고 곧바로 좀비들에게로 달려들었다. 사선으로 휘두른 배트에 한 마리, 반대쪽 사선의 일격에 또 한 마리…….
칠이 벗겨진 알루미늄 배트가 새벽의 햇살을 받아 번뜩일 때마다 뼛조각이 튀고, 뇌수가 바닥을 적신다. 망설임도 없고, 인정사정 봐주는 것도 없다. 그저 맹렬하게 배트를 휘두르면서 좀비들의 뼈를 박살 내고 있을 뿐이다.
어제의 무기력한 포위와 패배가 정말 어지간히도 분했었나 보다.
"길 텄어! 가자!"
자빠져 있던 두 마리에게까지도 인정사정없는 몽둥이세례를 퍼부어 주고 나서 보안관이 뒤를 돌아보며 손짓을 한다. 제니와 태권 소녀는 보안관이 지키고 있는 길목을 따라 뛰었다.
그롸아아아—.
뒤쪽에서는 아직 남아 있는 좀비들이 울부짖으며 달려온다.
텅— 텅—.
소리만 듣고도 대충 그림이 상상된다. 자동차 지붕이며 보닛을 밟고 내달려 오는 것이다.
"잡아! 대충 걸치기만 해! 끌어 올릴게!"
올가미가 달린 줄을 충분히 내려 두고 있던 유빈이 외쳤다. 제니와 태권 소녀가 잠시 서로에게 양보하느라 머뭇거리자, 유빈이 다시 목청을 돋운다.
"둘 다 잡아! 그 정도는 한 번에 끌어 올릴 수 있어!"
"하지만 그러면 보안관은 혼자 남는……."
태권 소녀가 주저하자, 보안관이 다가와 그녀의 허리를 번쩍 안아 든다.
"먼저 가. 벌써 충분히 도와줬어."
말을 마친 보안관은 태권 소녀를 올가미에 걸쳤다. 그녀와 제니가 밧줄을 꽉 잡은 것을 확인하자마자 유빈은 줄을 끌어 올렸다. 물론 뒤에서 신입과 임수정도 있는 힘껏 당겼다.

지이익— 지이익—.

급한 마음과 달리 두 사람을 매단 밧줄은 너무도 천천히 위쪽으로 올라간다. 아무리 날씬한 여자 둘이라고 해도 합치면 100킬로그램 가까이 되니 당연한 일이다.

아래쪽에서는 보안관이 달려드는 좀비들을 물리치고 있다. 하지만 이제는 그 수가 확연히 줄어들어서 그다지 위험해 보이지는 않았다.

"끄응차!"

유빈은 안간힘을 쓰면서 줄을 잡아당겼고, 이내 제니와 태권 소녀는 2층 난간에 팔을 걸쳤다. 둘 다 워낙 운동신경이 좋아서 그 정도까지만 하고 나면 별문제가 없다.

"야, 이거 잡아!"

먼저 기어 올라와 제니를 끌어 올려 준 태권 소녀는 재빨리 밧줄을 다시 아래로 던졌다. 마침 보안관은 마지막으로 달려들던 좀비의 머리를 날리던 참이었다.

이럴 줄 알았더라면 그렇게 미친 듯이 서두르지 않았어도 될 뻔했다. 일이 이 정도로 수월했던 것은 삼식이가 가능한 한 멀리 좀비 무리를 끌고 도망가 준 덕이다.

더 이상 달려오는 좀비들이 없다는 걸 확인한 보안관은 풀쩍 뛰어 올가미를 꽉 움켜쥐었다.

"으아~ 진짜 어제 저 새끼들 때문에 놀란 거 생각하면……."

2층 주차장으로 올라온 보안관은 옷에 묻은 먼지를 털며 좀비들을 향한 원망을 늘어놓았다. 조금 전까지 그렇게 머리를 터트리고 뼈를 부숴 놨는데도 아직 분이 다 풀리지 않은 모양이다.

"하아~ 다녀왔습니다."

모두에게 허리를 굽혀 인사한 제니도 그동안 꾹 눌러 왔던 불안감을 한숨에 담아 뿜어낸다. 어지간히도 놀라고, 무서웠던 하루다.
 태권 소녀가 제니의 손과 다리에 생긴 상처를 측은하게 바라본다. 특히 손바닥의 상처가 눈길을 끈다. 유리에 베였던 상처가 조금 전 밧줄을 잡고 올라오느라 다시 찢어져 피가 흐른다.
 "얘, 고생 많이 했네. 손 좀 봐. 너 약도 안 가지고 있었지?"
 "아…… 이건 그냥 별거 아니에요. 살짝 긁힌 정도…… 보안관 오빠가 엄청 고생했어요."
 제니는 부끄러워하며 손을 가렸다. 계속 씩씩거리고 있던 보안관은 그제야 생각이 났는지 임수정에게 꾸벅 머리를 숙였다.
 "맞다…… 그 약이요, 누나가 주신 빨간 주사약. 그거 덕분에 살았어요. 고맙습니다."
 "아후~ 아니야. 나는 나 때문에 이런 사달이 난 것 같아서 오히려 미안해. 고맙기는."
 "사실 저는 그 이야기 들으면서도 반쯤은 안 믿었었거든요. 그런데…… 정말로 주사를 찌르자마자 여기가 빡— 하고!"
 보안관은 자신의 심장을 가리키며 고개를 저었다. 다시 생각해도 끔찍한 경험이었다.
 "그거 어때? 심장이 멎을 때 어떤 기분이야? 아파?"
 태권 소녀가 눈을 찡그리며 물었다.
 아프냐고?
 그녀의 말을 반문한 보안관이 뭐라고 표현해야 좋을지 잠시 말을 고른다.
 "에…… 그러니까…… 이런 기분이야. 만약에 네가 원수진 놈이 있으면 일단 그거부터 한 방 놔주라고 하고 싶어. 그리고 10분 있다가 그놈 깨어난 뒤에 가만히 구경을 해 봐. 이런 게 속이 후련한 복수구나 싶어질 테니까. 그렇게 하고 난 뒤에는 두드려 패는 게 별 의미가 없는 것처럼 느껴질걸?"
 "그 정도야?"

"에…… 완전 끝내줘. 깨고 나서도 숨이 턱까지 차서 헉, 헉, 이렇게 돼. 이렇게 가냘픈 얘한테 부축받아서 겨우 걸었다니까. 가슴은 또 얼마나 아픈지…… 나도 제니 덕분에 겨우 숨 쉬었어……."

자신이 얼마나 아팠었는지 신나게 설명을 하던 보안관은 서둘러 대충 얼버무렸다. 이야기가 길어지면 결국은 제니가 인공호흡을 해 줬다는 것까지 말하게 될 테니까, 이쯤에서 접는 게 낫다.

"그래, 어쨌든 다행이다. 이제 삼식이만 돌아오면 되는데……."

유빈이 걱정스러운 눈으로 도로 쪽을 내다본다. 보안관이 그 옆에 서서 물었다.

"아, 맞다. 걔 어디까지 간 거냐?"

"몰라…… 저리 어디로 나가 버린 거까지만 봤어. 원래 계획은 이 동네 안에서 비잉— 크게 한 바퀴 도는 거였는데…… 골목을 좀비들이 막는 바람에 다 틀어졌어."

그렇게 두 사람이 삼식이의 행선지에 대해 이야기를 하고 있을 때, 신입이 보안관의 옷을 가리키며 물었다.

"야, 근데 너희 옷이 왜 그래? 뭔가 바뀌었잖아."

응? 그러고 보니…….

모두의 시선이 보안관과 제니의 윗옷으로 향한다. 제니는 보안관의 커다란 셔츠를 걸치고 있고, 보안관은 어디에서 주웠는지 몸에 맞지도 않는 작은 셔츠를 입고 있다. 가슴은 팽팽해서 터질 것 같고, 기장이 짧아 배꼽이 보인다.

그렇게 확연하게 이상한 점을 깨닫지 못할 만큼 다들 정신이 없었다.

"어휴~ 이거 사이즈 95야. 보안관, 너 숨은 쉴 수 있어?"

보안관의 옷 라벨을 들춰 보고 사이즈를 확인한 유빈이 물었다. 커다란 몸을 억지로 쑤셔 넣은 데다, 격한 싸움까지 한 통에 겨드랑이는 다 터졌다.

태권 소녀는 제니가 왜 보안관의 옷을 걸치고 있는 건지가 더 궁금했다.

"아…… 이거요. 제가 보안관 오빠한테 몰려 있는 좀비들 꾀어내느라고 제 옷에다 담배를 집어넣고 불을 질렀었거든요. 그래서 오빠가 자기 옷을 벗어 준 거예요. 오빠는 택배 트럭에서 빼 온 옷 아무거나 집어 입었고요."

어느새 보안관의 옆으로 다가온 규영이가 귓속말로 물었다.

"……봤어요?"

"응? 뭐, 뭘? 인마!"

보안관은 깜짝 놀라 옆을 돌아보았다. 이 꼬마 변태 녀석은 빨갛게 홍조를 띤 채 조금도 부끄러워하지 않고 낮게 속삭인다.

"알잖아요…… 우리가 래시 가드 때문에 못 봤던……."

"아냐. 난 등 돌리고 있었어."

"거짓말…… 말이 안 되잖아요. 이 배신자! 옷을 벗고 있다는 걸 알았으니까 벗어 줬을 거 아니에…… 아! 아야야!"

보안관은 규영이의 볼따구니를 꽉 쥐어서 녀석의 음란하고 요망한 입을 봉쇄해 버렸다. 어리다고 해서 오냐오냐 받아 주다가는 큰일 날 놈이다.

보안관은 제니와 태권 소녀의 사이에 끼어들어서 서둘러 대화의 주제를 바꿨다.

"야! 지금 우리의 소중한 친구가 아직 못 돌아오고 있는데! 그까짓 옷 바꿔 입은 게 무슨 그렇게 중요한 문제라고…… 너희들, 정신이 있냐?"

말이 씨가 된 것일까?

그 후, 한 시간이 지나도록 삼식이는 돌아오지 않았다.

기다림이 길어지고 아침 햇살이 따가워질수록 유빈과 보안관은 불길한 기분이 들었다. 좀비 세상 첫날, 일꾼들을 찾으러 나갔다가 끝내 돌아오지 못했던 작업반장의 기억이 자꾸 오버랩된다.

"몇 시야?"

보안관이 초조하게 물었다. 자신도 시계를 차고 있다는 걸 잊을 만큼 불안해진 모양이다. 유빈은 힘없이 대답했다.

"7시 25분."

"젠장, 답답해서 못 있겠네. 얘는 연락할 수단도 안 가지고 나간 거야?"
"무전기를 차고 있기는 했는데, 바로 저기에서 좀비 때문에 떨어뜨렸어."
유빈이 도로 한 지점을 가리킨다. 그 역시 슬슬 삼식이의 작전을 허락했던 것이 후회되는 중이다. 마음 같아서는 당장에라도 내려가서 찾아보고 싶지만, 어디로 가 버렸는지도 모르니 그저 막막하다.
그렇게 다들 지쳐 갈 때쯤, 도로의 먼 위쪽에서 삼식이가 모습을 드러냈다. 가장 먼저 발견한 제니가 손바닥으로 난간을 두드리며 소리를 질렀다.
"삼식이 오빠!"
녀석은 숨을 헐떡이며 비틀비틀 자전거를 몰고 있었다. 바로 몇 미터 뒤에서 좀비 두 마리가 꼬리처럼 달라붙어 뛰어오고 있다.
"삼식아! 삼식아! 뒤에!"
모두가 큰 소리로 불러 대자 삼식이는 힘겹게 스퍼트를 했다. 그런데 워낙 지쳐 있는 상태라 그렇게 크게 속도는 나지 않는다.
반면에 좀비들은 죽어라 따라오고 있다. 저놈들은 지친다는 게 뭔지도 모르는 모양이다.
"이거 잡아! 뛰어! 아, 아니다! 내려간다!"
밧줄을 아래쪽으로 드리우던 보안관이 그걸 잡고 몸을 날렸다. 무기도 없이 뛰어내린 보안관은 아까 태권 소녀가 떨어뜨려 놓은 야구 배트를 집어 들고 삼식이를 향해 달려갔다. 얼굴이 마주칠 때, 삼식이는 희미하게 웃었다.
"수고했어!"
땀으로 범벅이 된 삼식이를 지나치면서 보안관은 격려를 해 줬다. 그러고는 곧바로 배트를 힘껏 돌려 뒤에 붙어 있던 좀비의 대갈통을 후려갈겼다.
"까앙—!"
경쾌한 타격음. 그리고 곧바로 또 한 방.
열심히 달려오던 좀비들은 순식간에 바닥에 나뒹굴었다.
"어림없어, 이 새끼들아!"

곧바로 다시 일어나려던 좀비들의 머리에 세찬 일격이 쏟아졌다.

쩌적—!

단단한 두개골 뼈가 조각나는 소리가 고요하던 거리를 뒤흔든다. 두 마리 좀비를 해치우는 데는 단 몇 초면 충분했다.

"하아아~ 하아아~ 나…… 나 죽을 것 같아…… 하아아~."

보안관의 부축을 받아 겨우 주차장으로 올라온 삼식이는 바닥에 큰대자로 뻗어서 가쁜 숨을 몰아쉬었다. 얼마나 열심히 페달을 밟았는지, 노동으로 단련된 허벅지가 계속 부들부들 경련을 일으킨다.

"……왜? 도대체 어디까지 갔다 온 거야? 크게 한 바퀴만 돌고 왔어도 됐잖아. 뭐 했어, 한 시간이 넘도록?"

유빈이 녀석의 다리를 들어 근육을 풀어 주며 물었다. 삼식이는 떨리는 손으로 먼 사거리 쪽을 가리킨다.

"하아~ 하아~ 처음엔…… 하아~ 나도 그러려고 했는데…… 저 앞에서 또 좀비들이 잔뜩 기다리고 있지 뭐야……. 그래서…… 옆으로 틀었지. 그랬더니…… 하아~ 거기도 또 있어……. 한 시간 내내 계속 쫓겨 다녔어……. 뿌리치면 또 나오고, 뿌리쳤나 그러면 또 앞을 막아서고…… 진짜, 말 그대로 전속력으로…… 한 시간을…… 하아~ 아이구, 내 다리……."

유빈이 아무리 열심히 주물러도 신음 소리는 줄어들 줄을 모른다. 보다 못한 태권 소녀가 유빈을 밀어내고 삼식이의 다리를 잡았다.

"그렇게 하니까 안 풀리지. 기다려 봐, 내가 해 줄게. 스트레칭부터."

응?

삼식이의 얼굴에 두려움이 깃든다. 관절을 딱 움켜쥔 손아귀 힘부터가 다르다. 보안관이 해 줬던 이야기가 떠올랐다.

— 걔가 막 상처를 후벼 팠다고! 치료해 준다고 하면서! 이거 봐! 딱지 다 떨어진 거!

그때는 마냥 재미있게만 들었었는데, 이제 자신의 문제로 닥쳐왔다. 삼식이가 이제 다 나았다며 두 손을 내저으려고 할 때, 이미 태권 소녀는 손아귀에 힘을 빡 주고 다리근육을 누르고 있었다.

"아, 아니! 나 이제 안 아파…… 아! 아! 아파!"

"그래, 알아. 아프지? 쿨 다운 하지 않고 운동을 멈춰서 그래. 생각해 보니까 너는 워밍업도 안 했잖아. 좀만 참아."

태권 소녀는 요지부동이다. 오히려 힘을 더 준다. 다리를 찢기는 삼식이의 비명 소리도 그에 비례해서 커졌다.

"아! 아! 아니야! 그만! 그만! 혜주야! 누나! 누나! 으아아!"

06

"으아아아! 끄으윽!"

비명 소리에 민구는 잠에서 깼다. 사방에서 울려오는 끙끙 앓는 소리 때문에 밤새도록 뜬눈으로 지새우다가 새벽녘에 겨우 눈을 붙였었는데, 10분도 채 못 잔 것 같다.

민구는 비명이 들려오는 쪽으로 고개를 돌렸다. 무릎 바로 위쪽에서 다리를 절단한 병사가 고통에 몸부림을 치고 있다. 그 바로 옆에도, 그 한 칸 뒤에도 모두 신체 중 어딘가를 잃은 병사들이다.

'젠장…….'

민구는 억지로 몸을 일으켰다. 며칠 만에 누워 본 침대였지만, 하나도 편치가 않다. 비명 소리와 신음 소리, 그리고 뭔가를 자르는 섬뜩한 소리…….

지옥이다. 마음이 불편하고 또 귀가 불편해서 더 이상은 견디기가 힘들다. 차라리 딱딱한 돗자리가 몇천 배는 더 편안할 것 같다.

"끄응~."

바닥에 내려서서 신발을 신는 것만으로도 저절로 신음이 터져 나온다. 두 팔과 두 다리, 어디 한 군데 멍들지 않은 곳이 없다. 이렇게 아픈데 아무 데도 부러지지 않았다는 게 신기할 지경이다.

자신의 침대 난간에 걸려 있던 약봉지를 챙겨 든 민구는 비틀거리며 문 쪽으로 걸어 나갔다.

"어? 어디 가요? 안정을 취해야 하는데……."

낯선 의사가 다가와 민구를 잡아 세운다.

끅, 별로 세지도 않은 손아귀 힘이지만 그가 어깨를 움켜쥐는 순간, 민구는 또 눈살을 찌푸리며 이를 악물었다.

후우우~.

한숨으로 신음을 대신한 민구는 의사에게 사실대로 털어놓았다.

"나…… 나는 여기에 있으면 안정은커녕 오히려 더 아파질 것 같습니다. 나가야겠소."

"안 되는데…… 여단장님이 특별 지시 한 환자잖아요. 완치시키라고 했단 말입니다."

민구는 땀을 뚝뚝 떨어뜨리며 고개를 끄덕였다.

"다…… 나았습니다. 완치돼서 퇴원했다고 해요."

"아니, 그럴 리가 없잖아. 어제 거의 반송장이 돼서 여기로 왔는데 어떻게 하루 만에…… 혹시라도 여단장님이 찾았는데 없으면 난리 납니다. 그냥 누워 있어요. 그렇게 돌아다녀도 되는 상태가 아니니까."

의사는 완강하게 만류했다. 하지만 민구의 생각은 그보다 더 단호하다. 민구는 의사의 얼굴을 보며 말했다.

"그런 거 그냥 하는 말입니다. 생각해 봐요. 그 여단장인지 하는 사람이 여기를 마지막으로 방문한 게 언제였는지…… 정 곤란하면 그 사람 왔을 때, 산책을 내보냈다고 해요. 그런 다음에 부르면 다시 올 테니. 나는 3루 측 내야석 부근에 있으니까 찾는 건 어렵지 않을 거요."

그 말을 남기고 민구는 의무실 문을 나섰다. 절뚝거리며 걸어가는 동안 차츰 정강이뼈가 시려 온다. 녀석의 발길질을 필사적으로 막았던 다리도, 관절이 꺾일 뻔했던 어깨도 지독하게 아프다.

"젠장…… 죽여야 할 놈이 또 늘었군. 애새끼들 군대 보낼 때 만났던 그 고릴라, 기동이, 그리고 이번에 이 얼굴 시꺼먼 새끼……. 후우~ 하여간 이 새끼들…… 내가 좀 나았을 때 만나기만 해 봐라……."

긴 야구장 복도를 따라 절룩이며 걸어가는 동안 민구는 죽여 버리겠다고 마음먹은 놈들의 명단에 메이저를 추가했다. 광기에 사로잡혀서 무자비하게 킥을 해 대던 놈의 시꺼먼 얼굴이 아직도 선하게 기억난다.

"어머! 저 인간이다, 저 인간. 어휴~ 재수 없어. 어제 저 정신병자가 난리 피운 바람에 우리들도 못 갔잖아. 이송 계획도 완전 취소됐다는 것 같던데……."

"그러게. 저런 사람들은 좀 어디 한 군데 가둬 두든가 해 주면 좋을 텐데 말이야. 우리 같은 사람들은 무섭다고. 계속 피해만 입어야 되고……."

민구를 알아본 여자들이 웅성거린다. 아마도 어제 민간 수용소로 옮겨 가기 위해 줄을 서 있던 사람들인가 보다.

훗, 민구는 코웃음을 쳤다.

메이저가 그 난리를 치는 걸 보고 나서도 몇몇 사람들은 민간 수용소에 대한 기대를 접지 못한 모양이다. 이제 그는 이 쉘터 내에서 공식적으로 상종하기 싫은 놈이 되었다.

'마음대로 지껄여라.'

민구는 길고도 긴 야구장을 힘없이 걸어가며 생각했다. 자신 역시 그들과 별로 특별한 감정을 쌓고 싶지 않다고.

"젠장, 또 이렇게 힘들어졌군. 기껏 조금 나아진 것 같았는데……."

외야의 흡연 구역까지 걸어가며 민구는 몇 번이나 멈춰 서서 잠시 숨을 돌려야 했다. 그렇게 통증을 참고 절룩이며 걸어가는 사람에게 야구장 한 바퀴는 꽤나 가혹한 거리였다.

몸을 움직이고 근육을 쓸 때마다 그 얼굴 시꺼먼 놈에게 걷어차인 허벅지며 정강이가 쑤셔 온다. 그나마 금 간 갈비뼈를 보호한 덕에 숨은 제대로 쉬고 있지만, 대신에 팔다리에는 온통 피멍이 들었다.

"이게 뭐라고…… 이까짓 것 한 대를 피우러 여기까지……."

흡연 구역에 도착한 민구는 인상을 찌푸리며 담뱃갑을 열었다. 말은 그렇게 했어도 어제부터 참아 왔던 터라 빨리 한 대 피우고 싶다.

반쯤 남아 있던 담배는 어제의 그 난리를 겪으면서 온통 구겨지고 부러져 있었다. 멀쩡한 건 두 개비뿐이다.

"후우~."

담뱃불을 붙인 민구는 만족한 표정으로 의자 등받이에 몸을 기댔다. 흙먼지에 너덜너덜해진 트레이닝복을 보고 있자니 딱 자신의 처지다.

누가 봐도 별로 대단하게 여겨질 리 없고, 가까이 다가오면 꺼림칙한 존재. 무서워서 피하는 게 아니라 더러운 게 묻을까 봐 피하게 되는, 그런 인간.

천천히 담배를 다 피운 민구는 사물함으로 가서 새 담배를 한 갑 꺼냈다. 이게 있어야 그 외국인 녀석에게 붕대를 갈아 달라고 할 수 있다.

지근거리에서 보초를 서는 군인들 덕에 사물함 주변은 대체로 평화롭다. 만약 그 보초병들이 없었다면 그깟 얇은 철판으로 된 사물함 따위, 도둑 몇 놈들에 의해서 금방 박살이 나 버렸을 것이다.

"이야, 이 아저씨 졸라 부자야. 하고 다니는 꼴은 거지인데, 어디서 이렇게 담배를 모아 놨어. 사물함 안에도 또 있던데?"

민구가 사물함을 벗어나 절뚝거리며 걷고 있을 때, 아까 흡연 구역에서부터 뒤따라오던 놈들이 거리를 좁히며 지껄였다. 민구에게 들으라고 하는 소리다.

민구는 뒤를 슬쩍 돌아보고 멈춰 섰다. 아직 미성년자로 보이는 10대 예닐곱 명이 그의 주변을 에워싼다.

하나같이 바가지 머리처럼 머리를 덥수룩하게 기른 어린애들. 젊은 남자들이 거의 다 군대로 끌려간 이후, 잠실 쉘터의 말썽은 이 또래 녀석들이 담당하고 있다. 이놈들은 아마 어제 자신이 싸울 때, 그 자리에 없었던 모양이다.

"아저씨, 담배 좀 꺼내 봐요. 구경이나 좀 시켜 주지? 한 갑 나눠 주면 더 좋고."

"그러게. 아저씨, 보아하니까 몸도 영 불편한 거 같은데, 담배 피우지 말아요. 그거 건강에 존나 안 좋은 거야."

10대들은 민구를 포위한 채 거리를 좁혀 오며 위악적인 목소리로 떠들어 댔다. 부근의 다른 사람들은 시끄러워질 것을 눈치채고 재빨리 자리를 피한다. 민구는 어처구니가 없어서 웃음을 터뜨렸다.

"크크크큭, 아~ 나, 이거…… 큭크큭."

"어라? 씨발, 이 아저씨, 존나 기분 나쁘게 처웃고 자빠졌네. 사람이 말하는데……."

두 놈이 뭔가 뽑는 시늉을 한다. 은박지로 만든 칼집에서 꺼낸 날붙이가 반짝인다. 뭔가 싶어 자세히 보니 작은 문구용 가위를 반으로 나눠서 날을 간 것이다.

무기조차도 학용품이라니…… 게다가 친구끼리 사이좋게 나눠 가졌어…….

민구의 웃음이 더 커졌다. 물론 바가지 머리의 분노도 더 증폭됐다.

"조용히 해, 사람들 보잖아! 웃지 말고 담배나 꺼내라고, 이 씨발아. 모가지에 빵꾸 난 다음에 줄래?"

"야, 땅꼬마."

민구는 녀석의 말을 끊으며 벽에 등을 대고 섰다.

"너희 본드 불었냐? 사리판단이 잘 안 돼?"

"뭐래, 이 새끼가? 짜증 나게."

치켜뜨는 눈동자를 보니 그런 것도 아니다. 민구는 여전히 웃음기를 거두지 않은 채 물었다.

"어린이는 나라의 미래라니까, 무럭무럭 자라라는 의미에서 오늘 한 번은 특별히 봐준다. 빨리 꺼져! 근데 너희, 이거 보면서 아무 생각이 안 들디?"

민구는 자신의 얼굴을 가로질러 나 있는 흉터 앞에서 검지를 세워 까딱댔다. 자신이 거울로 봐도 어지간히 험상궂던데, 이놈들은 겁도 없나 보다.

"킥킥킥, 이 새끼 뭔 소리 하나 했더니, 그딴 걸로 겁을 주려고 하네. 그게 무슨 무기냐? 그런 거 몇 개 더 만들어 줄까? 응? 개새끼야?"

바가지 머리 1호가 가위 칼을 민구의 얼굴에 바짝 대며 까분다.

하여간에 이 또래의 용기라는 건…….

민구는 귀찮다는 표정으로 한숨을 내쉰 뒤, 번개처럼 왼손을 휘둘렀다.

"악!"

팔목을 강타당한 바가지 머리 1호가 인상을 쓰며 가위 칼을 놓친다. 민구는 그 가위 칼을 허공에서 잡아챈 뒤, 놈의 머리를 향해 그었다.

사악—.

눈 바로 위까지 덮고 있던 놈의 앞머리가 뭉텅 잘려 나간다. 지금까지 가려졌던 여드름투성이 이마가 훤하게 드러났다.

녀석이 기가 질려 바짝 얼어붙어 있는 동안 민구는 팔을 휘둘러 옆에 붙어 서 있던 두 놈의 앞머리를 더 잘라 버렸다.

사악— 서걱—.

암만 몸이 불편하대도 이깟 애송이들쯤이야.

"이 씨발!"

두 번째 가위 칼을 가진 놈이 엉덩이를 뒤로 빼고 칼을 휘둘러 댔다. 민구는 놈의 날을 빼앗은 가위 칼로 쳐서 튕겨 버렸다.

티잉—.

날아간 녀석의 가위 칼이 바닥에 떨어진다. 무기를 놓친 놈의 얼굴은 멍해져 있다. 자신이 어떤 상황인지 잘 모르겠는 모양이다.

민구는 가위 등을 녀석의 옷깃에 걸친 다음 확 잡아당겼다.

쿵!

녀석은 머리를 벽에 찧으며 앞으로 고꾸라졌다.

 "흐에에엑!"

 나머지 놈들은 얼빠진 비명을 지르며 주춤주춤 뒷걸음질을 한다. 개중 약은 놈은 벌써 뒤돌아 뛰기 시작했다.

 "야! 너!"

 자빠진 놈의 목덜미를 밟은 민구는 맨 처음 머리카락이 잘린 바가지 머리 1호를 불렀다.

 "네? 네?"

 놈은 부들부들 떨며 대답했다. 공짜로 이발을 해 줬더니 존댓말도 꽤 잘 쓰게 됐다. 민구는 자빠진 놈을 가리키며 말했다.

 "지금 도망간 새끼 잡아 와. 못 잡아 오면 이 새끼 머리 자르면서 귀도 같이 잘라 버릴 거니까. 2분 준다."

 민구는 시계를 보면서 어서 가라는 손짓을 했다. 졸지에 귀가 잘리게 된 녀석도 바가지 머리 1호에게 빨리 잡아 와 달라며 간절하게 울부짖는다.

 잠시 망설이던 1호는 눈이 커다래져서 도망간 놈의 뒤를 쫓아 뛰어가기 시작했다.

 "너희는 여기 일렬로 서."

 자빠진 놈의 목에서 발을 뗀 민구는 가위 칼을 쥔 채 벽을 가리켰다. 기가 죽어 버린 10대 강탈자들은 울상을 지으며 벽에 나란히 붙어 섰다. 그들 모두 같은 생각을 하고 있었다.

 왜지? 분명히 비틀거리면서 걷던 약골이었는데, 왜 이런 상황이 됐지?

 이미 머리카락이 잘린 놈들이 받은 충격은 훨씬 더 컸다. 이 헤어 스타일은 그야말로 바보 컷. 앞머리가…… 2센티미터도 안 남고 쌍동 잘려 나갔다.

 꼴사나운 것은 둘째 치고, 눈앞에서 칼날이 번쩍한 뒤 머리카락만 사라락 떨어져 내렸던 그 순간의 공포가 너무 크다. 가위 한쪽 날로 이런 게 가능하다는 것도 오늘 처음 알았다.

게다가…… 이 남자는 아직 오른손을 주머니에서 빼지도 않았다. 남자의 팔목에는 약봉지가 달랑거리며 매달려 있다.

잠시 후, 달아났던 놈이 1호와 함께 돌아왔다. 쭈뼛거리는 두 놈도 마저 벽에 세운 민구는 놈들의 얼굴을 빤히 훑어보며 가위 칼을 흔들었다.

"너희들, 칼을 잘 쓰는가 봐? 이런 걸 들고 다니는 걸 보면."

다들 고개를 푹 숙인 채 '죄송합니다.', '잘못했습니다.'만 연발한다. 민구가 다시 말했다.

"죄송할 게 뭐가 있어. 다들 자기 가진 재주로 살아 보겠다고 한 건데…… 하지만 참고로 이 흉터 만든 새끼한테 내가 어떻게 해 줬는지를 알려 주지. 걔도 칼을 좀 썼거든. 자기가 조선 최고의 칼잡이니 뭐니 하고 껍죽대던 놈이었는데, 정작 싸울 때는 떼로 덤비더라?"

민구는 조금 전 그에게 칼을 휘둘렀던 바가지 머리의 배에 가위 등 쪽을 대고 주욱 긋는 시늉을 했다. 놈은 팔다리를 부르르 떨었다. 날이 없으니 베이지는 않지만, 등골까지 서늘해지는 느낌이다.

"갈비뼈 아래서부터 여기, 배꼽에 닿을 때까지 사선으로 갈라 줬어. 그랬는데도 쏟아지는 내장을 움켜쥐고 뛰더라고. 물론 몇 미터도 못 가고 자빠졌지만. 사람은 배에 힘이 안 들어가면 제대로 못 서거든. 어때? 편하게 고통 없이 죽은 건가?"

"아…… 아니요, 아니요."

"맞는데…… 그 정도면 큰 고생 안 하고 간 거야. 근데 그때는 내가 화가 나서 앞뒤 안 따지고 저질러 버렸던 거고, 너희는 달라. 너희들이 만약에 한 번만 더 이런 거 들고 설치는 거 보면 오금부터 끊어 버릴 거야, 이 새끼들아. 그리고 매일 뭔가 하나씩 더 잘라 주지."

놈들이 충분히 겁을 먹었다고 확신한 민구는 킥킥, 웃고 나서 그 자리를 떠났다.

사람의 외양이 허술해지니 이제는 별일을 다 겪는다. 무섭고 힘이 드니까 다들 반쯤 돌아서 제 몸에 맞지 않는 옷을 입으려고 하고 있다.

태양 그룹 같은 장사꾼들이 자신들을 지켜 줄 거라 믿는 사람들이나, 이따위 학용품을 가지고 강도짓을 할 수 있다고 믿는 저 애새끼들이나, 따지고 보면 크게 다르지 않다. 그저 아무것에나 일단 매달리고만 싶은 모양이다.

"끄으응."

자신의 자리로 돌아온 민구는 돗자리에 앉아 트레이닝복 상의를 벗었다. 조금 전, 잠시 몸을 놀린 그 정도도 운동이라고, 다친 팔다리가 더 쑤셔 온다. 민구는 약봉지에서 튜브 안에 든 소염제를 꺼내 피멍이 든 팔과 어깨에 발랐다.

"헬로! 네이버!"

옆자리의 젠킨스가 다가와 기웃거리며 중얼거린다.

"싸웠다는 소문은 들었지만, 이 정도일 줄은……. 흐음, 당신은 몸을 훼손하는 데 재주가 있군. 이제 멀쩡한 데가 별로 없어 보여."

물론 민구는 무슨 소리인지 알아듣지 못했다. 하지만 확실하게 알 수 있는 것은 녀석이 어떻게 하면 뭔가를 뜯어낼 수 있을까 궁리하고 있다는 사실이었다.

아니나 다를까, 민구의 등에서 커다란 피멍 자국을 발견한 젠킨스는 통통한 팔로 소염제와 등을 번갈아 가리키며 약 바르는 시늉을 한다. 그러고는 손가락 하나를 세웠다.

"원 시가렛!"

큭큭큭, 이놈만은 참 한결같군…….

민구는 어처구니가 없어서 웃었다. 지금 그의 몸 상태로는 분명 등까지 팔을 돌리기 어렵다.

아무리 그래도 그렇지, 약 잠깐 발라 주는 거랑 붕대 다시 감아 주는 게 가격이 같다고?

한참 실소하고 나서 웃음기를 걷어 낸 민구가 젠킨스를 돌아보며 말했다.

"꺼져."

Chapter 64
Jet

01

"삼식아, 너무 앞서가지 마. 뭐가 있는지 모르니까."

진우는 삼식이를 불러들이며 주변을 돌아보았다. 높이 솟은 리조트 건물들의 깨진 창문 사이로 불길한 징조처럼 커튼이 휘날린다.

좀비들로 북적이는 6번 국도에서 벗어나 한강의 지류 쪽으로 남하한 지 이틀째. 시간으로는 마흔아홉 시간 만에 드디어 강가에 지어진 첫 번째 레저 시설을 만났다.

비록 여기가 그가 찾던 양평 레저는 아니지만, 이제 물가에 닿았으니 곧 더 많은 시설들이 속속 나타날 것이다. 뭔가 그와 삼식이를 태우고 강을 거슬러 올라갈 수 있는 도구.

"어우, 냄새……."

매표소를 지나 워터 파크 안으로 들어선 진우는 소매로 코를 가렸다. 지독한 썩은 내가 부근의 대기 전체를 꽉 채우고 있다. 진우는 목에 두르고 있던 얇은 머플러를 끌어 올려 코와 입을 덮었다. 그래도 여전히 숨쉬기는 어렵다.

악취의 근원지는 시체가 둥둥 떠다니는 수영장이었다. 근 한 달 동안 피와 온갖 오물들이 제멋대로 흘러나와 부패한 수영장의 물은 탁한 녹색으로 변해 있었다. 마녀들이 끓여 놓은 지옥의 음식이라고 해도 믿어질 비주얼이다.

후드득ㅡ.

시체 주변에 앉아 있던 새들이 카트 바퀴 소리에 놀라 날아오른다. 달려들려던 삼식이는 '왜 안 쐈어?'라고 묻는 눈빛을 지으며 진우를 돌아본다. 사냥감을 놓쳐 버린 것이 아쉬운 모양이다.

"됐어, 괜찮아. 야, 먹을 거 아직 있는데 왜 내가 새 깃털을 뽑고 앉아 있어야 되겠냐. 그것도 시체 뜯어 먹고 있던 새를. 그런 거 말고 우리는 제트 스키 찾아야 돼."

진우는 건성으로 녀석을 달래며 혹시 다른 움직이는 것은 없는지 살폈다. 떠다니는 시체들이나 깨져 있는 유리창의 개수를 보면, 한때 여기에 좀비들이 꽤 나 많이 있었다는 걸 짐작할 수 있다. 어쩌면 아직도 그럴지 모른다.

"으아, 저 안에도 온통 피투성이네."

리조트의 로비를 슬쩍 엿본 진우가 혀를 찬다. 이국적인 풍경을 만들어 내려고 장식해 둔 대형 화분의 열대 화초들에도 피가 잔뜩 튀어 있다.

진우는 고개를 설레설레 저으면서도 카트를 세워 두고 건물 안으로 들어섰다. 카운터에 비치되어 있는 주변 관광 지도가 필요하다.

자박.

카펫을 밟으며 조용히 한 발, 한 발을 내딛던 진우가 걸음을 멈추고 중앙의 나선형 계단 쪽을 돌아본다.

뭔가 움직였나? 아니면 그저 바람에 커튼이 흔들리는 걸 보고 착각하는 건가?

지금까지 생존하는 데 크게 공헌해 왔던 그의 후각은…… 시체들이 떠 있는 수영장을 가로질러 오면서 거의 마비되었다. 이 리조트는 그냥 거대한 부패와 악취, 그 자체라고 보면 된다.

"찝찝해. 젠장……."

진우는 미간을 찌푸리면서 카운터를 향해 걸어갔다. 커다란 전지에 프린트해 놓은 약식 관광 지도 그림이 벽면의 절반 정도를 차지하고 있다.

카약, 제트 스키, 모터보트, 바나나 보트, 등산, 수영…… 그림 속의 만화체 인간들은 모두 즐겁고 행복하다.

"이게 그렇게 재미있다, 이거지? 좋아, 나도 이제 금방 탈 거니까."

제트 스키를 탄 캐릭터를 보고 혼잣말을 중얼거린 진우가 접이식 관광 지도를 빼 들려다가 움찔한다. 대리석 카운터 뒤쪽에 피투성이가 된 여직원의 시체가 누워 있다.

좀비가 아니라는 것은 금방 알아차렸지만, 그래도 보기 좋은 광경은 아니다. 특히 저 안구 주변에 들끓는 구더기들은 도무지 적응이 안 된다.

터엉—.

몇 층인지 특정하기 어려운 위층에서 문을 두들기는 소리가 난다. 특유의 포효도 희미하게 들린다. 이쯤 되면 확신을 가져도 될 것 같다. 진우는 미간을 찌푸리며 천천히 뒷걸음질을 쳐서 로비를 빠져나왔다.

"여기서 나가자, 삼식아. 코가 썩는다."

진우는 지도를 주머니에 넣고 카트 손잡이를 잡았다. 분명 이 건물들 중 어딘가에 좀비들이 돌아다니고 있다. 하지만 그가 그놈들을 모두 잡아 죽여야 하는 건 아니다. 그러니 불필요하게 위험과 마주해 가며 실탄을 소모할 필요가 없다.

드르르륵—.

카트 바퀴가 시멘트 바닥을 지나며 요란한 소리를 낸다. 진우는 썩은 물이 고인 수영장을 지나 한때는 근사했을 풀 바와 매표소를 빠져나왔다.

그제야 좀 숨쉬기가 편해진다. 진우는 걸음을 서둘렀다.

"푸아아아~."

강변에 나 있는 도로를 따라 100여 미터 이상을 멀어진 뒤에야 진우는 머플러를 끌어 내리고 한숨을 내쉬었다. 삼식이도 연달아 몸을 턴다.

"그래도 괜한 고생만 한 건 아니야. 이거 봐, 여기가 우리가 있는 데라고. 이렇게 자세한 건 보통 지도에는 안 나와."

진우는 조금 전 가지고 나온 관광 지도를 펼쳐 들고 삼식이에게 보여 줬다. 그래 봐야 삼식이는 지도 따위 관심이 없다. 녀석은 심리적 안정을 찾고 싶었는지, 진우의 엉덩이 쪽으로만 자꾸 파고든다.

삼식이가 마음껏 냄새를 맡도록 놔둔 채 진우는 지도를 살펴봤다. 강을 중심으로 그려진 지도에는 그가 조금 전 지나온 리조트와 몇 개의 레저 시설, 그리고 음식점 등이 표시되어 있었다.

다들 그리 멀지 않은 위치에 모여 있다는 것은 확인했다. 다만, 축척이 없는 지도여서 정확한 거리까지는 짐작하기 어려웠다.

"이쪽으로 가면 되나 봐. 강 따라 걸어가기만 하면 되니까 최소한 길을 잃을 염려는 없네."

그제부터 지속적으로 그를 유혹해 오던 양평 레저가 그리 멀지 않다. 거기까지만 가면…….

진우는 제트 스키에 올라타서 잠실까지 빠르게 물 위를 질주하는 자신의 모습을 상상하며 히죽 웃었다.

시원하게 물보라가 일고, 두 팔에 강한 진동이 느껴지겠지. 그리고 얼굴에는 바람이 쉴 새 없이 불어올 테고……. 음, 고글이 있어야겠는걸? 아닌가? 선글라스 정도만 있어도 되려나?

진우는 미리부터 준비물을 생각했다.

기분이 좋아진 진우는 힘차게 카트를 밀고 달리다가 그 위에 올라탔다. 힘찬 엔진 소리가 귓가에 들리는 듯했다.

부아아아앙—.

한참을 걸어 작은 보 하나를 지나자 드디어 그곳에 양평 레저가 있었다. 그리 넓게 느껴지지 않던 한강의 폭이 갑자기 300미터 이상으로 대폭 확장되기 시작한 지점이다.

멀리 건물들이 보이자마자 진우는 일단 조준경으로 정찰부터 시작했다. 역시나 꼬물거리는 놈들이 있다.

"흐음, 꽤 모여 있네. 여섯, 일곱…… 에, 열 마리인가? 아, 저기도 있구나."

진우는 조준경을 통해 150여 미터 전방에 위치한 선착장을 보면서 배회하는 좀비들의 수를 헤아렸다.

모두 열두 마리. 그리 크지 않은 레저 센터의 규모나 위치를 볼 때에는 많은 편이라고 할 수 있다. 뭐 한다고 이렇게 외진 곳에 놈들이 모여들어 있는 건지 의아했다.

선착장은 나무로 된 2층 덱과 기둥이 튀어나와 있고, 그 바로 옆에 평상들이 펼쳐진 구조로, 꽤 단출했다.

태풍 때문에 천막 지붕이 꽤나 손상된 덱 주변에는 로프로 연결된 몇 가지 레저 용품들이 물에 둥둥 떠 있다. 저 연결 고리가 단단히 묶여 있는 덕분에 태풍이나 많은 비에도 떠내려가지 않은 모양이다.

진우가 여기까지 오는 내내 노래를 불렀던 제트 스키도 세 대나 보인다.

땡큐!

"어쨌든 저놈들부터 잡고 가야지?"

진우는 방아쇠에 손가락을 걸었다. 아무 때고 갑자기 뛰어다니는 좀비들이니까 시야가 확보될 때 후딱 잡아 버리는 게 편하고 안전하다.

괜히 시간을 끌다가 몇 놈이라도 어두컴컴한 건물 내부로 쑥 들어가 버리면, 또 그걸 쫓느라 등골에서 식은땀을 흘려야 한다.

"선착장에 셋, 평상 있는 데 넷, 건물 앞에 셋, 정원에 하나, 그물침대 옆에 하나……."

좀비들의 위치를 다시 한번 훑은 진우는 방아쇠를 당기며 총구를 역방향으로 빠르게 돌렸다.

탕— 탕탕— 탕, 탕, 탕탕— 탕— 탕탕— 탕, 타앙—.

거의 쉴 새 없이 발사된 열두 발의 총알이 열두 마리 좀비의 머리를 꿰뚫었다. 단 한 발도 빗나가지 않았다. 이 정도 거리라면 당연한 일이다.

마지막 총성이 긴 메아리와 함께 돌아올 때, 진우는 이미 총구를 내리며 카트의 손잡이를 잡고 있었다.

"가자, 삼식아. 물놀이할 시간이야. 물놀이 좋아해?"

진우가 뒤를 돌아보며 묻자, 삼식이는 얼— 짧은 대답과 함께 일어나 뭉뚝한 꼬리를 흔든다.

"좋아, 그럼 시합이다! 누가 먼저 가나!"

말을 끝마치기 전에 진우는 카트를 밀고 뛰기 시작했다.

드르르르륵— 드르르륵—.

강가의 도로 위에 카트 바퀴 소리와 진우의 발소리가 요란하게 울려 댄다. 삼식이도 신이 나서 모처럼 마음껏 내달렸다.

삼식이는 금방 진우를 앞질러 가서 선착장을 찍고, 다시 진우에게 돌아왔다가 또 앞서 뛴다.

"그래, 알았어. 무지하게 빠르네. 하아~ 하아~ 네가 이겼다."

양평 레저 입구에 도착한 진우는 숨을 몰아쉬며 항복 선언을 했다. 그런 후, 별로 내키지는 않지만 선착장과 평상에 쓰러져 있는 좀비 시체들부터 뒤쪽의 주차장 쪽으로 끌어 옮겼다.

앞으로 여기에서 능숙해질 때까지 제트 스키 타는 연습을 하게 될 텐데, 번번이 좀비 시체를 피해 다니고 싶지는 않다.

삼식이가 늠름하게 카트를 지키는 동안 낑낑거리며 일곱 구의 좀비 시체를 모두 끌어내고 돌아온 진우는 덱의 끝에 서서 제트 스키들을 내려다봤다.

"뭐지? 이거랑 이거는 다르네? 메이커 차이인가?"

두 종류가 있다. 하나는 매우 폭이 좁은데, 나머지 두 개는 발판도 옆으로 나있고 제법 널찍하다. 모두 다 꽁무니 쪽 체결 고리에 묶어 둔 로프로 선착장 덱과 연결되어 있었다.

진우는 나무 계단을 밟고 내려가 제트 스키에 좀 더 가까이 다가갔다.

"아…… 얘는 의자가 없네. 서서 타는 건가 보다. 그치, 삼식아?"

잠시 물끄러미 바라보고 있자니 차이점들이 눈에 들어온다. 폭이 좁은 놈은

1인용이다. 핸들이 바닥에 딱 달라붙어 있는 꼬라지만 봐도 뭔가 타기가 지랄 맞을 것 같은 느낌이 들었다. 저건 온몸을 물에 흠뻑 적셔 가며 타야 하는 건가 보다.

그런 건 사양이다. 총도 탄창도 다 젖으면 어떻게 하라고……. 그리고 무엇보다도 이 좁은 녀석의 크기로는 어떻게 묘기를 부린대도 삼식이를 함께 태울 수가 없다.

"그럼 이거는……."

진우는 좌석과 발판이 있는 두 대 쪽으로 시선을 돌렸다. 확실히 이놈들이 더 덩치가 크다. 어쩌면 그만큼 느리고 민첩성이 떨어질지도 모르지만…… 그런 게 무슨 상관인가, 경주에 나가려는 것도 아닌데.

그건 괜찮은데 둘 중에 한 대는 뭐에 맞아서 그런지, 손잡이가 박살 나 있다. 저건 못 쓴다.

"웃차!"

진우는 수면 바로 근처까지 내려가서 멀쩡한 제트 스키에 연결된 로프를 잡아당겼다. 시험 삼아 한번 타 볼까 싶어서였다.

일단 시동이라도 성공적으로 걸어 보고 나면 마음이 한결 더 편안할 것 같다. 시동을 어떻게 거는 건지는 아직 모르겠지만.

퉁—.

충격을 완화하기 위해 붙여 둔 폐타이어에 부딪친 제트 스키는 물살의 흐름에 따라 천천히 방향을 돌린다. 진우는 로프를 더 바짝 당겨서 선착장과 제트 스키가 나란히 서도록 만들었다.

"아, 아니다. 혹시라도 넘어져서 물에 빠지거나 하면 안 되지……."

등산화를 물에 적시지 않고 제트 스키에 올라타기 위해 다리를 쫙 벌린 채 묘기를 부리던 진우가 문제점을 깨닫고 다시 계단에 올라섰다.

생명 같은 총을 가슴팍에 멘 채로 물장난을 하려 들었다니…… 이건 용납하기 어려운 만용이다. 그리고 지금 그의 복장과 장비로는 일단 물에 빠지면 무조건 고생을 하게 되어 있다.

소총에, 권총에, 예비 탄창, 방탄조끼, 대검과 하이바, 신발까지…… 전부 다 무거운 것투성이다. 수영도 그리 잘하지 못하는데 꼬르륵 잠기는 상상만 해도 숨이 차오른다.

"그럼 이걸 벗어 놓고 해야 되나……."

K-2의 총 멜빵을 벗어서 덱의 기둥에 걸려던 진우가 멈칫한다.

총을 몸에서 떼어 놓는다고? 그것도 바로 손에 닿을 위치가 아니라 나는 제트스키에 올라 있고, 총은 여기에 걸어 둔다고? 그래도 될까? 만약에 그럴 때 갑자기 좀비들이 뛰어오면 어떻게 하겠단 거지? 좀비 문제에 있어서는 삼식이도 아무런 도움을 줄 수 없는데…….

"에…… 그거 곤란한데……."

멍하니 생각에 잠겨 있던 진우는 다시 총을 메고 덱 위로 올라왔다. 여기까지 걸어오는 동안에는 생각지도 못했던 문제가 발목을 잡는다.

어쨌든 총을 몸에서 떼 놓는 건 별로다. 불가피하게 그렇게 해야 한다고 해도 안전에 확신이 든 이후로 미루고 싶다.

이 선착장은 조금 전까지만 해도 열 마리 이상의 좀비들이 돌아다니던 곳이다. 언제 또 다른 놈들이 불쑥 나타난다고 해도 이상하지 않다. 주변 상황이 어떤지, 저 뒤에 서 있는 건물들에는 뭐가 있는지조차 아직 살펴보지 않았다.

"진정해. 급하게 생각하지 말고."

진우는 한시라도 빨리 잠실까지 닿고 싶은 스스로를 달래며 선착장으로 올라왔다. 여기까지 왔으니 이제 서울 입성은 그리 머지않았다. 괜히 초조해져서 어처구니없는 실수만 저지르지 않으면 된다.

얼―.

물가에 서서 기쁜 얼굴로 기다리고 있던 삼식이가 되돌아 나오는 진우를 향해 짖는다. '어이, 친구! 물놀이하자며? 한번 시원하게 적시지?'라는 것 같다. 진우는 고개를 저었다.

"아니, 그게…… 순서가 좀 바뀐 것 같아서……. 저기 펜션 건물들 보이지? 저거 먼저 싹 점검해 봐야 돼. 혹시 좀비들 숨어 있으면 그것도 잡고…… 그리고 저 밖으로 나가면 거기 상황은 어떤지도 좀 알아 둬야 하거든. 그러니까 물놀이는 좀 나중에…… 너는 놀고 싶으면 좀 들어가서 놀아도 돼."

진우는 삼식이의 머리를 한 번 쓸어 주고 펜션 쪽으로 걸어갔다. 2층짜리 건물이 여러 개 늘어서 있는 형태. 앞마당에는 바비큐를 위한 그릴과 넓은 나무 탁자가 비치되어 있다.

진우는 한 발 뒤로 따라온 삼식이와 함께 수십 개의 방을 차근차근 뒤졌다. 좀비는 나오지 않았지만, 방문을 일일이 열고 좁은 데로 들어가는 게 은근히 고역이다.

"여기는 직원들 숙소였나 보네."

물가에서 가장 멀리 떨어진 펜션에는 살림의 흔적과 함께 먹을 게 좀 남아 있었다. 수색을 마친 진우는 창가에 걸려 있는 셔츠를 잠시 바라보다가 방을 나섰다.

위험 요소도 없지만, 반가운 소식도 나오지 않았다. 하긴…… 좀비들이 그렇게 많이 돌아다니고 있었는데, 바로 몇십 미터 떨어진 데서 생존자가 아직까지 숨어 지낸다는 건 말이 안 되는 소리다.

"어휴~ 더러워. 이건 뭐야…… 누가 재떨이에 물을 이렇게 채워 놨어? 가뜩이나 냄새가 나는데……."

시꺼먼 물이 채워진 양철통에 잔뜩 떠 있는 담배꽁초들을 보며 인상을 찌푸리던 진우는 이내 그 물이 빗물 때문에 채워진 것임을 깨달았다. 원래는 그냥 담뱃재와 꽁초만 가득한 재떨이였을 것이다.

"그럼 이제 이 위쪽에 뭐가 있나 좀 보자."

진우는 주차장 진입로를 지나 오르막길을 올랐다. 몇 분 걷지 않아 4차선 도로와 만났다. 도로를 사이에 두고 양쪽으로 식당들이 드문드문 서 있다.

응?

길의 모양새가 어딘가 낯익어서 진우는 잠시 멍해졌다. 조금 걸어가다 보니 표지판이 등장해서 확실하게 일러 준다.

이 길…… 그제까지 그가 걷던 6번 국도다.

"아, 그런가……. 6번 국도가 이쯤에서 한강 쪽으로 내려오는 거구나."

결과적으로는 좀비들의 행렬을 우회해서 다시 국도 부근으로 돌아온 셈이 되었다. 뜨겁게 달궈져서 아지랑이가 피어오르는 도로를 보며 진우는 고개를 끄덕였다.

그렇다면 전에 자신이 보았던, 그 빙글빙글 도는 좀비들의 행렬이 이 부근으로도 지날 수 있다는 뜻이다.

"그래도 여기까지 안 왔으면 좋겠는데…… 사실 여기에 뭐 볼 게 있다고……."

걱정스러운 표정으로 생각에 잠겨 있던 진우는 직원 숙소로 내려가서 청테이프를 가지고 다시 국도로 돌아왔다. 그러고는 테이프를 잘라 내서 접착 면이 바깥쪽으로 오는 고리를 만들었다.

진우는 그런 식으로 만든 고리 모양의 양면테이프 여러 개를 도로를 가로질러 촘촘히 붙여 뒀다. 만약 나중에 돌아왔을 때 이 테이프 라인이 엉망으로 훼손되어 있다면, 그건 좀비들이 지나갔다는 이야기가 된다.

쿵쿵쿵—.

진우가 길 건너 식당에 들어갔다 오는 동안 삼식이는 테이프 고리에 관심을 보이며 한쪽 발로 톡톡, 건드리고 있었다.

"아냐, 아냐. 삼식아, 이런 거 말고 이 소리를 기억해."

진우는 녀석의 발에 달라붙은 테이프를 떼어 주고 작은 종을 흔들었다.

딸그랑— 딸그랑—.

종은 그리 맑지 않은 소리를 내며 울린다. 지금 막 식당 문 안쪽에서 떼어 온 것인데, 사람의 귀로 야외에서 들으면 조금만 멀리 떨어져 있더라도 놓치기 쉬울 만큼 작고 특징 없는 소리다.

하지만 삼식이는 개니까 다르다. 좀비 냄새는 못 맡아도 놈들 때문에 나는 소음은 감지할 수 있을 거다. 녀석은 귀를 움찔움찔하면서 진우가 흔드는 종소리에 귀를 기울이고 있다.

"기억했어, 이거?"

진우는 다시 한번 종을 흔들었다. 딸그랑 소리를 들으며 삼식이는 얼—! 하고 짧게 짖었다. 확실히 영리한 녀석이다. 진우는 녀석의 머리를 쓸어 칭찬을 해 주며 말했다.

"진입로에 이걸 걸어 놓을 거야. 이 소리가 들리면 나한테 알려 줘. 알았지? 어떻게 한다고?"

진우는 시험 삼아 다시 종을 세게 흔들었다. 딸랑거리는 소리가 나는 것과 동시에 삼식이가 얼— 얼— 짖는다.

젠장! 이 새끼, 왜 이리 예쁜 거지?

진우는 삼식이의 등과 얼굴을 열정적으로 끌어안고 쓸었다.

청테이프를 쭉 뜯어낸 진우는 진입로 양쪽의 나무에 걸쳐 허벅지 높이의 라인을 치고, 그 중앙에 종의 고리를 붙였다.

종 자체도, 연결 고리도 꽤나 묵직해서 웬만한 바람 정도로는 울려 댈 일이 없다. 이걸로 최소한의 알람은 마련됐다.

"좋아, 이제 좀 일을 해 보자."

뒤쪽을 든든히 해 둔 진우는 만족한 표정을 지으며 다시 선착장으로 돌아왔다. 수색을 하면서 총 문제를 어떻게 해결해야 할는지에 대해서도 아이디어를 얻었다.

진우는 일단 직원 숙소 옆에 기대 세워져 있던 고무보트를 머리에 이고 선착장으로 걸어갔다. 대여섯 명은 족히 탈 만큼 큰 레프팅용 보트여서 무게도 꽤 된다.

그가 낑낑거리며 안간힘을 쓰자 보다 못한 삼식이가 도와주려고 보트 옆면에 끼워진 로프를 문다.

"어…… 어…… 아니, 아니야. 삼식아, 안 도와줘도 되니까 물지 마. 네 이빨에 걸리면 이거 터질 것 같아."

깜짝 놀란 진우는 기겁을 하고 삼식이를 만류했다. 보트의 재질도 제법 튼튼해 보이기는 하지만, 삼식이의 턱 힘이 그보다 훨씬 더 셀 게 분명하다. 밧줄을 놓은 삼식이는 아쉬운 듯 입맛을 다셨다.

"영차!"

선착장 덱에 고무보트를 내려놓은 진우는 줄을 잡은 채 보트를 밀어 수면으로 미끄러뜨렸다.

첨벙, 보트는 물을 좀 튕긴 뒤, 가볍게 둥둥 떠서 물길을 따라 서울 방향으로 움직인다. 진우는 보트에 연결된 줄을 제트 스키의 후면 고리에 걸어 더 떠내려가지 못하도록 고정했다.

이제 선착장, 제트 스키, 고무보트의 순서로 도로 쪽에서 멀어진다. 만약 도로로부터 좀비들이 몰려오는 비상사태가 벌어진다면, 고무보트로 옮겨 타고 거기에서 응사할 계획이다.

로프들이 모두 단단히 체결되어 있다는 걸 확인한 진우는 다시 직원 숙소에서 수영복과 쓰레기봉투 묶음을 가져왔다. 주둥이 부분에 조이는 끈이 달린 100리터짜리 업소용 비닐봉지다.

"이제 진짜 물에 들어가는 거다."

진우는 총과 장비, 옷을 벗어 두 개로 나눈 대형 비닐봉지에 차곡차곡 담았다. 수영복으로 갈아입은 진우는 K-2와 예비 탄창을 넣은 비닐봉지의 입구 끈을 조이고, 비닐 자체로 매듭을 만들어 한 번 더 묶었다. 개인 화기용 임시 방수 팩이다.

"너도 입을래, 삼식아? 안전을 위해서?"

진우가 선착장 한쪽에서 구명조끼를 꺼내 내밀자 삼식이는 헥헥거리며 잠시 웃는 것 같더니, 풍덩! 물속으로 다이빙을 했다.

촤악— 촤악—.

녀석은 아주 자연스럽게 개헤엄을 치며 진우를 힐끔거린다. 녀석이 빠져 죽을까 봐 걱정하지는 않아도 될 듯하다.

"그래, 놀고 있어. 나도 금방 갈게."

삼식이에게 손을 흔들어 준 진우는 구명조끼의 상부 고리에 대검집과 권총집을 연결하고, 개인 화기 방수 팩의 줄을 대각선으로 비껴 멨다. 이제 물에 들어갈 시간이다.

찰방―.

계단을 내려가 맨발을 물속에 담그자 맑은 물소리와 함께 특유의 청량감이 발목까지 서늘하게 만든다. 삼식이 녀석과 만났던 날, 웅덩이에서의 목욕 이후 처음 느껴 보는 쾌감에 진우의 입가에도 미소가 지어진다.

"어디……."

진우는 제트 스키의 손잡이를 잡으며 좌석에 걸터앉았다. 체중의 이동에 따라 조금씩 기우뚱거리기는 하지만, 제트 스키는 꽤나 안정적으로 떠 있다. 그는 별 어려움 없이 처음으로 제트 스키를 타는 데 성공했다.

"하…… 하하…… 별거 아니네! 이렇게 한 방에 성공했다!"

정말로 별것도 아닌 성공이지만, 진우는 충분히 기뻤다. 삼식이도 주변을 빙글빙글 돌며 함께 기뻐해 준다.

삼척 남단의 발전소에서 탈출할 때만 해도 자신이 양평의 남한강에 떠 있는 제트 스키 좌석에 오를 수 있을 줄은 몰랐다.

하하…… 하…….

들떠서 손잡이를 좌우로 움직이는 시늉도 해 보고, 오른쪽의 손잡이에 달린 액셀러레이터를 돌려도 보던 진우는 다시 현실로 돌아왔다.

……근데, 이게 대체 어떻게 해야 시동이 걸리는 거지?

막연하다. 한 가지 바라는 바라면 너무 복잡하지 않았으면 좋겠다는 정도……. 진우는 매끈한 제트 스키의 바디와 손잡이 주변을 두리번거리고 더듬거리다가 혼잣말을 중얼거렸다.

"이건 키가 없나?"

아무리 찾아봐도 열쇠 꽂는 구멍 같은 게 보이질 않는다. 왼쪽 손잡이 쪽에 초록색 스타트 버튼과 빨간색 스톱 버튼뿐이다. 경험이 없어도 그 두 개가 뭘 의미하는지는 알 것 같다.

초록색을 누르면 시동이 걸리는 거겠지…….

진우는 안 될 거라고 예상하면서도 초록색 버튼을 꽉 쥐어 봤다.

"혹시 이거? 여긴가?"

몇 번을 세게 눌러 봐도 별 반응이 없자 진우는 새로운 방식을 모색해 봤다. 왼쪽 손잡이 스톱 버튼에 연결된 팔목 고리를 잡고 키를 돌리는 것처럼 비틀어 봤다.

이것도 아니다. 시동이 걸리기는커녕 힘을 주어 당기자 쑥 빠진다. 열쇠다운 개성적인 홈이 없다.

"이건 아니야…… 이렇게 생겼으면 키 기능을 못 한다고."

진우는 연결 고리를 다시 스톱 버튼에 끼워 넣느라 애를 먹었다. 버튼 자체를 당겨서 그 사이에 고리를 채워야 한다는 간단한 요령조차 전혀 모르는 사람에게는 대단한 난관이 된다.

"우와…… 이거, 하나도 모르겠는데."

진우는 흘러내리는 식은땀을 닦았다. 뜻대로 안 돼서 좀 열을 냈더니, 수영복과 구명조끼만 입고 있는데도 확확 찐다. 어느새 뒤쪽으로 올라온 삼식이가 진우의 허벅지에 얼굴을 기대며 헥헥거리고 있다.

"삼식아, 나 되게 열받는 중이야. 이거 이상해."

투덜대며 좌석과 손잡이가 연결된 부분을 쓸던 진우는 결국 당기는 손잡이를 찾아냈다. 그걸 여니 그 안에 주황색 플라스틱으로 덮인 키가 나타났다. 그리고 열쇠 구멍도 함께…….

"큭큭큭, 바로 코앞에 두고서 한참 고생했네……."

진우는 기분 좋게 웃으며 키를 꽂았다.

띵띵—.

가벼운 신호음이 들린다.

그린 라이트구나!

뚜껑을 덮은 진우는 야심차게 스타트 버튼을 눌렀다.

키리리리릭―.

오오!

엔진이 돌아가는 소리가 들린다. 진우는 기대와 긴장 속에서 손잡이를 꽉 잡았다. 그런데…….

푸슈슈슈슉―.

기운 없이 돌던 엔진이 다시 꺼진다.

아으, 젠장!

진우는 혀를 찼다.

그냥 좀 술술 풀려도 되잖아!

열쇠를 어디다 꽂는지 그걸 찾는 데만도 이렇게 오래 걸렸는데, 이젠 난생처음 보는 제트 스키를 고쳐서 타란다. 그것도 물 위에 떠 있는 놈을…….

그 후로 한참 동안 진우는 제트 스키를 샅샅이 뒤져서 꽤 많은 걸 찾아냈다. 앞쪽에 자동차 트렁크 같은 물품 보관 장소가 있고, 이중으로 된 그 아래쪽 구석에 배터리가 고정되어 있다는 것도 알았다. 좌석을 들어내면 그 밑에는 엔진이 있고…….

그럼 뭘 하냐고, 젠장! 그중에 어떤 게 망가졌는지를 모르는데!

후우우~ 진우는 성질을 가라앉히기 위해 몇 번이나 크게 숨을 내쉬어야 했다. 마냥 안전하다는 게 확인되기만 해도 그 역시 이렇게 초조해하지 않을 것이다. 하지만 불과 몇 분 거리에 있는 저 6번 국도로 언제 수백의 좀비들이 지나갈지 모르는 이 상황에서 계속 시간을 보내야 한다는 게 그를 불안하게 만든다.

손아귀에 쥐었다고 생각한 자유가 아주 견고하고 복잡한 껍질을 덮어쓰고 있어서 온전히 자신의 것이 아니라는 게 화가 났다.

끄으응―.

삼식이가 다가와 진우의 팔을 핥는다. 그가 하도 씩씩대고 있으니 불안해졌나 보다.

"아, 괜찮아. 너한테 화난 게 아니야. 그런 표정 하지 마."

삼식이의 눈을 보고 조금 평정심을 찾은 진우는 자신의 이마를 두드렸다.

"좀 진정해라…… 너, 더 힘하고 힘든 길도 계속 헤쳐 왔잖아. 다 와서 왜 이렇게 흥분해?"

그래그래…… 진우는 긍정적인 생각을 하기 위해 의식적으로 고개를 주억거렸다. 불과 몇 킬로미터. 여차하면 그냥 내달려서 가도 된다.

지금 이렇게 신경을 쓰고 시간을 보내는 건 좀 더 편안하고 안전하게 갈 수 있는 최선의 방법을 찾는 작업이다.

"후우~ 좋아. 일단 배터리부터 갈아 보자. 사실 그게 제일 수상해. 조금 전에도 시동이 걸리기는 했었어. 엔진이 완전히 돌아가지 않았던 것뿐이지. 배터리 갈아 끼우는 것 정도야, 뭐…… 자동차랑 비슷하겠지."

진우는 혼잣말을 하면서 제트 스키의 조종간을 가볍게 두드렸다. 여기에서는 이게 아주 소중한 장사 수단이었을 테니까, 분명히 교체용 배터리와 연료 따위도 구비해 놓았을 것이다. 그리고 당연히 연장도 갖춰져 있을 테고.

"근데 이거 바꾸는 데 뭐가 필요한 거지? 드라이버인가?"

진우는 앞면의 물품 보관 트레이를 들어내고, 안쪽을 들여다보기 위해 조종간 위로 몸을 기울였다. 그래도 별로 여의치가 않다.

진우는 로프를 당겨 근처에서 떠다니고 있는 고무보트를 앞쪽으로 옮겨 왔다.

"웃차!"

로프를 바짝 당겨 쥐고 제트 스키에 고정한 진우는 고무보트 쪽으로 옮겨 갔다. 이제야 좀 보기가 편하다.

"이걸 젖히고 이거를 푸는 건가? 헷갈리려나? 뭐, 바로 옆에 똑같은 모델이 있으니까 정 기억이 안 나면 그걸 풀어 보면 되겠지."

한동안 제트 스키의 앞쪽에 고개를 박고 있던 진우는 뭔가 이상해서 고개를 돌렸다. 어디서 자꾸 첨벙거리며 물보라 일으키는 소리가 난다.

"으아앗! 뭐, 뭐야!"

진우는 소스라치게 놀라며 뒤로 물러났다. 좀비가! 좀비가 물속에서 개헤엄을 치며 다가오고 있다. 대체 언제부터 접근하고 있던 건지, 거리도 엄청 가깝다.

"이익!"

진우는 본능처럼 K-2를 잡기 위해 가슴팍으로 손을 가져갔다. 그러고는 0.1초 만에 깨달았다. 자신의 개인 화기는 두 겹으로 입구를 봉해 놓은 비닐봉지 안에 꽁꽁 싸 두었다는 걸. 구명조끼를 더듬거리던 진우의 손에 권총이 걸렸다.

그롸아아아ㅡ.

좀비는 고무보트에 한 손을 턱, 걸치면서 포효했다. 놈이 몸을 끌어 올리기 위해 체중을 싣자 보트가 흔들린다.

하필 지금은 맨발이라서 발로 차 버린다는 것도 너무 위험하다. 진우는 중심을 잡으면서 서둘러 권총을 꺼내 녀석의 머리를 겨눴다.

타앙ㅡ 타앙ㅡ.

첫 방에 좀비의 미간이 뚫린 것을 보았지만, 진우는 다시 방아쇠를 당겨 한 발을 더 쐈다. 두 번째 탄환은 놈의 뒤통수를 뚫고 나갔다. 보트에 매달렸던 좀비는 맥없이 고개를 늘어뜨리며 보트로부터 떨어져 나갔다.

"하아~ 젠장! 하아~."

물살에 밀려 선착장 쪽으로 흘러가는 좀비의 시체를 노려보며 진우는 놀란 가슴을 쓸어내렸다. 이렇게 가까이 올 때까지…… 전혀 몰랐다.

제트 스키에 정신이 팔려 있었기도 하지만, 아예 강 쪽으로는 신경도 쓰지 않고 있었기 때문이다. 설마 한강 물을 타고 좀비가 떠내려올 줄이야…….

"하긴…… 삼척 원전이 무너지던 날에도 바다에서 왔었는데……."

혹시 떠다니는 좀비가 더 있나 싶어서 진우는 권총을 꽉 쥔 채 주변을 돌아봤다. 폭이 300미터에 이르는 넓고 깊은 강. 이렇게 큰 강이니 뭐가 나온대도 이상할 게 없긴 하다.

하지만 좀비들은 좀…… 물속에서 갑자기 뛰쳐나와 발목을 잡고 끌어 내리는 좀비라는 건 정말 오싹하다.

"이제 물 쪽에도 신경을 써야겠네……. 이것도 고치고, 물에도 신경 쓰고, 도로 쪽에도 신경 쓰고…… 젠장, 해야 할 거 되게 많네."

햇빛이 반사돼서 반짝거리는 수면을 바라보며 진우는 이마의 땀을 훔쳤다. 그러다 갑자기 자신이 앉아 있는 보트에 대해 다시 생각해 보게 되었다.

"아니지…… 생각해 보니까 힘들게 제트 스키 같은 걸 고치려고 땀 뺄 필요가 뭐가 있어. 여기에 이렇게 훌륭한 보트가 있는데……. 그래, 그냥 노를 저어서 가면 되잖아! 어차피 물길 방향 따라가면 되는 거 아냐? 별로 멀지도 않은데!"

말을 하다 보니 정말 그럴듯한 발견처럼 여겨졌다. 애초에 6인용 보트. 자신과 삼식이, 그리고 탄창이 든 배낭과 가방, 음식 따위를 모두 싣는다고 해도 충분히 버텨 낼 수 있다.

그리고 다행히도 강물은 잠실이 있는 서쪽으로 흐른다. 그러니 그 자신은 그저 가끔 노를 저어서 방향을 조정해 주기만 하면 될 것 같았다. 이렇게 쉬운 방법이 있었는데 그걸 생각 못 하고 있었다니!

말이 나온 김에 진우는 얼른 선착장으로 올라와 직원 숙소를 향해 맨발로 뛰었다. 그러고는 보트와 나란히 세워져 있던 노를 집었다. 노는 길이가 짧고 한쪽 끝으로만 물을 저을 수 있는 모양이다.

"이렇게 하는 건가……. 삽질 하는 거랑 정반대라고 생각하면 되려나?"

진우는 손잡이와 대를 잡고 팔을 돌려 보며 중얼거렸다. 아직 해 본 적 없는 일이라는 점에서는 제트 스키나 이거나 별다를 바 없지만, 그래도 이건 몸을 부지런히 움직이기만 하면 되는 거니까 훨씬 가능성이 높아 보인다.

"좋아, 이걸로 한강 주파다! 여기에서 미적거리고 있을 이유가 없어!"

기세 좋게 외친 진우는 노를 쥐고 보트로 돌아왔다. 제트 스키에 바투 묶어 놨던 로프를 풀고 있을 때, 삼식이가 훌쩍 뛰어 보트로 옮겨 탄다.

"그래, 잘했어! 어차피 같이 가야 하니까 연습 때부터 참여해야지! 일단 지금은 한 100미터 정도만 가 보자! 삼식아, 떨어지지 않게 꽉 잡아! 나 엄청 빨리 저을 거다!"

삼식이에게 윙크를 해 주고 나서 진우는 힘차게 노를 저었다.

첨벙! 첨벙!

요란한 소리와 함께 물이 높이 튄다.

그러나…… 상상했던 것과 달리 보트는 힘차게 나아가지 않는다. 물가로 밀리는 물살보다도 추진력이 약해 점점 선착장 쪽으로 밀려갈 뿐이다.

하아암— 삼식이가 크게 하품을 하며 멀리 떨어진 교량들을 돌아본다.

"이게…… 왜 이러지? 이렇게 젓는 게 아닌가?"

당황한 진우는 자세도 바꿔 보고, 노를 넣는 방향도 좌우로 조정해 가며 열심히 몸을 움직였다. 자신의 힘이 약하다고는 생각하지 않는데, 노 젓기는 만만치가 않다.

일단 무엇보다도 보트의 크기에 비해 노를 젓는 인원이 너무 부족하다. 보트 바닥이 평평한 점도 스피드를 죽이는 것 같고…….

몇 번이나 물가 쪽으로 밀려나는 바람에 노로 물을 젓는 횟수나, 땅을 밀어내는 횟수나 크게 차이가 없어져 버렸다. 방향 없이 부유하는 보트에서 진우는 허탈하게 중얼거렸다.

"……사공이라는 직업이 괜히 있는 게 아니었구나."

한참 땀을 흘리고 나서 뒤를 돌아보니, 이제 겨우 물가에 달라붙은 채 20여 미터나 왔을까. 그렇게 팔이 빠져라 노를 휘저었는데, 그 보람도 없이…… 게다가 아직 짐은 하나도 싣지 않은 상태인데…….

진우는 자기 혼자만의 힘으로 노를 저어 잠실까지 보트를 타고 간다는 게 얼마나 허황된 계획인지 절감했다. 죽을 만큼 힘이 들 것도 문제지만, 그보다 안전이 너무 취약하다.

이렇게 느릿느릿 움직이다가 물에 떠내려오는 좀비 떼라도 만나거나, 도로를 걷던 좀비들이 물로 뛰어들어서 보트에 구멍이라도 난다면 그때는…….

"제트 스키를 고쳐야겠네."

다시 선착장으로 돌아온 진우는 로프를 묶어 보트를 고정하며 힘없이 중얼거렸다.

02

"참, 산책로 상황은 어땠어? 거기 이제 차로 지나갈 만해?"

늦은 점심 식사가 끝나 갈 때쯤, 삼식이가 물었다. 보안관이 고개를 갸웃거렸다.

"음…… 어떨지 모르겠네. 아직 물은 고여 있기는 한데, 그래도 전에 비하면 많이 빠진 거라서 한번 시도해 볼 만은 해 보였어. 아슬아슬하게 지나갈 수 있든지, 아니면 물에 잠기든지. 반반?"

"거길 왜 지나가야 되는데? 어딜 가려고?"

신입이 의심 가득한 눈초리로 묻는다. 보안관은 잠시 머뭇거리다가 솔직히 일러 주기로 했다. 어차피 모두의 앞에서 한 번은 말해야 하는 일이다.

"……잠실."

"뭐어? 잠실엔 왜?"

신입이 물어본 거지만, 태권 소녀와 규영의 시선도 보안관을 향해 쏠린다. 보안관은 덤덤하게 대답했다.

"테라를 만나려고."

"너 미친 거 아니냐? 테라는 너 아니어도 잘 살고 있다는데, 걔 얼굴 한번 보려고 그 먼 데까지 목숨 걸고 간다고? 이렇게 편한 데를 놔두고?"

신입은 두 팔을 벌려 그들이 차지하고 있는 코스트코를 가리킨다. 보안관은 반박하지 않았다. 사실 별로 틀린 말은 아니다. 좀비 세상에서 이 정도로 안정적인 삶을 누린다는 게 얼마나 꿈같은 이야기인가.

테이블 전체에 잠시 무거운 침묵이 흘렀다. 신입이 씩씩거리는 소리가 가장 크게 울려 대고 있다. 자기 때문에 분란이 생겨나는 것 같아 제니는 한 손으로 얼굴을 감싸 쥐었다.

테라의 생존 소식을 전했던 임수정도 속이 편치 않기는 마찬가지다. 한동안 생각에 잠겨 있던 태권 소녀가 침묵을 깨며 물었다.

"만나게 되면 어떻게 하려고? 거기에서 계속 있을 거야, 아니면 데리고 나올 거야?"

글쎄?

보안관은 이마를 찌푸리며 되물었다.

"어떻게 하는 게 더 나을지는 아직 잘 모르겠네. 여기 있으면 잘 먹고 내 마음대로 살 수 있어서 좋고, 거기에 있으면 죽을 걱정 안 해서 좋을 거고, 장단점이 있으니까…… 근데, 그게 중요한 건가?"

훗, 태권 소녀는 쓴웃음을 지으며 고개를 절레절레 흔들었다.

"너 말이야…… 무슨 결정을 하기 전에 앞뒤로 좀 따져 보고 그래라. 만날 제니 기분만 생각하지 말고. 별로 크지도 않은 뇌의 99퍼센트가 제니로 채워져 있으면 어떻게 하냐?"

"아니, 무슨 제니 기분만 생각했다고 그래? 왜? 너는 잠실 가는 거 반대야? 억지로 권하지는 않을 거니까 걱정하지 마!"

태권 소녀가 자신을 질책한다고 생각하는지 보안관의 언성이 커진다. 태권 소녀는 그를 잠시 노려보다가 아예 상대하지 않고 임수정 쪽으로 고개를 돌렸다.

"언니, 잠실 쉘터라는 데 어때요? 한번 들어가고 나면 몰래 빠져나오기 힘들까요?"

"글쎄…… 빠져나온다는 걸 상상도 안 해 봐서…… 다들 들어가기 급급한데 누가 거기에서 나오려고 하겠어. 밖에 나오면 언제 좀비에게 죽을지 모르는데. 그래도 굳이 말하라고 하면…… 음, 철책이 있고, 경비 보는 군인들이 있기는 하지만…… 무슨 교도소처럼 도망치는 사람들 감시하는 건 아니니까."

"그럼 눈치 보다가 몰래 빠져나오기가 그렇게 어렵지는 않을 거란 말이죠?"

"그렇다고 생각해. 사실 군인들은 그런 문제에 거의 관심 가질 틈도 없을 거야."

임수정과 문답을 마친 태권 소녀는 보안관을 돌아보며 다시 입을 열었다.

"봤냐? 이런 게 앞뒤 따져 보는 거다, 이 바보야."

발끈하려는 보안관의 입을 막고, 유빈이 대화에 끼어들었다.

"혜주, 너는 잠실로 갔다가 테라를 데리고 다시 나오려고 그러는 거야? 되게 의외인데? 왜 그렇게 하려는 건지 좀 듣고 싶어."

"뭐…… 듣기 좋은 소리 하려고 하면 여러 가지 이유가 있겠지만, 그런 거 말고 제일 솔직하게 말하자면, 테라가 가진 그…… 항체라는 걸 나도 좀 갖고 싶어서."

태권 소녀는 별로 부끄러워하지도 않고 솔직하게 털어놓았다. 그러고는 곧바로 임수정에게 속삭여 물었다.

"언니, 언니는 이런 거 공부한 사람이잖아요. 테라가 면역자라면 그 애 피 수혈받았을 때, 나도 면역이 생기는 거죠? 맞죠?"

"좀비에 대해서는 아는 게 전혀 없지만, 그 전염 방식이 일반적인 병균이나 바이러스와 같은 식이라면 항체가 있는 혈청을 주사하는 게 효과가 있을 수 있지."

뭔가 애매한 듯도 했지만, 태권 소녀는 일단 자기 주장이 맞는다고 이해하기로 했다. 혈청이 뭔지는 몰라도 면역자인 테라만 확보해서 데리고 나오면 그 정도 사소한 문제는 얼마든지 해결할 수 있을 거다.

"테라 피를 수혈받을 거라고? 뭘로?"

"그거야 당연히 주사기로 뽑아서, 다시 주사기로 넣는 거지! 근처 병원 아무 데나 가도 주사기 정도는 잔뜩 널려 있을 건데, 그런 거는 걱정거리도 아니야."

보안관의 바보 같은 질문에 태권 소녀는 귀찮다는 듯 대답했다. '피를 내놔라!'라니…… 너무 솔직한 그녀의 대답에 유빈과 제니는 잠시 멍해졌다. 그런 낌새를 눈치챈 태권 소녀가 제니에게 물었다.

"아니, 내가 그렇게 무리한 걸 요구하는 거 아니잖아? 이쪽은 목숨 걸고 먼 길을 가는 거란 말이야. 그 정도 보상을 바라는 게 뭐가 나빠. 제니야, 대답해 봐. 네가 지금 테라 입장인데 만약에 누가 너한테 와서 '테라를 만나게 해 줄 테니까 피를 좀 나눠 줘.'라고 하면 싫다고 하겠어? 나는 그 정도 안 아까울 것 같은데…… 죽지 않을 정도라면 다 주겠어. 내 말이 맞지?"

"……맞아요."

기에 눌린 제니가 기어 들어가는 목소리로 대답했다. 태권 소녀는 테이블 주위에 앉은 한 사람, 한 사람을 가리키며 말을 이었다.

"속물처럼 들리겠지만, 항체 안 필요한 사람 있어? 보안관! 너만 해도 어제 까딱했으면 죽을 뻔했어. 그것도 제니까지 함께 위험했었지. 나? 삼식이? 오늘 우리 둘 다 좀비 이빨이랑 요 정도 차이로 비껴갔고. 싸움으로 하면 내가 분명히 이기는데, 좀비한테는 살짝 물리기만 해도 그냥 지는 거잖아. 끝이란 말이야. 그런 거 너무 허무하고 또 억울하다고. 지금까지 이렇게 힘들게 싸우고 버텨서 기껏 살아남았는데."

아무도 태권 소녀의 말에 반론을 제기하지 못했다. 아니, 사실 너무나 동감이 되는 말이었다. 좀비 이빨에 잠깐 물렸다는 이유만으로 죽어야 하는 사람도, 사랑하는 친구를 잃어야 하는 사람도 다 억울하다.

만약 테라의 피로 그런 악몽을 지울 수만 있다면, 그러면 더 이상 매일 밤을 불안에 떨며 보내지 않아도 된다.

"테라 피가 필요하다는 건 나도 알겠어. 근데……."

유빈이 머뭇거리면서 물었다.

"너는 왜 꼭 걔를 데리고 도망 나오겠다고 하는 거야? 그러려면 또 한참을 고생해야지 여기까지 올 수 있는데…… 그냥 거기에서 지내면서 몰래 피를 주고받는 수도 있잖아. 그러는 편이 훨씬 더 안전할 것 같은데?"

"그건 안 돼."

태권 소녀는 단호하게 고개를 저었다.

"걔를 데리고 도망쳐 주는 건 인간으로서 최소한의 의리야. 너 한번 생각해 봐. 네가 높은 사람이야. 힘이 있어. 그런데 어느 날 테라가 면역자라는 걸 알게 됐어. 그러면 어떻게 할 것 같아? '아…… 쟤는 인류의 희망이구나. 쟤 건강을 아껴 가며 연구를 진행해서 모두를 살리고 우리는 걔한테 항상 감사하자.' 그럴 것 같아? 아니! 아닐걸? 당연히 아무한테도 안 알려 주고 그냥 자기가 독차지할 거야. 그래서 애는 죽든 말든 피를 잔뜩 뽑아 가지고 자기도 맞고, 자기 가족, 친구, 돈 많이 내는 놈들한테 나눠 주겠지."

"에이, 설마! 인간이 어떻게 그러냐? 나도 사람들 안 믿지만, 그건 좀 오버다."

신입조차 어처구니없다는 듯 손사래를 친다.

"인간이 어떻게 그러냐고? 어린애 같은 소리 하지 마! 황금 알을 낳는 거위의 배를 갈라서 죽인 것도 인간이야!"

태권 소녀의 반론이 너무도 유치해서 신입은 눈을 똥그랗게 떴다.

"야…… 그건 동화잖아. 실제로 일어났던 일이 아니라고. 어린애 같은 건 너잖아……."

신입은 어처구니없다는 듯 웃었다.

"들키지 않으면 되잖아. 안 들키면 된다고. 그러면 높으신 분이고 나발이고 테라가 면역이 있는지 없는지 어떻게 알아? 하여간 답답하다니까."

"아니. 아무리 감춰도 사람 마음은 티가 나게 되어 있어. 내가 이 레깅스만 입고 나오면 네가 아무리 안 보는 척해도 자꾸 네 시선이 향하는 걸 내가 훤히 알고 있는 것처럼. 테라도 마찬가지야. 자기 딴에는 철저히 감추려고 하지만 숨기는 거 오래 못 가. 어떤 식으로든 알려지게 될 거라고. 그러니까 힘센 놈들에게 들키기 전에 빨리 데려와야 돼. 그게 걔도 살고 우리도 사는 유일한 길이야."

"그러니까 테라를 잠실에서 데리고 나오겠다면 혜주는 찬성인 거지?"

유빈이 정리를 했다. '다리를 봤네.', '안 봤네.' 하는 문제로 신입과 티격거리고 있던 태권 소녀가 고개를 끄덕인다.

"응, 맞아. 걔 거기에 놔두면 결국은 피 다 뽑히고 죽어. 그러면 테라도 불쌍한 거지만…… 제니, 쟤는 친구 죽는 거 두 번 봐야 하는 거라고."

말을 하는 동안 규영이 형의 최후가 떠올랐는지, 태권 소녀의 목소리가 갈라진다. 그녀가 울음을 터뜨리기 전에 유빈이 얼른 다독거렸다.

"그래그래, 무슨 말인지 다 알아들었어. 그러지 않도록 하자. 규영이는? 너는 잠실에 가는 거 찬성?"

"어, 저도 의견 말해도 돼요? 저는 아무 도움도 안 될 텐데……."

규영이는 의외라는 듯 놀라 쭈뼛거린다.

"너도 계속 열심히 도왔고, 같이 싸웠어. 어젯밤에도 네가 제일 처음 보초를 섰잖아."

"아…… 그러면 말할게요. 후우~ 사실…… 멀리 간다는 거 무서워요. 저는 다리도 불편하고, 짐이 될지도 몰라요. 논리적으로 보면 그런데요…… 성에 갇힌 공주를 구하러 가는 거잖아요. 판타지 같은 이야기라고요. 그렇게 낭만적이고 큰 모험을 해 볼 수 있을 거라고 한 번도 기대해 본 적 없었거든요. 그러니까, 형 아들이랑 그 현장에 같이 있고 싶어요."

부끄러워하면서도 규영이는 또박또박 잘도 이야기한다. '성에 갇힌 공주'라는 표현이 하도 예뻐서 제니는 규영이의 볼을 쓰다듬어 줬다.

"응, 알았어. 그럼 이제 신입, 너는?"

유빈의 지목을 받은 신입이 주변을 돌아보며 물었다.

"지금 분위기가 다 가자는 거 아니야?"

"정확히 말하면 나, 제니, 보안관, 삼식이, 혜주, 규영이는 간다는 거야. 너랑 수정이 누나가 남았고. 앉아 있는 순서대로 묻는 거니까 뭐……."

"아니, 이 나쁜 개새끼야…… 그런 상황에서 이딴 걸 물어보는 게 무슨 의미가 있어. 너희 다 가 버리면 나 혼자 여기에 있으라고? 응? 이 넓은 데를 나 혼자서 지키고 있으라는 말이냐고! 복지 센터에서 하루씩 혼자 있던 거랑은 또 달라! 바깥에는 좀비들이 존나게 돌아다니는데…… 무서워서 어떻게 혼자 있으라는 거야! 좀 생각을 해 봐!"

신입이 핏대를 세운다. 혼자 있기 무섭다는 말을 저렇게 큰 소리로 할 수 있다는 것만으로도 녀석의 용기는 어떤 면에서 정말 대단하다. 체면 차리다 죽을 놈은 절대 아니다. 유빈은 고개를 끄덕이며 무덤덤하게 대꾸했다.

"응, 혼자 있으면 무섭기야 하지. 그래서 어느 쪽이야?"

"그냥 너희 중에 반만 가면 안 돼? 반만 가! 그래, 나랑 보안관 둘이 가라. 저 새끼 싸움 잘하고, 너 잔대가리 잘 쓰니까 둘이 같이 있으면 무적이네. 나머지는 여기에서 나랑 같이 기다리고. 그러면 되잖아."

신입은 끝까지 포기하지 않고 버텨 봤다. 물론 자신도 그게 말도 안 되는 억지라는 걸 잘 알고는 있다. 태릉에서 상봉까지 오는 데도 이렇게 힘이 들었는데, 여기에서 잠실까지라니…….

그쯤 되면 완전히 먼 우주로 가는 모험이나 마찬가지다. 당연히 동원할 수 있는 모든 힘을 다 써도 부족하게 느껴질 거다. 그런 걸 다 아는데도 무서우니까 떼를 쓰게 된다.

"그래, 네 입장 알았어. 여건만 되면 남고 싶다는 거잖아. 누나는요?"

신입이 계속 징징거리자, 유빈은 임수정에게 물었다. 임수정은 태권 소녀부터 돌아봤다.

"먼저 이 이야기는 해야 할 것 같아서…… 혜주가 항체 이야기 했는데, 만약에 테라에게서 얻은 혈청을 주입해도 면역력이 생겨났는지는 항체 검사를 해 봐야 확실히 알 수 있거든. 그런데…… 지금 우리 능력이나 장비 가지고는 그런 실험 못 해. 그러니까 테라를 구한다고 해서 100퍼센트 면역이 보장되는 게 아니고, 물리기 전까지는 자신이 어떤 상태인지 모르고 살아가게 될 거야."

"아, 저는 그 정도면 충분해요. 아무 보험 없을 때에 비하면 50 대 50의 확률은 엄청 높은 거예요. 최선을 다했는데도 안 되면 그때는 어쩔 수 없죠."

태권 소녀는 쿨하게 이 수혈 계획의 한계를 인정했다. 임수정은 시선을 모두에게 돌리고 말을 이었다.

"테라가 제니와 만나는 것도 보고 싶고, 혜주의 항체 수혈 이야기도 솔직히 나 역시 솔깃해. 나도 좀비들한테 몇 번이나 물리기 직전까지 내몰렸었으니까…….

그리고 거기에 더해서 나는 건대 쉘터에서 일어났던 일을 잠실의 고위 장교에게 알리고 싶어. 정신 나간 장교랑 조폭이 붙어서 어떻게 사람을 죽이고 또 누명을 씌웠는지."

"으음…… 그렇게 되면 누나한테 증인을 서 달라거나 하지 않을까요? 계속 군인들에게 붙잡혀 있고 그러면 곤란한데. 틈이 나자마자 몰래 재빨리 빠져나와야 할 테니까요."

유빈의 걱정을 들은 임수정이 피식 웃었다. 제니의 말이 맞다. 어쩜 이렇게 걱정을 잘하는지.

"만약에 그렇게 되면 나를 기다리지 말고 그냥 빠져나와. 너희들이 정말 따뜻하게 받아 주기는 했지만, 사실 나는 여기에 아무 연고도 없는 타인이잖아. 지금까지 해 준 것만으로도 더할 수 없이 고마워."

유빈은 듣고만 있었다. 임수정이 피 흘린 동료를 위해 정의의 실현을 원하고 있다는 것도 알겠고, 그렇다고 그녀를 버려 두고 올 생각은 없으니 뭔가 적절한 방법을 찾아야 할 것이다.

물론 그건 지금 당장 이 자리에서 생각해 내야 하는 일은 아니다.

"누나가 여기를 불편하게 여기는 게 아니라면 같이 돌아올 거예요. 같이 갔다가 아무도 다치지 않고 테라와 함께 여기로."

유빈이 말했다. 대세가 확정된 것을 깨달은 신입은 고개를 푹 숙이며 한숨을 내쉬었다.

"후우~ 간다, 나도 간다고! 내가 가기는 하는데…… 유빈이, 너 이 새끼야, 계획 잘 짜. 네 선택에 이 많은 사람들 목숨이 달려 있다는 거 똑똑히 기억하라고. 어휴~ 내 팔자야. 짜증 난다, 진짜."

회의가 끝날 때까지 잠자코 듣고 있던 삼식이가 일어나서 기지개를 켜며 담배에 불을 붙였다.

"흐아암, 그럼 이제 가는 일만 남았네. 유빈아, 우리 차 가지고 가?"

"응. 차는 한 대 더 필요해. 두 대면 더 좋고."

"그래? 우리 다 합쳐도 여덟 명뿐인데…… 돌아올 때 테라를 태운대도 아홉 명. 두 대면 충분하지 않아?"

"여차하면 옮겨 탈 차가 있어야 하니까 빈자리가 있어야 돼. 또…… 테라가 누군가 다른 사람을 꼭 데려가겠다고 고집을 피울지도 모르고. 그동안에 친해진 사람이 있을 수 있잖아. 우리처럼 말이야."

유빈은 제니와 신입, 혜주, 규영이, 그리고 임수정을 가리켰다.

흐음, 다들 납득하는 표정이다. 지금이야 생사고락을 같이하는 사이지만, 불과 한 달 전만 해도 여기 있는 사람들 중 반 이상은 얼굴 한 번 본 적 없었다.

삼식이는 담배 연기를 내뿜으며 말했다.

"차는 뭐…… 동부 간선 도로에 잔뜩 서 있으니까 그중에서 열쇠 꽂혀 있는 것만 골라도 될 거고, 배터리는 여기에서 가지고 가면 되는데…… 거기 있는 펜스 뜯어내는 게 일이겠네. 아우, 나 아직도 다리 아픈데……."

"응, 시간이 좀 걸릴 거야. 오늘 준비할 물건 챙겨서 선로 위에 옮겨 두고 당장 내일부터 작업해야지. 큰 문제 없으면 모레 오전에는 출발하고 싶어. 비 오면 또 귀찮아지니까."

유빈은 테이블에 남아 있는 음식들을 바라보며 대답했다. 이렇게 편안한 생활을 버리고 위험한 모험 속으로…… 물론 그만한 가치가 있는 일이지만, 마음은 무겁다.

오늘 회의를 하는 동안 일행들 중 아무도 정말로 거기까지 갈 수 있느냐고 묻거나 의심하지 않았다. 계획을 짜는 것도, 그 계획을 의심하는 것도 온전히 그의 몫이다. 그 믿음이 유빈을 더욱 불안하고 두렵게 한다.

"왜 이렇게 안 와? 응? 무슨 일이지?"

건대 쉘터의 박 소위는 초조하게 중얼거리며 계속 하늘을 주시했다. 그가 기다리고 있는 것은 태양 그룹의 헬기. 분명히 오늘 14시까지는 실탄을 가져다주겠다고 약속을 했는데, 해가 다 저물어 갈 때까지도 감감무소식이다.

"젠장……."

박 소위는 마음속으로 욕설을 퍼부었다. 그 등신 같은 이 원사가 제대로 관리를 하지 않아서 이게 무슨 생고생이란 말인가. 그 너구리 같은 인간이 뭔가를 숨기고 있었던 게 분명하다. 실탄이 없으면 아무것도 못 하는데…….

그는 이마의 땀을 훔치며 이미 죽고 없는 이 원사에게 모든 원망을 쏟아부었다. 그렇게 하는 편이 마음 편하다.

지금 건대 쉘터가 겪고 있는 실탄 부족 문제가 실은 자신이 무리하게 공사를 강행하면서 발생한 문제라는 걸 인정하고 싶지 않았다.

방벽을 쌓은 덕에 북쪽에서의 좀비 접근은 차단할 수 있었지만, 그 외 세 방향에서는 매일 변함없이 좀비 무리들이 다가와 한 번씩 소란을 피우고 다시 돌아간다.

이런 추세가 계속된다면 며칠 못 가 그들 모두는 빈총을 들고 좀비들을 맞아야 할 형편이다. 그 생각만 하면 피가 마르는 것 같다.

근접해 오는 좀비들에게 무차별적인 사격을 가하도록 명령하기 전에 재고 파악부터 해야 했다. 후회해 봐야 이미 늦은 일이지만…….

"투투투투투ㅡ."

그런 상황이었기에 멀리서 프로펠러 소리가 들려오기 시작했을 때, 박 소위는 엎드려 감사 인사라도 드리고 싶었다. 국군의 보급이 끊긴 지금, 태양 그룹의 지원은 그가 바랄 수 있는 유일한 활로이자 구원이었다.

"어이구, 왜 이렇게 늦으셨습니까? 저는 무슨 사고라도 당하신 줄 알고 걱정했습니다."

넓은 주차장 중앙에 화물을 내려놓고 헬기가 착륙하자 박 소위는 다급하게 달려가 태양 그룹 직원들을 맞았다. 그런데 낯익은 얼굴이 보이질 않았다.

"아…… 저기…… 그분은 안 오셨네요? 그…… 말 조금 더듬으시는 분…… 얼굴 까맣고 몸 다부지게 생긴…….”

"아, 예. 저희 팀장님이요. 그분은 오늘 다른 업무가 있으셔서 그쪽으로 파견 나가셨습니다. 저하고 말씀하시면 됩니다. 제가 대신 왔으니까요."

섀도 실드 대원이 웃으며 대답했다. 메이저에게 다른 업무가 있다는 말은 거짓은 아니었다. 당장 잠실 쉘터에서 민간인들을 빼 오지 못하게 된 덕에 그 할당량을 채우려고 미친 듯이 사람 사냥을 하러 다니는 중이니까.

오 박사는 총을 쏴서 부상을 입혀도 좋으니 무조건 잡아 오라는 소리까지 했다. 어차피 좀비 실험을 할 때까지만 숨이 붙어 있으면 된다고 하면서.

실탄 지원 약속을 해 줬던 당사자가 오지 않았다는 소식에 박 소위는 당혹감을 감추지 못했다. 그는 이미 내려진 짐들을 돌아보며 조심스레 물었다.

"저…… 그러면 저희 지원해 주시기로 한 물품은 어떻게…… 실탄을 가져다주시기로 했는데, 5.56밀리 나토탄 2만 발…….”

"아, 그거요."

섀도 실드 대원은 미안하다는 표정을 지으며 미간을 찌푸린다.

"그게…… 좀 마찰이 있네요. 혹시 소문 들으셨는지 모르겠는데요, 어제 저희 팀장님이 잠실에서 아주 곤욕을 치르셨거든요. 여단장님께서 뭔가 단단히 오해를 하시는 바람에 저희 헬기도 한 대 압류하셨어요. 민간인 이송도 안 되고…… 그런 상황에서 실탄 지원은 좀 그렇다고 위에서 허가를 안 해 주네요. 요새 실탄 귀한 거는 잘 아시죠? 저기 내려놓은 건 식량입니다. 인도적으로 저거라도 지원을 해 드려야 할 것 같아서요."

식량? 아니, 식량이 다 뭔 소용이야? 물론 먹는 것도 중요하지만, 당장 실탄이 없으면 다 죽으라는 건데…….

박 소위는 하늘이 무너지는 것 같은 얼굴로 섀도 실드 대원에게 간청했다.

"저기 보이는 저 박스, 헬기 안에 있는 거 말입니다. 저거, 실탄 아닙니까? 저희 지원해 주시기로 한 물건 같은데…….”

"어휴~ 정말 죄송해요. 근데 뭐, 저 같은 말단이 뭘 마음대로 할 수 있겠습니까? 위에서 시키는 대로 해야지. 이거에 사인이나 해 주세요. 저도 오늘 바빠서 오래 못 있습니다. 잠실에서 말썽 났다는 걸 더 위쪽 라인에서 눈치채지 못하게 하려면 아무 쉘터라도 다니면서 지원자 받아서 수용소 가기로 했던 인원 채워야 하거든요."

섀도 실드 대원이 서류를 내민다. 물론 박 소위의 눈에는 한 글자도 들어오지 않았다. 이 사람을 붙잡아서 어떻게든 저 헬기 안에 들어 있는 실탄 박스를 여기 놓고 가도록 해야 한다.

저건 비록 약속했던 양의 4분의 1도 안 되어 보이지만, 이 가뭄에 5천 발만 여유 실탄이 생겨도 발을 쭉 뻗고 잠이 들 수 있을 것이다.

"수용소 인원이 그렇게 중요합니까? 저는…… 그게 잘 이해가 안 가는데……."

박 소위가 관심을 보이며 물었다.

걸려들었구나!

섀도 실드 대원은 마음속으로 빙고를 외쳤다. 이 건대 쉘터의 박 소위라는 놈이 어지간히 제정신이 아닌 것 같다고 메이저가 말해 주기는 했지만, 이렇게까지 쉬울 줄이야…….

섀도 실드 대원은 연습했던 대로 거짓말을 하기 시작했다.

"아니, 그게 뭐냐면…… 이런 겁니다. 수용소를 대단위로 짓는다는 게 한두 푼이 드는 일이 아니잖아요. 게다가 요즘 같은 비상시국에…… 그런 규모의 사업을 벌일 정도면 회사에서도 엄청 위에서 결정을 하고 예산을 집행한 거거든요. 사회적 책임을 다한다는 의미에서 말이죠. 그런데 그게 예상했던 만큼 반응이 안 나오면 누군가는 책임을 져야 돼요. 그러니까 이게 보고가 되기 전에 실적을 맞추려고 저희 같은 아랫놈들만 죽어나는 거죠. 에이, 다 아시잖아요."

박 소위는 눈만 껌벅거리고 있었다. 들어 봐도 뭔 소리인지 명확하지가 않다. 어쩌면 그의 마음이 워낙 다급해서 제대로 머리가 돌지 않는 것인지도 모르겠다.

어쨌거나 분명한 건, 이 까만 옷 입은 직원들이 수용소에 넣을 사람들을 똥 빠지게 찾고 있다는 것과 이놈들의 헬기 안에는 실탄이 들어 있다는 사실이다. 그건 확실하다.

"저기······."

주변을 둘러본 박 소위는 새도 실드 대원에게 다가가 목소리를 낮춰 물었다.

"그 수용소라는 데에 들어가는 무슨 자격이나 그런 게 있습니까? 그러니까······ 전과가 없어야 한다거나 하는······."

"아니요. 그런 거 있겠습니까? 인도적 차원에서 하는 사업인데, 그렇게 차별을 할 리가 없죠. 근데······ 그건 왜 물어보세요?"

"그러면 뭔가 서로 도울 방법이 있을 것 같아서요. 그······ 저희한테 지금 위탁 수용 되어 있는 죄수들이 한 서른······ 서른 몇 명 됩니다."

박 소위는 끝자리를 제대로 대지 못했다. 요 며칠 새 죽은 놈들이 좀 있어서 총 몇 명인지를 정확하게 모르겠다. 새도 실드 대원은 미심쩍다는 눈초리로 박 소위를 보며 물었다.

"서른 몇 명이 있다고요? 그래서요?"

"걔들을 드리겠습니다. 데려가셔서 수용소에 보내세요. 나쁜 새끼들이지만, 그래도 머릿수 셀 때에는 평범한 사람들이랑 똑같습니다. 그 대신에 저 실탄······ 여기 놓고 가세요. 서로 도웁시다."

"예에? 아휴~ 그런 건······."

"아뇨. 인도적인 차원이라면 쟤들은 정말 꼭 데려가셔야 합니다. 어차피 여기에서 죽을 때까지 노역만 해야 할 신세니까요. 민간 수용소에서 편안하게 살 수 있게 해 준다면 좋아서 죽을걸요? 만약에 죄수복을 입은 게 걸리신다면 저희가 대충 사복으로 갈아입혀서 보내겠습니다."

박 소위는 아무 소리나 지껄여 댔다. 어차피 먹을 것도 부족한 상황, 벽을 다 쌓았으니 저까짓 죄수 놈들 짐만 된다. 보낼 거면 김 중사가 외부로 징발을 나간 지금, 빨리 처리해 버려야 귀찮지 않다.

잠실로부터 태양 그룹에 절대로 민간인을 보내지 말라는 명령이 내려왔지만, 자신이 생각할 때 저 죄수들은 민간인이 아니니까······. 그리고 사실 명령은 개

뿔! 보급도 이뤄지지 않는 당나라 부대 주제에.

"음…… 어쩌지? 이렇게 해도 되나? 실탄이 워낙 귀해서……."

혼잣말로 고민하는 척하던 섀도 실드 대원이 결국 고개를 끄덕인다.

"에라, 모르겠다! 그렇게 합시다. 저 진짜 엄청 혼날지도 몰라요. 근데 실적 못 채워서 깨지나 실탄 주고 왔다고 깨지나 마찬가지니까, 박 소위님이라도 사셔야죠."

"어휴! 고맙습니다! 고맙습니다!"

박 소위가 연거푸 감사를 표하자, 섀도 실드 대원은 쑥스럽게 웃으며 말했다.

"근데…… 한 가지 걸리는 게…… 그 죄수들, 다 남자일 거 아닙니까?"

"예, 그렇죠."

"아~ 그게 좀 그러네요. 여자가 몇 명이라도 끼어 있으면 좀 보기도 자연스럽고 좋을 텐데……. 남자들만 잔뜩 데리고 오면 이게 뭔가 급조했다는 인상을 줄까 봐, 그게 걱정이에요."

메이저에게 선물하기 위해 여자를 요구하며 섀도 실드 대원은 슬쩍 박 소위의 눈치를 봤다. 엄청나게 고민하던 박 소위는 결국 고개를 저었다.

"여자는 다 민간인들이라서 곤란해요. 그냥 저 죄수들로 어떻게 좀 해 보세요."

"네에~ 쩝! 뭐, 그럽시다. 박 소위님도 명령받는 분이신데."

섀도 실드 대원은 별로 뻗대지 않고 물러섰다. 하지만 이 박 소위 놈이 곧 민간인이고 뭐고 가리지 않고 모두 갖다 바치게 될 거라고 확신할 수 있었다.

놈은 실탄에 사람을 넘길 만큼 다급하다. 그리고 실탄 5천 발은 금방 바닥이 날 것이다. 그때쯤 다시 한번 찾아오면…….

섀도 실드 대원은 코웃음을 쳤다. 민간인들로 만선을 이룬 헬리콥터를 몰고 돌아갈 날도 머지않았다. 이렇게 멍청한 놈들만 있으면 굳이 힘들게 하늘을 돌며 인간 사냥을 하지 않아도 된다.

03

밤 10시가 막 지났을 때, 태양 그룹 본사 건물의 제3소회의실에서는 오 박사와 메이저가 마주 앉아 있었다. 하루 종일 정신없이 돌아다닌 메이저의 행색은 형편없었다.

땀에 찌든 군복과 땟국이 흐르는 초췌한 얼굴, 거기에 어제 두드려 맞은 코와 눈두덩이 아직도 부어 있어서 꼴은 더 우습기만 하다.

지금의 메이저에게서 전투 기계처럼 날카로워 보이던 평소의 모습을 찾아보기란 쉽지 않았다.

"고생 많이 했나 보네. 맥주 한잔하겠나?"

오 박사가 물 대신 캔 맥주를 권한다. 메이저는 서늘한 맥주 캔을 쥔 채 오 박사의 얼굴을 쳐다보았다.

안경 밑 오 박사의 눈에도 다크 서클이 깊게 드리워져 있다. 그 역시 요즘 밤잠을 자지 못할 만큼 속을 끓이는 중이다.

사람이…… 사람이 더 필요하다. 실험 대상으로도 쓰고, 파멸의 마녀에게 바치기도 해야 한다. 마녀 년이 주문한 할당량을 못 채우면 당장 보급이 끊길 것이고, 그러면 이렇게 시원한 사무실이나 차가운 맥주와도 이별이다.

건물 외부에 태양광 발전 패널을 잔뜩 늘어놓았지만, 그것만으로는 필요한 최소 전력에도 미치지 못한다.

왜 이렇게 마녀 년이 함부로 설치고 다니지? 비록 좀비가 되었기는 하지만 여기에 작은 회장이 있는데…….

오 박사는 그게 불안했다. 어쩌면 황 회장마저 이제는 작은 회장을 포기해 버렸는지도 모르겠다는 걱정이 들기 시작했다.

"몇 명 데려왔어? 자네랑 2호기랑 합쳐서?"

맥주를 몇 모금 들이켠 후에 오 박사가 물었다. 메이저는 숫자가 기입된 종이를 오 박사 쪽으로 민다.

"자네가 열두 명, 2호기가 서른한 명⋯⋯ 총 마흔세 명이네? 마흔셋⋯⋯. 2호기가 데려온 서른한 명은 죄다 남자들뿐이고. 이 중에 더 먼저 써야 되는 것들 있어? 숨이 끊어져 간다거나 출혈이 심하다거나⋯⋯. 어제 그년들처럼 너무 아슬아슬할 때까지 잡고 있지 말고 좀 일찍 꺼내 놔. 걔들은 제세동기로 살려 낸 다음에 밥으로 줬어. 몇 분만 늦었어도 송장 될 뻔했다고. 아무짝에도 쓸모없는 송장."

오 박사가 그년들이라고 부르는 여자 둘은 메이저의 방에 갇혀 있던 피해자들이다.

어제 웬 거지새끼 때문에 김 준장에게 개망신을 당하고 돌아온 메이저는 자신의 방에 있던 여자들을 닥치는 대로 두들겨 패서 피를 토해 갈 때쯤에야 오 박사 쪽으로 넘겨줬다.

지적을 받은 메이저는 인상을 찌푸리며 종이를 가리켰다.

"거, 거, 거기에 써 놨는데⋯⋯ 무, 무, 무릎이 날아간 놈이 하나 있어. 지금 의, 의료팀이 데, 데리고 있고. 서, 서라고 하는데 뛰, 뛰어서 도, 도, 도망가더라고. 쏴 버렸지."

"그래, 그런 건 잘했어. 그럼 당장 이 새끼 먼저 써야겠네. 내일 아침까지는 살아 있으려나?"

오 박사는 테이블 위에 놓여 있던 담배를 집어 들고 불을 붙였다.

위이이잉―.

천장에 빌트인되어 있는 공기정화기가 담배 연기를 정화하기 위해 빠르게 돌아간다. 오 박사는 길게 담배 연기를 내뿜으면서 감정을 추스르기 위해 애썼다.

젠장⋯⋯.

한참 동안 침묵을 지키고 있던 오 박사가 메이저를 보며 말했다.

"열심히 했다는 건 아는데, 이걸로는 턱없이 부족해. 헬리콥터 연료조차도 아까운 게 요즘 우리 사정이야. 실탄 5천 발에 죄수 서른한 놈을 팔아먹는 군인 새끼들만 거지가 아니고, 우리도 거지 되기 직전이야."

"대, 대, 대신에 이, 이제 자, 잡아 온 새끼들 자, 잘 먹이지 않아도 되, 되, 되니까 여, 연료는 거기서 빠, 빠지잖아."

메이저가 항변했다. 처음에 민간인들을 데려왔을 때에는 최대한 그들이 안심할 수 있도록 속여 가며 개별적으로 하나씩 끌고 가서 좀비 밥을 만들었었다. 그렇게 해야 실험 재료들이 더 양호한 신체 상태를 유지할 수 있다고 믿었기 때문이다.

방목해서 기른 소의 고기가 더 맛있을 거라고 기대하는 것과 비슷한 심리였다. 하지만 이제 그들은 더 이상 잡아 온 사람들 때문에 자원을 낭비하지 않기로 했다. 어차피 좀비 아가리에 처넣을 놈들인데 그럴 필요 없다는 것이 표면적인 이유였지만, 따지고 보면 결국 자원이 부족해진 것이다.

"뭐…… 그 새끼들 먹이고 재우는 데 들었던 돈은 확실히 절약되고 있기는 하지. 그건 자네 말이 맞아."

오 박사는 고개를 끄덕이며 다시 담배를 입에 물었다. 얼마 전까지만 해도 충분히 끊을 수 있다고 생각했었는데…… 요즘은 속이 터지는 것 같아서 거의 종일 담배를 물고 있어야 한다. 그래도 여전히 답답하다.

그놈의 항체…… 면역자…….

오 박사는 미간을 찌푸렸다.

딱 한 놈! 딱 한 놈만 더 살아 있는 면역자를 구할 수 있다면…… 그렇게만 된다면 아주 쉽게 백신을 만들 수 있을 것 같은데…… 그 한 놈을 만나기가 이렇게 어렵다니.

"어쨌든, 사람 더 구해 와 줘. 부탁 좀 할게. 우리 이제 공동 운명체야. 며칠 내에 제대로 결과 못 내면, 우리 정말 골 아파져. 남부 지방 내려가서 마녀, 그 쌍년 뒤치다꺼리할 생각 하면 벌써부터 피가 거꾸로 솟는 것 같아. 아…… 내일은 좀 더 일찍 나가고, 3호기도 마저 사용해 버려. 헬리콥터 여기에 세워 두면 뭐 하겠어. 한 놈이라도 더 잡아 오는 게 우선이지."

오 박사는 편두통이 이는 옆머리를 누르며 말했다. 한 대를 잠실 쉘터에 빼앗겼으니 이제는 세 대가 그들이 가진 전부다. 그 모든 기체의 베슬에 인간들을 가득 담아 오면 150명 이상이 될 텐데…….

"그, 그러지. 너, 너무 거, 거, 걱정하지 마. 아직 사, 살아 있는 놈 마, 많다고."

메이저는 고개를 끄덕인 뒤 방을 나섰다.

으으으, 성질을 이기지 못한 메이저가 머리를 벅벅 긁으며 짐승 같은 신음 소리를 냈다. 성질이 나서 죽겠다. 어제 사람들을 다 데리고 오지 못한 것도 화가 나고, 그 칼자국 난 새끼를 죽이지 못한 것도 분하고, 김 준장이라는 새끼가 바락바락 소리를 지르던 것도 열받고, 오늘 실적이 너무 저조한 것도 짜증스럽다.

"후우~ 스, 스트레스를 푸, 풀어야 돼."

메이저는 흐르는 땀을 닦으며 두 층 아래로 내려갔다. 오늘 아침에도 계집애들 없이 하루를 시작한 터라 그의 욕구는 폭발하기 직전이었다. 남자들을 가둬 둔 방을 지나친 메이저는 여자들을 감금해 놓은 방문 앞에 섰다.

띠리릭—.

전자자물쇠가 풀리고 문이 열리자 안쪽에서 여자들의 비명 소리가 들려온다. 메이저는 삼단봉을 빼 들고 방 안으로 들어섰다.

집기를 모두 치워 둔 넓은 실험실 안에는 어제오늘 잡아 온 여자들이 덜덜 떨며 한구석으로 몰려서 있다.

요즘 잡아 온 인간들은 남녀노소를 가리지 않고 발가벗겨서 성별에 따라 각각 한 방씩에 몰아넣어 둔다. 창문도 없고, 달아날 수도 없는 죽음의 방이다.

어차피 며칠 내로 다 소모될 것이기 때문에 숙식, 의복, 샤워 따위를 제공해 가며 목숨을 보전시키는 게 무의미해졌다. 그리고 신기하게도 그런 대접을 받으면서도 자살을 택하는 경우는 아직 없었다.

혹시 그런 시도가 있다고 해도 CCTV로 다 보고 있으니 미연에 방지할 수 있지만.

"으으으~ 으으으~."

메이저가 삼단봉을 빙글빙글 돌리며 들어서자 여자들은 모두 겁에 질려 신음을 내뱉으며 서로에게 더 바짝 붙어 선다. 눈에 띄기 싫어 어떻게든 안쪽으로 파고들어 가려는 사람들도 있다.

이거야말로 메이저가 아주 좋아하는 광경이다. 공포에 질려 울부짖지도 못하는 년들.

"후후후후, 더, 더러운 년들."

흥분한 메이저의 눈에 핏발이 선다. 그 본인조차도 자신이 이 정도로 심한 변태인 줄은 몰랐다. 하지만 좀비 세상 이후 전혀 모르는 여자들의 생사여탈권을 쥐게 되자 그의 가학성은 무서운 속도로 자라났다.

처음에는 뺨을 후려치는 정도로 만족스러웠지만, 이제는 뼈 부러지는 소리가 들려야 비로소 좀 논 것 같다.

"너! 이, 이리 나와!"

잠시 여자들을 살펴보던 메이저가 삼단봉으로 뒤쪽의 여자 한 명을 지목했다. 단발머리의 모양이 어제 잠실 쉘터에서 자신에게 대들던 그 죽일 년과 닮은 여자다.

"히이익~!"

지목당한 여자가 부들부들 떨며 비명을 지를 때, 옆의 다른 여자들은 비켜서며 그녀가 나갈 길을 터 준다. 메이저로서는 이게 또 재미있는 부분이었다. 잡혀 온 것들은 남녀 가릴 것 없이 모두, 자신이 지목당하기 전까지 지독히도 순종적이다. 지금도 이렇게 길을 내서 무언의 협조를 해 주고 있지 않은가.

"나, 나, 나오라고 해, 했잖아."

메이저는 무리 속으로 들어가 단발머리 여자의 머리카락을 그러쥐었다.

꺄아악!

여자가 비명을 지른다. 메이저는 인정사정없이 그녀의 머리칼을 잡아당겼다. 그러고는 바닥에 쓰러진 여자의 허벅지에 호된 발길질을 날렸다.

"까으으흐윽!"

단발머리가 고통과 공포에 질려 울부짖도록 내버려 두고 메이저는 두 번째 희생자를 골랐다. 이번에는 덩치가 좀 큰 여자를 하나 지목했다.

"이, 이, 일어나."

모두 세 명의 여자를 고른 메이저는 흐느끼고 있는 여자들을 향해 명령했다. 그리고 말이 다 끝나기도 전에 첫 번째 여자의 얼굴을 모질게 후려쳤다.

쫘악!

여자의 볼에는 금세 피멍이 든다. 지난 이틀 동안의 경험을 통해서 맞는 여자들도, 그걸 지켜보는 여자들도 잘 알고 있었다. 아무도 돕기 위해 나서는 사람은 없다는 것을.

"이, 일어나라고!"

자신이 지목받지 않았다는 것에 안도한 여자들을 내버려 두고 메이저는 세 명의 여자와 함께 엘리베이터에 올랐다. 이미 엘리베이터에 타고 있던 연구원이 둘 있었지만, 그들은 시선을 벽 쪽으로 돌리며 외면했다.

흑, 흑…… 나체의 여자 셋이 흐느끼는 동안 엘리베이터는 메이저의 숙소가 있는 층에 도착했다.

"자, 자, 잘 왔다. 펴, 편히들 앉아."

방음 처리가 된 자신의 방에 여자들을 밀어 넣고서 메이저는 세면대로 가 윗옷을 벗고 얼굴을 씻었다. 이렇게 즐거운 일을 더러운 먼지와 땀투성이인 채로 하고 싶지는 않다.

윽, 어제 그 칼자국 난 새끼한테 베인 겨드랑이에 물이 닿자 옅은 통증이 느껴졌다.

개새끼…… 그것도 잡아 와서 죽였어야 했는데…….

메이저의 얼굴에 분노가 스쳐 간다.

"뭐, 뭐야? 펴, 편하게 있으라고 했는데."

수건으로 겨드랑이의 물기를 닦으며 돌아선 메이저는 방구석에 모여 서서 부들거리는 여자들을 보며 비열한 웃음을 지었다.

여자들은 서로에게 바짝 달라붙어 치부를 가리며 계속 울고 있다. 물론 그래 봐야 고통은 나눠 질 수 없는 법이다.

쫙!

메이저가 휘두른 가죽 허리띠가 등짝을 휘갈기자, 덩치 큰 여자가 오열하며 그 자리에 허물어졌다. 나머지 둘은 비명을 지르며 옆으로 물러난다.

메이저는 수갑을 꺼내 덩치 큰 여자의 한쪽 팔을 침대 기둥과 연결했다. 바닥의 카펫에도, 침대에도, 심지어 천장에까지도 점점이 붉은 핏자국이 튀어 있다. 수많은 희생자들이 죽어 가며 남긴 흔적들이다.

"살려 주세요…… 살려 주세요…… 이렇게 빕니다. 선생님, 제발……."

눈물범벅이 된 단발머리 여자가 무릎을 꿇고 두 손을 싹싹 비볐다. 그 옆의 여자도 곧바로 같은 자세를 취하며 살려 달라고 울부짖는다.

크아아~!

메이저는 만족한 표정으로 숨을 크게 들이쉬었다. 그는 이런 식의 시작이 좋다. 절대자가 되었다는 우월감이 그의 중추를 자극해 도파민 분비를 활성화한다.

"나, 나, 나는 너희 안 죽여."

세 번째 여자의 턱을 쥐고 고개를 들도록 한 메이저가 그녀의 눈을 보며 말했다. 안 죽이겠다는 말에서 뭔가 희망을 느낀 여자의 표정이 잠시 밝아진다. 메이저는 빙글거리며 뒤의 말을 이었다.

"그, 근데 이, 이, 이놈이 문제야. 이게 자, 자꾸 죽이더라고."

메이저는 그녀의 눈앞에 불끈 쥔 주먹을 흔들어 보이고는 곧바로 따귀를 올려붙였다. 여자의 입술이 터지며 입 안 가득 피가 고인다.

"자, 자, 잘 버텨 봐. 이년처럼."

비명 소리가 그치자 메이저는 벽에 붙여 뒀던 폴라로이드 사진을 떼어 와 내보였다.

아래쪽 빈칸에 E9104596이라고 적혀 있는 사진에는 경순의 모습이 찍혀 있다. 그녀의 얼굴은 찢기고, 붓고, 피멍이 들어 처참하게 망가진 상태였다.

"이, 이게 이, 이, 일주일째 어, 얼굴이야. 대, 대단하지? 나중에는 지, 지, 진짜 전력으로 때, 때렸는데도 안 죽고 버, 버, 버티더라고. 마, 마지막으로 이 사진 찌, 찍고 시, 식당으로 보냈지."

메이저는 그리운 추억이라도 회상하는 듯 빙그레 웃으며 고개를 절레절레 흔들었다. 사진을 보고 난 뒤, 여자들의 울음소리는 더욱 커졌다. 침과 피, 눈물, 콧물이 한데 뒤섞여 바닥에 뚝뚝 떨어진다. 메이저는 경순의 사진을 다시 소중하게 벽에 붙였다.

"너, 너희도 하, 한번 잘 버, 버, 버, 버텨 봐. 일주일이 기, 기, 기록이니까…… 그거 한번 깨, 깨 보라고."

쫙—!

말이 끝나기가 무섭게 메이저는 손바닥을 쫙 뻗어 두 여자의 얼굴을 후려쳤다. 어차피 죽을 년들, 아껴 줄 이유가 없다.

쫘악— 쫙—.

살과 살이 호되게 맞부딪치는 소리가 찢어지는 비명 소리와 함께 방 안 가득 채워졌다.

04

"헉! 뭐지?"

진우는 화들짝 놀라 몸을 돌렸다. 하이바에 테이프로 고정해 둔 플래시가 검은 강물을 비춘다. 수면에는 조금 전 생겨난 것이 분명한 파문이 일고 있다.

"하아~ 하아~."

권총을 꺼낸 진우는 숨을 헐떡이며 그 주변을 주시했다. 그렇게 한동안 더 같은 지점을 노려보다가 좀비가 아니라는 결론을 내린 진우는 권총을 다시 케이스에 넣고 안도의 한숨을 내쉬었다.

이놈의 물고기들이 가끔씩 수면 위로 뛰어오르기라도 하면 저렇게 첨벙, 하는 소리가 나서 사람의 간을 떨어뜨린다.

헥— 헥— 헥—.

곁에 있는 삼식이는 진우의 이런 바보 같은 모습을 보면서 즐거워한다. 아마 무슨 놀이를 하고 있다고 생각하는 모양이다. 겁먹는 멍청이 놀이.

"그러게. 네 말이 맞다. 내일 밝을 때 마저 하면 되는 걸 왜 이 시간까지 붙잡고 앉아서 이 고생을 하는 건지…… 나도 나를 잘 모르겠어."

진우는 삼식이의 머리를 쓸어 주고 다시 제트 스키 쪽으로 돌아앉았다. 몇 시간이나 진땀을 흘린 끝에 겨우 배터리 케이스 뜯는 법을 제대로 숙지해서 교체가 눈앞이다. 진우는 하이바의 플래시 불빛에 의존해 다시 드라이버를 잡았다.

사방은 완전한 어둠 속에 잠겨 있고, 풀벌레 우는 소리만 귓가를 울린다. 여름밤 물가의 축축하고 무거운 공기가 분위기를 한층 더 을씨년스럽게 만들어 주었다. 그리고 저 캄캄한 검은 물…….

으아, 그건 정말이지 오싹한 배경이다. 낮에 보았던 것 같은, 떠다니던 좀비가 암흑 속에서 그를 덮쳐 올까 봐 늘 뒤가 찜찜하다.

"와, 다 했다! 이제 배터리 바꿨고! 연료도 다 채웠어!"

잠시 더 좁은 틈 속에 손을 넣은 채 비지땀을 흘리던 진우는 만족한 표정을 지으면서 외쳤다.

이중으로 된 보관함 케이스를 닫고 조종 핸들 앞에 앉은 진우는 긴장된 표정으로 키를 집어넣었다.

띵— 띵—.

아까와 똑같은 두 번의 알람 소리. 그리고 이내 계기판에 전원이 들어온다. 진우는 떨리는 마음으로 스타트 버튼을 눌렀다.

부르르르릉—.

아주 부드러운 엔진 소리.

풍풍풍풍—.

제트 스키 후면, 물속에 잠겨 있던 배출구에서 물줄기가 기운차게 뿜어져 나온다.

"됐다! 됐어! 삼식아! 됐다고! 응? 봤냐? 봤어? 움직인다! 움직여! 와하하하!"

진우는 두 주먹을 불끈 쥐고 미친 사람처럼 환호성을 질러 댔다.

세상에! 이제 이걸 몰고 저 뻥 뚫린 강을 내달리기만 하면, 잠실이든 한강이든 다 갈 수 있다!

오른쪽 손잡이에 달려 있는 액셀러레이터를 확 잡아 돌려 보고 싶은 충동을 억지로 눌렀다. 어떻게 작동시키는 건지도 모르는 기계를 이 깜깜한 물속으로 몰고 내달릴 수는 없는 노릇이다.

대신에 그는 좌석을 타고 엉덩이로 전해지는 엔진의 울림을 즐기며 한동안 그 자리에 앉아 있었다.

"으아…… 이 진동, 이 느낌이 이렇게 기분 좋은 건지 몰랐어. 그렇지, 삼식아?"

진우는 손잡이를 잡고 황홀한 표정을 지었다. 이렇게 강력한 이동 수단이 내 것이 되었다니…… 왠지 어울리지 않는다. 굵은 금목걸이라도 하나 구해 와서 군번줄 대신 걸치고 타야 될 것 같은 기분이다.

"근데, 여기는 이 정도 가지고 무슨 장사가 됐나? 달랑 제트 스키 세 대에 고무보트밖에 없구만…… 이걸로 얼마나 벌어? 그리고 웨이크보드나 바나나 보트 같은 건 뭘로 끌고? 모터보트 같은 게 있어야 하는 거 아닌…… 아!"

멍하니 혼잣말을 하던 진우는 당시의 상황이 어땠을지를 깨달았다. 육지에서 좀비들이 몰려올 때, 모터보트나 제트 스키를 타고 있던 사람들은 그걸 타고 곧바로 달아났을 것이다. 어쩌면 그들은 지옥의 첫날을 무사히 넘기고 생존했을지도 모르겠다.

"그렇구나. 돈이 있으면 살아남을 수 있는 확률도 더 높아지는 거구나."

진우는 혼잣말을 중얼거리며 제트 스키의 엔진을 껐다. 그런 후, 키를 뺐다. 훔쳐 갈 사람이 주변에 있을 것 같지는 않지만, 그래도 조심해서 큰 손해를 볼

일은 없으니까.

"이제 가서 자자, 삼식아. 내일 아침 일찍 일어나서 곧바로 연습하는 거야!"

진우는 삼식이를 이끌고 펜션 2층의 구석방으로 올라갔다. 긴급 상황이 벌어졌을 때, 그 방이 강 쪽으로 도망가기에 가장 용이한 위치다.

"으아~! 침대다!"

탄창이 든 가방과 배낭, K-2를 침대 구석에 내려놓은 진우는 하이바와 구명조끼를 벗고 침대에 몸을 던졌다.

밤공기는 조금 차가웠지만, 그 덕에 낮 동안 햇볕에 그을린 피부가 진정된다. 진우는 이불의 바스락거리는 감촉을 기분 좋게 느끼면서 수영 팬티만 입은 채 잠 속으로 빠져 들어갔다.

한 시간쯤 지났을까, 진우의 발치에서 잠들어 있던 삼식이의 귀가, 그리고 코가 씰룩거린다. 삼식이는 벌떡 일어나 진입로 방향을 보며 낮게 짖었다.

얼—!

얼—! 얼—!

삼식이가 세 번째 짖을 때에야 진우도 깨어났다. 녀석이 워낙 낮게 짖었던 탓이다.

"응? 뭐야? 왜 그래, 삼식아? 뭐가 있어?"

잠이 덜 깬 상태에서도 진우는 버릇처럼 빠르게 K-2를 집어 들며 물었다. 삼식이는 여전히 진입로 방향을 향해 서 있다.

"진짜 뭔가 있나 보네······."

진우는 하이바를 쓰고 가방과 배낭을 들며 도망칠 준비를 했다. 어떤 위협이 다가오고 있는지 모르니 일단 거리를 벌려 두고 살펴야 한다.

깜깜한 어둠 속에서 전술 조끼를 찾다가 침대 모서리에 부딪친 진우가 하이바의 플래시를 켜자, 삼식이가 앞발로 그의 손을 막는다. 끄라고 하는 것 같다.

불을 켜지 말라고? 왜?

진우는 놀라서 녀석의 표정을 보았다.

이 상황은…… 예전에 산속에서 이 녀석이 덤불로 분장한 저격수들을 미리 감지했던 때와 비슷하다. 화약 냄새를 맡고 도망쳐 숨어 있게 했던 그때와…….

"군인이라고? 설마?"

진우는 플래시를 끄고 삼식이를 돌아봤다. 녀석은 그제야 만족했는지 문 쪽으로 걸어가 밖으로 나갈 준비를 하고 있다.

"이런 데까지 군인이 올 리가 없잖아……."

혼잣말을 중얼거리면서도 진우는 녀석과 함께 펜션 계단을 타고 아래로 내려왔다.

군인이라니…… 지겹다. 이젠 정말로 안 된다. 바로 오늘 제트 스키를 얻었는데 또 끌려가야 한다면…….

진우는 계속 도리질을 하며 뛰었다. 둘이 선착장 부근에 도착했을 때, 진입로 쪽에서 인위적인 불빛이 반짝였다.

'안 돼, 너무 빨라. 조금만 좀 있다가 오라고!'

하지만 짐을 모두 챙겨 떠나기에는 이미 너무 늦었다. 진우는 분한 마음에 이를 악물고 나무숲 사이에 몸을 숨겼다.

불빛은 잠시 방향을 잃고 헤매는 것처럼 배회하다가, 주차장 안쪽으로 다가오며 커졌다. 플래시였다. 그리고 여러 개다.

찌르륵— 찌르륵—.

풀벌레 우는 소리 사이로 사람의 웅얼거림이 섞여 들려온다. 진우는 불빛이 반짝이는 방향을 노려보며 간절히 빌었다.

가까이 오지 마…… 제발 가까이 오지 말고 그쯤에서 돌아가…….

하지만 그의 바람은 언제나처럼 이루어지지 않았다. 웅얼거림 정도로만 인식되던 목소리가 어느새 대화를 어렴풋이 짐작할 수 있을 정도로까지 가까워졌다.

"……잖아, 이 등신 새끼야. 존나 멍청한 새끼."

"지랄하네. 분명히 내가 아까 여기에서 불빛이 번쩍거리는 걸 봤다고."

"까고 앉아 있네. 어디서 도깨비불을 봤나 보지. 큭큭큭."

"닥쳐, 개새끼야! 그러면 우리 구역에 모르는 게 왔다 갔다 하는데도 그냥 가만히 있을래? 그러다가 뒤통수 까여야 그때 후회하려고?"

"야, 좀 조용히들 좀 해! 씨발, 불빛을 찾아 나온 거냐, 아니면 도망가라고 알려 주러 온 거냐?"

"어…… 근데 여기 전에 와 봤을 때 좀비 있는 것 같던데……."

여러 개의 목소리가 정신없이 울린다. 진우는 침을 꼴딱꼴딱 삼키면서 가까워져 오는 불빛들을 노려보았다.

대화 내용이…… 너무 무질서하고 계급이 느껴지지 않는다.

그렇다면…… 혹시 민간인? 생존자가…… 있다고?

'윽!'

그 순간, 불빛이 그가 숨은 위치 쪽을 훑는다. 진우는 깜짝 놀라 고개를 숙였다. 켜져 있는 플래시는 모두 다섯 개. 사람은 여섯 명이다. 다들 사복을 입고 있는데, 이상하게도 개인 화기로 무장을 했다.

"없어! 없어! 이 새끼가 잘못 본 거야. 내가 말했잖아!"

땅딸한 녀석이 펜션 주변으로 플래시를 빙 돌려 비추며 떠든다. 그 옆의 놈은 좀 더 적극적으로 뭔가를 찾기 위해 애를 쓰고 있다.

"혹시 모르잖아. 저번처럼 계집애들이 한 무더기 쑥 튀어나와서 살려 달라고 할 수도 있어."

"야! 그때가 언제야, 이 새끼야! 바랄 걸 바라라. 계집애들끼리 지금까지 살아남았다고?"

두 놈이 떠들어 대는 동안 나머지는 분산해서 수색을 계속한다. 다들 어설프지만, 그래도 신중하게 움직이고 있다. 지금까지 살아남았으니 어느 정도의 능력은 있는 놈들이 맞다.

'어쩌지…….'

Chapter 64 Jet

놈들이 점점 가까워져 오는 걸 보면서 진우는 입술을 깨물었다. 저 정도를 제압하는 건 쉬운 일이다. 그리고 하려면 놈들이 한 시야에 들어오는 지금 해 버리는 편이 낫다. 더 가까이 오도록 내버려 둬 봐야 별로 좋을 게 없다.

하지만 아무 감정도 없는 놈들을 다짜고짜 죽인다는 건…… 그리 마음 편한 일이 아니다. 물론 그는 이미 꽤 많은 사람을 죽이기는 했지만, 그래도 여전히 꺼려진다. 가능하다면 피하고 싶다.

게다가 이 녀석들 역시 그 자신처럼 힘겹게 생존해 왔을 게 분명하다. 그렇게 발버둥 치던 놈들의 생명을 여기에서 끊어 버리고 싶지 않았다. 그러니 이쯤에서 대충 포기하고 돌아가 주는 게 서로를 위해 가장 좋은 일이다.

그러나…… 그렇게 생각하고 있으면서도 진우는 자신의 K-2 모드를 연사로 바꿔 두고 있었다.

"야! 이것 좀 봐!"

선착장 주변에서 누군가 동료들을 부른다. 놈들이 모이고, 진우의 시선도 그쪽으로 쏠렸다. 녀석들은 진우가 끌고 온 카트를 에워싸고 있었다.

"뭘 보라는 거야? 기껏 불러서 왔더니 좆도 없구만. 뭐, 이 등신아. 이 카트? 너 이런 거 처음 보냐?"

땅딸한 놈이 카트를 발로 찬다. 처음 그들을 불러 모은 녀석이 고개를 젓는다.

"카트 안에 들어 있는 걸 좀 보라고, 이 새끼야!"

"들어 있는 게 뭐? 뭔데? 이거? 이거, 그냥 먹을 거네. 좆도 거지 메뉴. 어휴~ 궁상 쩌네. 건빵이랑 멸치가 뭐냐……."

땅딸한 놈은 보따리들을 뒤적거리며 투덜거린다. 이번엔 다른 녀석이 끼어들었다.

"저 새끼 말은 그게 아니잖아, 이 등신아. 이 카트든 음식이든 간에 여기에 안 어울리는 물건이라는 얘기지. 그리고 이 보따리는 절대로 여기 한 달 이상 방치되어 있던 게 아니야. 먼지가 덮여 있지도 않잖아. 불빛 봤다는 말이 진짜인가 본데? 여기 누가 왔었나 봐. 야, 잘 찾아봐."

후우~ 진우는 한숨을 내쉬었다. 이제 조용히 넘어가기는 텄다. 그는 벌떡 일어나 놈들에게 총을 겨누며 외쳤다.

"움직이지 마!"

조용하던 밤하늘에 진우의 목소리가 커다랗게 울렸다. 놈들은 소스라치게 놀라 돌아서며 총을 고쳐 쥐려 한다. 진우는 다급하게 왼손을 흔들며 놈들에게 멈추라는 신호를 보냈다.

"아냐! 아냐! 멈춰! 움직이지 마! 총에서 손 떼! 나, 너희 안 죽이고 싶어! 그러니까 까불지 말고 그대로 서 있어! 그럼 해치지 않는다! 움직이지 말라고!"

여섯 명 모두 숨을 죽이고 서 있다. 갑자기 숲속에서 불쑥 튀어나온 남자를 무엇이라 간주해야 하는지 그 계산을 하고 있는 모양이다.

수영복 반바지에 맨발 차림이지만, 방탄 전술 조끼에 하이바를 갖추고 요란한 광학 장비가 달린 K-2를 들고 서 있는 남자. 아마 진우가 그들의 입장이었어도 혼란스러웠을 것이다.

"진정해! 그리고 도발하지 마. 나는 벌써 조준 마쳤고, 너희는 아니야. 그러니까 행여 기회가 있을 거라는 생각 따위 하지 말라고! 너희들만 이상한 짓 안 하면 나는 너희 안 해쳐! 이건 진심이야! 자…… 다들 총 내려놔."

진우는 최대한 진심을 담아서, 그리고 위엄 있게 말했다. 하지만 놈들에게는 그 마음이 제대로 전달되지 않은 모양이다.

여섯 놈은 쭈뼛거리기만 할 뿐, 좀처럼 총을 내리려 들지 않는다. 진우는 가장 우측에 서 있는 녀석의 행동이 거슬렸다. 놈은 자꾸 방아쇠울 안에 손가락을 넣으려고 하는 중이었다.

"야! 너! 반바지! 까불지 말라고, 이 새끼야! 총 내려놔! 너부터! 순서대로 한 놈씩!"

날 선 목소리로 경고를 받은 뒤에야 녀석은 슬그머니 손가락을 뺀다. 그러나 아직도 총을 내려놓지는 않고 있다.

하긴…… 자신들에게 총을 겨누고 있는 상대가 누구인지도 모르면서 섣불리

무장을 포기하기란 쉬운 일이 아니다. 사실 현명한 방법도 아니고.
그런 마음을 알기에 진우의 입도 바짝바짝 말랐다. 죽이는 건 쉽다. 하지만 못할 짓이기도 하다. 그는 어떻게든 이 녀석들을 무장 해제 시켜 묶어 두고 싶었다. 어차피 하룻밤만 그렇게 해 두면 된다. 내일 자신이 제트 스키를 타고 떠날 때 풀어주면 아무도 다치지 않고 일이 마무리될 수 있다.
"젠장, 저 아저씨 말 듣자…… 총 내려놔……."
놈들 중 리더로 보이는 녀석이 천천히 허리를 굽히며 총을 바닥에 댄다. 그때, 진우는 녀석의 표정과 시선에서 묘한 위화감을 느꼈다.
'이 새끼…… 나를 보고 있지 않았어…… 대체 내 등 뒤에 뭐가 있기에…….'
진우가 위치를 바꿔야겠다고 느낀 순간, 뒤쪽에서 사납게 으르렁대는 소리와 커다란 총성이 거의 동시에 울렸다.
크와아앙! 으르르!
타앙ㅡ! 타앙ㅡ!
진우는 자기도 모르게 목을 움츠렸다. 그가 움찔하는 사이에 앞쪽의 여섯 놈이 잽싸게 총을 고쳐 쥐고 그를 향해 겨눈다. 그러지 말라고 말려 볼 틈도 없었다. 진우는 머뭇거리지 않고 방아쇠를 당겼다.
탕ㅡ 탕탕탕탕ㅡ 탕탕ㅡ 탕탕탕ㅡ 탕탕ㅡ 탕탕탕ㅡ.
커다란 메아리와 함께 화약 연기가 자욱하게 피어올랐다. 뭔가 시도해 보려던 여섯 명의 무장한 남자는 머리와 가슴에서 피를 쏟으며 바닥에 나동그라졌다.
삼식이!
진우는 곧바로 뒤돌아섰다.
등 뒤에서 울려온 총성!
분명 놈들 일행이 쏜 거다. 그가 전혀 모르고 있던 한패가.
자세를 낮춘 채 기척이 느껴지는 방향으로 다가가자 어둠 속에서 뭔가가 꿈틀거린다. 삼식이다. 삼식이는 일곱 번째 남자의 목덜미를 꽉 문 채로 머리를 사납게 흔들어 대는 중이었다.

우드득, 꽈득—.

살점과 핏줄이 끊겨 나가는 소리!

남자의 목과 삼식이의 주둥이는 온통 피로 물들어 있었다. 남자는 어떻게든 벗어나 보기 위해서 마지막 남은 힘을 다해 팔다리를 버둥거린다.

으르르르!

삼식이가 잇몸을 드러내며 남자의 목을 더 깊이 깨물었다.

찌이익, 핏줄기가 높이 솟아오른다. 그리고 그것으로 끝이었다. 허공에서 허우적대던 남자의 손이 힘없이 툭, 떨어진다. 경련을 일으키며 부들거리던 두 다리의 움직임도 결국 멈췄다.

"삼식아……."

진우는 녀석의 이름을 불렀다.

헤엑— 헤엑—.

삼식이는 아직도 흥분이 다 가라앉지 않았는지 가슴을 벌떡거리며 진우를 뒤돌아본다. 혀를 널름거려 입가에 묻은 피를 핥던 녀석이 진우의 곁으로 다가와 킁킁거리며 냄새를 맡았다.

진우가 멀쩡하다는 걸 확인한 삼식이는 뭉뚝한 꼬리를 바쁘게 씰룩거리며 기쁨을 표시했다.

"하아~ 너는 괜찮아? 응? 총소리 났는데……."

진우는 삼식이의 몸을 더듬어 보고 나서 꼭 끌어안았다. 이 고마운 녀석에게 또 한 번 큰 빚을 졌다. 이 녀석이 알아채지 못했다면 뒤에서 쏜 총알에 맞아 맥없이 죽을 뻔했다.

진우는 삼식이의 머리를 쓸어 주면서 계속 같은 말을 중얼거렸다.

"고마워…… 고마워……."

삼식이도 열심히 진우의 얼굴을 핥아 준다. 녀석의 혀에서 풍기는 비릿한 피 냄새를 맡으며 진우는 주변의 어둠을 빤히 노려보았다.

혹시라도 저놈들의 또 다른 일행이 있지는 않을까 하는 걱정이 들어서였다.

하지만 더 이상 움직이는 것은 보이지 않았다.

"후우우~."

잠시 시간이 흐르고 난 뒤, 진우는 삼식이가 죽인 남자의 시체 앞에 서서 목이 반쯤 잘려 나간 모습을 물끄러미 내려다봤다.

나이는 20대 중후반. 고통 때문에 일그러져 있기는 하지만, 대체적으로 평범한 인상의 남자였다. 딱히 악해 보이지도, 딱히 선해 보이지도 않는, 그런 얼굴. 피를 잔뜩 뒤집어쓰고 있지만, 그리 험악하지 않다.

예전 같았으면 이런 사람이 심야 버스 옆자리에 앉아 있다고 해도 진우는 별걱정 없이 의자 등받이에 머리를 기댄 채 잠을 청했을 것이다. 아마 이 사람도 마찬가지였을 거고.

그런데 지금은...... 서로가 서로를 믿지 못했기 때문에 순식간에 일곱 명의 목숨이 사라져 버렸다. 그 자신 역시도 죽을 뻔했다.

방아쇠를 당기는 순간이 1초만 늦었더라도 지금 바닥에 쓰러져 차갑게 식어가고 있는 것은 저들이 아니라 그 자신이었을 것이다.

진우는 자신이 방아쇠를 당기던 그 순간을 선명하게 기억하고 있다. 순식간의 일이지만, 마치 슬로비디오를 보는 것처럼 모든 장면이 느리게 느껴지기도 했다.

덕분에 가슴이 총탄에 뚫리는 순간에 사람의 표정이 어떻게 일그러지는지, 뒤통수가 터져 나갈 때 목이 어떻게 젖혀지고 피 안개는 얼마나 퍼지는지 따위를 하나도 빠짐없이 지켜봤다.

"세상에...... 이게...... 이게 뭐지? 왜 이런 짓을 해야 하는 거지?"

진우는 얼굴을 감싸 쥐고 한숨을 내쉬었다. 딱히 잘못한 것도 없는 사람 일곱 명을 그저 우연히 한 장소에서 마주쳤다는 이유만으로 죽여야 했다니...... 이건 뭔가 불합리하다.

만일 자신이 내일 여기에 도착했더라면...... 혹은 제트 스키에 대해 잘 알고 있어서 오늘처럼 시간을 허비하지 않고 바로 출발했더라면...... 아무도 죽을 필요 없었다.

"후우~ 정말이지, 이게 얼마나 허무한 거냐……. 이 사람들도 정말 죽어라 싸우고 서로 의지해 가면서 지금까지 사이좋게 살아남았을 텐데."

아무리 생각하지 않으려 노력해도 너무 기분이 더럽다. 진우는 쓰디쓴 입맛을 지우고 싶어서 연신 마른침을 삼켰다.

물론 삼식이는 그렇지 않았다. 녀석은 진우가 멀쩡하다는 것이 기뻐 계속 그의 주위에서 몸을 기댄다.

"M-16이네. 어디에서 이렇게 오래된 걸 구했지? 예비군은 아직도 이런 걸 쓰나? 아니면 경찰서를 턴 건가?"

진우는 남자의 옆에 떨어져 있던 총을 주워 들었다. 어지간히 낡아 있어서 과연 제대로 발사는 될까 의심스러울 지경이다.

어쨌든 여기에 이대로 남겨 둬 봐야 별로 좋을 게 없다. 누가 쏘더라도 총알은 똑같은 위력으로 박힌다. 그러니까 위험 요소는 미리미리 제거해 두는 편이 낫다.

"방에 갖다 둬야겠다."

일곱 번째 남자의 M-16을 어깨에 건 뒤, 진우는 나머지 시체들이 있는 곳으로 걸어갔다. 그가 뚫어 놓은 구멍에서 콸콸 흘러나온 피 때문에 시체들 주변 바닥은 흠뻑 젖어 있었다.

진우는 소총들을 집어 대충 피를 털고 카트 안에 담았다. 탄창도 다 챙기고 싶었지만, 그건 내일 아침으로 미뤘다. 지금 플래시를 켠 채 그 짓을 하고 있다가는 표적이 되기 딱 좋다.

"응? 이게 뭐야?"

리더 녀석의 시체에서 소총을 빼던 진우는, 녀석의 벌어진 옷깃 사이를 유심히 들여다봤다. 목걸이인데, 어딘가 이상하다.

대체 뭐가 이렇게 주렁주렁 달려 있는 거지?

본능적으로 꺼림칙한 물건이라는 걸 깨달았지만, 진우는 녀석의 셔츠 단추를 잡아 뜯었다.

"이놈…… 봐라?"

진우는 이미 차갑게 식은 리더 놈의 얼굴을 빤히 노려보았다. 목걸이에 주렁주렁 꿰어져 있는 것은, 어이없게도 사람의 손가락이다.

모두 여덟 개. 어떤 가공을 했는지는 모르겠으나, 꽤나 생생한 상태로 보존되어 있다. 그리고 전부 엄지손가락이었다. 매니큐어가 칠해진 것도 두 개나 된다.

"이…… 이런 미친 새끼가…… 무슨 식인종도 아니고…… 이런 지랄을 왜 하는 거지?"

혐오감이 밀려들어 진우는 이마를 찌푸렸다. 조금 전 무의미한 살인에 대해 괴로워하던 때에 느낀 것과는 다른 종류의 혐오감이었다.

그 목걸이를 보고 나니 아까 이놈들이 떠들어 대던 말들이 훨씬 의미심장하게 느껴진다.

우리 구역, 저번에 구했던 여자들…….

"혹시 이놈들 일당이 더 있는 걸까?"

숲속에서 꺼내 온 가방을 카트에 담으며 진우는 멀리 어둠에 덮여 있는 국도 방향을 바라봤다. 만약 일당이 또 있다면 이쪽으로 돌아오지 않는 녀석들을 찾아 나설 수도 있다.

그런데 문제는 그게 몇 명인지를 모른다는 점이다. 아예 없을 수도 있고, 수십 명일 수도 있다.

"젠장, 잠은 다 잤네."

자신의 짐과 놈들의 총까지 모두 2층으로 올려 둔 뒤, 진우는 창문에 기대앉았다. 그러고는 이따금씩 고개를 들어 창밖을 살폈다.

삼식이가 경고를 해 준다고는 하지만, 대비를 해야 한다. 누군가의 목걸이에 장식되기 위해 손가락이 잘리고 싶은 마음은 추호도 없으니까. 그의 발치에 엎드린 삼식이는 꾸벅꾸벅 졸고 있다.

몇 시간 뒤, 모두에게 아침이 찾아왔다.

가장 먼저 하루를 시작한 것은 상봉 코스트코의 보안관 일행이었다. 그들은 훤하게 동이 터 오는 오전 4시 반에 일어나 연장과 짐을 가지고 산책로를 향해 이동했다.

그로부터 한 시간 뒤인 오전 5시 반에는 삼각지의 태양 그룹 본사에서 그날의 첫 헬기가 떠올랐다. 물론 인간 사냥을 위한 출격이었다.

그물 베슬을 길게 늘어뜨린 헬기는 기수를 북서쪽으로 잡고 경기 지역을 향해 날아갔다.

바로 그 시각, 양평에서는 밤을 꼬박 지새운 진우가 무거워진 눈꺼풀을 이기지 못해 잠에 빠져들었다.

드릉— 드릉—.

진우의 코 고는 소리에 깨어난 삼식이가 다시 눈을 감는다.

강가에 자욱하게 피어오른 아침 안개가 유난히 무더울 하루를 예고하고 있었다.

05

지독한 싸움이었다. 손가락이 잘려 나갈 것 같은 위기도 여러 번 겪었다. 하지만 결국 승리했다.

악마 같은 새끼들을 모두 잡아 죽인 뒤에 감옥의 문을 열었을 때, 거기에는 눈부시게 아름다운 두 여자가 있었다. 테라, 그리고 제니.

"나와도 돼. 이제 안전해."

진우는 만신창이가 된 몸으로 따뜻한 미소를 지으며 손을 내밀었다. 핑크 펀치 두 명은 홀린 듯 그를 바라본다.

"……정말이요?"

둘이 동시에 묻는다. 언제나 듣던 그 목소리, 그 느낌. 테라는 수줍어했고, 제니는 도발적이다. 진우는 고개를 끄덕였다.

"우와! 고맙습니다, 오빠!"

제니와 테라가 진우의 목을 얼싸안고 팔짝팔짝 뛴다. 그녀들의 머리카락이 얼굴을 스칠 때마다 온몸에 전류가 찌릿찌릿 흐르는 것 같다.

으으응~ 너무나 황홀해져서 진우는 자기도 모르게 한숨을 내쉬었다.

"나쁜 놈들 엄청 많았는데, 어떻게 이기신 거예요?"

"아, 그야 뭐……."

진우는 가슴에 달려 있는 특등사수 휘장을 내보이며 말했다.

"내가 제일 잘 쏘니까."

꺄아— 그녀들은 가벼운 비명을 지르며 환하게 웃는다. 테라가 볼을 붉히며 말했다.

"오빠, 멋있어요."

"응? 응? 진짜? 내가 멋있다고?"

진우는 당황해하면서 제니를 돌아봤다. 제니도 고개를 끄덕인다.

"네, 저도 반한걸요. 후후후…… 그럼 이제 결정할 시간이네요……."

바라보기만 해도 녹아 버릴 것 같은 미소를 지으며 제니가 진우의 볼을 쓸어 준다.

응? 결정? 무슨 소리야?

진우는 얼빠진 얼굴로 두 사람을 번갈아 보았다.

"……누구를 선택할 건지요."

테라가 쑥스러워하면서 고개를 모로 튼다.

정말? 정말 내가 고르면 되는 거라고?

진우는 바짝 말라 오는 입술을 핥았다.

이럴 수가! 나는 그냥 순수하게 구해 준 것뿐인데…… 너희들, 나에게 완전히 홀딱 반해 버렸구나!

"누구를 택해도 원망하지 않을 거예요."

제니가 고혹적으로 웃었다. 테라도 부끄러워하며 덧붙였다.

"응, 너무 멋지니까."

하…… 하하하…….

벅차오르는 기쁨에 진우는 큰 소리로 웃었다.

그렇지! 이런 게 정의고, 이런 게 사는 거지! 이렇게 되려고 그동안 그렇게 고생을 했었구나! 그래, 그 모든 일들이, 지금도 온몸이 뻐근한 이 고통이 다 이 순간을 준비하기 위한 과정이었다면 납득할 수 있다.

"대답…… 안 해 줄 거예요? 누굴 선택할 건지."

테라가 물었다. 그 말을 하는 것이 어지간히도 부끄러운지 그녀는 두 손으로 치맛자락을 꼭 쥐고 있다. 제니는 굵게 웨이브 진 머리를 쓸어 넘기면서 찡긋 윙크를 한다. 진우는 두근거리는 가슴을 진정시키면서 입을 열었다.

"내가 좋아하던 고참이 가르쳐 준 게 있어. 굉장히 중요한 진리라서 똑똑히 기억하고 있지. 난 이 시점에 너희들에게 그 말을 해 주고 싶어."

"뭔데요?"

제니와 테라가 바짝 다가오며 물었다. 긴장한 둘의 숨결이 진우의 목덜미에 닿는다. 그녀들의 온기를 느끼면서 진우는 씩 웃었다.

"둘 다 선택할 수 있는데 하나만 고르는 건 바보 새끼들이나 하는 짓이라고."

"어머~ 몰라요! 이상해!"

말은 그렇게 하면서도 둘은 진우의 가슴을 꼬옥 끌어안는다. 진우도 양손으로 그녀들의 머리를 쓸었다.

품 안에 들어온 테라와 제니! 아아…… 이 쾌감, 이 성취감!

진우의 가슴은 터질 듯이 부풀어 올랐다.

"정말 우리 둘, 다 감당할 수 있어요?"

제니가 눈을 빛내며 물었다. 그리고 그녀는 진우가 대답을 하기도 전에 날름 그의 목덜미를 핥았다. 그녀의 과감한 혀가 턱선을 타고 올라와 입술에 이르렀다.

테라도 진우의 코에 입을 맞춘다. 진우는 그녀들의 머리카락을 더 바짝 틀어쥐었다. 생각했던 것보다 더 숱이 많고 억센 머릿결이었다. 꼭…… 개털 같다.

"으! 으!"

진우의 입에서 터지는 신음.

너무 좋다. 좋기는 진짜 좋은데…… 두 사람이 번갈아 가며 코와 입을 바쁘게 핥아 대니, 수…… 숨을 못 쉬겠다.

"자…… 잠깐만! 나 숨 좀…….''

견디다 못한 진우가 그녀들을 밀쳐 내 보려 했다. 하지만 제니는 그 다이너마이트 같은 몸으로 진우를 꽉 옥죈다. 진우는 안간힘을 써 보지만, 꿈쩍도 않는다. 얘가 이렇게 무거웠던가…….

"안 돼요. 이제 막 달아오르는 참인데……."

말이 끝나기가 무섭게 제니는 다시 진우의 볼과 입을 핥아 댔다.

으아…… 침이…… 침이 어지간히 많은 애다. 게다가…… 입 냄새가…… 얘네들, 도대체 며칠이나 이를 못 닦고 갇혀 있었던 거지?

"……만, 그……만! 그만! 제발 그만!"

비명을 질러 대다가 진우는 잠에서 깼다. 바로 눈앞에 삼식이의 커다란 얼굴이 기다리고 있다. 진우의 위에 올라탄 채 계속 핥아 대던 삼식이는 마침내 진우가 눈을 뜨자 반가운 목소리로 얼— 하고 짖었다. 녀석의 입술 한구석에서 끈적한 침방울이 주르륵 흘렀다.

'이…… 이게 뭐지? 테라랑 제니는…… 어디로 가고…….'

잠시 멍해져 있던 진우는 그 달콤한 순간이 꿈이었다는 걸 깨달았다. 꿈이라도 좋다. 그런 상황에 놓여서 기뻐할 수만 있다면 하루에 열 시간이라도 자고 싶다. 그런데…… 이, 이놈이 깨워 버렸다.

"아으~ 이 새끼야! 좀 이따가 핥을 것이지! 완전 기분 좋은 꿈이었는데…… 너 때문에 깼잖아! 진짜…… 그런 꿈을 꾸기가 얼마나 힘든 줄 알아? 아으, 이

침…… 이거 다 어쩔 거야?"

 진우는 녀석의 볼따구니를 잡고 좌우로 흔들면서 투덜댔다. 그래 봐야 기죽을 삼식이가 아니다.

 녀석은 진우가 잔소리를 늘어놓는 바로 그 순간에도 또 널름 볼을 핥는다. 진우는 울상을 지으며 침대 시트를 당겨 얼굴을 닦았다.

 "으, 몇 시까지 잔 거냐, 나."

 진우는 시계를 확인하고 고개를 저었다. 늦은 새벽까지 보초를 서다가 선잠이 드는 바람에 해가 중천에 오를 때까지 퍼져서 잤다.

 뿌옇게 흐려져 있던 머릿속이 차차 개면서 어제 했던 일들과 오늘 해야 할 일들이 하나씩 떠오른다.

 "맞다! 혹시 그놈들 패거리 왔나?"

 손가락 목걸이를 한 놈들을 쏴 죽였던 일이 떠오른 진우는 창문에 기대 바깥쪽을 엿봤다. 밖은 고요했다. 움직이는 것이라고는 바람에 따라 이따금씩 흔들리는 나뭇가지 정도뿐이다.

 하긴 근처에 사람이 와 있으면 삼식이가 이렇게 태평할 리가 없다.

 "그래, 제트 스키 타야지."

 선착장으로 나와 삼식이와 아침을 먹으면서 진우는 넓고도 끝없이 뻗어 있는 남한강을 바라보았다.

 그들이 햄과 건빵을 우물거리는 자리에서 10여 미터 뒤에는 좀비와 사람들의 시체가 잔뜩 널브러져 있고, 바닥에 흥건하게 고인 피는 아직도 다 마르지 않았다.

 붉게 물든 시멘트 바닥을 바라보면서도 진우는 통조림 속에 남은 햄을 남김없이 싹싹 다 긁어 먹었다.

 "어디…… 계획을 한번 세워 보자."

 진우는 비닐봉지로 방수 처리 한 짐들을 고무보트에 싣고, 로프로 묶어 고정했다.

탄창이 든 가방, 배낭, 전술 조끼, 식량 보따리, 그리고 삼식이를 여기에 태워 제트 스키로 끌고 갈 것이다. 제트 스키 앞쪽에 물품 보관 공간이 있긴 하지만, 그리 크지 않아서 하루 치 식량과 예비 연료 약간을 채워 넣으면 꽉 차기 때문이다.

"됐나?"

짐들을 고정한 뒤, 진우는 보트를 좌우로 흔들어 보면서 중심을 점검해 봤다. 무게 배분은 대충 맞은 것 같고, 연결 상태도 튼튼하다. 이제 가운데에 삼식이만 앉으면 된다.

"삼식아, 이리 와. 여기 앉아."

진우가 고무보트 바닥을 통통, 두들기자, 선착장에 앉아 기다리고 있던 삼식이는 경쾌하게 보트로 뛰어올라 가방 옆에 턱 선다. 진우는 선착장과 연결된 로프를 풀어냈다.

"중심 잘 잡고 있어. 연습 한번 해 볼게."

제트 스키 핸들을 잡은 진우는 삼식이를 향해 엄지손가락을 치켜세워 줬다. 그러고는 스타트 버튼을 눌렀다.

부드드드드등—.

엔진 소리와 함께 뒤쪽에서 물기둥이 약하게 뿜어져 나온다. 진우는 허리를 돌린 채 앉아 그 모습을 황홀하게 바라보았다.

신기한 물건이다. 어제 보니 뒤쪽에 스크루 같은 것도 눈에 띄지 않던데, 대체 어떤 원리로 이게 물 위에서 달리는 걸까?

"좋아, 간다!"

진우는 가볍게 핸들을 틀고 팔목을 비틀어 액셀러레이터를 돌렸다.

부드드드등—.

엔진 소리가 더욱 요란해지는가 싶더니, 제트 스키가 출발한다. 예상했던 것보다 더 쉽다.

핑—.

보트와 연결해 뒀던 로프가 팽팽하게 당겨지는가 싶더니, 제트 스키가 빠르게 앞쪽으로 질주했다. 진우는 만면에 웃음을 지으며 더욱 속도를 올렸다.

"와하하하하! 이거 봐! 별거 아니네! 자전거보다 더 쉬워!"

부아아아앙— 파악— 파악—.

빠른 속도로 물살을 가를 때마다 제트 스키는 가볍게 위쪽으로 튄다. 물보라에 얼굴이 흠뻑 젖은 진우는 뒤쪽을 돌아보았다.

"삼식아! 너도 재미있지? 꽉 잡아야 돼! 떨어지지 않……."

하지만 보트는 따라오지 않고 있었다. 제트 스키의 꼬리에는 로프만 길게 끌려오고 있을 뿐이었다. 저 멀리 혼자 남겨진 고무보트에서는 삼식이가 멍한 눈으로 진우를 바라보고 있다.

그러다가 첨벙 물속으로 뛰어들었다. 녀석이 허우적거리며 개헤엄을 치는 걸 보며 진우는 다급하게 핸들을 틀었다.

제트 스키는 수면에 크게 원을 그리며 선착장으로 되돌아갔다. 제트 스키가 근처로 와서 멈춰 서자 삼식이는 미친 듯이 다리를 움직여 대며 수영 속도를 높였다. 그런 후, 진우의 도움을 받아 겨우겨우 제트 스키로 기어올랐다.

"하하하하! 놀랐어? 미안, 미안. 아니, 이게 왜……."

진우는 삼식이의 머리를 쓸어 주며 고무보트와 연결했던 로프를 살펴봤다. 끊어진 게 아니었다. 단지 그가 매듭을 잘못 묶었던 것뿐이다.

"이번에는 두 번 겹쳐서 묶어 둬야지. 혹시라도 가는 도중에 또 풀리면 안 되니까……. 야, 삼식아. 머리 좀 치워 봐. 안 보이잖아. 옆으로 가 있어."

매듭을 다시 단단히 묶던 진우는 바짝 달라붙은 삼식이를 밀어내며 말했다. 하지만 이놈, 잔소리를 들으면서도 계속 앞발을 대고 머리를 기웃거려서 진우의 일손을 늦춘다.

한자리에 가만히 있는 것도 아니다. 진우가 보트로 가면 놈도 보트로 오고, 진우가 제트 스키로 옮겨 타면 녀석도 훌쩍 좌석으로 뛰어오른다.

가뜩이나 좁고 중심을 잡기 어려운 데서 덩치가 커다란 놈이 그렇게 쫓아다니니, 이만저만 귀찮은 게 아니다.

"어후! 정신없어! 한자리 진득하게 좀 있어, 삼식아."

녀석에게 밀려 물에 빠질 뻔한 진우가 짜증을 부렸다.

후우~ 진우는 한숨을 내쉬며 다시 제트 스키 핸들을 잡았다. 그랬더니 그 구박에도 아랑곳하지 않고 삼식이 놈이 앞자리로 파고들어 커다란 등짝으로 시선을 다 가린다.

"야, 삼식아. 안 보여. 저기 보트에 가 있어."

아무리 부탁을 해 봐도 녀석은 요지부동이다. 진우가 자리를 알려 주기 위해 직접 보트로 걸어가자 그제야 따라온다.

"그래, 그렇게 앉으라고. 잘할 수 있잖아."

진우가 이마에 솟아난 식은땀을 훔치고 다시 제트 스키의 좌석에 앉자, 삼식이 놈은 또 따라왔다.

어휴~ 이건 대체 무슨 장난이 하고 싶어서 이러는 거지? 나는 마음이 급해 죽겠는데…….

진우는 앞자리를 차지하려고 일어서는 삼식이를 손바닥으로 막으며 화를 냈다.

"야! 장난 그만 쳐! 왜 그래? 너, 왜 갑자기 바보 흉내 내냐? 영리한 놈이 그렇게 하니까 더 답답하잖아!"

끄응, 삼식이는 고개를 숙여 시선을 피하면서도 여전히 고집을 꺾지 않았다. 그 순간, 조금 전 남겨진 보트에 뻥 뚫린 듯한 눈으로 앉아 있던 녀석의 모습이 거기에 겹쳐 보이자, 갑자기 가슴이 뭉클하다. 진우는 비로소 녀석이 이런 기행을 보이는 이유를 알 것 같았다.

"아~ 혹시…… 버리고 갈까 봐 그래? 아니야. 내가 왜 그러겠어. 그거는 그냥 실수였어. 줄이 잘 묶여 있는 줄 알았다고. 저기 보트에 내 탄창도 있었잖아. 너, 알지? 내가 그걸 버리고 가겠어? 에이, 알았다. 그래, 여기 타라."

녀석의 마음을 읽은 것 같아 진우는 더 이상 내리라는 말을 할 수 없었다. 결국 자신이 양보하기로 했다.

허락을 받은 삼식이는 신이 나서 진우와 핸들 사이로 파고든 뒤, 앞발을 계기판에 척 걸쳤다.

덕분에 진우는 녀석의 넓은 등판밖에 안 보였다. 진우는 고개를 비스듬히 틀어 전방의 시야를 확보하려고 애를 썼다.

초보 운전을 하는 입장에서 정말 불편한 자세였지만, 지은 죄가 있는 터라 꾹 참았다. 워낙 시원하게 트인 강을 달리는 거니까, 속도만 그리 내지 않으면 크게 위험하지는 않을 것 같다.

"잘 잡은 거 맞아? 이거, 꽤 흔들린다."

앞에 앉은 삼식이가 중심을 잘 잡고 있는지 몇 번이나 확인해 본 뒤에 진우는 액셀러레이터를 돌렸다.

부아아아앙—.

힘차게 물살을 가르며 제트 스키가, 그리고 거기에 연결된 고무보트가 앞으로 나아간다. 진우는 가끔 한 번씩 고개를 돌려 고무보트가 잘 따라오고 있는지 확인했다.

얼— 얼— 얼—.

조금 시간이 지나자 삼식이도 기분이 좀 풀렸는지 신나게 짖어 댄다. 몸을 틀어 가며 앞을 살피던 진우도 쓴웃음을 지었다.

그리 속력을 내는 것도 아닌데, 둘을 태운 제트 스키는 금방 몇 개의 교량 아래를 지나 커다란 호수에 도착했다. 시원한 바람이 물보라를 싣고 날아와 얼굴을 적신다.

"으아~ 아름답다."

거울처럼 맑은 수면과 거기에 비친 녹색 섬들을 바라보며 진우는 탄성을 질렀다. 혼자 보기 아까울 만큼 빼어난 경치였다. 가슴이 벅차오른다.

길고, 길고, 길었던 여정의 종장은 그렇게 그림 같은 풍경과 함께 시작되었다. 드디어 오늘, 몇 시간 내에 그는 잠실에 도착하게 될 것이다.

Chapter 65
가장 뜨거운 날

01

"천천히 와 봐! 천천히!"

유빈이 앞에서 손짓으로 신호를 보낸다. 보안관은 창밖으로 고개를 내민 채 핸들을 꺾어 차를 최대한 경사진 잔디밭 쪽에 붙였다. 그러고는 천천히 가속 페달을 밟았다.

철벅—.

그래도 물을 완전히 피해 가지는 못한다. 비스듬하게 기운 채 달리던 코롤라의 왼쪽 앞바퀴가 절반 이상 물에 잠겼다.

포기하려면 지금 해야 한다. 만약 흡기구가 잠겨 버리면 자동차는 접지력을 잃고 그냥 물에 끌려 들어가 버릴 테니까. 또 비탈길의 경사를 이기지 못해 넘어가 버린다고 해도 끝장이다.

"에이! 그냥 가 볼래! 어차피 내 돈 주고 산 차도 아니고! 정 안 되면 새로 하나 구하지 뭐! 간다!"

앞뒤 재기 귀찮아진 보안관은 액셀을 지그시 밟았다. 물이 튀는 소리와 함께 자동차에 둔중한 저항이 느껴진다. 왼쪽 차체의 아랫부분이 물에 잠긴 것이다.

왈칵— 왈칵—.

예전 좀비들을 들이받을 때 찌그러져 벌어진 문틈 사이로 물이 새어 들어온다. 그래도 보안관은 속도를 줄이지 않았다.

아아앙—.

기울어진 채 달리던 코롤라는 결국 물웅덩이를 통과했다. 주변에서 지켜보고 있던 친구들이 안도의 한숨을 내쉬고, 짤깍짤깍 손뼉을 쳐 준다. 기가 산 보안관은 차에서 내려 삼식이를 뒤돌아봤다.

"삼식아! 내가 지금 지나온 라인 보이지! 그리로 오면 돼! 안 넘어가!"

"하하하! 내가 더 아슬아슬하게 통과할 건데?"

자신 있게 말한 삼식이는 오피러스를 몰고 비슷한 궤적을 통과했다. 그간 비가 오지 않아 웅덩이의 물이 줄어들었기에 가능한 일이었다.

"잘했어. 이제 나눠 타 보자."

유빈이 앞쪽에 내려 둔 카니발로 다가가며 말했다. 오늘 동부 간선 도로에서 골라 배터리를 갈고 내려놓은 미니밴이다.

"탄다고? 어디 가려고?"

새벽부터 펜스를 떼어 내고 자동차를 미느라 진이 쪽 빠진 신입이 물었다. 유빈이 앞쪽으로 뻗어 있는 산책로를 가리키며 말했다.

"이 길로 쭈욱."

신입은 믿을 수 없다는 듯 고개를 저었다.

"설마…… 잠실까지 간다고? 지금? 이 길로?"

"에이, 설마…… 내가 그렇게 겁 없이 군 적이 있나……. 그리고 어제 너도 계획 다 들었잖아."

유빈은 쓴웃음을 지으며 카니발에 짐을 실었다. 신입이 멍한 얼굴로 가만히 서 있자 태권 소녀가 손바닥을 펴서 그의 등짝을 한 대 쫙, 치고 지나갔다.

말이 손바닥 한 대지, 어지간히도 매워서 이건 등에 불이 붙은 것 같다. 여간해서는 손이 잘 닿지도 않는 등짝 한가운데를…….

"아! 아야! 이런 씨바……."

욕을 하려던 신입이 급하게 입을 다문다. 태권 소녀가 매서운 눈초리로 휙 돌아보았기 때문이다.

"그러니까 남이 말할 때 잘 좀 들으라고. 담배 피운다 어쩐다 그러면서 딴짓하지 말고. 네가 멍청하게 굴다가 그것 때문에 우리 다 곤란해지면 어쩔 건데?"

"내, 내가 언제 누구를 곤란하게 했다고 지랄이야! 이씨…… 어차피 오늘은 서 있는 차들 중에서 배터리만 갈아서 산책로까지 내려놓는다고 했잖소. 멍청한 게 손은 존나 매워 가지고……."

주춤주춤 뒷걸음질을 쳐서 보안관과 삼식이 뒤에 숨은 신입이 성질을 부렸다. 태권 소녀는 그런 신입의 얼굴을 빤히 노려보았다.

"그래! 그다음에 이 차들로 가능한 한 멀리까지 가 본다는 말도 했었지. 이 앞 산책로가 얼마나 뚫려 있는지 확실히 모르니까. 빗물 호수에 막힌 데가 있으면 두 대는 거길 넘어가서 세워 둔다는 말도 했고! 다 네가 툴툴거리면서 딴청 피울 때 했던 이야기들이잖아!"

카니발에 규영이를 태운 태권 소녀가 문을 쾅! 닫는다. 문이 완전히 닫힌 것을 확인한 신입은 그녀에게 들리지 않을 정도로 작게 투덜거렸다.

"미친년…… 빠짝 쫄아 가지고…… 자기가 무서우니까 공연히 나한테 성질을 부리고 자빠졌네."

보안관이 제니, 임수정과 함께 코롤라에 탔고, 흡연 차인 오피러스에는 신입과 삼식이가 탑승했다. 자동차의 문을 닫고 둘만 남았을 때, 삼식이가 신입을 돌아보며 말했다.

"야, 근데 신입. 너도 밖에 나올 때는 좀 긴장감을 가져라. 나서서 작전을 짜라는 것도 아니고, 잘 들어 두라는 거잖아. 그 정도는 해야지. 너 만약에 긴급한 상황이 생기면 어떻게 해야 한다고?"

"글쎄? 몰라? 자동차에 타고 도망간다?"

"이것 봐. 이러면 안 돼. 만약에 카니발이 비어 있으면 무조건 거기에 타는 거야. 그래야 그거 한 대로 다른 사람들도 다 태울 수가 있지. 그리고 차 열쇠는 무조건 운전석 선바이저에 끼워 두기로 했어. 물론 너는 그것도 안 들었겠지만."

삼식이가 말했다. 다들 자신한테만 잔소리를 하는 것 같아 불만스러워진 신입이 머리를 긁적이며 투덜댔다.

"아, 몰라! 애초부터 별로 가고 싶지도 않았는데, 억지로 끌고 나오더니 이제는 별걸로 다 잔소리를 하네, 개새끼들. 위기 상황에 처할 게 무서우면 애초에 안전한 데서 기어 나오지를 말았어야지! 씨발, 그리고 위기 상황이라는 게 뭔데? 멀쩡히 차 타고 갔다가 돌아오는 건데, 어떻게 하면 그런 상황에 처하냐?"

"음…… 나도 그건 잘 모르겠는데? 하여간 뭔가 다급하니까 위기 상황인 거겠지."

한껏 진지한 목소리로 충고해 주던 삼식이가 바보 모드로 돌아가 고개를 갸웃거린다. 두 바보가 위기란 무엇인가에 대해 이야기하고 있을 때, 무전기에서 유빈의 목소리가 들려왔다.

— 치익, 내 목소리 들려, 보안관? 치익, 삼식아?

"응, 잘 들리는데? 일반 도로에서보다 깨끗하게 들려."

— 나도 잘 들린다. 치익.

— 치익, 그러면…… 치익, 일단 출발할게. 거리를 좀 두고 따라와 봐. 치이익.

그 무전을 남기고 유빈과 태권 소녀, 규영을 태운 카니발은 천천히 출발했다. 그 뒤를 따라 보안관이 모는 코롤라가, 마지막으로 삼식이의 오피러스가 따라갔다. 길가에 세워 둔 네 번째 자동차, 소형 SUV를 보며 신입이 물었다.

"야, 저건 왜 여기에 내려놓기만 하고 안 타고 가는 거야?"

"으응, 저 차도 보험이야. 이 차들 다 언제 퍼질지 모르니까 한 대 정도는 여유분을 가지고 있자는 거지. 뭐, 딱히 필요 없을 수도 있지만, 그래도 조금만 일해 두면 불안해하지 않아도 되는 거잖아. 날씨 좋다…… 좀 덥기는 하지만."

삼식이는 뜨거운 태양이 높이 솟아 있는 하늘을 보며 말했다. 계속 달궈져 있던 차 내부라서 에어컨을 팽팽 돌려도 아직 시원하지 않다.

무심코 담배를 물던 신입은 이번 주행 내내 금연하기로 했던 걸 기억해 내고 담배를 다시 갑에 넣었다.

"우와...... 이런 경치를 또 보게 될 줄은 진짜......"

1호 차 카니발에서는 규영이 황홀한 표정으로 차창 밖에 팔을 내민 채 바람을 만끽하고 있었다. 지난 7월 14일 이후 계속 상봉동 코스트코 주변의 좁은 영역 안에서만, 그것도 대부분 자신의 방 안에서만 살아왔던 그에게 이번 외출은 정말로 각별했다.

"생각했던 것보다 달릴 만하네. 이러다가 정말 오늘 잠실까지 가는 거 아니야?"

출발하기 전까지 야구 배트를 꽉 움켜쥐고 있던 태권 소녀도 조금 상기된 얼굴로 중얼거린다. 그녀에게도 드라이브는 좀비 사태 이후 처음 해 보는 경험이었다.

좁고 장애물이 많이 떨어져 있는 산책로지만, 차를 타고 달린다는 속도감은 정말 대단히 매혹적이었다. 움푹 떨어져 나간 구멍을 피해 달리면서 유빈이 고개를 저었다.

"운이 좋으면 그럴 수도 있겠지. 길을 막은 호수 같은 게 또 생겨 있지만 않으면. 그런데 여기 산책로를 달리는 것하고, 강을 건너서 잠실까지 가는 것하고는 다른 이야기야. 난이도가 확 뛰어. 산책로만 따라 달려서는 다리를 건널 수가 없거든."

"아, 맞다. 너 임시 거처 찾아보는 것만 이야기하고 강 건너는 방법은 말 안 하더라? 그냥 무작정 가는 거야?"

"강 건너가는 거는...... 애초에 오늘내일 이룰 수 있는 목표가 아니었어. 거기 상황에 대해서 아무것도 모르는데 무작정 방법을 정할 수가 있나. 그냥 오늘은 가서 직접 눈으로 보고 올 수만 있어도 큰 수확이라고 생각해."

유빈은 산책로에서 눈을 떼지 않은 채 대답했다. 몇 번의 큰비 이후 계속 방치되어 왔던 산책로는 흘러내린 돌들과 부러진 나무 따위로 어지럽혀져 있었다. 비록 시속 30킬로미터 정도의 느린 속도로 달리는 것이라고 해도 꽤나 신경이 쓰인다.

"형, 한강…… 그 주변에 가면 좀비들이 많을까? 아무래도 그쪽은 사람도 많이 모여 살았던 데고…… 임시 거처 찾아보는 것도 쉽지는 않을 것 같은데요."

규영이 말했다. 유빈이 짜 놓은 작전에서 강변의 임시 거처는 중요한 필수 조건이다. 한강과 그 너머의 상황을 주시해 가며 안정적으로 지내려면, 육안으로 한강이 보이는 위치에 숙소를 구할 필요가 있다.

물론 그런 목적에 적합한 장소가 어디쯤인지, 그곳을 차지하려면 어떤 준비를 해야 하는지도 직접 가 보기 전에는 모른다. 유빈은 고개를 끄덕였다.

"그래, 맞아. 위험해. 그러니까 모험이지."

5분 정도 더 속도를 유지하며 달리자 산책로는 점점 더 좁아졌고, 길 양쪽으로 난간이 설치된 구간이 나타났다. 그리고 머리 위로는 몇 개의 다리가 교차하며 지난다.

느낌이 안 좋다. 유빈은 가속 페달을 밟고 있는 발에 힘을 주었다.

"꽉 잡아. 흔들릴 거야."

"왜 이렇게 빨리 달려? 길도 좁아졌는데?"

유빈이 속력을 높이자, 태권 소녀가 놀라 묻는다.

"다리가 무서워서!"

유빈은 핸들을 꽉 쥐며 대답했다. 움푹 팬 구멍 위를 지날 때마다 차가 들썩였다. 하지만 어차피 차량 한 대가 겨우 지날 수 있는 좁은 길이라서 피해 나갈 수는 없다.

찌직, 차량이 옆으로 흔들리자, 난간에 갈린 펜더에서 듣기 싫은 쇳소리가 울린다.

위이잉―.

보안관과 삼식이의 차도 속도를 맞춰 따라온다. 그렇게 세 개의 다리 중 두 개를 지났을 때였다.

쿵!

Chapter 65 가장 뜨거운 날

카니발의 뒤쪽 지붕이 움푹 우그러지며 차체가 흔들렸다.
쾅장창!
충격을 받은 뒤쪽 유리창들이 박살 나며 파편을 날린다.
"뭐! 뭐야? 규영아, 괜찮아?"
태권 소녀가 비명을 지르고 뒤를 돌아봤다. 규영은 놀라 눈이 커다래져 있지만, 다친 곳은 없었다. 그저 규영이 앉은 뒷자리의 지붕이 꽤나 우그러져 있을 뿐이다. 유빈은 이를 악물며 외쳤다.
"좀비들이야! 다리에서 뛰어내렸어!"
그의 말을 증명하기라도 하는 듯, 깨진 후면 유리창 사이로 또 다른 좀비가 떨어져 내리는 게 보인다.
바닥에 직격한 좀비가 비틀거리며 겨우 일어날 때쯤, 보안관이 모는 코롤라가 녀석을 들이받았다.
쾅작―.
좀비가 넘어지며 바닥에 깔렸고, 녀석의 팔에 걸린 코롤라의 범퍼 커버가 떨어져 나갔다. 좀비의 시체를 밟고 지나는 동안 자동차는 크게 두 번 기우뚱거렸다.
찌지직, 옆으로 기운 코롤라의 차체가 난간에 긁혔다가 다시 제자리로 돌아온다. 사이드 미러는 어디론가 날아가 버렸다.
"또 와요, 오빠!"
제니가 앞쪽을 가리키며 비명을 지른다. 보안관도 알고 있다. 그는 가속 페달을 깊이 밟았다.
쌔에에엥―.
작은 엔진이 급가속을 하는 소리에 이어 쾅앙! 묵직한 충격이 핸들을 통해 전달된다. 코롤라에 받힌 좀비는 크게 튀어 전면 유리창에 부딪쳤다.
쾅작―.
충격을 받은 전면 유리창 위쪽에 실금이 쫙 퍼졌다. 녀석의 시체는 난간 너머로 튕겨 높이 자라난 갈대숲 사이로 날아가 처박혔다.

"뒤는 어때요? 삼식이네 차는?"

바닥에 쓰러져 있는 좀비 시체를 잇달아 들이받으면서 보안관이 외쳤다. 유리창이 깨지면서 룸 미러 각도가 바뀌어 아무것도 안 보인다. 그래도 이제는 다리 밑을 다 관통했다. 임수정이 뒤를 돌아보며 대답한다.

"보닛이 다 찌그러졌어! 어떡해! 별로 안 좋아 보여!"

"젠장! 따라오고 있기는 해요?"

보안관의 질문을 들은 임수정은 눈을 가늘게 뜨고 있다가 고개를 저었다.

"아닌 것…… 같은데? 점점 거리가 벌어져."

"에?"

보안관이 급브레이크를 밟고 뒤를 돌아보았다. 삼식이의 오피러스는 그 자리에 멈춰 서 있었다. 잔뜩 찌그러진 보닛에서는 김이 무럭무럭 피어오른다. 아마도 떨어진 좀비가 엔진을 강타하면서 뭔가 문제가 생긴 것 같다.

"아으! 젠장! 삼식아! 너 괜찮아?"

보안관은 무전기를 잡고 외치면서 곧바로 후진을 했다. 무전을 통해 뭔가 일이 생겼다는 걸 깨달은 유빈의 카니발도 후진 표시등에 불이 들어왔다.

― 치익, 응, 괜찮은데…… 좀비가…… 치익― 야이 개새끼야! 지금…… 치이익, 무전기 잡고 있을 때야? 어어어어! 치익.

삼식이와 신입의 목소리가 반반씩 섞여 들려온다. 거리가 줄어들자 보안관도 그들이 왜 그렇게 다급해했는지 알 수 있었다.

뼈가 부러져 제대로 서지도 못하는 좀비 두 마리가 오피러스의 조수석 문에 달라붙어서 기어오르려는 중이다.

"아으, 이 징그러운 새끼들! 야! 내가 갈게! 문 열지 말고 있어!"

무전기를 내려놓은 보안관은 차 문을 열고 내리며 문에 기대 뒀던 빠루를 집어 들었다. 그러고는 시체들 사이를 타 넘으며 오피러스 쪽으로 뛰어갔다.

그롸아아아―.

유리창을 들이받고 있던 좀비 중 한 마리가 보안관을 돌아보고 멈칫한다. 바로 유리창 너머에서 겁에 질려 소리를 질러 대는 신입과 고함을 지르며 달려오는 보안관 중 어떤 걸 먼저 잡아먹을까 고민이 되는 모양이다.

"뭘 그렇게 쳐다봐! 이 새끼야!"

보안관은 빠루를 있는 힘껏 휘둘러 녀석의 옆머리를 박살 냈다. 비틀거리는 첫 번째 좀비의 턱을 후려갈겨 난간 너머로 넘겨 버리는 동안, 두 번째 좀비는 박치기를 계속해서 결국 조수석 유리창을 깨뜨려 버렸다.

"으아아아!"

좀비의 머리가 차 내부로 쑥 들어오자, 신입은 삼식이의 무릎 위로 기어 올라가며 비명을 질렀다. 녀석이 하도 난리를 쳐서 삼식이도 저항다운 저항을 제대로 할 수 없는 상황이다.

"적당히 해라, 응?"

보안관은 팔을 쭉 뻗어 좀비의 뒤통수와 목뼈 중간 지점을 후려쳤다.

빠각—.

이상한 소리와 함께 목이 뒤로 꺾였는데도 좀비는 어떻게든 팔을 넣고 신입을 움켜쥐어 보려고 버둥댔다. 보안관은 다시 한번 세게, 또 한 번 더 세게, 사정없이 후려쳤다.

빠직! 뻑!

결국 세 대 만에 좀비는 목이 뒤로 90도 이상 꺾인 채 천천히 미끄러져 내렸다. 터져 버린 녀석의 뒤통수에서는 지독한 냄새가 나는 뇌수가 찐득한 피와 함께 흐른다.

신입은 그동안에도 계속 고성을 질러 대고 있다. 하긴 좀비의 눈알과 뼛조각이 바로 눈앞에서 튀어나오는데, 비명이 터질 만도 하다.

"아으, 시끄러워. 야, 다 죽였잖아. 그만 소리 질러."

보안관은 미간을 찌푸리며 금이 쫙쫙 간 앞 유리창을 두드렸다. 운전석 문을 열고 나온 삼식이가 한숨을 내쉰다.

"으아, 진짜 놀랐어. 갑자기 하늘에서 뭐가 팍 떨어지니까…… 가뜩이나 정신

없는데, 신입은 계속 안겨 오지…….."

"차 안 움직여?"

"으응, 그러네. 시동이 꺼지더니, 그다음부터는 먹통이야. 뭐가 다 뽀개졌나 봐. 열어 봐야 하나?"

보닛에 손을 대 보려던 삼식이는 뜨거운 김이 뿜어져 나오자 흠칫하며 물러났다. 그런 녀석의 어깨를 보안관이 탁, 때렸다.

"열어 보면 뭐, 아는 거 있어? 그냥 '아하…… 이게 엔진이구나.' 하는 정도지. 이 정도 김이 뿜어져 나오는 거 보면 뭐가 단단히 잘못된 건데, 그냥 버려. 버리고 짐이나 챙기자. 신입, 너도 빨리 나와서 짐 챙겨. 좀비 새끼들 또 다리 위로 지나가지 말라는 법 없으니까! 도망갈 수 있을 때 도망쳐야 돼!"

삼식이와 보안관, 그리고 신입은 트렁크를 열고 짐들을 카니발에 옮겨 실었다. 이틀분의 식량과 물, 그리고 몇 개의 무기 겸 공구, 여분의 자동차 배터리와 연료통.

커다란 트렁크에 차 있던 물건을 옮기는 동안, 모두들 자기도 모르게 자꾸만 다리 위쪽을 힐끔거리게 된다. 뭐가 언제 떨어질지 불안하기만 하다.

"이건 어쩌지? 돌아올 때 생각하면 차가 완전히 길을 막은 꼴인데…… 치워 두고 가야 되지 않아?"

마지막으로 배낭을 빼내면서 삼식이가 오피러스의 지붕을 두드린다. 그동안 고맙게 잘 타고 다녔는데, 엔진 룸이 박살 나 버린 지금은 그냥 길을 막고 선 고철일 뿐이다. 카니발의 트렁크에 짐을 싣고 있던 유빈이 대답했다.

"그냥 기어만 중립으로 해 놔. 이따가 차로 천천히 밀어 버리면서 전진하게. 어차피 그때는 속력 못 내. 시체들이 이렇게 잔뜩 길을 막고 쓰러져 있으니까."

삼식이는 고개를 끄덕이고는 기어를 바꾼 뒤 차 문을 닫았다. 길을 떠난 지 10여 분도 되지 않아 세 대로 출발한 차는 이내 두 대로 줄어 버렸다.

두 사람을 더 태운 카니발은 다시 전진하기 시작했다. 조금 전까지 자동차 내부에 가득했던 약간의 들뜬 분위기는 깨끗이 사라졌고, 대신에 긴장감이 확 커져서 다들 말수가 눈에 띄게 줄었다. 역시 멀리 간다는 건 장난이 아니다.

"한강이다."

좀비들이 뚝뚝 떨어져 내리던 구간에서부터 출발해 다시 5분여. 완만한 곡선 차로를 따라 천천히 차를 몰고 가던 유빈이 말했다. 이미 꽤나 폭이 넓어져 있던 중랑천보다도 더 넓고 큰 강이 눈앞에 펼쳐졌다.

"진짜? 한강이라고? 잠실은? 잠실은 어딘데?"

뒷자리에 앉아 있던 신입이 호들갑을 떤다. 규영이 지도를 펴며 한 점을 손가락으로 짚었다.

"우리가 있는 데는 여기예요. 이 톡 튀어나온 코너 같은 데요. 여기 T자로 중랑천이랑 한강이랑 만나잖아요. 바로 거기, 잠실은 여기에서 동쪽으로 한 3킬로미터 이상 더 가야 돼요."

"에? 여기에서 더 가야 된다고? 어휴~ 저기 다리 또 존나 많은데? 야, 저 다리는 뭐야? 무슨 다리야?"

신입은 두려움이 가득한 시선으로 300여 미터 앞의 다리를 바라본다. 한번 뛰어내리는 좀비들에게 곤욕을 치르고 나니, 다리만 보면 심장이 두근거리게 됐다.

다들 말은 않고 있지만 카니발에 타고 있는 나머지 네 명도, 뒤따르는 코롤라의 세 명도 신입과 크게 다르지 않았다.

"저 다리는 성수 대교네요. 여기 지도 보니까. 그다음에 한 2킬로미터 더 가면 영동 대교, 청담 대교, 그리고 잠실 대교. 잠실야구장은 청담 대교랑 잠실 대교 사이에 있다고 보면 되고요. 아, 물론 강을 건너서요."

'서울 숲'이라는 표지판을 지나쳐 유빈은 천천히 속도를 줄이다 멈춰 섰다. 성수 대교 부근에 닿기 전에 미리 다음 작전을 세우고 이동하고 싶어서다.

저 멀리 보이는 아파트들 근처로 가면 좀비들에게 둘러싸이게 될 위험성이 이런 녹지 공원보다 몇 배나 높아진다.

"배는 안 보이네. 하다못해 오리 보트라도."

유리가 박살 난 유람선 선착장을 물끄러미 바라보던 태권 소녀가 한숨을 섞어 푸념했다. 한강에 도착했지만 여전히 해결된 문제는 거의 없는 것처럼 느껴진다.

그리고 지금, 막 한강 건너편의 청담동 방향에서 새로운, 아주 골 아픈 문제가 하나 그들을 향해 다가오려 하는 중이었다.

02

유빈 일행이 성수 대교를 노려보고 있을 때, 학동역 부근부터 도산 공원 사이의 상공에서는 검은 헬기가 유영하며 좀비들의 행진을 지켜보고 있었다. 오늘 이미 두 번째 출격에 나선 태양 그룹 헬리콥터 3호기이다.

좀비 무리가 완전히 멀어진 것을 확인한 후, 검은 헬기는 선릉로와 인접한 4층 건물 옥상에 그물 베슬을 내렸다. 그물 베슬에 타고 있던 여덟 명의 섀도 실드 대원 중 네 명이 고리를 풀고 나왔다. 두 마리의 셰퍼드견도 그들을 따라 내렸다.

"열심히 해. 그래 봐야 우리 B조보다 못하겠지만."

베슬 내부에 남은 네 명의 대원이 건물에 내린 A조 네 명에게 농담을 던진다. A조 조장으로 보이는 놈이 무표정한 얼굴로 물었다.

"너희는 어디로 가 볼 건데?"

"강 넘어가서 영동 대교 쪽부터 청담 대교까지 쭉 훑어보려고. 그쪽 아파트 주변 상가가 아무래도 쏠쏠하지 싶어."

"그래. 뭐, 잘난 척해도 되니까 한 100명 꽉 채워라. 너희 덕에 우리도 좀 편히 쉬어 보자."

두 조장이 대화를 나누고 A조 대원들이 수용자용 베슬을 헬기의 로프와 분리

하는 동안, 셰퍼드들은 코를 킁킁거리며 사납게 짖어 댔다.

으으르르~ 웡! 웡!

건물 아래로 내려와 도로에 섰을 때에도 녀석들은 어디론가 달려가고 싶어 안달이 난 상태다. 개 줄을 움켜쥔 첫 번째 섀도 실드 대원이 한쪽 입술을 찡그리며 웃는다.

"새끼들, 되게 짖네. 숨어 있는 놈들이 많은가?"

몇 번이나 구조해 주겠다는 방송을 하고 난 이후지만, 손을 내미는 사람은 없었다. 이 부근의 생존자들은 다들 무슨 이유에선가 도움을 거부하고 숨어 있는 것이다. 그렇다면 이쪽에서 찾아 나서야 한다.

개들을 쓰면서 수색의 성공 확률은 비약적으로 높아졌다. 비록 놈들이 좀비를 구분하지는 못해도 여전히 사람 찾는 데는 탁월한 재주를 보인다. 지금 당장은 그 정도면 밥값을 한다고 할 수 있다.

"가라!"

섀도 실드 1호가 꽉 잡고 있던 개 줄을 놓았다. 두 마리의 셰퍼드는 훈련받은 대로 빠르게 내달렸다.

그사이, 나머지 섀도 실드 대원들은 자동차 지붕으로 올라가 아직 근처에 남겨져 있던 소수의 좀비들을 정리했다.

투투둑— 투투둑—.

퍼엉— 퍼엉—.

투투투투둑—.

MP5와 샷건을 겨냥해 몇 발씩을 갈기면 좀비들은 맥없이 쓰러진다. 엄청난 대규모 좀비들은 무섭지만, 이렇게 몇 마리 정도만 따로 떨어져 나온 것들은 별 문제가 안 된다.

"이쪽은 정리 끝!"

섀도 실드 2호가 말했다. 곧이어 3, 4호도 자기가 맡았던 방향의 좀비들을 다 처리했다고 알려 온다. 1호가 고개를 끄덕이며 말했다.

"자, 그럼 우리 예쁜 개새끼들 있는 데로 가 보자."

말을 마친 1호는 왼팔 손등부터 팔꿈치 너머까지를 덮도록 만든 얇은 보호대의 끈을 꽉 조이고, 투명 폴리카보네이트 재질로 만든 방패를 쥐었다. 그러고는 손도끼를 꺼내 들었다.

방검복과 보호 장비를 갖춘 1호가 앞서 걷는 동안 2, 3, 4호는 그의 뒤를 따라 걸으며 주변을 경계했다.

월! 으르르르— 월! 월!

두 마리의 개는 길가의 한 건물 앞에 서서 요란하게 짖어 대며 주인들을 기다리고 있었다. 1층 패스트푸드점의 박살 난 유리창에는 핏자국이 요란하다.

"크, 이런 데 숨어 있는 게 그렇게 좋은가? 구해 준다고 하는데도 버팅기고 안 나오는 놈들 보면 그게 참 신기해."

건물을 올려다보며 2호가 중얼거린다. 샷건을 든 3호가 출입구를 찾기 위해 고개를 돌리면서 대꾸한다.

"대부분 보면 뭔가 미친 지랄을 하고 있더구만. 뭐, 주로 강간, 살인 이런 것들이기는 하지만…… 법을 존나게 많이 어겼기 때문에 이제 사회에서 용서받을 수 없다고 생각하는지, 아니면 좀 더 오래 그 지랄을 하고 싶어서 그러는지 몰라도 이런 새끼들은 절대 제 발로 안 나와."

"그러게. 저희들이 뭐 대단한 죄라도 지은 줄 알아. 존나 같잖게. 진짜 죄짓는 새끼들은 여기 따로 있는데. 크크크."

제멋대로 지껄이던 2호와 3호 사이에 끼어들어 1호가 철제 쪽문을 가리켰다.

"여기다. 뚫어 봐."

명령을 받은 3호는 벨트에서 망치를 꺼내 쪽문에 걸려 있는 셔터 자물쇠를 후려갈겼다.

타앙— 땅— 땅— 땅—.

요령 좋게 대여섯 번을 때리고 나니, 자물쇠는 찌그러지며 벌어졌다. 1호는 셔터를 들어 올리고 개들을 들여보냈다.

웡— 웡—.
셰퍼드들은 요란하게 짖어 대며 위층으로 향하는 계단을 뛰어올랐다.
"들어간다. 총 쏠지 모르니까 조심해."
1호는 손도끼를 허리에 차고, 플래시가 달린 권총을 뽑아 들었다. 그런 후, 보호 방패를 부착한 왼손을 앞세워 건물 안으로 진입했다. 그의 뒤를 따라 나머지 셋도 진형을 갖춘 채 차분히 계단을 오른다.
"4층이네."
계단 중간에 이르렀을 때, 개들의 짖는 소리를 들으며 2호가 중얼거린다. 나머지 요원들도 고개를 들고 위쪽을 쳐다봤다.
비록 중무장을 했지만, 이 인간 사냥이라는 것도 꽤나 못 해 먹을 짓이다. 상대가 얼마나 막장의 인간인지 모르는 상태에서 무작정 접근하는 것이기 때문에 항상 마음을 단단히 먹고 있어야 한다.
2, 4호의 엄호를 받으며 4층까지 오른 1호와 3호는, 흥분한 개들을 진정시키고 복도의 철창 앞에 섰다.
생존자들은 억지로 문을 부수고 남의 집에 들어가 있는 경우가 대부분이어서 이런 식으로 철창에 자물쇠를 채워 막아 놓고 안전을 도모한다. 망치로 자물쇠를 부수기 전에 3호는 근엄한 목소리로 안쪽을 향해 외쳤다.
"민군 협동 구조반입니다! 생존자분들은 빨리 나오세요!"
대답이 없다. 그러나 개들은 여전히 열심히 짖어 대고 있다.
큭, 3호는 코웃음을 치며 자물쇠를 때려 부쉈다.
찰각, 3호가 현관문 손잡이를 돌리려 할 때, 1호가 뒤를 돌아보며 나지막하게 말했다.
"웬만하면 총으로 맞히지 마. 피 많이 흘려서 데려가면 싫어하니까."
나머지 대원들은 고개를 끄덕였다. 사실 어지간한 경우에는 삼단봉 정도면 충분하다. 그들은 모두 무술 유단자들이고, 이렇게 떼를 이루어 하는 진압에도 익숙하다.

"열어."

신호를 보낸 1호는 왼손의 보호 장비를 앞세워 집 안으로 뛰어들었다.

챙—.

날카로운 쇳소리!

1호는 움찔하며 자세를 낮췄다. 어디선가 던진 흉기가 벽에 맞고 튀어 바닥에 뒹굴고 있다. 그리고 곧바로 망치와 도끼를 든 녀석 둘이 확 뛰어든다.

"죽어! 죽어!"

망치와 도끼 공격이 방패 위로 쏟아진다.

콱! 콱!

방패는 그저 홈집이 나는 정도였지만, 들고 있는 팔이 충격 때문에 저릿저릿하다. 1호는 자세를 낮춘 채 공격을 받아 내며 뒤로 물러났다.

때리고 있는 두 놈은 잔뜩 흥분해서 문밖까지 그를 쫓아 나오며 둔기와 흉기를 휘두른다.

"씨발! 죽어!"

망치를 든 놈이 방패를 발로 걷어차려 할 때, 복도에서 기다리고 있던 2호가 몽둥이를 휘둘러 그의 어깨를 후려쳤다.

빠악!

망치는 고통스러운 비명을 지르며 그 자리에 쓰러져 버렸다. 자빠진 그에게 발길질과 삼단봉 찜질이 쏟아졌다.

"이익!"

포위당했다는 것을 깨달은 도끼 든 녀석은, 도끼를 앞뒤로 휘둘러 가며 필사적으로 저항했다. 하지만 애초에 전투 능력의 레벨이 다르다.

방패 든 1호를 앞세워 주변을 에워싼 세 명의 섀도 실드 대원이 도끼의 머리와 팔, 다리에 사정없이 매질을 해 댔다. 사방에서 은빛 몽둥이가 번뜩일 때마다 참기 어려운 고통이 뼈를 타고 전해진다.

"아으윽! 끄윽!"

결국 도끼를 놓치고 쓰러진 녀석의 얼굴을 1호가 전투화로 꽉, 밟았다. 섀도실드 대원들은 더 이상 반항하지 못하는 두 녀석의 팔목을 뒤로 돌려 플라스틱 타이로 묶었다.

"아놔, 이 새끼들…… 귀찮게 하네."

짜증스럽다는 듯 미간을 찌푸리던 1호가 다시 빼꼼 문 안쪽으로 고개를 내밀었다.

어둑한 실내에는 아직도 사내놈 세 명이 남아 잔뜩 움츠린 채 무기를 들고 서 있다. 1호는 플래시가 달린 권총을 안쪽으로 겨누고 큰 소리로 말했다.

"지금 여러분은 공무 집행을 방해하고 있습니다! 무기를 버리고 얌전히 지시에 따르세요!"

"돌아가! 꺼지라고! 구조 필요 없으니까!"

사내놈들은 되지도 않는 소리를 지껄이며 버텼다. 놈들이 던진 또 다른 뭔가가 쇠문을 두드리고 바닥에 뒹군다.

이렇게 시간 끌어 봐야 별 이득이 없다는 걸 알기에 1호는 그들의 뒤쪽 유리창을 겨누고 위협사격을 했다.

타앙— 쨍그랑—.

요란한 총성과 함께 유리창이 박살 나는 순간, 세 남자의 다리에 힘이 풀린다. 1호는 문의 안쪽으로 걸어 들어가며 놈들의 얼굴에 플래시를 비췄다.

"무기 버려! 이제 경고 없이 그냥 사살할 거야!"

철컥.

3호가 산탄총을, 그리고 나머지 두 대원도 삼단봉을 들고 들어온다. 마지막으로 사나운 맹견이 두 마리나 뛰어들자 세 사내는 저항할 의지를 완전히 잃고 그 자리에 얼어붙었다.

"어어어! 물지 마! 가만히 있어!"

셰퍼드들이 세 생존자를 향해 이빨을 드러내자 2, 4호가 위협인지 만류인지 모를 말을 하며 다가온다. 두 대원은 삼단봉을 휘둘러 생존자들의 오금과 어깨를 사정없이 후려갈겼다.

"이 새끼들, 무슨 죄를 지었기에 이렇게 뻗대고 있는 거야! 응? 말해! 대한민국의 법이 무너진 줄 알아?"

폭력에 굴복당한 생존자들이 엎드려서 덜덜 떨고 있는 동안, 먼저 달려들었던 두 놈을 마저 끌고 온 섀도 실드 대원들은 경찰 놀이를 하며 터지는 웃음을 꾹 참았다.

이런 짓을 하고 있는 동안에는 매일 위험에 노출되어야 하는 생활도 조금은 재미있게 느껴진다. 생존자들이 대답을 제대로 하지 않으면 섀도 실드 대원들의 발길질은 더 매서워졌다.

"너희가 전부가 아니지? 나머지 어디 있어?"

"아…… 아니에요. 저희끼리 살아남아 있었습니다! 용서해 주세요!"

"뭘 용서해 달라는 거야, 이 개새끼야! 무슨 죄를 지었는지 털어놓아야 용서를 해 주든 처벌을 내리든 할 거 아니야!"

2, 4호가 포박한 다섯 남자를 엎어 놓고 마음껏 가지고 노는 동안, 1호는 개들과 함께 넓은 건물 내부를 천천히 돌아봤다.

남자 다섯이 재미라고는 없이 생존하고 있는데 구조를 마다한다는 건 말도 안 되는 소리다. 뭔가 다른 이유가 있다. 열심히 냄새를 맡던 개들은 박스가 수북이 쌓여 있는 지점에 서서 벽을 긁어 댔다.

"응?"

개들을 진정시키고 벽에 귀를 대 본 1호가 고개를 갸웃거린다. 뭔가 소리가 들렸다. 아주 작은…… 그렇지만 확실하게 쿵쿵, 두드리는 소리가.

"뭐지? 벽이 아닌가?"

1호는 박스들을 밀고 발로 차서 쓰러뜨려 버렸다.

와르르, 요란한 소리와 함께 박스로 쌓은 벽이 무너져 내리자 문 하나가 나타난다.

"아냐! 안 돼! 열지 마!"

엎어져 있던 생존자 사내들이 일어나려 들며 비명처럼 소리를 질렀고 그들의 등짝 위로는 곧바로 삼단봉 찜질이 쏟아졌다.

"시끄러! 닥쳐, 이 새끼들!"

퍼억— 빠악—.

둔중한 소리가 건물 내부에 메아리친다. 하지만 사내들은 고통 속에서도 필사적으로 외쳤다.

"으아악! 아, 안 돼! 아, 안에…… 으윽! 좀비 가둬 놨어요. 제발!"

"호오, 그래?"

1호는 호기심이 가득한 눈으로 닫혀 있는 방문을 바라보았다.

쿵— 쿵—.

조금 전, 박스에 가려져 있을 때보다 두드리는 소리가 조금 더 커졌다. 그리고 박자도 빨라졌다. 그러나…… 아무리 들어 봐도 좀비는 아니다. 이렇게 얌전히 벽을 두드리는 좀비라는 건 들어 본 적도 없다.

"아닌 것 같은데? 개들은 좀비 못 찾아."

1호는 야비한 웃음을 지으며 생존자 사내들을 돌아보았다. 사내들은 뭐라고 더 변명을 해 보려 했지만, 매섭게 쏟아지는 삼단봉의 고통에 비명을 내지르느라 제대로 입을 열지 못했다.

"엄호."

이미 답은 대충 나왔지만, 1호는 3호에게 명령을 내렸다. 3호는 산탄총을 꽉 쥔 채 거리를 두고 문과 마주 섰다. 3호가 준비를 마쳤다는 걸 확인한 1호는 문을 확 열어젖혔다.

"읍읍읍읍! 읍읍!"

입이 꽉 막힌 채 필사적으로 내지르는 비명. 여자들이었다. 손발이 묶이고 입은 천으로 친친 감긴 여자들이 안간힘을 써 가며 머리로 바닥을 찧고 있었다. 숫자도 여덟 명이나 된다.

1호는 어처구니없다는 표정으로 생존자 사내들을 돌아보았다.

"너희들, 대체 뭐냐? 이 추잡한 새끼들아!"

포박당한 채 엎드려 있던 사내들의 얼굴에 포기하는 기색이 스쳐 간다. 1호는 서둘러 여자들의 손발을 끌러 주었다.

"아! 감사합니다! 선생님! 정말…… 흐윽!"

손이 자유로워지자마자 여자들은 입에 감겨 있던 천을 풀어내며 엎드려 절을 했다. 1호의 손을 잡고 눈물을 펑펑 쏟아 내는 여자도 있었다. 1호는 다 이해한다는 표정으로 그녀들의 어깨를 두들겨 줬다.

"자, 자, 이제 그만 우세요. 저 잡놈의 새끼들한테 고생하는 일은 더 이상 없을 겁니다. 그러니까 그만 우시고, 진정하세요."

"저 새끼들…… 진짜…… 흐윽…… 처벌 좀 해 주세요. 저…… 나쁜 새끼들이……."

"네, 저놈들 살아남기 어려울 겁니다. 그건 제가 보장해 드릴 수 있어요."

1호의 말이 떨어지기 무섭게 섀도 실드 대원들은 생존자 사내들에게 또다시 모진 매질을 가했다.

종아리며 허벅지, 발목…… 가리지 않고 후려 팬다. 사내들이 고통 어린 비명을 지르는 걸 보면서 여자들의 흥분과 분노는 더욱 커졌다.

"정말…… 정말 고맙습니다. 진짜 이 은혜를 어떻게 갚을지……."

1호는 자신을 향해 거푸 고개를 숙이는 여자들을 빤히 쳐다보았다. 그리고 그녀들이 좀 진정된 후에 섀도 실드 대원들을 돌아보며 말했다.

"나는 얘로 정했다. 너희들도 골라."

1호가 지목한 여자는 자신이 조금 전 들은 말이 무슨 의미인지 선뜻 이해가 가지 않는다는 표정으로 멍하니 입을 벌렸다. 나머지 여자들도 머리가 혼란스러운지 서로를 돌아보며 멍청하게 서 있다.

"근데 조장님, 하라고 허락해 주시니까 요새 아주 좋기는 한데요, 괜찮습니까? 예전에는 안 되는 거였잖습니까? 팀장님이 허락하신 겁니까?"

2호가 여자들을 찬찬히 훑어보며 물었다. 1호는 조금 전 자신이 지목한 여자의 머리카락을 쓸며 대답했다.

"응, 요샌 어차피 구조됐다는 등 구라 치지 않고 그냥 잡아 가두니까 얘들 기분 신경 쓸 거 없어. 그리고 메이저, 그 양반은 이런 거엔 별로 흥미가 없나 보더라고. 오로지 그냥 뒈질 때까지 두들겨 패는 거에만 재미가 붙어서. 그딴 거보다 빨리빨리 해라. 헬기 돌아올 때까지 얼마 안 남았다."

"아하…… 그런가요? 그럼 전 얘로 하겠습니다."

2호는 만족스러운 표정으로 한 여자의 옆에 서며 그녀의 엉덩이를 두들겼다. 지목당한 여자는 창백해진 얼굴로 부들부들 떨며 물었다.

"저기…… 구조대라고 하지 않으셨나요? 분명히 그렇게 들었는데……."

"응? 구조해 줬잖아, 저 새끼들한테서. 그렇지? 나는 그냥 한번 재미만 보자는 거야. 많은 것도 안 바라고. 왜? 싫어? 그러면 너만 저 새끼들이랑 같이 남겨 두고 갈까? 뭐, 그래도 돼. 나도 그냥 대충 고른 거지, 네가 딱 내 천생연분이다, 한눈에 반했다, 이런 거 아니거든. 어떻게 할래?"

2호가 비아냥거리자 여자는 공포에 질려 아무 대답도 하지 못하고 고개를 숙였다. 그녀의 눈에서 눈물이 뚝뚝 떨어지자 2호는 기분 좋게 웃으며 여자의 윗옷 단추를 풀기 시작했다.

"그것 봐. 나랑 한 번 하는 게 낫다니까. 자, 이왕 하는 거, 웃는 얼굴로 좀 하자. 너 있지, 우리한테 걸려서 다행인 줄 알아야 돼. B조 애들은 완전 변태라서 정말 별의별 짓을 다 해."

2호가 웃는 낯으로 소름 끼치는 소리를 하고 있을 때, 1호의 무전기가 울렸다. B조 조장이었다. 헬기 소음이 커서 말소리를 알아듣기가 힘이 든다. 1호는 귀에 꽂은 이어폰을 확인하고 대답했다.

"양반은 못 되는구만. 왜? 벌써 목표량만큼 다 잡았어? 우린 뭐 좀 하는 중인데."

— 치이익, 크크크, 아니야. 아직 상공이야. 치익— 아나, 웃겨서! 너, 지금 내가 뭘 보고 있는 줄 아냐? 치익.

"글쎄? 땅에 내리지도 않았는데 뭐가 그렇게 재미있나? 잘 모르겠네."

1호는 귀찮다는 듯 대꾸하며 자신이 고른 여자를 위아래로 훑어봤다. 빨리 일을 끝내 줘야 3, 4호도 재미를 볼 수 있다. 무전기 저편의 B조 조장은 또 한참 낄낄거린 뒤에야 겨우 진정하고 말했다.

— 치익, 야! 여기…… 치익, 지금 자동차 타고 다니는 새끼들이 있어. 크크크. 치이익.

"자동차? 그게 뭔 소리야? 길이 다 꽉 막혔는데 어디로 차를 타고 다닌다는 거야?"

1호는 이해가 가지 않아 고개를 갸웃거렸다. 서울 시내에 자동차가 마음대로 달릴 수 있는 구간은 군인들이 주둔하고 있는 쉘터 주변과 그 연결 통로 정도뿐이다. 그나마도 이따금씩 좀비들에게 점령당해서 눈치를 보는 게 현실이다.

— 치이익, 아, 그게 산책로라고 해야 되나…… 치이익, 자전거 도로라고 해야 되나…… 그런 곳 위로 차가 달리네. 두 대나. 크크크, 저 새끼들, 간도 어지간히 크네. 무슨 소풍을 나왔나? 치익.

"혹시 군인들이 작전하고 있는 거 아니야?"

— 치익, 저언혀 아니야. 근접해서 봤는데, 그냥 일반인 남녀 애들이야. 여자들도 어려. 오…… 치이익, 이 새끼들, 속도 올린다. 따라잡아야지. 하여간 하도 재미있어서 무전 때린 거다. 일 잘해라! 치이익.

무전이 끊기자 1호는 콧방귀를 뀌고 나서 조금 전까지 하던 짓을 재개했다. 이런 재미가 있어서 이 짓도 아직 할 만하다.

03

검은 헬기 3호가 유빈을 발견했을 때, 유빈 일행도 검은 헬기를 보았다. 헬기의 밑에 추처럼 길게 매달린 그물 베슬을 알아본 순간, 차에 타고 있던 일행 모두는 심장이 덜컥 내려앉는 것 같았다. 성수 대교를 막 지나친 시점이었다.

"저거…… 그 검은 헬기 아니야?"

강 건너를 살피고 있던 삼식이와 태권 소녀가 동시에 물었다.

"응? 뭐라고?"

전방에만 정신이 팔려 있던 유빈은 뒤늦게 헬기를 알아차렸다. 그 이전부터 프로펠러 소리가 들리기는 했지만, 막연히 군인들이 타고 있는 헬기일 거라는 생각에 은근히 기대를 가지고 있던 터였다.

"허! 이런 젠장! 진짜네…… 뭐지? 여기…… 군인들이 있는 데 아니었어? 왜 저 새끼들이 여기까지 마음대로 돌아다니지?"

유빈은 커다래진 눈으로 점점 가까워져 오는 검은 헬기를 바라보았다. 이건 논리적으로 말이 잘 안 되는 일이다.

"어떻게 하지? 만약에 더 가까이 오면?"

삼식이가 물었다. 모두 잠시 침묵에 빠진 채 머리를 굴렸다. 유빈이 고개를 끄덕이며 말했다.

"저기…… 그냥 모르는 척 태연히 달리고 있자. 그러면 그냥 지나쳐 줄는지도 몰라. 괜히 이쪽에서 먼저 속도를 높여서 시선을 끌 필요 없어."

"그, 그래. 나도 네 생각이 맞는 것 같아."

태권 소녀와 삼식이도 고개를 끄덕였다. 어차피 저 헬기에 탄 놈들은 이쪽에 대해 전혀 모른다. 그러니 공연히 도망치고 있다는 인상을 줄 필요가 없을 것 같기는 하다. 카니발과 코롤라는 지금까지처럼 천천히 속도를 유지하며 달렸다.

하지만 그들의 예상은 틀렸다. 검은 헬기는 산책로 우측 한강 상공에서 자동차와 나란히 날기 시작했다. 그러고는 잠시 후, 확성기를 켰다.

"흰색 카니발! 흰색 카니발! 멈추세요! 민군 합동 구조 본부가 구조해 드리겠습니다. 지금부터는 저희가 여러분의 안전을 책임지겠습니다. 뒤에 차도 멈추세요! 멈춘 뒤에 차 문을 열고 나오세요! 저희가 구조해 드리겠습니다! 여러분은 이제 안전합니다!"

"구조래…… 나는 쟤들한테 별로 구조 안 받고 싶은데, 이제 어쩌냐……."

삼식이가 한숨을 내쉰다. 태권 소녀와 규영, 신입의 얼굴에서도 핏기가 사라졌다.

두 대의 차량이 아무런 반응을 보이지 않자, 헬기에서는 같은 내용을 몇 번이나 반복해서 떠들어 댔다. 유빈은 무전기에 대고 말했다.

"보안관, 아무래도 쟤네 곱게 안 갈 것 같아."

― 치익, 어, 내 생각도 비슷해. 치이익― 씨발, 망했네…… 치이익.

"밟을게. 일단 도망은 쳐 봐야지. 내 속도 맞춰."

― 치이익, 그래, 알았어…… 해 보자. 치익.

유빈의 목소리도, 보안관의 목소리도 가볍게 떨렸다. 당연히 두렵다. 신 차장이라는 사람이 죽던 날, 그 건물 옥상에서 이놈들이 갈겨 대던 총소리가 지금도 귓가에 생생하게 들리는 것 같다.

위이이잉―.

속도를 올리며 유빈은 눈을 부릅뜨고 핸들을 꽉 잡았다. 룸 미러를 힐끔거려 확인해 보니, 보안관도 곧바로 바짝 따라온다.

문제는 검은 헬기도 그들의 속도에 맞춰 쫓아오고 있다는 사실이다.

하긴…… 얼마나 미련한 생각이었나. 사람 잔뜩 태운 카니발로 헬기를 뿌리쳐 보겠다는 발상이라는 건…….

"멈추세요! 차 세워! 여기는 민간인 출입 금지 구역입니다! 어이! 카니발! 차 세워!"

헬기에서 울려 퍼져 나오는 멘트가 권고에서 경고로 바뀌었다. 물론 유빈은 듣지 않았다. 그런 지시에 따를 것 같으면 애초부터 도망치지도 않았다.

"으아아아! 밟아! 더 밟아!"

뒷자리에 앉은 신입은 미친놈처럼 흥분해서 발을 동동 굴렀다. 흘깃 뒤를 돌아보면 검은 헬기가 약 올리듯 거리를 유지해 가며 따라오고 있다. 아무리 속도를 높여 봐야 아무 소용이 없다.

그래도 포기할 수는 없어서 유빈은 가속 페달을 더 깊숙이 밟았다.

씨이이잉—.

엔진 소리가 커질수록 좁은 산책로가 확— 확— 뒤쪽으로 사라져 가는 속도가 빨라진다. 유빈은 눈으로 흘러 들어가는 땀을 씻어 내며 마음속으로 욕설을 내뱉었다.

이런 젠장…… 이런 젠장…… 재수도 어지간히 좋네. 하필이면 이렇게 어디 피할 수도 없는 데에서 저런 놈들과 만나다니.

"숲…… 숲으로 들어가 버리는 게 낫지 않을까? 저 정도 높이면 우리 안 보일 것 같은데……."

옆자리의 태권 소녀가 오른쪽으로 넓고 길게 펼쳐진 갈대숲을 가리키며 말했다. 그녀의 얼굴 역시 사색이 되어 있다. 유빈은 힐긋 옆을 돌아보았다.

너무 좁고…… 숨을 곳이 마땅치 않다. 아까 지나온 서울 숲처럼 울창하다면 또 몰라도…….

유빈이 고개를 저었다.

"아냐…… 거기 안 돼. 저런 풀밭은 프로펠러 바람에 다 날려서…… 뭔가 건물들이 있어야 돼. 몸을 완전히 숨기고 피해 다닐 수 있는…… 그리고……."

그리고 놈들을 따돌린다고 해서 다 끝나는 일이 아니다. 만약에 놈들이 차를 부수기라도 하면 그때는 어떻게 10킬로미터 가까운 거리를 되돌아갈 수 있단 말인가.

유빈은 좁은 산책로를 따라 이리저리 핸들을 돌려 가며 머리를 굴려 보려 애를 썼다. 하지만 도무지 이렇다 할 길이 보이지 않는다.

큰일 났다…… 큰일……. 왜! 왜 저 검은 헬리콥터를 계산에 넣지 않았던 걸까?

유빈은 입술을 꽉 깨물며 스스로를 자책했다. 단지 요즘 눈에 띄지 않는다는 이유만으로 너무 안일하게 생각했었다.

언제든지 이렇게 만날 수 있는 거였는데…… 당연히 계획 속에 저 검은 헬기

변수도 넣었어야 했는데…….

― 치이익, 야! 무슨 작전을 가지고 달리는 중이야? 치이익, 아니면 그냥 무조건 달리고만 있는 거야? 어느 쪽이야? 치익.

뒤쫓아오는 보안관이 무전을 통해 묻는다.

작전? 그런 게 있으면 이렇게 겁에 질려 있을 이유가 없다.

유빈이 머뭇거리고 있자, 태권 소녀가 무전기를 쥐고 외쳤다.

"그냥 일단 달려! 얘 아직 아무것도 생각난 거 없어!"

맞는 말이다. 유빈은 아찔한 속도로 좁은 산책로를 내달리면서도 어떻게든 눈앞에 보이는 풍경들을 활용할 방법을 찾아내기 위해 노력했다.

하지만 여기는 낯선 동네고, 그저 산책로에 공원일 뿐이다. 숨거나 도망칠 공간이 도무지 마땅치가 않았다. 오른쪽에 광활하게 펼쳐진 한강에 뛰어든다고 해도 도망은 못 친다.

"유빈아! 저기 저거! 저 건물! 저 동그란 벌레처럼 생긴 건물! 나 저거 알아!"

영동 대교를 지나서 조금 더 내달렸을 때, 삼식이가 운전석 헤드레스트를 두드리며 외쳤다.

"응? 뭐? 뭐?"

"저기! 저거! 저거! 고가 도로 아래 있는 저 동그란 건물! 저기로 들어가!"

삼식이가 가리키는 왼쪽엔 이상하게 생긴 건물이 둥근 진입로와 교각 사이에서 있었다.

"저게 뭔데?"

물어보면서도 유빈은 이미 핸들을 돌리고 있었다. 저 둥근 진입로와 교각이 마음에 쏙 든다. 저런 구조물들이 있으면 헬기가 바짝 달라붙지 못하고 멀리 떨어져서 내려야 할 것이다. 삼식이가 얼굴을 바짝 붙이고 소리쳤다.

"그냥 공원 같은 거야! 근데 저 건물! 지하철역이랑 이어져!"

"확실해?"

유빈은 자동차를 잔디밭 쪽으로 내몰면서 물었다. 덜컹거리며 야트막한 오르

막을 오르는 동안 삼식이가 자신 있게 대답했다.

"응! 여자애들이랑 여기 많이 왔었어!"

"그래, 알았어! 내려!"

계단 앞에 자동차를 세운 유빈이 운전석 문을 열고 뛰어내리며 외쳤다. 뒷자리에 앉아 있던 규영이 앞쪽을 가리키며 더듬거린다.

"그, 그런데…… 좀비! 좀비!"

"응? 좀비?"

슬라이드 도어를 열고 규영을 안아 내리려던 유빈이 고개를 돌렸다. 정말로 좀비다. 그것도 한두 마리가 아닌, 꽤 많은 놈들이 공원 쪽에서부터 걸어오고 있다. 한눈에 보기에도 열댓 마리는 되는 것 같다. 유빈은 도리질을 했다.

"괜찮아! 괜찮아! 저건 문제 안 돼."

진심이었다. 총으로 무장한 미치광이들에게 쫓기는 상황에 처해 보니, 좀비 열댓 마리 정도는 별로 무섭지도 않다.

하지만 그렇게 말을 하면서도 유빈은 자기도 모르게 손도끼를 찾고 있었다. 삼식이가 규영이를 업는 동안 야구 배트를 든 태권 소녀와 신입도 따라 내렸다.

사방에 굵은 교각들이 어지럽게 서 있다. 이 그늘 아래로 들어오니, 시야가 확 좁아졌다.

끼이익—.

보안관의 코롤라가 바로 옆에 멈춰 섰다. 보안관이 빠루를 들고 내리며 이해할 수 없다는 표정으로 물었다.

"뭐야? 왜 여기 섰어? 여기 뭔데?"

"삼식이가…… 이 건물로 들어가면 지하철이랑 이어진다고……. 빨리 가자!"

유빈은 손도끼를 들고 앞장서서 뛰었다. 보안관은 동그란 건물을 힐끔 올려다봤다. 넓은 창문 너머로 뭔가가 걸어 다니는 게 보인다.

"야! 유빈아! 앞서가지 마! 저기 좀비가!"

"괜찮아! 좀비는 괜찮아! 빨리 가자!"

유빈이 정신 나간 놈처럼 지껄인다. 그들 여덟 명은 둥근 건물 계단으로 뛰어 올라갔다. 거기에서 조금만 더 멀리 걸어가면 지하철역 계단이 있지만, 다들 그런 사실을 깨달을 수 없을 만큼 정신이 없었다.

검은 헬기의 그물 베슬 안쪽에 타고 있던 섀도 실드 대원들 B조는 달아나는 유빈 일행을 흥미로운 눈으로 내려다보았다.

주변을 빙 둘러친 고가 도로와 청담 대교에 가려져 모든 게 다 선명하게 보이지는 않지만, 그래도 주변을 돌아다니는 좀비들 정도는 알아볼 수 있다. B조 조장이 히죽거리며 웃었다.

"저 새끼들, 이상한 데로 들어갔네. 겁도 없이 좀비들 돌아다니는 데로…… 어떻게 할까?"

여덟 명. 사실 그리 욕심이 날 만큼 많은 수는 아니다. 이왕 만났으니 잡아가도 되는 건데, 건물 내외부에 좀비들이 있다는 위험부담을 생각하면 딱히 매력적이라고만 하기는 어려운 상황이었다. 이래저래 귀찮은 구석이 많다.

"오~ 저년 다리 보십쇼. 쭉 뻗었네. 사슴이네, 사슴. 오우!"

헬기가 움직이며 방향이 바뀌었을 때, 건물 계단으로 뛰어가는 태권 소녀의 모습을 보며 다른 대원이 군침을 삼킨다.

요즘 걸리는 여자마다 닥치는 대로 온갖 짓을 다 하고는 있지만, 정말로 매력적인 년들은 잘 만나기 어렵다. 그런데 지금 지나친 저 계집애의 몸매는 아주 혹할 만하다. 아랫도리가 후끈 달아오른다.

"저건 또 뭐야? 우와! 이런 씨발!"

그 바로 뒤에 남자 새끼들 사이로 길고 탐스러운 머리카락이 흩날린다. 잘록한 허리와 대조를 이루는 골반, 거기까지만 봤는데도 대원들은 박수를 쳐 댄다.

뒷모습이 예쁘면 앞모습이 영 꽝이라는 말도 있지만, 저 정도 뒷모습이라면 까짓 얼굴 안 봐도 된다.

"조장님! 갑시다! 저거, 저년들 어떻게 좀 해야 하지 않겠습니까?"

2, 3, 4호가 거의 동시에 B조 조장에게 요청했다. B조 조장은 피식거리며 자신의 부하들을 돌아봤다.
 구조한 생존자 여자들을 데리고 온갖 못된 짓을 하는 건 그 자신이 변태라 시작한 짓인데, 이놈들도 한번 맛을 본 이후에 아주 발정이 단단히 났다.
 하긴 기껏 좀비 몇 마리…… 총으로 갈겨 주면 그만이니까…….
 조장은 고개를 끄덕였다.
 "그래. 하자, 해!"
 사실 지금 그의 흥미를 끄는 건 저년들의 쌔끈한 몸매보다도, 저 건방진 것들이 어떻게 차를 타고 다니게 되었느냐 하는 부분이었다.
 좀비 세상에서 자가용에 드라이브라니…….
 뭔가 너무 멋져서 그게 그의 숨겨져 있던 열등감을 자극한다. 저 싸가지 없는 어린것들이 고통받는 모습을 보면서 시원하게 웃어 주고 싶다.
 "여기는 B조. 내려가겠다."
 조장은 이어폰을 귀에 꾹 눌러 소음을 차단하면서 말했다. 헬기는 고가 도로를 지나 한강의 산책로에 그물 베슬을 내려놓았다.

 투두둑— 투투투— 투투투둑—.
 유빈 일행이 건물의 1층에 막 들어섰을 때, 바깥쪽에서 기관단총 소리가 울려 왔다. 유빈은 자세를 낮추고 창문 밖을 내다봤다.
 검은 군복을 입은 놈 넷이 진형을 갖춘 채 이쪽으로 다가오며 근처의 좀비들을 향해 기관단총을 난사하고 있다.
 "이런 미친…… 우리가 뭐 그리 뜯어먹을 게 있다고…… 저렇게 기를 쓰고 쫓아와."
 유빈은 이마의 땀을 훔치며 중얼거렸다. 계단을 막아야 하는데, 그렇게 사용할 만한 물건이 별로 눈에 띄지 않는다. 기껏해야 둥근 탁자와 의자 정도. 그런 걸로는 토끼 정도나 겨우 막을 수 있을 거다.

"몇 명이야? 몇 명이나 돼?"

보안관이 빠루를 움켜쥐며 물었다. 유빈은 손가락 네 개를 펴 보였다.

"네 명?"

"……그리고 개 두 마리."

모두의 표정에 당혹감이 스쳐 간다. 보안관이 한숨을 내쉬었다.

"아, 젠장. 지하철 속에 들어가서 숨는 것도 안 되겠네…… 아무리 깜깜해도 냄새는 맡을 수 있을 거 아니야. 그래도 거기밖에는 도망갈 데가 없나?"

"저기…… 여기 지하철역은 야외에 있어. 지하가 아니야."

건대역 주변의 7호선을 잘 아는 임수정이 안 좋은 소식을 또 하나 전해 줬다. 보안관은 머리를 긁적이며 말했다.

"그러면 도망간다는 거도 안 되네. 아…… 짜증 난다."

"짜증 날 일 또 있어. 저것 봐."

태권 소녀가 건물의 앞쪽을 가리킨다. 막 코너를 돈 다섯 마리의 좀비가 이쪽을 향해 뛰어오고 있다. 코너 뒤편에 얼마나 더 많이 있는지는 아직 모르겠다.

하여튼 뒤에는 개와 총 든 미친놈들, 앞에는 좀비, 건물 밖에는 헬리콥터.

아주 좋다. 딱 죽으라고 만들어 놓은 것 같은 그림이다.

"아휴! 진짜! 짜증 나게! 야, 따라와! 뚫을게!"

보안관은 빠루를 높이 쳐들고 좀비들 쪽으로 뛰어갔다.

콰작! 콰작!

뼈가 부러지는 요란한 소리와 함께 빠루 끝부분에 뇌수와 검은 피가 묻어 나온다.

보안관은 비틀거리는 좀비의 얼굴에 한 번 더 강한 일격을 가해 줬다. 그러고는 두 번째, 또 세 번째로 덤벼든 좀비들의 머리도 아주 박살을 내 버렸다.

그롸아아아아~.

그러는 동안에도 보이지 않는 코너 뒤편에서는 또 좀비들의 울음소리가 들려온다. 꽤나 많은 놈들이 이 부근을 지나다니는 모양이다.

"여기에서 계속 버벅거리다간 다 죽겠어. 위로 올라가자."

보안관의 말이 떨어지기가 무섭게 모두 2층으로 이어진 계단을 뛰어올랐다. 자꾸 막다른 길에 몰리는 것 같은 기분이 들어서 모두의 안색은 점점 더 어두워진다.

"괜찮아! 기습하면 이길 수 있어!"

보안관이 작게, 그러나 신념이 가득한 목소리로 중얼거렸다.

"기습한다고?"

태권 소녀가 창백한 얼굴로 되물었다.

응! 보안관은 호기롭게 고개를 끄덕였다.

"2층 계단 옆에 숨어 있다가 올라오는 놈들 한 방씩 갈겨 주면 되지. 세 번째 놈을 끼고 싸우면, 맨 뒤에 있는 놈은 자기편이 맞을까 봐 총 쏘기 망설여질걸?"

안 돼, 말려…….

태권 소녀의 머릿속에서 그런 명령이 스쳐 갔다. 그건 안 될 말이다.

총 든 놈 네 명을 빠루 하나만 들고 다 쓰러뜨리기도 어렵지만, 분명 한 놈쯤은 쓰러지기 전에 난사를 할 것이다. 그러면 보안관 이 녀석은 죽는다. 태권 소녀는 유빈을 돌아보며 입을 열었다.

"얘 좀…….'

얘 좀 말려 보라는 말을 다 하기도 전에 유빈이 보안관의 어깨를 잡아끌었다.

"말 같지도 않은 소리 하지 말고 도망칠 궁리나 해. 그렇게 막무가내로 싸워 봐야 죽기 딱 좋아. 삼식아, 앞장서! 지하철역 어떻게 가야 돼?"

"조금 전에…… 그 좀비들 뛰어나오던 데…… 그리로 가야 하는데……."

규영을 업고 있는 삼식이가 난감한 표정으로 중얼거렸다. 창을 통해 밖을 보니 검은 군복 놈들은 좀비들을 거의 다 정리하고 입구와 꽤나 가까워져 있다. 유빈은 바깥으로 난 철제 계단을 가리키며 물었다.

"저건 뭐야? 저건 어디로 이어져?"

"아! 그거…… 그거 3층까지도 이어지고, 아니면 다시 땅으로 내려갈 수도 있어."

"그래? 그럼 나가자!"

유빈은 앞장서서 철제 계단을 향해 뛰었다. 기둥 위에 높이 떠서 말굽처럼 휘어져 있는 건물의 형태 때문에 검은 군복들이 서 있는 곳에서는 이쪽이 보이지 않는다. 물론 이쪽에서도 그들을 볼 수 없다.

"어디로 갈 건데?"

철제 계단에 발을 올리고 태권 소녀가 물었다. 유빈은 자세를 낮춰 놈들이 어디에 있는지 살폈다.

철컹, 철컹.

조금 전, 그들이 이 건물로 들어왔던 그 계단을 밟는 소리가 들린다.

'근데…… 헬리콥터는 어디에 있지? 왜 발소리가 들리지?'

유빈은 주변 하늘을 돌아보았다. 없다. 그리고 보니 시끄럽게 귓가를 울리던 프로펠러 소리가 어느새 사라져 버렸다. 이건 기회다.

"헬기가 없어. 잠깐 기다렸다가 저 계단 소리 그치면 곧바로 아래로 내려가자. 조용히 내려가고 무조건 카니발을 향해서 뛰어. 알았지?"

유빈이 소리 죽여 말하자 모두가 고개를 끄덕인다.

철컹.

그 발소리를 끝으로 입구 쪽에서 더 이상 계단 밟는 소리가 들리지 않는다. 유빈이 손짓을 하며 속삭였다.

"가자!"

통통통통.

발소리를 죽인다고는 했지만, 여덟 명이나 되는 인원이 일제히 철제 계단을 밟고 뛰는 만큼 꽤나 큰 울림이 만들어졌다.

소리가 날 때마다 두근대는 가슴이 터져 버릴 것만 같다. 게다가 계단은 왜 이리 많고 또 높은지…… 겨우 한 층 내려가는 건데도 너무나 길다.

"빨리 와, 빨리……."

먼저 내려간 유빈이 건너편 계단 쪽을 살피며 재촉했고, 삼식이를 필두로 일행 전체가 땅에 발을 디뎠다.

이제 자동차로 달려가 시동을 걸고, 헬기가 다시 나타나기 전에 최대한 빨리 도망치면 된다.

"으허어억! 개! 개!"

규영이를 업은 채 앞서 달리던 삼식이가 기겁을 하며 돌아선다. 그 바로 뒤쪽으로 두 마리의 커다란 셰퍼드가 이를 하얗게 드러낸 채 쫓아오고 있다.

으르르~ 컹! 컹! 컹!

"야이, 개새끼들! 뒈지려고 누구한테!"

보안관이 가로막고 서며 빠루를 휘둘렀다. 개들은 재빨리 뒤로 물러서며 거리를 둔 채 짖기 시작했다.

월! 월! 컹! 컹—!

"뭐야? 뭐?"

입구 계단 위에서 검은 군복이 몸을 내밀며 외쳤다. 놈의 손에 들려 있는 기관단총! 개새끼들을 혼내 주려던 보안관은 얼른 몸을 피했다.

투투둑— 투두둑—.

두 번의 잇단 총성. 그와 동시에 코롤라의 유리창이 박살 난다.

"야! 이거 안 돼! 돌아가! 빨리!"

보안관이 머리를 감싸 쥐고 뒤돌아 달려온다. 나머지 일곱 명도 재빨리 다시 철제 계단으로 올라갔다. 반면, 검은 군복들은 다시 지면으로 내려와 섰다.

공중에 떠 있는 건물의 옆면을 사이에 두고 별로 유쾌하지 않은 술래잡기가 시작되어 버린 것이다.

"한 층 더 올라가!"

건물의 1층으로 들어가려는 제니에게 유빈이 소리쳤다. 1층은 좀비들도 있고, 검은 군복들이 양쪽으로 나누어 두 명씩 올라오니 도망치기가 나쁘다.

더 높은 곳에서 눈치를 봐 가며 방향을 결정하는 게 낫다. 여덟 명은 요란한 발소리를 내며 철제 계단을 뛰어올랐다.

월— 월— 컹— 컹—.

셰퍼드들은 계단 앞에 멈춰 서서 위쪽을 노려보며 짖어 대고 있다. 그 밉살맞은 놈들을 노려보면서 보안관은 이를 빠득 갈았다.

"아오, 저 개새끼들! 아주 확······."

"진정해, 보안관! 그보다 조금 전에 봤어? 저 새끼들······."

유빈이 보안관을 건물 안으로 끌어당기며 물었다. 보안관은 도리질을 했다.

"저 새끼들이 뭐? 총 쐈다고? 응, 알아."

"아니, 그 바로 다음에! 대장 같은 새끼가 총 쏜 놈의 어깨를 때렸어. 총 쏜 놈도 얼른 총을 바닥으로 향했고!"

그게 무슨 의미인지 알 수 없어서 보안관의 눈동자가 멍해지자, 유빈이 다시 설명을 해 준다.

"저 새끼들, 우리랑 마주쳐도 일단 총부터 갈기고 보지는 않을 거라는 말이야. 생각해 보면 당연한 거기는 해. 잡아가서 좀비 밥으로 줘야 하는데 쏴 죽여 버리면 무슨 소용이야."

"씨발, 존나게 희망적인 소식이네. 총에 안 맞고 좀비 밥이 될 수 있어서······."

좌절 모드에 들어간 신입이 머리털을 쥐어뜯으며 울먹인다. 하지만 보안관과 태권 소녀는 유빈이 무슨 말을 하는지 알아들었다. 태권 소녀가 눈을 빛내며 물었다.

"그러니까······ 항복하는 척하고 있다가 저 새끼들이 방심해서 바짝 붙었을 때 까자는 거지?"

"응, 맞아. 하지만 보안관은 눈에 띄면 안 돼. 얘 덩치 보면 긴장 안 할 사람 별로 없으니까. 그리고 무작정 덤벼드는 것도 안 되고. 위협이 된다고 느끼면 저 새끼들도 총을 들 테니까. 함정을 파자, 딱 빠져들 수밖에 없을 만한 걸로······."

유빈은 전면 창을 통해 햇빛이 환하게 들어오는 2층 내부를 돌아보며 말했다. 카페테리아처럼 파라솔이 달린 테이블들이 늘어서 있고, 옆에는 책이 잔뜩 꽂혀 있다.

숨을 만한 곳은 많았다. 그리고 이 계단. 그림이…… 제법 그럴듯한 그림이 떠오른다.

"우리 총인원이 몇인지 아마 알 거야. 그러니까 우리가 반으로 쪼개진 것처럼 보여야 돼. 보안관에 대해서 쟤들이 신경을 안 쓰도록…… 그리고 혜주, 너!"

유빈은 태권 소녀에게 바짝 달라붙으며 말했다.

"저 새끼들은 네가 태권도 국대였다는 거 몰라. 그냥 날씬하게 키 큰 여자라고만 생각할 거라고. 그냥 보통 여자들처럼 약한…… 무슨 말인지 알겠지? 네가 연기를 잘해야 돼."

태권 소녀가 당황해하며 도리질을 했다.

"나…… 약한 여자 그런 거 못 하는데…… 초등학교 때부터 내가 늘 짱이었어. 연기를 하려고 해도 뭐, 그런 경험이 있어야……."

그, 그렇겠지?

유빈도 납득이 되는 말이었다. 잠시 고민하던 유빈이 말했다.

"그냥…… 네가 테라가 되었다고 생각해 봐. TV 예능에서 봤잖아. 걔 막 벌레에도 벌벌 떨고 그러는 거…… 딱 그거처럼만 하면 돼. 어깨를 움츠리고, 고개도 푹 숙이면서……."

"이…… 이렇게? 이럼 되나?"

태권 소녀가 테라의 흉내를 냅답시고 몸을 굽힌다. 딱 파이터다. 치뜬 눈은 호랑이처럼 날카롭고, 오른손은 턱 주변에서 가드를 하고 있다.

하아~.

어이구~.

유빈과 보안관의 입에서 동시에 한숨이 터져 나왔다.

───

진우는 호수의 끝자락에 이르러 있었다. 물길이라 잠시 방향을 잃고 헤매기는 했지만, 순조롭다. 앞쪽에는 그리 높지 않은 다리가 하나 호수 전체를 가로질러 놓여 있다.

"삼식아, 엉덩이로 그만 좀 밀어. 나도 힘들어. 봐 봐, 너 때문에 이렇게 팔을 쭉 펴고 있어야 된다고!"

진우는 삼식이를 타박하며 눈살을 찌푸렸다. 고집을 부려 앞자리에 턱 걸터 앉기는 했지만, 녀석도 그 자세가 어지간히 불편한지 자꾸만 엉덩이를 들썩이며 뒤로 뺀다.

덕분에 진우는 핸들에 겨우 팔이 닿은 채로 익숙하지도 않은 제트 스키를 모는 중이다.

물론 앞도 잘 안 보인다. 엄밀히 말해서 엉뚱한 곳을 헤매고 다녔던 이유 중의 70퍼센트 이상은 이 개새끼 때문이다.

마음 같아서는 엉덩이라도 몇 대 때려 주고 싶은데, 오른손으로는 가속 장치를 돌려야 하고, 왼손은 스톱 버튼에 연결된 고리를 낀 채라서 두 손이 다 자유롭지가 않다.

"야, 네가 뒤로 좀 가. 응? 이제 안심하고 양보할 수 있는 상황이잖아. 아까 놓고 간 건 실수라니까."

얼—.

삼식이는 그래도 앞자리를 포기하기 싫은지 딴청을 피우며 자세를 꼿꼿이 세운다.

하여간에 고집은…….

진우는 고개를 설레설레 저었다. 다리에 가까워지며 슬슬 물살이 빨라지고 있기 때문에 더 이상 이 녀석과 노닥거리고만 있을 수는 없었다.

"근데…… 저 다리…… 이상하게 생겼네. 뭔 기둥이 저렇게 많아……."

진우는 앞에 가로놓인 다리를 보며 중얼거렸다. 그러고 보니 기둥도 어지간히 굵다. 덕분에 물길이 좁아져서 이 주변의 유속이 급속하게 올라간다.

기둥에 부딪치지 않기 위해 진우는 속도를 더 줄이고 방향을 조정했다.

"어! 어! 이런……."

다리와의 거리가 100미터 이내로 줄어들었을 때에야 진우는 그 기둥들이 왜 그리 많고, 또 두꺼운지를 깨달을 수 있었다.

그것은 다리가 아니라 댐의 상단부였다. 우기와 태풍 때문에 물이 불어서 수문이 보이지 않을 만큼 깊이 잠겨 있었던 것이다.

"젠장…… 그냥 가도 되는 건가?"

댐 너머의 강 풍경이 어딘가 위화감이 들어서 진우는 제트 스키의 속도를 더 줄이고 방향을 옆으로 틀었다. 수문을 기점으로 뭔가…… 단절되어 있다. 물이 평탄하게 흐르는 게 아니다.

그런데 그가 댐에 집중하는 동안 까맣게 잊고 있는 것이 있었다. 뒤쪽에 로프로 연결해서 끌고 오던 보트였다.

제트 스키는 속도를 줄이고 방향을 돌려 제자리를 유지할 수 있었지만, 그저 딸려 오던 보트는 그렇지 못했다.

빠른 물살에 실려 떠내려오던 보트는 진우와 삼식이가 탄 제트 스키의 후면을 치고 댐 쪽으로 끌려갔다.

쿵—.

그리 강한 충격은 아니었다. 그러나 전혀 예상치 못한 충돌이었다. 제트 스키에 타고 있던 진우와 삼식이는 동시에 중심을 잃었다.

"윽! 뭐야?"

진우는 핸들을 잡아 위기를 모면했지만, 그냥 앞발을 걸치고 있던 삼식이는 발톱으로 매끈한 제트 스키의 표면을 긁으며 옆으로 미끄러졌다.

"삼식아!"

당황한 진우는 왼손을 뻗어 삼식이를 잡아 보려 했다. 그 순간, 삼식이의 무게가 스톱 버튼에 연결된 줄을 확 당기며 줄이 빠져 버렸다.

푸슈숙—.

거짓말처럼 순식간에 엔진이 꺼진다. 삼식이는 겨우겨우 붙잡았지만, 그들을 태운 제트 스키는 동력을 잃고 수문을 향해 빨려 들어간다.

"왜? 왜?"

진우는 왜 갑자기 제트 스키의 엔진이 멎었는지 이해할 수 없어서 숨을 헐떡였다. 가슴이 콱 멎는 것 같다.

이대로라면 전부 다 저 수문에 패대기쳐지게 되는 건데…… 뭐지? 뭐지?

잠깐 패닉에 빠져 있던 진우는 자신의 왼손에 끼워 둔 고리 줄이 스톱 버튼에서 빠져나왔다는 것을 알아차렸다. 그리고 열쇠도 아닌, 이 이상한 고리가 왜 제트 스키에 연결되어 있었던 것인지도 깨달았다.

이 고리가 비상 브레이크인 것이다. 사람이 물이 빠졌을 때, 혹시라도 제트 스키가 더 멀리 떠내려가지 않도록 해 주는 역할의 비상 브레이크.

"야이 씨! 끼워져라! 끼워져! 비켜 봐! 이거 끼워야 돼!"

첫날의 시행착오 덕에 스톱 버튼을 당겨서 끼워야 한다는 건 이미 알고 있었지만, 삼식이 놈의 커다란 덩치가 시야를 가린다.

진우는 삼식이의 엉덩이를 밀어 옆으로 치우고 오른손으로 스톱 버튼을 당겼다.

쿵—.

물살에 흔들린 고무보트가 또 한 번 제트 스키를 들이받는다. 진우는 휘청거리면서도 가까스로 왼손의 고리를 끼워 넣었다. 그러고는 곧바로 스타트 버튼을 눌렀다.

푸르르륵—.

시동이 걸리는 걸 확인하자마자 진우는 고개를 들고 스로틀을 당겼다.

부우우우웅—.

가속 장치가 가동되자 제트 스키의 뒤쪽에서 물기둥이 솟고, 순식간에 고무보트를 앞질러 나간다. 그런데…….

수문까지는 불과 10여 미터밖에 남지 않았다. 진우는 선택을 해야 했다. 여기에서 제트 스키를 돌려 기둥을 아슬아슬하게 피해 뒤돌아갈 것인지, 아니면 수

문 안으로 빨려 들어가는 물의 속도에 제트 스키의 가속력을 더해서 저 낙차가 있는 수문 너머로 빠르게 날아갈 것인지…….

진우는 후자를 택했다. 지금 무리하게 유턴을 시도했다가는 제트 스키가 속력을 이기지 못하고 기둥을 들이받을 확률이 너무 높다.

"삼식아! 꽉 잡아!"

진우는 앞으로 바짝 붙어 자신의 가슴과 제트 스키 사이에 삼식이의 몸을 끼워 넣었다. 그러고는 작은 폭포처럼 물을 아래로 쏟아 내는 수문을 향해 전속력으로 제트 스키를 몰았다.

부아아아아앙―.

속력이 올라가자 제트 스키의 앞쪽이 살짝 들린다. 그리고 곧 퉁, 하고 부딪치는 충격이 아래쪽에서 느껴졌다.

아마도 물속에 살짝 잠겨 있던 수문의 끝부분이 제트 스키 바닥을 스친 모양이다.

"으아아아!"

진우와 삼식이를 태운 제트 스키는 수문 위로 떠올랐다. 순식간에 아래쪽과 앞쪽의 풍경이 진우의 눈을 어지럽힌다. 제트 스키는 하늘에 떠 있고, 저 아래쪽에 수포를 일으키며 물이 쏟아져 내린다.

7미터는 족히 될 법한 낙차였다. 이렇게 높은 폭포인 줄 알았다면 절대 뛰어내리지 않았을 것이다.

풍덩―.

제트 스키의 뒤쪽 바닥이 수면을 때린다. 요란한 물보라가 튀고, 진우와 삼식이는 그 충격을 이기지 못해 물속으로 튕겨 나갔다.

"읍! 으그르르르~ 우르륵~!"

물 아래로 곤두박질치는 동안 진우는 방향을 잃지 않으려고 최선을 다했다. 코와 입으로 물이 쭈욱 빨려 들어오고, 잠시 아무것도 생각나지 않을 만큼 멍해진다. 하지만 그가 착용하고 있는 구명조끼의 부력이 곧바로 그를 끌어 올렸다.

"푸아아~ 아흐흐~!"

수면 위로 고개를 내민 진우는 자신의 왼쪽 팔목부터 확인했다.

있다! 제트 스키의 비상 브레이크 고리! 그렇다면 삼식이는? 그리고 제트 스키는?

진우는 필사적으로 고개를 돌렸다.

삼식이는 물살에 휘말려 앞쪽에서 떠내려가고 있었다. 제트 스키는…… 삼식이의 반대 방향에서 흘러가는 중이었다.

진우는 열심히 팔과 다리를 휘저어 제트 스키에 기어올랐다. 그러고는 숨을 몰아쉬어 가며 시동을 걸었다.

"삼식아, 올라와!"

홀딱 젖은 삼식이를 앞질러 가서 끌어 올린 뒤, 진우는 비로소 안도의 한숨을 내쉬었다.

콰콰콰콰콰—.

뒤쪽의 수문 근처에서는 지금도 계속 사나운 물줄기가 떨어져 내리며 작은 소용돌이를 만들어 내고 있다. 하마터면 저기 휩쓸려서 익사할 뻔했다.

"맞다! 내 총! 내……."

자신과 삼식이의 생명이 안전하다는 걸 확인하자, 그다음으로 중요한 게 떠올랐다. 진우는 다급하게 고무보트를 돌아보았다. 고정해 둔 짐은…… 완전히 물을 뒤집어썼지만, 그대로 남아 있는 듯이 보였다.

"하아아~ 다행이다. 아이고, 내 총! 내 탄창!"

진우는 강가에 잠시 멈춰 서서 고무보트에 올라 짐들을 확인했다. 두꺼운 업소용 쓰레기봉투로 두 번이나 꽁꽁 싸매 둔 덕에 총도, 탄창 가방도 모두 무사했다.

정말 고마운 일이었다. 식량을 담아 둔 봉지가 두 개 유실되었지만, 그런 건 아무래도 상관없다.

"근데…… 이 공기 방울 뭐냐……."

고무보트 후면에서 계속 공기 방울이 올라와 표면에 맺히는 걸 보며 진우가 중얼거렸다. 어딘가 구멍이 났고, 거기에서 빠져나온 공기가 그런 현상을 만들어 내고 있다는 걸 깨닫기까지는 그리 오랜 시간이 필요하지 않았다.

이 고무보트는…… 뭔가에 걸려 약간 찢어져 버렸다.

"아…… 뭐, 그래. 망가지려면 제트 스키가 망가지는 것보다 네가 망가지는 게 낫기는 하지."

진우는 상황을 긍정적으로 이해하기 위해 고개를 끄덕이며 혼잣말을 중얼거렸다.

캑, 캑.

삼식이는 물을 뱉어 내기 위해 헛구역질을 하고 있다. 동행을 잘못 선택한 탓에 녀석도 참 별 고생을 다 한다.

"이제 어쩌지…… 이거, 오래 못 버틸 것 같은데……. 아, 이 근처에 고무보트 같은 거 또 구할 데가 있으려나……. 시내로 나가 봐야 하나?"

진우는 물에 젖은 머리를 쓸어 넘기며 주변을 둘러보았다. 그러다 고무보트를 꾹꾹 눌러 봤다. 빵빵하다고는 못 해도 아직은 꽤 버틸 수 있을 것 같다. 진우는 고개를 끄덕이며 말했다.

"그래, 차라리 빨리 한강까지 가자. 거기 가면 배를 구할 확률이 더 높아지겠지. 삼식아, 너 내 뒷자리에 앉아. 이번엔 엄청 밟을 거야. 아니다…… 당긴다고 해야 하나?"

진우는 삼식이를 업은 채 핸들을 꽉 쥐었다. 그러고는 가속 장치를 최대한 잡아당겼다.

부아아아아아아아앙—.

요란한 엔진 소리가 귓가를 울렸다. 잔잔한 물의 흐름에 부딪힐 때마다 제트 스키는 가볍게 통통 튀어 오르며 날듯이 내달린다. 계기판의 속도계는 시속 65킬로미터를 넘어선 뒤에도 계속 올라가는 중이다.

04

투투투투투둑— 투투투둑—.
아래층의 기관단총 소리가 점점 계단과 가까워진다. 검은 군복 놈들이 좀비들을 해치우면서 전진하고 있다. 좀비들의 포효도 이제 꽤나 줄어들었다.
"다 준비됐지?"
유빈이 잔뜩 긴장한 얼굴로 모두를 돌아보았다. 자신이 만든 작전이니까 어떻게든 여유로운 모습을 보이고 싶은데, 그게 잘 안 된다. 총이…… 너무 무섭다. 가장 앞서서 놈들을 맞아야 하는 터라 더욱 그렇다.
나머지 일곱 명도 비장한 표정으로 고개를 끄덕이며 각자의 위치로 향했다. 다섯 명은 2층에, 나머지 세 명은 3층에…… 그렇게 분산을 해야 한다.
"아, 아니, 잠깐만."
태권 소녀가 손을 뻗어 제니를 붙잡으며 말했다.
"아무래도 안 되겠어. 너 있지…… 너는 화장실에 숨어."
"네? 왜요, 언니?"
"네가 있으면 저 새끼들이 내 팔목을 잡을 리가 없어. 그리고 위로 누가 도망가든 말든 당장 너부터 어떻게 할 거야."
태권 소녀의 말을 듣고 보니 그 말이 맞다. 보안관이 운신하기에도 제니가 없는 편이 나을 것이다. 임수정이 제니의 자리를 대체하기로 하고, 제니는 화장실 내부에 숨겨졌다.
"오빠…… 저 따로 떨어지는 건…….."
유빈이 화장실 문을 닫을 때, 제니는 눈물이 맺힌 눈으로 그를 바라보며 말했다.
"앞으로 5분만. 그 뒤로는 계속 같이 있을 거야."
허세 가득한 말을 하면서도 유빈의 입술은 바르르 떨렸다. 어쩌면 지금 이 순간이 그녀를 보는 마지막일지도 모른다. 저 미친놈들이 방아쇠를 당기면 그의 의지 같은 것은 아무 가치도 갖지 못한다. 제니는 이를 악문 채 고개를 끄덕였다.

"온다."

건물의 끝 계단에서 발소리가 들렸다. 유빈이 신호를 보내자, 외부로 이어진 철제 계단 앞에서 대기하고 있던 보안관과 삼식이가 고개를 끄덕였다. 보안관은 빠루를, 삼식이는 야구 배트를 들고 있다.

나머지는 계단에서 그리 멀리 떨어지지 않은 곳에서 기다렸다. 놈들이 따라잡기 어렵다고 판단해서 총을 쏘는 일이 없도록 가까운 곳에서 대기해야 한다.

"어이! 거기 서!"

나선형 계단을 타고 올라온 검은 군복이 총을 겨누며 외쳤다. 규영이를 업은 유빈과 신입, 태권 소녀, 그리고 임수정은 달아나려다가 얼어붙은 연기를 하며 멈춰 섰다.

가장 계단에 가까이 있던 유빈은 뛰다가 발이 꼬인 사람처럼 규영이와 함께 엎어졌다.

"퉁탕— 퉁탕—."

그와 동시에 외부 계단에서는 보안관과 삼식이가 일부러 더 큰 소리를 내며 위층으로 뛰어오른다.

"살려 주세요! 잘못했습니다! 이제 안 도망갈게요! 살려 주세요!"

유빈은 잔뜩 움츠린 채 일어나 두 손을 모아 싹싹 빌었다. 바로 옆에서 신입도 울먹이며 쏘지 말아 달라고 애원한다.

태권 소녀와 임수정은 잔뜩 겁먹은 표정을 지었다. 그중 신입의 애원 연기가 탁월하게 좋았다.

"아나, 이 개새끼들 때문에 땀 흘린 거 생각하면……. 쥐새끼처럼 존나게 도망만 다니고 말이야……."

B조 조장이 삼단봉을 빼 들고 다가오며 욕설을 퍼부었다. 녀석의 뒤쪽으로 세

명이 더 올라온다. 그럼 네 놈 다 온 거다. 유빈은 비는 척하면서 머리를 감쌌다. 이제 고통이 올 거다.

"무슨 죄를 그렇게 지었기에 무서워하고 그래? 이 개새끼야! 응? 응?"

B조 조장은 삼단봉을 사정없이 휘둘러 유빈의 무릎과 허벅지를 후려갈긴다.

아윽! 윽!

유빈은 적당히 비명을 지르며 바닥에 나뒹굴었다. 잔뜩 움츠린 신입도 삼단봉 세례를 피하지 못했다.

뻐억! 뻐억!

모질게 때리는 소리가 텅 빈 건물 내부에 메아리친다.

"야, 이 새끼들 묶어. 어라? 이건 또 뭐야? 다리병신도 하나 끼어 있네? 캬캬캬, 가지가지 하네. 개새끼들 진짜, 차를 타고 다니지를 않나."

조장 놈이 규영을 비웃고, 여자들 쪽으로 다가간다. 그사이 2, 3호는 유빈과 신입의 팔목을 뒤로 돌려 플라스틱 끈으로 결박했다. 태권 소녀는 제니에게 배운 애원 연기를 펼쳤다.

"아저씨…… 저희는 한패 아니에요. 저희는 그저 끌려다닌 거예요. 살려 주세요. 제발…… 때리지 마세요…… 제발."

그녀가 바짝 신경을 쓴 사항은 두 손을 가능한 한 숨기는 것이었다. 발달한 너클 파트와 굳은살을 절대 내보이지 말라고 유빈이 신신당부를 했었다.

"하하하, 그러시겠죠. 오우…… 얘는 아까 위에서 봤을 때보다 더 낫다. 시원하게 쭉쭉 뻗었네. 야!"

낄낄대던 조장이 삼단봉 끝으로 태권 소녀의 가슴을 쿡쿡, 찌르며 물었다.

"여자 또 하나 있던 거 어디 갔어? 응? 골반 죽이는 애 있었잖아. 저딴 거 말고."

쳇, 태권 소녀는 속으로 혀를 찼다. 눈도 밝은 새끼들. 하는 행동이며 말하는 싸가지며, 딱 죽기 직전까지 패 주고 싶은 인간이다.

하지만 이 개새끼들이 총을 가지고 있다. 그러니 유빈의 작전대로 따라 움직이는 편이 살 수 있는 확률이 높아진다.

"위…… 위로 도망갔어요."

'저딴 거'라 지목되었던 임수정이 외부 계단을 가리킨다. 조장이 고개를 끄덕였다. 뭔가 커다란 두 놈이 저리로 도망가는 건 봤다. 그러니 그년도 함께 데리고 도망쳤을 것이다.

"흠, 이쪽인가?"

조장은 머리를 슬쩍 내밀어 먼저 계단 아래를 살폈다. 개들이 여전히 지키고 있어서 아무 기척도 없이 아래로 사라진다는 건 불가능한 상황이었다. 그러면 이제 독 안에 든 쥐나 다를 바가 없다.

어차피 아래로 내려가는 계단은 그리 많지 않다. 양방향에서 접근하면 끝이다.

"너희, 이것들도 마저 묶고 저쪽 계단으로 올라와. 우리가 이쪽에서 먼저 몰 테니까. 시간 끌지 말고 빨리빨리 움직여."

조장은 유빈과 신입을 두드려 패고 있던 2호와 3호에게 명령을 내리고, 그때까지 총을 겨눈 채 지키고 서 있던 4호에게 따라오라는 손짓을 했다.

조장과 4호가 계단 쪽으로 나가 천천히 몇 걸음을 떼는 동안, 2호와 3호는 각각 태권 소녀와 임수정의 앞에 다가섰다.

"아유~ 너 진짜 괜찮다. 나는 사실 아까 그 골반 다이너마이트보다 이런 쪽이 더 좋아. 자, 손 내밀어, 손."

2호는 징그러운 웃음을 지으면서 삼단봉으로 태권 소녀의 허벅지 라인을 쓸었다. 임수정의 턱을 들어 올리고 있던 3호도 태권 소녀를 돌아보며 감상평을 늘어놓았다.

"그러네. 허벅지도 그렇고…… 엉덩이도 쫙 올라붙었구나. 너 다리 예쁘다. 그런 소리 많이 들었지? 벗겨 놓으면 볼만하겠어."

그러고는 다시 시선을 임수정에게로 향하면서 말했다.

"사실 이거도 수수하니 나쁘지는 않은데…… 솔직히 아까 그 골반이랑 머리카락 날리는 걸 보고 나니까 그 생각밖에 안 난다. 빨리빨리 묶자."

"그럼 얘는 내가 1등으로 하는 거 예약이다."

2호는 태권 소녀가 내민 팔목에 플라스틱 끈을 걸기 위해 다가왔다. 녀석은 긴장이나 경계 따위는 하지 않았다.

섀도 실드 대원이라면 누구나 그렇듯이 그 역시 무술 유단자다. 이까짓 계집애쯤 암만 앙탈을 부려 봐야 상대도 안 된다.

태권 소녀는 계단 쪽을 흘긋 돌아보았다. 조장과 4호의 발소리는 이미 계단 중간 정도까지 올라간 듯하다. 때가 왔다.

"무서워하지 마. 오빠는 그렇게 아프게 안 해."

태권 소녀의 팔목을 잡은 2호는 그녀의 귀에 대고 느물거리며 웃었다. 역겹다. 더 이상은 내숭에 엄살을 떨 필요가 없어서 다행이다.

획ㅡ!

태권 소녀는 몸을 회전해 오른발을 턱 내디디면서 2호의 팔목을 역으로 틀어쥐고 당겼다. 그러고는 바짝 들어 올린 팔꿈치를 녀석의 명치에 찔러 넣었다.

"큭!"

검은 군복 2호는 별다른 비명도 지르지 못하고 무릎이 꺾이며 앞으로 쓰러졌다. 전술 조끼를 입고 있었는데도 눈앞이 캄캄해지고 숨이 콱 막힌다.

"응?"

임수정을 희롱해 가며 묶으려던 3호는 바로 옆에서 뭔가 이상한 기미를 느끼며 고개를 돌렸다.

얼굴이 파랗게 질린 2호가 허물어지고, 다리 긴 계집년이 한 발을 내디딘다.

'뭐지? 이년? 무슨 지랄을 한 거지?'

3호는 재빨리 뒤로 물러나며 대비를 했다. 무섭지는 않았다. 저년이 뭔 재주를 부렸는지는 몰라도 습격이 들킨 이상 이제는 안 통한다. 계집년이 몸을 뒤로 붕 띄워 돌리며 왼발로 돌려차기를 한다.

'훗! 태권도 좀 배웠구나? 360도 회전 돌려차기? 그런 게 통한다고 생각해?'

3호는 왼발의 궤적에 대비하며 가드를 들어 올렸다. 아래쪽에서 옆구리를 차 올리는 공격이다.

그런데…… 그녀의 발차기는 허공을 가르고 지나간다. 그리고 아직도 여전히 그녀의 몸은 비스듬히 뜬 채 회전을 하고 있다. 상황을 이해할 수 없어진 3호의 얼굴이 의문이 가득 차올랐다.

'왜 안 맞지? 가드에 맞아야 되는 각이었는데…….'

그의 뇌에서 계산이 끝나기도 전에 허공에 떠 있던 태권 소녀의 오른발이 사선으로 내리꽂히며 3호의 뒤통수와 목을 함께 강타한다.

파악—.

3호는 그 순간에 정신을 잃고 대리석 바닥에 처박히면서 호되게 얼굴을 짓찧었다. 킥을 마치고 착지한 태권 소녀가 피 섞인 게거품을 문 녀석의 얼굴을 노려보며 중얼거렸다.

"예쁜 다리에 540도 맞으니까 어떠냐? 좋았어?"

그런 후, 그녀는 돌아섰다. 이제 숨을 쉬지 못해 명치를 움켜쥐고 캑캑거리는 2호를 처리할 차례다.

"흐으윽! 흐으윽~!"

쇳소리 가득한 숨소리를 내며 2호가 손을 들어 올린다. 그의 눈은 공포로 질려 있었다.

대체 뭐지? 이런 미친 상황이…… 왜, 왜 이년이 국기원 시범단이나 보여 줄 법한 발차기를…….

녀석이 덜덜 떨든 말든, 태권 소녀는 오른발로 강력한 킥을 날렸다. 턱을 강타 당한 2호의 목이 홱 돌아간다. 눈을 홉뜬 채 앞으로 고꾸라진 놈의 입에서 피가 흘러나온다.

"일어나, 빨리."

그사이 임수정은 3호의 대검을 빼서 유빈과 신입의 결박을 끊어 냈다. 유빈은 기절한 2호의 몸을 뒤집어 녀석이 메고 있던 MP5를 빼냈다. 어떻게 쓰는 건지는 몰라도 일단 총을 빼앗아 둬야 한다.

운이 좋으면 쏠 수 있을지도 모른다. 신입도 3호에게 달라붙어 무장을 해제시켰다.
"멋있었어. 기가 막혔어."
유빈은 태권 소녀의 어깨를 연신 두드리며 한숨을 내쉬었다. 그녀가 이 작전 성패의 9할 이상을 쥐고 있었다고 해도 과언이 아니었다.
이렇게 날씬한 여자가 그런 파괴력을 보일 거라고는 아무도 예상하지 못할 테니까. 그녀의 주먹이 얼마나 매운지는 맞고 기절해 본 유빈이 아주 잘 안다.
"이제 보안관 차례네……."
기절한 2호와 3호의 팔을 뒤로 돌려 묶으며 유빈이 중얼거렸다. 태권 소녀도 걱정과 기대가 반반씩 섞인 표정으로 위층을 올려다보았다.
잘해라, 고릴라…….

"조심해라. 이 새끼들, 악에 받쳐서 확 덤빌지도 모르니까."
3층으로 오르는 계단의 끝자락에서 B조 조장은 4호를 돌아보았다. 4호는 고개를 끄덕였다. 그러나 경고하는 조장도, 듣는 4호도 사실 별로 두려움은 없었다.
이쪽은 무장 집단, 그리고 싸움 실력을 기반으로 선발된 인원들이다. 반면, 저쪽은 그저 아마추어들이다. 무기라야 흉기나 둔기 정도일 건데, 그따위로는 조장이 들고 있는 폴리카보네이트 투명 방패를 뚫을 수 없다.
그래도 혹시 모르는 일이라 4호는 샷건을 꼭 쥐고 엄호를 담당하고 있었다. 조장이 먼저 방패를 앞세워 3층으로 뛰어들었다.
"어디 갔냐, 이 쥐새끼들."
둥근 천장 아래 이런저런 전시물들이 잔뜩 늘어서 있는 3층의 내부를 둘러보면서 조장이 중얼거렸다.
풋—!
4호가 웃음을 삼키면서 왼쪽의 긴 안락의자 너머를 가리킨다. 갈색 머리카락이 삐죽 튀어나와 있다. 제대로 숨지도 못한 데다가 하필이면 햇살이 잘 드는 곳에 자리를 잡아서 아주 훤하게 보인다.

그 바로 앞에 다른 놈의 윗옷과 신발도 비친다. 빠루와 야구 배트는 소파 근처에 버려져 있다.

아마 반대편으로 도망가려다가 그 계단에서 2호와 3호가 올라오는 걸 보고 급한 대로 이런 데에 숨은 모양이다.

어지간히 다급했던 모양이군, 무기까지 다 던져 버리고…….

4호는 샷건을 들어 올리며 외쳤다.

"야, 이 개새끼들아, 나와! 거기 소파 뒤에! 다 보인다고!"

헉! 갈색 머리카락이 비명을 삼키며 더 깊이 고개를 숙인다. 윗옷도 소파 아래로 숨었다. 조장과 4호는 별로 다급하지 않았다. 어차피 달아날 구석은 없다.

"좋은 말로 할 때 나와! 이 개새끼야! 성질 그만 긁어! 쏴 죽여 버리기 전에 빨리 나오라고!"

조장이 삼단봉을 휘두르며 소파 쪽으로 다가갔고, 4호는 웃음기를 띤 채 그 장면을 지켜봤다.

"지, 진짜 안 쏠 거예요?"

갈색 머리카락이 슬쩍 고개를 든다.

윽! 햇살을 가득 받은 그 얼굴을 보자마자 4호는 열등감이 폭발해서 하마터면 방아쇠를 당길 뻔했다.

존나게 잘생긴 개새끼다. 저런 상판을 가지고 있으니 아래층의 그 사슴처럼 늘씬한 다리를 가진 년도, 여기로 도망 온 탱탱한 년도 홀려서 데리고 다니는 모양이다.

"쏘지…… 쏘지 마세요. 야, 너도 일어나. 빨리 손 들고."

갈색 머리카락이 얼빠진 표정으로 윗옷을 쿡쿡, 찌른다. 그때, 4호는 뭔가 이상한 기운을 느꼈다. 뒤쪽이다. 뒤쪽에서 커다란 그늘이 덮쳐 오는 것 같은…….

4호는 본능적으로 뒤를 돌아보았다.

"이게 무슨……."

바보 같은 반응밖에 할 수 없었다. 그도 그럴 것이, 커다란 수조가 갑자기 눈앞을 가득 채우고 덮쳐 오니 상황을 제대로 인식하기가 어려웠다.

'왜…… 왜 이런 게 소리도 없이 날아오는 거지? 아니, 그보다 어떻게 이 큰 게 하늘에 떠 있지?'

현실을 부정하는 생각과 샷건을 쏴야 한다는 생각이 충돌한다. 4호는 몸을 돌리며 총을 겨누려 했다. 하지만 수조가 그의 얼굴을 덮치는 쪽이 더 빨랐다.

빠르게 회전한 거대한 수조가 4호의 얼굴을 직격하며 박살이 났다.

와장창—!

요란한 소리와 함께 유리 파편과 물, 죽은 물고기가 사방으로 튀었고, 4호는 얼굴이 피투성이가 된 채 뒤로 날아갔다.

퍼엉—.

샷건은 허공을 향해 발사되었다.

"뭐야?"

잘생긴 녀석에게 삼단봉 찜질을 해 주려던 조장은 커다란 소리 때문에 깜짝 놀라 뒤를 돌아보았다.

헉! 그의 입에서 놀라움의 신음이 터진다. 웃통을 벗은 커다란 덩치가 박살 난 수조의 조각을 내던지며 그를 향해 달려오고 있다. 맨발이다.

어떻게 발소리도 없이 등 뒤에서 접근할 수 있었는지, 그리고 소파 뒤의 신발이 왜 별 반응이 없었는지…… 두 가지 의문이 한꺼번에 풀렸다. 그래 봐야 아무 소용 없다.

"아오! 이 좆만 한 새끼야!"

조장이 삼단봉을 치켜드는 동안 보안관은 어느새 근접 거리로 돌진해 와서 욕설과 함께 옆차기를 날렸다. 피할 틈이 없었다. 방패를 들어 막자 둔중한 소리가 난다.

텅—.

'자, 공격을 차단했으니 이제 공격할 시간이다.'라고 생각하던 조장의 몸이 뒤로 날아갔다.

하하하! 잘생긴 놈이 윗옷을 씌운 쿠션을 들어 보이며 웃고 있다.

그의 얼굴에 당혹감이 스쳐 간다. 아직까지 한 번도 상대해 본 적 없는 종류의 파워다. 마치 큰 파도에 휘말려 버린 것 같은 기세다.

쿵—!

벽에 등이 부딪치자 충격 때문에 내장이 터지는 것 같았다. 그는 다시 앞으로 튕겨 나왔다.

턱.

벽에 맞고 튕겨 나온 조장의 방패를 보안관이 두 손으로 잡았다. 그러고는 뒤쪽으로 확 잡아챘다.

"끄윽!"

조장은 비명을 내지르며 방패를 손에서 놓았다. 얼마나 난폭하게 힘이 가해졌는지, 새끼손가락이 부러져서 반대 방향으로 꺾여 버렸다. 방패를 뒤로 던져 버린 보안관이 정신없이 훅을 날린다.

휙— 휙—.

철퇴처럼 커다란 주먹이 눈앞을 스쳐 간다. 조장은 첫 두 방을 간신히 피했다. 그러나 세 방째의 왼손 훅이 그의 옆구리를 가격했다.

끄윽! 조장은 비명을 지르며 뒤로 풀쩍 뛰었다. 그다음부터는 거의 일방적이고 무차별적인 체벌이었다. 보안관은 모두를 불안에 빠뜨렸던 이 개새끼들을 도저히 용서해 줄 수 없었다.

오른손 훅, 왼손 훅, 다시 오른손 훅, 오른손 훅, 왼손 스트레이트……

보안관의 펀치가 바람을 가르고 날아갈 때마다 조장의 얼굴은 부어오르고 코와 입에서는 피가 터져 나왔다.

턱, 보안관은 비틀거리는 조장의 뒤통수를 두 손으로 잡고 확 당기면서 녀석의 얼굴에 정면으로 니 킥을 날렸다.

와지끈!

B조 조장은 이빨과 코피를 사방에 흩뿌리며 그 자리에서 쓰러져 버렸다.

정신을 잃기 전에 조장이 했던 마지막 생각은 '쏴 버릴걸.'이었다. 이렇게 무서운 놈이 있는 줄 알았더라면 아까 놈들이 계단 주변에서 알짱거리고 있을 때 그냥 방아쇠를 당겼을 것이다. 물론 이제는 너무 늦었다.

"아냐, 아냐…… 너 더 맞아야 돼. 이 개새끼야!"

보안관은 기절한 조장의 멱살을 잡고 정신없이 두들겨 패기 시작했다. 이미 조장의 오른손은 바닥에 힘없이 늘어져 있지만, 그래도 보안관의 분은 다 안 풀렸다.

"아오~ 이 맷집도 없는 새끼가!"

피떡이 된 조장을 바닥에 집어 던진 보안관은 놈의 팔을 뒤로 꺾은 뒤, 허리띠를 잡아 빼서 묶었다. 4호를 묶으려 다가갔던 삼식이가 총만 가지고 돌아와 보안관에게 신발을 내민다.

"자…… 이거. 신고 빨리 가자."

"쟤 왜 안 묶어?"

신발 안에 발을 구겨 넣으며 보안관이 물었다. 삼식이는 잠시 머뭇거리다 무덤덤하게 대답했다.

"안 묶어도 돼. 죽었어."

"뭐? 진짜?"

보안관은 깜짝 놀라 4호를 돌아보았다. 얼굴과 목에 유리가 잔뜩 박힌 채 쓰러져 있는 녀석의 주변은 흘러나온 피로 흥건하다.

죽일 기세로 때리기는 했지만 설마 진짜로 죽을 줄은…….

보안관이 당황해하자, 삼식이가 그의 어깨를 두드렸다.

"죄지은 거 아니야. 잘한 거야. 좋은 일 한 거야."

삼식이는 두 놈에게서 빼앗은 두 정의 총과 한 정의 권총을 들고 보안관을 잡아끌었다. 제니까지 포함해 2층에서 마중 나온 여섯 명이 감격한 표정으로 그들을 맞아 준다.

"총소리 났었는데…… 괜찮아?"

유빈이 걱정스러운 얼굴로 보안관의 몸을 바라보았다. 보안관은 고개를 저었다.

"아냐, 허공에 대고 쏜 거야. 멀쩡해. 혜주는 잘했고?"

"응, 죽이더라. 하늘에서 몸을 이렇게……."

유빈이 태권 소녀의 540도 돌개차기를 설명하려 할 때, 강 건너 쪽에서부터 헬기 소리가 들려온다.

"피해! 피해! 안으로 들어가!"

보안관 일행은 일제히 건물 안으로 뛰어 들어가 납작 엎드렸다. 혹시라도 창문 사이로 기웃거리는 모습이 눈에 띌까 봐 고개조차 들 수 없었다.

투투투투투투ㅡ.

프로펠러 소리는 건물 주변을 잠시 맴돌다가 다시 멀어졌다. 숨죽이고 있던 삼식이가 고개를 들었다.

"휴우~ 갔나 봐."

"응, 그런 것 같다."

유빈이 머리를 살짝 들어 창밖을 살폈다. 헬리콥터는 보이지 않는다. 사실 조금 전의 그 요란한 소리가 검은 헬기였는지 아닌지도 잘 모르겠다.

"이 틈에 빨리 도망가야 돼."

모두는 자리에서 일어나 짐을 챙겼다.

컹ㅡ 컹ㅡ.

계단 아래에서는 여전히 개들이 짖어 댄다. 저놈들도 정리해야 무사히 차에 오를 수 있다.

"내가 개들 정리하면 내려와서 잽싸게 뛰어. 알았지?"

모두에게 말한 보안관이 빠루를 들고 가장 앞장을 섰고, 매점에서 가져온 쇼핑백 두 개에 총을 나눠 담은 삼식이가 그 뒤를 따랐다. 총 무게가 등이 휘청할 만큼 묵직하다.

"보안관…… 저기도 개가……."

계단 아래로 내려선 보안관이 두 마리의 셰퍼드와 대치하고 있을 때, 뒤따라온 삼식이가 멍해져서 강 쪽을 가리켰다.

응? 보안관이 곁눈질로 돌아보니 정말로 똑같은 종의 개가 한 마리 더 눈에 띈다.

뭐지? 분명히 두 마리였는데?

턱—.

그때, 기둥 뒤에서 튀어나온 녀석이 삼식이의 뒤통수에 총구를 대고 명령을 내렸다.

"움직이지 마. 곧바로 쏜다."

A조 조장이다.

05

"히익!"

계단의 중간을 내려가던 신입의 입에서 숨넘어가는 비명이 터진다. 발아래에서 삼식이의 뒤통수가 겨냥되는 것을 목격했으니 당연한 일이다. 유빈도, 태권소녀도 심장이 얼어붙는 것 같았다.

"올라가! 올라가!"

뒤돌아선 유빈이 잔뜩 찌푸린 인상으로 메시지를 전달하며 속삭였다. 일행 중 보안관과 삼식이를 제외한 여섯 명은 곧바로 계단 위로 되돌아 뛰었다.

퉁탕퉁탕, 퉁탕—.

계단의 요란한 발소리를 듣고 A조 조장은 고개를 힐끔 위로 돌렸다. 하지만 특별한 반응을 보이지는 않았다.

대신에 그의 뒤쪽에 서 있던 A조 2호부터 4호까지 세 명의 대원이 총구를 위로 겨누며 소리쳤다.

"내려와, 이 개새끼들아! 쏜다! 빨리 내려와!"

유빈은 멈추지도 않고, 뒤돌아 내려가지도 않았다. 고분고분 그런 말을 들을 것 같았으면 애초 카니발이 헬기에 쫓겼을 때 그 자리에 멈춰 섰어야 한다.

타앙—.

샷건이 불을 뿜자 난간과 계단 사이에 무수한 작은 홈집들이 생겨났다. 물론 어디까지나 위협이었지, 맞아 죽으라고 쏜 건 아니었다.

으아~! 신입은 비명을 지르면서도 용케 중심을 잃지 않고 문 안쪽으로 몸을 던졌다. 제니도, 임수정도, 태권 소녀와 유빈도 건물 내부로 굴러 들어갔다.

"하아아~ 하아아~ 뭐야? 뭐야? 쟤네 왜 여기에 있어? 네 명이 전부 아니었어? 또 있었어?"

태권 소녀가 숨을 몰아쉬며 바깥쪽을 내다본다. 영문을 알 수 없기는 유빈도 마찬가지였다. 아까 분명히 봤다. 헬기의 아래쪽에 매달린 그물 감옥 같은 데에서 네 명이 내리는 것을…….

그래서 그놈들을 다 해치웠다. 그런데 또 네 명이…… 도대체 이게 무슨 조화인지 모르겠다. 끊임없이 반복되는 악몽도 아니고…….

"야! 이 개새끼들아! 빨리 안 내려와? 전부 다 쏴 죽여 버리기 전에 빨리 내려오라고!"

유빈의 그림자를 본 3호가 계단 입구에 서서 고함을 지른다. 놈들의 저 경고가 진심이 아니라는 것은 조금 전의 경험으로 알고 있다. 저놈들은 기본적으로 살아 있는 사람을 원한다. 하지만…….

하지만 만약에 놈들이 여기로 올라와서 피투성이가 된 채 기절해 있는 자신들의 동료를 발견하게 된다면 이야기는 달라진다.

그때는 감정이 개입된다. 그리고 자기 동료를 다 때려눕혀 버린 상대에 대한 두려움도 작용할 것이다.

달아나려면 놈들이 아직 위협사격을 하는 이때 달아나야 한다. 그게 성공할 확률이 몇 배나 높다. 처음 건물에 진입했던 네 놈이 좀비들을 다 쏴 죽여 준 덕에 지하철까지 가는 길도 열렸다.

그런데…… 어떻게 친구를 놔두고 달아난단 말인가. 보안관과 삼식이를 여기에 두고…….

월―! 월! 컹! 컹!

어느새 한 마리가 더 늘어 총 네 마리가 된 셰퍼드가 계단 주변에서 시끄럽게 짖어 댄다. A조 조장이 삼식이의 가방을 뒤지는 것을 목격한 유빈의 머릿속은 하얗게 변해 버렸다.

저 안에는 총이 들어 있다. 놈들에게서 빼앗은 총이. 이제 저놈들도 뭔가를 깨닫고 방심하지 않게 되어 버렸다.

가진 무기라고는 야구 배트 한 자루와 태권 소녀뿐인데, 잔뜩 독이 오른 채 총을 앞세우고 다가오는 네 사람과 맹견 네 마리를 모두 제압하고 친구들을 구해 내야 한다. 그런 일이…… 가능할 리가 없다.

그때, 2층의 외부 계단 근처에서 아우성이 들려왔다.

"A조? A조 왔어? 여기야! 여기! 묶여 있어! 풀어줘!"

태권 소녀에게 맞은 놈들이 깨어난 모양이다. A조 조장이 자신의 조원들에게 명령했다.

"다 올라가! 데리고 내려와! 개도 데리고 가!"

"예!"

세 놈이 개와 함께 건물의 뒤편으로 돌아 뛰어간다. 유빈도 더 이상 가만히 있을 수 없어졌다.

"어? 규영이랑 신입은?"

다시 달아나던 유빈은 그제야 자신의 주변에 태권 소녀와 제니밖에 남아 있지 않다는 것을 깨달았다. 제니가 코너를 가리키며 말했다.

"저쪽으로 계속 뛰어갔어요. 수정이 언니도 같이."

유빈은 얼빠진 표정으로 고개를 끄덕였다.

그랬구나……. 어쩌면 그게 정답일지도 모르겠다. 모두 다 같이 여기에서 죽어 버리는 건 결코 정답이 아니다. 유빈은 두 사람을 이끌고 코너를 돌아 내달렸다.

불안해서 보안관과 삼식의 모습을 계속 지켜보고 싶은 마음이 굴뚝같지만, 멍하니 보고만 있어서는 실제로 아무 도움이 되지 않는다.

그들도 끌려 내려가서 나란히 총구 앞에 서 봐야 이미 잡혀 있는 친구들이 기뻐할 리 없다.

"키야아~ 이 새끼들 봐라? 존나게 발칙하네?"

계단 아래에서는 A조 조장이 삼식이에게서 빼앗은 총기를 뒤쪽으로 밀어 놓으며 보안관과 삼식이를 번갈아 바라보고 있었다.

그러고 보니 윗옷을 벗고 있는 저 근육덩어리 새끼의 몸 여기저기에 피가 잔뜩 튀어 있다. 특히 커다란 두 주먹은 온통 피투성이다. 심상치 않은 놈이다.

"야, 너 보통 괴물이 아닌가 보다? 허허, 징그러운 새끼. 저, 저 피 좀 봐. 행여라도 또 까불 생각 하지 마라. 너 움찔하기만 해도 이 새끼는 뒈지는 거야."

A조 조장은 보안관을 보고 웃으며 삼식이의 뒤통수를 총구로 탁탁, 두들겼다. 보안관은 자신의 두 주먹을 힐끗 내려다봤다. 조장 놈을 곤죽으로 만들 때, 녀석의 코와 입에서 튄 피다.

'젠장, 좀 닦고 올걸…… 저 새끼들이 방심하고 가까이 달라붙기는 다 글렀군.'

보안관은 속으로 혀를 찼다. 그가 기다렸던 기회는 녀석들이 삼식이와 자신을 포박하기 위해 다가올 순간이었다.

총을 든 채 겨누고만 있지 않으면 세 명까지는 문제없다고 생각했었다. 그런데 이래서야…… 이제는 좀 더 상황이 어려워졌다.

한동안 개 짖는 소리가 건물 내부에서 요란하게 울려 댄 뒤, A조 검은 군복 세 놈은 기절했던 B조의 세 놈을 부축해 가며 계단을 내려왔다.

"……는 죽었습니다. 여기가 끊겨 가지고……."

A조 4호가 조장에게 보고를 한다. A조 조장은 때려죽일 듯한 눈빛으로 보안관

을 노려보았다. 놈의 머릿속에서는 이미 범인이 누구인지 다 정해진 모양이다.

물론 보안관은 딱히 억울하지는 않았다. 그가 죽인 게 맞으니까. 그런 것보다 보안관은 유빈이 어떻게 하고 있을지가 걱정스러웠다. 분명 구하려 들 텐데, 이 상황에서 그건 쉽지가 않다. 그 녀석마저 여기 잡혀 버리는 꼴을 봐야 한다면…… 너무 비참할 것이다.

"근데, 셰퍼드들은 어디에 두고 왔어?"

A조 조장이 묻자 대원들이 건물의 끝 쪽을 가리켰다.

"두 마리는 뒤쪽 계단 앞에 두고, 또 두 마리는 지하철역이랑 이어진 데 지키라고 했어요. 도망칠 만한 데가 거기밖에 없을 것 같아서요."

"그럴 거 같으면 아예 쫒으라고 하지?"

"저기 1층, 지금 냄새가 장난이 아니에요. 커피 가루 잔뜩 날아다니지…… 화장품 진열대가 박살 나서 스킨 냄새가…… 어후~ 냄새라도 좀 날아가고 쫒으라고 하려고요."

A조가 대화를 나누는 동안 보안관에게 얻어터졌던 B조 조장은 수통의 물을 쏟아부어서 얼굴의 피를 닦아 내며 정신을 차리기 위해 애를 썼다.

"아…… 슈밧, 셔 숏 가흔 새히……."

찢어진 눈꺼풀에 물이 들어가자 B조 조장은 가뜩이나 엉망인 얼굴을 더욱 일그러뜨리고는 보안관을 노려보며 욕설을 퍼부었다.

앞니가 다 날아간 데다 부러진 코뼈가 부어올라서 발음이 어지간히 뭉개지고, 또 샌다. 그는 A조 조장에게 감사를 표했다.

"후우~ 고마어…… 신샤 너한테 큰 신쉐 진다. 하아~ 아 슈밧, 숨쉬기가 숀나게 힘흐네. 코가 이 모야이라셔."

"신세는 무슨…… 그냥 네가 하도 조용하기에 그게 이상해서 내려 줘 보라고 했어. 만날 여자 돌리면서 무슨 짓 하는지 무전으로 중계하던 놈이 오늘은 한 번도 연락이 없으니까 말이야."

A조 조장은 B조 조장의 어깨를 다독인다. B조 조장은 부러진 왼손가락을 움

켜쥐고 인상을 찌푸렸다.

"하아~ 헬리코터 어디셔? 나…… 벼워 가야 해…… 아, 슈바, 쇼나 아후네……."

"내가 잡은 것들 일단 가져다 놓으라고 했어. 열셋에 여기서 잡은 거 여덟에 우리랑 개까지 다 못 탈 것 같더라고."

"후우~ 흐래, 샬해셔…… 아으, 내 이빨……. 숀가약도 후여지고…… 이 쉽쉐히 때문에!"

고통스러운 표정으로 부려져 나간 앞니들을 더듬거리던 B조 조장은 분하다는 듯 보안관의 얼굴을 후려쳤다.

보안관은 적당히 대 줬다. 슬쩍 피할 수도 있지만, 그렇게 해 봐야 놈을 자극하는 것밖에 안 된다. 묶여서 두들겨 맞느니 이렇게 슬쩍 충격을 완화해 가며 맞아 주는 편이 훨씬 낫다.

금방 보안관의 코에서 피가 흐르고 입술이 터진다. 물론 그래도 얼굴 전체에 피멍이 들고 부어오른 B조 조장 놈이랑은 비교가 안 된다.

"야…… 누가 삼단봉 숌 힐려수어. 내 꺼느 위에 헐어쓰리고 왔나 봐. 하아~ 컥! 하아~."

오른 주먹을 이용해 후려치는 것만으로는 도저히 분이 안 풀리는지, B조 조장은 A조 멤버들에게 손을 벌렸다. A조 조장이 자신의 삼단봉을 건네줬다.

"자, 여기…… 이걸로 패라. 근데 저 새끼 혼자서 네 명을 작살냈다고? 너희, 총도 안 가지고 올라갔어?"

"아니…… 저희는 저 새끼가 아니고…… 후우~ 어떤 개같은 년 때문에…… 어우, 목이야…… 목이 완전히…….."

B조 3호가 목덜미를 주물러 대면서 대답했다. '개같은 년'이라는 말을 하기 전에 잠시 머뭇거리면서 목소리를 줄였지만, 그래도 여전히 창피하다. A조 조장은 피식거리며 웃었다.

"큭큭큭, 기지배한테 맞았다고? 그거 무슨 신식 농담이냐? 덩치가 존나 큰 년이야?"

"아니에요. 그냥…… 쪽 뻗어서 늘씬한 년인데…… 겉모습만 보고 방심을 한 틈에…… 당했습니다. 어우, 어지간히 맵게 치네요. 으…… 아마 태권도 선수인가 봐요. 발차기 하는 폼이…….”

"그래? 그런 나쁜 년이 있어? 잡아서 아주 뒈질 때까지 존나게 괴롭혀 주자. 죽은 사람 복수는 해야 할 것 아니야?"

A조 조장이 인상을 쓰며 말했다. A조 대원들도 고개를 끄덕인다. 이미 다들 청담동에서 재미를 실컷 보고 온 터라 여자 욕심은 없었지만, 이번에는 적극적으로 동참해야겠다고 마음을 먹었다.

"아니…… 가만이쎠 봐. 내 복슈후터 먼저 하쟈. 이 쉬할 쉐키!"

B조 조장은 보안관을 노려보며 삼단봉을 휘둘렀다.

빠악—!

허벅지를 맞은 보안관이 비틀거리자 B조 조장은 머리를 노리고 재차 삼단봉을 들어 올렸다. 아주 대갈통을 터뜨릴 심산이었다.

턱—.

그런데 삼단봉이 뒤쪽의 기둥에 부딪친다. B조 조장은 자세를 바꿔 봤다. 그래도 각이 나오지 않았다.

"뒤쪽으로 걸어가. 넓은 데로 나가."

A조 조장이 보안관에게 명령했다. 보안관은 듣지 않았다. 자신을 패려는 놈이 삼단봉을 더 마음대로 휘두를 수 있도록 물러서 주는 일 따위 해 줄까 보냐?

그가 고집을 피우자 A조 조장은 삼식이의 목덜미를 개머리판으로 후려쳤다.

"으윽!"

이미 손이 뒤로 묶여 있던 삼식이는 비명을 지르며 앞으로 엎어졌다. A조 조장은 삼식이의 머리카락을 움켜쥐고 일으켜 세우며 말했다.

"참아. 저 덩치 큰 새끼가 말을 안 들어서 그러는 거니까 나를 원망하지는 말고."

그러고는 한 번 더 때릴 요량으로 개머리판을 높이 든다.

"그만! 내가 움직인다. 그만 때려!"

보안관은 손을 들어 보이며 뒤로 순순히 물러났다. 넓은 잔디밭 앞에 멈추자 B조 조장은 만족한 표정을 지으며 다가와 삼단봉을 들어 올린다.

나머지 놈들도 삼식이를 끌고 천천히 따라와서 흥미롭게 바라보고 있다.

빠악!

테이크백을 마음껏 하고 휘두르는 풀스윙이 보안관의 어깨를 강타했다. 보안관은 움찔하면서도 놈에게서 눈을 떼지 않았다.

저걸로 머리라도 맞았다간 그 순간 게임 끝이다. 요령껏 피해 가며 적당히 근육이 많은 곳을 대 줘야 한다.

빠악! 빠악!

B조 조장이 몇 대를 더 때렸을 때, 삼식이가 절규하듯 외쳤다.

"그만 좀 때려! 그만!"

"이건 또 왜 나서고 지랄이야!"

A조 조장은 삼식이의 오금을 차서 무릎을 꿇리고, 등짝을 개머리판으로 두들겼다.

큭, 흙먼지를 씹으며 바닥에 엎어진 삼식이가 보안관을 올려다보았다.

'삼식아, 좀 기다려. 기회가 한 번은 올 거야.'

보안관은 삼식이를 향해 아직 묶이지 않은 자신의 손을 내보이며 눈짓을 했다. 삼식이도 그가 무슨 메시지를 전하고 싶은 건지 다 알아들었다.

"하아~ 하아~."

계속 삼단봉을 휘두르던 B조 조장이 한숨을 내쉬며 잠시 멈췄다. 부러진 코 때문에 숨도 쉬기 어려운데, 매질을 할 때마다 오히려 그 자신의 온몸이 다 부서지는 것 같다. A조 조장은 안타깝다는 듯 중얼거렸다.

"그래, 좀 물러나서 쉬엄쉬엄 죽여라. 그동안에 애들 보내서 다른 새끼들도 잡아 올 테니까."

그런 후, A조 조장은 자신의 조원들을 향해 명령했다.

"이 새끼들 잡아 와. 새끼들이라고 했지만, 사실 이제 와서는 여덟 명이든 뭐든 그런 건 상관없어. 애들 때린 그 개년, 그것만 잡아 오면 돼. 그년이 비명 지르고 우는 걸 봐야 액땜이 될 것 같으니까. 알았어? 키가 껑충하게 큰 년이라고 했으니까 빨리 잡아 와."

그때, 유빈과 태권 소녀, 제니는 1층의 사무실 안에 숨어 있었다. 그들이 달아나려 했을 때, 지하철로 이어진 통로는 이미 개들에게 점령당한 뒤였다.
급한 대로 화장품 전시대를 엎고, 커피를 쏟아부어 일시적으로 개들의 코를 속여 보려 했지만, 상황만 놓고 보면 갇힌 셈이다. 이래서야 일찌감치 달아난 신입 일행보다도 오히려 못하게 되었다.
"이 창문…… 여기로 도망갈 수 있을까?"
유빈은 사무실의 창문을 열어 보며 중얼거렸다. 바닥까지 까마득하게 높아 보인다. 그래도 여기에서는 지하철역의 입구가 보인다. 내려가기만 하면 도망갈 수 있다.
유빈은 두 여자에게 시선을 옮겼다. 제니도 몸이 가볍고, 태권 소녀의 운동신경이야 말할 나위도 없다. 조금만 몸을 늘어뜨려 거리를 줄인 뒤 뛰어내리면…… 착지가 가능할 것 같았다. 유빈은 제니와 태권 소녀에게 말했다.
"내가 나가서 개들이랑 사람 시선을 다 끌게. 강이 보이는 쪽에서 최대한 시간을 보내 볼 테니까, 나한테 관심이 집중되어 있는 동안에 너희는 여기로 내려가. 내려가서 지하철로 들어가."
"아, 아니에요, 오빠. 나 이제 떨어져 있기 싫어요. 아까 한 번 숨었던 걸로 충분해요. 죽어도 같이 죽을 거예요."
제니가 유빈의 손을 꼭 잡으며 고개를 저었다. 태권 소녀도 유빈의 제안을 탐탁지 않아 하는 눈치였다. 유빈은 제니의 눈물을 닦아 주며 말했다.
"저 새끼들이 바라는 게 우리가 다 같이 죽는 거야. 그렇게 안 되도록 막으면 내가 이기는 거고, 우리가 같이 잡히면 그 새끼들이 이기는 거야. 저 새끼들 뜻대로 되는 꼴은 못 보겠어. 제니야, 내가 이기게 해 줘. 부탁이야."

'잡히면 저 새끼들 뜻대로 되는 꼴을 봐야 한다'는 말을 할 때, 유빈은 태권 소녀를 돌아보았다. 그녀도 무슨 의미인지 알 것 같았다.

그녀들이 잡히면 유빈과 보안관은 두 사람이 처참하게 짓밟히는 모습을 고스란히 지켜봐야 한다. 그냥 깨끗하게 죽는 걸로 끝이 나는 게 아니다. 유빈은 설명을 계속했다.

"신호를 정할게. 내가 위층에서 계속 웃어 대면 거기에 놈들이랑 개랑 다 모여 있다는 의미니까 그때 창문으로 뛰어. 너희는 몸이 가벼우니까 신발 끈 같은 걸로 거리를 조금만 줄이면 할 수 있어. 지하철을 따라 계속 쭉 가면 상봉역이 나와. 7호선이잖아."

말을 마친 유빈은 태권 소녀와 제니를 한 번씩 꼭 안아 주고 나서 문고리를 살짝 돌렸다. 만류하기 위해 손을 뻗는 제니를 태권 소녀가 잡았다.

바깥에서는 아무 기척도 없다. 유빈은 뒤돌아 고개를 끄덕여 주고 얼른 밖으로 나갔다.

컹— 컹— 컹—.

지하철 쪽으로 다가가자 길목을 지키고 있던 셰퍼드 두 마리가 짖어 대며 쫓아온다.

유빈은 뒤돌아 내달렸다. 그가 가진 무기라고는 검은 군복에게서 빼앗은 대검 한 자루뿐인데, 그의 실력으로는 그것만 가지고 저 훈련받은 개들을 못 이긴다.

반대편을 지키고 있던 개들도 동료 개들의 소리를 듣고 쫓아왔다. 네 마리. 유빈은 얼른 계단을 뛰어올라서 2층으로 올라갔다. 그러고는 덤벼들려는 놈들을 대검을 휘둘러 위협했다.

애초에 그렇게 훈련받은 탓인지, 개들은 쉽사리 덤벼들지 않고 계속 짖어 대기만 했다. 사람을 몰아 놓고 주인인 검은 군복을 기다리는 모양이다.

유빈은 계속 뒷걸음질을 쳐서 애초에 그가 약속했던 것처럼, 한강이 보이는 커다란 전면 창을 등지고 섰다.

잠시 후, 검은 군복 세 놈이 반대쪽에서 올라와 개들과 함께 그를 에워싼다.

아, 젠장…….

유빈의 등에서 식은땀이 흐른다. 보안관과 삼식이를 패고 있는 놈들도 셋, 이 놈들도 셋. 그럼 어딘가에 한 놈이 더 있다는 말이다. 그놈의 위치를 알기 전까지는 신호를 보낼 수가 없다.

"아, 요 존만 한 새끼! 어디 숨어 있다가 이제 기어 나왔지? 후후후, 칼 안 버려, 이 새끼야? 아니다. 그런 것보다 그 계집애들 어디 있어? 내 목 걷어찬 년이랑, 나머지 년들 말이야."

아까 태권 소녀의 화려한 돌려차기에 날아갔던 놈이 총을 겨누면서 말했다.

역시…… 이놈들은 여자를 원한다. 유빈은 떨리는 목소리를 가다듬으면서 도발을 했다.

"그래, 걔들 예쁘지? 응, 근데 그걸 하면 더 끝내줘. 나는 서비스 많이 받아 봤지. 젠장, 그래서 정이 좀 쌓인 줄 알았더니, 이런 상황이 되니까 뒤도 안 보고 도망가 버리네?"

"이 씨발 놈이 다짜고짜 말을 놓고 지랄이야! 확 쏴 버릴까 보다. 도망을 쳐? 어디로?"

"어디긴, 우리 숨어 살던 아지트겠지. 제깟 년들이 어디로 가겠어. 제 친구들 있는 데로 가겠지. 다 똑같은 년들이니까."

여자가 더 있다는 말에 검은 군복들의 얼굴에 흥미가 인다. A조의 2호가 물었다.

"계집애들이 더 있다, 이거지? 그게 어디냐고?"

"내가 그걸 왜 이야기해 주냐? 내가 재미 못 볼 바에야 너도 못 보는 게 나은데. 그년들을 바친다고 나를 살려 줄 것도 아니잖아?"

유빈은 어떻게든 시간을 끌어 보려고 애를 썼다. 한 놈의 위치를 아직 파악 못 했다. A조 4호가 갑자기 뛰어들며 삼단봉으로 유빈의 손을 후려쳤다.

"윽—!"

유빈은 대검을 놓치며 비명을 삼켰다. 곧바로 옆차기가 날아든다. 유빈은 비틀거리며 창문 쪽까지 밀려갔다.

'오리 보트네…….'

그 순간, 유빈의 눈에 들어온 것은 오리 보트들이었다. 멀지 않은 선착장에 오리 보트들이 줄을 지어 서 있다.

아직 변화가를 벗어나기 전의 밤이 기억난다.

저걸 타고 무인도까지 간다고 호기롭게 말하던 삼식이의 얼굴…… 이제 그런 웃음을 다시는 볼 수 없겠지…….

"말하라고! 이 개새끼야! 그년들 어디로 갔어?"

두 명의 검은 군복이 유빈을 흔들어 대며 번갈아서 주먹을 날린다. 눈에서 불꽃이 튀고, 입 안에 피가 고인다. 옆구리에 무릎이 꽂힐 때면 숨이 턱 막혀 온다. 남은 한 놈의 위치를 찾을 때까지 버틸 수 있을지 잘 모르겠다.

06

진우는 전속력으로 한강을 내달리고 있었다. 속도 때문에 물살 위에서 통통 튀어 오르는 느낌이 처음에는 조금 무섭기도 했지만, 이제는 짜릿하게까지 느껴진다.

이 속도감! 이 맞바람!

그는 미소를 지으며 핸들을 꽉 잡았다. 다리들이 순식간에 가까워졌다가 뒤로 멀어진다.

휘이익—.

올림픽 대교.

휘이익—.

잠실 철교.

그리고 약간의 거리를 두고 또 하나의 다리가 나타났다. 잠실 대교다.

물론 진우는 지금까지 그가 어떤 다리들을 지나쳐 왔는지 그 이름 따위 모른다. 그리고 그의 앞에 가로로 펼쳐진 잠실 대교의 아래에 수중보가 있어서 배들이 통과하지 못한다는 사실도 역시 알지 못했다.

우기에 2미터도 안 되는 낙차를 파악하기에는 그가 모는 제트 스키의 속도가 너무 빨랐다.

"어! 또!"

수중보의 바로 앞에서야 진우는 거기에 얕은 물이 흐르는 건축물이 숨겨져 있다는 것과 건너편에 낙차가 있다는 것을 깨달았다. 하지만 이미 팔당댐의 그 높은 폭포를 날아 본 그였기에 두렵지는 않았다.

이까짓 것!

진우는 물살에 튀어 오르는 기세를 살려 제트 스키를 기둥 사이로 밀어 넣었다.

텅!

찌지직—.

바닥이 뭔가에 긁히는 소리가 났지만, 그래도 제트 스키는 낙차와 소용돌이를 넘어서서 힘차게 튕겨 나갔다. 반면, 고무보트는 보에 부딪치며 또 한 번 심하게 패대기쳐졌다.

"어? 이…… 이거 왜 이래?"

보를 지나쳐 얼마를 더 달렸을 때, 제트 스키의 엔진에서 이상한 소리가 나기 시작했다. 그리고 피어오르는 검은 연기.

진우는 인상을 찌푸리며 스로틀을 조정해 보고 핸들을 틀어 보기도 했다. 하지만 소용이 없었다.

"아, 젠장…… 거기를 그렇게 지나오면 안 되는 거였나? 완전 망가졌나 본데…… 물 위에서 불이 나다니, 별꼴을 다 보네. 쯧!"

빨리 멈추면 되지만, 문제는 방향 전환이 자유롭지 않다는 점이었다. 몇 번을 시도해 봐도 직진과 아주 미세한 우측 전환밖에 안 된다.

잠실로 가려면 왼쪽으로 틀어야 한다고!

진우는 고무보트를 돌아보았다. 그거라도 타고 가면 좋은데, 저건 이제 바람이 완전히 빠져서 물에 잠기기 직전이다.

결국 진우는 강북 쪽에 제트 스키를 댈 수밖에 없었다. 다행히 멀지 않은 곳에 선착장이 있었다.

"그래, 뭐…… 오리 보트면 어떠냐. 어차피 멀리 갈 것도 아니고, 강만 건너는 건데……."

제트 스키에서 내린 진우는 일단 개인 화기 방수 팩부터 풀어서 K-2를 들고 전술 조끼를 착용했다.

이제 땅에 내려섰으니 또 좀비에 대해서 신경을 써야 한다. 그가 고무보트에서 탄창 가방과 배낭을 꺼내 들었을 때, 삼식이가 서쪽을 보며 낮게 짖었다.

얼ㅡ! 얼ㅡ!

진우는 삼식이의 옆으로 다가서서 머리를 쓸어 주며 물었다.

"왜 그래, 삼식아? 거기 뭐 있어?"

얼ㅡ!

삼식이는 한 번 더 낮게 짖었다. 가슴을 펴고 있는 녀석의 모습은 화약 냄새 나는 것들이 있다고 경고할 때의 바로 그 자세였다.

"뭐…… 여기가 잠실 수용소 부근이니까 그럴 수도 있어. 군인들이 작업하나 보지."

말은 그렇게 하면서도 진우는 자세를 낮추고 K-2의 조준경으로 삼식이가 가리키는 방향을 겨눴다.

조심해야 한다. 어제 그 미친 손가락 수집꾼들 같은 놈들을 또 만나지 말라는 법이 없으니까.

"어디냐아~ 어디에 있냐~."

진우는 노래를 흥얼대듯 혼잣말을 중얼거리며 총구를 천천히 돌렸다. 조준경 내에 보이는 풍경이 고가 도로의 기둥 근처를 지날 때, 진우는 움찔하며 멈춰 섰다.

"어?"

외마디 감탄사를 내지른 진우는 잠시 조준경에서 눈을 떼고 한숨을 내쉬었다. 이건…… 거짓말이다. 아마도 뭔가 잘못 본 게 분명하다.

후우~ 후우~.

그러다가 진우는 갑자기 얼굴을 찡그리며 고개를 숙였다. 눈물이 왈칵 솟았다. 잘못 봤을 리가 있나…… 저 얼굴을 어떻게 잊어…….

흑~ 눈물을 훔쳐 낸 진우는 애써 감정을 가라앉히고 다시 조준경에 얼굴을 가져다 댔다.

"보안관!"

진우는 탄식을 하며 숨을 삼켰다. 그렇게 보고 싶던 얼굴이 조준경 안에 있다. 그런데 자꾸만 시야가 흐려진다.

진우는 다시 눈물을 닦아 내고 눈을 부릅떴다.

거리는 300여 미터. 이상하게 생긴 둥근 건물과 고가 도로 기둥 사이에 보안관이 서 있다.

그의 입술은 피로 물들어 있었다. 그리고 그 바로 앞에…… 엉망으로 얼굴이 망가진, 검은 군복을 입은 놈이 보안관의 뺨을 사정없이 후려친다.

보안관은 자신을 때리는 놈을 호랑이 같은 눈으로 노려볼 뿐, 반항을 하지 않고 있다.

"삼식이…….''

진우의 입에서 또 하나 그리운 이름이 터져 나온다. 삼식이는 흙먼지투성이가 된 채 팔을 뒤로 하고 바닥에 꿇어앉혀진 채이다. 녀석의 주변에 총을 든 두 놈이 낄낄거리고 있다. 이게 보안관이 맞고만 있는 이유다.

"그럼 유빈이는…….''

진우는 총구를 좌우로 돌렸다. 전철역 입구 주변에 검은 군복 한 놈이 기웃거린다. 하지만 유빈이는 보이지 않았다.

진우는 조준경을 위쪽으로 올렸다. 건물의 유리창들을 찬찬히 훑다가 강 쪽으로 나 있는 커다란 전망 창에 이르러서야 드디어 유빈의 모습을 찾아냈다.

"다…… 살아 있었어…… 이 새끼들…… 흑! 어흑!"

진우의 눈에서 또 눈물이 흘렀다. 진우는 얼른 눈을 꾹 감아 눈물을 쥐어짜고 나서 다시금 조준경을 노려보았다.

유빈이의 주위에 세 놈이 있었다. 한 놈이 치면, 다른 놈이 붙잡아 또 때리고, 유빈이 겨우 중심을 잡으면 다른 놈이 옆구리를 걷어찬다.

"개새끼들……."

진우는 이를 바득 갈았다. 그는 저 검은 군복이 누군지, 어떤 놈들인지 모른다. 하지만 어떻게 해 줘야 하는지는 아주 잘 알고 있었다.

저놈들이 나라를 구한 영웅이라도 상관없다. 내 친구를…… 저 불쌍한 놈들을 저렇게 개 패듯이 패고 있는 새끼들은…….

"죽여 주마!"

다시 눈물을 닦아 낸 진우는 조준경에 눈을 붙이고 방아쇠울에 손가락을 넣었다. 가장 난도가 높은 유빈 주위의 놈들부터 처리하기로 했다. 세 놈 사이에 유빈이 끼어 있어서 한 번에 처리하기가 만만치 않다.

후우우~.

숨을 고른 진우는 놈들을 노려보며 기회를 기다렸다. 그리고 얼마 지나지 않아서 그 기회가 왔다. 두 놈이 유빈을 붙잡고, 한 놈이 달려가서 있는 힘껏 앞차기를 날린 순간이었다.

유빈은 충격을 이기지 못하고 날아가 창문에 부딪쳤고, 세 놈은 가슴을 쫙 펴고 낄낄 웃는다.

"쳐웃지?"

진우는 이를 꽉 물고 방아쇠를 당겼다.

탕— 탕— 탕—.

세 놈의 머리통에서 붉은 피 안개가 피어오르는 것을 확인하자마자 진우는 총구를 아래쪽으로 틀었다.

그러고는 삼식이의 옆에 서 있던 두 놈을 겨눴다. 놈들은 총소리에 깜짝 놀라 고개를 돌리는 중이었다.

탕— 탕—.

5.56㎜탄이 이마에 박히자, 놈들의 고개가 뒤로 확 젖혀졌다. 그런 후, 진우의 총구는 곧바로 보안관을 때리던 놈에게 고정되었다. 그 개새끼는 입을 쩍 벌린 채 달아나려 하고 있었다.

타앙—.

심장을 총알이 관통하자, 놈은 피를 흩뿌리며 고꾸라졌다. 이제 전철역 앞에서 기웃거리던 놈의 차례다.

진우는 빠르게 총구를 이동시켜 놈을 찾았다. 녀석은 아직 무슨 일이 벌어지고 있는 건지 정확히 깨닫지 못한 것 같다. 그저 멍하니 건물 쪽을 바라보고만 있었다.

타앙—.

진우는 망설이지 않고 녀석의 머리를 꿰뚫었다. 첫 방아쇠를 당긴 때로부터 그 순간까지, 채 5초도 지나지 않았다.

"하아아~ 하아아~."

중요한 일을 끝내고 나자 가슴 저 안쪽에서부터 벅찬 감정이 끓어오른다. 진우는 총을 꼭 쥔 채 고개를 젖혀서 눈물을 삼키려고 노력했다.

이렇게…… 이렇게 쉽게, 이렇게 빨리 만나게 될 거라고는 상상도 하지 않았다. 아니…… 사실은…… 여기까지 오는 내내 정말로 녀석들을 만날 수 있다고 믿지도 않았었다. 그냥 희망을 갖고 싶어서 자신에게조차 거짓말을 해 왔을 뿐이다.

"삼식아!"

진우는 자신이 친구들을 알아볼 수 있게 해 준 개 삼식이를 꼭 끌어안고 목을 쓸었다.

이 녀석이 짖어 주지 않았다면…… 자신은 아마 아무것도 모른 채 오리 보트에 짐을 옮겨 싣고 그냥 강을 건넜을 것이다. 바로 지척에서 맞아 죽어 가는 친구들을 뒤로한 채…….

그건 정말 생각하는 것만으로도 끔찍하다.

"후우~ 삼식아, 가자. 내…… 내 친구들…… 진짜 보고 싶었던 새끼들이…… 후우~ 저기에 있어."

진우는 눈물을 훔치고 배낭과 가방을 멨다. 나머지 식량 같은 건 어떻게 되든 관계없다. 탄창의 무게 때문에 몸이 한쪽으로 휘는 것 같았지만, 그런 게 무슨 상관인가…… 친구들이, 내 친구들이 300미터 앞에 있는데…….

진우는 그가 낼 수 있는 최고의 속력으로 강변 산책로를 내달렸다.

"삼식아! 보안관! 유빈아!"

진우는 목청이 터져라 외치며 뛰었다.

얼―! 얼―!

그가 삼식이의 이름을 부를 때마다 앞서서 뛰는, 네발 달린 삼식이가 계속 뒤돌아본다.

"이…… 이게 지금 무슨……."

몸을 납작하게 숙인 보안관은 커다래진 눈으로 삼식이를 돌아봤다. 삼식이 녀석 역시 멍해 있기는 마찬가지다.

총소리가 여러 발 들렸다. 그리고 조금 전까지 멀쩡하게 그들을 협박하고 있던 검은 군복들이 세 놈이나 동시에, 정말 거의 동시에 후드득 무너져 내렸다. 머리와 가슴에서 피를 철철 흘리며…….

"……천벌일까?"

삼식이가 묶여 있는 손을 풀어 보려고 꿈지럭거리면서 중얼거렸다. 보안관은 얼른 녀석에게 다가가서 끈을 뜯어냈다.

"아! 너…… 괜찮아? 이 피……."

삼식이는 보안관의 얼굴을 닦아 주며 안타까워했다. 보안관은 눈 주위의 피를 대강 문대 버리고 나서 말했다.

"아니야. 이거는 내 피 아니고, 죽은 놈 거야. 나는 여기 코랑…… 입 주변만 찢어졌어. 아, 아니지…… 지금 이런 이야기 할 때가…… 저기…… 유빈이랑 다른 애들은 지금 어디……."

보안관이 삼식이의 머리를 눌러 자세를 낮추게 하고 있을 때, 강의 상류에서 뭔가 사람의 목소리가 가까워져 온다.

뭔 말인지는 모르겠지만, 엄청나게 소리를 질러 대고 있다는 것 하나만큼은 분명한 사실이다.

"야! 넋 놓고 있지 말고 총 집어. 뭐 온다. 피하든가, 아니면 이 총으로 싸우든가……."

보안관은 기둥 뒤에 더욱 납작 엎드리며 삼식이에게 말했다. 귀를 기울이고 있던 삼식이가 믿을 수 없다는 표정으로 중얼거렸다.

"지금…… 내 이름 부른 거 같은데…… '삼식아~' 이렇게……. 어! 이번에는 너 불렀다. '보안관~' 들었지?"

"풀려나자마자 너 때리게 만들지 마라, 삼식아. 바보 소리도 좀 적당히 해야지…… 아유, 이게 왜 이렇게 안 빠져!"

저쪽에서 뛰어오는 게 뭐든지 간에 그게 자신들의 이름을 알고 있을 리가 없다.

보안관은 죽어 버린 놈들의 손아귀에서 총을 빼내려고 안간힘을 썼다. 워낙 꽉 쥐고 있는 데다가 멜빵이 얽혀서 좀처럼 빠져나오지를 않는다. 물론 그 자신이 워낙 긴장하고 있어서 손이 떨린다는 것이 제일 큰 문제였다.

얼—!

갑자기 눈앞에서 짖어 대는 커다란 개. 그 시커먼 색깔이며 덩치…… 조금 전까지 그들을 귀찮게 했던 셰퍼드가 귀엽다고 생각될 만큼 위압적이다. 보안관은 일단 삼단봉을 집어 들고 녀석을 향해 휘휘 휘둘렀다.

"쉭! 쉭! 오지 마! 이 새끼야! 아, 뭐야, 이 개는 또!"

그러고는 다른 손으로 어떻게든 기관총을 빼내려고 했다.

그때, 보안관의 귀에도 똑똑히 들렸다, 삼식이를 부르는 목소리가……

"삼식아! 너무 앞서가지 마! 너 보면 놀란다고! 이리 와! 보안관! 삼식아! 나야!"

응? 이 목소리는…….

이제 다시는 만날 수 없다고 생각했던 친구의 목소리다. 그 목소리가 자신의 이름을 부르고 있다. 보안관은 자기도 모르게 벌떡 일어났다.

"하하하! 거기 있었구나…… 이…… 흐윽, 이 새끼야……."

10여 미터 앞에서 숨을 헐떡거리고 있던 진우가 보안관을 보고 눈물을 왈칵 쏟아 낸다. 커다란 덩치의 개는 진우의 다리에 찰싹 달라붙어 애교를 떨고 있다.

수염이 덥수룩하게 자랐고, 마지막으로 보았을 때보다 훨씬 깡마르고 그을렸지만…… 그래도 분명히 진우다. 보안관의 눈에도 눈물이 고였다.

"너…… 너…… 진짜로? 어떻게…… 여기…… 여기 어떻게…… 아, 네가…… 한 거야? 이거?"

보안관이 시체들을 가리키자 진우는 눈물 고인 눈으로 미소를 지으며 고개를 끄덕였다. 보안관은 손바닥으로 눈물을 훔쳐 내고 진우를 향해 걸어갔다. 진우도 보폭을 크게 해서 걸어온다.

"야, 이 새끼야!"

와락 껴안은 둘은 눈물을 쏟으면서 서로의 등과 어깨를 두드렸다. 하고 싶었던 말이 그렇게 많았는데…… 막상 이렇게 가슴과 가슴이 맞닿으니 아무 말도 떠오르지 않고 그저 목만 메어온다.

"흐으윽~! 다행이다. 이렇게 살아 있어 줘서…… 정말…… 고맙다, 이 새끼들아!"

격한 포옹을 끝내고 난 진우는 보안관과 삼식이를 번갈아 보며 또 미소를 지었다. 그러고는 아직도 멍해져 있는 삼식이에게 다가가 녀석을 꼭 끌어안았다.

"삼식아⋯⋯ 너는 진짜⋯⋯ 못 살았을 거라고 생각했어⋯⋯. 누구를 때려 본 적이 없는 놈이라서⋯⋯ 정말 다시는 못 보는 줄 알았어⋯⋯ 흐으윽! 으윽~ 온 세상이 이 난리가 났는데도 너는⋯⋯ 너는 이 새끼야⋯⋯ 여전히 존나 잘생겼구나⋯⋯ 흐으윽."

삼식이도 뒤늦게 눈물을 뚝뚝 떨어뜨리면서 물었다.

"고맙습니다. 쿨쩍, 흐으⋯⋯ 우⋯⋯ 그런데⋯⋯ 아저씨, 누군데 내 이름 알아요?"

"크흑! 이⋯⋯ 미친 새끼⋯⋯ 흐으윽."

다시 만난 친구가 여전히 바보인 게 기뻐서 진우는 웃었다. 보안관이 삼식이의 어깨를 찰싹, 때렸다.

"진우잖아, 이 바보야!"

"에? 진우? 진짜? 아닌데? 이 정도로 못생기지 않았었는데⋯⋯ 이건 완전⋯⋯ 그냥 노숙자 아저씨잖아. 이렇게 하면⋯⋯ 어! 어! 진짜네! 진우야!"

삼식이는 진우의 수염을 가리고 가만히 쳐다본 뒤에야 뒤늦게 깨닫고 그를 격하게 끌어안았다. 진우는 삼식이의 등을 두드리며 말했다.

"그래그래⋯⋯ 삼식아, 이제 유빈이한테 가자."

"유빈이⋯⋯ 우리도 어디 있는지 몰라. 조금 전에 얘들한테 내가 잡히고 걔네는 도망가는 바람에 헤어져서⋯⋯."

삼식이가 검은 군복의 시체를 가리키며 말했다. 진우는 건물을 향해 앞장서서 걸었다.

"유빈이 새끼, 여기 2층에 있어. 걔도 두들겨 맞고 있어서 내가 나쁜 새끼들 다 죽여 버렸거든⋯⋯. 근데 잠깐만. 걔네? 유빈이 말고 누가 또 있어?"

"아⋯⋯ 몇 명 더 있어. 어찌어찌하다 보니까 자꾸 일행이 늘더라고. 아, 이리로 가자. 2층에 있으면 이리 가는 게 더 빨라."

"그래? 그럼 나머지는 못 봤는데⋯⋯."

진우가 야외 철제 계단을 통해 2층으로 올라갔을 때, 셰퍼드들이 주변을 에워싸며 짖어 댔다.

으르르! 월! 월!

"으아! 깜짝이야!"

진우는 뒤로 물러나며 총을 겨눴다. 네 마리가 한꺼번에 으르렁대자 어지간히 위협이 된다. 물론 아직도 그는 개를 쏠 만한 마음의 준비가 되어 있지 않다.

그 순간, 삼식이가…… 대장 개 삼식이가 쓰윽 나섰다.

엉ㅡ! 얼ㅡ!

압도적인 성량으로 울부짖은 대장 개 삼식이가 셰퍼드 무리의 가운데로 다가간다.

으르르르ㅡ.

셰퍼드들은 몸을 곧추세우고 진영을 갖추며 버텼다.

으르르르ㅡ 으렁!

잠시 멈칫하는 것처럼 페이크를 쓰던 삼식이가 번개처럼 달려들어 가운데 놈의 목덜미를 꽉 물었다. 그러고는 정신없이 좌우로 흔들어 댄다.

깨앵ㅡ 깨앵ㅡ.

목을 물린 셰퍼드가 비명을 지른다. 동료를 돕기 위해 달려들려던 다른 놈들이 보안관이 휘두른 빠루를 피해 뒤로 홀쩍 뛴다.

끄으윽ㅡ 끄으응ㅡ.

삼식이의 이빨에서 겨우 풀려난 셰퍼드는 잔뜩 기가 죽어 뒷걸음질을 친다. 놈의 동료들도 마찬가지다.

으와앙! 얼! 얼!

삼식이가 한 번 더 달려드는 시늉을 하자, 셰퍼드들은 황급하게 도망쳐 버렸다.

"그래, 꺼져! 이 개새끼들아!"

보안관이 호통을 치자, 2층 구석의 테이블 아래에서 유빈이가 슬쩍 고개를 내밀었다.

"보안관?"

"어, 너, 거기 숨어 있었구…… 어이쿠."

보안관의 목소리에 당혹감이 가득하다. 비틀거리며 일어나는 유빈의 얼굴은 완전히 피투성이가 된 채 퉁퉁 부어 있다. UFC 5라운드 한 게임을 다 뛰고, 다시 권투를 12회까지 치른 사람의 얼굴이다.

"아…… 많이 이상해? 그래, 뭐…… 그럴 만하지. 저 새끼들이 어지간히 얼굴을 때리더라고……. 그건 그렇고, 이 새끼들 죽인 사람 누구지? 갑자기 유리창이 작살나더니 대갈통에서 펑펑 피를 쏟으면서 쓰러지던데…… 너희들 풀려난 거 보니까 공원에 있던 놈들도 다 죽었나 보네…… 대체 뭐지?"

유빈은 벽을 짚어 가며 테이블 밖으로 걸어 나왔다. 걱정쟁이 녀석은 그 와중에도 MP5를 챙겨 들고 있었다. 보안관의 커다란 덩치 뒤에 가려져 있던 진우가 감격에 찬 목소리로 불렀다.

"유빈아……."

"어? 너! 진우…… 진우?"

유빈은 다리가 풀려 바닥에 주저앉아 버렸다.

이건…… 말이 안 된다. 왜 진우가 난데없이 이 자리에…….

"그래, 나야. 인마! 어휴~."

진우는 유빈의 어깨를 끌어안아 주며 머리를 다독거렸다.

세상에…… 얼마나 맞았으면 얼굴이…….

"아 참…… 이렇게 널 놓고 있을 때가 아니지. 아야야야! 끄으응! 야, 진우야, 나 좀 부축해 줘."

한참 동안 진우를 끌어안고 울먹이던 유빈은 진우의 어깨를 짚으며 힘겹게 일어났다. 오늘 그는 B조와 A조 모두에게서 유난히 많은 매 사랑을 받았다. 온몸이 쑤시지 않는다면 오히려 그게 더 이상하다.

"어디로 가게?"

진우가 물었다. 유빈은 퉁퉁 부은 얼굴로 아래쪽을 가리켰다.

"1층 사무실. 거기에 애들 숨겨 놨거든."

보안관과 진우의 도움을 받아 1층에 도착한 유빈은 힘겹게 사무실 문을 두드리며 말했다.

"혜주야, 제니야, 나야. 나와…… 나와도 돼. 다 끝났어."

"……제니? 제니라고?"

진우는 어처구니없어하며 자신의 뺨을 두드렸다.

"이런 제기랄, 또 꿈이야. 죽이고, 문 열고, 제니가 나오고…… 아침에 꿨던 꿈이랑 별로 다르지도 않네……. 대체 언제부터 꿈이었던 거야, 젠장!"

07

진우가 미친놈처럼 혼잣말을 중얼거리자, 친구들은 멍해져서 그를 돌아보았다. 그 잠깐의 얼어붙은 시간이 진우에게는 더욱 비현실적으로 느껴졌다.

그래, 맞아…… 이런 일이 가능할 리가 없어…… 서울에 도착하자마자 제일 처음 보게 된 얼굴이 이 녀석들이라니…….

정말로 리얼한 꿈에 속은 게 분명하다. 하긴, 꿈은 언제나 꾸고 있는 동안에는 꼭 진짜인 것 같기는 하지만…….

고개를 끄덕인 진우는 친구들을 돌아보며 다시 중얼거렸다.

"꿈이어도 좋았어. 이 새끼들아…… 살아서 조금만 더 기다려. 내가 꼭 구해 줄게."

"풋."

보안관이 가장 먼저 웃음을 터뜨렸다. 삼식이도, 얼굴이 엉망이 된 유빈도 피투성이 입을 벌려 보이며 낄낄대기 시작했다. 보안관은 자기가 다 부끄럽다는 듯 얼굴을 쓸며 말했다.

"크크크, 얘 꿈에 제니가 나오고 그러나 본데? 크크크."
"하하하! 진우야, 야한 꿈?"
친구들은 한마디씩 지껄이며 꿈이 아니라는 걸 확인시켜 주려는 듯 진우의 얼굴을 대신 꼬집는다. 그리고 보안관은 힘없이 서 있는 유빈을 대신해 사무실의 문을 탕탕, 두들겼다.
"제니야! 혜주야! 우리 다 살았어! 가자! 나와!"
딸깍, 사무실 문이 안쪽에서 열리고 야구 배트를 꼭 쥔 태권 소녀가 미심쩍다는 눈초리로 발을 내디딘다.
열려 있는 사무실 창문틀에는 전원 케이블과 인터넷 케이블이 얽힌 채 걸려 있다. 그걸 잡고라도 빠져나가 보려 했던 모양이다. 보안관이 뒤쪽을 가리키며 말했다.
"저기…… 인사해! 우리 친구야. 쟤가 구해 줬어. 제니야, 너 기억하지? 진우…… 군대 갔던 놈 이야기했었잖아. 그 진우야."
"따란~."
진우의 앞을 가로막고 있던 삼식이가 얼른 옆으로 비켜서서 마술사를 소개하듯 한 손을 휘저으며 진우를 가리켰다.
잠깐 멈칫하던 태권 소녀는 이내 허리를 90도로 숙여 체육인답게 인사를 하고, 제니는 눈물이 가득 고인 채 고개를 끄덕이며 다가온다.
"진우 오빠……."
"예? 오, 오빠요? 아, 네…… 처, 처음 뵙겠습니…… 아니, 저기, 이렇게 만나서 영광……."
제니의 입술을 통해 나온 '오빠'라는 단어 때문에 쑥스러워진 진우의 혀가 잘 돌아가지 않는 동안, 제니는 두 손으로 진우의 왼손을 꼭 잡으며 고개를 푹 숙였다.
"흑! 우리 오빠들 구해 주셔서 정말 고맙습니다. 정말! 정말! 고맙습니다!"
"에? 우리 오빠……는 또 무슨……. 아, 아니…… 그, 저 새끼들은…… 오빠이기 이전에…… 제 친구들이라서…… 제니 씨가 그렇게 고마워하실 일이 아닌데……."

진우가 난감한 표정으로 말을 더듬거리고 있자, 삼식이가 유쾌하게 웃었다.

"하하하, 진우 말 더듬는 거 봐! 쟤 군대 갔다 오더니 나보다 더 바보가 된 것 같아! 제니 씨래! 제니 씨!"

진우는 그저 눈만 껌뻑거렸다.

아…… 이, 이게…… 대체 무슨 상황이지? 진짜 제니잖아……. 이 비현실적인 상황…… 대체 왜? 대체 왜 제니가 이 녀석들과 함께 있는 거지?

물어보고 싶은 게 천만 가지는 되는 것 같다.

하지만 분명한 것은 바로 지금 이 순간이 정말로 꿈처럼 행복하다는 사실이다.

친구들이 다 살아남아서 웃고 있으니 좋고, 제니의 얼굴을 이렇게 가까이에서 보고, 보드라운 그녀의 아기 같은 손을 꼭 잡고 있으니 또 좋다.

얼―.

진우의 곁을 지키고 있던 대장 개 삼식이가 제니를 보고 가볍게 짖는다. '나도 여기 있으니 목덜미를 쓸어 주시오~.'라고 말하는 것 같다.

"나는…… 흑! 나는 이제 너희 다시 못 보는 줄…… 흐윽! 다행이다…… 다행이야…… 흑!"

갑자기 눈물을 터뜨린 태권 소녀가 보안관의 목을 얼싸안고 등을 두드려 준다. 삼식이도 그 둘을 껴안았다.

"……유빈 오빠는요?"

진우의 손을 놓은 제니가 눈물을 닦으며 물었다. 열린 문에 가려진 채 복도에 기대앉아 있던 유빈이 힘없이 중얼거렸다.

"아…… 나, 여기 있어. 나도 멀쩡해."

"아닌데? 하나도 안 멀쩡하잖아! 세상에…… 이 약골에게 때릴 데가 어디 있다고!"

유빈의 몰골을 보고 태권 소녀가 비명을 삼켰다. 눈두덩이 찢긴 두 눈은 퉁퉁 부어올랐고, 코가 주먹만 하다. 입술도 다 찢어져서 피딱지가 잔뜩 앉았다. 제니는 황급하게 뛰어가 유빈의 얼굴을 감싸 쥐고 울음을 터뜨렸다.

"어우~ 어떡해! 오빠, 이 얼굴 어떻게 해요…… 어우, 이 피…… 눈, 눈 보여요? 저 보여요? 흑!"

제니는 유빈의 눈꺼풀을 들어 올려 보며 눈물을 흘리다가, 그의 얼굴을 품에 안고 흐느꼈다. 유빈이 고개를 젓는다.

"괜찮다니까…… 그 새끼들 열심히 때리긴 했는데, 펀치는 별거 아니더라고……. 으윽! 아야야! 목…… 목은 그렇게 당기지 마. 가뜩이나 삐끗해서 아픈데…… 후우, 제니야, 울지 마."

유빈이 시꺼멓게 피멍이 든 팔을 들어 제니의 어깨를 다독거렸다. 진우는 자신의 왼손을 내려다보았다.

나는 손만 잡아 주고…… 유빈이는 안아 주는 건가……. 이거, 뭔가 굉장히 불공평한 것 같은 기분이 드는 것도 같고…….

진우가 그런 생각을 하고 있을 때, 유빈이 제니의 부축을 받고 일어나 절뚝거리며 다가왔다.

"진우야…… 그렇게 혼자 떨어져 있지 마. 얘들도 우리 친구들이야. 제니는 뭐, 잘 아는 사람이고, 얘는 혜주."

유빈은 제니와 태권 소녀의 손을 한쪽씩 잡아 진우의 양손과 맞잡게 했다. 거기에 보안관과 삼식이도 가세했다.

낯선 사람이 이렇게 주변에 가득한데 대장 개 삼식이는 신기하게도 짖어 대거나 이를 드러내지 않았다. 진우의 기쁜 감정을 읽고 있기라도 한 듯, 녀석 역시 몹시 들떠서 뭉툭한 꼬리를 씰룩거리며 친구들의 냄새를 맡고 다니느라 바쁘다.

"우리…… 이렇게 여유 가지고 있어도 돼? 그 검은 군복 입은 놈들은?"

태권 소녀가 묻자, 보안관이 대답했다.

"다 죽었어."

"정말? 일곱 명이나 됐잖아? 다 총을 가지고 있었고. 그런데 어떻게……."

"아, 글쎄…… 그러니까 그게……."

Chapter 65 가장 뜨거운 날

보안관이 설명을 하려다가 멈칫했다. 논리적으로는 자신이 생각해도 말이 안 된다. 어쨌든 그는 자신이 본 것을 이야기해 주었다.

"총소리가 나더라고. 세 방. 탕탕탕— 그런 후, 유리창 깨지는 소리가 들렸고……."

"그건 우리도 들었어. 엄청 긴장했었지, 누군가 죽는 건 아닌가 싶어서……."

태권 소녀와 제니가 고개를 끄덕였다. 유빈이 손을 들으며 말했다.

"그게 2층이었어. 나를 신나게 때리던 새끼들 셋이 갑자기 동시에 쓰러져 버리더라고. 머리가 퍽! 터져 가지고 죽었지. 피가…… 어휴~."

생각만 해도 끔찍하다는 듯 유빈이 고개를 젓는 동안, 보안관이 말을 이어받았다.

"그 소리를 듣고 삼식이 옆에 있던 두 새끼가 앞쪽을 돌아보는데, 그놈들 머리도 펑펑, 터졌어. 그리고 나를 패던 새끼는 가슴이 뚫려서 쓰러지고. 에, 또…… 그 다음에 또 한 발인가, 두 발이 더 울렸는데, 그건 모르겠어. 그래서 삼식이랑 나랑 바짝 쫄아 있는데, 진우 목소리가 들리는 거야. 그리고 이놈이 짠— 나타났지."

보안관의 설명을 듣고 난 태권 소녀와 제니가 놀란 눈으로 진우를 돌아봤다. 그러고는 그의 가슴에 걸려 있는 K-2를 바라본다.

존경의 눈빛이다. 감격한 표정의 제니가 열정적으로 손뼉을 치자, 다른 사람들도 잠시 함께 박수를 보냈다.

쑥스러움 때문에 진우의 이마에는 땀이 송골송골 맺혔다. 그런데 이런 칭찬해 주는 분위기, 싫지 않다.

"그런데, 다른 사람들은 어디 있어? 신입, 규영이, 그리고 수정이 누나는?"

박수가 끝나고 보안관이 물었다. 유빈은 지하철역과 이어진 통로를 가리켰다.

"저리로 도망갔어, 개들이 길목을 막아서기 전에. 뭐…… 멀리 가지는 못했을 거라고 생각해. 그중에 아무도 플래시 가진 사람이 없었잖아. 그러니까 찾아 나서면 금방 찾을 수 있지 않을까?"

"흐음…… 그랬구만. 뭐, 규영이랑 수정이 누나 대피시킨 것만으로도 신입이

할 일은 다 한 것 같기도 하고."

보안관은 팔짱을 끼고 입술을 씰룩거렸다.

이름이 자꾸 나온다. 진우는 눈을 껌뻑거리며 물었다.

"야…… 일행이 대체 몇 명이나 되는 거야?"

"응? 지금 네가 와서 총 아홉 명이 됐어. 그럼 신입을 찾으러 가 볼까?"

"아니, 잠깐. 총부터 챙겨야 돼. 탄창이랑. 그건 금방 할 수 있으니까, 가방 하나 찾아. 커다란 걸로."

친구들을 만난 흥분이 조금 가라앉자 진우는 평상시의 모습으로 돌아왔다. 이 철부지 녀석들은 개인 화기의 중요성과 무서움에 대해서 잘 모르겠지만, 지금 이 부근에 굴러다니는 개인 화기의 양만으로도 엄청난 일들을 해낼 수 있다. 반대로 엄청난 위협을 당할 수도 있고.

"이거면 될까요?"

말이 떨어지기 무섭게 매점으로 뛰어가 쇼핑백을 잔뜩 가져온 제니가 진우에게 물었다. 진우는 고개를 꾸벅하고 쇼핑백을 받은 뒤, 자신의 탄창 가방을 보안관에게 짊어지게 했다.

"좀 가지고 있어 줘. 내가 삼식이랑 2층으로 가서 총이랑 탄창 가져올게."

"우와, 묵직하네. 이게 다 뭐야?"

가방을 비스듬히 멘 보안관이 그 무게에 놀라며 물었다.

"그것도 다 총알이야."

진우는 아무렇지도 않다는 듯 대답했다. 유빈이 절뚝거리며 아래층을 가리킨다.

"그럼, 밑에 있는 총이랑 총알은 내가 챙겨 올게."

"아냐! 유빈아, 그냥 둬. 그것도 내가 챙길게."

진우는 완강히 유빈을 만류했다. 유빈은 멍투성이 얼굴로 중얼거렸다.

"왜? 나 잘 걸을 수 있어. 몇 대 걷어차여서 좀 멍이 든 것뿐이야."

"그런 게 아니야. 너 총 잘 모르잖아. 아직 만지지 마. 나한테 설명 듣고 그다음에 잡아. 좀 전에 너도 봤겠지만, 이거 애초부터 사람 죽이려고 만든 무기야. 실수 한 번으로 그냥 죽을 수도 있으니까."

가슴에 멘 총을 두드리며 진우가 말했다. 삼척 원전에서도 오발 사고로 꽤 많은 병사들이 부상을 당하거나 목숨을 잃었다. 하물며 아직 한 번도 사격 훈련을 받지 않은 이 친구들이야 말할 것도 없다.

유빈이 알아들은 것을 확인하고 나서야 진우는 계단을 올라갔다.

"이건 다 9㎜네. 그리고 산탄총도 있고. 음…… 너희들이 쓰기에는 이편이 더 나을지도 모르겠네. 어차피 멀리 있는 놈들 쏠 게 아니니까. 근데…… 이놈들은 대체 뭐야? 지금 보니 군인은 아닌 모양인데, 왜 너희를 그렇게 때리고 있었던 거야?"

총을 탄창과 분리해서 쇼핑백에 담고, 섀도 실드 대원의 전술 조끼에서 여분의 탄창을 빼내며 진우가 물었다.

예비 탄창이 많지는 않았다. 그래도 언젠가 요긴하게 쓰일지 모른다. 삼식이는 한숨을 내쉬고 대답했다.

"후우~ 말하자면 긴데…… 간단하게 말해서 살아남은 사람들 잡으러 다니는 나쁜 놈들이라고 보면 돼. 이 새끼들한테 잡혀가면 좀비 밥이 돼."

"좀비 밥? 그런 걸 일부러 주는 놈들도 있어? 미친 거 아냐? 아, 그것보다도…… 너희들은 왜 여기에서 살았어? 바로 저 강 건너 잠실에 수용소가 있다고 하던데."

삼식이는 고개를 저었다.

"우리 사는 데는 여기 아니고, 상봉역 있는 데야. 여기는 오늘 처음 왔어. 그 쉘터인지 수용소인지가 어떤지 알아보려고."

"그래? 여기에서 꽤 먼 데잖아? 총도 없이 그 많은 사람이 걸어왔다고? 어휴, 어지간히 힘들었을 텐데. 여기는 서울이니까 좀비들도 엄청 많을 거 아니야?"

총기를 다 회수하고 일어서며 진우가 물었다. 삼식이는 서쪽 창가를 가리켰다.

"응, 걸어서는 못 오지. 유빈이가 꾀를 내서 자동차 타고 왔어. 도로는 꽉 막혀 있지만 강변의 산책로는 차가 다닐 수 있었거든. 저기 입구에 서 있던 두 대 기억나? 그게 우리가 타고 온 차야. 그걸 타고 잘 오고 있었는데…… 갑자기 이놈들을 태운 헬리콥터가 나타나서…….”

한참 설명을 하던 삼식이가 멍해져서 입을 벌린다. 아까부터 뭔가 영 찜찜했었는데, 이제야 왜 그런 기분이 들었던 건지 깨달았다. 삼식이는 창가에 쓰러져 있는 시체들을 되돌아보며 중얼거렸다.

“헬리콥터! 저놈들을 내려놓고 갔던 헬리콥터가 분명히 다시 돌아올 거야!”

“뭐? 헬리콥터? 야, 그런 걸 지금 말해 주면 어떡해!”

깜짝 놀란 진우는 곧바로 창가로 달려가서 피를 잔뜩 흘리고 있는 시체의 다리를 잡아 뒤쪽으로 끌었다.

혹시라도 놈들이 다시 돌아온다면 이 건물 내부에서 무슨 일이 벌어졌는지 단번에 알 수 없도록 해야 한다.

지이익, 시체가 회전하며 뒤로 끌리자, 바닥에는 붉은 핏자국이 길게 그려졌다.

“어디로 옮겨?”

삼식이도 시체 하나를 잡고 끌어오며 물었다. 진우와 삼식이는 커다란 테이블의 그늘 아래에 시체들을 숨기고 책장을 엎어서 가렸다.

이 정도면 어지간히 꼼꼼히 찾아보기 전에는 외부에서 알아볼 수 없을 것이다. 시체 은닉을 마치고 아래층으로 내려온 진우는 보안관을 불렀다.

“보안관! 너도 가방 놓고 와! 아래에 있는 시체들 치워야 돼!”

“시체? 왜?”

“이놈들 타고 온 헬리콥터 또 올지도 모른다며!”

아, 맞다!

그제야 일행 모두는 그들이 안도감에 취해 까맣게 잊고 있던 헬리콥터의 존재를 다시 떠올릴 수 있었다. 검은 군복 놈들만 다 죽인다고 해서 끝이 나는 문제가 아니었다.

태권 소녀와 보안관이 진우를 따라 계단 쪽으로 뛴다.

그때, 대장 개 삼식이가 귀를 쫑긋거렸다. 그러고는 진우를 향해 짖었다.

얼ㅡ! 얼ㅡ!

발을 멈춘 진우는 손을 들어 친구들을 멈춰 세웠다. 녀석이 뭔가 들었나 보다. 이럴 때 밖에 나가는 건 위험하다.

잠시 후, 모두의 귀에도 아주 작게 헬리콥터 소리가 들려오기 시작했다.

투투투두투투투두ㅡ.

서쪽에서 날아온 헬기 소리가 건물 주변을 빙빙 돈다. 진우는 이를 꽉 문 채 조심스럽게 고개를 들고 창문 바깥쪽을 내다보았다.

검은 헬기는 30여 미터 상공에서 유영 중이었다. 그리고 검은 헬기와 건물의 사이에는 세 구의 섀도 실드 대원 시체가 바닥에 누워 있었다.

"젠장, 벌써 봤네……."

진우는 고개를 내어었다. 하긴…… 이렇게 들키지 않았더라도 무전에 답이 없으면, 당연히 수상하게 여길 수밖에 없는 일이었다. 진우는 친구들 쪽으로 돌아와 큰 소리로 말했다.

"창가에서 멀어져! 그리고! 총을 쏴도 안 맞을 각도를 찾아서 피해! 저 새끼들 가진 총이 뭔지 모르지만, 일단 아무거로라도 몸을 가려! 두껍고 단단한 게 좋아! 의자나! 테이블!"

그렇게 말을 하고 있는 동안 건물 주변을 기웃거리던 검은 헬기는 고도를 낮춰서 한강 쪽으로 이동했다. 커다란 전면 창이 나 있는 방향이다.

검은 헬기와 진우 일행은 두 층 높이의 창을 사이에 두고 서로 정면으로 마주 보게 되었다. 검은 헬기는 제자리에서 천천히 옆으로 돌기 시작했다.

"피해!"

진우는 모두를 향해 외친 후, 전면 창에 이어진 벽 쪽을 향해 뛰었다.

얼ㅡ!

대장 개 삼식이가 진우를 따라오려 한다. 진우는 뒤돌아보지도 않고 소리쳤다.

"삼식이, 거기에 있어! 너도 오지 마!"

투투투투투— 타타타타타— 투투투투—.

검은 헬기 옆문을 열고 대기하고 있던 섀도 실드 대원이 MP5를 난사했다.

쨍강! 쨍강! 와장창!

커다란 전면 창이 박살 나며 무너져 내렸다. 사방으로 유리 조각이 튄다.

"익!"

벽에 달라붙어 난사되는 총알 세례를 피한 진우는 무거운 배낭을 벗으며 기회를 기다렸다. 하지만 그에게는 헬기나 상대방의 화기에 대한 데이터가 전혀 없다.

어떻게 움직이고, 어떻게 공격하는지, 얼마나 정확한지…… 아무것도 모른다.

타타타타타— 투투투둑— 투투투투투—.

한 번 더 총알 세례가 지나가고 잠시 총성이 멎었을 때, 진우는 살짝 몸을 내밀고 K-2의 방아쇠를 당겼다.

탕탕탕— 탕탕탕— 탕탕— 탕, 탕탕—!

3점사로 맞춰 둔 K-2가 열심히 총알을 날리는 동안, 진우는 눈으로 적의 방향을 좇았다. 검은 헬기는 조금 전 총격을 가하던 때보다 조금 위쪽으로 올라가서 대기 중이었다.

타깃이 어디에 있는지도 모르는 채 날렸던 진우의 제압사격은 당연히 빗나갔다. 그리고…… 그사이 탄창을 교체한 검은 헬기의 섀도 실드 대원이 아래쪽을 향해 재차 난사를 시작했다.

투투투투투투— 투투투투— 투투둑—.

티잉— 티잉—.

대리석 바닥이 긁히고, 쇠기둥에 튄 총알들이 요란한 소리를 낸다. 진우는 고개를 더 바짝 숙였다.

쐐애애앵—.

요란한 프로펠러 소리가 난다. 헬기가 또 위치를 바꾸는 모양이다. 물론 그동안에도 적의 사수는 계속 MP5를 쏴 대고 있다.

Chapter 65 가장 뜨거운 날

적은 그가 어디에 있는지 알지만, 진우는 적 헬기의 위치가 언제 어떻게 바뀌는지 그저 짐작만 할 수 있다. 이건 불리한 싸움이다.

하지만 진우에게는 수없이 많은 아수라장을 헤쳐 오며 누적된 전투 경험과 배짱이 있다.

딱히 계산하지 않았지만, 진우는 적 헬기가 자신을 노릴 수 있는 방향을 찾아 회전하리라는 것을 미리 짐작할 수 있었다. 그래서 처음부터 그쪽을 염두에 둔 채 준비를 하고 있었다.

투투투투투둑— 투투투— 투투투투—.

아니나 다를까, 오른쪽 측면에서 날아오는 총알들.

헬기에서 퍼부어진 총알들은 중앙의 유리창을 지나 건물의 왼쪽에 있는 대형 창들을 박살 낸다.

탄창을 교환한 진우는 눈먼 총알에 맞지 않기 위해 배낭 뒤에 다리를 숨긴 채 기회를 기다렸다.

"다 쐈나?"

외부에서 울리는 총성이 멎고 2초 정도가 흘렀을 때, 진우는 휙 몸을 돌리며 K-2를 난사했다.

투둑— 투투투투두— 투투투투투— 투투투투—.

Chapter 66
업그레이드

01

 연사 모드로 바꾼 진우의 K-2는 맹렬하게 5.56㎜탄을 쏟아 냈다.
 잠시 허공을 가르던 총알 궤도가 헬기 부근으로 고정되자, 티잉— 팅! 팅! 티잉! 검은 헬기의 랜딩 기어와 하체에서 작은 불꽃이 튄다.
 쐐애애애앵—.
 헬기는 재빨리 자세와 각도를 바꾸며 진우의 시야 밖 상공으로 올라가 버렸다. 진우도 얼른 배낭을 집어 들고 다른 위치를 찾아 뛰었다.
 저 정도의 위협을 받았으니 분명 놈들도 긴장을 했을 것이고, 당연히 좀 더 안전한 각도를 찾아 저격을 하려 들 것이다.
 그런데 검은 헬기의 탑승자들은 진우가 짐작한 것보다 훨씬 더 놀랐고, 훨씬 더 겁이 많았다. 그들은 이런 식의 전투를 하게 될 거라고는 생각해 본 적도 없었다.
 단순히 어린 새끼들이라고만 깔봤던 상대방 중에 순식간에 헬기를 맞힐 만한 실력자가 있다는 걸 깨달은 새도 실드 대원들은 무조건 철수하기로 마음먹었다. 그들이 좋아하는 건 일방적인 유린이지, 목숨을 건 결투가 아니다.

하지만 그러면서도 동료의 죽음에 대한 최소한의 보복은 해 주고 싶었다. 그래서 그들은 상공으로 물러난 뒤, 고가 도로 앞에 세워져 있던 유빈 일행의 자동차를 향해 MP5를 쏴 댔다.

투투투투투— 투투투투—.

탄창 두 개를 소진해 가며 총알을 쏟아붓자 자동차에서는 금세 검은 연기와 함께 화염이 피어올랐다.

"좀비들 상대로 실컷 싸우다 뒈져라, 개새끼들아!"

검은 헬기는 확성기를 통해 마지막 저주의 말을 남기고는 북서쪽 하늘로 멀어져 갔다.

"다들 괜찮아? 아무도 다친 사람 없어?"

프로펠러 소리가 멀어진 것을 확인한 진우가 뒤를 돌아보며 외쳤다.

"응! 괜찮아! 너야말로 안 다쳤어? 너 엄청 가까이에서 싸웠잖아. 바로 총알이 막 날아오던데……."

되는대로 엄폐물을 쌓아 놓고 있던 유빈과 보안관이 일어서며 되물었다.

"얼—."

대장 개 삼식이도 무사하다는 걸 알리며 달려온다. 진우는 녀석의 목덜미를 쓸어 주며 대답했다.

"나는 괜찮아. 근데 지금 저 새끼들 도망가기 전에 뭐라고 지껄였던 거야? 좀비…… 어쩌고 했던 것 같은데. 쿨럭! 쿨럭! 어휴, 이 연기."

깨진 창문 사이로 흘러 들어오는 검은 연기 때문에 진우는 코를 가린 채 친구들 쪽으로 돌아왔다. 유빈도 콜록거리며 반대편 창밖을 내다봤다.

불타오르는 자동차는 기둥에 가려져 보이지 않았다. 그가 본 것은 그저 계속해서 벽을 타고 피어오르는 검은 연기뿐이었다.

"건물에 불이 났나 봐…… 가스통 같은 게 있었나? 젠장, 빨리 여기에서 나가야 될 것 같아, 우리."

그렇게 유빈이 착각을 하고 있을 때, 바람의 방향이 바뀌면서 동쪽 선착장 쪽에서 좀비 특유의 악취가 바람에 실려 날아왔다. 이내 진우의 팔에서 소름이 돋아 올랐다. 진우와 친구들은 고개를 돌려 창밖을 돌아보았다.

"왜 저렇게 많이……."

멀리 공원의 잔디밭을 가득 메우고 걸어오는 좀비 무리를 보며 삼식이가 중얼거렸다. 적어도 천 마리는 훌쩍 넘을 것 같다.

"젠장! 이 동네 도는 놈들인가 보네. 가자, 빨리! 신입이랑 다 데리고 와서 도망쳐야 돼!"

보안관이 짐을 챙겨 들고 외쳤다.

"잠깐만! 혹시 지하철로 들어가서 못 나올 경우도 대비해야지!"

매점의 카운터를 넘어가 비상용 플래시를 꺼내 온 유빈이 배터리의 종류를 확인하며 소리쳤다. 다행히 카메라용으로 같은 사이즈의 배터리를 판매하고 있다.

제니는 쇼케이스를 열어 비닐봉지에 음료수를 담았다. 다들 꽤나 오랫동안 아무 수분도 섭취하지 못했다.

"아! 맞다! 우리 차! 이쪽에 세워 놓지 않았어? 불이 옮겨붙으면 안 되는데!"

태권 소녀와 보안관이 퉁탕거리며 계단을 뛰어 내려갔고, 나머지도 그 뒤를 따랐다. 근거리이긴 하지만 차를 타고 이동하는 편이 더 빠르다. 그리고 그래야 길이 엇갈리거나 하는 불상사도 방지할 수 있다.

"야, 어떻게 해…… 이 연기…… 건물에 불이 난 게 아니었어. 우리 차가 타면서 나는 거야……."

자욱한 연기를 훑으며 가장 앞서서 계단을 뛰어 내려간 태권 소녀가 뒤를 돌아보며 힘없이 말했다. 보안관이 깜짝 놀라 소리를 질렀다.

"뭐어? 진짜? 이 개새끼들이 뭘 하나 했더니, 우리 차를 쐈구나!"

콰아앙—!

그 순간, 폭발음과 함께 검붉은 화염이 치솟아 오른다.

윽, 보안관은 팔을 들어 열기를 막았다. 온몸을 흠뻑 적셨던 땀이 순식간에 증발할 만큼 뜨거운 불길이다.

"아니…… 근데 이상해. 차가…… 왜 하나뿐이야? 또 한 대 어디 갔어? 카니발……."

자욱한 연기가 걷히고 불길이 좀 진정되었을 때, 보안관이 중얼거렸다.

응? 진우를 제외한 모든 사람이 의아한 표정으로 변했다. 분명히 두 대를 나란히 세워 뒀는데, 지금 불타고 있는 코롤라 옆자리는 텅 비어 있다. 카니발이 감쪽같이 사라져 버린 것이다.

"이제 어떻게 하지? 하아~ 하아~ 차가 없으면 그냥 지하철로 상봉역까지 쭉 걸어가야 하나? 쟤 안 될 것 같은데?"

태권 소녀가 비틀거리는 유빈을 가리키며 물었다. 유빈은 도리질을 하며 과장되게 엄지손가락을 치켜올린다.

"아니야, 나 멀쩡해. 지하철로 가자."

다들 걱정스러운 눈빛으로 유빈을 바라봤다. 한눈에도 허세라는 걸 알 수 있을 정도로 퉁퉁 부은 얼굴, 오금과 허벅지를 계속 두들겨 맞아 피멍이 든 두 다리는 계단도 잘 오르내리지 못한다. 보안관이 한숨을 내쉬었다.

"괜찮아. 얘는 내가 업고 갈게. 진우가 앞장서면 되니까."

그때였다.

빵— 빵—.

고가 도로 아래 주차장에서 라이트를 켠 자동차 한 대가 맹렬한 기세로 달려왔다. 그러고는 운전석 밖으로 못생긴 얼굴을 내민 신입이 큰 소리로 외쳤다.

"빨리 타! 이 새끼들아! 빨리! 좀비 온다고! 도망쳐야 돼!"

"신입!"

삼식이가 놀란 목소리로 부르자, 신입은 고개를 저으며 운전석 문을 탕탕, 두들겼다.

"알아! 나 대단한 거! 그러니까 빨리 타기부터 하라고! 칭찬 나중에 하고!"

드르륵—.

뒷자리의 슬라이드 도어가 열리자 임수정과 규영의 얼굴이 보였다. 규영도 애타게 손짓을 한다.

"형아! 형아! 누나아~!"

"와! 너희 어디 있었어? 응? 이 차는 언제 빼냈고?"

"야! 됐어! 그만 소리 지껄이지 말고 빨리 뒷자리로 옮겨! 다 탔어? 히에에에엑!"

보안관의 뒤쪽에 가려져 있던 대장 개 삼식이가 모습을 드러내자, 신입은 숨넘어가는 비명을 내지르며 아직 문도 닫지 않은 채로 출발하려 들었다. 옆자리에 탄 삼식이가 얼른 녀석을 만류했다.

"아냐! 아냐! 쟤는 괜찮아! 나쁜 개 아니야! 내 친구가 키우는 개야!"

"뭐? 네 친구? 네 친구라야 다 여기 있는 새끼들인데, 갑자기 뭔 개를 키운다는 거야…….”

친구들과 신입이 난리를 치거나 말거나 동안 진우는 불길 사이를 뚫고 달려가 섀도 실드 놈들의 시체에서 무기를 회수했다. 정말로 다급할 때에는 총알 한 발에도 목숨이 왔다 갔다 한다.

기관단총이 몇 정이나 떨어져 있고 실탄도 수백 발이 널려 있는데, 그걸 회수하지 않았다가는 두고두고 후회를 하게 될 거다.

"받아!"

진우는 자동차 안으로 가방을 넘겨주고, 좁은 차 안에 몸을 밀어 넣었다.

"저, 저건 누구야? 총, 총을 들고 있잖아…….”

신입이 긴장한 목소리로 물었다. 삼식이가 자랑스러운 표정으로 대답했다.

"응, 쟤가 진우야. 너도 들은 적 있지? 우리 친구 중에 군대 간 애 있다는 이야기."

"몰라…… 난 모르겠고, 어쨌든 간에 이제 출발하면 되는 거지? 다 탔지?"

아홉 명을 태운 카니발은 빠르게 속력을 올리며 공원의 자전거 도로로 진입했다. 태권 소녀가 규영을 꼭 안아 주는 동안 신입은 룸 미러를 통해 뒤를 힐끔

거리며 외쳤다.

"봤냐? 규영이, 이 새끼야? 이래도 내가 배신자냐? 응? 이래도 나한테 지랄할 거야? 아니잖아! 나 때문에 살았잖아! 이 새끼야!"

"그건 또 뭔 소리야? 왜? 규영이가 뭐라고 했는데?"

삼식이가 묻자 신입은 그간의 억울함을 담아 목청껏 소리를 질렀다.

"아니…… 지하철로 도망쳤다고 저 새끼가 내 등을 후려치면서 얼마나 지랄을 해 대는지. 의리도 없는 배신자라고…… 응? 내가 무서워서 그런 게 아니라고…… 급할 때는 일단 카니발 열쇠부터 챙겨야 한다고 했던 말을 기억해서 그런 거지. 지금도 나 아니었으면 어떡할 뻔했냐? 응? 어떡할 뻔했냐고! 흐윽~ 이 개새끼들아…… 흑! 나는 너희 다 뒈지는 줄 알고…… 흐으윽! 씨발, 존나 무서웠는데, 흐윽…… 살아 있어서, 살아 있어서 고마워…… 흑! 이, 개새끼들."

한참 기세 좋게 떠들어 대던 신입은, 그사이의 두려움과 걱정이 녹아내린 눈물을 뚝뚝 떨어뜨리면서 진저리를 쳤다. 녀석이 그럴 때마다 차가 좌우로 요동을 친다. 규영도 눈물을 닦으며 자신들이 겪었던 일을 설명해 준다.

"신입 형이 나를 업고 수정이 누나를 끌고 도망치는 거예요. 그래서 내가 뭐라도 도울 방법을 찾아야 하는 것 아니냐고 그랬죠. 그랬더니 저 형이 하는 말이…… 자기는 아무 도울 능력이 없다고, 그러니까 유빈이가 시킨 대로 눈치껏 차만 빼놓아도 엄청나게 돕는 거래요."

"도움된 거 맞잖아! 내가 안 빼놨으면 이 차도 지금쯤 숯덩이가 됐을걸? 그럼 그냥 총 앞에 헤딩해야 그게 도와주는 거냐? 응?"

"알았어! 알았어! 진정해, 신입. 우쭈쭈, 장하다, 장해!"

삼식이가 신입을 다독거려 놓고 다시 물었다.

"근데 대체 언제 차를 뺀 거야? 응? 우리가 계속 그 근처에 있었는데, 너 못 봤는데? 시동 거는 소리도 못 들었어."

"내가! 누나랑 저 새끼 역에 숨겨 놓고 틈틈이 계속 나와서 봤다고! 물론 계속 쳐다보지는 못했어. 걸리면 큰일 나는 거니까. 근데 갑자기 총소리가 들리는 거야! 존나게 놀라서 내다봤더니, 그 개새끼들이 다 뒈져 있고, 주변에 아무도 없는 거야. 때는 이때다 싶어서 차를 빼러 갔더니, 갑자기 헬리콥터 소리가 들리더라고! 그래서 잽싸게 시동 걸어서 주차장 사이에 몰래 숨겨 놓은 다음 기다렸지. 그게 얼마나 아슬아슬했는지 알아?"

겨우 울음이 좀 그친 신입은 흥분을 감추지 못하고 자신의 모험담을 늘어놓았다. 그걸 들으니 대충 상황이 정리된다.

녀석은 아마도 친구들이 사무실의 문을 열고 모두 다시 만나 감격적인 재회를 하고 있는 동안에 카니발에 다가갔을 것이다. 그리고 녀석이 시동 거는 소리는 헬기의 프로펠러 소리에 묻혔을 것이고.

"저기…… 잘했어, 신입. 정말 큰일 했으니까 이제 앞에 보고 운전 잘해. 네가 눈물 닦을 때마다 차가 휘청거리는 바람에 무서워 죽겠어. 좀비들 다 떼어 놓았으니까 속도도 좀 줄이고."

유빈이 깨진 뒤쪽 창을 통해 멀어진 좀비들을 확인하고 나서 말했다. 신입은 고개를 젓는다.

"아니, 집에 갈 때까지는 절대로 속도 안 줄여……. 그 개새끼들 언제 또 만날지 몰라서 지금도 간이 콩알만 하다고. 이게 무섭냐? 차 좀 비틀거리는 게 뭐가 무서워? 씨발, 머리통에 총을 대고 있는 게 무서운 거지. 진짜…… 내가 얼마나 무서웠는지 너희는 상상도 못 할 거다. 나는 이제 한강이라면 아주 이가 부득부득 갈려. 다시는 여기 안 와! 다시는 안 올 거고! 속도도 안 줄인다고!"

정말 죽다 살아난 놈처럼 신입은 거칠게 운전을 했다. 그들을 태운 자동차는 순식간에 왔던 길을 거슬러 올라가서 아까 좀비들이 떨어져 내리던 좁은 산책로로 접어들었다.

좁은 길을 막고 멈춰 서 있는 오피러스를 쿵쿵, 부딪쳐 밀어낸 신입은 곧바로 속도를 올렸다.

찌지직― 끼이익―.

난간에 차체가 긁히는 소리가 귀를 자극해도 멈칫하는 기색조차 없다.

"하아아~ 하아아~ 다 왔다, 다 왔어. 으흐흑~ 젠장, 존나게 무서웠어."

10여 분 만에 10킬로미터를 내달린 카니발은 웅덩이를 앞두고 멈춰 섰다. 문을 열고 내린 신입은 긴 한숨을 내쉬며 바닥에 주저앉았다. 녀석의 두 팔은 아직도 달달 떨리고 있다.

"크으~ 차 꼴 좀 봐라."

유리창은 박살 나고 지붕은 찌그러진 데다 차체는 온통 흠집투성이가 되어 버린 카니발을 보며 보안관이 혀를 찬다. 기세 좋게 출발했던 세 대의 차량 중에 겨우 한 대만 만신창이가 되어 돌아왔다.

"여기로 올라가야 하는데…… 얘를 어떻게 하지?"

삼식이가 대장 개 삼식이의 목덜미를 만져 주며 선로에 설치해 두었던 줄사다리를 올려다보았다.

이런저런 수를 내 봤지만 별로 마땅한 게 없어서, 결국 진우가 녀석을 업고 거기에 자신의 몸을 로프로 묶어 고정한 뒤, 힘들게 줄사다리를 기어 올라갔다.

"하아아~ 하아아~ 우와, 이거 빡세다."

선로로 올라선 진우는 한숨을 내쉬며 줄을 풀어냈다. 대장 개 삼식이도 두 번 다시 하고 싶지 않은 모양이다.

"여기는 또 어디야? 아…… 너희 여기에서 살았던 거야?"

거지 움막처럼 허술하게 쳐 둔 천막들과 쌓여 있는 박스들을 돌아보며 진우가 물었다. 보안관이 고개를 저었다.

"아니야. 여기는 한 이틀 정도 잠시 머물렀던 데고, 요즘엔 이것보다 훨씬 좋은 데에서 살았어. 거기는 꽤 편해. 가자, 선로 따라서 좀 걸어가야 돼."

진우는 '좋은 데'라는 말이 그저 뻥뻥거리기 좋아하는 보안관 녀석의 과장이라고만 생각하며 한 귀로 흘려들었다.

좀비 세상인 지금, 좋고, 편하고, 그럴듯한 데에서 지내는 사람이 어디 있겠는가. 하물며 이놈들은 총도 없이 살아남았다. 정말 필사적으로 발버둥을 쳐 왔을 것이다.

"이런 젠장…… 좀비들이 또 늘었네. 왜 자꾸 여기에 멈춰 서고 그러지? 한번 행렬이 엉키니까 영 골치 아프네."

코스트코 맞은편까지 선로를 따라 걸어온 뒤, 도로를 내다본 유빈이 난감한 표정을 지었다.

오늘 새벽에 출발할 때까지만 해도 깨끗이 정리되어 있던 도로에는 또 새로운 좀비들이 무더기로 모여서 몰려다니고 있다.

"어휴~ 50마리도 넘나 본데? 유빈아, 머리 돌아가냐?"

손가락으로 좀비들을 헤아리던 삼식이가 물었다. 유빈은 퉁퉁 부은 눈을 내리깐 채 시퍼렇게 멍이 든 턱을 괴고 생각에 잠겼다.

잠시 친구들의 얼굴을 돌아보던 진우는 혹시 자신이 모르는 어떤 제약이 더 있는가 싶어서 조심스럽게 물었다.

"왜 그렇게 고민하고 있어? 그냥 저거 다 잡으면 되는 거 아냐? 큰 소리를 내거나 하면 안 되는 건가?"

"응? 큰 소리? 아니, 그런 거는 신경 안 써도 되는데…… 하지만 50마리도 넘잖아. 아무도 안 다치고 저 많은 걸 다 잡으려면 유빈이가 머리를 한참 써야 하거든."

삼식이의 대답을 들은 진우는 유빈의 얼굴을 보며 재차 확답을 받았다. 유빈도 고개를 끄덕인다. 진우는 크게 구멍을 뚫어 놓은 차단벽 앞에 서서 덤덤하게 말했다.

"아, 그래? 그러면 잡고 가지, 뭐. 조금만 기다려."

그런 후, 진우는 총구를 들어 올렸다. 조준경을 최소 배율로 조정하고 있을 때, 뒤에서 구경하고 있던 친구들이 입을 모아 걱정을 해 준다.

"야, 괜찮겠어? 이렇게 먼데? 20미터도 넘게 떨어져 있구만. 총알을 아껴야 하고, 뭐 어쩌고 그러지 않았어?"

"무슨 20미터! 장난치냐? 이 정도면 30미터는 되겠는데."

친구 놈들의 대화가 너무 어처구니없어서 진우는 총을 다시 내리고 잠시 헛웃음을 지었다.

"잡을게! 총소리 크니까 놀라지 마라. 귀 막아도 돼."

겨우 웃음기를 거둔 진우는 친구들에게 경고를 해 준 뒤, 다시 자세를 잡고 조준경을 눈에 갖다 댔다.

타앙—.

첫 발이 날아가 좀비의 머리를 꿰뚫는 것과 동시에 차단벽 내부에는 커다란 총성의 메아리가 정신없이 울려 퍼졌다.

윽! 친구들이 일제히 귀를 막고 인상을 찌푸린다. 진우는 곧바로 계속 방아쇠를 당겼다.

탕— 탕, 탕, 탕— 탕, 탕— 탕— 탕, 탕, 탕—.

빠르게 탄창 하나를 비우고, 새 탄창을 갈아 끼운 진우는 다시 좀비들의 머리에 총알 한 발씩을 박아 넣었다.

워낙 가까운 데다가 공격받을 염려도 없이 높은 곳에 서서 하는 사격이라 50여 마리 해치우는 건 금방이다.

"다 끝났어. 귀에서 손 떼도 돼."

총 쉰여덟 마리의 좀비를 모두 바닥에 눕힌 진우가 친구들을 뒤돌아보며 말했다.

거기에는 감격한 여덟 명의 남녀가 눈을 초롱초롱 빛내면서 진우를 바라보고 있었다.

"우와~."

흥분한 규영이가 숨을 헐떡거리며 감탄사를 내뱉었다.

이렇게 훌륭하신 형님이 계셨다니……

유빈도 믿을 수 없다는 표정이었다. 그는 지금 대좀비 전술 병기의 새로운 장을 막 접했다.

보안관의 압도적인 힘에 그의 꾀를 아무리 더해 봐도 도저히 해결할 수 없던 문제들이 분명히 있었다. 하지만 진우 이 녀석과 함께라면 이제는 그따위쯤 스르륵 풀려 버릴 것 같다.

"세상에…… 50마리가 넘는데…… 그걸 다…… 지금 채 5분도 안 걸린 것 같지? 대단한데?"

"아니…… 나는 그것보다도, 이 새끼 방아쇠 당길 때마다 좀비가 하나씩 뻗었다는 게 더 신기해. 허공에 대고 쏜 게 없어."

유빈이 보안관과 중얼거리는 걸 들으며 진우는 마음 한구석이 찡하게 울렸다.

그리 많지도 않은 좀비들 때문에 이렇게 걱정을 해 왔다니…… 이 불쌍한 새끼들, 그동안 얼마나 고생이 많았을까…….

진우는 유빈의 어깨를 가볍게 두드리며 말했다.

"이제 저런 정도는 걱정하지 마. 내가 해결할 수 있어."

그토록 애틋하게 친구들을 생각하던 진우의 우정과 사랑에 뭔가 균열이 생기기까지는 그리 긴 시간이 필요하지 않았다.

02

"이…… 이게…… 내가 지금…… 뭘 보고 있는 거지?"

코스트코의 옥상에 첫발을 내딛자마자 진우의 입에서는 힘없는 혼잣말이 터져 나왔다.

파라솔이 달린 대형 식탁에 비치 의자, 흔들의자에 그물 침대, 넘쳐 나는 술과 음식, 그리고…… 액체가 가득 찬 세 개의 대형 튜브 풀.

"어때? 진우야~ 우리 사는 데가 여기야. 마음에 들어?"

삼식이가 진우의 엉덩이를 툭, 치며 물었다. 유빈과 보안관도 어깨를 두드리고 지나간다.

"아무 데나 편한 데 앉아. 딱히 정해진 자리 없어. 아…… 그리고 저기 저 카트에 든 게 술이고, 이쪽 카트가 음료수야. 먹을 건 여기."

진우는 입을 벌린 채 아무 말도 하지 못했다.

마음에 드나 안 드나 하는 문제가 아니라…… 이건 너무 비현실적이잖아……. 나는 너희들이 이보다 훨씬 더 비참한 상황을 참고 견디며 생존해 왔던 거라고만 생각했다고! 내가 그랬으니까!

그런데 이건…….

"오랜만에 만난 친구라니까, 같이 이야기들 하고 있어. 약은 우리가 가져올게. 어차피 이 언니도 멍든 데가 많아서 치료해야 돼. 난 좀 씻기도 해야겠다. 아, 젠장…… 너무 울어서 머리가 어떻게 되는 것 같아. 가뜩이나 날씨도 뜨거운데."

마시고 남은 물을 머리에 부은 태권 소녀가 유빈에게 말했다. 진우가 보기에 임수정이라는 누나도 어지간히 지쳐 있다.

신입이 정찰을 하고 차에 접근하는 동안 그녀가 계속 규영이를 업고 뛰어다녔다고 한다.

"금방 올게요, 오빠."

인사를 남긴 제니와 태권 소녀, 임수정이 생수병과 비치 타월, 갈아입을 옷을 가지고 내려간다.

짤깍, 짤깍.

그녀들이 갈아 신은 슬리퍼 끌리는 소리가 아득한 환상 속의 배경음처럼 느껴졌다.

"에어컨! 에어컨!"

나름 엄청 큰 역할을 했다고 자부하는 신입은 옥상에 올려 둔 미니밴으로 들어가서 시동을 걸고 에어컨을 켰다. 그러고는 시원한 바람을 맞으며 샴페인을 병째 홀짝거린다.

"저기…… 삼식아…… 이거, 내가 생각하는 그 용도 맞아?"

물이 찰랑거리는 튜브 풀을 가리키며 진우가 멍청한 목소리로 물었다. 대장개 삼식이에게 물을 부어 주던 인간 삼식이가 해맑은 미소를 지으며 되묻는다.

"하하하, 네가 뭐라고 생각했는지 알아야 내가 맞는지 틀리는지 대답을 해 주지."

"뭐겠어…… 수영장이지."

"음, 잘 알고 있네! 딩동댕~ 아, 그거 노란색 풀은 맥주야. 들어가고 싶으면 너도 씻고 와. 여자애들은 그냥 맹물을 더 좋아하더라."

저 풀 속에 제니랑 같이 들어가기도 하고 그랬다고?

컬처 쇼크를 받은 진우는 비틀거리며 대형 식탁 쪽으로 걸어갔다. 거기에는 온갖 사치스러운 술들의 빈 병이 잔뜩 늘어져 있다. 진우는 4분의 1쯤 남은 양주병을 들어 라벨을 살펴보았다.

"조니 워커…… 블루?"

진우가 믿을 수 없다는 목소리로 중얼거렸다. 말린 체리를 우물거리며 술이 담긴 카트를 뒤적거리던 삼식이가 그 소리를 듣고 대꾸한다.

"아! 그거! 먹을 만하더라! 향이 꽤 좋아서 코에 은은하게 남는 게…… 에, 내가 그걸 어디에 넣어 놨지……."

이런 미친…….

진우는 울컥해서 삼식이를 돌아보았다.

야! 네가 언제부터 양주를 먹어 봤다고 먹을 만하다는 둥 향이 어쨌다는 둥 그딴 소리를 떠들어? 게다가 이렇게 비싼 걸…….

진우가 그런 생각을 하는 동안 담배를 피워 문 삼식이가 다가와 커다란 플라스틱 컵에 새로 딴 와인을 부어 준다.

"마셔 봐. 이거 한 병에 200만 원 넘는다고 하더라고. 진우야…… 이렇게 다시 만나서 정말 다행이야. 잘 왔어."

삼식이가 진우의 머리를 끌어안았다. 흔들의자에 앉아서 이마에 물수건을 덮고 있던 보안관이 끼어들었다.

"아, 나는 그거 별로더라. 존나 떫기만 하고 영…… 진우야, 포도주 마시고 싶으면 차라리 저기 까만 병에 든 거 마셔. 그게 더 나아. 달달하고 약간 탄산도 느꺼지고. 이름이 뭐더라…… 돔 페리뇽이었나?"

유빈이 고개를 저었다.

"아니야. 그건 그냥 얕은맛이지. 진우는 술 좋아하니까 저게 더 나을 수도 있어. 음…… 아니면 위스키가 더 입에 맞으려나? 삼식아, 너 그 위스키 다 마셨어? 40년인가 된 거 있다며? 스코틀랜드제."

"하하, 아니, 그걸 어떻게 다 마셔. 근데 일단 도수가 약한 것부터! 밤은 길고 기니까!"

삼식이가 여유롭게 웃으며 테이블에 와인 병을 내려놓았다. 진우는 자신의 손안에 든 와인 컵과 친구 새끼들의 얼굴을 번갈아 보았다.

너희 대체 왜 이래…… 단체로 로또 맞은 새끼들처럼…….

"건배하자! 진우야! 돌아온 친구를 위하여!"

친구들은 일제히 잔을 들고 진우를 향해 외쳤다.

꿀꺽!

위화감이 들든 어쨌든, 목은 마르고 눈앞에 술이 보인다. 진우는 와인을 들이켰다.

"허!"

한 모금 만에 눈이 동그래진 진우가 와인 병을 다시 보았다.

보안관 바보 새끼! 이게 맛이 별로라고? 죽이잖아! 뭔가 엄청 복잡하고 미묘하고…….

소주 마시고 손가락으로 입술을 닦을 때에는 못 느껴 봤던 맛이다. 진우는 자신의 옆자리에 앉은 삼식이에게 물었다.

"이…… 이런 걸 매일 마셨다고?"

"하하하, 이것만 어떻게 매일 마셔…… 먹고 싶을 때만 마시는 거지. 아, 혹시 돈 때문에 그러는 거야? 그치, 나도 그런 걱정은 했어. 이렇게 먹고 놀고 있을 때, 갑자기 세상이 원래대로 돌아가면 이 물건값을 다 못 갚을 텐데…… 하는 걱정 말이야. 그래서 난 웬만하면 내가 물어줄 수 있는 범위 내에서만 쓰려고 했는데, 제니가 그런 거 걱정 말고 다 쓰래. 자기가 전부 물어줄 수 있다고."

삼식이의 입에서 제니의 이름이 나왔다. 진우는 목소리를 낮춰 아까부터 궁금했던 것을 물었다.

"야…… 근데 제니는 왜 같이 있는 거야? 대체 언제부터 같이 있었어? 아까 보니까 꽤나 친밀한 것 같던데."

"아아, 제니?"

삼식이는 담배 연기를 내뿜으며 입을 열었다.

"친밀한 거야 당연하지, 뭐. 벌써…… 거의 한 달 된 것 같은데? 좀비 때문에 난리 나고 며칠 안 돼서부터 같이 살았으니까. 그 시간 동안 같은 데서 자고 먹고 똥 싸고……."

"그러니까…… 거의 처음부터 쟤랑 같이 살았다고?"

"응."

삼식이는 당연하다는 듯 고개를 끄덕였다.

미녀에, 고급술에, 옥상 풀장이라니…… 누가 들으면 재벌 3세의 삶인 줄 알겠네…….

공연히 억울해진 진우는 다시 와인을 들이켰다. 와인은 여전히…… 아니, 조금 전에 마셨을 때보다 오히려 더 훌륭해졌다.

진우는 다시 병을 들고 라벨에 적힌 글자를 떠듬떠듬 읽었다. 대체 자신이 뭘 마시고 감탄했던 건지 정도는 알고 싶다.

"그랜드 빈…… 이게 뭐라고 쓴 거냐? 채테……아우 라……투어."

"샤또 라투르……요."

등 뒤에서 갑자기 여자의 목소리가 들려와 진우는 깜짝 놀라 뒤돌아보았다. 허리를 숙여서 끼어들었던 제니가 미소를 짓고 물러나며 유빈의 옆에 앉는다.

진우의 볼은 빨갛게 달아올랐다. 그녀의 숨결이 남기고 간 향기가 아직도 귓가에 남아 있는 것 같다. 하이바 안쪽에 늘 붙어 있던 사진 속의 주인공이 지금 바로 옆을 스치고 지나갔다.

"오빠, 어우, 어떡해요. 얼굴이…… 세상에…… 가만히 있어요. 따가울 거예요."

제니는 약상자를 열고 알코올 솜으로 유빈의 퉁퉁 부은 얼굴을 닦아 준다.

으으! 으으!

유빈이 따갑다며 난리를 치자, 제니는 얼른 후우~ 후우~ 입김을 불어 주었다. 차마 눈 뜨고는 못 봐 줄 풍경이다. 유빈의 상처투성이 얼굴도 더 이상 불쌍해 보이지 않아졌다. 진우는 생각했다.

나도 좀 다칠걸…….

"생명의 은인을 대접하는 건데, 먹을 게 영 보잘것없어요. 그래도 좀 드세요."

간략하게 씻고 돌아온 태권 소녀가 테이블에 음식 봉지를 내려놓았다. 햄, 즉석밥, 과일 통조림, 김치 참치, 연어 통조림, 말린 망고와 체리, 병에 든 커피…… 전혀 보잘것없지 않다.

"나는…… 쫄쫄 굶다가 날감자 흙 털어 먹으면서도 맛있다고 히죽거렸는데…… 너희는 이, 이런 걸 먹었다고?"

진우가 멍한 얼굴로 혼잣말을 계속 중얼거린다.

"나는, 나는…… 흙 웅덩이 물을 떠먹고 있을 때, 너희는 샤또 뭐시기를 마셨다고? 그리고…… 내가 혼자서 강원도 산골을 다 헤매고 다니는 동안, 너희는 이렇게 예쁜 여자애들이랑…… 풀에 들어가서 물놀이를 했단 말이야? 누구는 개새끼 끌어안고 풀밭에 누워서 잠을 청하는데…… 어떤 새끼들은 제니랑 같은 공간에서 잤다고? 그것도 푹신한 침대 위에서? 이게…… 이게 말이 돼? 너무 불공평하잖아."

말을 하다 보니 정말로 눈물이 맺혀서 진우는 몇 번이나 눈을 훔쳐야 했다. 진짜 너무 억울하다.

"아냐, 우리도 고생 엄청 했어! 여기 들어오려고 며칠 동안 죽인 좀비가 한…… 100마리는 될걸?"

보안관이 조금 과장을 보태서 말했다. 그래 봐야 진우의 분노를 꺾을 수는 없다.

"100마리? 난 매일 그 정도 죽였어! 난리 나고 삼척으로 가서 처음 며칠 동안은 하루에 그 다섯 배씩 죽였다고! 이씨…… 그리고 보니까 내가 훈련소 들어가던 날도 이 개새끼들 미팅한다고 약 올렸었지…… 아, 안 되겠어. 이 새끼들, 진짜 용서가 안 된다. 너희 세 명, 다 일렬로 쭉 서. 한 방에 다 죽여 줄 테니까."

진우는 총을 잡는 시늉을 하며 삼식이의 어깨를 밀었다. 삼식이는 얼른 자리를 옮겨 가서 보안관의 옆자리에 나란히 선다.

"쭉 서? 이렇게?"

"아니잖아! 이 새끼야! 한 방에 죽인다고 했으니까 네가 나랑 보안관 사이에 서야지! 일렬종대로! 어후~ 이 바보야!"

진우가 답답해서 가슴을 두드리자, 보안관과 유빈이 배를 잡고 웃었다.

얼― 얼―.

대장 개 삼식이도 신이 나서 짖어 댄다.

"하하하, 이렇게 만났으니까 됐잖아. 이제부터 너도 여기 있는 거 다 먹고, 우리랑 재미있게 지내고, 저 풀에 들어가서 땀 식혀. 내가 특별히 너는 물속에서 오줌 싸도 뭐라고 잔소리하지 않을게."

삼식이는 다시 옆자리로 돌아와 진우의 어깨를 감싸 안았다.

젠장, 불쌍한 녀석들을 구해 줬다고 생각했었는데…… 알고 보니 내가 제일 불쌍한 새끼였어…….

진우는 고개를 푹 숙이고 눈물을 닦았다.

"그래요, 앞으로 친하게 지내요. 그런 의미에서…… 자, 건배! 그리고 예쁜 여자애'들'이라고 해 줘서 고마워요."

태권 소녀가 샴페인을 건네며 말했다. 진우는 또 볼이 빨개져서 변명을 했다.

"아, 아니, 기분 나빠 하지 마세요. 저는…… 하소연을 하다 보니 나도 모르게 그냥 툭 나온 말이라서…… 성희롱이나 그런 의미가 아니었어요."

"저도 그렇게 생각하지 않아요."

태권 소녀는 가볍게 고개를 저었다. 화가 난 건지, 아닌지도 잘 분간이 가지 않을 만큼 무뚝뚝한 말투다. 진우가 멍해져 있는 동안 태권 소녀는 대장 개 삼식이를 돌아보았다.

"얘 이런 거 먹으려나? 비싼 개 같던데, 입이 까다로우면 어쩌지?"

태권 소녀는 바닥에 종이 접시를 놓고 그 위에 닭 가슴살 통조림을 몇 개나 까 놓았다. 그러고는 손뼉을 쳤다.

"이리 와, 멍멍아! 밥 먹자!"

대장 개 삼식이는 신나게 달려와서 미친 듯이 입에 욱여넣는다. 보고 있는 진우가 괜히 민망해질 지경이다.

잘 먹네, 태권 소녀는 기분 좋게 웃으며 녀석의 등을 쓸어 준다. 보안관이 음식을 우물거리며 대장 개 삼식이를 가리켰다.

"근데 얘는 뭐야? 군견이야?"

"……나도 몰라. 그냥 여행 도중에 만나서 같이 온 친구야. 되게 똑똑해. 너희들 거기에 있는 것도 얘가 알려 줘서 알았거든."

"우와! 그럼 얘도 생명의 은인이네요."

제니가 반응을 보이자 대장 개 삼식이는 얼른 그녀의 자리로 가서 아양을 부렸다. 제니는 녀석의 얼굴과 머리를 쓸어 주며 웃었다.

"엄청 순하네요. 애교도 많고."

"응, 이렇게 큰 애들이 의외로 순하더라."

태권 소녀도 녀석에게 호감을 보인다. 여자 둘의 품에 안겨 사랑과 관심을 독차지한 녀석이, 진우를 힐끔 돌아보며 비웃는 것 같은 표정을 지었다.

지조도 없는 새끼…….

헥헥거리는 그 얼굴이 꼴 보기 싫어서 진우는 자신의 목덜미를 가리키며 솔직하게 경고를 해 줬다. 치사하다고 욕해도 어쩔 수 없다.

"걔…… 바로 어제 사람 하나 물어 죽였는데…… 여기를 이렇게 잡아 뜯어서."

"에에이! 농담도!"

여자들은 까르륵 웃으며 또 삼식이를 쓰다듬는다. 경고는 안 통했다. 개새끼는 신이 나서 구르고, 일어나고, 손도 내주고, 온갖 재주를 부려 댔다.

"진우야, 그 조끼도 벗고 총도 내려놔. 안 불편해?"

유빈이 말했다.

응?

그제야 진우는 자신이 전술 조끼를 착용하고 총을 멘 채 식탁에 앉아 있다는 걸 깨달았다. 지금까지는 몸의 일부인 것처럼 절대 따로 떼어 놓지 않았는데, 이제 그렇게까지 신경을 바짝 곤두세우고 있지 않아도 된다.

"참, 그리고 보니…… 너, 어떻게 여기까지 왔어? 우리는 너희 부대가 이 근처에 있다고 생각했는데…… 조금 전에 하는 말 들어 보니 그게 아니었나 보네? 강원도를 다 헤매고 다녔다는 둥, 혼자 감자를 캐 먹었다는 둥. 너 이렇게 우리랑 같이 있어도 되는 상황이야? 너 없어졌다고 누가 찾아다니면 어떡해?"

보안관이 걱정스러운 얼굴로 물었다. 진우는 조끼를 벗고 총을 식탁에 기대 놓으며 대답했다.

"나 전역했어. 그다음에 여기로 온 거야. 삼척에서부터 여기까지…… 그러니까 나 찾을 사람 아무도 없어. 봐, 옷도 민간인 옷이잖아."

"허~ 이런 상황에서 전역도 시켜 줘? 총이랑 총알도 주고? 그건 좀 의왼데?"

"그럴 리가 있냐? 그냥…… 나 혼자 전역하기로 한 거지. 이만하면 나라를 위해 충분히 봉사한 것 같아서."

"그렇구나. 알았어. 자식, 고생했다! 정말 장해! 고맙다, 새끼야."

보안관은 진우의 등을 팡팡, 두드리며 친구의 전역을 축하해 주었다. 역시나 엄청난 힘. 손이 닿을 때마다 숨이 턱턱 막히는 것 같다. 그래도 이 기분이 싫지 않아서 진우는 웃었다.

가족들, 그리고 오래 함께 일했던 작업반장, 황씨 아저씨, 오씨 아저씨의 안부도 궁금했지만, 묻지 않았다. 이 녀석들이 좋은 소식을 알고 있었다면 벌써 이야기해 줬을 것이기 때문이다.

"멍멍아! 멍멍아! 이거 줄게! 나한테도 와 봐!"

건너편에서 밥을 먹고 있던 삼식이가 햄 조각을 흔들며 대장 개 삼식이를 유혹했다. 녀석은 지조도 없이 얼른 뛰어가 삼식이의 손에서 햄을 받아 삼킨다.

"옳지! 잘했어! 하하하. 진우야, 얘는 이름이 뭐야?"

삼식이가 대장 개 삼식이의 머리를 쓸어 주며 물었다.

아…… 진우는 잠시 망설이다가 대답했다.

"……걔도 삼식이……."

"어? 진짜? 이런 우연이 있다니! 그렇게 흔한 이름도 아닌데! 하하하, 엄청 신기하네! 그렇지, 삼식아?"

삼식이는 개의 눈을 마주 보고 환하게 웃었다.

얼ㅡ.

대장 개 삼식이는 자신의 이름에 분명하게 반응한다. 유빈이 말했다.

"우연이 아닐걸? 여행 중에 만났다고 했으니 진우가 아무 이름이나 새로 붙인 거겠지. 삼식이 네가 젤 보고 싶었나 보다, 야."

"아하! 그런 거였구나아~ 그래도 이왕이면 더 예쁜 걸로 지어 주지. 더 멋있는 이름도 많을 텐데."

삼식이는 고개를 갸웃거렸다. 진우는 음식을 삼키고 나서 대답했다.

"처음에는 나도 새로 이름을 지어서 주려고 했지. 좀 멋지고 강해 보이는 이름. 그런데 암만 여러 이름을 불러 봐도 저놈이 아무 반응을 안 하는 거야. 그러던 놈이 어느 날 우연히 삼식이라는 단어가 나오니까 대답을 하더라고. 뭐, 그렇게 하는 데야 어쩔 도리가 없더라."

"그래? 원래 네가 붙여 주려고 했던 이름은 뭐였는데?"

"킹!"

"어? 그러게. 내 생각에도 삼식이보다 킹이 훨씬 더 멋진 것 같은데…… 멍멍아, 너 킹이라고 하자. 킹!"

삼식이는 대장 개의 얼굴을 잡고 킹이라는 이름을 주입하려 애를 썼다. 녀석이 반응하지 않자 삼식이는 다시 한번 권했다.

"잘 봐, 멍멍아. 우리 둘 다 삼식이면 헷갈려서 곤란해. 뭔가 방법을 찾아야 한다고."

그래 봐야 대장 개 삼식이는 꿈쩍도 않는다. 가만히 지켜보고 있던 신입이 삼식이에게 제안을 했다.

"골 아파할 게 뭐가 있냐? 이제부터 너는 삼식이 말고 본명으로 불러. 삼식이라는 이름은 개한테 주고."

"……삼식이가 본명인데?"

삼식이와 세 친구가 동시에 대답을 했다.

그게 본명이라고? 진짜?

신입은 조금 놀랐다. 곧장 정신을 추스른 신입은 다시 삼식이에게 말했다.

"그럼 그냥 네가 킹 하면 되겠네. 너는 그 이름이 더 멋있다고 했으니까."

"미친! 말 같은 소리를 해! 삼식이가 암만 바보라도 개한테 이름을 빼앗기는 꼴은 못 봐 줘!"

보안관이 곧바로 반대 의사를 표하며 언성을 높인다. 다른 사람들의 생각도 크게 다르지 않았다. 그래서 잠시 의견이 분분해졌다.

생명을 구해 준 '은견'인 만큼 개의 이름 앞에는 '킹'을 붙여서 '킹 삼식이'라고 구분하자는 파와 그건 부르기에 너무 불편하다는 파가 나뉘어 바보 같은 격론을 벌이고 있을 때, 유빈이가 입을 열었다.

"근데…… 얘가 정말 자기 이름을 정확히 알기는 해? 혹시 한 글자 정도 속여도 모르는 거 아니야? 아무리 똑똑하다고 해도 개……잖아."

어? 듣고 보니…… 말이 되는 것 같은데…….

모두의 시선이 유빈과 개에게 집중된다.

"사식아."

유빈은 은근하게 녀석의 이름을 업그레이드해서 바꿔 불렀다. 하지만 개와 인간 삼식이, 둘이 합쳐 육식이는 함께 장난치고 노느라 유빈에게는 눈길도 주지 않는다.

"안 되는 건가?"

사식이, 오식이를 시험해 보고 나서 유빈이 포기하려 할 때, 제니가 새로운 접근법을 제시한다.

"뒤의 글자를 바꿔 부르는 게 나을 것 같아요. 제가 한번 시험해 볼게요."

제니는 테이블의 건너편을 향해 팔을 벌리고 녀석을 불렀다.

"삼숙아! 삼숙아! 언니한테 와!"

조금 전까지만 해도 삼식이였던 녀석은 얼른 제니를 향해 달려가서 의자에 앉은 그녀의 흰 허벅지에 두 발을 턱, 얹고 헥헥거리며 아양을 떤다.

제니는 녀석의 얼굴을 양쪽으로 잡고 장난스럽게 위아래로 돌리면서 다독거렸다.

"잘했어, 잘했어…… 이제 예전 이름은 저 오빠한테 주고, 넌 삼숙이 하자, 응?"

옆자리의 태권 소녀도 웃으며 녀석을 쓰다듬으며 물었다.

"그렇게 할 거냐, 삼숙아?"

얼ㅡ.

녀석은 아무렇지도 않은 듯 그 호칭에 대답을 했다. 제니와 태권 소녀의 사이를 오가는 녀석의 주둥이에서 침이 뚝뚝 떨어지자, 여자들은 가벼운 비명과 함께 기분 좋게 웃는다.

분위기 참 좋구만. 이렇게 간단할 수가…….

진우는 허망해져서 개새끼의 옆모습을 바라보았다. '삼숙이'라는 말을 들을 때마다 녀석의 배 아래쪽, 커다란 고추에 자꾸 눈길이 간다.

인간 삼식이 못지않은 바람둥이 녀석인데 이렇게 성 정체성에 변화를 줘 버려도 되는 것일까?

진우는 머뭇거리다가 입을 열었다.

"저기…… 근데 걔 수컷인데……."

"에이, 그게 무슨 상관이야. 왜? 이름 때문에 다른 개들에게 놀림 받을까 봐? 괜찮아."

보안관이 전혀 신경 쓸 필요 없다는 듯 손을 내저었다. 입 안의 피를 닦아 내고 있던 유빈도 문제없다며 거든다.

괜찮은 건가…….

듣고 보니 그런 것도 같아서 진우도 더 이상 고집을 피우지 않았다.

그리하여 삼식이는 이름을 지켰고, 대장 개 삼식이는 삼숙이로 개명을 했다. 킹을 마다하고 삼숙이를 택하다니…… 진우로서는 이해가 가지 않는 결정이다.

"삼시…… 삼숙아, 너 진짜 괜찮아, 그 이름?"

진우도 한번 불러 봤다. 삼숙이 새끼는 휙 한 번 돌아볼 뿐, 여전히 여자들의 품에 안겨 노느라 정신이 없다. 두 번을 불러도 마찬가지다. 가벼운 배신감이 진우를 감싼다.

개새끼…… 마음대로 해라.

03

"저기…… 근데요. 형님, 뭐 좀 여쭤봐도 되겠습니까?"

아까 선로에서 좀비들을 사살했을 때부터 존경이 가득한 눈빛으로 진우만 바라보고 있던 규영이 엄청난 예의를 갖추어 말을 걸어왔다.

"응? 뭔데……요?"

"저…… 총이요. 저도 형님한테 가르침을 받으면 형님처럼 잘 쏠 수 있을까요?"

규영은 진우가 세워 둔 K-2를 가리키며 부담스럽기 그지없는 극존칭을 사용해 물었다. 얼마나 그 말을 물어보고 싶었던지 녀석은 밥도 거의 먹지 않은 채 말을 걸 기회만 기다리고 있던 참이다.

"나도 궁금했어요. 엄청나던데…… 근데 총이라는 건 원래 그렇게 잘 맞는 건가?"

태권 소녀도 관심을 보이며 끼어들었다. 삼식이와 보안관 역시 고개를 끄덕인다.

"그러게. 요즘 국산 무기 엄청 잘 나오나 봐. 그냥 당기면 당기는 대로 다 꽂히는 것 같던데? 혹시 저게 자동 유도장치 같은 거냐, 진우야? 저거에 딱 맞추면 그냥 명중하는?"

보안관이 조준경을 가리키며 자동 유도장치 운운하자, 삼식이도 맞장구를 친다.

"음, 뭔가 굉장히 비싸 보이기는 해. 저걸 자동 장치라고 하는구나. 엄청 잘 맞더라."

"아니…… 그거 자동도 아니고, 유도도 안 돼. 그냥 망원경 비슷한 거야. 너희…… 내 편지 안 읽고 그냥 버렸냐? 내가…… 썼잖아. 내가 우리 대대에서 제일 잘 쏴서 대대장에게 칭찬받았다고. 사격 대회 나가게 될 거라고…… 그런 말 기억 안 나?"

진우는 바보들의 이야기를 끊고 보안관부터 유빈까지를 비잉 둘러보며 물었다. 세 놈이 한목소리로 대답한다.

"읽기야 했는데, 안 믿었지. 그냥 뻥치는 거라고 생각했어. 아하~ 이 새끼, 우리가 군대 모른다고 아무 소리나 막 지껄이는구나…… 뭐, 이런 심정?"

허허…… 진우는 허탈하게 웃었다.

"하아~ 아무것도 모르는 놈들한테 설명하려니까 엄청 막막하네. 그냥 나중에 몇 발씩 쏴 보게 해 줄게. 그때 너희가 몸으로 느끼게 될 거다. 아, 총이라는 게 의외로 잘 맞히기가 어렵구나 하는 걸."

진우는 적당히 잘난 척을 하며 대답을 해 줬다. 제니가 고개를 끄덕이고 나서 물었다.

"그러니까, 오빠가 엄청나게 잘 쏘는 거네요? 대한민국 제일의 명사수?"

"아…… 아니, 그렇게 노골적으로 말씀하시면…… 좀……."

막상 칭찬을 받자 그건 또 좀 부끄럽다. 쑥스러운 듯 웃던 진우는 아직도 자신을 주시하며 대답을 기다리고 있는 규영의 시선을 깨달았다. 진우는 진지한 얼굴로 돌아가 생각을 해 봤다.

휠체어를 타고 있는 데다가 몸이 작고 마른 이 아이가 K-2를 다룰 수 있을까?

"음…… 이건 반동이 꽤 있어서 팔 힘도 필요하고, 몸무게도 어느 정도 나가야 돼. 어깨에 바짝 붙이고 쏘지 않으면 곧바로 튀어 올라서 얼굴을 때리거든."

진우가 거기까지 말했을 때, 규영은 시무룩해져서 고개를 끄덕였다. 안 되는구나…… 하는 좌절감이 그의 표정에서 느껴진다. 진우는 말을 계속 이었다.

"그런데…… 오늘 빼앗아 온 총 중에서 MP5는 이것보다는 훨씬 다루기가 수월할 거야. 그건 더 작은 실탄을 사용하고, 무게도 약간 가볍고, 반동이 적어. 총기 자체의 길이도 짧으니까 네가 잡기에도 더 편할 거고."

"그, 그럼 저도 배울 수 있어요, 형님?"

"배울 수 있겠지만……."

거기까지 말하고 진우는 친구들과 태권 소녀, 제니, 그리고 신입과 임수정의 얼굴을 돌아보았다. 미성년자인 녀석에게 총을 잡도록 해도 되는 건지 확신이 생기지 않았다.

그는 오늘 이 규영이라는 아이를 처음 봤다. 나쁜 아이 같아 보이지는 않지만, 실제 성격이나 됨됨이가 어떤지는 잘 모른다.

"정말로 그 애도 배울 수 있어요? 그럼 나도 배울래!"

규영의 보호자인 태권 소녀는 허락을 넘어서 적극적인 동참 의사를 밝혀 왔다. 진우와 눈이 마주치는 것을 애써 피해 왔던 신입도 거기에 끼어 보려 하고, 제니도 호기심을 보였다. 인기 폭발이다.

하긴 세상이 이렇게 되고 나니 사회적 약자라는 건 아무런 보호 장치도 되어 주지 않는다. 그러니 미성년자도, 여자도 제 몸을 지킬 수 있는 편이 더 낫다. 진우는 무덤덤하게 고개를 끄덕였다.

"그러면 가르쳐 줄게요. 대신에 한 번에 한 사람씩만 연습해 볼 수 있어요. 혹시라도 무심코 위험한 행동을 하거나 하면 내가 곧바로 제지할 수 있어야 하니까."

"형님, 그러면 언제부터 시작하실 거예요? 식사 끝나고 나서요?"

흥분한 규영이가 욕망을 숨기지 않고 물었다. 태권 소녀가 녀석을 제지한다.

"규영아, 이 형 오늘 엄청 피곤할 거야. 자꾸 보채면 안 돼."

"네에~."

조금 기운이 빠져서 대답하던 규영이 다시 눈빛을 빛내며 물었다.

"저기 근데요, 더 잘 배우기 위해서 미리 준비해야 하는 건 없을까요, 형님? 보시다시피 저는 불리한 점이 많거든요."

규영은 자신의 휠체어를 톡톡 두드리며 물었다.

글쎄…… 진우는 생각을 해 봤다. 휠체어의 바퀴를 목표와 직각이 되도록 하고 쏘면 반동 때문에 뒤로 밀리거나 흔들리는 걸 최소화할 수 있을 테고…… 그 밖에는…… 사실 그 역시 잘 모른다.

자신이 왜 총을 잘 쏘느냐고 물으면 대답할 수 있는 말이 막막하니까. 그래도 역시 기본 체력은 필요할 것이다.

"아무래도 팔이나 허리에 힘이 있는 편이 좋을 거야. 총을 잡고 방아쇠를 당길 때, 얼마나 흔들림이 없는가가 명중률과 비례하니까."

"넵! 그럼 계속 운동하고 있을게요! 밥도 잘 먹고요!"

만족한 규영이가 들떠서 즉석밥과 햄을 입에 퍼 넣는다. 진우도 다시 식사를 시작했다. 이미 한 번 억울하다고 징징거리기도 했지만, 오랜만에 제대로 먹는 식사는 정말로 훌륭했다.

이 많은 종류의 즉석식품들과 통조림, 음료수와 주류……. 신선한 육류나 야채는 없지만, 그에 필적하는 수준의 음식들이 넓은 테이블 가득 채워져 있다.

통조림 수프를 떠먹고, 통조림 소시지를 머스터드에 찍어 먹고, 피클을 베어 먹고, 블루베리 잼을 바른 크래커를 씹으며 진우는 점점 이해할 수가 없어졌다.

"근데 왜 잠실까지 가려고 했던 거야? 이렇게 풍족하게 살면서 굳이 수용소까지 가 보려고 했던 이유를 모르겠네. 아무리 생각해 봐도 답이 안 나와. 잠실이 어떤지는 잘 모르지만, 어쨌든 거기도 군인들이 하는 데라고. 이런 고급 음식 같은 건 절대로 배급 안 나와. 꿈도 못 꿀걸?"

진우는 플라스틱 컵에 담긴 고가의 와인을 들어 보이며 유빈을 가리켰다.

"인간답게 대우해 주지도 않아. 얼마나 심하냐면, 나 있던 데에서는 얘처럼 다친 병사는 끌고 가서 죽였다니까? 좀비에 물렸을지도 모른다는 이유로."

"풉—!"

죽인다는 말에 깜짝 놀라 유빈은 마시던 음료수를 뱉어 냈다. 피가 잔뜩 섞인 음료수가 플라스틱 컵 안에 퍼져 간다.

"어머, 정말이요? 언니, 진짜 잠실에서 그래요?"

제니가 걱정스러운 표정으로 물었다. 임수정은 곤란한 표정으로 대답했다.

"아니…… 잠실은 그 정도는 아니었어. 군인들이 상처를 보면 질색하는 건 나도 알긴 하는데…… 아주 작은 상처라도 일단 피가 보이면 엄청 긴장을 하더라고. 근데 무작정 죽이지는 않았어. 그…… 격리 시설이라고, 동물 우리처럼 만든 철창이 있어. 거기에서 꼬박 이틀을 보내야 돼."

"아, 이 언니는 잠실이랑 건대 쉘터에 다 계셨었거든요."

제니가 진우를 돌아보며 보충 설명을 해 준다.

오, 진우도 호기심이 생겨서 새삼스럽게 임수정을 바라보았다.

그런데 저 사람은 또 무슨 사연으로 친구들이랑 함께 살게 된 걸까? 오랜만에 친구들을 만났더니 정말로 이야기하고 싶은 것, 궁금한 것투성이다.

진우의 시선을 느낀 임수정은 가벼운 미소를 지어 주고는 차분하게 이야기를 이었다.

"인간다운 대우라…… 생각해 보면 잠실이나 건대는 저 친구가 있었던 곳보다는 확실히 더 나은 곳이었던 것 같기는 하지만, 그래도 의료 지원 같은 건 크게 없었어. 다들 자기가 자기 몸을 챙겨야 하는 상황이었지. 음식도…… 그냥 굶어 죽지 말라고 주는 수준이었고. 그런 것보다 더 힘든 건…… 사람들의 수에 비해 모든 게 너무 부족했다는 거야. 누워 잘 곳도, 화장실도……. 물론 테라는 그런 상황에서도 늘 웃었지만."

"테라요?"

진우의 눈이 빛난다. 혼자 있는 제니를 보며 당연히 테라는 죽었거나 생사 불명일 거라고만 생각했었는데, 그게 아닌가 보다. 제니가 고개를 푹 숙였다.

"네에…… 테라가 거기에 있다고, 오빠들이랑 언니들이…… 저를 거기까지 데려다 주려다가 아까 그 사달이 난 거예요. 그러니까…… 이제 진짜 가지 말아요. 오늘 하마터면 다 죽을 뻔했잖아요. 저 혼자…… 화장실에 숨어 있으면서 계속 후회했어요. 나 하나 때문에 이게 무슨 짓인가 싶어서요. 걔는 거기에서 사랑받으면서 잘 있고, 저도 여기에서 행복하니까…… 그걸로 된 거라고 생각해요. 아무도 안 다치는 게 훨씬 더 중요해요."

태권 소녀가 제니의 어깨를 다독거리며 말했다.

"그게 아니잖아. 무슨…… 네가 이기적으로 군 것처럼 말을 하냐? 테라에게 항체가 있으니까 구해 와서 우리도 더 안전해지려고 했던 건데. 물론 그게 걔를 위해서도 훨씬 나은 일이기도 하고."

항체? 모르는 이야기들이 막 나온다. 무슨 항체지?

진우는 상황을 이해하고 싶어서 유빈을 돌아보았다. 진우가 입을 떼기도 전에 유빈이 설명을 시작했다.

"항체라는 게 뭐냐면…… 테라는 좀비한테 한 번 물렸는데, 변하지 않고 그대로 살아 있대. 그러니까 걔 핏속에 아마도 좀비에 대한 항체가 있나 보다 하고 추측을 하는 거야."

"그런 사람을…… 그냥 내버려 둔다고? 병원으로 끌고 가서 연구하는 게 아니라? 아니…… 그보다 유빈이, 너 독심술 하냐? 내가 네 얼굴 보자마자 항체에 대해 물을 거라는 걸 어떻게 알았어?"

"뭘 어떻게 알아? 네가 네 입으로 이야기해 놓고. 네가 그랬잖아, '항체? 모르는 이야기들이 나온다. 무슨 항체를 말하는 거지? 유빈이에게 물어봐야겠다'는 둥 그렇게 말했잖아, 방금. 그건 그렇고……."

"내가 그 말을 소리 나게 했다고? 생각만 한 게 아니라?"

진우는 깜짝 놀라 다시 물었다. 계속 혼자 있으면서 혼잣말을 중얼거려 버릇

했더니, 이제는 다른 사람들이랑 있으면서도 무심코 생각을 입 밖으로 내뱉게 된 모양이다.

으아, 곤란한데…… 조심해야 되겠다. 뭔가 실수해서 뺨 맞기 딱 좋은 인간이 되어 버렸어.

진우는 그런 생각을 하며 이마의 땀을 훔쳐 냈다.

"에이, 그 정도로 네 뺨을 때리겠냐? 그건 그렇고, 테라가 물리고 살아남은 사람이라는 건 아직 아무도 몰라. 테라 본인하고, 여기에 있는 우리가 아마 그 사실을 아는 전부일 거야. 그래서 우리가 잠실에 가려고 했지. 네 말처럼 위에 놈들이 그 사실을 알게 되면 테라를 병원으로 끌고 가서 온갖 실험을 해 댈 테니까 그 전에 빼 오려고. 그리고 그 애 혈청을 주사하면 우리도 면역이 될지도 모르잖아."

유빈은 아무렇지도 않게 대답을 마무리했다. 진우는 자신이 또다시 소리 내 말했나 싶어 놀라면서도 고개를 끄덕였다. 면역력을 얻는 것도 좋고, 최고의 미녀 아이돌 팀이 다시 뭉치는 것도 좋다.

다만, 문제는 이 녀석들의 실력은 아직 그런 일을 할 수준이 안 된다는 데에 있다. 진우는 모두를 돌아보며 말했다.

"그렇구나……. 총을 쏠 수 있게 되면 맨손으로 다니는 것보다는 훨씬 나을 거야. 하지만 시간은 좀 걸려. 단순히 쏘고 탄창을 갈아 끼우는 게 아니라, 조심하는 법이 몸에 배어야 하거든. 그러니까 배우자마자 당일부터 총을 들고 다닐 수는 없어. 그리고 총알의 수도 제한적이고."

"에이, 어차피 며칠 내로는 안 가. 그 검은 헬기 놈들 잔뜩 독이 올라서 왔다 갔다 할 텐데, 공연히 불속에 뛰어들 필요는 없잖아. 유빈이도 저 상태로는 못 움직이고. 그러니까 지금은 일단 한 잔 더 받아."

삼식이가 다가와 진우의 컵을 다시 채우며 말했다. 진우는 눈살을 찌푸리며 물었다.

"근데, 여기는 괜찮아? 이렇게 옥상에다가 잔뜩 어지럽혀 놓으면 안 보려고 해도 눈에 띌 텐데."

 "아…… 여기는 그 개새끼들이 이미 한 번 훑고 갔거든. 그래서 막연히 안전하다고 생각했는데…… 네 말 듣고 보니 뭔가 위장막이라든가 좀 더 조심을 해야겠네. 아니면 옥상을 아예 비워 두고 아래층 주차장에서 밥을 먹어도 되고."

 대답을 해 준 유빈은 머뭇거리다가 빈 잔을 내민다.

 "나도 한 잔 더 줘. 술이 막 땡기거나 하는 건 아닌데, 알코올 기운이 있으면 좀 덜 아파질까 해서. 아우, 턱이야."

 그때, 태권 소녀가 끼어들어서 엄한 목소리로 잔소리를 한다.

 "유빈이, 너는 술 그만 마셔. 지금 너 입 안뿐만 아니라 여기저기 혈관이 다 터졌는데, 술을 마시면 엄청 더디게 아문다고. 염증 생겨서 고생하고 싶어? 몸도 약하면서."

 "크…… 알았어. 그만 마실게. 근데 나 언제쯤 이 멍든 거랑 부은 거 다 풀려?"

 유빈이 자신의 퉁퉁 부은 눈과 코를 가리키며 물었다. 잠시 망설이던 태권 소녀가 고개를 저었다.

 "그건 모르지. 나는 얼굴이 그 지경이 되도록 맞아 본 적이 없으니까. 그냥 약 열심히 발라."

 크흐흐흐~. 유빈은 우습기도 하고, 슬프기도 해서 헛웃음을 웃었다. 보안관과 태권 소녀는 물론 말할 것도 없이 놈들을 시원하게 두들겨 패 줬고, 신입도 차를 몰래 탈취하는 쇼로 놈들에게 한 방을 먹였는데, 그 자신은 그저 줄기차게 쥐어터지기만 했다. 단 한 대도 되받아치지 못했다.

 "슬슬 냄새가 풍겨 오는 것 같다. 이제 신입, 너도 담배 그만 피워. 좀 참아."

 삼식이가 시계를 보며 말하자, 막 새 담배를 물려던 신입도 순순히 고개를 끄덕이며 다시 내려놓는다. 당연히 진우도 그 악취를 느꼈다.

 "삼식아…… 이거 좀비 냄새인데? 아까 네가 보여 준, 그 가둬 놨다는 놈들 정도가 아니야. 꽤 많은 느낌이다."

 "으응, 맞아. 이 앞으로 좀비들이 잔뜩 지나갈 거거든."

"잔뜩? 얼마나 되는데?"

"잘 모르겠네……. 걔들을 다 더하면 한 몇천 마리나 되려나? 하여간 많아. 곧 올 테니까 직접 봐. 아, 총 쏘거나 소리 지르면 안 돼."

친구들은 진우를 데리고 도로와 마주 보는 난간 쪽으로 이동했다. 하지만 크게 긴장하는 기색은 없다. 다들 목소리를 한 톤 다운시키기는 했지만, 평소처럼 이야기를 나눈다.

"오네, 왔어."

플라스틱 잔을 기울이던 삼식이가 싸구려 망원경을 진우에게 넘겨줬다. 진우는 뿌연 렌즈 너머로 보이는 좀비들의 수에 먼저 놀라고, 그놈들에게 묻어 있는 페인트에 또 한 번 놀랐다.

"왜 저렇게 큰 덩어리가…… 그리고 저건 어디에서 묻혀 온 거야? 안 그래도 기분 나쁜 놈들인데, 훨씬 더 기분 나빠졌잖아."

"아, 그거…… 유빈이가 묻혀 둔 거야. 원래 저 새끼들이 저렇게 큰 덩어리가 아니었는데, 하도 정신없이 돌아다니니까 하나로 모아서 통제하려고. 그래야 편하잖아."

보안관이 대답해 줬지만, 진우는 여전히 이해가 가지 않았다.

"통제? 저 많은 놈들을 통제한다고? 그리고 어떻게 모을 수가 있어?"

보안관은 다시 좀비들의 이동 방식과 그들이 페인트를 사용한 이유, 그리고 놈들을 하나로 묶은 과정을 설명해 줬다. 바로 눈앞에서 결과물을 보고 있으면서도 믿기지 않는 이야기였다.

얼빠진 표정으로 고개를 끄덕이던 진우는 자신의 곁에서 퉁퉁 부은 명투성이 얼굴을 문지르며 거리를 내려다보고 있는 유빈을 돌아보았다.

좀비들의 규모는 아무리 작게 잡아도 규모 넷 중반. 대대 병력이 상대하기에도 여간 버겁지 않은 수다. 그런데 그의 친구 놈들은 겁도 없이 맨손에 해머만 가지고 그런 일을 이뤄 냈다.

그리고 그 모든 큰 그림의 뒤에 유빈이…… 이 녀석이 있다. 정말 이놈, 머리

하나는……

04

 "으아~! 이제 정말 마음 편히 쉬어 볼까? 좀비들도 다 지나갔으니까!"
 좀비들의 행렬이 코너를 돌아 시야 밖으로 사라지자 삼식이는 시간을 기록하고 난 뒤, 기지개를 쭉 켰다. 누가 들으면 조금 전까지는 엄청 마음을 졸이고 있었던 줄 알겠다.
 유빈은 규영이와 함께 도로에 남겨진 좀비들의 수를 헤아리고 있었다.
 "열다섯 마리네."
 유빈이 머리를 긁적인다. 조금 전에 진우가 거의 60마리를 죽였는데, 이번엔 그 반의반 정도만 남았다.
 뭔가 원칙이 없이 혼란스럽다. 좀비 무리도 갑작스러운 궤도 변화에 아직 적응이 안 된 모양이다.
 "근데 저 좀비들…… 대체 어디로 가는 거야?"
 진우가 유빈에게 물었다.
 "예전에는 건대 쉘터라는 데를 경유해서 어딘가로 갔었나 본데, 지금은 아니야. 그래서 영 정신이 없어. 지금 보니까 여기를 통과하는 주기도 조금 짧아졌네. 우리가 새벽에 나갔다가 돌아왔으니, 그 후에 이게 적어도 두 번째 방문이라는 말이거든. 정확한 답을 얻으려면 며칠 더 지켜봐야 되겠지만."
 "에헤이~ 진우야, 오랜만에 만났는데 골치 아픈 건 그만 생각해! 그런 건 유빈이한테 맡기고, 우리는 진하게 한잔해야지~!"
 삼식이가 진우를 번쩍 안아 올려서 튜브 풀장 쪽으로 데리고 간다. 옆에서는 오늘 개명을 한 삼숙이가 덩달아 신이 나서 펄쩍펄쩍 뛰었다. 녀석이 이렇게 사람을 좋아하는 개인지 몰랐다.

"자, 수영복으로 갈아입어! 풀 속에 들어가서 맥주 마시고 있으면 극락이야! 특히 이렇게 더운 날에는 아주 죽여줘."

삼식이가 카트를 뒤적거려 수영복 바지를 꺼내 준다. 진우는 다급히 도리질을 했다.

"야, 민망하게 왜 이래? 너는 다 친숙할지 모르지만, 나는 너희 빼고 다 초면이란 말이야. 그런데 갑자기 무슨 수영복이야? 됐어, 그냥 너나 들어가. 나는 그늘에서 의자에 앉아 마시는 것만으로도 엄청난 호강이라고."

"하하하, 민망하기는 뭐가 민망해. 앞으로 계속 얼굴 보고 살아야 하는 사이인데, 그렇게 내외하면 안 돼! 남 간호사! 이 환자 저항이 심하네요! 붙잡아 주세요! 바지를 벗겨야 합니다!"

잔뜩 들뜬 삼식이는 보안관의 도움까지 요청해 가며 진우의 허리춤을 잡고 늘어졌다. 물론 보안관도 그 놀이에 동참하려고 성큼성큼 다가온다.

이 두 바보 새끼의 장단에 놀아나면 안 돼…….

진우는 필사적으로 지퍼를 움켜쥐고 애원을 했다.

"그만해. 여자애들이 보잖아. 아우, 야…… 삼식아! 삼식아, 그만!"

얼— 얼—.

정작 삼식이는 들은 척도 않는데 삼숙이 새끼가 대신 대답한다.

이래서야 굳이 이름을 바꾼 의미가 뭔지도 잘 모르겠다. 하여간 개판이다. 진우는 필사적으로 발버둥을 쳐서 겨우 삼식이 놈의 손아귀에서 벗어났다.

"저 바보…… 엄청 신났네. 하긴 늘 웃고 있기는 했지만."

태권 소녀가 삼식이를 돌아보며 중얼거렸다. 미소를 지으면서도 그녀의 얼굴에는 슬픔의 그늘이 드리워져 있다. 제니는 그녀가 무슨 생각을 하고 있는지 짐작할 수 있었다.

검은 헬기에 끌려가 버린 동료들…….

그녀 본인이 죽을 뻔했던 순간을 넘기고 나니, 희생당한 사람들에 대한 미안함이 고개를 들었을 것이다. 제니 역시 테라를 버려두고 달아난 뒤, 한동안 그런 종류의 죄책감 때문에 괴로웠었다.

"너무 마음 아파 하지 마세요, 언니. 어쩌면 오늘 원수를 갚은 건지도 모르잖아요."

제니가 태권 소녀의 손을 잡으며 말했다. 태권 소녀는 고개를 젓는다.

"아니…… 오늘 죽은 놈들 중에는 없었어. 경순이 언니 데려간 그놈…… 다른 건 몰라도 말투만은 분명히 기억하고 있거든. 말을 심하게 더듬었어. 그 목소리…… 지금도 귓가에 생생해."

먼 곳을 노려보는 태권 소녀의 눈에는 살짝 눈물이 고였다. 다시 만나게 되면 복수를 하고 싶다. 자신을 속이고 아무 잘못 없는 아이들을 데려다가 잔인하게 죽였을 그놈의 죄를 철저하게 묻고 싶다.

그러나 만약 그녀에게 선택권이 있다면, 그녀는 그 검은 헬기와 두 번 다시 얽히지 않는 쪽을 택할 것이다. 오늘 몇 번이나 죽을 고비를 넘기고 동료들의 위기를 지켜보면서 그녀는 새삼 깨달았다.

자신이 이들을 얼마나 아끼고 있는지…… 이 아이들과 안전하고 행복하게 살 수만 있다면 복수 같은 건 하지 못해도 상관없다.

"응? 무슨 목소리가 생생한데? 뭐 이야기하는 중이었어?"

곁을 지나던 유빈이 그녀의 말을 한쪽 귀로 얻어듣고 돌아보며 물었다. 보랏빛으로 물든 양쪽 눈두덩과 부어오른 입술과 코를 보며, 태권 소녀는 씁쓸한 미소를 지었다.

"이 녀석…… 그 검은 군복 놈들과 일대일로 싸워도 이길 수 없으면서, 네 명을 유인해 보겠다고 버티다니…….

"네 이야기 하고 있었다. 네가 문 닫으면서 한 말이 자꾸 기억난다고. 나를 이기게 해 줘~ 나는 이기고 싶어~."

눈물을 찍어 내고 밝게 표정을 바꾼 태권 소녀는 유빈의 말투를 흉내 내며 놀렸다. 제니는 입을 가리며 웃고, 유빈은 당황했다. 그의 얼굴 중에서 멍이 들지 않은 부위가 빨갛게 달아올랐다.

"야…… 그, 그건 좀 치사하잖아! 나는 그때 엄청 절박했는데, 절박한 사람이 했던 말 가지고 놀리기 있어?"

"에이, 오빠. 놀리다니요. 멋있었다고 칭찬하는 거잖아요. 하여간에 오빠는 여자 마음을 1도 모른다니까? 얼마나 멋있어요, 이기게 해 달라고 여자에게 부탁하는 남자. 후후훗."

제니는 유빈의 머리를 엉클어뜨리며 웃었다. 과장되게 웃던 제니의 눈에 눈물이 맺힌다.

"이 사람을…… 다시는 못 보게 될 뻔했다. 다른 사람들에게 감정을 들키기 싫어 제니는 얼른 고개를 돌려 눈물을 감추며 말했다.

"안 놀릴 테니까 이제 빨리 진우 오빠한테 가요. 하고 싶은 말 엄청 많았을 텐데."

"으응, 그럴게. 안 그래도 쟤 데리고 풀에 들어가려던 길이었어."

유빈은 떨떠름한 얼굴로 고개를 끄덕이고는 아직도 삼식이와 씨름 중인 진우에게 걸어갔다. 절룩거리는 그의 뒷모습을 보면서 감정을 추스른 제니가 태권소녀에게 웃어 보인다.

"우리도 물놀이할까요?"

"그래, 수정이 언니도 같이하자. 살아 있을 때 즐겨야지."

잠시 후, 래시 가드와 비키니 팬티로 갈아입고 나온 세 여자가 생수 풀 안에 몸을 담그고 샴페인을 나눠 마시기 시작했다.

물보라가 튀고 까르르 웃는 소리가 들려오자, 삼숙이 놈은 침을 사방으로 흩날리며 달려가 물속에 첨벙 뛰어들었다.

"꺄아! 이 침 어떡해!"

여자들의 즐거운 비명 소리가 한층 더 높아진다.

"저것 봐! 진우야, 저 삼숙이 녀석을 좀 보라고. 아무렇지도 않게 어울리잖아. 너는 지금 개만도 못한 거야. 그만 얌전 빼고 빨리 물에 들어가자! 너 물 구경 해 본 지도 엄청 오래됐을 거 아니야."

삼식이는 진우의 등을 두드리며 채근을 해 댄다. 그래그래, 유빈과 보안관도 팔을 잡아끈다.

"야, 이 미친놈들아. 물 구경을 못 했을 거라는 게 대체 뭔 소리야? 어제부터 거의 열두 시간 이상을 물속, 물 위에서 보냈다니까…… 제트 스키 타고 오다가 물에 빠져 죽을 뻔했다는 말은 어디로 듣고…… 아니, 너희는 왜 이렇게 고집이 세냐?"

진우는 맨발로 의자 깊숙이 기대앉은 채 완강하게 버텼다. 지금 눈앞의 저 광경은…… 너무 심한 자극이어서 그의 의지와는 무관하게 신체의 어떤 부위가 아주 흥분해 있다. 지금 일어났다가는 정말 엄청난 망신을 당하게 될 상황인데, 이놈들은 남의 속도 모르고…….

"나는 너희랑 달라서 시간이 좀 걸려! 아직 말도 못 놓겠어. 그러니까 여유를 줘."

"말로 해서는 안 되겠구만!"

보안관은 진우의 윗옷을 확 잡아 벗겼다. 그러고는 그를 번쩍 안아 올려서 생수 풀로 걸어갔다.

"군인 하나 배달이요!"

힘찬 구령과 함께 보안관은 진우를 풀에 빠뜨려 버렸다.

촤아악―.

엄청난 양의 물이 흘러넘친다. 여자 셋, 큰 개 한 마리, 그리고 진우가 한데 모여 있게 되니, 풀에는 여유 공간이 거의 없어졌다.

"생수 추가요!"

삼식이가 양손에 생수병을 들고 콸콸, 부어 준다. 졸지에 흠뻑 젖은 진우는 여자들을 향해 쑥스러운 미소를 지으며 엉덩이를 뒤로 뺐다. 고추가 커져 있다는 걸 들키면 그걸로 끝이다.

"자요! 한 모금 마시고 줘요! 영웅 오빠!"

태권 소녀가 여자들끼리 돌려 마시던 샴페인 병을 척 내민다.

"하하하, 언니는~ 오빠 아니잖아요!"

제니는 화보에서보다 더 아름다운 웃음을 짓는다. 정말 예쁘다.

"나도 오빠라고 한번 불러 봤으면 좋겠어서 그랬지."

태권 소녀의 너스레에 임수정도 손뼉을 쳐 댄다. 뒤쪽에서는 풍덩 소리가 들려오고, 삼식이는 계속 물을 퍼다 나르고 있다. 삼숙이 개새끼는 핥아 대지, 예쁜 여자들은 술을 권하며 치켜세우지, 정신이 하나도 없다.

"아…… 예, 고맙습니다."

진우는 마지못해 받아 마셨다. 술인지 물인지도 모를 지경이다. 대체 이렇게 불편한 자리를 얼마나 더 오래 지속해야 하는 건지…… 눈앞이 캄캄하다.

……그렇게 두 시간이 지났다.

"이병 박진우! 원샷 들어갑니다!"

진우는 벌떡 일어나 맥주 캔을 들고 입 안에 들이부었다.

콸콸콸―.

맥주가 쉼 없이 목젖을 타고 넘어간다.

"캬아! 봤냐? 봤지?"

빈 맥주 캔을 머리 위에서 털어 보인 진우가 좌우로 엉덩이를 흔들며 임무 완수의 기쁨을 표현한다.

"그럼, 이제 내 차예! 도저언!"

벌써 꽤나 혀가 꼬인 제니가 손을 들고 일어난다. 그러고는 고개를 홱 젖힌 후, 맥주를 쏟아붓기 시작했다. 팽팽하게 내밀고 있는 그녀의 가슴이 자석처럼 진우의 시선을 끌어당긴다.

'우와, 가슴 진짜 크다.'

진우는 마음속으로 중얼거렸다. 분명히 마음속으로…….

"픕!"

제니가 코와 입으로 맥주를 뱉어 냈고, 모두의 시선이 진우에게 향했다. 바로 옆에서 꾸벅거리며 졸고 있던 신입도 게슴츠레 풀린 눈으로 진우를 돌아다본다. 진우는 난감한 표정으로 물었다.

"야, 혹시…… 내가 지금 소리 내서 말했냐?"

"응…… 엄청 똑똑하게 들리던데."

으아~ 진우는 얼굴을 쓸어내렸다.

이놈의 혼잣말…… 결국 이렇게 개망신을 시키는구나…….

그가 사과를 하려고 하기도 전에 제니가 보안관을 불렀다.

"보안관 오빠아~! 진우 오빠가 나한테 야한 말 했어요!"

카우우우~ 커어어어~.

하지만 보안관은 뭘 들을 수 있는 상태가 아니었다. 급한 성격답게 누구보다 빠르고 열심히 달린 덕에 벌써 아까부터 코를 골아 대는 중이다.

"아우~ 진우는 역시 변태구나. 계속 야한 생각만 하나 봐. 하하하하."

녹차 풀에 들어 있던 삼식이는 삼숙이를 끌어안고 웃다가 뒤로 넘어갔다.

"아…… 아니, 제니야, 이건…… 내 잘못이긴 한데…… 네가 좀 이해를……."

진우가 다급하게 변명을 하려는 순간, 뭔가 흰 게 눈앞으로 훅 날아온다. 태권 소녀의 발이다.

"으이구! 으이구! 진짜! 생명의 은인이면 그딴 식으로 굴어도 되냐?"

태권 소녀는 옆으로 비스듬히 기댄 채 긴 다리를 휘둘러 가며 기합 소리에 맞춰 발차기 하는 시늉을 한다.

"야, 그런 거 아니라고! 나 원래 이런 말 지껄이는 인간 아니야. 너도 한 달 동안 혼자서 산속을 헤매고 다녀 봐! 자기도 모르게 미친놈처럼 중얼중얼 혼잣말을 하게 돼. 자기 입 밖으로 나오는지도 모른단 말이야."

"누가 그런 것 때문에 그래? 응?"

태권 소녀는 여전히 다리를 내리지 않은 채로 진우의 눈앞에서 흔들어 댔다. 그럴 때마다 물방울이 튄다. 진우는 난감해하며 물었다.

"그럼 뭔데?"

"왜 내 다리 예쁘다고는 혼잣말 안 하냐고오~! 그런 생각 자체를 안 했다는 거잖아! 너, 아까 예쁜 애들이라고 했던 거, 그거 뻥이었냐? 끄윽!"

얼굴이 벌게져서 딸꾹질을 해 대면서도 예쁘다는 소리는 들어야겠나 보다. 임수정도 웃고, 제니도 웃는데, 정작 진우와 태권 소녀만 진지하다.

그런 꼬라지들이 맨정신인 사람이 보기에 얼마나 가관인지, 유빈은 오늘 아주 생생히 목도하는 중이다.

"후우…… 지랄들 한다. 젠장, 나도 술 마시고 싶다."

풀 옆의 의자에 우두커니 앉아서 친구들이 노는 걸 지켜보고 있던 유빈이 힘없이 중얼거렸다. 얼굴이 붓고 입 안이 온통 다 찢어져 저 즐거운 유희 속에 낄 수 없다는 게 너무 억울하다.

끄으응~ 끄응~.

평소보다 격했던 모험에 지쳐 일찌감치 잠이 든 규영이 앓는 소리를 낸다. 유빈은 녀석의 어깨까지 비치 타월을 끌어 올려 주고, 등을 가볍게 토닥였다.

길고 뜨거웠던 하루가 다 저물고 이제 노을빛조차 어둠 속에 사라져 가고 있다. 정말 대단한 날이었다.

"내가 먼저 당번 설까?"

모두가 곯아떨어지는 것으로 환영 파티가 끝을 맺었을 때, 삼식이가 하품을 하며 유빈에게 물었다.

대체 이 괴물은 얼마나 퍼마셔야 뻗는 걸까…….

유빈은 새삼 감탄을 했다.

"아니야. 너도 술 마셨으니까 조금 자 둬. 졸려지면 깨울게."

"그럴까? 근데 사실 유빈이, 네가 제일 많이 쉬어야 할 것 같은데…… 엄청 아프지?"

삼식이는 걱정스러운 표정으로 물었다. 유빈은 씁쓸한 미소를 지었다.

"나도 자고 싶은 마음은 굴뚝같은데, 혜주 말이 이럴 때 누우면 더 붓기가 심해진대. 앉거나 서서 버틸 수 있는 만큼 버티라고 하니까, 뭐."

"그렇구나. 홋, 신기한 날이었어."

그물 침대에 널브러져 정신없이 자고 있는 진우를 돌아보며 삼식이가 웃는다. 유빈도 고개를 끄덕였다.

"그럼 나 먼저 잔다. 피곤하면 곧바로 깨워."

가볍게 손을 흔들고 자동차 운전석으로 들어간 삼식이도 이내 꿈나라로 떠났다. 이제 정말로 사방이 고요해지고, 적막과 달빛, 하늘의 별들과 친구들의 숨소리만 유빈의 주위를 감쌌다. 유빈은 컴컴한 도로를 내려다보며 생각에 잠겼다.

산책로를 따라가는 계획은 완전 폐지다. 그 계획 속에는 몸을 숨길 만한 대피장소가 거의 들어 있지 않았다. 하늘에서 헬리콥터가 쫓아온다는 변수를 전혀 감안하지 않은, 무모한 짓이었다.

거짓말 같은 진우의 도움이 없었다면 그들 중 대부분은 목숨을 잃었을 것이다. 그런 상상을 하는 것만으로도 소름이 쫙 돋는다.

조금 더 불편하고 시간이 걸리더라도 차근차근 정면으로 돌파하는 수밖에 없다. 이제 진우와 함께하는 만큼 더 많은 선택지를 염두에 둬도 된다.

그롸아아아—.

얼마나 시간이 흘렀을까, 거리를 배회하던 좀비 중 한 놈이 포효한다. 그리 큰 소리는 아니었다.

"읏!"

진우가 벌떡 일어나서 자신의 가슴팍을 더듬거린다. 아마 총을 찾는 모양이다. 유빈은 목소리를 낮춰 말했다.

"괜찮아, 진우야. 신경 쓰지 말고 더 자. 멀리 있는 좀비야."

"아~ 아, 그래…… 나…… 너희들이랑 만났지."

잘 떠지지 않는 눈으로 주변을 둘러보던 진우는 고개를 끄덕이고 눕는다. 잠시 후, 그는 다시 일어났다.

"얘는 왜 여기서 자냐?"

자동차 옆에 웅크리고 잠이 든 삼숙이를 가리키며 진우가 물었다.

"아, 그놈. 총 지키는 것 같더라. 내가 그 차에 네 총 넣어 뒀거든. 엄청 무서워. 근처를 지나가기만 해도 이빨을 드러내면서 으르렁거려. 눈은 꾹 감고 있으면서."

"그런 거구나. 짜식."

진우는 삼숙이의 등을 몇 번 쓸어 주고 나서 유빈의 옆자리에 앉았다. 유빈은 통통 부은 눈을 깜빡거리며 말했다.

"더 자라니까. 아직 새벽 1시도 안 됐어."

"그러려고 했는데, 한번 깨고 나니까 두근거려서 잠이 안 와."

친구들을 돌아본 진우는 미소를 지으면서 유빈의 어깨에 팔을 걸쳤다. 유빈은 녀석의 팔을 두드려 줬다. 두 친구는 나란히 앉아서 한참 동안 말없이 밤하늘을 바라보았다.

"보고 싶었다."

둘 중 하나가 말했다.

"……응, 그래."

그런 후, 또다시 침묵이 이어졌다. 그걸로 충분했다.

Chapter 67
손실률 5%

01

고 하사는 10층짜리 건물의 옥상에서 남쪽을 노려보고 있었다. 불이 환하게 밝혀진 건대 쉘터에서는 그다지 큰 변화가 느껴지지 않는다.

한참을 더 지켜보던 고 하사는 아래쪽 도로로 시선을 돌렸다. 부근에 좀비는 없다. 돌아가기에 좋은 타이밍이다.

고 하사는 재빨리 계단을 뛰어내려 건물을 빠져나갔다. 그러고는 좌우를 한 번 둘러본 후, 맞은편의 5층짜리 상가 건물 안으로 뛰어 들어갔다.

"하아~ 하아~ 강 소위님, 저 다녀왔습니다."

5층의 문 앞에 선 고 하사가 가쁜 숨을 몰아쉬며 노크를 했다.

"응, 기다려. 잠깐만."

안쪽에서 잠겨 있던 문이 달칵, 소리를 내며 열렸다.

고 하사가 들어서서 문을 잠그는 것을 확인한 강 소위는 절룩거리며 구석으로 돌아가 총을 세워 놓고는 벌렁 드러눕는다.

"아야야, 어이구…… 고생 많았지? 그래, 우리 쉘터 분위기 어땠어? 뭐가 좀 바뀐 게 느껴져?"

강 소위는 총상 입은 다리를 부여잡고 인상을 쓰며 물었다. 고 하사는 고개를 저으며 땀을 닦아냈다.

"어떠나 마나 뭐, 별 변화랄 게 없어요. 밤에 몰래 멀리서 쳐다보는 거라 자세한 거는 모르겠지만, 오늘도 그냥 예전이랑 똑같은 것 같습니다. 가끔 총소리 나고, 좀비들 우어우어거리고. 여전히 조명도 켜져 있고……. 확실하게 말할 수 있는 건…… 망한 분위기는 아니라는 것 정도예요."

"젠장!"

강 소위는 눈살을 찌푸리며 탄식한다.

"뭔가 더럽게 억울한 기분이네. 그 조그만 조직에서 장교, 부사관이 넷이나 한꺼번에 빠져나갔는데 달라진 게 없다니…… 그럼 우리는 없어도 되는 존재인 거냐, 뭐냐?"

"뭐, 한편으로는 다행인 거죠. 중대장님이랑 이 원사님 없다고 사병 애들 막 다 죽어 나갔으면 그것도 또 어지간히 속이 뒤집어지는 일 아니겠습니까."

"수색은 없고? 한동안은 엄청 여기저기 쑤시고 다니더구만. 으그그그, 아으, 쑤신다."

고 하사는 물을 마시면서 도리질을 했다.

"수색하는 기미는 안 보입니다. 병력도 부족하고, 그게 당연하기도 하죠. 고작 두 사람이 개인 화기 한 정 가지고 설마 지금까지 살아 있다고 생각이나 하겠습니까? 그나저나 다리가 많이 욱신거립니까?"

"후우~ 간지럽다가 아프다가…… 아주 죽겠어. 딱 보기에도 심각해 보이잖아."

강 소위는 붕대로 감은 다리를 슬쩍 들어 올리며 말했다. 달빛에 의존해서 그의 얼굴과 상처를 살피던 고 하사가 말했다.

"제가 보기에는 다 나았는데, 엄살 부리고 싶어 하시는 것 같습니다."

"킄! 크크킄! 미친! 다음에 네가 총 맞으면 나도 똑같은 말을 해 주마."

강 소위는 배를 꾹 누르며 터져 나오는 웃음을 진정시켰다. 진동으로 몸이 울리면 총상 입은 부위 근처의 뼈가 쑤셔 온다.

"에헤이, 큰일 날 말씀 하시네. 강 소위님은 저처럼 효율적으로 의료 처치를 못 하지 않습니까? 음, 그러고 보니까······."

능글거리며 대답하던 고 하사가 흥미롭다는 표정을 지었다. 강 소위가 물었다.

"뭔데? 왜 그래?"

"아니, 그게······ 얼마 전에도 옆구리에 총 맞은 남자 하나 살려 냈었던 게 기억나서요. 으음, 어쩌면 제 이 손이 완전 신의 손일지도 모르겠네요. 그렇지 않습니까? 수술 한 번 하지 않고 그저 시판되는 약만으로······ 제가 이뤄 낸 일이지만, 정말 대단하잖습니까."

"크크큭, 빨간 약 몇 번 발라 주고 신의 손 찾고 있네. 끄응~."

강 소위는 땀으로 흠뻑 젖은 군복을 펄럭거리며 낮은 신음을 내뱉었다. 말은 그렇게 했지만, 그 역시 고 하사의 실력과 정성을 잘 알고 있다.

이 고온다습한 상황에서 오로지 발로 뛰어 찾은 약품을 가지고 이만큼이나 자신을 회복시켜 주었다. 함께 탈출한 동행이 고 하사가 아니었다면 그는 꼼짝없이 죽었을 것이다.

하지만 그가 아무리 뛰어난 의무병이라고 해도 먹고 잘 곳이 없으면 제 실력을 발휘하기 힘들다. 군인과 좀비들에게 쫓겨 다니면서 치료한다는 건 불가능한 일이다. 그런 의미에서 이 건물은 그들을 위한 최고의 선물이었다.

"근데 여기 살던 사람들은 대체 어디로 갔기에 며칠째 이렇게 코빼기도 안 보이는 걸까요?"

벽에 쌓여 있는 음식물들과 생필품들을 바라보며 고 하사가 말했다. 강 소위도 고개를 끄덕인다.

"그러게. 이렇게 음식을 잔뜩 모아 놓고······ 이 정도 살림 긁어모았으려면 고생깨나 했을 것 같은데······ 정작 주인만 없네. 덕분에 불청객인 우리들만 노 났지, 뭐."

건물 내부 곳곳에는 분명히 얼마 전까지만 해도 사람들이 살았었다는 증거물들이 보인다.

먹다 남긴 음식이 부패한 상태나, 고린내가 풍기는 양말, 젖어 있는 옷가지…… 근 한 달 동안이나 버려져 있던 다른 건물들과는 확연히 다른 느낌이다.

"먹을 걸 더 구하러 나갔다가 좀비에게 당해 버린 걸까요? 그런 거라면 너무 불쌍한데……."

"아니, 그렇다고 하기에는 좀 이상한 점이 많잖아. 첫째, 여기 문이 잠겨 있지 않았다는 거…… 요즘 문단속 안 하고 다니는 사람이 어디 있겠어. 그리고 핏자국이랑 잔뜩 빠져 있는 긴 머리카락…… 실내도 사람 살았던 곳치고는 너무 어지럽혀져 있고…… 뭔가 사연이 있어, 여기."

강 소위는 사무실 바닥의 얼룩을 가리켰다. 엉켜 있는 여자 머리카락은 보기에 영 불길해서 첫날 아예 쓸어 버렸다. 뭔가 대단한 난리가 한 번 났다고 하면 딱 맞을 것 같은 분위기다.

그런데 대체 어떤 난리가 나면 이렇게 가해자도, 피해자도 없어지는 건지를 모르겠다. 좀비 세상에서 귀하기 그지없는 음식들을 이렇게 내버려 두고 간다는 것도 이상하고…….

"뭐…… 그런 건 됐어. 이 사람들이 어디 있는지는 모르지만, 살아 있다면 언젠가 찾아오겠지. 그런 것보다, 함께 도망쳤던 그 여자분은 무슨 흔적도 없어? 지하철역에 가 봤을 것 아니야?"

강 소위의 질문에 고 하사는 말없이 고개를 저었다. 그날 헤어진 이후, 임수정은 다시 만날 수 없었다. 생사도 모르고, 끌려갔는지 어쩐지도 모른다.

워낙 다급한 상황이라 그녀의 지시를 듣기는 했지만, 지금 생각하면 너무 후회가 된다. 그렇게…… 혼자 보내는 게 아니었다.

"내 다리가 좀만 더 나아지면 같이 찾아보자. 그런 표정 좀 짓지 마. 내가 죄지은 것 같아서 너무 불편해지잖아. 안 그래도 미안해 죽겠구만."

고 하사의 침울한 얼굴을 보고 있던 강 소위가 애원조로 말했다. 고 하사는 억지로 방긋 웃어 보인다.

"미안해하지 마십쇼. 어떻게든 잘 무마해 보려던 사람이 총까지 맞아 놓고, 왜 미안해하기까지 해야 합니까? 진짜 개새끼들은 따로 있는데……. 그리고 제가 볼 때 강 소위님 완치되려면 아직 멀고도 멀었습니다. 그러니 안정만 취하세요. 뭐, 사실 그 사격 실력으로는 완치되었다 해도 별 도움이 안 되잖습니까."

"크흐흐흐, 너 자꾸 웃기지 좀 말아라. 웃을 때마다 다리가 아주 두드려 맞는 것 같다고."

강 소위는 입술을 꾹 깨물고 웃음을 참았다. 젠장, 웃고 있는데 왠지 눈물이 날 것 같다. 시도 때도 없이 후회되는 순간들이 떠오른다.

박 소위가 재소자 작업반장을 죽음에 이르게 했던 날, 문 대위 앞에서 그를 감싸 주지 말아야 했다. 가희, 그 요망한 여자가 자신의 숙소를 기웃거리던 때에 그 미모에 홀려 바보짓을 할 게 아니라, 뭔가 수상하다는 의심부터 했어야 했다. 그리고…… 박 소위 개자식이 이 원사님에게 총을 겨누려 할 때, 그냥 방아쇠를 당겼어야 했다.

그랬더라면 아무도 죽지 않았어도 되고, 고 하사 역시 저렇게 생이별을 하지 않았을 것이고…… 지금 다리를 절룩이며 고통스러워하는 건 그 자신이 아니라 박 소위였을 텐데.

어리석고 우유부단했다. 사람들의 목숨을 책임진다는 건 그렇게 나약한 마음으로 해낼 수 있는 일이 아니었는데…… 너무 분하다.

자신이 제법 약삭빠르다고 생각했던 강 소위였기에 분한 마음은 더 컸다.

"쯧쯧쯧, 또 자책 모드에 들어가셨네. 강 소위님, 잊어버려요. 앞으로 잘하는 게 중요한 거지."

맞은편에 앉은 고 하사가 강 소위를 달랜다. 강 소위는 고개를 끄덕였다.

"그래, 알았어. 그냥…… 그, 앞으로 잘할 수 있는 기회가 다시 오지 않을까 봐 그게 걱정이 돼서 속이 상한 거야."

"옵니다, 와요. 문 대위님이 복귀하시면 어차피 저놈들 죄다 들통나게 되어 있습니다. 우리는 여기서 체력 회복하면서 기다리다가, 확성기에서 문 대위님 지휘하시는 목소리 들리면, 그때 돌아가면 됩니다."

고 하사는 단호하게 말했다. 그 자신을 위해서도 그렇게 믿는 편이 더 좋다. 하지만 한 가지 의문은 계속 남아서 그를 괴롭히고 있었다.

'도대체 잠실에서는 뭔 놈의 회의를 하기에 그 성실한 중대장님이 이렇게 오랫동안 자리를 비우고 있는 거지? 이래도 되는 건가?'

※※※※※※※※※

그 시각, 한강 철교에 파견 나가 작업을 하고 있던 문 대위는 중간보고를 위해 잠시 잠실 쉘터로 복귀해 있었다.

"어이, 커피 좀 타 와라. 설탕 잔뜩 넣어서 찐하게 두 잔. 문 대위, 자네도 마실 거지?"

함께 복귀한 오 중령이 당번병에게 명령하며 문 대위를 바라본다. 문 대위는 고개를 꾸벅했다.

"아, 예. 잘 마시겠습니다."

"흐아암. 아이구, 피곤해. 이 시간에 보고가 다 웬 말이야? 졸려 죽겠구만."

커피를 받아 든 오 중령은 하품을 하며 눈을 비빈다. 졸지에 서울 탈출 작전의 공사 책임자가 된 그의 체력은 새벽부터 저녁까지 이어지는 공사와 전투 때문에 완전히 방전되어 있었다.

잊어버릴 만하면 한 번씩 밀려오는 좀비 새끼들도 골치 아프지만, 그보다는 꼼꼼하게 계획을 짜고, 부족한 보급 물자를 거기에 맞추는 데에서 오는 스트레스가 더 크다.

물론 대부분의 실무는 문 대위가 담당하고 있다. 하지만 오 중령 역시 작업 현장인 용산역 부근으로 나가 있어야 한다. 조금 편해 보자고 잠실에서 버티다가 공연히 김 준장의 눈에 띄었다가는 무슨 날벼락을 맞을지 모른다.

"어이구, 이 의자…… 폭신폭신하니 좋다. 여기 앉아 있으니까 저절로 눈이 감기네."

진한 커피로도 졸음을 다 털어 내지 못한 오 중령이 꾸벅꾸벅 졸기 시작했을 때, 김 준장이 참모들을 거느리고 회의실로 들어왔다. 오 중령은 허둥거리며 일어나 경례를 한다.

"어, 어이쿠, 오셨습니까?"

"아, 아, 편하게 쉬어. 앉아. 작업하느라 고생 많았지? 음, 힘들었을 거라고. 푹 자야 하는 거 아는데, 진척이 좀 됐나 궁금해서 불렀어. 그, 뭐…… 여기에서 내가 알 길이 없잖아. 또 할 말도 있고."

김 준장은 의자에 앉으며 지휘봉을 테이블에 내려놓았다. 며칠 사이 그의 얼굴도 눈에 띌 만큼 야위었다. 퀭해진 눈이며 더 홀쭉해진 볼 때문에 안 그래도 칼날처럼 오똑했던 콧날은 더욱 날카로워 보인다.

아무도 책임지지 않으려 하는 6만의 생명을 끌어안고 간다는 것은 그만큼 힘이 드는 일이다.

"작업은 순조롭게 진행 중입니다. 에…… 오늘 오후 19시를 기준으로 한강 철교 선로 바로 앞에 수용자들을 실어 나르기 위한 선착장을 건설했습니다. 또 둔치에서 선로까지 곧바로 올라갈 수 있는 계단을 부착하는 작업까지 완료된 상태입니다. 임시 철제 계단이 파손될 염려도 있기에 그런 상황에서 대체할 예비용 계단도 제작하고 있습니다."

오 중령은 문 대위가 준비해 준 보고서를 넘겨 가며 오늘 저녁까지의 작업 성과를 읽었다. 언제나처럼 콧잔등을 손가락으로 쓸며 유심히 듣고 있던 김 준장이 물었다.

"아니야…… 이거, 내가 기대했던 것보다 속도가 좀 느려. 느리다고. 좀비들이 문제인가? 그 근처에 큰 무리들의 이동 경로 같은 게 있어? 그런 놈들이 작업을 방해하고 그러는 건가? 전투가 잦아?"

"있습니다. 그…… 좀비들 때문에 교전이 일어나고 있어서 작업 속도에 약간의 지연은 있습니다. 자세한 내용은 여기 문 대위에게 보고 준비를 시켜 뒀습니다."

자신이 잘 모르는 부분을 물어 오자, 오 중령은 얼른 문 대위를 내세웠다. 보고 준비를 시켜 뒀다는 말은 물론 완전한 거짓이지만, 그래도 문제없을 거라고 생각했다. 그가 실제 전투를 총지휘했고, 워낙 똘똘하니 말도 잘하니까.

"한강 철교 부근의 좀비들은 접근 방향으로 분류할 때, 크게 세 그룹이라 볼 수 있습니다. 이촌동과 마포, 그리고 용산역 방향입니다. 각각의 좀비 그룹들은 규모 오 중반 정도의 크기입니다. 현재 보유하고 있는 화력으로 완전한 섬멸을 꾀하기는 어렵습니다."

오 중령의 기대처럼 문 대위는 당황하지 않고 즉석에서 막힘없이 보고를 해 나갔다. 문 대위는 회의실 벽에 걸려 있는 대형 지도 앞으로 이동해서 세 방향의 좀비들이 언제 접근하는지, 얼마나 자주, 또 가까이 오는지 따위를 자세히 설명했다.

"잠깐만…… 잠깐만 기다려 봐. 왜 좀비 섬멸이 어렵다는 거지? 전차포도 발포해도 된다고 했고, 폭파도 허락해 줬구먼. 도저히 이해가 안 되네. 인원이 부족한가? 아닌데. 지금 1개 대대 병력이 총차출 된 거잖아. 거기에 전차도 몇 대나 가 있고. 응, 몇 대나 가 있잖아."

보고를 듣고 있던 김 준장이 손을 들어 문 대위를 제지했다. 한참을 혼잣말처럼 중얼거리던 김 준장은 문 대위에게 질문을 던졌다.

"이런 식이면 언제부터 민간인들이 이동할 수 있겠어?"

"현 추세라면 사흘 뒤 오후부터 유람선을 이용한 이송이 가능할 것으로……."

"늦어! 너무 늦는다고! 뭐 하나만 먼저 물어보자. 지금 그 공사를 진행하면서 전투를 병행했는데, 그 과정에서 전사자가 몇이나 나왔어?"

"다행히 아직 사망 인원은 없습니다."

"전사자가 없다고?"

문 대위의 말을 들은 김 준장은 고개를 갸웃거리며 다시 물었다. 그러고는 자신의 이마를 신경질적으로 두드리며 혼잣말을 중얼거리기 시작했다.

"내가 뭔가 이상하다고 생각했었는데…… 바로 이거였구먼. 그래, 아무래도 이 점이 걸렸어. 음, 문제가 뭐였는지 알겠다."

생각을 정리한 김 준장은 날카로운 눈빛으로 오 중령을 돌아보며 물었다.

"여기 전투는 누가 지휘하고 있어? 서류상 지휘관 말고 실제로 병력 배치하고 명령을 내리는 게 누구냐고?"

"아…… 예, 그게……."

오 중령은 바쁘게 머리를 굴렸다.

이 또라이, 지금 뭔가 불만족스러운 모양이다. 왜지? 아무도 죽지 않았다는데 왜 화가 났지? 이유는 모르겠지만, 혼이 날 각오는 해야 한다.

이럴 때 자신이 전투를 담당하고 있다고 하는 편이 더 큰 추궁을 당하게 될까, 아니면 문 대위에게 전투를 일임했다고 말하는 편이 더 혼이 날까?

잠시 고민하던 오 중령은 문 대위를 지목했다.

"세부적인 계획을 세우고 공사 작업을 총괄하느라 전투까지는 미처 신경을 쓰지 못했습니다. 그래서 그 분야는 여기 있는 문 대위에게 일임하고 있습니다."

"그래? 그렇단 말이지……."

김 준장은 말꼬리를 길게 늘이며 문 대위 쪽으로 의자를 회전시켰다. 잠시 콧날을 쓰다듬고 있던 김 준장이 문 대위에게 질문을 던졌다.

"자네, 지금 이 상황을 너무 우습게 보고 있는 것 아니야? 지금 우리가 뭘 하고 있다고 생각하나?"

문 대위는 당황스러웠다. 여단장이 이렇게 화를 내는 이유가 뭔지를 전혀 파악할 수가 없다. 문 대위는 조심스럽게 대답했다.

"민간인들을 보호하기 위해서 남쪽으로 대피시키는 중이라고 생각합니다."

"아니지."

김 준장은 단호하게 머리를 저어 댔다.

"민간인을 보호하기 위해서 대피시키는 거, 그거는 이 계획의 목표고…… 우리는 전쟁 중인 거야. 좀비 새끼들이랑 전쟁을 하고 있다고. 내 의견에 이의가 있나?"

"없습니다."

문 대위는 새삼 깨닫고 고개를 끄덕였다. 김 준장은 다시 목소리의 날을 세워 물었다.

"좋아, 우리가 전쟁 상황이라는 것에는 동의한다는 말이지? 그러면 이번에는 이걸 생각해 봐. 어떤 지휘관이 전장에 대대 병력을 이끌고 갔어. 자기 말로는 계속 전투도 했대. 그런데 이틀이 지나도록 아군 전사자는 제로야. 한 명도 죽지 않았다고. 이 이야기를 들으면 자네는 뭐라고 생각하겠나? 그 지휘관이 엄청나게 유능하고 부하들을 아낀다고 생각하겠나? 그런 지휘관만 있으면 전쟁에서 승리할 수 있겠어?"

거기까지 들었을 때, 문 대위는 김 준장이 무슨 말을 하려고 하는지 알아들었다. 그리고 여단장이 옳다는 것도 동시에 깨달았다. 뒤통수를 두드려 맞은 것 같은 충격이 문 대위의 머릿속을 흔든다.

"아니면 그 지휘관이 전쟁의 승패라는 큰 그림과 무관하게 자기 눈앞의 몇백 명을 지키는 데에만 급급하다고 생각하겠나? 어느 쪽이야? 그 지휘관이 최선을 다해서 싸운 게 맞나? 정말로 유능한 지휘관이 맞아?"

문 대위는 돌처럼 굳어서 아무 대답도 하지 못했다. 최대한 안전에 중점을 두다 보니 오히려 6만이라는 거대한 숫자가 위험에 처하는, 역설적인 상황이 되었다.

대피하는 날짜가 하루하루 늦어질 때마다 이 탈출 계획의 성공 가능성도 뚝뚝 떨어질 수밖에 없다. 김 준장은 호랑이 같은 눈으로 문 대위를 쏘아보며 말을 계속 이었다.

"일단 개전이 되면, 아군 전사자가 0인 채로 마무리될 수는 없어. 그저 누군가 죽어야 하는 상황을 계속 뒤로 미루고 있을 뿐인 거라고. '아무도 죽지 않고 전쟁에서 승리했다.' 같은 이야기는 어린애들이 읽는 동화에서나 가능한 거야. 전쟁에서 지휘관의 목표는 승리여야지, 모든 병사들의 생존이어서는 안 된다는 말이라고. 알겠어?"

"······잘 알아들었습니다."

문 대위는 고통스럽게 대답했다. 심야에 그들을 불러들인 이유는 단순히 보고를 받기 위한 게 아니었다. 김 준장은 좀처럼 속도를 올리지 못하는 작업에 대해 문책하고 싶었던 것이다.

"뭐…… 알아들었다니까 나도 더 말하지는 않겠어. 그냥 이것 하나만 기억해. 이 탈출 계획을 실행하다 보면 누군가는 죽는다. 그리고 그게 몇십, 몇백 명 수준에서 그칠 가능성은 없어."

김 준장은 지휘봉 뒤쪽으로 테이블을 탕, 찍으며 말했다.

"내가 다 안고 가겠다고 했던 건 최대한 살려 보겠다는 의미지, 아무도 죽지 않도록 하겠다는 말이 아니야. 손실률을 5퍼센트라 상정하고 작업을 진행해. 6만 중에 3천은 죽는다는 걸 각오하라고. 현 상황에서는 그만큼만 돼도 대성공이니까."

'사망할 수밖에 없는 사람의 수가 3천……'

그 숫자가 너무도 크게 느껴져서 문 대위는 가슴이 먹먹해졌다. 하지만 김 준장의 말은 조금도 틀리지 않다. 오히려 너무나 날카롭고 냉정하게 현실을 꿰뚫어 보고 있었다.

오로지 좁은 선로로만 이동해야 하는 상황에서 6만이라는 수는 평소보다 더 거대해진다. 열 명씩 1미터 간격으로 줄을 세워도 그 길이만 6킬로미터에 달한다. 그 많은 사람들을 통제해 가며 이동하는데 한 명, 한 명에 신경을 썼다간 아무것도 할 수 없다. 그러니 가혹해져야 한다. 약한 자와 운이 없는 자들은 자연스럽게 도태될 것이다.

그런 현실을 빤히 알고 있었으면서도 소년처럼 꿈을 꿨었다. 최대한 희생을 줄이고 안전하게 이동하는 꿈을…….

그것이 아직 중대장으로서의 경력 정도밖에 쌓지 못한 문 대위의 한계였다. 그리고 지금 김 준장은 억지로 그 한계를 깨뜨린 후, 기존 사고의 틀 밖으로 문 대위를 끄집어내려 하고 있다.

"내일 오전에 선발 병력을 먼저 이동시키고, 그 뒤에 곧바로 민간인들을 따라

보내라고. 병력도 5퍼센트 내외 손실을 각오하면 모레 오전에는 첫 민간인 이송이 가능할 거 아냐. 유람선은 준비되어 있잖아? 아까 보니까 테스트도 하는 것 같더구만. 어때? 모레 오전부터 민간인 이송 준비 되겠어?"

김 준장이 물었다.

"가능합니다. 반드시 그렇게 되도록 하겠습니다."

잠시 계산을 해 본 뒤, 문 대위가 대답했다.

"좋아, 그러면 내일 아침에 새 이송 계획을 수립해서 보고해. 모레부터 시작해서 일주일 이내에 모든 민간인들을 선로 위에 올려놓아야 해. 일주일. 그렇게 계획을 짜도 실제로는 열흘 가까이 걸리게 될 거야. 무슨 말인지 알겠어? 그러니까 계획이 조금 무리다 싶을 만큼 빡빡해야 한다고. 느긋하게 여유 부리다가는 점점 늦어져서 남쪽에 도착했을 때, 늦가을이 돼 버린다고. 그렇게 되면 다 굶주린 채로 얼어 죽는 거야."

김 준장은 마지막으로 한 번 더 경고를 하고 자리에서 일어났다. 그를 배웅하고 난 뒤, 힘이 쪽 빠진 오 중령은 의자에 주저앉으며 한숨을 내쉬었다.

"후우~ 지친다. 갑자기 저러시네. 몇 명을 죽여야 한다는 둥, 3천 명이 죽어야 나머지가 산다는 둥. 어휴~ 살벌해. 누가 들을까 겁나네. 와, 무섭구만. 갑자기 눈빛이 변해 가지고 전사자가 없다는 게 문제라고 하시는데…… 자네도 놀랐지?"

"아닙니다. 괜찮습니다."

문 대위는 무표정한 얼굴로 대답했다. 오 중령은 문 대위에게 계획서를 잘 만들라고 몇 번이나 신신당부를 한 뒤, 하품을 하며 돌아갔다. 혼자 남겨진 문 대위는 지도를 빤히 보며 생각에 잠겼다.

누가 죽게 되고, 누가 살아남을지…… 어디의 위험 요소를 제거하고, 어느 부분에서는 포기를 해야 할지…… 계산을 하는 것은 어렵지 않지만, 자신도 모르게 자꾸 멈칫하게 된다. 숫자 하나가 한 사람의 죽음이다. 당연히 단위가 커질수록 두려워진다.

특히 일주일 이내에 모든 수용자들을 선로로 옮기라는 주문이 가혹하다. 유람선을 이용한 이동만으로는 그만큼 빠르게 작업을 완료할 수 없다. 어느 정도의 위험부담을 감수하더라도 산책로를 따라 육로로 이동하는 방안을 병행해야만 한다.

"역시 마지막으로 이동하는 인원들이 가장 많이 희생될 수밖에 없겠군."

몇 번이나 대략적인 계산을 해 본 뒤, 문 대위는 혼잣말을 중얼거렸다.

선발대를 따라 미지의 영역을 향해 전진하는 초기 이동 인원들도 위험하겠지만, 마지막까지 잠실 쉘터에 남아 있는 민간인들에 비할 바는 못 된다. 그때쯤이면 잠실 경비 병력들은 대부분 선로로 재배치된 이후일 것이다.

이동의 마지막 날인 7일째에는 잠실 쉘터 전체가 거의 텅텅 비게 될 테고, 좀비 무리의 습격을 막아 낼 방법이 없다.

하지만 그런 사실을 미리부터 통지해서는 안 된다. 그랬다가는 서로 먼저 유람선에 타겠다는 사람들로 인해 커다란 혼잡이 빚어질 것이고, 그것 때문에 또 일정이 지연될 테니까.

"으음……."

문 대위는 고통스러운 신음을 뱉으며 피로해진 눈가를 꾹 눌렀다. 전쟁은 인도적이지 않다. 그 잔인한 현실을 인정하지 않으면 안 된다.

그러니 지금 그가 할 수 있는 최대한의 배려는…… 마지막 날, 각 쉘터에 가능한 한 적은 숫자가 남도록 계획을 수립하는 것 정도다.

"5퍼센트라……."

자신의 앞에 놓인 보고서를 가만히 노려보고 있던 문 대위는, 볼펜을 들어 '3,000'이라는 숫자에 두 줄을 긋고, 새로 '2,000'이라고 적었다. 그러고는 첫째 날 이동 가능한 인원부터 계산하기 시작했다.

사망자의 수를 2천 명 이하로 끌어내리는 것이 그의 새로운 목표에 추가되었다. 즐거운 일은 아니지만, 꼭 해야 하는 임무다.

02

다음 날, 아침 식사가 끝날 무렵부터 잠실 쉘터 내부의 스피커와 확성기에서는 안내 방송이 시끄럽게 울려 댔다.

그리고 그걸 들은 사람들은 분노와 걱정 사이를 오가며 동요하고 있었다. 이래저래 젠킨스는 짜증스러웠다.

"으으! 웽— 웽— 시끄럽기도 하군. 저게 지금 대체 뭘 알리고 있는 거지? 저 사람들은 왜 저렇게 겁을 먹은 거고? 응? 테라 양, 알려 줘."

알아들을 수 없는 소음에 지친 젠킨스는 눈살을 찌푸리며 테라에게 물었다. 산책을 하는 동안 그녀와 나누는 오붓한 대화가 저 망할 확성기 때문에 방해를 받은 것이 몹시 불쾌하다.

"우리들 전부 다…… 이동을 해야 한다는 내용이에요. 쉘터에 있는 모든 민간인들, 한 명도 예외 없이 전부…… 선택할 수 있는 사항이 아니래요."

알려 주는 테라의 표정에도 당혹감이 가득하다. 젠킨스는 입술을 삐죽거리며 중얼거렸다.

"전부 다 이동이라고? 어디로? 다른 쉘터가 생겼나? 음…… 멀리 가는 건 싫은데…… 무릎도 아프고, 피곤하기도 해서. 논리적인 흐름으로 볼 때, 슬슬 부메랑이 이 근처에 배치될 것이기도 하고 말이야."

"다른 쉘터가 아니에요. 열차 선로를 따라 걸어서 남쪽으로 간대요."

"남쪽? 이야기가 어째…… 점점 이상해지는군. 거리는 알려 주지 않았고?"

"그냥…… 남쪽 지방이라고만 했어요. 내일부터 이동을 시작한다고…… 원하는 일행이 있으면 그들과 함께 지원하라고요…… 이게 무슨 일일까요? 너무 갑작스러워요."

테라는 불안한 눈으로 젠킨스를 바라본다. 그렇게 겁먹고 두려워하는 표정이 또 얼마나 좋은지! 덕분에 젠킨스는 짜증스러운 와중에도 미소를 지을 수 있었다.
 그녀는 그의 가학성을 자극할 만한 모든 요소를 가지고 있었다. 너무도 희귀한 보석이라는 걸 알면서도 부숴 버리고 싶을 정도다.
 "먼저 분명한 건……."
 젠킨스는 턱을 긁적거리며 입을 열었다.
 "엄청나게 먼 곳으로 갈 모양이라는 거야. 만약 가까운 곳으로의 이동이라면 거리를 밝혔겠지. 그래야 사람들이 불안해하지 않거든. 그렇게 하지 않았다는 건, 이들이 우리를 아주 멀고 먼 나라로 데려가겠다는 의미라고 보면 돼. 너무 가혹한 조건을 미리부터 일러 주면 그만큼 반발도 커질 테니까 일부러 숨기는 거지. 흐음…… 무슨 짓인지 모르겠군. 이렇게 멀쩡한 데를 버려 두고 말이야."
 선뜻 이해하기 어려운 일이어서 젠킨스는 연신 고개를 저었다. 그간 불평도 많이 했지만, 이 쉘터 정도라면 그래도 꽤나 안정적으로 운영되고 있다는 평가를 받을 만하다.
 그렇게 안정적인 시스템과 이 든든한 건축물을 버리고 선로를 따라 걸어가야 한다니…… 뭔가 치명적인 문제가 발생한 모양이다.
 '멀리…… 아주 멀리 걸어가야 한다고? 그것도 자갈로 가득한 선로 위를…….'
 테라는 붕대로 감아 둔 자신의 발가락을 내려다보았다. 한 번의 생명을 더 얻은 대가로 상처는 아직도 다 아물지 않았다. 피가 비칠 정도니 당연히 닿으면 아프다.
 이 발로 아픔을 참아 가며 장거리 이동을 하는 것은 정말 괴로운 여정이 될 것이다.
 "역시 그것 외에는 다른 이유가 떠오르지 않는군."
 산책을 포기한 젠킨스는 의자에 털썩 주저앉은 채 말했다. 충격에 휩싸인 테라도 그에게 일어나라는 소리조차 하지 않고 그저 멍하니 서 있다.
 "그거라는 건 뭐죠?"
 "식사지. 요즘 이상하게 양이 줄어든 것 같다고 내가 불평을 했지 않나. 물론 테라 양, 귀하는 그 차이를 느끼지 못할 만큼 소식가이지만……. 이 군인들 말이야, 보급 물자의 한계에 달한 거야. 흠…… 하지만 그렇다고 해서 남쪽으로 가면 뭐가 달라지지? 거기에 보급 창고라도 있는 걸까?"

젠킨스는 나름 예리한 추리를 하면서 한숨을 내쉬었다. 빨리 근처에 부메랑이 설치되지 않으면 JL로의 복귀가 정말 힘들어질 것 같다. JL의 직원들은 MJ가 서울을 벗어나리라고는 생각하지 않을 테니까.

"아…… 스트레스 때문에 당분의 유혹이 커지는군. 테라 양, 그 주머니 나에게 줘. 어지간히 지쳐 보이는데, 그런 것까지 들고 있는 걸 보니 마음이 아프군."

테라가 멍해져 있는 틈을 타서 그녀의 간식 주머니를 손에 넣은 젠킨스는 주스부터 입으로 가져갔다. 꿀꺽꿀꺽, 두어 모금 만에 주스 팩을 다 비운 젠킨스가 은근한 목소리로 말했다.

"진정해, 테라 양. 우리는 함께 JL로 가면 돼. 선로 따위 누가 걸 줄 알고? 그러니 안심하고 나에게 의지해. 그건 그렇고, 우리는 여기에 언제까지 머무를 수 있다고 하던가?"

"……내일부터 이동을 시작해서, 일주일 내에 전원이 선로로 가야 한다고 했어요. 거기까지는 유람선을 타고 가게 될 거라고."

"일주일? 그러면 아무리 길게 잡아도 8일밖에 남지 않았다는 거잖아? 설마…… 후후후, 테라 양, 농담이 너무 심하군. 후후후…… 내 심장이 그리 건강하지 못하다는 걸 알면서도 그렇게 놀리고 싶은가?"

빙글거리던 젠킨스의 얼굴에서 점차 웃음기가 사라진다. 테라는 농담을 하는 게 아니었다. 순식간에 흘러나온 식은땀을 쓸어내리며 젠킨스는 주변을 둘러보았다.

내야석의 의자들마다 좌절한 사람들이 주저앉아서 두려운 표정으로 이야기를 나누고 있다.

이 많은 사람들이 일주일 만에 전부 이동을 한다고?

유람선을 몇 대나 보유하고 있는지는 몰라도 불가능한 일처럼 보인다.

하지만 이미 명령은 통보되었고, 그들이 아무리 간절하게 원한다고 해도 8일 이후부터는 더 이상 이곳에 머물 수 없다. 다른 수용자들과 마찬가지로 젠킨스도 그 현실을 받아들여야 했다.

"그래, 테라 양. 귀하의 의견이 어떤지 내가 물어봐도 되겠나? 앞으로 어떻게 할 계획인지 말이야."

젠킨스의 질문을 받은 테라는 희고 가느다란 손가락으로 얼굴을 감싸며 고개를 숙였다.

"잘…… 모르겠어요. 그저 지금은 너무 혼란스러워서…… 대체 어디로 가게 되는 건지…… 왜 그래야 하는지도 모르는 채로 무작정 끌려가야 한다는 게 너무 부당하게 느껴져요. 물론 저는 그저 보호받는 신분이니까 지시를 따라야겠지만요. 불안하네요."

"이런…… 불쌍하기도 하지. 괜찮아, 괜찮아……. 테라 양, 그렇게 괴로워하지 마. 함께 JL로 가면 된다니까? 아직 8일이나 여유가 있다고. 그사이에 분명히 새 좌표 메시지를 매단 드론이 등장할 거야. 그리고 논리적으로 봐도 이번에는 이 근방이 포함될 수밖에 없어."

젠킨스는 어떻게든 테라를 꾀어 붙잡아 두기 위해 애를 썼다. 갑자기 그녀가 선로 쪽으로 이동하겠다고 나서든가 하면 큰일이다.

무엇보다도 안전하지가 않다. 이런 혼란스러운 상황에서는 어떤 일이 일어날는지 아무도 모른다. 아예 만나지 않았다면 모를까, 기적처럼 알게 된 널 키드를 이렇게 포기한다는 것은 있을 수 없는 일이었다. 그리고 새로 부메랑이 설치될 위치에 이 근방이 포함될 것이라는 계산만큼은 거짓말이 아니었다.

문제는 그게 언제 설치되느냐 하는 것이겠지만, 8일 정도라면 승부를 걸어 볼 만하다.

"후우~ 당혹스럽네요. 여기에서 머물 수 없게 되리라고는 생각해 본 적이 없었거든요."

한동안 입을 다물고 있던 테라는 결심을 한 듯 고개를 들고 머리를 쓸어 넘겼다. 젠킨스는 그녀가 무슨 말을 할지 알 수 있을 것 같았다. 그래서 재빨리 통통한 두 손을 내저었다.

"이것 봐, 테라 양. 그렇게 성급하게 결론을 내리려고 하지 마. 제발 부탁이야."

그의 과장된 몸짓과 표정을 보며 테라가 씁쓸하게 웃었다.

"제가 뭐라고 할지 모르시잖아요."

"아니, 알아, 알겠어! 분명히 이렇게 말하려고 했을 테지! '젠킨스 씨, 부디 꼭 백신을 만드세요. 저는 JL로 가지 않아요. 군인들의 주변에 머무르는 게 가장 안전하니까요.' 다 알아! 같이 가자는 제안을 할 때마다 하도 많이 거절을 당하다 보니 이제는 외울 수도 있을 지경이야!"

젠킨스는 숨도 쉬지 않고 빠르게 말을 이어 갔다.

"하지만 말이지…… 그래도 나는 귀하를 포기할 수가 없다네, 테라 양. 마지막까지 한 번만 더 기회를 달라고 애원하고 싶은 마음뿐이야! 이 이상한 강제 이동은 너무나 허술해! 안전해 보이지가 않는다고! 나는 테라 양이 그 불완전한 계획의 희생자가 되는 걸 원치 않아."

"저도 위험한 건 무서워요. 하지만 여기에는 어차피 더 이상 머물 수 없는걸요."

"영원히 머물라고 하는 게 아니야! 다만 일주일! 일주일만 더 생각을 해 봐 줘! 마지막 날까지 여기에서 함께 있어 달라고 애원하지는 않을게. 하루 전날까지 고민을 해 봐도 역시 떠나야겠다 싶으면 그때 가라고. 어느 날 갑자기 JL도 괜찮을지 모른다는 생각이 들 수도 있잖아, 응? 이렇게 애원할게! 가고 싶으면 언제든지 갈 수 있지만, 돌아오는 건 정말 힘들다는 걸 알잖아?"

젠킨스는 두 손을 꽉 마주 잡고 살찐 다람쥐처럼 흔들어 댔다. 테라는 고개를 저었다.

"이해가 안 되네요. 젠킨스 씨, 도대체 제가 뭐라고 이렇게까지 하세요?"

"소중한 사람이지."

젠킨스는 정색을 하고 말했다. 이제 더 이상 여유 따위 부릴 수 있는 상황이 아니었다. 젠킨스는 자신의 왼팔을 두드리며 말을 이었다.

"만약 신이 거래를 제안한다면, 내 이 팔…… 이까짓 것 하나쯤 없어도 괜찮아. 테라 양과 함께 JL로 갈 수만 있다면! 그리고 이 두 다리도 내줄 수 있어. 얼마든지 가져가라고 해! JL의 의수와 의족으로 대체하면 되니까! 테라 양은 지금 내게 세상에서 제일 소중한 존재야! 그런 존재를 다시 못 보게 된다는 생각만으로도 미쳐 버릴 것 같아! 나는 이 세상에서 가장 정직한 사람은 아니지만, 지금 한 말들은 결코 거짓이 아니야. 뭘 걸면 믿어 주겠어?"

"젠킨스 씨…… 좀 진정하세요."

테라는 젠킨스의 흥분을 가라앉히며 주변의 눈치를 살폈다. 미친 것처럼 소리를 지르면서 자신의 팔다리를 두드리는 금발의 외국인. 사람들의 시선을 끌기에 충분하고도 넘친다.

"나를 진정시키려면 귀하가 약속을 해 줘. 그게 유일한 길이야. 앞으로 일주일 동안은 더 여기에서 머물며 어디로 갈지 고민을 해 주겠다고…… 그렇게 어려운 일도 아니잖아? 응?"

젠킨스는 미친 사람처럼 지껄여 댔다. 테라의 마음을 돌릴 수만 있다면 악마에게 어머니의 영혼도 팔 수 있을 것 같은 기분이었다.

지금 그의 눈앞에 서 있는 이 작고 가냘픈 여자는 그만큼 소중하다. 너무도 소중한 실험 대상이고, 백신을 만들 수 있는 유일한 재료다.

"그 남자! 그 흉터 남자의 일도 생각해 봐! 내가 전에 이야기했었잖아! 그의 외사근은 이제 완전히 손상되었기 때문에 평생을 불편한 채로 살게 될 거라고! 하지만 JL에 가면 완전히 이야기가 달라져. 근육 세포를 배양해서 이식해 줄 수 있다고! 그 모든 일들을 해 줄 수 있지만, 여기에서 헤어져 버리면 그걸로 끝이잖아! 귀하는 저 사람에게 물어보지도 않았잖아! 우리가 또 만나는 일이 있겠냐고! 이 선로 여행이 어디로 가는 건지, 목적지도 모르고 있는데!"

젠킨스는 어린아이처럼 애원을 해 댄다. 테라는 망설였다. 하지만 아무리 생각을 해 봐도 그까짓 며칠을 더 여기 있는다고 해서 크게 손해를 볼 일은 없을 것 같다.

사실 그녀 역시 누구보다도 이 장소에 미련이 많은 사람이었다. 결국 테라는 고개를 끄덕였다.

"알겠어요, 젠킨스 씨. 여기에서 며칠 더 지내면서 고민을 해 볼게요. 하지만 그렇다고 해도 제 결정이 그리 크게 달라질 것 같지는 않아요."

"고마워! 고마워!"

젠킨스는 어린아이처럼 눈물을 쏟아 내며 깊이 고개를 숙였다. 바닥으로 향한 그의 눈동자가 빛난다.

체면은 바닥에 떨어져 버렸지만, 급한 대로 시간은 벌었다. 그러면 이제부터는 어떤 방법으로 이 보석 덩어리를 곁에 묶어 둘 수 있을지 그것만 고민하면 된다.

절대로 그녀가 떠나게 두지 않을 것이다. 테라는 오로지 그의 것이다. 그 누구에게도 줄 수 없다. 그녀 자신에게조차도…….

잠실 쉘터의 대민 지원 센터는 순식간에 구름같이 몰려든 민간인 수용자들로 북새통을 이루었다. 모두 단단히 화가 나 있고, 그런 만큼 목소리도 격앙되어 있었다.

"누구 마음대로 여기서 나가래? 응? 잘 있는 사람들 왜 괴롭히고 지랄이냐고!"

"아니, 이럴 거면 며칠 전에 태양 그룹에서 이송시켜 준다고 할 때 왜 막았어요, 왜! 거기가 아무리 후져도 세상에, 선로만 못할까? 당신들이 무슨 자격으로 우리가 편하게 살 권리를 방해하냐고! 난 못 가! 못 가니까, 다시 태양 그룹 오라고 해요!"

"인간적으로 최소한 어디로 간다는 말 정도는 해 줘야 하는 것 아니야? 우리가 당신 노예들이냐고! 가라면 가고, 오라면 오는 사람들이야? 대답 좀 해 봐!"

성난 민간인 수용자들은 책상을 두드리거나 고성을 질러 가며 항의를 했다. 군인들은 그들을 더 흥분시키지 않도록 애쓸 뿐, 맞서 싸우려 들지는 않았다.

부드러운 대응으로 민간인들의 심리적 충격을 최대한 완화시키라는 명령이 내려오기도 한 데다가, 상대해야 하는 사람들이 너무 많았기 때문에 일일이 소통한다는 게 불가능했다.
"진정하십쇼! 저희도 여러분과 똑같이 그곳으로 이동해야 합니다! 그리고 지금은 이게 최선의 방법입니다. 여러분들을 힘들게 하려는 게 아니라고요! 그러니 좀 진정하세요!"
군인들은 최선을 다했지만, 그들도 아는 게 거의 없었다. 당연히 해명도 같은 말을 계속 반복하는 수준이어서 성난 군중들을 만족시키기는 어려웠다.
"아니, 이 중요한 결정을 자기들끼리 내리면 어떻게 하냐고? 이건 말이 안 되잖아요! 헬리콥터 타고 편하게 갈 수 있었는데! 그걸 못 가게 했으면 여기에서라도 좀 맘 편히 살게 해 줘야지!"
민구는 그렇게 항의해 대는 사람들과 군인들 사이에 난감한 표정으로 끼어 있었다. 그는 오늘 치의 물과 건빵을 지급받으러 왔다가 갑자기 밀려든 사람들에 몰려 봉변을 치르는 중이다.
'젠장, 하여간 뒈지려고 애쓰는 놈들은 인력으로 못 구한다니까……. 미친놈들아, 너희는 태양으로 가면 뒈지는 거야. 거기에 어떤 인간들이 있는지도 모르면서…….'
태양 그룹이 운영하는 시설로 보내 달라고 떼쓰는 사람들을 보며 민구는 속으로 혀를 찼다. 멍청한 놈들이 제 목에 올가미를 걸고서 당겨 달라고 조르는 형국이다.
그리고 일단…… 너무 시끄럽다. 다들 뭐 그리도 하고 싶은 말들이 많은지…… 민구는 인상을 쓰며 귀를 막았다.
"그럼 저희는 차라리 건대로 갈게요! 전에 그쪽으로 사람들 많이 보냈잖아요! 어딘지도 모르는 데로 가느니, 차라리 건대가 백배는 낫지. 네? 그리로 보내 줘요!"
한 무리의 여자 수용자들이 한목소리로 애원을 하자, 군인들은 땀을 뻘뻘 흘리며 고개를 저었다.
"그건 안 됩니다! 어차피 건대나 한양대 같은 군소 위성 쉘터들도 조만간 이

곳으로 합류하게 될 거예요! 다 이쪽으로 와서 다시 한강으로 간단 말입니다! 그렇게 될 건데 빈 체육관에서 여러분들끼리 뭐 하시게요?"

건대? 건대 수용자들이 이리로 온다고?

순간, 민구는 귀가 번쩍 뜨이는 것 같았다. 흥분한 민구는 바로 직전까지 자신이 시끄럽다고 욕했던 사람들 사이로 끼어들어서 갑자기 그들보다 더 큰 소리를 질러 대기 시작했다.

"어이! 군인 양반! 건대 사람들이 언제 합류한다고? 알려 주쇼! 건대는 언제 합류한다는 거요? 언제 오냐고?"

그와 눈이 마주친 군인이 어처구니없다는 듯 민구를 바라본다.

"아니, 선생님은 그게 또 왜 궁금하신지…….”

"거기 일행이 있단 말이오. 날짜만 말해 주면 돼. 더 귀찮게 안 할 테니까!"

민구는 필사적으로 외쳤다. 사람들이 밀어 치는 바람에 갈비뼈가 콱콱 울려 대지만, 그 정도는 신경도 쓰이지 않는다.

후우~ 짜증을 참기 위해 한숨을 내쉰 군인은 서류를 집어 들고 대답을 해 주었다.

"에…… 한양대가 이주 개시 5일 차에, 건대가 6일 차에 이동해서 합류합니다. 그러니까 날짜로는 일주일 뒤가 되겠네요. 됐습니까?"

"그러니까…… 내일부터 이동하고, 그 6일 뒤에 건대 사람들이 온다고?"

"어휴~ 예, 예…… 여기 그렇게 적혀 있네요."

군인이 귀찮은 기색을 숨기지 않고 대답하는 동안 민구의 뒤쪽에서는 또 성난 사람들의 외침이 들려온다.

"이렇게는 못 움직여! 어디로 가는 건지! 왜 가는 건지! 설명이라도 하고, 동의를 구하라고!"

조금 전과 똑같이 거슬리는 소음이지만, 민구는 더 이상 불쾌해하지 않았다. 그의 관심은 오로지 일주일 뒤 다시 만나게 될 얼굴에게만 쏠려 있었기 때문에 그런 사소한 문제 따위는 신경 쓰이는 축에 끼지도 못한다.

기동이 새끼…… 잔뜩 빚을 지고 있는 놈이 자신이 있는 곳으로 찾아오게 된다. 앞으로 일주일 뒤에…… 이런 호기가…….

민구의 흉터 진 얼굴에 섬뜩한 미소가 떠올랐다. 다시는 못 만날지도 모르겠다고 생각했었는데 복수의 기회가 이렇게 빨리 찾아오다니, 산다는 게 이래서 참 재미가 있다.

이동이 시작되고 시간이 지날수록 당연히 잠실 쉘터는 혼돈의 장소가 되어 갈 것이다. 그런 상황 속에서 문신이 가득한 시체 한두 구쯤, 화장실 구석에 버려져 있다고 해도 누가 신경을 쓸 리가 없다.

민구의 머릿속에는 순식간에 설계도가 그려졌다. 기동이 놈의 살찐 목을 따고 나서 다른 조직원들의 눈에 띄기 전에 자신은 한발 먼저 선로 쪽으로 이동하면 된다. 그러면 육만배와 더 얽힐 일 없이 빚만 깔끔하게 갚는 거다.

'앞으로 일주일 동안은 꼼짝 말고 여기에서 버텨야겠군, 몸도 회복할 겸.'

민구는 고개를 끄덕이며 웃었다. 몇십 미터도 걷지 못해서 비지땀을 쏟아 내던 그때와는 다르다. 며칠 전, 검은 군복 놈과의 그 승부도 처음부터 날붙이를 손에 쥔 채 죽일 마음을 먹고 달려들었다면, 그런 식으로 흘러가지는 않았을 것이다.

'칼부터 한 자루 구해야겠군.'

대민 지원 센터 주변의 인파가 어느 정도 걷힌 후에 민구는 자신의 사물함으로 가서 새 담배 한 갑을 꺼냈다. 그러고는 아직 한 번도 찾아본 적 없는 암시장 쪽으로 걸음을 옮겼다. 그놈의 검색에 걸릴까 봐 라그리프 나이프를 가져오지 못한 것이 이렇게 불편하다.

"아저씨, 뭐 찾아요? 말만 해요."

상인들과 놈들을 돕는 계집애들이 민구에게 묻는다. 이동 소식의 여파 때문인지 암시장은 평소보다 조금 한가해진 상황이었다.

민구는 대꾸하지 않고 천천히 걸으며 좌판에 늘어놓은 물건들을 눈으로 훑었다.

칼은 거의 눈에 띄지 않았고, 그나마 보이는 몇 종류의 상품들도 날의 길이가 아주 짧은 놈들뿐이었다. 한동안 더 시간을 보낸 뒤에야 민구는 자신이 찾던 물건을 발견했다.

"이거."

민구는 좌판 한구석에 놓여 있는 과도를 가리켰다. 날 길이 6센티가량의 싸구려 물건이다. 어지간히 허름하고 볼품없지만, 맨손보다야 훨씬 요긴할 것이다. 사과 껍질도 깎을 수 없을 만큼 무뎌져 있는 날이지만, 그건 갈면 된다.

"얼마요?"

민구는 고개를 들어 암시장 상인들을 쳐다봤다. 아직 스무 살도 안 된 애송이들이다.

"음, 이 아저씨 뭘 좀 아네."

애송이 상인 녀석이 고개를 끄덕이며 입을 열었다.

"이동이다 뭐다 심란한 이런 상황에서는 호신 용품이 갑이지. 내 몸 하나쯤은 내가 지켜야 하거든. 건빵 같은 거 아무리 많으면 뭐 해, 지킬 힘이 없으면 아무 소용이 없는데. 이 칼이 말이지, 인기가 좋은 물건이야. 도무지 가지고 들어오지를 못하게 하니까. 조금 전에도 어떤 사람이 와서 물어보더라고."

녀석의 말이 길게 늘어진다. 아마 입으로 지껄이면서 얼마에 팔 것인지를 생각해 보는 모양이다. 민구는 인상을 찌푸리며 다시 물었다.

"그래서 얼마라고."

"비싼데…… 아저씨는 가지고 있는 게 뭐유? 뭘로 사려고?"

"담배."

민구는 짧게 대답했다. 주머니 속에는 몇 개비 피우지 않은 담배 한 갑과 조금 전에 꺼내 온 새 담배 한 갑이 들어 있다. 담배의 값어치가 워낙 높다고 하니, 그 정도면 이까짓 싸구려 과도 한 자루쯤 얼마든지 살 수 있을 거라 생각했었다.

"담배라…… 어휴, 그런 걸로는 견적이 안 나오는데…… 크크크, 몇 갑이나 가지고 왔기에 그렇게 당당하시지? KT&G 이사님이라도 되나? 어이, 아저씨. 가지고 온 거 다 꺼내 봐요."

애송이 상인과 그 일행 놈들은 킬킬거리며 뭔가 장난을 치려 든다.

훗, 민구도 코웃음을 쳤다.

"받고 싶은 값을 이야기해. 귀찮게 굴지 말고."

으음…… 잠시 더 고민을 하며 귀엣말을 주고받던 애송이 놈들은 이윽고 마음을 정했는지 손가락 네 개를 펴 보인다.

"네 갑만 줘요. 원래 좀 더 싸게 줄 수도 있었는데, 아저씨 말투가 너무 싸가지 없어서 그렇게는 안 되겠네. 그리고 제발 깎자고 하지 마. 그런 말 꺼내려면 그냥 꺼져. 우리는 거지새끼들이랑 거래 안 하니까."

큭큭큭, 애송이 주변의 계집애들이 킬킬거린다. 민구는 잠시 생각에 잠겼다. 사물함에 있는 담배를 다 탈탈 털면 네 갑에서 몇 개비가 빠진다. 아마 그 정도면 거래는 될 것이다.

그런데 그걸 다 줬다가는 당장에 피울 것도 없고, 옆자리의 외국인에게 붕대를 감아 달라는 말도 못 하게 된다.

"네 갑도 없나 보네. 큭큭큭, 뭐 저래? 설마 담배 몇 가치 가지고 와서 사려고 했던 건가? 미친…… 큭큭."

민구가 잠시 고민하자 애송이 녀석들이 신이 나서 웃어 댄다. 그런 놈들을 보며 민구는 생각했다.

'그냥 빼앗을까? 인적이 없을 때쯤 다시 와서 이놈들을 때려 주고…… 아니지, 아니야. 공연히 시끄러워질 일은 하지 말자. 가뜩이나 이런저런 일로 눈길깨나 끌었는데…….'

민구는 고개를 끄덕였다. 이까짓 놈들 때문에 말썽이 났다가 정작 기동이 놈을 놓쳐서는 곤란하다.

"세 갑에 사지."

민구가 말했다. 그로서는 많이 양보한 셈이다. 하지만 애송이들은 단호했다.

"꺼지라고. 미친 새끼가 꼬나보면서 값을 깎고 자빠졌네. 그런 눈깔로 치켜뜨면 누가 무서워할 줄 아냐? 우리도 다 믿는 구석이 있으니까 이런 거 하고 있는 거야. 왜? 애새끼들이 반말하니까 빡쳐? 확 그냥!"

애송이 중 한 놈이 등 뒤로 손을 뻗었다가 칼을 빼 들고 내휘두른다. 민구는 녀석의 칼을 빤히 노려보았다.

날 길이만 10센티 이상의 캠핑용 나이프. 두께도 두툼하다. 새것이었을 때의 가격이 결코 2만 원을 넘지 않았을 물건이지만, 과도에 댈 바는 아니다. 그리고 접어서 휴대할 수가 있다.

"이게 좋구만."

왼손으로 녀석의 팔목을 덥석 움켜쥐고 당기며 민구가 말했다. 애송이 녀석은 당황해서 얼굴이 벌게졌다. 위협을 하기 위해 내두른 팔목을 그대로 잡혀 버릴 줄 몰랐다.

게다가 민구의 손아귀 힘…… 바짝 말랐다고만 생각했는데, 뼈가 아플 만큼 강하게 잡고 놔줄 생각을 않는다.

"이, 이거 놔! 이 씨발!"

애송이의 입에서 욕설이 터져 나온다. 사람들의 시선이 자신 쪽으로 향하는 걸 느끼면서 민구는 빙긋 웃었다.

"괜찮아, 이 새끼야. 해치지 않는다. 그러니까 무서워하지 마."

그러고는 자신의 트레이닝복 왼쪽 소매를 걷어 올렸다. 팔목을 틀어 검은색 베젤의 시계를 내보인 민구가 말했다.

"자, 이걸 주마."

"……롤렉스네……."

징징거리던 애송이들이 조용해졌다. 총에 맞았을 때 구르고 자빠지며 조금 긁히기는 했어도 아직 멀쩡하다. 시계는 인기 품목이다.

암시장의 가장 큰 물주라고 할 수 있는 군인들이 워낙 좋아하는 물건이기도 하고, 값어치를 응축해서 보관할 수 있다는 장점도 있다.

이만하면…….

녀석들의 얼굴에서 욕심을 읽은 민구는 말을 계속했다.

"단, 나도 시계는 하나 있어야 돼. 이 칼에 아무거라도 시계 하나를 더 내놔."

"그냥 돈 안 받고 줄 만한 건 싸구려밖에 없는데……."

애송이들은 시계에서 눈을 떼지 않으며 중얼거렸다. 민구는 여전히 미소를 유지한 채 말했다.

"상관없어. 그냥 시간만 대충 맞으면 돼. 어차피 며칠만 쓸 거니까."

일주일 뒤에 기동이 놈을 벌주고 나면, 녀석의 시계를 빼앗아 찰 심산이었다. 팔목을 잡힌 애송이 놈이 눈짓을 하자, 계집애들이 뒤쪽의 박스를 뒤적거린다.

"지금은 이거밖에 없어요. 아니면 이거랑요."

그녀들이 내민 것은 전자시계와 미키 마우스가 그려진 시계, 두 개였다. 때마침 분이 새로 바뀌자 미키 마우스의 긴 팔이 철컥, 한 칸 내려간다.

"이…… 이건 곤란해."

민구는 얼른 전자시계 쪽으로 시선을 돌렸다. 그런데 전자시계는 줄이 끊어진 채다.

"너희 지금 장난치나? 이게 다라고?"

"싫으면 담배를 더 얹어 줘요. 그러면 이거보다는 좀 더 나은 게 있어요."

애송이들도 여간 아니어서 완강히 버틴다. 이미 충분히 사람들의 시선을 끈 것 같아서 민구는 그냥 타협을 보기로 했다.

"뭐…… 좋아. 그까짓 것, 어차피 며칠만 찰 건데. 그쪽 거, 줄 멀쩡한 놈으로 내놔."

고개를 끄덕인 민구는 시계를 풀어 놈들 앞으로 내밀었다. 애송이도 시계와 캠핑 나이프를 민구에게 건넨다. 이걸로 거래는 성립됐다. 민구는 칼을 얻었고, 팔목에 매력을 더했다.

원래대로라면 줄이 짧았을 시계지만, 살이 바짝 빠진 터라 앙상한 팔목에 겨우 고리가 채워졌다.

캠핑 나이프의 날을 시험해 본 민구는 칼을 접어 호주머니에 넣고, 얼른 소매를 내려 빨강 반바지를 입은 쥐 그림을 가렸다.
 찰칵, 미키 마우스의 팔이 또 한 칸 내려가며 1분이 지났음을 알린다.

03

 진우의 사격 교실은 늦은 아침 식사가 끝난 뒤에 시작되었다. 총의 각 부위에 대해서 간단한 설명을 해 주고, 탄창을 끼우는 요령과 모드, 방아쇠를 당기는 방법을 알려 준 진우는 근엄한 얼굴로 말했다.
 "절대로! 절대로 이 총구, 사람을 향해서 겨누면 안 돼. 알았지? 항상 총구를 바닥으로…… 야, 너희 듣고 있냐?"
 듣고 있지 않았다. 다들 잔뜩 들떠서 서로 얼굴을 마주 보고 총에 대해 수다를 떠느라 너무 바빴기 때문이다.
 "이거 진짜 명심해야 하는 거야! 실수로 맞아도 죽는 건 마찬가지라고!"
 진우는 친구들에게 다시 한번 총의 위험성을 역설했다. 군에서 사격 훈련을 하기 전에 왜 그리 병사들을 굴리고 바짝 기합을 넣는지 알 것 같다.
 어떻게 해야 이놈들의 얼굴에서 웃음기를 뺄 수 있는 걸까…….
 "대장님, 질문 있습니다! 질문해도 됩니까?"
 제니가 손을 번쩍 들고 물었다.
 대장님……이라고? 푸―.
 신경이 곤두섰던 진우의 얼굴에도 미소가 번진다. 어제 아침, 그의 주변에는 삼숙이와 시체들밖에 없었다. 하지만 지금은 친구들과 하이바 속 사진에서 튀어나온 것 같은 제니가 함께 있다. 당연히 좋다. 황홀할 만큼…….
 큼, 큼, 억지로 목소리를 가다듬은 진우는 제니를 지목하며 말했다.
 "질문해도 좋다."

"그 총은 얼마나 멀리 있는 것까지 맞히는 건가요?"

물론 얼빠진 질문이지만, 진우는 그런 것도 용서할 수 있었다. 진우는 자신의 K-2 개머리판을 가볍게 두드리며 말했다.

"이 총의 유효 사거리는 600미터라고 하지만, 기본적으로는 250미터 내외의 적을 맞히기 위해 세팅을 해 놓았어. 그보다 멀리 있는 목표를 맞히려면 영점 조절을 다시 하는 편이 효율적일 거야."

"250미터래. 짱이다!"

제니와 태권 소녀가 서로 마주 보고 손을 부딪치며 환호한다. 자기들이 잘한 것도 아닌데 왜 저러나 싶다. 삼식이도 번쩍 손을 든다.

"친구님, 저도 질문해도 됩니까? 250미터 떨어진 것을 맞힌다는 게 뻥이라고 생각되면 어떻게 해야 됩니까?"

삼식이 놈은 허락을 구하는 척하더니, 하고 싶은 말을 다 지껄이고 나서야 손을 내렸다. 녀석의 바보짓에 다른 일행들도 갑자기 동조하기 시작했다.

"진짜네. 그거는 너무 멀다. 뻥을 좀 심하게 쳤어."

보안관과 유빈도 야유를 한다.

"홋, 후후후, 이 바보 새끼들……."

진우는 헛웃음을 지으며 손을 들어 놈들을 제지했다.

"아, 아, 조용. 250미터 정도는 아주 질릴 만큼 쐈어. 사단 사격 대회 나가서 1등 해야 한다고 우리 대대장이 연습을 죽도록 시켰거든. 그리고 그 거리가 너희가 생각하는 만큼 그렇게 멀지 않아. 예를 들어서 저기 보이는 저 건물…… 저 툭 튀어나온 석조 건물 말이야. 그게 250미터쯤 떨어져 있어. 아니려나? 실제로는 한 270미터쯤 되겠다."

진우의 말을 들은 모두의 표정이 '놀람'으로 바뀐다. 잠시의 침묵을 깨고 유빈이 물었다.

"……저 거리가 얼마나 되는 건지 그냥 눈으로 봐서 알 수 있다고?"

"응, 당연히. 딱 보면 알잖아. 저기 저 트럭은 여기서 45미터. 저 좀비는 70미터. 주유소 180미터…… 아니, 그게 짐작이 안 돼?"

일행들은 다시 서로 얼굴을 마주 보고 웅성거리기 시작했다.

"진짜? 저런 거 알 수 있어? 나는 전혀 모르는데?"

"모르는 게 당연한 거지. 무슨 인간 줄자도 아니고. 아니, 줄자라도 직접 재 보기 전에 어떻게 알 수 있어?"

보안관과 삼식이도 괴물을 대하듯 진우를 보며 중얼거린다. 친구가 무사히 돌아온 줄 알았는데…… 기계 인간으로 개조를 했던 건가…….

"진우야, 네 말대로라면 너는 멀리 떨어진 걸 딱 보자마자 그 거리를 실제와 거의 유사하게 알 수 있다는 거네?"

보안관이 묻자, 진우는 덤덤하게 고개를 끄덕였다.

"응. 나는 너희가 그렇게 난리를 치면서 신기해하는 이유를 오히려 모르겠다. 자, 봐 봐. 보안관, 지금 너랑 나 사이의 거리가 몇 미터나 되겠어?"

보안관은 눈대중을 해 봤다. 진우까지…… 엎어지면 닿지 않을 거리고, 팔을 뻗으면 발목은 잡을 수 있을 것 같다.

"대략…… 2미터?"

"그래, 잘 알면서……. 그럼 여기서 저기까지 가늠하는 것도 같은 원리지 뭐."

진우는 당연하다는 표정으로 제 말에 의하면 270미터 떨어져 있다는 건물을 가리킨다. 친구들은 어이가 없었다.

미친, 뭐가 같은 원리라는 거야. 엄연히 다르구만…….

"괜찮아, 괜찮아. 몇 번 연습하다 보면 금방 익숙해져. 나도 처음에는 좀 헷갈리기도 했었어."

진우는 정말로 누구나 할 수 있다고 믿는 것처럼 말했다. 그때, 규영이 조심스레 손을 들며 묻는다.

"저기…… 그럼요, 형님. 그 거리를 알 수 있는 능력이 실제로 사격하는 것과는 무슨 관련이 있는 건가요? 거리를 모르면 안 되는 건가요?"

"음…… 안 된다고 말할 수는 없지만, 명중률과 관련이 있어. 그게 이런 건데…… 처음에 이 총의 영점을 25미터에서 조절하거든. 그러면 정확히 250미터에서 25미터와 같은 궤도를 한 번 더 지나가. 이런 식으로 포물선을 그리게 되는 거라는 이야기야."

진우는 완만한 포물선을 그려 보이며 말을 이었다.

"이 말이 무슨 의미인지 알겠지? 총알을 쏜다는 게 레이저 총처럼 직선으로 뻗어 나가는 게 아니니까 위로 한 번 올라갔다가 어느 지점을 지난 뒤부터는 계속 아래로 조금씩 떨어지며 날아간다는 말이야. 이거를 탄도라고 하는데, 탄도 때문에 거리 가늠이 의미가 있어. 어떤 거리에서는 내가 겨눴던 것보다 아래쪽에 맞을 수도 있고, 또 반대로……."

한참 설명을 하던 진우는 입을 다물었다. 규영과 임수정을 제외한 나머지 일행들의 관심과 영혼이 어딘가로 빠져나가는 걸 확연히 느낄 수 있었기 때문이다. 삼숙이를 끌어안고 있던 삼식이가 슬프다는 듯 중얼거렸다.

"뭔가 내가 아는 진우가 아닌 것 같아……."

"으응, 저 새끼…… 시험 점수를 몰랐으면 깜빡 속을 뻔했어. 탄도라는 둥 포물선이 어쨌다는 둥, 굉장히 공부 잘했던 놈처럼 말하네. 책이라고는 펴 본 적도 없으면서."

보안관도 고개를 끄덕이며 삼식이의 의견에 동조했다. 시퍼렇게 멍이 든 눈두덩을 문지르고 있던 유빈이 말했다.

"그런데 듣다 보니까 나는 진우가 왜 사격을 잘하는 건지 어렴풋하긴 하지만 알 것도 같아. 쟤는 총알이 날아가는 각도가 대충 머릿속으로 그려지나 봐. 거리도 딱 보이고. 신기한데? 그런 걸 감이라고 해도 되는 건가? 나는 그런 식의…… 거리에 대한 감각이 별로 없거든."

"그냥 됐어. 지금 말한 건 그냥 잊어버려. 어차피 너희가 이 총 쓸 것도 아닌데, 내가 괜한 소리 한참 떠들었다."

진우는 얼른 손을 저으며 말했다. 사실 그런 이론들은 이들이 사용하게 될 MP5와는 거의 무관한 이야기 같기도 했다. 9㎜ 권총탄을 사용하는 기관단총으로 멀리 떨어진 목표를 맞힐 일은 없다. 산탄총과 권총도 마찬가지다.

진우는 탄창이 끼워져 있지 않은 MP5를 들고 눈에 가져다 대는 시늉을 하며 말했다.

"너희는 그냥 이것만 염두에 두면 돼. 너희 눈이랑, 이 총 뒤에 있는 가늠자, 앞에 있는 가늠쇠울, 그리고 목표가 일직선을 이뤄야 한다는 거. 그렇게 정렬을 해 둔 걸 방아쇠를 당길 때까지도 유지하면 크게 벗어날 일은 없어."

진우가 옆으로 돌아서서 사격 자세를 취하며 시범을 보이자, 일행들의 관심도는 다시 올라갔다. 역시 이론을 듣는 것보다는 직접 보는 편이 더 흥미를 불러 일으키는 모양이다.

"그 이야기도 좋은데, 나는 네가 저 건물을 맞히는 것부터 보고 싶어. 네가 얼마나 멀리까지 정확하게 쏠 수 있는지 알면 앞으로 계획을 짤 때 큰 도움이 될 테니까 말이야."

유빈이 석조 건물을 가리키며 쏴 보라고 권한다. 진우는 민망함이 가득한 웃음을 지었다.

"어휴, 됐어. 너희들, 왜 이렇게 자꾸 사람을 시험하려고 그래? 저 건물이 무슨 죄가 있다고…… 그냥 믿어도 돼. 저 정도는 쉬워."

"……못 쏘나 보다. 그냥 군대에서 뻥만 늘은 건가 봐. 그치, 제니야?"

삼식이가 입을 가리는 시늉을 하면서 제니에게 속닥거린다. 제니도 장난기가 동해서 그 장단에 맞춰 준다.

"에이, 그래도 그냥 속은 척하고 넘어가요. 어쨌든 생명의 은인이잖아요. 그리고 가까이에서라도 잘 쏘는 게 어디예요."

술렁술렁, 관객석에서 동요가 일어난다.

하…… 이 새끼들…….

진우는 귀찮다는 듯 얼굴을 긁었다. 이놈들이 왜 이렇게 만죽을 거는지 잘 알고 있다. 자신의 실력을 못 믿는 게 아니라, 서커스를 보고 싶다고 보채는 것이다.

"좋아."

진우가 고개를 끄덕였다. 이쯤에서 한 번 정도 사격 선생에 대한 녀석들의 존경심을 굳건히 하고, 불안을 잠재워 줄 필요가 있어 보인다. 진우는 MP5를 다시 가방 안에 넣고 친구들에게 말했다.

"어디를 맞힐지 골라 봐. 그러면 쏠게."

"어머, 정말요?"

제니와 태권 소녀가 손뼉을 치며 일어났고, 삼식이와 보안관도 싸구려 망원경을 들고 설친다. 규영도 존경심이 가득한 눈으로 진우의 얼굴을 우러러보고 있다.

한참 동안이나 설치던 녀석들은 결국 진우가 270미터 떨어져 있다고 지목한 석조 건물의 맨 꼭대기 층의 우측 유리를 지목했다. 진우는 어이가 없었다. 이건 표적이라고 하기도 민망할 수준이다.

"저거? 야…… 저건 엄청 큰 표적이야. 가로세로 다 2미터 가까이 돼. 정말 저런 걸로 괜찮아? 그러지 말고 더 작은 걸 골라."

"역시 줄자맨…… 대단하구나, 270미터 떨어진 건물의 유리창 크기를 알아맞히다니……."

삼식이가 감탄하는 동안 다른 친구들은 좀 더 어려운 과제를 찾기 위해 망원경을 돌려 가며 머리를 모았다.

결국 그들은 그 건물의 외부 조명등 중에서 하나를 지목했다. 손바닥 두 개 크기 정도밖에는 안 될 만큼 작은 놈이다.

"그래, 그 정도면 괜찮겠네. 쏜다."

진우가 모두를 둘러보고 나서 사격 자세를 취하자, 삼숙이가 터벅터벅 걸어가 진우와 친구들의 사이에 앉는다. 이쪽으로 넘어오면 안 된다고 선을 그어 주는 것 같다.

아직 조준경에 눈을 대지 않은 채 진우는 다시 한번 주의 사항을 말했다.

"앞으로 귀에 딱지가 앉도록 이야기하겠지만, 방아쇠에 손가락을 대기 전에 항상 확인해. 근처에 다른 사람이 오가지는 않는지, 그리고 표적 너머에 뭐가 있는지…….."
 말을 마친 진우는 재빨리 조준을 하고 방아쇠를 당겼다.
 타아앙~!
 긴 발사음과 거의 동시에 건물의 외부 조명등이 박살 나며 떨어진다.
 우와~! 우와!
 망원경에 눈을 붙이고 있던 규영이 숨 막히는 신음 소리를 냈다. 망원경은 금세 여자들의 손으로 넘어갔고, 제니와 태권 소녀, 임수정도 탄성을 터뜨린다.
 "뭔데? 맞았어?"
 보안관과 유빈이 눈을 가늘게 뜨고 어리둥절해하는 동안, 매의 시력을 가진 삼식이가 고개를 주억거린다.
 "명중인데……"
 우와! 진짜네! 짱이다!
 놈들이 한바탕 수선스럽게 떠들어 대는 동안 진우는 탄피를 줍고 모드를 안전으로 돌려놓았다. 그러고는 분위기가 좀 가라앉기를 기다려서 입을 열었다.
 "자, 이제 장난 그만 치고 연습하자."
 다들 입술이 '오' 소리를 낼 때의 모양처럼 된 채로 고개를 끄덕이며 진우 쪽으로 돌아앉는다. 첫 번째 학생으로 나선 것은 규영이. 워낙에 열성적으로 배우고 싶어서 안달이 난 상태다.
 목표는 도로 건너편의 건물에 걸린 대형 간판으로 정했다. 가까운 거리에 있는 커다란 표적이지만, 처음 시작은 그 정도면 된다.
 진우는 녀석의 몸을 옆으로 틀어 반동으로 휠체어가 움직이지 않도록 하고, 바로 등 뒤에 서서 함께 총을 잡아 주었다.
 두근두근, 규영이의 가슴이 얼마나 크게 뛰고 있는지 총을 꽉 잡은 녀석의 손을 통해 진우에게도 고스란히 전해진다.
 "이걸 잘하면 저도…… 후우, 후우~ 형아들이랑 누나들을 도울 수 있을 거예요. 후우……"

중얼거리는 규영의 얼굴은 빨갛게 달아올랐다. 진우는 녀석의 귀에 대고 조용히 일러 줬다.

"규영아, 숨을 크게, 그리고 천천히 쉬어. 이렇게 흥분하면 잘 안 맞아."

"……네, 네, 형님! 후우, 후우~."

규영은 열심히 대답하고 콧구멍을 크게 벌려서 숨을 들이쉬었다. 녀석의 호흡이 안정된 것을 확인한 후, 진우는 손가락을 방아쇠울 안에 집어넣어도 좋다고 말했다.

애초부터 MP5의 탄창 안에는 세 발만 넣어 뒀다. 여유 탄창이 많지 않은 상태에서 그 이상의 양을 연습으로 써 버리면 실제 전투를 위한 실탄이 부족해지기 때문이다.

"숨을 들이마시고 참은 상태에서 저 앞에 달린 동그라미가 흔들리지 않는다고 생각되면 손가락을 당겨. 알겠지? 팔 전체를 쓰는 게 아니라 손가락만."

진우의 조언을 들은 규영이는 콧바람을 내뿜으며 고개를 끄덕였다. 녀석이 준비가 된 걸 확인한 진우는 손을 뗐다.

자신의 힘만으로 할 수 있다는 걸 깨닫는 게 어쩌면 가장 중요한 일이다. 옥상 위는 순식간에 조용해졌다.

아주 미세하게 바르르 떨며 총을 받치고 있던 규영이 입술을 꽉 깨문 채 방아쇠를 당긴다.

타앙—.

MP5에서 발사된 9㎜ 파라블럼탄은 순식간에 30여 미터를 날아갔다. 하지만 표적에서 벗어나 위쪽의 유리를 뚫어 버렸다.

"어, 이게 왜……."

맞았는지 확인하기 위해 고개를 들었던 규영은 불안한 목소리로 중얼거렸다. 진우는 녀석의 어깨를 두드려 줬다.

"방아쇠를 당길 때 총이 흔들려서 그래. 좀 더 힘을 줘서 잡아."

준비를 한 규영이 두 발째를 쏘았다. 명중은 아니지만 이번에는 한결 가까워졌다. 건물의 간판 가까운 유리창에 거미줄 같은 금이 가고, 작은 구멍이 하나 생겨났다.

"보셨어요? 보셨어요? 제가! 제가 거의 맞혔어요!"

흥분한 규영이 총을 꽉 잡은 채 몸을 돌리려 한다. 진우는 재빨리 녀석의 두 팔을 꽉 잡고 총구가 사람들 쪽으로 향하지 않도록 막았다.

"안 돼, 이렇게 하면. 항상 총구 방향을 신경 써야 한다니까. 사격은 잘했어. 그 감을 잊어버리기 전에 다시 한번 해 보자."

진우는 규영의 호흡을 가라앉히고 다시 표적을 겨누도록 했다. 규영은 잔뜩 상기된 얼굴로 세 발째를 쏴서 다시 구멍 하나를 추가했다. 첫 번째보다 목표물에 한결 가까워졌기에, 그래도 일단 명중 각이다.

진우가 총을 회수할 때, 녀석의 표정에는 아쉬움이 뚝뚝 묻어났다. 굉장히 잘했다는 칭찬과 함께 규영의 머리를 쓸어 준 뒤, 진우가 모두가 앉은 쪽을 돌아보았다.

"자, 이제 다음은 누가 해 볼 거야?"

"대장님! 저요, 저! 나이 어린 순서대로!"

제니가 강력한 의지를 보이며 일어섰다. 머리카락까지 질끈 동여맨 제니가 난간 부근에 서자, 이번에는 진우의 가슴이 쿵덕쿵덕 뛰기 시작했다. 조금 전, 규영이가 내뿜던 것보다 더 센 콧바람이 풍, 풍, 뿜어져 나온다.

'내가…… 제니의 등 뒤에서…… 팔을 뻗어서 두 손을 마주 잡고…… 후우~ 후우~.'

진우는 혹시라도 혼잣말을 지껄이게 될까 봐 두려워서 입을 꾹 가린 채 코로만 숨을 몰아쉬었다. 그가 흥분한 것을 알아챈 보안관과 태권 소녀가 목소리를 높여 항의한다.

"어이! 군인 아저씨! 똑바로 해! 교육에 사심을 집어넣으면 어떡해! 숨소리 관리 좀 하라고!"

"맞아! 제니야, 네가 먼저 하면 안 되겠어. 너무 자극이 심한가 봐! 진우, 쟤 저러다가 심장 터져 죽겠다!"

"알았어, 알았어……."

진우는 잠시 고개를 돌리고 호흡을 가라앉혀야 했다. 가르쳐야 하는 상대가 제니가 아니라 태권 소녀였다고 해도 상황이 별로 다르지 않았을 것이다.

봄에 입대해서부터 지금까지 여자라고는 거의 구경을 못 해 본 터라, 별것 아닌 일들도 다 가슴이 두근거리고 그저 좋기만 하다.

"알았으니까 그만 좀 놀려! 나 총 있다고!"

겨우 여유를 찾은 진우는 친구 놈들을 조용히 시켰다. 그러고는 제니에게 MP5를 쥐여 준 뒤, 탄창을 갈아 끼우는 법부터 설명을 시작했다. 조금 전까지 애교 가득한 미소를 짓던 제니의 눈빛이 진지하게 변한다.

이후에도 사격 훈련은 계속되었고, 여덟 명 전부가 차례대로 세 발씩을 쏘아 봤다. 다들 처음인 만큼 해 줘야 할 이야기가 많아서 유빈을 끝으로 훈련이 마무리되었을 때에는 점심 먹을 시간이 지나 있었다.

"어때, 우리? 좀 희망이 보여? 사실대로 말해 봐. 형편없지?"

유빈이 커피를 건네주며 조용히 묻는다. 진우는 웃었다.

"하하, 아니, 뭐…… 이제 겨우 세 발씩 쏴 본 건데…… 그냥 어떻게 총을 쏘는 건지에 대해서 연습한 거잖아. 그 정도 가지고는 뭐라고 평가하기엔 일러."

"그래도 어느 정도 느낌이 있을 거 아니야. '아, 얘는 좀 쏘겠는데?'라든가, 아니면 '얘는 총 쥐여 줄 필요 없겠다.'라든가 말이야."

"영 아니다 싶은 사람은 모르겠고, 처음치고는 꽤 잘한다 싶은 사람들은 좀 있었지. 삼식이도 그렇고, 혜주도…… 아, 그리고 의외로 제니도……. 총소리 나면 비명부터 지르지 않을까 했는데 움츠러드는 기색도 없고."

"응, 걔도 너랑 비슷한 느낌이야. 감이 있어. 볼라라고…… 이렇게 빙빙 돌리다가 던지는 무기를 만들었을 때도 그랬거든. 만든 건 난데, 처음부터 걔가 더 잘 맞히더라."

유빈은 납득하는 눈치다. 난간 쪽에서 해맑은 표정으로 담배 피우고 있는 삼식이를 보던 진우가 말했다.

"그런데 말이지, 총으로 간판을 맞히는 것하고 사람을 맞히는 건 완전히 달라. 삼식이처럼 마음이 여린 녀석은 아무리 잘 쏘게 된다고 해도 막상 방아쇠를 당겨야 할 순간이 오면 아마…… 쉽게 그러지 못할 거야. 아마 여자애들도 비슷할 것 같고."

음, 유빈은 고개를 끄덕였다. 태권 소녀가 의외로 여린 구석이 있는 건 사실이다. 파라다이스 모텔에서 자신이 턱을 맞아 기절했을 때도, 그녀는 치명상을 입히려 들지 않았었다.

제니는 뭐…… 좀비들을 불태워 죽였던 밤에 계속 악몽을 꿨던 전력이 있는 아이이고…….

"좀비 상대로라도 경험을 많이 쌓으면 조금은 나을 테지만, 그 정도로 실탄이 여유 있지가 않아. 그러니까 총은 그냥 최소한의 호신용이라고 생각하는 게 좋을 거야. 총을 들고 다니면서 사고 안 날 만큼 익숙해지기까지도 꽤 오래 걸리거든."

진우가 말했다. 유빈 역시 아직 어설픈 친구들에게 총을 들고 다니도록 하고 싶은 마음은 추호도 없었다. 하지만 동시에 어제와 같은 최악의 상황을 마주했을 때, 그냥 맥없이 무릎을 꿇고 싶지 않다는 욕심도 있었다.

"다 잘 쏠 필요는 없어. 일단은 한두 명 정도만이라도 더 집중적으로 봐 줘. 그래야 잠실로 이동했다가 테라를 데리고 돌아올 때 조금이라도 더 안전해질 테니까."

유빈은 진우의 어깨를 두드려 주며 부탁했다. 진우는 멍투성이가 된 유빈의 얼굴을 가만히 쳐다보았다.

핏줄이 터진 유빈의 흰자 아래쪽은 아직도 붉게 물들어 있고, 입술 주변에는 검붉은 피딱지가 앉았다. 진우는 씁쓸하게 웃었다.

"이 지경이 되고도 바로 다음 날 또 잠실로 갈 계획을 짜고 있는 거야? 유빈이, 너도 참 어지간하다."

"강원도에서 서울까지 혼자 올라온 놈이 할 소리는 아닌 것 같은데……."

유빈이 눈두덩을 문지르며 말했다. 진우가 물었다.

"다시 가더라도 산책로 드라이브는 너무 위험한데…… 게다가 이 앞으로 지나가는 좀비 떼만 하더라도 규모가 엄청나고. 그런 데 얽혀들면 살아남기 어려워. 무슨 다른 계획이 있어?"

"……응, 아마도."

유빈이 고개를 끄덕였다.

"우리끼리 있을 때는 불가능했지만, 네가 와 준 덕에 몇 가지 길이 열렸지. 지하철을 통해서 최단 거리로 가는 방법 같은 거 말이야."

"지하철?"

진우는 이마를 찡그렸다. 지하철이라는 단어를 듣자마자 좀비들에게 포위되어 죽을 뻔했던 캄캄한 터널 속이 떠오른다.

시야가 좁아지고 두려움은 증폭되는, 그런 공간…… 사방에서 포효가 메아리치던 오싹한 기억……. 그런 곳을 일부러 골라 들어간다는 건 별로 좋은 선택 같지 않았다.

"왜 하필 지하철이야? 그냥 밝은 도로로 가도 되는데."

진우의 질문에 유빈은 무덤덤하게 대답했다.

"그야, 뭐…… 여러 가지 이유가 있긴 한데…… 그중 제일 큰 건 좀 더 안전하다는 이유지. 지하철 속으로는 좀비들이 들어가지 않으니까."

"좀비들이 안 들어간다고? 진짜?"

진우는 깜짝 놀라 반문했다. 좀비들이라면 지긋지긋할 정도로 보아 왔지만, 그런 사실은 몰랐다. 그리고 잠시 시간이 흐른 뒤에 자신이 모를 수밖에 없다는 것도 깨달았다.

그는 좀비 사태가 생긴 이후 계속 강원도에 있었고, 어제야 비로소 처음으로 지하철이 있는 공간에 도착했다.

"응, 여기에서 지내는 동안 제 발로 걸어 들어가는 놈은 한 번도 못 봤어. 아마 놈들 눈앞에서 누군가 그쪽으로 뛰어 들어가거나, 담배 연기를 뿜어 대지 않는 이상은 안 갈 거라고 믿어……. 그러니까 웬만해서는 엄청난 좀비 떼를 만날 일이 없어. 그냥 몇 마리 정도야."

유빈이 설명해 준다. 진우도 햇빛과 좀비가 자연스럽게 연결되었다.

아…… 그래서 그 터널 속의 느린 좀비들도 약해져 있었던 건가?

하지만 진우에게는 여전히 의문이 남았다.

"그럼 엄청 좋은 거 아니야? 왜 처음부터 그리로 안 갔어? 내가 굳이 필요할 것 같지도 않은데."

"그 안에 들어가서 한 10분 정도만 지나면 숨쉬기가 점점 힘들어져. 시꺼먼 먼지가 자욱하고, 냄새도 꽤 나. 그래서 두 정거장마다 한 번쯤은 선로 위로 올라와서 맑은 공기를 쐬어야 해. 안 그랬다가는 점점 어지러워지더라고."

흐음…….

어떤 기분인지 알 것 같아서 진우는 자기도 모르게 크게 숨을 들이쉬었다.

터널의 중간에 이르렀을 때, 그 역시 산소 부족으로 비틀거렸었다. 지하철 선로 내에는 자신이 급한 대로 사용했던 자동차 타이어 공기조차 없으니, 꽤나 힘이 들 것이다.

"낯선 역 안에 좀비가 몇 마리나 남아 있을지 모르니까 중간에 밖으로 나가야 하는 순간도 위험하고, 또 건대 쪽에서부터 온 군인들이 돌아다니고 있었거든. 수정이 누나랑 그 일행을 잡으려고. 그놈들이 다짜고짜 총을 쏘거나 할까 봐 마음대로 불을 켜고 걸어갈 수가 없었어."

유빈이 건대와 관련한 이야기를 해 줄 때, 진우는 그중 절반 정도만 이해할 수 있었다. 어제 이런저런 이야기들을 한참 나눴는데도, 아직 그가 알아야 하는 게 잔뜩 남았다. 진우는 머리를 긁적이며 물었다.

"낯선 역에 돌아다니는 좀비 몇십 마리 정도야 크게 걱정하지 않아도 될 것 같긴 한데…… 군인들 총은 어떻게 피하려고?"

"그게…… 아직도 수색을 계속하고 있을지는 모르지만, 만약 그렇다면 그건 저 녀석이 해결해 줘야지."

유빈은 진우의 곁을 충성스럽게 지키고 앉아 있는 삼숙이를 가리켰다.

"어제도 우리가 거기서 두드려 맞고 있는 걸 저 녀석이 먼저 알고 알려 줬다며? 그러니까 지하철 선로 안에 들어가서도 그렇게 해 줄 수 있을 거라고 기대하는 중이야. 예를 들어 사람들이 근처에 있으면 짖어 준다든가 하는 방식으로."

삼식…… 아니, 삼숙아, 또 신세를 지게 생겼구나…….

진우가 삼숙이의 머리통을 한 번 쓸어 주는 동안 유빈은 이야기를 계속했다.

"그렇게 해서 이동만 할 수 있으면, 중간중간마다 지하철역 근처에 우리가 숨을 만한 곳을 두 개 정도 만들어 두고 싶어. 여기서 두 정거장 정도 떨어진 데다가 하나, 한강에서 별로 멀지 않은 곳에 또 하나. 그렇게 두 군데에 보름 치 정도의 음식이랑 생필품, 그리고 비상약을 채워 둘 거야. 그런 데를 마련해 놔야 조금 안심이 될 거거든."

"그건 왜? 보험 같은 거야?"

"응. 우리들이 자리를 비우고 잠실로 가 있는 동안에 여기로 아무도 오지 말라는 법이 없잖아. 누군가가 여길 점거하고 있을 상황도 대비해 놔야지. 또…… 테라를 데리고 그 잠실 쉘터라는 데를 탈출했을 때에도 우리 몸 상태가 어떨지 모르잖아. 누가 발목이라도 삐게 되면 단번에 여기까지 걸어오는 건 무리니까. 바로 근처에서 일단 회복할 수 있어야 돼."

유빈은 일어날 수 있는 모든 불행한 사건을 전부 대비하려는 사람처럼 말했다. 걱정하기 좋아하던 이 녀석의 성격이 오히려 더 강화된 걸 보며 진우는 빙긋 미소를 지었다.

확실히…… 자신 외에 누군가 한 사람만 총을 휴대해야 한다면 그 역할에 가장 적합한 건 유빈이, 이 녀석일 것이다.

이 조심스러운 녀석에게 총이 맡겨져 있는 동안은 그 자신도 등 뒤에서 오발 사고가 나지 않을까 하는 우려로부터 한결 자유로워질 수 있을 테니까.

"무슨 이야기를 그렇게 열심히 하고 있냐? 밥 먹자."

음식을 가지러 아래층으로 내려갔던 보안관과 태권 소녀, 그리고 제니가 돌아와 옆자리에 앉았다. 진우는 그들이 내미는 쇼핑백을 받아 테이블에 올리며 대답했다.

"응. 유빈이가 지하철 통해서 잠실까지 걸어갈 수 있을 것 같다고 해서 계획 짜고 있었어."

"잠실? 야, 무슨 소리야, 유빈아? 네 다리를 봐. 저렇게 부어오른 다리로는 여기서 두 정거장도 못 걸어가. 그러니까 일단 밥 잘 먹고 회복부터 해야지. 서로 다 빨리 만나면 물론 좋겠지만, 잠실 쉘터는 어디 안 가고 항상 그 자리에 있는 거잖아. 네 몸이 우선이라고."

보안관은 철없는 아이를 달래는 것처럼 유빈에게 말했다. 제니도, 태권 소녀도 그의 편을 든다.

"그래요, 오빠. 일단 절룩거리는 것 좀 낫고 가도 돼요. 실은 꼭 가지 않아도 되고요."

"자, 받아. 너, 어제 이거 잘 먹더라. 아 참…… 그리고 이거. 그거 가지러 일부러 모텔까지 갔다 왔네."

작은 통에 든 비엔나소시지를 진우에게 건네던 보안관이 바지 주머니에서 핸드폰과 보조 배터리를 꺼내 테이블에 올려놓고, 진우를 향해 밀었다.

신 차장이 넘겨줬던 바로 그 핸드폰이다. 어리둥절해진 진우가 핸드폰을 켜고 보조 배터리에 연결하면서 물었다.

"이건 뭔데?"

"어제 그 검은 군복 입은 새끼들이 뭐 하는 놈들이냐고 물었었지? 그 안에 답이 있어. 동영상을 봐 봐. 사실 그냥 내가 말로 해 줘도 되는 거지만, 네가 죽인 새끼들이 얼마나 좆같은 놈들이었는지 직접 보고 나면 네 기분도 좀 덜 더러워질 것 같더라고. 혜주, 너도 저거 실제로 보지는 않았지? 괜찮겠어? 같이 볼래?"

보안관이 물어보자, 태권 소녀는 잠시 고민을 하다가 고개를 끄덕였다.

"뭐, 그러자. 내가 안 본다고 없던 일이 되는 것도 아닌데……."

제니가 다가와 잠금 패턴을 풀어준다. 진우는 동영상 재생기를 열었다. 폴더 안에는 날짜와 시간으로 이름 붙여진 수많은 동영상들이 들어 있었다.

"으아…… 이게…… 이게 진짜야? 정말로 이런 짓을 한다고? 이런 미친 개새끼들이…….."

두 개째의 파일을 보던 중에 진우는 눈살을 찌푸리며 중얼거렸다.

동영상 속에서는 멀쩡하게 살아 있는 사람을…… 줄에 묶어 좀비 밥으로 내려 준다.

그롸아아아―.

눈에 흰 막이 덮인 작은 회장 좀비가 희생자의 목덜미를 물어뜯자, 바닥 전체에 피가 뿌려졌다. 어찌나 생생한지, 그 피비린내가 액정 밖까지도 풍겨 나오는 것 같다.

"이건 우리만 볼 게 아니네. 다른 사람들도 알아야 돼. 누군가 힘이 있는 사람도 알아야 하고."

진우가 말했다. 하지만 그 말을 입 밖에 내는 동안에도 이미 그는 믿을 만한 '힘 있는 사람'이라는 게 매우 찾기 어렵다는 걸 잘 알고 있었다. 적어도 그가 경험한 군에서는 그랬다.

Chapter 68
판도라

01

가희는 건대 쉘터 구석의 철책에 기대서서 넓은 주차장을 멍한 눈으로 보고 있었다. 갑작스러운 이동 명령을 받은 터라 건대 쉘터의 전체적인 분위기도 어수선했다.

근 3주에 걸쳐 쌓아 온 것들을 모두 포기하고 떠나야 하기에 사람들은 저마다 짐을 챙기느라 바빴다.

하긴 짐이라고 해 봐야 너덜너덜해진 돗자리와 얇은 싸구려 담요, 그리고 각자 아껴 둔 음식 몇 가지가 거의 전부이지만……

가희로부터 그리 멀리 떨어지지 않은 곳에서는 비번 중인 군인과 여자들이 쌍쌍이 모여 이야기를 나누는 것이 보인다. 그들의 공통적인 대화 주제는 이 예기치 않은 변화에 대한 두려움이었다.

"어휴, 다시 잠실로 가면 우리 어떻게 해. 오빠랑 헤어지기 싫다고."

한 여자가 투덜대는 소리가 가희의 귀에까지 들려온다. 그녀의 애인인 병사가 고개를 저으며 대답했다.

"그런 걱정 안 해도 돼. 어차피 거기에 가도 우리는 같이 움직일 텐데, 뭐."

"만약에 안 그러면 어떡해? 오빠는 다른 데로 가 버리고, 나만 남으면 어떻게 하냐고. 무섭단 말이야."

"설마…… 어휴, 괜찮아. 그런 일 없어. 그리고 만에 하나 떨어지게 된다고 해도 내가 꼭 찾아갈게. 약속해."

병사가 다독거리자 여자는 그의 품에 기대서 눈물을 글썽거린다.

지랄, 영화를 찍고 자빠졌네. 못난 것들끼리…….

가희는 고개를 돌려 외면하며 코웃음을 쳤다. 그러면서도 동시에 마음 한구석으로 부러운 감정이 피어오르는 것을 막을 수가 없었다.

'이 와중에도 다들 저렇게 제 짝을 찾아서 의지하고 사네…….'

더 이상 듣고 있기 싫어서 자리를 옮기려던 가희가 끄응, 앓는 소리를 내며 눈살을 찌푸렸다. 허리부터 시작해서 온몸 전체가 몸살 난 것처럼 쑤셔 온다.

이게 다 박 소위, 그놈 때문이다. 배려라고는 없이, 가장 거친 방법으로 제 욕심만 채우는 색광.

"아야야, 젠장. 뼈마디가 다 어긋난 것 같네."

우울해진 가희가 자신의 주먹을 등 뒤로 돌려 허리를 두들기고 있을 때, 초희가 다가와 말을 걸었다.

"여기서 뭐 해? 궁상맞게시리…… 후후후, 할머니냐?"

말은 그렇게 놀리듯 하면서도 초희는 가희의 손을 치우고 대신 허리를 두들겨 준다. 잠시 허리 안마를 받고 있던 가희가 힘없이 물었다.

"초희야, 우리는 요즘 대체 뭘 하고 있는 걸까?"

"응? 뭘 하냐니? 이사 갈 준비 하라고 하니까 그런 거나 하고 있어야지, 뭐."

초희는 별생각 없이 곧바로 대답했다. 가희는 쓸쓸한 표정을 지으며 다시 물었다.

"뭘 기다리면서 하루하루 살고 있는 건지 모르겠다는 생각이 들어서 묻는 거야……. 너는 뭔가 희망이 보이니?"

"희망?"

"그래…… 그런 거 있잖아. 예전에는 육 회장이 시키는 대로 낯선 새끼들이랑 같이 어울려서 술 처마시고 개처럼 얽혀서 자더라도 뭔가 바라는 게 있었잖아. 한 번만 확 떠 봐라. 그러면 이런 생활도 다 바이바이다. 존나 높은 데로 올라가서 비웃어 주마…… 그런 생각 했었다고. 근데…… 지금 우리한테 그런 게 있어?"

"후후후…… 이년이 또 사람 더럽게 센치해지게 만드네."

초희는 담배 두 대를 꺼내 물고 불을 붙인 뒤, 한 개비를 가희에게 넘겼다. 가희는 연기를 뿜어내고는 다시 초희에게 물었다.

"너, 요새 기동이 오빠가 매일 귀찮게 하지?"

"매일이다 뿐이냐? 시도 때도 없어, 아주. 아무 때고 내킬 때면 옆으로 슬쩍 와서 신호 주고 가지. 어휴, 쌍! 이야기하다 보니까 또 짱 나네. 만날 똥내 풀풀 풍기는 화장실로 데리고 가서……."

초희는 생각하기도 싫다는 듯 진저리를 치며 이마를 찌푸렸다. 가희는 눈을 아래로 내리깐 채 물었다.

"……그것 봐. 그런 짓…… 좋아서 하는 거 아니잖아."

"지랄, 좋은 일만 하고 살아? 그럼 너는 좋아서 그 소위 놈이랑 밤마다 그 난리를 치냐? 기동이 오빠는 빨리나 끝나지만, 그 새끼는 진짜…… 가희, 너 요새 거울 보니? 너 얼굴 반쪽이야. 강제 다이어트 효과 완전 쩔어."

초희의 말을 들은 가희는 자신의 팔목을 가만히 쳐다보았다. 뼈와 가죽만 남아 초등학생의 팔보다도 더 가늘어진 팔목…….

"훗, 그러네. 요즘 같으면 내가 테라 그년보다 더 말랐겠다. 예전에는 그년 팔 날씬한 게 그렇게 부럽더니……."

가희는 허탈하게 웃으며 고개를 저었다. 살이 저절로 빠질 만큼 온몸의 통증도 심하다. 박 소위가 거친 숨을 몰아쉬며 우악스럽게 달려들 때면, 아예 죽고 싶은 마음도 들었다.

"벌써 이 난리가 난 지도 한 달이야. 그런데도 진정될 기미가 없어. 내가 볼 때, 우리나라는 끝났어. 연예인이고 뭐고 다 필요 없어질 만큼 망했다고. 그런데 우리는…… 도대체 무슨 영화를 누리겠다고 이 지랄을 하고 있는 거니? 응, 초희야?"

가희가 초희를 바라보며 물었다. 초희는 어깨를 으쓱하며 담배를 들어 보인다.

"글쎄? 그렇게 물어보니까 또 막상 대답할 말이 없네? 그냥 이런 것 얻어 피우려고?"

"그딴 담배 같은 거는 군인들 중에서 아무나하고 연애만 하더라도 보루로 쟁여 놓고 피울 수 있어. 저년들 좀 봐."

가희는 군인들과 이야기를 나누고 있는 여자들을 가리켰다. 뭔가 풋풋한 설렘이 그들의 주변에 흐른다.

"저렇게 별 볼일 없는 년들도 다 제가 마음에 드는 새끼들을 꿰차고 온갖 여우 짓을 하면서 놀아. 그에 비하면 우리는…… 인간도 아니야. 아니, 어쩌면 주인 마음대로 접붙이는 개돼지들도 우리보다는 나을지 모르겠다. 적어도 짐승들은 마음에도 없는 아양을 떨 필요가 없으니까."

가희의 우울한 이야기를 들은 초희는 관자놀이를 꾹꾹 눌렀다. 생각하지 않으려 했던 답답한 현실이 두통과 함께 다가온다. 초희는 한숨을 내쉬면서 말했다.

"그냥…… 그렇게 생각해, 이년아. 살아 있는 게 다행이라고…… 세상이 이런 꼴로 변하고 나서 뒈진 년들도 많을 테니까……. 적어도 우리는 아직 살아 있잖아."

가희는 고개를 저었다.

"그런 말도 위로가 안 돼. 그냥 뒈져 버리는 것하고, 뒈질 때까지 육 회장한테 빨대로 빨리는 것, 둘 중에서 어떤 게 더 낫냐고 물어보면…… 후후후, 나 봐라. 아주 등골까지 다 쪽쪽 빨리고 있는 기분이다, 야."

"어휴, 이 기집애. 박 소위랑 하는 게 어지간히 힘들고 스트레스 받나 보네. 그냥 며칠만 참아. 어차피 잠실로 가면 그 새끼가 불러내고 싶어도 못 불러낼 거 아니야. 왜? 지금 당장 너무 힘들어서 그래? 그럼 내가 하루나 이틀 정도 교대해 줄까? 뭐라고 그러면서 박 소위 방에 들어가지? 가희는 오늘 쉬어요. 그러면 되려나……."

초희는 동정심이 가득한 표정을 지으며 가희를 위로해 주려 들었다. 그녀들 둘 사이에는 단순히 같은 소속사 연예인 이상의 유대감이 있었다.

온갖 수치스럽고 모욕적인 접대 자리를 함께 경험하면서 쌓여 온 끈끈한 정이랄까…… 동병상련의 감정 같은 것이다.

"후훗, 계집애. 말이라도 고맙다, 미친년아. 그럴 필요까지는 없어. 그런데…… 있지, 그런 생각이 들더라고. 다시 잠실로 옮기고 나면 육 회장은 또 어떤 개새끼한테 나를 팔아넘길까? 그 개새끼가 지금 박 소위보다 더 더러운 놈이면 어쩌지…… 하는 생각 말이야. 괜히 나 혼자 걱정하는 거 아니지?"

가희가 눈물까지 글썽이며 푸념하자, 초희는 다시 새 담배를 물었다. 그러고는 말했다.

"가희야, 그냥…… 포기해. 그런가 보다 하고 아예 생각을 하지 마. 이제 와서 어쩔 거야. 애초에 육 회장과 연이 없었으면 모를까, 이제 와서 우리가 마음대로 하게 해 줄 리가 없잖아. 우린 그 인간한테 코가 딱 꿰어 있는 거야."

"그렇겠지……. 근데 그래도 나는 있지…… 이제 그만 벗어나고 싶어. 그 인간이 나를 좀 놔줬으면 좋겠어. 그 잘난 보호 같은 거 필요 없으니까, 그냥 좀 내버려 둬 줬으면…… 이제 써먹을 만큼 써먹었잖아. 대체 이게 뭐야? 옛날 노비들은 문서라도 있지, 나는 그런 것도 없는데 완전히 저 뱀 같은 노인네 물건이라고…… 흐윽, 젠장. 내가 왜 아무 감정도 없는…… 읍!"

"쉿! 조용히 해."

초희가 서둘러 가희의 입을 손으로 가리며 말을 끊는다. 가희는 깜짝 놀라 초희의 시선이 향한 곳을 돌아봤다.

만배파 조직원 놈들이 근처로 다가오는 중이었다. 녀석들이 지나가고 난 이후에야 초희는 한숨을 지으며 가희의 입술에서 손을 떼었다.

"아무 데서나 그렇게 씨부려 대지 좀 마, 이년아. 별것도 아닌 신세 한탄하다가 괜히 육 회장 귀에 잘못 들어가면 뭔 짓을 당하게 될 줄 알고…… 나는 가희, 너 괜히 다치는 거 보게 될까 봐 무서워. 너라도 없으면 내가 누구랑 이렇게 속을 털어놓겠니."

가희도 놀란 가슴을 쓸어내리며 고개를 끄덕였다.

"……억울해서 그렇지. 나도 사람이다 보니까."

"너만 억울해? 나도 존나게 분해. 그런데 억울해하면 뭐 해? 힘이 없는데…… 너나 나나 가진 거라곤 몸뚱이 하나뿐이어서 육 회장한테 엉겨 볼 만한 힘이 없단 말이야. 그 인간 눈에 흙이 들어가기 전에는 우리 마음대로 못 살아. 그러니까 포기하라고."

초희는 은근히 다정한 성격답게 함께 눈물까지 글썽여 가며 가희를 달랬다. 눈물로 마스카라가 번진 초희의 얼굴과, 그녀가 조금 전 내뱉었던 말들이 가희의 머릿속에서 복잡하게 얽힌다.

'……뭐지?'

가슴이 두근거리는데 이유를 정확히 모르겠어서 가희는 얼굴을 찌푸렸다.

뭔가…… 지금 아주 중요한 걸 깨달은 것 같았는데…… 섬광처럼 휙, 하고 스쳐 갔는데…….

"헉!"

입술을 물어뜯으며 생각의 꼬리를 잡아 보려던 가희의 입에서 벅찬 신음이 터져 나왔다.

'그렇구나…… 이렇게 간단히 문제를 해결할 수 있었는데…… 바로 눈앞에 기회가 온 거였는데…… 너는 그것도 알아보지 못하고 그냥 지나치려고만 했구나…….'

가희는 연신 고개를 끄덕였다. 자신도, 그리고 초희도 잃어버렸던 자유를 찾을 수 있는 방법이 있었다. 이 지긋지긋한 굴레에서 벗어나 새 인생을 살 수 있는 기회가 있다.

……박 소위에게 육만배를 죽여 달라고 하자.

그 아이디어가 너무 마음에 들어서 가희는 가벼운 전율마저 느꼈다.

'육만배를 죽인다…… 그 뱀 같고, 쥐새끼 같은 징그러운 괴물을 죽여 버린다…….'

곱씹어 상상해 볼수록 흥분되는 일이다. 피 흘리고 쓰러져 마지막 숨을 헐떡이는 육만배, 그리고 그의 머리맡에 우뚝 버티고 서서 웃음기 가득한 얼굴로 놈을 깔아보고 있는 자신…….

예전 같았으면 그녀 따위가 도저히 꿈꿔 볼 수조차 없는 계획이었다. 가희는 그저 삼류 배우일 뿐이고, 육만배는 어디까지나 뒤쪽 세계의 제왕이었다.

하지만 지금은 이야기가 다르다. 천하의 육만배라고 해도 여기에서는 그저 군인들 덕분에 하루하루 연명해 나가는 교활한 늙은이일 뿐이다.

반면에 박 소위는 총이 있고, 그것을 잘 쏠 수 있는 기술이 있다. 그리고 명령을 내릴 수 있는 권력도 가졌다. 늙은 깡패 두목쯤이야 조용히 불러내서 그저 총알 한 방만 박아 주면 된다. 심장을 너덜너덜하게 만들어 줄 단단한 총알.

'하지만 도대체 무슨 이유로 죽여 달라는 부탁을 하지? 공식적으로 나는 육만배와 아무런 상관이 없는 사이인 걸로 되어 있는데…….'

가희는 초조하게 손톱을 물어뜯으며 생각에 잠겼다. 이미 몇 사람을 죽인 바 있는 박 소위이지만, 그렇다고 해서 서슴없이 살인을 밥 먹듯이 하는 또라이는 아니다. 절실하고 그럴듯해 보이는 이유 없이 부탁을 해 봐야 죽여 줄 리 만무하다.

'그날 이 원사인지 뭔지 죽은 걸 봤다는 이유로 나를 협박하고 있다고 할까? 아니…… 아니야.'

가희는 얼른 그 생각을 접었다. 그래 봐야 그냥 걱정하지 말라고 대충 넘어가려 할 게 빤하다. 아니면 육만배를 불러내서 어쭙잖게 혼을 내 주려고 할지도 모른다. 박 소위가 알고 있는 육만배는 그저 흔한 장사꾼 노인네에 불과할 테니까…….

섣불리 그런 짓을 했다가는 가희 자신만 온갖 심한 꼴을 본 뒤에 목숨을 잃게 될 거다.

그렇다고 이제 와서 자신이 원래 육만배의 수하였다는 걸 털어놓는다는 것도 우스운 일이다. 그렇게 제 발등을 찍으면 지금까지 박 소위 놈에게 자신이 들였던 공만 없어진다. 그러니 가희 자신도 육만배가 나쁜 인간이라는 사실을 전혀 몰랐던 것처럼 굴어야만 한다.

'뭔가 아주 절실한 이유가 있어야 해. 그리고 동시에 육만배가 실은 위험한 깡패 두목이라는 것도 알려야 하고…… 그래야 박 소위가 경고 같은 쓸데없는 단계를 거치지 않고 쏴 죽이는 편을 택할 테니까. 그런데…… 그럴 만한 이유가 대체 뭐지? 뭐라고 꾸며 대면 그럴듯할까?'

"야, 가희. 너 뭐 해? 무슨 생각 하고 있기에 그렇게 멍해졌어?"

곁에 서 있던 초희가 어깨를 툭, 친다. 가희는 그녀의 얼굴을 빤히 쳐다보았다. 어쩌면…… 초희, 이 계집애만 도와준다면 일이 쉽게 풀릴 수도 있을 것 같다. 가희는 초희의 두 손을 꽉 잡고 물었다.

"너…… 너 내 편이야? 응? 초희야?"

"뭐래, 미친년. 느닷없이 무슨 네 편, 내 편 찾고 있어, 어린애처럼."

광기 어린 가희의 질문에 놀란 초희가 두려운 표정으로 눈을 동그랗게 뜨자, 가희는 다시 한번 물었다.

"대답해. 너, 내 편이야? 우리 친구지? 그렇지?"

"그래, 당연한 거잖아……. 야, 오죽 네 편이면 네 대신 박 소위 새끼한테 대주겠다는 소리까지 하겠니, 이년아? 이 세상에 그 정도 의리 있는 년 별로 없다, 너. 그리고…… 서로 아무렇지도 않게 그런 이야기 할 수 있는 친구도 거의 없을 거고."

초희는 백치미가 뚝뚝 떨어지는 눈으로 가희를 보며 대답했다. 가희도 그녀의 의견에 동감하는 바다. 최소한 그녀들의 사이에서는 내숭이나 가식 따위가 필요 없으니까.

그러나…… 그렇게 서로의 발가벗은 모습을 환히 들여다보는 사이라고 해도 그것이 곧 신뢰로 이어짐을 의미하지는 않는다.

육만배 살해 계획을 털어놓기 전에 가희는 확신할 수 있는 뭔가를 보고 싶었다. 초희가 자신을 절대 배신하지 않을 것이라는 증거를. 목숨을 건 일이니만큼 그 정도를 바라는 건 별로 이상하지 않다고 생각했다.

"초희야, 너도 이렇게 사는 거 싫지? 응? 너도 나처럼, 내가 원하고 있는 것처럼, 자유롭게 살고 싶지? 이런 식으로 시키는 대로 다 해야 하는 거 싫어하지?"

가희의 물음에 초희는 고개를 끄덕였다.

"그래에~ 그렇다고! 당연한 거잖아. 이 지랄로 사는 걸 어떤 미친년이 좋아하겠어? 그러는 대가로 방송이라도 하나 꽂아 주면 또 모를까. 에이…… 아니야. 그것도 이젠 사실 지겨워. 나는 있지, 요즘도 가끔 그런 생각을 해. 맨 처음 그 썩을 놈의 소속사 문을 열고 들어가던 그날, 교통사고 같은 거라도 났었더라면 얼마나 좋았을까…… 하는 생각. 진짜 육 회장이랑 얽힌 게 내 인생 최고의 미스다."

"그러면…… 만약에 새로 인생을 시작할 수 있으면 하겠어? 응?"

"백번이라도 하지! 지금은 그냥 막장까지 내몰렸는데!"

초희가 목소리를 높여 말하자, 가희는 얼른 그녀를 진정시켰다. 그러고는 그녀의 손을 잡고 외곽 건물 화장실로 뛰어갔다. 누구의 눈도 닿지 않는 곳이어야 한다. 다짜고짜 개인용 칸막이 안으로 밀어 넣자 초희는 생난리를 친다.

"어우, 얘 왜 이래? 야, 우리 둘이 이 안에서 뭐 하자고! 너까지 왜 나를 이 냄새나는 화장실로……."

"쉿, 조용히 해. 여기 있어."

초희의 입을 틀어막고 조용히 시킨 가희는 주변 칸들을 둘러보았다. 아무도 없었다. 가희는 구석에 놓여 있던 빗자루를 들어서 거울 모서리를 힘껏 후려쳤다.

쨍강!

떨어져 내린 거울 조각이 여러 개의 파편으로 나뉘어 튄다. 그중에 하나를 집어 든 가희가 칸막이 안으로 들어가서 문을 잠갔다.

"너, 이제 나랑 맹세해."

가희가 거울 조각을 들어 보이며 중얼거리자, 초희는 눈살을 찌푸렸다.

"뭐래? 가희, 너 미쳤냐? 무슨 맹세? 광년이같이 그런 건 왜 깨고 지랄이야?"

"절대로 비밀을 지키겠다는 맹세. 혈서로!"

"뭐어? 혈서? 너 무슨 사춘기냐? 그런 유치한 짓을…… 그리고 뭔 비밀인지도 모르면서 맹세부터 하라고? 얘가 진짜…… 야, 야, 그거 조심해서 만져. 너 그러다가 손 다쳐."

초희가 주의를 주는 동안에도 가희는 전혀 개의치 않고 자신의 손을 옷 속으로 집어넣었다. 그러고는 속옷 안쪽에 숨겨 뒀던 부적을 꺼냈다.

후우~ 후우~ 흥분한 가희가 거친 숨을 몰아쉬며 말했다.

"비밀이 뭔지는 맹세하고 나면 이야기해 줄게. 초희, 네가 내 편이면 맹세를 하고, 아니면 관두면 돼. 맹세할 거야? 내가 먼저 긋는다."

가희는 초희의 눈을 잠시 바라보다가 거울 조각으로 자신의 왼쪽 엄지손톱 아래를 그었다. 붉은 피가 순식간에 도르륵 맺혔다가 뚝뚝 떨어진다.

가희는 피가 잔뜩 묻은 엄지손가락을 부적에 대고 눌렀다. 부적 귀퉁이가 그녀의 엄지손가락이 일그러진 모양으로 붉게 물들었다.

"아우, 진짜…… 싫다. 미친년, 그걸로 손을 그으라고? 어후~ 아플 것도 무섭지만, 더럽게 화장실 바닥 굴러다니던 걸…… 내가 진짜 의리가 있어서 하기는 하는데…… 가희, 네년도 제정신은 아니야."

초희는 이마를 잔뜩 찡그리고서 거울 조각과 부적을 받아 들었다. 그러고는 고개를 돌린 채 손가락을 그었다.

윽! 가벼운 비명을 지른 초희는 피가 흐르는 손가락을 빨려다가 멈췄다.

"아니지…… 빨 게 아니라…… 이걸로 혈서 쓰려고 했던 거지……. 여기에다가 꾹 누르면 돼? 네 핏자국 옆에? 아우, 쌍, 쓰라려."

초희는 자신의 피를 담뿍 묻힌 부적을 넘겨주고 나서 자신의 엄지손가락을 손으로 감싸 쥐었다.

의도했던 것보다 유리가 좀 깊이 들어가는 바람에 피도 많이 나고 고통도 크다. 초희는 인상을 찌푸리며 물었다.

"자, 이제 지장도 찍었잖아. 그러니까 말해 봐. 내가 대체 무슨 비밀을 지키기로 맹세한 건지."

"그래…… 이제 우리는 맹세했어. 그 비밀이라는 게 뭐냐면……."

가희는 두 개의 핏자국이 안쪽으로 가도록 부적을 다시 접은 후에 속옷 안에 넣고 초희에게 바짝 다가서서 귓엣말을 속삭였다.

"초희야, 우리…… 박 소위한테 부탁해서, 잠실로 돌아가기 전에……."

"응, 응. 그래, 좀 크게 말해."

"……육 회장, 그 새끼 죽여 버리자."

어머—!

가희의 말이 떨어지자 초희는 깜짝 놀라 자신의 입을 가렸다. 초희의 턱에는 그녀의 손가락에서 묻은 피가 연지처럼 남아 있다.

가희는 두려운 마음을 꾹 누르며 초희의 반응을 기다렸다.

이 계집애가 과연 동조해 줄 것인가…….

금기를 건드렸다는 놀라움 때문에 커다래져 있던 초희의 눈동자에 차츰 기쁨의 감정이 담기기 시작했다.

육만배가 사라져 버린 뒤 자신의 삶이 어떻게 바뀌게 될지를 상상하는 것만으로도 가슴이 두근거리고 호흡이 가빠진다. 자신을 물건 취급 하던 그 개새끼들…….

한동안 벅차게 숨을 헐떡이던 초희가 의견을 내놓았다.

"가희야, 근데 있지…… 육만배만 죽여서는 안 돼. 그러면…… 그렇게 하는 김에 기동이도 죽여 달라고 하자. 그 새끼도 위험해. 그리고 또 뒈져야 할 새끼들 몇 명 더 있어."

그렇구나…….

가희도 동의했다. 육만배에 가려져서 그렇지, 기동이네 무리도 어지간히 질이 안 좋은 개새끼들이다.

맞아, 죽이려면 그놈들까지 다 없애서 아예 만배파의 싹을 다 밟아 놔야 해······.

"하아~ 하아~ 어우, 그냥 생각만 하는 건데도 좋아서 가슴이 벌렁벌렁한다. 야, 그래······ 박 소위에게 부탁은 어떻게 하면 되는 거야? 응? 가희야."

초희는 아찔한 표정을 지으면서 물었다. 가희는 문소리가 들리지 않는지 몇 번이나 확인하고 나서도 여전히 불안해서 초희의 목소리를 낮췄다.

"어우, 이년아, 목소리 좀 낮춰. 누가 들을라. 내 생각에는 있지······ 초희, 네가 불쌍한 여자 역할을 하면 될 것 같아."

"불쌍한 여자 연기를 한다고? 뭐······ 청순가련이 내 전공이기는 한데······ 그런데 대 주지 않고 그렇게만 부탁을 해도 박 소위, 그 인간이 부탁을 들어줄까?"

"아니지. 그럴 인간이 아니라는 건 잘 알잖니. 나 살 빠진 걸 좀 봐라. 그러니까 일단 기분 이빠이 좋도록 서비스해 주고, 홀려서 정신 못 차릴 때에 슬슬 밑밥을 깔자."

가희와 초희는 서로 손을 꼭 맞잡고 모의를 시작했다. 이렇게 두근거려 본 게 대체 언제였는지 기억도 나지 않을 만큼 신선한 기분이었다.

남자를 홀리는 건 원래부터 많이 해 오던 짓이지만, 그 대가로 받아 내야 하는 게 살인인 경우는 이 원사를 죽인 것에 이어 이번이 겨우 두 번째다.

그리고 이번에는 육만배의 계략 없이 오로지 그녀들의 머리만으로 뭔가를 꾸며 내고 있다는 것이 더욱 그녀를 긴장되고 흥분하게 만든다.

"근데······ 이미 너랑 그렇고 그런 사이잖아. 거기에 내가 어떻게 끼어들지? 다짜고짜 들이댈까?"

초희의 말에 가희는 고개를 저었다.

"아니, 아니······ 이 인간이 의외로 고지식한 면이 있어서 대놓고 그러면 오히려 더 뻣뻣하게 굴 거야. 가끔 말하는 거 보면 자기가 무슨 대단한 도덕군자인 줄 착각하고 있더라고······. 그러니까 처음에는 점잖게 놀다가 어영부영 선을 넘어가 버려야 돼."

"그래? 그러면…… 있지, 가희야. 우리 그 패턴으로 가자. 술자리에 우연히 친구가 합석했는데, 어찌어찌 깨어나 보면 쓰리섬하고 난 다음이었더라…… 하는 패턴."

오…….

좋은 작전인 것 같아서 가희의 얼굴에도 화색이 돌았다. 예전의 경험으로 알고 있다. 어지간한 남자들조차도 그 패턴에 꽤나 맥없이 무너진다는 걸.

가만있어 봐. 그러면 초희는 언제 끼어들지?

가희는 마음속으로 시나리오를 쓰기 시작했다.

"그런데 가희야…… 그렇게 하고 나서 박 소위가 계속 엉겨 붙으면 어떻게 해? 제가 무슨 남편이라도 된 것처럼 이래라저래라 하면…… 이러다가 우리 혹시 육 회장보다 더 골치 아픈 새끼한테 코 꿰는 것 아니야?"

초희가 새삼 걱정스러운 표정을 지었다. 가희는 단호하게 도리질을 했다.

"제까짓 게 무슨 상관이야. 어차피 잠실로 가고 나서 그냥 딱 모른 체해 버리면 되는 건데. 그 넓은 잠실에서 자기가 뭐 어떡할 거야? 육만배만 제끼고 나면 우리는 말 그대로 인생 다시 시작할 수 있어. 한동안 죽은 듯이 조용히 살다가 이번에는 진짜 나 아낄 줄 아는 남자랑 좀 사귀어 봐야지."

"그러게. 나도! 나는 이왕이면 의사였던 사람을 찾아볼 거야."

"후후, 이 바보 같은 년아. 의사면 뭐 하고, 검사면 뭐 할래? 이제 그런 거 다 소용없어졌어. 그냥 네 맘에 꽂히는 남자가 제일 좋은 거야. 있지…… 나 먼저 나갈 테니까 시간 좀 보내고 나서 너도 나와. 그리고 손에 약 발라."

그렇게 말하고 칸막이 밖으로 나가려던 가희가 멈칫하더니 다시 문을 닫고 들어와 초희를 꼭 끌어안는다. 그러고는 그녀의 등을 가볍게 두드리며 말했다.

"……나랑 맹세 같이해 줘서 고마워, 초희야. 정말 고마워."

초희의 얼굴에도 미소가 번졌다. 엄청난 비밀을 공유한 사이라는 친밀감이 그녀를 사춘기 소녀처럼 들뜨게 만든다.

"그래그래, 이 계집애야. 이따가 보자."

"예쁘게 하고 와. 신경 써야 돼."

포옹을 끝내고 다시 문을 나서며 가희는 몇 번이나 뒤를 돌아보았다. 초희는 반드시 그렇게 하겠다고 대답하며 웃어 보였다.

"후우우~."

가희가 떠나고 난 빈 화장실에 혼자 남겨지자 비로소 두려움과 긴장이 초희의 어깨를 짓누른다. 다리에 힘이 빠져 버린 초희는 변기에 걸터앉아 바들거리는 손으로 담배에 불을 붙였다.

"……우욱! 후우, 후우, 괜찮아. 괜찮아……."

스트레스 때문에 치솟아 오르는 헛구역질을 꾹 눌러 잠재운 초희는 입술을 꽉 깨물었다. 너무도 달콤하고 짜릿한 계획이지만, 만약 실패하거나 발각된다면 그녀들에게 돌아올 고통 역시 상상을 초월하는 종류일 터였다.

예전에 그녀는 만배파의 약을 빼돌리려다가 걸린 여자가 어떤 꼴을 당하는지 지켜봐야 했던 적이 있었다. 멀쩡하게 아름다운 상태로 끌려왔던 갓 스물의 여자가 비명과 광기, 그리고 피비린내 속에서 죽어 가던 모습…….

지난 몇 년간 초희의 악몽을 지배하던 끔찍한 기억이었지만, 이 일을 실패하게 되면 그 정도로 끝나지는 않을 것이다.

"할 수…… 있어. 진정해, 이년아…… 티 좀 그만 내고."

담배 연기를 내뿜은 초희는 부들거리는 자신의 팔목을 꽉 잡으며 혼잣말을 중얼거렸다. 팔목을 쥔 손아귀에 힘이 들어가자 겨우 아물려 했던 엄지손가락의 상처에서 또 피가 배어 나온다.

"떨지 마. 이건…… 메소드 연기라고 보면 돼. 너 지금 인생작을 만난 거야. 언제나 그런 큰 배역 하나 맡고 싶어 했잖아. 팜므 파탈…… 살인을 부르는 치명적인 악녀…… 그래, 잘할 수 있어. 평생 남을 작품 하나 찍어 보자."

초희는 스스로에게 끊임없이 최면을 걸기 위해 애를 썼다. 그래도 여전히 죽을 만큼 두렵다.

02

 박 소위가 근무를 교대하고 자신의 장교 숙소로 돌아왔을 때, 시간은 이미 밤 11시가 지나 있었다.
 "젠장…… 이 짓을 뭣 때문에 하고 있는 건지…….."
 계단을 내려가며 박 소위는 욕설을 섞어 불평을 내뱉었다. 피곤하다. 이동 준비와 전투를 하루 종일 병행하느라 지친 몸도 피곤했고, 부사관들의 따가운 눈총을 받아야 하는 통에 마음도 지쳤다. 전차장인 김 소위는 아예 자신과 말도 섞으려 들지 않는다.
 "등신 새끼들…… 지금 쏘고 있는 총알이 누가 구해 준 건지도 생각 못 하는 새끼들이, 그깟 놈의 죄수들은 어지간히 챙기고 싶어 하네."
 박 소위는 생각을 털어 내 버리려고 고개를 저었다. 상부의 승인도, 다른 장교들과의 협의도 없이 임의로 수감자들을 모두 이송시켰다는 데 대해서 다들 그에게 불평을 해 댄다. 이래저래 잠실로 돌아가기 싫어진다.
 물론 죄수들이 없어져서 불편해진 것은 박 소위 그 역시 마찬가지였다. 당장 모든 이동 준비 작업을 모자란 군 병력만으로 꾸려 나가야 하니, 골치 아픈 문제가 여기저기서 툭툭 불거졌다.
 이럴 줄 알았으면 죄수들 중 반 정도는 남겨 뒀다가 일손으로 부려먹고 나서 나중에 넘길 걸 그랬다.
 하지만 그런 모든 걱정거리들보다도 가장 아프게 그를 괴롭히는 것은, 잠실 이동 후 변화할 수밖에 없을 자신과 가희의 관계 문제다.
 오늘 그가 받은 명령에 따르면, 건대 쉘터의 병력과 민간인들은 잠실로 이동 후에 단 하루만 휴식을 취하고, 곧바로 또다시 한강 철교로 이동하기로 되어 있다.
 말이 좋아 하루 휴식인 거지, 실제로는 외부인이라 간주되어 24시간 격리를 하는 것에 불과하다. 그러면 그때부터 가희와의 밀애를 즐길 수가 없어진다. 언제까지만 참으면 된다는 기약도 없다.

'나는 사람을 죽였어…… 이 사랑을 지키기 위해서 살인까지 불사한 놈이라고! 가희도 나에게 모든 것을 다 바칠 만큼 헌신적이고……. 그런데 그런 사랑을 왜 국가가 방해하는 거지? 나에게 해 준 게 뭐가 있다고?'

며칠이 지나고 나면 당분간 가희를 마음대로 만날 수도, 뜨거운 밤을 보낼 수도 없다는 생각에 박 소위의 가슴속은 온통 새까맣게 타들어 갔다.

마음 같아서는 이동 준비고 뭐고 다 때려치우고 싶은데, 김 중사와 전차장인 김 소위의 눈이 신경 쓰여 어쩔 수 없이 흉내만 내는 중이다.

"모르겠어. 어떻게 해야 하는지 영 답답하기만 하고…… 일단 오늘은 가희를 품고 자자. 술이라도 한잔 거하게 마시고, 아주 뜨겁게……."

어둑어둑한 복도를 지나 자신의 장교 숙소 앞에 선 박 소위는 문의 손잡이를 잡고 작게 중얼거렸다.

요즘은 장교 숙소가 거의 비어 있는 상황이어서 굳이 불편한 외부 건물까지 나가지 않고 아예 가희가 저녁부터 이곳에 와서 그를 기다린다.

보급 소대에게 뇌물로 주려고 챙겨 뒀던 양주를 같이 홀짝거리고 알몸으로 뒹굴다 보면, 밤이 너무 짧게 느껴질 지경이다.

"어, 가희, 나 왔어. 오래 기다렸지?"

박 소위는 방문 손잡이를 밀고 들어가며 밝게 웃었다. 그런데…… 방 안에는 가희 말고도 한 여자가 더 있었다.

초희, 이 쉘터 내의 또 다른 연예인이자 미녀.

그녀가 가희와 마주 앉아 이야기를 나누고 있다. 자신의 방 안에서 예상치 못한 여자의 얼굴을 본 박 소위는 순간 바짝 얼어붙었다.

이러면…… 이 초희라는 여자에게 나와 가희의 관계가 들통나는 것 아닌가……. 이 여자가 소문을 내면 어쩌지?

하지만 가희는 전혀 신경 쓰이지 않는다는 듯 밝게 웃으며 박 소위를 맞는다.

그녀와 초희의 앞에는 이미 반쯤 비워진 양주병도 놓여 있다.

"어서 오세요, 박 소위님. 오늘도 힘드셨죠? 가희는 하루 종일 걱정했어요. 아…… 인사하세요. 가희 친구예요. 초희라고…… 아시죠?"

"처음 인사드리네요. 초희라고 합니다."

초희는 자리에서 일어나 다소곳하게 허리를 숙인다.

아, 예…….

박 소위도 주춤하면서 인사를 했다. 가희가 소개를 계속한다.

"초희는 가희랑 소속사는 다르지만 같이 드라마도 찍고 그래서 예전부터 친하게 지내던 사이거든요. 근데 오늘은 얘가 술 한잔이 너무 하고 싶다는 거예요. 속상한 일이 있는데 여기서 일반인들은 술을 구할 수가 없잖아요. 가희는 소위님 덕분에 마실 수 있지만……. 그래서 가희가 불렀어요. 후훗, 먼저 같이 한잔 하면서 기다리고 있자고 했지요."

잠시 말을 멈춘 가희는 자신과 초희 사이의 빈자리를 가볍게 두드리며 고혹적인 미소를 지었다.

"박 소위님도 끼어요. 오늘 하루만 얘 술친구 좀 되어 주세요."

"아…… 네…… 가희 씨 친구셨군요……. 그…… 편안하게 드십쇼."

박 소위는 머뭇거리며 존댓말로 대꾸했다. 가희가 대체 어디까지 이야기했는지 모르기 때문에 어떤 태도를 보여야 할지 그저 난감했다.

그리고…… 뜨거운 밤을 기대하고 들어왔는데, 혹시 오늘은 그 짓을 못 하게 될지도 모른다는 불안함 때문에 약간 짜증스럽기도 했다.

그의 표정을 읽은 것일까? 초희라는 여자는 다시 앉지도 못한 채 눈치를 보고 있다가 자신의 짐을 주섬주섬 챙기며 작별 인사를 하려고 한다.

"어휴, 저 때문에 두 분이 영 서먹하시네요……. 그렇지 않아도 이것저것 신경 쓰실 일이 많으셔서 스트레스 받으셨을 텐데…… 그러지 마시고 앉으세요. 저는 이만 나가 볼게요. 가희야, 술 잘 마셨어. 고마웠다."

"아니야, 아니야. 얘, 이상한 소리 하네. 박 소위님이 그런 거 신경 쓰실 분인 것 같아? 아니거든! 가희는 그렇게 속 좁은 남자랑 사랑에 빠지는 여자 아니라고요."

서둘러 초희의 팔목을 잡아 앉힌 가희가 박 소위에게 다가와 귀엣말을 한다.

"박 소위님이 그렇게 화난 얼굴로 보시니까 쟤가 무서워서 저러잖아요. 가희는 제 피앙세가 그런 남자라고 오해받는 거 싫단 말이에요."

"아, 아니…… 화가 난 게 아니라 좀 놀라서……."

박 소위는 손을 내저으며 부정하다가 목소리를 한 톤 더 낮춰 물었다.

"대체 저분에게 뭐라고 한 거야? 우리 사이 다 이야기했어? 철저하게 비밀로 하자고 했던 건 가희였잖아."

"후후후, 왜요? 안 돼요? 박 소위님, 여자는요…… 비밀을 갖고 있는 걸 좋아하지만, 때로는 자랑도 하고 싶어 하는 존재라고요. 박 소위님처럼 멋진 애인이 있는데, 제일 친한 친구한테도 자랑을 못 하면 아마 가슴이 답답해서 미쳐 버릴 걸요? 초희, 쟤는요…… 절대로 가희에게 해될 이야기 하고 다닐 애가 아니에요. 그러니까 그런 걱정은 하지 않아도 돼요."

"그런가…….

박 소위는 가희의 어깨 너머로 초희의 얼굴을 힐끔 엿봤다. 초희는 눈을 내리깐 채 연신 머리를 귀 너머로 쓸어 넘기고 있다. 가희는 박 소위의 귀에 입술을 붙이다시피 하며 귀엣말을 계속했다. 가희의 입김이 귓불을 간질이며 귓구멍을 타고 들어오자 지쳐 있던 온몸의 신경에 가벼운 전율이 인다.

"두 시간만…… 딱 두 시간만 같이 마셔 주세요. 어차피 저 애도 그쯤엔 가야 돼요. 그럼 그때부터 우리만의 시간이에요. 가희도 박 소위님이 몸서리쳐지도록 그리웠다고요."

말을 마친 가희는 슬쩍 박 소위의 허리춤을 쓰다듬는다. 박 소위는 움찔하며 초희의 눈치를 살폈다.

여자들이란…… 이상하구나……. 왜 이리 과감하지?

박 소위는 가희의 행동을 이해할 수 없었지만, 어쨌든 그녀의 부탁을 매정하게 거절하기는 어려웠다.

"힘드셨죠? 박 소위님이 용감히 지켜 주신 덕분에 오늘도 가희랑 초희는 무사히 살아남았습니다. 후훗, 자…… 받으세요."

박 소위가 접이식 의자에 앉자 좌측에 앉은 가희는 애교 가득한 눈웃음을 지으며 양주를 따라 준다. 박 소위의 잔을 채운 가희는 초희 쪽으로 술병을 내밀었다.

"자, 너도 받아. 우리 건배하자."

"아니, 얘, 잠깐만. 나는 박 소위님한테 달라고 할래. 후후후, 주인이 먼저 한 잔 따라 주셔야 마음 편하게 마실 수 있을 것 같아요."

초희는 박 소위 쪽으로 고개를 돌리며 눈웃음을 쳤다. 가희도 더는 권하지 않고 술병을 탁자에 내려놓았다.

"아, 네…… 그럼 제가 따라 드리죠."

박 소위는 초희와 가희의 잔에 술을 부어 주었다. 건배 후, 입을 적신 가희가 자신의 볼을 쓰다듬으며 배시시 웃는다.

"있지…… 가희는 지금 너무 행복해요. 가희가 제일 좋아하는 친구랑 제일 사랑하는 박 소위님이랑 이렇게 오붓하게 술을 마실 수 있다니, 꿈만 같은걸요."

"어머, 어머, 쟤 저렇게 꿈같은 표정 짓는 거 진짜 오랜만에 보네. 계집애, 박 소위님이 좋기는 정말 어지간히 좋은가 보다. 박 소위님, 소위님은 가희가 저한테 얼마나 자랑했는지 모르죠? 자기가 꿈에 그리던 사람을 만났다고 어찌나 자랑하는지…… 외로운 사람 가슴까지 다 흔들어 놓는다니까요."

"자랑할 만하잖아! 초희, 너도 오늘 이렇게 가까이에서 보니까 알겠지? 가희가 왜 그렇게 폭 빠질 수밖에 없는지?"

"후훗, 그래. 잘생기셨다는 건 인정. 뭐, 그래 봐야 남의 떡이지만…… 그래도 정말 군인이라는 게 안 믿겨져요. 배우 하셨어도……."

초희는 입술을 핥으며 박 소위를 위아래로 훑어본다. 칭찬을 듣는 박 소위의 기분도 덩달아 들떴다. 비록 가희와의 불같은 밤을 방해하는 불청객이라고는 해도 그녀 역시 눈이 즐거워지는 미녀 배우니까 당연한 일이다.

사실 초희가 잠실에서 이쪽으로 이송 왔을 때부터 박 소위는 그녀의 몸매와 얼굴을 몰래 눈으로 훑었었다. 가희와 어느 쪽이 더 나은지 비교도 해 보았고, 때때로 초희가 고 하사와 이야기를 나누고 있으면 은근한 질투심마저 생기곤 했었다.

하지만 지금 고 하사 놈은 뒈져 버렸을 게 분명하고, 초희는 자신의 방에서 술을 마시며 미남이라는 칭찬을 하고 있다. 이만하면 자신을 승자로 분류해도 될 것 같은 기분이다.

"어머, 잔이 비었잖아요. 그러면 이번에는 제가 한 잔 따라 드릴까요?"

박 소위가 기분 좋게 술잔을 기울이는 것을 보고, 초희가 술병 쪽으로 손을 뻗는다. 그러자 가희가 얼른 먼저 병을 집어 들고 고개를 저었다.

"후훗, 안 돼. 박 소위님 술잔은 가희가 채울 거야. 가희는 질투심이 많걸랑."

"어우, 뭐야? 한 잔 정도 어떠니, 얘. 내가 무슨 네 애인 빼앗으려는 사람도 아닌데……."

"어머머? 누가 뺏긴대? 박 소위님은 가희만 사랑하셔. 욕심난다고 엿보면 안 돼요. 그쵸? 박 소위님, 저만 예뻐하시는 거죠?"

"아니죠? 애인이라 말을 못 하는 것뿐이지, 실은 가희보다 제가 더 인물이 낫죠?"

한바탕 만담을 늘어놓던 두 여자가 마주 보며 까르르, 간드러진 웃음소리를 낸다.

"후후, 후후후…….'

박 소위도 이를 드러내며 웃었다.

가희와 단둘이 보내는 밤만이 유일한 즐거움이라고 생각했었는데, 이렇게 한 명이 더해진 유쾌한 분위기도 꽤 괜찮다.

뭔가…… 좀비 세상이 아니라 과거의 평범한 사회로 돌아가 높은 사람이 된 채 접대를 받고 있는 듯한 기분이다.

"좋군요, 능력이 있는 애인이라는 건…… 가희가 아니었으면 이런 건 꿈도 못

꿔 봤을 거예요."

박 소위가 따라 준 술을 홀짝이면서 초희는 나직하게 중얼거렸다. 이따금씩 고개를 푹 숙이기도 하지만 그녀의 시선은 박 소위의 얼굴에 거의 고정되어 있다. 둔한 박 소위조차도 알아챌 수 있을 만큼 노골적인 눈길이었다.

"우울했거든요. 요새…… 산다는 게 뭔지 하는 회의도 들고…… 하지만 오늘 가희랑 이렇게 한잔하면서 마음을 풀고, 또 둘이 이렇게 행복한 모습을 보니까…… 저도 살아야겠다는 생각이 더 강해졌어요. 박 소위님처럼 멋있고 믿음직한 사람 만날 수 있을 때까지요……. 저, 잔 비었어요."

초희는 박 소위의 무릎을 살짝 쓰다듬으며 잔을 내밀었다. 박 소위는 그녀가 왜 우울하다고 하는지, 전혀 관심이 없었다. 앞으로 숙인 그녀의 가슴골을 훔쳐보는 데에만 몰두해 있었기 때문이다.

흠음, 가슴은 가희보다 더 큰 모양인데……. 아닌가? 둘이 비슷한가?

박 소위는 술을 따라 주는 동안 계속해서 곁눈질을 해 댔다.

"후아~ 덥네요. 이렇게 찐득한 여름은 정말 오랜만이에요."

몇 순의 술잔이 더 돌았을 즈음, 초희는 손으로 부채질을 하며 달아오른 얼굴을 식히고, 스커트 자락을 펄럭였다.

창이 없는 지하여서 가뜩이나 더운데, 좁은 공간 안에 청춘 남녀가 세 명이나 술을 마시고 모여 있으니 방 안의 공기는 그야말로 확확 달아오른다.

"가희처럼 이렇게 단추를 좀 더 풀러. 그렇게 싸매고 있으니까 덥지."

가희는 초희 쪽으로 팔을 뻗어 그녀의 블라우스 단추를 풀려고 했다. 초희는 당황해하며 도리질을 했다.

"아니, 아니…… 너는 박 소위님이 애인이니까 그렇게 해도 되지만, 나는 그러면…… 박 소위님이 비웃으시면 어떻게 해. 여자가 영 단정치 못하다고……."

"얘는, 그런 게 어디 있니? 가희 애인이 네 친구지. 그냥 편하게 있어. 그죠~ 박 소위님? 그래도 되죠?"

이 상황에서 고개를 저을 남자가 있을까?

박 소위는 당연히 그렇다고 대답했다. 가희의 적극적인 권유로 블라우스 단추를 명치께까지 풀어 헤친 초희가 한 손으로 가슴을 가리는 시늉을 하며 흘끔흘끔 박 소위의 눈치를 본다.

그 모습이며 얼굴의 각도가 꽤나 자극적이어서 박 소위의 숨소리는 약간 거칠어졌다.

"우리 박 소위님은 육사 다니실 때, 럭비 하셨었다아? 그래서 있지, 허벅지가 정말 단단해. 보통 사람들하고는 달라."

가희가 먼저 바짝 다가앉으며 박 소위의 허벅지를 쓴다. 초희도 슬쩍 몸을 기울여 '진짜?' 하며 반대쪽 다리에 손을 얹었다. 그녀의 브래지어와 가슴이 적나라하게 드러난다.

"어머! 정말이네. 세상에…… 이런 근육으로…… 우리 가희를 밤마다…… 박 소위님, 너무하셨다. 가희, 쟤는 몸이 약해서 이런 파워 감당하지 못할 텐데……. 어휴, 저 계집애가 요새 행복해하는 게 다 이유가 있었네. 그냥 잘생겨서 좋은 게 아니었어!"

박 소위의 허벅지 안쪽을 쓰다듬고 누르던 초희가 음란한 농담을 던지면서 미소를 지었다.

"어머, 얘 좀 봐! 못 하는 말이 없어. 어휴, 가희는 부끄러워서 못 듣겠다."

가희는 두 손으로 볼을 감싸는 시늉을 하며 뒤쪽으로 물러났다. 하지만 초희의 손은 여전히 박 소위의 다리에서 떠날 생각이 없다. 박 소위도 다리를 빼거나 하지 않는다.

"후후, 이렇게 하고 있으니까 어렸을 적으로 돌아간 것 같아요. 왕 게임 해요! 가희, 그거 하고 싶어졌어요."

멍한 눈으로 빈 곳을 응시하고 있던 가희가 갑자기 생기가 나서 안주로 먹고 있던 막대 과자를 빼 든다.

"왕 게임?"

"네에~ 왕 게임이요. 번호 정해 놓고 왕 뽑은 다음에 뭐든지 시키는 대로 하는, 그거 있잖아요. 박 소위님이 1번, 초희가 2번, 그리고 가희는 3번. 짧은 거 뽑으면 왕. 룰은…… 으음, 아픈 것만 빼고 다 되기!"

가희는 아양을 피우며 번호까지 지정해 주고 나서 과자 한 개의 끝을 오독 깨물어 먹었다. 그러고는 세 개의 과자를 주먹 안에 숨겨 쥐고 내밀었다.

"어우~ 나는 그런 거 잘 못하는데……."

박 소위가 동의하기도 전에 초희가 먼저 과자를 빼 든다. 길다.

큼큼, 박 소위도 한 개를 뽑았다. 짧다. 그가 왕이 되었다.

"자요, 이제 명령을 내리시옵소서, 대왕님. 후후훗."

가희와 초희가 색기 가득한 눈웃음을 치며 박 소위에게 말했다. 박 소위는 잠시 머뭇거리다가 명령을 내렸다.

"음, 2번 원샷."

"어우, 그게 뭐야! 너무 시시해요. 후후후후~ 그거는 왕이 아니라도 어차피 마시는 거잖아요."

별것도 아닌 명령에 여자들은 까르르 웃었다. 초희가 위스키 잔을 단번에 비우고 게임은 다시 시작되었다. 이번에는 가희가 왕이 되었다.

"가희 하는 거 잘 봐요. 왕 게임 명령은 창피하고 그런 거여야 한다고요. 2번! 바지 벗어!"

"바지? 나 바지 없는데?"

초희는 당황한 척하며 자신의 스커트를 펄럭인다. 멍해진 가희가 이마를 쓸면서 중얼거린다.

"어? 네가 2번이었어? 나는 박 소위님 바지 벗기려고 한 건데……."

"그럼 이거는 무효야? 다시 명령할 거야?"

초희의 물음에 가희는 단호하게 고개를 저었다.

"안 돼! 왕 명령은 딱 한 번이고, 바꾸는 것도 없어! 가희 왕이 명령한다! 바지 없으면 치마라도 벗어!"

"뭐어? 진짜? 아휴~ 이 계집애…… 취해 가지고 번호를 혼동하는 바람에 내가 이게 무슨 꼴이야……. 뭐, 어쩔 수 없지, 게임이니까……. 가희 너어, 이제 두고 봐."

잠시 박 소위의 눈치를 보던 초희는 돌아서서 치마를 벗었다. 치마를 접어 의자 등받이에 걸어 둔 초희가 다리를 꼬고 앉았다.

그녀의 속옷을 보자, 박 소위의 심장은 더 빨리 뛰기 시작했다.

이 게임…… 이런 거를 다들 하고 살았던 건가…….

"자! 빨리 한 잔씩 마시고 또 해! 내가 왕만 됐단 봐라!"

초희는 열의를 불태우며 잔을 들어 올렸다. 두 번의 게임을 거치는 동안 박 소위는 윗옷을 다 벗어야 했다.

게임의 왕이 다시 박 소위의 차지가 되었을 때, 잠시 두 여자의 눈치를 보던 박 소위는 갈라진 목소리로 명령을 내렸다.

"3…… 3번하고 2번, 뽀뽀해."

가희가 부끄러운 듯 웃으며 초희에게 다가가 그녀의 무릎에 앉는다. 초희도 미소를 지으며 입을 살짝 벌린다.

박 소위가 내린 명령은 그저 '뽀뽀'였을 뿐인데, 두 여자는 서로의 입술과 혀를 한없이 에로틱하게 탐하며 웃어 댔다. 영화에서나 보던 장면이 박 소위의 눈앞에서 라이브로 펼쳐진다.

후우~ 후우~ 거칠어진 박 소위의 숨소리가 방 안을 가득 메웠다.

"아우, 이게 뭐야. 나는 왜 계속 당하기만 해? 이러면 재미없는데……."

길고 끈적한 키스를 마치고 가희가 자리로 돌아갔을 때, 초희가 얼굴을 찌푸리며 투덜댔다.

"잠깐 다음 게임 하기 전에 화장실 좀."

가희가 문을 열고 나가자 한껏 달아올랐던 방 안의 분위기는 순식간에 싸늘하게 식어 버렸다. 적어도 박 소위에게는 그랬다.

오늘 처음 보는 애인의 친구가 그의 바로 앞에서 팬티 차림으로 앉아 있는 상황…… 게다가 둘뿐. 아무리 술의 기운을 빌었다고는 해도 뻘쭘할 수밖에 없다.

"박 소위님……."

초희가 바짝 붙어 그의 어깨에 머리를 기대며 말했다. 박 소위는 목석처럼 뻣뻣해졌지만, 피하려 들지 않았다.

"가희요, 요즘 정말 행복해해요. 쟤랑 알고 지낸 지 오래됐지만, 저렇게 밝게 웃는 얼굴은 정말 처음 보는 것 같아요. 쟤는 사실 무지하게 여리고 슬픔이 많은 애거든요. 그러니까 박 소위님이 더 신경 써 주시고 아껴 주셔야 돼요. 물론 알아서 잘하시겠지만, 앞으로도 그 마음 변치 마세요. 가희가 아파하는 모습은 정말 보고 싶지 않아요."

그런 말을 하면서 초희는 박 소위의 가슴에 볼을 비비고, 그의 손을 잡아 자신의 가슴께로 가져갔다.

말과 행동이 완전히 정반대 방향으로 달려가는 상황이다. 이상하다. 그러나 이상하다는 걸 알면서도 박 소위는 굳이 거절하지 않고 즐겼다.

'그래…… 이건 허용 가능한 범위의 장난이야. 술에 취했으니까 이 정도는 이상한 게 아니야…….'

박 소위는 말도 안 되는 이유로 자신과 초희 사이에 흐르는 묘한 분위기를 용서하고 있었다. 하지만 가희가 다시 문을 열었을 때, 두 사람은 황급하게 떨어졌다.

"미안해요, 가희 때문에 리듬이 깨졌죠? 후후후. 아 참, 그리고 제가 우리 소위님, 비타민도 안 챙겨 드렸었더라고요."

가희는 두 사람 사이의 이상한 기류를 알아채지 못한 사람처럼 밝게 웃었다. 그러고는 약을 입술로 물어 박 소위의 입 안에 넣어 줬다.

"아유~ 우리 예쁜 소위님."

어지간히 취했는지, 가희는 비틀거리며 계속 배실배실 웃는다. 그러면서도 또 잔을 비운 후에 게임에는 열심히 동참했다.

몇 번의 야릇한 벌칙이 지나가고 다시 열기가 후끈 달아올랐을 때, 계속 벌칙만 받고 있던 초희가 드디어 왕 과자를 뽑았다. 초희는 두 손을 비비며 중얼거렸다.

"후후후, 이제 다들 마음 단단히 먹어야 할걸…… 준비됐지?"
"어우~ 임금님, 제발…… 가희한테 너무 힘든 거 시키시면 안 돼요……."
가희는 의자에 기댄 채 반쯤 눈을 감고 있다가 맥없이 고개를 툭, 떨어뜨렸다.
도로롱― 도로롱―.
그녀가 가볍게 코 고는 소리를 낼 때마다 가슴이 들썩인다.
"얘, 가희야! 나 처음 왕 됐어. 명령 좀 해 보자. 벌칙 받고 자."
초희가 어처구니없어하면서 가희를 부른다. 하지만 대답이 없다.
"어머, 쟤는 진짜…… 완전히 애기 같네요. 저 자는 모습 좀 보세요."
한없이 친구를 아끼는 듯 중얼대면서도 초희는 다시 박 소위의 품에 바짝 다가와 안겼다.
"가희는 참 좋겠어요. 이렇게 잘생기고 섹시한 남자랑……."
초희는 박 소위의 얼굴을 바라보며 그의 볼과 입술을 쓰다듬었다. 박 소위의 눈은 이미 욕망으로 벌겋게 취해 있었다.
"이런 생각을 하면 안 되는 거지만…… 저도 사람이라서 조금은 질투가 나네요. 그냥…… 제가 잠실에서 그렇게 오래 있지 않고 조금만 더 빨리 여기로 왔더라면…… 그랬더라면 어땠을까 하는 생각을 했어요. 그랬으면…… 상황이 바뀌었을 수도 있을까요? 내가 박 소위님의 연인이고…… 가희는 제 친구라서 이 방에 있는…… 이런 생각 하는 거, 나쁜 건가요?"
박 소위의 바지 지퍼를 따라 부드럽게 손을 움직이며 초희가 물었다. 박 소위는 숨을 헐떡이며 어쩔 줄 몰라 한다. 그는 달라붙는 초희를 밀어내기는커녕 그녀의 머리카락을 쓸고 있었다.
이 상황이…… 분명히 이성적으로는 곤란하고 싫어야 하는데…… 너무도 기분 좋고 흥분된다. 그래서 거절할 수가 없다.
자신이 미처 모르고 살아왔던 내면의 비열함이 자꾸 명령을 내린다. 연인의 친구를 범해 보라고…… 도덕의 경계를 넘어가 보라고…….
그가 머뭇거리고 있는 것은 정조관념 따위가 아니라, 혹시라도 초희가 거절을 할지 모른다는 두려움 때문이었다. 그리고 또 한편으로는 이 일이 가희에게 들키면 어쩌지 하는 걱정도 있었다.
"······1번."
초희가 박 소위의 귀에 대고 속삭인다. 처음엔 박 소위는 그녀가 무슨 말을 하는지 미처 알아차리지 못했다.
후후후, 교태 섞인 웃음을 지은 초희가 박 소위의 귓불을 살짝 깨물고 나서 다시 말했다.
"내가 왕을 뽑았었잖아요. 대답해요, 1번."
"아······ 네······ 후우······ 그, 그랬었죠."
박 소위가 갈라진 목소리로 대답했다. 초희는 그의 무릎에 올라타 앉으며 헝클어진 머리카락을 좌우로 흔들었다. 박 소위의 땀투성이 목에 가볍게 입을 맞추던 초희가 속삭였다.
"명령을 내릴게요. 가희는 잠이 들었지만, 하고 있던 게임은 끝을 봐야 하니까······."
꿀꺽······.
박 소위는 마른침을 삼키고 가희의 눈치를 살폈다. 그녀는 아직도 꾸벅꾸벅 졸고 있다.
얼마나 깊이 잠이 든 걸까······ 지금 이 상황에서 깨기라도 한다면······ 그래서 만약에 가희가 이 꼴을 본다면······.
"준비됐어요, 1번? 명령 내릴 거예요."
허벅지에 올라탄 초희는 두 팔로 박 소위의 목을 끌어안은 채 끈적끈적한 목소리로 속삭였다. 얼굴로 쏟아지는 초희의 숨결을 느끼면서 박 소위는 갈등했다.
가희에게 들키게 될까 봐 무섭다. 아까 초희가 술을 따르는 것조차 장난을 빙자해서 싫은 내색을 할 만큼 가희는 질투가 많은 여자다.
가희가 이런 걸 알면 어쩌지······.
박 소위는 자신이 가진 도덕적 무결성과 성실한 연인으로서의 이미지가 깨질까 봐 두려워졌다. 가희가 피부을 비난을 상상하는 것만으로도 가슴이 답답해진다.

하지만…… 동시에 이 상황이 너무도 매혹적이고, 야릇하고, 재미있다. 그래서 자신의 앞에 안겨 있는 초희를 뿌리칠 수가 없다. 술에 취해 잠든 애인 앞에서 그녀의 친구로부터 유혹을 받고 있다…….

다시는 반복되지 않을 신기한 경험이다. 게다가 이 쉘터의 넘버 원, 투 미녀가 동시에 자신을 흠모하고 있었다니…….

박 소위는 두려움과 흥분 사이에서 계속 갈등했다. 초희의 잘록한 허리에 어정쩡하게 얹혀 있는 그의 두 손이 그의 현재 심리를 대변하고 있었다.

아예 적극적으로 쾌락을 탐하지도 못하고, 그렇다고 쿨하게 거절하고 싶지도 않다.

"어디를 보는 거예요? 왕은 지금 박 소위님 무릎 위에 있는데…… 가희? 쟤는 술 취하면 누가 업어 가도 몰라요. 걱정하지 마세요."

가희를 힐끗 돌아본 초희가 박 소위의 시선을 가린다. 그러고는 박 소위의 손을 잡아 자신의 브래지어 위에 올려놓았다.

"1번…… 2번에게 가희한테 하던 걸 해 봐요."

명령을 내리는 초희의 목소리도 흥분으로 갈라져 있다. 박 소위는 숨을 헐떡이며 그녀의 눈을 바라보았다. 초희는 손끝으로 그의 얼굴을 쓸면서 속삭였다.

"심각해하지 마요. 그냥 재미있자고 하는 게임이잖아요……. 장난이니까 괜찮아요……. 자, 이제부터 나는 가희예요."

초희는 촉촉하게 젖은 입술로 박 소위의 입술을 덮치고 혀를 밀어 넣었다.

전혀…… 장난이 아니다. 이 느낌도, 이 상황도…….

감전된 것 같은 아찔한 자극이 박 소위의 머리끝까지 치솟아 올랐다가 폭발한다.

"우…… 우……."

박 소위의 입에서 쾌락에 취한 신음이 터져 나온다. 어정쩡하게 초희의 브래

지어에 얹혀 있던 박 소위의 손이 그녀의 가슴을 움켜쥐었다.

이 느낌! 살아 있다는 걸 실감할 수 있는 흥분!

"흐응!"

박 소위의 손아귀에 힘이 꽉 들어가자 초희는 가볍게 얼굴을 찡그리며 신음을 흘린다. 그러면서도 입술을 바르르 떨고 박 소위를 흥분시킬 만한 말들을 늘어놓았다.

"아아…… 그렇게…… 가희한테 그렇게 했어요? 아…… 조금만 더 꽉 잡아 봐요……."

초희가 몸을 비틀었다. 박 소위는 허술하게 걸려 있던 그녀의 블라우스 단추를 모두 풀어 젖히고, 브래지어를 벗겼다. 그러고는 더욱더 본격적으로 초희를 탐하기 시작했다.

박 소위는 그녀의 가슴에 얼굴을 묻고 뜨거운 숨을 토해 냈다. 가희를 상대할 때와는 또 다른…… 아주 자극적인 즐거움이 있다. 온몸이 뜨겁게 불타오르는 것 같고, 동시에 목덜미는 얼음처럼 서늘하다.

"아아…… 좋아요…… 정말로……."

초희는 박 소위의 어깨에 고개를 얹은 채 넋이 나간 사람처럼 중얼거렸다. 그러면서 두 손으로 박 소위의 허리띠를 푼다.

박 소위의 손이 그녀의 엉덩이로 미끄러져 내려간다. 자신의 얼굴을 덮고 있던 초희의 머리카락을 떼어 내기 위해 입김을 불던 박 소위의 몸이 일순 경직되었다.

"허억!"

박 소위는 묵직한 비명과 함께 몸을 들썩였다. 언제부터 보고 있었던 것일까? 가희가…… 가희가 눈을 뜨고 이쪽을 빤히 바라보고 있다.

"뭐…… 해? 지금?"

가희는 게슴츠레한 눈을 비비며 박 소위와 초희를 향해 물었다. 박 소위는 황급하게 고개부터 저어 댔다.

"아, 아니야! 이, 이거는…… 이건 그냥……."

박 소위는 아무 거짓말이라도 해 보려고 했다. 그러나 도저히 변명의 여지가 없다. 반라의 초희는 자신의 허벅지에 앉아 있고, 자신의 손은 그녀의 엉덩이를 움켜쥐고 있었다. 초희는 그의 허리띠를 풀어내서 손에 들었다.

이 상황은…… 누가 보더라도 한 가지로밖에는 해석할 수 없다.

"서…… 설마. 가희를 내버려 두고…… 둘이 몰래……."

가희가 입을 감싸 쥐고 벌떡 일어난다. 초희는 한 번 한숨을 내쉰 뒤, 팔을 뻗어 그녀에게 가까이 오라는 손짓을 한다.

"왕 게임 하고 있었잖아. 네가 잠들어서…… 박 소위님이 너 대신 벌 받는 중이었어."

"이건 지금…… 장난치고 그런 거 아니잖아……."

"아니, 장난 맞아. 가희야, 이리 와서 네가 직접 확인해 봐."

초희는 몸을 기울여 가희의 팔목을 잡아끌었다. 어차피 좁은 방 안이어서 세 사람 사이의 간격은 1미터도 안 된다.

가희는 박 소위의 오른쪽 허벅지에 모로 걸터앉은 채 소리 죽여 훌쩍거리기 시작했다.

"봐 봐…… 내가 아무리 장난쳐도 박 소위님은 네 생각밖에 안 하셔. 너 잠든 동안에 우리 둘이 계속 네 이야기 했는걸?"

초희는 가쁜 숨을 진정시켜 가며 뻔뻔한 변명을 늘어놓는다. 그러면서도 드러낸 가슴을 감추려 들지도 않고, 여전히 박 소위의 허벅지에서 내려오지도 않았다.

"정말? 흐윽…… 하지만 네가 박 소위님에게 키스하는 거 다 봤단 말이야……. 가희는 기분이 이상해……. 가희는…… 이런 거……."

가희는 숨을 죽여 흐느낀다. 그녀의 반응이 분노가 아니라서 박 소위는 꽤 놀랐다. 평소 대가 센 성격이 아니라는 것은 알았지만, 아무리 그래도 외도의 현장을 들켰는데 이렇게 소리 죽여 우는 정도라고?

그 순종적인 모습이 또 은근히 좋아서 박 소위의 가슴은 두근댔다. 물론 이 난감한 상황부터 수습해야겠지만, 어떻게 마무리 지어야 할지 전혀 계산이 되지 않는 게 문제이다.

애인은 자신의 오른쪽 다리에 걸터앉아 눈물짓고 있고, 애인의 친구는 자신의 왼쪽 다리에 흐트러진 모습으로 올라탄 채 우는 애인을 달래고 있다. 솔로몬이 와도 없던 일로 만들어 줄 수 있을 것 같지 않다.

"가희야, 그만 울어. 내가 잘못했어······."

박 소위보다 먼저 초희가 가희의 어깨를 끌어안고 사과를 했다. 초희는 눈물로 젖은 가희의 머리카락을 쓸어 넘기면서 속삭였다.

"그냥 나도 한번······ 너처럼 되어 보고 싶어서 그랬어. 하도 부러워서······ 박 소위님 사랑을 받으면 어떤 기분일까······ 나도 평생에 한 번은 이렇게 멋있는 사람이랑 사랑을 해 보고 싶어서 그랬어······. 이제 여기에서 나가면 언제 죽을지도 모르잖아. 미안해, 내가 나쁜 년이야. 너는 나한테 잘해 줬는데······."

초희는 가희의 머리를 끌어안고 훌쩍였다. 가희는 힘없이 중얼거렸다.

"······평생에 한 번이라고?"

"응······ 그냥 딱 하루만 내가 너인 척하고 싶었어. 네가 돼 보고 싶었어."

후우~ 한숨을 내쉰 가희는 잠시 생각에 잠겼다. 그러고는 결심을 한 듯, 박 소위의 다리를 쓰다듬으며 말했다.

"······박 소위님, 오늘 하루만 초희를 가희라고 생각하면서 사랑해 줘요. 얘는 정말 외롭고 불쌍한 애예요. 미안해요. 이렇게 곤란한 부탁 해서······ 하지만 박 소위님은 가희를 사랑하니까 이런 부탁도 들어주실 거죠?"

부탁을 들어달라고?

박 소위는 어안이 벙벙해져서 제대로 답을 할 수 없었다. 재미도 제대로 못 보고 그저 곤란해졌다고만 생각했는데······ 이게 무슨 새로운 국면으로의 전환인가. 용서해 주는 게 아니라, 아예 그 짓을 하라고 등을 떠민다는 말인가?

"안 되겠나 봐······. 하긴, 박 소위님이 사랑하시는 건 가희 너지, 내가 아니니까…….."

박 소위가 금방 대답을 하지 못하자 초희가 멋쩍어하며 일어나려 한다. 이번에는 가희가 그녀의 팔목을 잡아 다시 앉혔다.

"아니야, 초희야. 앉아 봐. 우리 박 소위님, 그렇게 속 좁은 분 아니야."

그리고 가희는 다시 박 소위 쪽으로 고개를 돌렸다.

"그렇죠, 박 소위님? 초희의 상처를 달래 주실 거죠? 저한테 해 주는 것처럼 예뻐하고 사랑해 주실 거죠?"

아무리 술에 취하고 약에 취한 박 소위지만, 지금 상황은 기괴하기 짝이 없었다. 두 여자가 무슨 소리를 하는 건지 전혀 납득이 되지 않는다. 도대체 무슨 부탁을 하고 있는 건가…….

하지만 이 상황에서 중요한 것은 그 자신이 납득했는가가 아니라, 가희와 초희가 이 일그러진 관계를 용납했다는 사실이었다.

이제는 아무런 죄의식도 없이…… 아니, 죄의식은커녕 오히려 감사 인사까지 받으면서 새로운 여자를 품어 볼 수 있게 되었다. 오늘 밤 내내 뜨겁게 달궈지기만 하고 아직 분출되지 못한 그의 욕망이 다시 팽창하기 시작했다.

"그…… 그럴게. 그게 가희가 원하는 거라면……."

박 소위는 멍해진 얼굴을 끄덕였다. 하지만 아직도 모든 게 불명확하다.

가희는 어떻게 하겠다는 거지? 나가겠다는 건가? 아니면 여기에서 지켜보겠다는 말이었나? 그…… 그러면 너무 불편해지는데…….

"고마워요! 고마워요! 역시 박 소위님은……."

가희는 박 소위를 와락 안고 목에 키스를 퍼붓는다. 박 소위가 쭈뼛거리며 초희 쪽을 돌아보자, 그녀도 섹시한 미소를 지으며 그 품에 안겼다.

"허락의 의미로 주인이 열어 줘. 그래야 내 마음이 편할 것 같아."

박 소위의 바지 지퍼를 만지작거리던 초희가 가희에게 말했다.

"허락할게. 오늘 하루…… 초희는 가희야."

가희가 손을 뻗어 박 소위의 바지 단추를 풀고 천천히 지퍼를 내렸다. 그러자 반대쪽에서 초희의 손이 지퍼 안으로 쑤욱 파고들어 온다.

"으으……!"

박 소위는 두 여자의 얼굴을 번갈아 보며 신음 소리를 냈다. 가희마저 블라우스를 벗자, 그의 눈앞에서는 네 개의 탄력 있는 가슴이 흔들렸다. 눈알이 뱅글뱅글 도는 것 같다.

'이…… 이래도 되는 건가? 멋진 남자들에게는…… 이런 게…… 용납되는 일인가?'

두 여자의 몸을 번갈아 탐하면서, 박 소위는 거친 숨을 몰아쉬었다. 처음에는 소극적이었던 그의 행동이 점점 더 과감해졌다. 그가 무엇을 하든 가희와 초희는 '노'라고 하는 법이 없었다.

"아!"

여자들의 신음이 울릴 때마다 왕이라도 된 것 같은 우월감이 그의 온몸을 감싼다. 박 소위는 오늘 새로운 열락의 세계에 첫발을 들여놓았다. 그는 대번에 이 새로운 즐거움이 마음에 쏙 들었다. 그래서 그 세계 안에서 영원히 살고 싶어졌다.

'내가 왜 이런 생활을 버리고 잠실 같은 데를 가야 하지?'

초희의 엉덩이를 잡고 가희의 가슴에 입을 맞출 때, 박 소위의 머릿속에 잠시 그런 생각이 스쳐 갔다.

03

8월 14일, 잠실 쉘터에서 한강 철교로 민간인들이 이동하는 첫 번째 날이 밝았다. 아침 식사가 끝나자마자 잠실 쉘터의 외부 주차 공간에서는 이동 지원자들을 교육하기 위한 병사들이 바쁘게 움직이는 중이었다.

"자! 거기, 줄 맞추십시다! 가로 열 줄! 세로 열 줄! 거기 선생님! 뒤로 한 칸 빠지십쇼! 옆 사람과의 간격도 맞춥니다! 아…… 진짜 왜들 이러십니까? 다들 학교 다니실 때 체육도 안 해 보셨습니까? 맨 앞의 긴 머리 여자분, 기준!"

병사들의 호령이 여기저기에서 쩌렁쩌렁 울린다. 그러나 그다지 효율적으로 오와 열이 맞춰지지는 않았다. 다들 어렴풋이 기억하고는 있었지만, 그렇게 줄을 맞춰 서 본 것이 너무도 오래전의 일이어서 영 낯설기만 하다.

서로 겹치고, 기준으로 지목된 사람이 움직이기도 하고, 이런저런 이유로 인해서 100명씩으로 나눈 소규모 인원이 정사각형 형태로 맞춰 서는 것만도 한참이 걸려야 했다.

점심 먹을 때가 다가올 때쯤에는 그래도 조금 진전이 있어서, 잠실의 외부 주차장에는 100명씩으로 구성된 열 개의 조가 거리를 두고 모여 서게 되었다.

가장 좌측에 모여 서 있던 14-1조의 민간인 수용자 100명 앞에, 여덟 명의 병사가 다가와 나란히 선다.

"백인대 14-1조 여러분, 안녕하십니까! 저는 여러분을 선로로 모시고 갈 백인대 14-1조 대장입니다!"

분대장으로 보이는 병장이 민간인들을 마주 보고 서서 큰 소리로 인사를 건넨다. 그의 뒤에는 일곱 명의 병사가 무장을 한 채 도열해 있다.

"……안녕하세요."

민간인들이 우물거리며 답례 인사를 하자, 분대장은 고개를 저었다.

"더 크고 자신감 있게 말씀하셔야 합니다! 그렇게 우물거리면 저 밖에 나갔을 때 절대로 알아듣지를 못합니다! 자, 다시 말해 봅니다! 안녕하십니까!"

"안녕하십니까!"

분대장의 우렁찬 목소리를 따라서 민간인들도 큰 소리를 질렀다.

"좋습니다!"

분대장은 고개를 끄덕이며 설명을 계속했다.

"자! 여기 좌측의 맨 앞 여자분부터 저기 우측의 맨 뒤 남자분까지, 이렇게

"100분은 백인대 14-1 소속이십니다! 14일 출발한 첫 번째 조라는 의미입니다! 여러분! 지금부터 이 앞의 병사들, 저를 포함한 군인들의 얼굴을 잘 보고 기억하셔야 합니다! 우리는 오늘 연습을 하고 출발해서 선로 위로 이동하는 동안까지 내내 계속 함께 움직이며 여러분을 보호할 것입니다!"

와—.

가벼운 환성과 함께 박수 소리가 인다. 계속 보호해 주겠다는 말에 반응한 것이다. 분대장은 가볍게 고개를 숙인 뒤, 말을 이었다.

"우리가 한강 철교에 닿기까지 도보로 이동해야 하는 거리는 총 800여 미터에 불과합니다. 누구나 쉽게 돌파할 수 있는 거리입니다. 다만, 질서 정연하게 움직이기 위해서 몇 가지 원칙을 머릿속에 새겨 두고, 미리 연습을 해 둘 필요는 있습니다! 제가 지시하는 대로만 따르신다면 여기 계신 100분 모두 안전하게 이동을 완료하실 수 있습니다!"

분대장은 자신만만한 말투로 말했다. 엄청난 실전 경험과 노하우가 있는 것처럼 떠들고 있지만, 실은 그 역시 어제 처음으로 이 작전에 대해 배웠고, 그림으로 행동 요령을 익혔다. 그리고 엄청나게 두렵다.

그러나 그는 반드시 이 자신감 있는 태도를 끝까지 유지해 나갈 것이다. 그렇게 하지 않으면 분대원들과 민간인들을 통솔할 때, 큰 어려움이 있게 될 거라고 반복적으로 교육을 받았다. 그 역시 그 의견에 동의한다.

한 번에 이동하는 민간인들을 100명 단위로 끊어 백인대를 만들고, 그들이 잠실 쉘터를 떠날 때부터 선로를 걸어 이동하는 내내 하나의 분대가 통솔하도록 한 것은 문 대위의 아이디어였다.

원래 사령부에서 계획하고 있던 방식은 특정 전투 소대가 경로를 끊임없이 왕복해 가며 민간인들을 호위하는 것이었다. 이 방식의 가장 큰 문제는 전투 소대원들이 매우 심하게 육체적, 감정적으로 소모된다는 점이다.

몇 번이나 반복해서 좀비들과 싸우고 살아남았는데도 또 임무가 남았다는 것을 절감하는 순간, 그들을 지탱해 주는 이성과 인내의 끈이 무너질 게 뻔했다.

그럴 바에는 차라리 한 번에 한 분대씩을 함께 이동시켜서 그들을 운명 공동체로 만드는 편이 더 효율적이다.

"이 앞자리의 열 분! 여러분은 항상 제 손을 보셔야 합니다. 무슨 일이 있든, 어디에 있든 간에 여러분의 눈은 제 손을 주목하십쇼. 제가 이렇게 손을 쫙 펴서 들면 멈추라는 표시입니다. 이걸 보자마자 여러분은 제자리에 섭니다."

분대장은 뒤돌아서서 손바닥을 펴 보이는 시늉을 했다. 그러고는 다시 돌아서서 이번에는 팔목을 앞으로 휘둘렀다.

"이 신호가 보이면 다시 가라는 겁니다. 계속 가라는 뜻도 되고요. 그러니까 제가 손을 펴서 들면 멈추셨다가, 이렇게 저으면 계속 가는 겁니다. 아셨습니까?"

맨 앞자리의 사람들이 고개를 끄덕이며 그의 수신호를 따라 해 본다. 그래 봐야 두 개니까 사실 외우고 자시고 할 것도 없다. 분대장은 이번에는 그 뒤의 줄 사람들을 지목했다.

"둘째 줄 분들부터는 신호를 보실 필요 없습니다. 대신에 앞사람의 뒤통수에서 눈을 떼지 않습니다. 앞사람이 서면 여러분도 서고, 앞사람이 가면 여러분도 갑니다. 그리고 항상 앞사람의 등에 손을 짚을 수 있을 정도의 거리를 유지해야 합니다. 뒷줄에 계신 분들 알겠습니까?"

분대장이 열심히 설명을 하고 있을 때, 멀리 종합운동장 사거리 쪽에서 갑자기 분대 지원 화기가 난사하는 소리와 좀비들의 포효가 동시에 울려 대기 시작했다.

타타타타타— 타타타타— 투투투— 투투투투투투둑—.

그롸아아아— 끄아아아—.

느닷없는 총소리에 백인대 14-1조의 민간인들은 바짝 얼어붙어서 비명을 지른다. 300미터 이상 떨어진 철책 외부의 싸움인데도 그들에게는 그저 두려울 뿐이다.

"진정하십쇼! 이쪽으로 오는 게 아닙니다!"

분대장이 아무리 열심히 소리를 질러도 민간인들은 쉽사리 공포에서 빠져나오지 못하고 계속 그쪽을 흘끔거렸다.
'젠장……'
분대장은 속으로 혀를 찼다. 아직 쉘터의 울타리를 빠져나가기도 전부터 이렇게들 무서워하고 통제가 안 된다니…… 한강 철교까지 무사하게 간다는 건 정말 요원하기만 한 일인 것 같다.
그런데 문제는…… 그들이 바로 몇 시간 뒤에 출발해야만 하는 가장 첫 팀이라는 사실이었다.
"집중! 집중!"
분대장은 있는 힘껏 소리를 지르며 사람들 사이를 돌아다녔다. 그렇게 아까운 시간을 한참 허비한 후에야 그는 겨우 민간인들의 시선을 되돌릴 수 있었다.
"외부로 나갔을 때 총소리가 난다고 해서 절대로 멈추거나 뒤돌아 뛰지 마십쇼! 총소리가 들린다는 것은 군이 좀비들을 저지하고 있다는 의미이고, 여러분이 멈춰 섰을 때 위험해진다는 뜻이기도 합니다! 여러분은 어떤 소리가 들리든 간에 제 손의 신호만 보고, 앞사람의 뒤통수만 보고 움직여야 합니다! 알겠습니까?"
분대장은 핏대를 세워 가며 이 작전의 가장 기본적이고도 중요한 룰을 설명했다.
패닉을 일으키는 순간 대열은 무너지고, 생존 확률은 급격하게 떨어진다. 어떤 위험에 처하더라도 절대로 죽지 않을 것이라는 믿음을 가지고 줄기차게 뛰어야만 한다.
"자, 이제부터 실제 이동을 연습해 보겠습니다! 제가 일러 드린 행동 요령을 항상 명심하시고 그대로 따르십쇼!"
몇 차례나 중요한 요령들을 숙지시킨 분대장은 민간인들에게 이동 준비를 명했다.
"저기 보이는 저 주차장 표지판까지 뛰어갑니다. 제가 신호를 보내면 그 순간 출발하는 겁니다!"

잠시 대기하고 있던 분대장은 달리라는 손짓을 하고 앞서 뛰었다. 그리 속력을 내지는 않았다.

그를 교육한 장교들은 이동하는 내내 빠른 구보의 속도를 유지하라고 했지만, 민간인들을 실제로 대면하자마자 분대장은 그 정도의 빠르기가 불가능하다는 걸 깨달았다.

지금 잠실 쉘터에 있는 민간인 생존자들 중에는 꽤나 많은 중년 남자들과 아이를 동반한 여자들이 포함되어 있다. 그들에게 젊은 군인들과 같은 속도로 달리라고 주문하는 건, 그냥 죽으라는 명령과 별반 다르지 않다.

"으윽! 아이쿠!"

채 20미터도 전진하지 못했을 때부터 뒤쪽에서 넘어지고 구르는 소리가 들린다. 한 사람이 넘어지면 뒷줄 사람들이 줄줄이 멈춰 서야 하고, 대열은 순식간에 무너진다.

후우우~. 멈추라는 신호를 보낸 분대장은 터져 나오려는 짜증을 참기 위해서 깊은 한숨을 내쉬었다. 그러고는 넘어진 사람들 쪽으로 다가갔다.

다들 뭔가 바리바리 싸서 양손에 들고 있다. 이러니 제대로 달릴 수 있을 리가 만무하다. 애초부터 짐의 허용 기준을 작은 배낭 한 개 크기로 규정해 놓았는데, 도무지 듣는 것 같지가 않다.

'젠장…… 재수도 더럽게 없지. 하필이면 내가 첫 빠따로 걸릴 게 뭐람…….'

분대장은 마음속으로 푸념하면서 옆쪽의 다른 백인대를 돌아보았다. 거기도 여기 못지않게 개판이다. 다들 자빠지고 대열은 무너져서 우왕좌왕하고 있다.

풋, 분대장의 입에서 어처구니없는 웃음이 터진다. 그 혼자만 불행을 짊어진 건 아닌 모양이어서 조금은 안심이 되었다. 그는 감정을 최대한 가라앉히고 민간인들을 향해 외쳤다.

"잘 달리고 잘 멈춰 서려면 양손 모두 자유롭게 돼야 합니다. 그렇기 때문에 등에 메고 뛸 수 있는 만큼으로 수하물의 양을 제한한 겁니다. 짐을 손에 들고 뛰는 행위는 허락되지 않습니다."

"어어…… 하지만 이게 다 먹을 건데……."

"담요랑 돗자리 때문에 보따리 안에 자리가 없어요……."

여기저기서 가벼운 원성이 터져 나온다. 분대장은 단호하게 고개를 저었다.

"안 됩니다! 10분 드릴 테니, 짐을 다시 정리하세요. 그 이후부터는 손에 짐 들고 있는 걸 보면 제가 그냥 버릴 겁니다. 경고 더 하지 않습니다. 실시!"

민간인들에게 다시 짐을 꾸리게 한 뒤, 분대장은 분대원들과 동선을 다시 점검하고 속도를 조정했다.

민간인들을 대동하지 않은 채 어제부터 연습을 해 봤었지만, 제식훈련도 받지 않은 사람들을 끼워 넣고 나니 영 느낌이 다르다.

"이렇게 해서 선착장까지 갈 수 있을지 잘 모르겠습니다."

상병 이상의 병사들은 회의가 가득한 표정으로 민간인들을 돌아본다. 고문관급 인원이 적어도 수십 명이나 되는데…… 앞으로 몇 시간 만에 그들을 사람 구실 하도록 바꿔 놓아야 한다.

"하기 싫어도 하는 수밖에 없어. 위에서 시간이랑 순서까지 다 정해 놨는데 우리 사정 봐줄 것 같아? 너희들도 정신 바짝 차리고 문제 수용자 발견하면 하나하나 꼼꼼하게 교육시켜. 15시에 출발하고 나면 그때부터는 돌이키지 못한다고."

분대장은 이를 꽉 깨물어 가며 분대원들에게 주의를 줬다. 그나마 다행이라면 이 지랄 맞은 짓을 여러 번 반복하지 않아도 된다는 정도다. 시간을 확인한 분대장은 담배를 전투화 바닥에 비벼 끄고, 민간인들 쪽으로 걸어갔다.

"이동 중에 여러분은 서로 도와야 합니다. 넘어지려는 사람이 있으면 옆에서 잡아 주면서 버티세요! 저희는 여러분 전체를 보호해야 하기 때문에 개인적인 사정을 봐드릴 수는 없습니다! 이동 중에 혹시 병사들을 부르셔도 대답하지 않을 겁니다. 이동 수칙이 그렇게 정해져 있습니다! 자, 다시 해 보겠습니다! 오와 열을 맞춰 서세요!"

민간인들의 줄을 정돈하고 나서 분대장은 다시 한번 신호를 주고 그들과 함께 내달렸다.

이번에는 좀 더 멀리까지 빠르게 움직일 수 있었지만, 그래도 또 넘어지는 낙오자가 발생했다. 운동신경이 아주 둔하고 체력까지 약한 몇 명이 계속 발목을 잡는다.

"14-1조! 세 번째 줄, 오른쪽에서 세 번째 분! 그리고 다섯째 줄, 오른쪽 두 번째 분! 열에서 빠져나오십니다! 선생님들은 탈락입니다!"

여러 백인조 사이를 오가며 날카로운 눈으로 훈련을 살펴보고 있던 교관들이 가장 성적이 안 좋은 민간인들을 걸러 낸다. 졸지에 탈락해 낙오자가 된 민간인들은 당혹감과 분노를 숨기지 않았다.

"우리가 왜 탈락이야? 이제 어떡하겠다는 거야?"

"저기에 일행이 있어요. 같이 가야 돼요……."

"물러나세요! 여러분이 어떤 백인대에 합류할 수 있을지는 추후에 논의가 끝나고 나서 알려 드리겠습니다! 쉘터로 돌아가세요! 어이, 이 사람들 돌려보내!"

교관들은 냉정하고 강압적으로 말하며 탈락자들을 무리에서 분리했다.

한 시간 정도의 1차 이동 연습이 끝났을 때, 대부분의 백인대 구성 인원은 100명이 아니라 90명 이하로 줄어 있었다.

낙오자가 된 이들에게는 미안한 일이지만, 그들 때문에 나머지 전체가 위험에 노출되도록 할 수는 없다.

신체적 능력이 부족해 달리기가 눈에 띄게 늦다거나 지구력이 부족한 사람들뿐 아니라, 바로 옆 사람이 넘어지는데도 손을 내밀어 주지 않는 사람들도 열외시켰다. 총소리가 날 때마다 기겁을 하고 얼어붙는 이들도 마찬가지다.

한마디로 정신을 바짝 차리지 않는 인원들은 다 빼 버렸다. 이동 첫날이니만큼 그렇게 해서라도 성공 확률을 높여야만 하기 때문이다. 경험이 쌓이면 차츰 더 쉽게 이동할 수 있는 방안도 모색될 것이다.

"다시 한번 이동해 보겠습니다! 이번에는 거리를 더 늘려서 저 철책까지 쉬지 않고 한 번에 갑니다!"

분대장은 사람들이 겨우 숨을 돌릴 정도의 여유만 주고, 곧바로 다음 코스로 들어갔다.

이들을 데리고 안전장치가 확보되지 않은 800미터를 내달려야 하므로 개개인들의 대략적인 특징이나 문제 정도는 미리 파악하고 거기에 어떻게 대비할 것인지도 생각해 둬야 한다.

그러니 자꾸 더 손발을 맞춰 보는 수밖에 없다. 예기치 않았던 문제가 실전에서 발생하면…… 그냥 죽음이다.

연습을 한 시간 더 진행했다. 이제는 제법 가랄 때 가고, 서랄 때 설 줄 알게 되었다. 불평하는 사람도 거의 없었다. 탈락자들을 보며 다들 긴장하고 있기 때문이었다.

그런 후에야 점심 식사가 제공되었다. 첫 출발 시간인 15시까지…… 이제 한 시간 반가량 남았다.

"젠장, 무슨 맛인지를 모르겠다…… 체할까 봐 무섭네……."

분대장도, 분대원들도 비슷한 불평을 늘어놓으며 수저를 꾸역꾸역 입으로 옮겼다.

혹시라도 일이 잘못되면 이것이 이승에서의 마지막 식사일 수도 있다. 당연히 맛을 느낄 만한 심리적 여유가 생기지 않는다. 그저 계속해서 가슴만 두근대고, 가만히 앉아만 있는데도 숨이 가빠지는 것 같다.

그럼에도 불구하고 먹어야 한다. 유람선을 타고 도하해서 선로에 오르면…… 오늘 저녁까지 아무 음식도 제공되지 않을 것이므로.

"시간이…… 더 안 갔으면 좋겠습니다."

음식을 씹고 있던 일병 녀석이 울상을 지으며 중얼거렸다. 물론 행복해서 그런 소리가 나온 건 아니다. 그저 잠시 후에 마주해야 될 현실이 너무 두려운 것뿐이다.

"우리 다 살아남는다. 걱정하지 마라."

일찌감치 식판을 옆으로 밀어 놓은 채 담배 연기를 내뿜고 있던 분대장이 일

병의 어깨를 두드리며 말해 줬다. 아무 근거도 없는 장담이지만, 분대원들의 마음에 아주 작은 용기를 더 부여해 주기에는 충분했다.

그들의 옆자리에서는 14-2분대와 14-3분대가 역시나 똥 씹은 얼굴로 한숨을 내쉬고 있다.

1초, 1초…… 시간이 흐르고 오후 3시와 조금씩 더 가까워질 때마다 피가 바짝바짝 마르는 것 같다.

14시 30분이 되자 확성기에서 안내 방송이 울리기 시작했다.
— 14-1조, 14-2조, 제1주차장 북단에 집결 후 대기하라. 14-1조, 14-2조, 제1주차장 북단에 집결 후 대기하라.

14-1조의 민간인들과 호위 분대 병력은 워밍업을 겸해서 제1주차장의 위쪽으로 이동했다. 모두를 무릎앉아 자세로 대기시킨 뒤, 분대장은 진심을 가득 담아 그들을 독려했다.

"여러분, 우리가 이동할 이 루트는 한강 철교에서 공사를 하고 있는 병사들이 이미 수없이 왕복해 온 길입니다. 꽤나 안전하다고 할 수 있습니다! 걱정하지 마시고 연습하신 대로 저희들의 지시만 잘 따라 주십쇼!"

"……네에."

대답이 영 시원치 않다. 민간인들 역시 긴장감 때문에 바짝 얼어붙어 있었다. 철책 사이로 좀비 냄새가 실려 들어오는 것 같다.

저 밖의 풀숲이나 나무 뒤 어디에선가 갑자기 좀비가 툭 튀어나올지 모른다는 두려움이 그들을 떨게 만든다.

하늘에는 근처의 좀비들이 어떤 지형을 따라 이동하고 있는지 살피기 위한 드론이 여러 대 떠 있다. 저것을 통해 정보를 수합하고 나면 본격적인 이동 시간이 전달될 것이다.

"14-1조, 게이트 앞으로!"

확성기에서 명령이 떨어졌다. 시간은 14시 51분. 아마 'Go' 사인이 떨어진 모양이다. 분대장은 모두를 일으켜서 함께 게이트 쪽으로 걸었다.

"자, 지금부터 앞줄 분들은 제 손 주목하셔야 합니다. 뒤의 분들은 앞사람 등에 손을 대고, 언제라도 움직일 수 있게 준비하십쇼!"

분대장은 숨을 몰아쉬며 말했다. 티를 내지 않으려고 갖은 애를 다 썼지만, 그의 목소리도 조금씩 떨려 온다. 민간인들은 공포에 질린 눈을 껌뻑이며 고개를 끄덕였다.

기기기긱―.

여러 명의 경비병이 힘을 합쳐서 묵직한 게이트를 당긴다. 그 옆에 2층 높이로 자리한 사대에는 K-3 사수들이 대기하고 있다.

"갑시다!"

분대장은 손을 앞으로 휘저으며 먼저 달려 나갔다. 그의 바로 뒤에서 세 명의 분대원이 따라 뛰고, 그다음에는 90여 명의 민간인들이, 그리고 마지막으로 후미에 또 네 명의 병사가 따른다.

"뛰어요! 이 속도 유지합니다!"

시속 6킬로미터 정도의 속도로 내달리면서 분대장은 몇 번이나 민간인들을 돌아보았다. 이 정도 빠르기만 유지하더라도 5분 내에 선착장에 도착할 수 있다.

탄천을 좌측으로 끼고 산책로를 달리다가 우회전을 해서 선착장에 도달하는 것이 그들의 루트다. 지금 잠실 쉘터에서는 그나마 그것이 가장 안전한 길이다.

탄천동로를 따라 달린 행렬은 순식간에 자동차극장을 넘어섰다. 폭발의 흔적으로 도로가 심하게 파손되어 있기는 하지만, 그래도 그때까지는 순조로웠다.

좀비들은 14-1조의 행렬이 청담교 부근을 지날 때부터 갈대밭 사이를 헤치고 하나씩, 둘씩 등장하기 시작했다.

문제의 근원은 역시 올림픽 대로 쪽이었다. 넓은 도로를 배회하는 좀비들은 매일 잡아 죽여도 또 매일 그만큼씩 어디에선가 몰려들었.

철책이나 컨테이너로 암만 바리케이드를 쌓아 봐야, 그 넓은 면적을 모두 차단하기란 불가능하다.

시야를 가릴 만큼 높이 자란 갈대들을 다 불태워 보려고도 했었지만, 불을 지른 후에 몰려드는 좀비들의 개체 수가 어쩨 더 늘어나 버렸다. 결국 그 지역은 방치되고 말았다.

"멈추지 말고 가요! 계속 이동합니다!"

분대장이 민간인 수용자들을 지휘하는 동안 선봉에 선 병사들이 우측 가에 붙어서 K-2로 제압사격을 가했다.

투투투투투— 투투투투둑— 투투투투둑—.

저항에 직면한 좀비들이 갈대밭에 내장을 흩뿌리며 쓰러져 가는 동안 분대장은 열심히 팔을 내휘둘렀고, 90여 명의 민간인들은 코너를 돌았다.

"정지! 정지!"

우회전을 하고 난 뒤, 전열을 재정비하기 위해 분대장이 손을 쫙 편 채 들어올렸다. 여기에서 잠시 대기하면서 선착장 방어용 전차가 마중 와서 길을 터 주기를 기다려야 한다.

이 정지 동작은 연습 때에 거의 아무런 실수도 없이 수행되었던 기본 명령이었다. 하지만 실전에서는 그 중압감을 이기지 못하고 바보짓을 하는 녀석들이 있었다.

"정지! 이런…… 젠장!"

자신의 명령을 어기고 앞서 달려 나가는 두 명의 민간인을 보며 분대장은 혀를 찼다.

왜인지는 모르지만 아무것도 안 들리는 놈들처럼 쭉 뻗은 도로를 따라 그저 전속력으로 내달리고 있다. 아마 눈앞에 빤히 보이는 선착장의 유혹이 너무 컸는지도 모르겠다.

"쫓아가서 잡아 옵니까?"

병사들이 물었다. 잠시 망설이던 분대장은 고개를 저었다.

"안 돼! 그러면 너희까지 위험해져! 그냥 둬!"

미안한 이야기지만, 그들을 포기할 수밖에 없었다. 산책로보다 높이 올라 솟은 갈대밭에서는 언제 좀비들이 튀어나와 그들을 덮칠지 모른다. 그러니 저렇게 무작정 달려 나가서는 안 된다.

"끄아아아! 으으으!"

아니나 다를까, 채 30초도 지나지 않아 앞쪽에서 끔찍한 비명이 울려왔다. 달려든 좀비들이 오랜만에 만난 먹잇감을 물어뜯고, 사방에 피를 흩뿌린다.

순식간에 피투성이가 된 두 명의 민간인은 좀비들을 몸에 잔뜩 붙인 채 한강으로 뛰어들어 버렸다.

"으으으…… 어떡해, 어떡해…… 우리 다 죽게 될 거야! 이런 짓을 왜 시작해서……."

일행의 죽음을 목도한 민간인들 사이에서 동요가 인다. 울음을 터뜨리는 사람도 있다. 도로의 좀비들을 사살하고 난 분대장은 그들을 진정시키기 위해 목청껏 외쳤다.

"괜찮습니다! 무서워하지 마세요! 이 부근에는 현재 대형 좀비 무리가 없습니다! 저분들이 돌아가신 건 지시를 어겨서 그런 겁니다! 이제 곧 전차가 마중을 올 테니, 그 옆으로 나란히 붙어서 달리면 됩니다!"

크르르르릉—.

잠시 뒤, 전차가 갈대숲을 깔아뭉개면서 그들이 있는 방향으로 접근해 왔다. 분대장은 전차가 크게 호를 그리며 방향 전환을 할 때까지 기다렸다가 다시 손을 휘둘렀다.

"갑시다! 전차가 움직이는 속도를 따라 뜁니다! 무한궤도에 너무 가까이 달라붙으면 안 됩니다!"

와사삭, 와사삭—.

전차는 갈대숲과 흙을 갈아 한 덩어리로 뭉개 버리면서 전진하고 있다. 그 옆으로 백인대 14-1조가 따라 뛰었다.

선착장까지는 약 300미터. 정말 별것 아닌 짧은 거리인데도 여전히 긴장되고 무섭다.

2분 후, 일행은 모두 선착장에 도착했다. 그들을 무사히 인솔해 온 전차는 다시 갈대숲을 바라보고 서서 언제라도 기관총을 발사할 준비를 갖췄다.

잠실 경비도 등한시할 수 없고, 새로 개척한 한강 철교 부근도 경계해야 하기 때문에 정작 선착장을 지키는 전차는 겨우 한 대뿐이다.

"저 배! 저 배, 왜 빨리 여기에 안 붙여! 우리가 오는 걸 알고 있었을 텐데, 저기서 빤히 보고만 있잖아! 미리부터 배를 대 놓고 기다렸어야지! 그래야 우리가 잽싸게 옮겨 탈 거 아니야!"

강의 기슭에 떠 있는 유람선이 좀처럼 정박할 기미를 보이지 않자 민간인들이 분통을 터뜨렸다.

그롸아아— 갸아아아—.

갈대숲 안쪽 어딘가로부터 계속해서 좀비들의 울음소리가 전해져 온다.

뒤쪽은 시퍼런 강물, 앞쪽은 언제 좀비들이 튀어나올지 모르는 넓은 갈대밭. 사람들은 초조해서 어쩔 줄을 몰라 했다.

"총이라도 쏴서 알려요! 저 배 왜 저렇게 한가해?"

"야! 야, 이 새끼야! 빨리 배 대! 이러다가 우리 다 죽는다!"

민간인들은 발을 동동 구르면서 배를 향해 소리를 지르고 병사들의 팔을 잡고 늘어진다. 병사들에게 말을 걸지 말라고 출발하기 전에 그렇게 단속을 시켰는데도, 마음이 급해지니까 그런 룰 따위는 금세 무너져 버렸다.

"진정하고 기다리세요! 그런 짓 할 시간에 어서 세 명씩 다시 줄을 서요! 그래야 더 빠르게 승선할 수 있습니다!"

분대장은 K-2 손잡이를 꽉 움켜쥐고 갈대숲을 노려보면서 소리를 질렀다.

"배가 안 오는데 줄이 다 무슨 소용이에요? 왜 미리 대 놓지 않았냐고요?"

"저 유람선은 우리가 준비를 마친 걸 확인하고 나서 선착장에 배를 댈 겁니다! 배를 미리 대고 있다가 혹시라도 좀비에게 그걸 빼앗기게 될까 봐 그러는 겁니다!"

가용할 수 있는 유람선이 단 두 척뿐인 지금, 유람선은 그저 단순한 배가 아니라 대규모 이동의 유일한 희망이다. 그러니 몇백 명의 사람 목숨이 위협받는다 하더라도 배의 안전을 최우선으로 둘 수밖에 없다.

뿌우우웅—.

유람선이 뱃고동을 길게 울리면서 천천히 다가와 선착장에 나란히 댄다. 그 속도라는 것이 마음 급한 사람들에게는 정말 미치도록 한가하고 느리게만 느껴졌다.

하지만 전문가가 아닌 야매 함장과 항해사들에게는 그 정도의 재주를 부리는 것도 꽤나 고난도의 묘기였다.

"빨리 타세요! 서둘러요!"

선원들이 뛰어 내려와 발판을 내리며 대기하고 있던 민간인들을 배에 태운다.

파파파파파박— 파파파파박—.

갑자기 터져 나온 전차의 기관총 소리가 사람들의 마음을 더 급하게 만든다. 갈대밭이 흔들리고 좀비들의 잘려 나간 신체가 사방으로 튀어 올랐다.

20분 뒤, 14-1조를 태운 유람선은 강의 흐름을 따라 10여 킬로미터 서쪽의 한강 철교 쪽으로 이동하고 있었다. 유람선 좌석에 기대앉은 사람들은 멍하니 창밖의 풍경을 보며 안도의 한숨을 내쉬었다.

지난 30여 분이 대체 어떻게 지나갔는지 아무런 생각이 나질 않는다. 그저 너무도 무서웠다는 기억만이 그들의 감정을 지배하고 있다.

얼굴이 핼쑥해진 분대장도 그런 사람들 사이에 섞여 앉아 있었다.

하아아~ 분대장은 긴 한숨을 지으며 고개를 숙였다. 다행히 대열을 무단이탈한 두 명 외에 더 이상의 피해는 발생하지 않았지만…… 지독하게 무서웠음을 부정할 수 없다.

유람선이 정박할 때까지 꾹꾹 참으며 총을 들고 노려보았던 갈대밭은 마치 거대한 악마의 소굴처럼 음산하고 끔찍하다.

하지만 아직 끝난 게 아니다. 이제 막 시작했을 뿐이다.

행선지도 알려 주지 않은 긴 선로 여행. 그 거칠고 위험한 광야에서 도저히 버텨 낼 수 없을 것 같다는 예감에 분대장은 남몰래 눈물을 훔쳐 내었다.

"14-1조 백인대장 앞으로!"

분대장이 겨우 눈물을 추스르고 있을 때, 유람선 소속의 부사관이 앞에서 손짓을 한다. 분대장은 대답을 하며 서둘러 자리에서 일어났다.

"고생했고! 잘했다! 잠시 후면 한강 철교에 도착할 텐데, 거기에서도 민간인들과 분대원들 잘 통솔해서 아무 사고 없이 무사히 올라가길 바란다! 마음이 급하다고 정박하기 전에 미리 자리를 이탈하거나 하는 일 없이 잘 인솔하도록!"

부사관은 분대장의 어깨를 꽉 잡고 명령을 전달했다.

"그…… 한강 철교 구조는……."

분대장이 물었다. 잠실 주변이야 근 한 달 동안 주둔하면서 지리를 어느 정도 익숙하게 알고 있었지만, 한강 철교라는 곳은 아예 한 번도 본 적이 없다.

혹시라도 길을 잃고 어리바리하게 굴다가 돌이킬 수 없는 피해를 입게 될까 봐 두렵다.

"하선하자마자 커다란 화살표를 보게 될 거다! 그 화살표를 따라 계단을 올라가면 된다. 사실 도착하면 알겠지만, 헷갈릴 일이 없다. 현지 경계 병력이 안내를 해 주기도 할 거고, 선착장 바로 좌측에 계단이 있으니까 그것만 올라가라. 알겠나?"

"잘 알겠습니다."

"그래, 너희가 선봉인 만큼 가장 큰 기대를 받고 있다. 잘해서 좋은 결과를 내 보자. 딱 한 가지 충고하고 싶은 말은, 절대 멈춰 서지 말고 뛰라는 거다."

부사관과 헤어진 분대장은 분대원들에게 돌아와 행동 요령을 전달하고, 민간인들에게도 숙지시켰다. 물론 훨씬 더 자신감 있는 어조로 이미 잘 알고 있는 사항들을 전달하듯 말했다.

출발할 때보다도 더 바짝 기합이 들어가 있던 민간인들은 눈을 빛내며 분대장의 이야기에 귀를 기울였다. 이미 그를 따라서 한 번의 어려운 고비를 넘기며 어느 정도 신뢰가 싹텄고, 그의 지시를 어기고 무작정 달려 나갔던 두 사람이 어떻게 되었는지를 목전에서 보았기 때문이다.

쉘터 밖으로 벗어나 철책 하나 변변하게 없는 광야를 달려 본 이후, 그들은 자신들이 의지할 수 있는 유일한 사람이 이 젊은 군인이라는 걸 뼈저리게 느끼는 중이었다.

"하선 준비! 문이 열리면 열을 갖춘 상태에서 신속하게 하선할 수 있도록!"

부사관이 선내 마이크를 통해 한강 철교가 가까워졌음을 알린다.

꿀꺽—!

분대장은 마른침을 삼켰다. 조금 전부터 들려오는 요란한 포화 소리가 그를 긴장하도록 만든다. 이곳은…… 잠실보다 더 전쟁터 같다.

"……지금, 바깥이 너무 혼란스러워 보입니다. 안전해질 때까지 잠시 기다리는 편이…….."

머뭇거리던 분대장은 결국 용기를 내서 부사관에게 말했다. 부사관은 무표정한 얼굴로 고개를 저었다.

"지금이 그나마 한가한 시간대야. 좀비 새끼들이 본격적으로 밀려들기 시작하면 이것보다 몇 배나 시끄러워."

대답을 하는 부사관도, 어안이 벙벙해져서 듣고 있는 분대장도 왜 그리 많은 좀비들이 몰려 들어오는지는 알지 못했다.

지난 한 달 동안 그들은 줄곧 쉘터 내에서 자신에게 주어진 임무만 수행해 왔기 때문에 좀비의 특성에 대해 잘 알지 못했다.

불을 지피고 건물을 폭파하고, 발전기를 가동하거나 담배를 피우는 행위들이 모두 좀비들을 불러들이는 결과로 이어진다는 것을 전혀 모르고 있었다. 물론 그들의 상관들도 마찬가지다.

"발밑 조심해! 발밑!"

배가 멈춰 서고 문이 열렸다. 처음 줄을 섰던 대로 민간인들을 재배치한 채 대기시키고 있던 분대장은 가장 앞에서 뛰어나갔다.

텅— 텅—.

배와 선착장을 연결하기 위해 놓은 플라스틱 발판이 울린다.

"좌측으로 갑니다! 좌측!"

대기하고 있던 병사들이 열심히 수신호를 보낸다. 넓은 둔치 전역에 무성하게 자라 있던 잡초들은 중장비를 동원한 제초 작업 덕에 꽤나 정리되어 있었지만, 철책과 같은 격리 장치는 보이지 않았다.

50여 미터 전방에 설치된 철조망 너머에서는 전차들이 강을 등지고 산개한 채 한강을 포위하듯 세워진 아파트들을 향해 열심히 기관총을 발사하고 있었다.

콰아앙—.

전차의 주포가 불을 뿜자 포탄이 음속을 돌파하는 파열음이 귀를 때린다. 그런 후, 곧바로 동쪽 이촌동 방향의 아파트 단지에서 연기와 화염이 솟아올랐다.

그 요란한 소리가 잠잠해지자마자 다시 기관총 소리가 주변을 가득 채운다. 전방은 흙먼지에 덮여 있고, 1킬로미터 이상 떨어진 용산역에서 피어오르는 검은 연기가 하늘 전체로 퍼지고 있었다.

"멈춰 서지 말고 달려! 쭉 가!"

예상치 못했던 전경에 놀라 분대장이 머뭇거리고 있자 철교 경비병들이 등을 두드리며 재촉한다. 분대장은 고개를 끄덕이며 팔을 휘젓고 앞으로 뛰었다.

30여 미터 앞에 한강 철교와 둔치에서 철교로 올라갈 수 있는 철제 계단의 모습이 보인다. 빨간색 페인트로 칠해 놓은 화살표를 따라 직선으로 뛰어가기만 하면 된다.

텅텅텅— 텅텅텅텅— 퍼버벙— 파바박—.

철교 북단에 배치되어 있는 K-4 사수들이 쉬지 않고 고폭탄을 날려 댄다. 좀비들을 겨냥한 것이라는 사실을 알고 있지만, 그 무시무시한 소리를 듣고 있노라면 저절로 오금이 저리는 듯하다.

"올라와! 계단 조심해!"

철교 위에서 대기하고 있던 병사들이 손짓을 하며 소리쳤다. 그 극심한 혼란에 인솔하고 있는 분대장도, 뒤따르는 민간인들도 혼이 빠져나가는 것만 같다.

선로에 오르자 뻥 뚫린 두 줄의 철로가 그들을 맞는다. 저 멀리 남쪽에서 작업하고 있는 한 무리의 군인들이 보인다.

"수고 많았다! 출발 인원과 도착 인원 보고해!"

현장 책임자로 보이는 장교가 분대장에게 다가와 큰 소리로 물었다. 총소리와 폭발물이 터지는 소리들에 묻혀 악을 써야 겨우 뭐가 좀 들린다. 분대장은 퀭해진 눈을 껌뻑거리며 대답했다.

"14-1 백인대! 분대원 8명 포함, 출발 인원 104명, 도착 인원 102명, 민간인 사망 2명, 이상입니다!"

"두 명? 물렸나?"

들고 있던 파일에 숫자를 기입한 장교는 고개를 끄덕여 주고 말했다.

"좋아! 잘했어! 이제 곧바로 남쪽을 향해 도보로 이동한다! 노량진역 주변까지 이동하면 주둔 병력들을 만날 테니까 거기서 다음 지시를 듣고 따르도록! 아, 그리고 우측 선로 한 개만을 이용하여 이동한다. 좌측 선로는 전차가 이동하기 위한 선로이므로 항상 비워 둬야 한다! 질문 있나?"

"……어디까지 갑니까?"

"지금 현재로서는 3일 이상 걸을 각오를 해야 한다는 것만 대답해 줄 수 있다! 나도 모든 걸 알고 있지 못하다! 힘들겠지만, 통솔하고 있는 인원들을 잘 다독여서 이동에 차질이 없도록! 지시 사항 전달하고 지금 출발해! 우측 선로!"

장교는 분대장의 어깨를 두들겨 주고 멀어졌다. 분대장은 멍한 얼굴로 선로 북쪽 차단 철책에 배치된 병력들과 장비, 야간용 라이트, 윙윙— 소리를 내며 돌아가고 있는 대형 발전기 따위를 바라보았다.

"3일 이상 걸어야 한다고……."

귓가를 울리는 총성에 미간을 찌푸리면서 분대장은 혼잣말을 중얼거렸다. 보이는 한계 내의 선로는 모두 자갈밭이다.

저기를 3일 이상…… 보아하니 숙박 시설 같은 것도 없어 보이는데…… 어디에서 뭘 깔고 자라는 거지…….

저절로 한숨이 나온다. 하지만 괴롭다고 해 봐야 아무도 도와주지도, 위로해 주지도 않는다. 분대장은 철로 아래에 배치되어 있는 전차들을 쳐다보며 잠시 멈춰 있었다.

잊을 만하면 한 번씩 기관총이 불을 뿜어 댔다. 그 바로 근처에서는 철조망을 설치하는 병사들이 바쁘게 뛰어다닌다.

"후우~ 젠장, 배부른 소리 그만하자. 여기서 매일 저걸 하고 있는 놈들도 있는데······."

자신의 뺨을 두들겨 기운을 차린 분대장은 자신만만한 얼굴을 가장하며 민간인들에게 돌아가 외쳤다.

"자! 여러분! 재정비하고 다음 목표지를 향해 이동하겠습니다! 이제 위험한 구간은 다 지났으니 기운 내십쇼! 일어나십쇼! 바로 출발합니다!"

분대장의 명령을 들은 민간인들은 작은 소리로 웅얼거리며 바닥에서 엉덩이를 뗐다. 햇살에 달아올라 후끈하게 달궈진 선로 위의 공기가 강에서 피어오른 습기를 머금고 날아와 목덜미를 덮친다.

"우측에 붙어서 걸으세요! 좌측 선로는 전차들이 오가기 때문에 위험합니다!"

분대장이 큰 소리로 외치며 뒷걸음질 쳤다. 사람들은 우울한 얼굴을 푹 숙이고 곧게 뻗은 선로를 따라 자갈밭을 걸어가기 시작했다.

Chapter 69
에너자이저

01

 백인대 14-1조가 도보 이동을 시작했을 때, 잠실 쉘터 내부에서는 아직 이동 신청을 하지 않은 사람들이 몰려서서 바깥을 구경하고 있었다.
 그들이 관심 있게 지켜보는 것은 주차장을 메운 채 이동 훈련을 하고 있는 민간인들. 구경꾼들은 과연 어떤 훈련을 하는지, 훈련의 강도는 어떤지, 호기심이 가득한 눈으로 관찰했다. 2, 30대의 대부분이 징집되어 버린 터라 잠실 쉘터의 민간인 수용자들은 일부의 중장년층을 제외하면 주로 노약자와 여성 인구가 많았다.
 "어이구, 나는 요새 달리기해 본 지가 너무 오래돼서 저렇게 뛸 수 있을지 모르겠네. 숨이 차서 안 될 것 같은데……."
 중년 사내 하나가 걱정스러운 듯 중얼거린다. 그 옆의 일행이 대꾸했다.
 "좀비들한테서 도망쳤을 때 뛰었을 거 아니야. 그거에 비하면 저 정도면 그렇게 무리하는 건 아닌데."
 "에이, 그때랑 같나……. 그때는 좀비들이 쫓아오니까 그야말로 아무 생각 없이 죽어라 뛴 거고…… 지금 이거랑은 다르지. 그나저나 애 있는 사람들은 어쩌냐, 저렇게 못 움직일 텐데······."

최근까지도 학교 체육을 받고 있었던 10대들에게는 별로 어려워 보이지 않는 미션일 테지만, 대부분의 사람들은 훈련 강도를 보면서 자신의 신체 능력에 대해 우려하고 있었다.

뒤늦게나마 체력을 기를 수 있을까 하는 기대를 가지고 건물 내에서 달리기 연습을 하는 사람들도 늘어났다.

그들이 볼 수 있는 것은 어디까지나 훈련 과정뿐, 실제로 쉘터의 철책 밖으로 나가서 어떤 일이 벌어지는지에 대한 정보는 전혀 없다.

쉘터를 관리하는 군에서 각 조의 이동 성공 여부나 사망자의 수 등을 일절 밝히지 않기로 정했기 때문이다. 혼란을 막기 위해서 불가피한 선택이었다.

젠킨스도 한쪽 구석에서 자리를 차지한 채 그 훈련을 지켜보고 있었다. 병사들이 뛰면 줄을 맞춰 선 사람들이 쫓아 달리고, 병사들이 멈추면 사람들도 멈춘다.

단순한 반복이지만 처음 보는 민간인들끼리 간격을 유지한 채 빠르게 달린다는 건 어지간히 어려워 보였다. 여지저기서 넘어지고 다치는 사람들이 속출한다.

"등에 짐까지 멘 채로 도대체 얼마나 달리도록 할 거지? 지독하게도 야만적이구만······. 정말로 저렇게 원시적인 방법을 써서 이동해야 한다고? 너무해. 너무 폭력적이야. 약자에 대한 배려라고는 조금도 찾기 어렵군."

전 인류에게 가장 가혹한 재앙을 몰고 온 당사자인 주제에 젠킨스는 뻔뻔하게도 계속 군의 무정함을 혼잣말로 힐난했다. 잠시 후 더 보고 있어 봐야 지금 알고 있는 것 이상의 정보를 얻을 수 없다는 결론을 내리며 젠킨스는 돌아섰다.

그는 첫날 훈련 과정이나 이동 시에 대규모의 불상사가 일어나 주기를 바랐다. 그래야 대책을 찾을 때까지 이 무모한 이동이 무기한 연기되고, 자신이 테라와 함께 떠날 수 있는 시간을 벌 테니까.

이동 방식은 너무 조악하고, 훈련도 속성이다. 하지만 현재로서는 그의 바람이 실현될 가능성은 희박해 보인다. 100여 명씩 소단위로 끊어 관리하며 이동을 시키는 방식 때문이었다. 누군가 어지간히 잔머리를 쓰고 있다.

"젠장, 이런 식으로 진행되면 앞으로 6일이 남은 건가……. 그때까지는 테라 양의 발을 묶어 둘 비책이 떠올라야 할 텐데……. 으음, 그렇게 고민을 하는 동안에도 또 배가 고파지다니……."

젠킨스는 출렁이는 배를 꽉 부여잡고 사물함에 들러서 과자 세 봉지를 꺼냈다. 산책을 잘하는 날마다 테라가 상처럼 선물해 준 과자들이다.

"그러고 보니…… 테라 양이 가지고 있는 과자를 다 어쩌려는 건지에 대해서도 걱정이 드는군. 혹시라도 미리부터 다른 인간들에게 나눠 주거나 하는 일은 없어야 하는데…… 음, 어쩌지? 미리 충고를 해 줘야 하나?"

과자를 씹고 걸어가면서 젠킨스는 음식에 대해 걱정을 했다. 일주일이든 6일이든, 음식이 부족해지면 견디기 힘들다. 테라의 커다란 음식 보관함이 텅 비면, 그는 속수무책인 상태로 공복감과 싸워야 한다. 그건 곤란하다.

"후후후, 이 야만인, 하는 짓 좀 봐라? 후후후, 이젠 아주 별…… 바보 흉내까지 내고 있는 건가……."

자신의 자리로 돌아온 젠킨스는 한쪽 구석에서 벽을 상대로 막대기를 휘두르고 있는 민구를 보며 가소롭다는 듯 웃었다.

자세가 너무 우습다. 오른손은 트레이닝복 바지 허리춤에 얹어 놓고, 왼손으로 막대기를 휘젓는 모습은 마치…… 처음 펜싱을 구경한 어린애가 그 모습을 따라 하는 꼴처럼 보인다. 어른이라면 남들이 보는 앞에서 절대 하지 않을 것 같은, 그런 행동이다.

"테라 양도 별종이야. 저런 놈이 대체 뭐가 좋다고…… 눈물까지 그렁거리면서 말이지. 보아하니 이 녀석은 눈길 한번 따뜻하게 건네지 않는 것 같던데, 대체 무슨 관계지?"

젠킨스는 자신의 자리에 벌렁 드러누워 과자를 집어 먹으면서 민구의 어설픈 댄스를 구경했다. 그가 보든 말든 흉터 사내는 땀까지 뻘뻘 흘리며 열심히 막대를 휘둘렀다.

'대체 뭐지?'

젠킨스는 고개를 갸웃거리며 생각했다.

이 남자…… 이 흉터 사내의 어떤 점이 그 도도한 아이돌 미소녀의 마음을 쓰이게 하는 걸까? 벗은 몸을 보면 꽤나 견고하게 단련되어 있는 육체라는 것은 분명하지만, 전체적으로 10대 소녀들이 반할 만한 곱상한 외모도 아니고…….

그런데도 테라는 계속 이 남자에게 신경을 쓴다. 더 이상 어린아이에게 과자 심부름을 시키지는 않는다고 해도, 몰래 먼발치서 훔쳐보는 모습을 그는 몇 번이나 목격했다. 그러면서 신기하게도 두 사람이 대화를 나누는 경우는 거의 없다.

'저놈에게 무슨 대단한 신세라도 진 걸까?'

젠킨스는 쉽게 납득이 가지 않았다.

이 쉘터 내 거의 모든 군인들로부터 공주처럼 사랑받으며 살고 있는 그녀가 저 난폭한 사내에게 빚을 진다? 가진 것이 전혀 없는 저런 사내에게?

흠, 그건 말이 안 되는 이야기다.

하지만 생각을 하고 있을수록 한 가지는 분명해지는 것 같았다. 저 흉터 사내는 지금 젠킨스가 테라를 꾀기 위해 사용할 수 있는 거의 유일한 미끼라는 것이다. 저 녀석을 어떻게 활용하느냐에 따라서 테라가 JL로 함께 가 주겠다고 할 확률이 크게 달라진다.

'그렇다면 우선 이 녀석부터 홀려 둬야겠군.'

결심을 한 젠킨스는 힘겹게 자리에서 일어났다. 그리고는 웃는 낯을 가장하며 민구에게 말을 걸었다.

"헤이, 네이버."

젠킨스를 힐끗 돌아본 민구는 가볍게 손을 내저었다.

"아아, 지금 붕대 안 가니까 귀찮게 하지 마라."

물론 젠킨스는 그가 뭐라고 지껄이는지 전혀 알아듣지 못했다. 하지만 호감을 얻기 위해 만국 공통으로 사용되는 행동이 뭔지는 알고 있다.

그것은 선물이라는 이름의 증여. 젠킨스는 아직 뜯지 않은 새 과자 봉지를 민구에게 내밀었다. 그러고는 공짜라는 의미를 담아서 계속 친절한 손동작을 해 보였다.

"음, 이놈…… 먹을 걸 양보하는 일이 다 있네? 후후, 별일이기는 한데, 그것도 필요 없어."

민구는 다시 손을 저었다. 그러고는 다시 벽을 향해 막대기를 휘둘러 댄다. 지나가는 사람들이 힐끔거리고 수군대도 전혀 신경 쓰지 않았다. 그 모습만 보자면 완전히 미친놈이라고 해도 된다.

"바보 자식, 선물을 주면 일단 받으란 말이야. 그깟 막대 춤이 그렇게 좋으냐?"

큰마음 먹고 주려던 선물이 거절을 당해 감정이 상한 젠킨스가 투덜대며 다시 자리로 돌아가 앉았다.

쿵, 커다란 엉덩이로 엉덩방아를 찧은 젠킨스는 바닥을 짚어 가며 겨우 자세를 추스를 수 있었다. 무거운 몸 때문에 한 번에 제대로 앉기가 힘들어서 이렇게 여러 번의 보조 동작을 해야 한다.

"설마 저 바보 놈……."

손바닥으로 바닥을 짚던 젠킨스는 뭔가 깨달음을 얻고, 아직도 막대 춤을 추는 흉터 사내를 돌아보았다.

그는 근육이 날아가 버린 옆구리 바로 아래에 오른손을 꽉 붙인 채 정신없이 막대기 춤을 추고 있다.

"……외사근 대신에 팔로 중심을 잡아 보겠다고?"

젠킨스는 어처구니없어하며 중얼거렸다. 그 부분을 염두에 두고 보니 확실히 흉터 사내는 평소보다 더 몸의 중심을 크게 움직이면서 집중하는 중이다.

물론 한쪽 옆구리의 근육이 거의 손실되었으니 한번 상체가 기울면 빠르게 제자리로 돌아오지 못한다. 그러나 그는 오른팔로 버티고 밀어 대면서 어떻게든 그 단점을 최소화해 보려고 한다.

"어이, 그만둬. 미친 짓이야. 그런 게 될 리가 없잖아? 젠장, 누가 저 멍청이한테 내 말 좀 통역해 줬으면 좋겠군. 체성 반사운동을 조건반사로 대체하려 든다는 게 얼마나 부질없는 생각인지…… 그건 뇌의 계산을 거치지 않고 이뤄지는 뉴런 반응이기 때문에 속도가 완전히 달라…….”

과자를 씹으며 투덜대던 젠킨스의 말이 멈췄다. 기분 탓일까, 흉터 사내의 움직임이 조금은 민첩해졌다는 걸 느꼈기 때문이다.

응? 말도 안 돼…….

젠킨스는 고개를 저었다. 하지만 눈에 빤히 보이는 현상을 부인할 방법은 없었다. 이 흉포한 자식은 어쩌면 진짜 괴물일지도 모르겠다. 될 때까지 땀을 흘리며 육체를 단련하는 괴물.

젠킨스는 힘없이 중얼거렸다.

"그런데 대체…… 뭘 위해서 그렇게까지 강해지려고 하는 거지?"

"젠장, 내 마음대로 안 되는군."

한차례 굵은 땀을 잔뜩 쏟아 낸 뒤, 가쁜 숨을 몰아쉬며 민구는 고개를 저었다. 잠시 진전을 보이는가 싶었는데, 그 지점에서 도무지 조금도 더 나아가지를 못한다.

왼손으로 칼을 휘두른다는 것만으로도 제 실력의 반이나 나올까 싶은데, 거기에 반대쪽 옆구리까지 제대로 움직이지 않으니까 영 마뜩지가 않다.

"아무래도 너무 굼떠…… 계속하다 보면 좀 나아지려나."

민구는 얼굴의 땀을 훔쳐 내며 혼잣말을 했다. 지금 같아서는 기습 정도나 통할까, 날아오는 공격을 피한 뒤 되받아치기는 힘들 것이다. 그때, 젠킨스가 그를 불렀다.

"헬로우! 헬로우!"

"하, 이놈. 오늘따라 어지간히 귀찮게 하는군. 또 뭐냐?"

민구는 가볍게 인상을 찌푸리며 돌아보았다. 마음 같아서는 다른 데로 옮겨 갈까도 싶은데, 이 부근만큼 한적한 곳이 또 없다. 젠킨스의 낯선 체취 덕에 이쪽 가까이로는 사람들이 잘 안 온다.

"유어 무브먼트!"

시선을 획득하는 데 성공한 젠킨스는 손가락으로 민구를 가리키고 나서, 조금 전 그가 했던 행동의 흉내를 냈다.

골반에 올린 손으로 옷을 당겨서 옆구리를 굽히고, 다시 손바닥으로 골반을 밀며 굽혔던 옆구리를 펴고…….

"내가 움직이는 꼴도 남들 눈에 이렇게 우스워 보였으려나…….."

젠킨스가 비대한 몸을 뒤뚱거리며 움직이는 모습을 보고 민구는 혀를 찼다. 어지간히 꼴불견이다.

헤엑, 헤엑…….

두어 번 같은 동작을 반복하느라 벌써 지친 젠킨스가 숨을 몰아쉬고 나서 다시 한번 천천히 민구의 흉내를 낸다.

"원 스텝!"

먼저 그는 오른손을 과장되게 쫙 펴면서 말했다. 그러고는 그 손을 골반에 붙이고 천천히 밀면서 또 말했다.

"투 스텝!"

그런 후, 원래의 자세로 돌아와 똑바로 섰다. 그 뒤에 다시 손으로 옷을 움켜쥐고 말했다.

"원 스텝!"

또 머리를 두드린 젠킨스는 바지를 당기는 힘으로 천천히 몸을 옆으로 숙이면서 왼손을 들어 올리고 손가락 두 개를 편다.

"투 스텝! 언더스탠드? 올 웨이즈 투 스텝! 원 앤드 투! 원 앤드 투! 씨? 슬로우."

젠킨스는 천천히 옆구리를 접었다 폈다 하며 떠들어 댄다. 민구는 호기심 가득한 눈으로 고개를 끄덕였다.

영어는 원, 투밖에 못 알아듣겠지만, 녀석이 무슨 말을 하고 싶은 건지는 이해했다.

"그러니까…… 나는 지금 한 가지 동작을 하는데 두 번에 걸쳐서 움직이고 있으니 느려진다는 거잖아. 흐음, 재미있군. 운동 같은 건 하나도 모르는 녀석이라고만 생각했었는데…….”

생각해 보니 맞는 말 같아서 민구는 다시 한번 머릿속으로 자신의 행동을 되짚어 봤다.

중심을 잡는 오른팔이 두 단계로 운동을 하는 것 때문에 확실히 다른 신체의 움직임에도 미묘한 지연을 주었던 것 같다.

"굿! 굿!"

민구가 이해했다는 것을 알아챈 젠킨스는 기쁜 얼굴로 한 걸음 다가와 대안 동작을 선보인다.

먼저 그는 박스를 길게 접어 넝마 같은 양복 웃옷의 깃에 끼워 넣었다. 그러고는 오른팔을 굽혀 어깨높이로 삐죽 튀어나온 박스 끝을 꽉 잡았다.

"씨? 원 스텝 업, 원 스텝 다운, 퀵."

젠킨스는 박스 끝을 손잡이처럼 잡고 팔을 올렸다 내렸다 하는 것으로 몸의 중심을 잡는 시범을 보여 준다.

확실히…… 손을 폈다 오므렸다 하는 것보다는 효율이 높아 보인다.

'허허, 별일이군. 이놈, 이상한 데에서 영민한데?'

민구는 희미한 미소를 지으면서 녀석의 움직임을 지켜봤다. 지금 놈의 것은 손잡이를 그저 걸쳐 둔 것뿐이라 움직일 때마다 덜렁거리지만, 어깨와 목에 고정할 수 있는 단단한 소재라면 시도해 볼 만한 것 같다.

"네 말이 맞아. 옆구리 잡고 뭘 해 보겠다는 게 바보짓이었어."

민구는 고개를 끄덕이는 것으로 젠킨스의 말을 긍정한다는 표시를 해 보였다. 자신의 충고가 먹혀들었다는 걸 안 젠킨스도 만족한 듯 웃어 보인다.

"그래…… 이 충고는 얼마짜리냐? 자, 원하는 만큼 가져가."

민구는 주머니에서 담뱃갑을 꺼내 열고 젠킨스를 향해 건넸다. 뭐든지 값을 매기는 인간이 이 정도 큰일을 했으니 당연히 대가를 지불해야 한다고 생각했다.

그리고 조금은 비싸도 상관없다고도 생각했다. 그의 주머니 속에 든 싸구려 칼 한 자루를 위해 치른 값에 비하면 이 정도는 아무것도 아니다. 하지만 젠킨스의 반응은 그의 예상 밖이었다.

"노우, 노우, 노우! 네버!"

젠킨스는 두 손을 내저으며 거래가 아님을 진지하고도 완강하게 표시한다. 민구는 의아해서 고개를 갸웃거렸다.

조금 전에도 난데없이 과자를 준다고 하더니, 지금은 갑째로 내민 담배까지도 마다한다. 이놈 인생의 기준에 무슨 대단한 변화라도 일어난 건가?

"프렌드! 프렌드!"

젠킨스는 가식이 가득한 미소를 지으며 자신과 민구를 가리키고 친구라는 말을 반복했다.

훗, 민구는 헛웃음을 터뜨렸다.

친구 같은 소리…….

하지만 젠킨스는 필사적이다.

"유, 테라, 굿 프렌드. 미, 테라? 굿 프렌드! 위? 굿 프렌드!"

영어랄 것도 없는 외마디 소리들이고, 손짓까지 더해져서 못 알아듣는다는 건 불가능했다. 가장 어려운 단어는 발음이 좀 다르게 들린 테라의 이름 정도였는데, 젠킨스는 친절하게 전광판 옆의 광고 사진까지 가리켜 줬다.

민구는 젠킨스를 빤히 쳐다보았다. 확실히 이 녀석이 테라와 함께 걸어 다니는 걸 몇 번이나 목격하기는 했다. 하지만 결코 친구처럼 다정한 관계로 보이지는 않았다.

"백번을 양보해서 네가 그 계집애 친구라는 건 인정한다고 치자. 그런데 내가 왜 개 친구냐?"

젠킨스는 민구가 하는 말을 전혀 알아듣지 못했다. 민구도 자신의 의사를 영어로 표현하겠다는 시도조차 하지 않았다. 서로 커뮤니케이션이 단절된 두 사람은 한동안 침묵 속에서 마주 보기만 했다.

"오케이!"

'위 아 더 월드' 전략이 먹히지 않았다는 걸 깨달은 젠킨스는 고개를 끄덕이며 물러났다. 그럼 이젠 이 사내가 지금 가장 간절하게 원하고 있는 것, 그것을 자신이 줄 수 있다는 신호를 줘야 한다.

"더 세지고 싶지? 그렇지?"

젠킨스는 흉터 사내를 바라보며 두 팔의 이두근에 힘을 주는 포즈를 선보였다. 흉터 사내는 여전히 무표정하다. 어쩌면 귀찮아하고 있는지도 모르겠다.

젠킨스는 마음이 급해졌다. 겨우 호감을 얻을 수 있었는데, 이 기회를 놓치면 안 된다.

"당신의 근육이 손상된 곳은 여기야. 이만큼이 날아갔지!"

그는 칫솔의 뒷면으로 회벽에 그림을 그리며 소리를 질렀다. 인체의 몸통을, 그리고 외사근이 떨어져 나간 것을 표시했다. 그런 후, 흉터 사내의 눈치를 살폈다. 아직까지는 듣고 있다.

"이건 정상적으로 자라나지 않아! 너무 많이 한꺼번에 손상되었고, 그 표면조차 변형되었거든! 봉합을 하려는 시도조차 없어서 그래!"

젠킨스는 칫솔로 옆구리 손상 부위에 X표를 그렸다. 그러고는 자신을 가리켰다.

"하지만 나는! 당신을 회복시킬 수 있어! 이런 식이야! 당신의 옆구리에 남아 있는 작은 근세포를 추출해서 그걸 배양하는 거야! 그리고 그걸 배양액에서 성장시켜! 그다음에 이식을 하는 거지! 부작용도 없고, 오래 걸리지도 않아!"

회벽에는 작은 살 조각을 떼어 내는 그림, 비커에 들어 있는 커진 살 조각, 옆구리 근육을 다시 채우는 그림 등이 더해졌다. 그때까지도 흉터 사내는 무표정하게 보고만 있다.

"그래, 마크! 당신도 이 마크 정도는 알잖아. 당신도 약을 사 먹어 봤을 테니까."

젠킨스는 JL이라고 쓰고 그 트레이드마크를 간략하게 그렸다. 그러고는 그 글자와 마크를 둘러싸도록 피라미드의 정점을 그린 뒤, 자신을 가리키며 어딘가로 날아가는 시늉을 했다.

"다 알아들었지? 알아들었다고 해 줘! 이 정도면…… 유치원생도 알 수 있는 수준이니까! 자, 이제 나에게 데려가 달라고 부탁해!"

 언어와 표정, 몸짓, 그림을 총동원한 열정적인 프레젠테이션을 마치고 나서 젠킨스는 숨을 헐떡이며 외쳤다. 그러고는 흉터 사내의 눈치를 살폈다. 잠시 생각에 잠겨 있던 민구가 입을 열었다.

 "……이놈 봐라? 그냥 먹보라고만 생각했더니, 위험한 냄새가 풀풀 풍기는데?"

 물론 민구도 젠킨스의 설명이랄까 주장을 대충은 알아들었다. 괴발개발 그려 놓은 회사 마크도 알아봤고.

 이 먹보는 외국 제약 회사의 높은 신분…… 아마 사장인 것 같은데, 지금 자신을 낫게 해 줄 수 있다고 유혹 중이다.

 그 모든 주장이 사실일지도 모른다고 민구는 생각했다. 자신이 보기에는 이미 글러 먹은 옆구리지만, 요즘은 과학이라는 게 워낙 발달했으니까 뭐가 가능하다고 해도 이상하지 않을 지경이다.

 이 녀석의 회사? 물론 세상이 망한 뒤에도 태양 그룹 같은 놈들이 신이 나서 설쳐 대는 걸 보니 이놈의 회사도 그럴 수 있을 것 같기는 하다.

 한데 이놈의 이야기에는…… 이유가 없다. 왜? 대체 왜 나를 치료해 주겠다는 건지에 대해 놈은 언급 자체를 안 했다. 붕대 한 번 감아 주는 데도 담배 한 개비를 받아 가던 녀석이 갑자기 그 복잡한 일들을 그냥 해 주고 싶다고?

 그건 말 같지도 않은 소리다. 놈이 오늘 처음으로 테라를 들먹였던 것과 연관 지어 생각해 보면 뭔가 기분이 더 나빠진다.

 "왜 그렇게 해 주겠다는 거야? 응? 와이? 이놈아!"

 민구는 영어까지 써 가면서 젠킨스의 얼굴에 바짝 얼굴을 붙이고 위압적으로 물었다. 젠킨스는 뒤로 물러나며 미리 준비해 뒀던 변명을 했다.

 "……보디가드."

 "뭐?"

 "유, 마이 보디가드. 테이크 미 투 JL. JL 이즈 파 어웨이."

젠킨스는 손짓과 함께 외마디 소리들을 늘어놓으며 민구를 바라보았다.

젠장, 영어만 통했어도 이런 야만적인 인간 하나 혼을 빼놓는 것은 일도 아니었을 텐데…….

"보디가드라고? 크크크, 예전 같았으면 몰라도, 이렇게 똑바로 서지도 못하는 놈에게 네 뒤치다꺼리를 해 달라고 하는 거냐?"

어처구니없는 답을 들은 민구는 쓰게 웃었다. 조금 전 놈의 손짓을 보니 이 녀석의 회사가 여기에서 꽤 떨어진 데 있고, 놈은 어떤 이유에선가 여기에 고립되어 있는 모양이다. 한참을 킥킥거리던 민구가 냉정한 표정으로 돌아가 고개를 저었다.

"처음이니까 한 번 웃어 줬다. 또다시 개소리하면 두드려 맞을 줄 알아."

언어는 전달되지 않았지만, 어조와 표정이 모든 것을 말해 준다. 젠킨스는 자신의 제안이 거부되었음을 알 수 있었다. 그가 어쩔 수 없이 고개를 끄덕이자 그제야 민구는 물러났다.

"테라…….'

민구가 담배를 피우기 위해 걸어가려 할 때, 뒤쪽에서 젠킨스가 나지막하게 중얼거렸다. 그로서는 마지막 수를 던져 본 것이다. 민구는 눈살을 찌푸리며 놈을 돌아보았다.

"테라, 베리 씩. 블리딩 히어."

민구와 눈이 마주치자 젠킨스는 발가락을 가리키며 중얼거렸다. 놈의 말은 다 필요 없다. 테라의 발가락에 아직도 붕대가 감겨 있다는 것은 민구도 아는 사실이다.

"서티 데이즈 블리딩, 블러드 노 스탑. 언유주얼."

젠킨스는 열 손가락으로 헤아리는 것을 세 번이나 반복하고, 상처가 아물지 않는다는 손짓을 한다.

'뭐라는 거야…… 30…… 30일? 그렇게나 오래됐나?'

민구는 새삼 놀라 기억을 더듬어 봤다. 그러고 보니 그녀의 발에서 피가 배어

나오는 걸 봤던 게…… 아마도 3주 전이다.

화장실에서 트레이닝복 입은 각다귀 새끼들로부터 그녀를 구해 내 왔던 날. 그런데 그 전에는 어땠지?

— 있지, 오빠. 저거 병신 됐다? 발가락이 뭉텅 하고 잘려 나갔더라고. 가까이서 보면 얼마나 징그러운지 모르지?

이 쉘터에서 처음 초희를 만났을 때, 그녀가 지껄이던 소리가 기억난다.
그럼 그때 다친 상처가 아직도 안 아물었다고? 그게 말이 되나?
민구는 이해할 수가 없었다. 관심을 갖지 않은 일이라 그냥 지나쳤었는데…….
30일을 아물지 않는 상처라고? 그런 건 없다. 일부러 벌리고 후벼 파지 않는 한, 인간의 살이라는 건 결국 붙게 되어 있다. 그건 그 자신이 잘 안다.
칼도 여러 번 맞아 봤고, 찔린 놈들도 수없이 봐 왔으니까. 당장 자신의 옆구리만 해도 살점이 뭉텅이째 날아갔지만 벌써 예전에 어느 정도 아물었다.
그렇다고 해서 그녀가 피가 멎지 않는 특이체질이라거나 한 것도 아니었다. 민구의 주먹에 스쳐 살짝 터졌던 입술이 깨끗하게 회복되었다는 게 그 증거다.
그럼 대체 뭐지? 이 먹보의 말처럼 무슨 병이 있는 건가?
하긴 그렇게 말랐으니 무슨 병이 있다고 해도 이상할 건 없다.
"쉬즈 다잉. 베리 씩. 온리 JL 캔 트리트 허."
민구의 관심을 끄는 데 성공한 젠킨스는 천천히 단어들을 나열했다. 물론 몸짓과 손짓도 같이…….
아픈 소녀가 죽어 가다가 다시 살아나는 몸짓을 하던 젠킨스는 민구를 가리켰다.
"유 테이크 미 앤드 테라 투 JL. 보디가드."
"……미친놈."
놈의 얼굴을 빤히 쳐다보던 민구는 대답 대신에 낮게 욕설만 남기고 흡연 구역을 향해 걸음을 옮겼다. 담배를 피우고 와서도 기분이 여전히 더러우면 놈을 몇 대 두드려 줄까 하는 생각도 들었다.

"젠장…… 영어라고는 개뿔도 모르는데, 뭔가 듣기 싫은 소리는 다 알아들어 버린 기분이네."

재떨이 옆에서 담배 연기를 뿜으며 민구는 고개를 저었다. 그 욕심쟁이 먹보 놈이 담배까지 마다하며 떠벌려 댔던 말들…… 아무래도 온전히 믿기 어려울 만큼 구린 구석이 있는데…… 그럼에도 불구하고 테라의 상처가 이상하다는 사실만은 분명해 보인다.

"저것도 양반은 못 되는군……."

마침 내야석 부근을 지나는 테라가 시야에 들어오자 민구는 헛웃음을 지었다. 그녀는 언제나처럼 다가오는 군인들을 향해 밝게 웃어 주고 열심히 허리를 숙여 인사 중이다. 그러고는 두 손을 공손하게 내밀어 악수를 한다.

언제나처럼 온순하고, 친절하다. 주변의 공기마저 순하게 바꿀 것 같은, 그런 느낌이다.

"저 계집애가…… 죽어 간다고?"

한동안 테라에게서 시선을 떼지 않던 민구는 젠킨스가 했던 말을 곱씹어 보면서 담배를 빨았다. 혀끝이 유달리 쓰다.

02

코스트코의 보안관 일행은 주 거주 지역을 옥상에서 바로 아래층의 주차장으로 옮겼다. 햇살을 받고 풀에서 즐기는 것도 좋지만, 헬리콥터에 한 번 데고 나니 적당히 몸을 사려야겠다는 생각이 들었기 때문이다.

그리고 그제 하도 난리를 치고 놀아 댄 바람에 풀의 물도 재활용을 하기 어려울 만큼 더러워져 버렸다.

 주차장은 여러 면에서 더 낫기도 했다. 애초에 개방되어 있는 구조여서 환기도 잘되고, 햇살도 적당히 들어온다. 그늘이 심하게 지는 곳마다 조명용 랜턴을 설치해 둬야 하지만, 그 정도를 유지할 배터리는 얼마든지 있다.

 친구들은 그곳으로 옮긴 식탁에서 함께 밥을 먹고, 사격 연습을 했다.

 두 번째의 사격 훈련을 마친 뒤, 진우는 전술 조끼를 입고 자신의 배낭을 꺼내 어깨에 걸쳤다. 거울을 보며 얼굴의 상처에 약을 바르고 있던 유빈이 묻는다.

 "뭐 해? 갑자기 왜 짐을 챙기고 그래?"

 "으응, 이 앞에 잠깐 돌아보고 오려고 하는데…… 내가 있는 곳 주변을 이렇게 아무것도 모르고 있었던 적이 없어서 좀 불안하기도 하고, 또 그냥 가만히 쉬려니까 왠지 죄를 짓고 있는 기분이 들어서…… 쟤도 어지간히 좀이 쑤시는 모양이고."

 진우는 멋쩍은 표정을 지으며 삼숙이를 가리켰다.

 "아니…… 너 우리 구해 가지고 여기로 온 지 이제 사흘째야. 통째로 푹 쉰 거는 어제 하루밖에 없어. 그전에 한 달이나 고생했다면서, 죄를 짓는 것 같다는 게 다 무슨 말이냐?"

 "크크크, 나도 말하면서 좀 우습기는 해. 구르는 동안에 계속 그런 생각 했었거든. 며칠이라도 좋으니 푹 좀 쉬어 보고 싶다고…… 그런데 막상 쉬고 있으니까 영 몸이 근질거려……. 아마 몸을 혹사시키는 게 버릇이 됐나 봐. 걱정하지 마. 그냥 동네나 한 바퀴 돌고 올게."

 진우의 대답은 진심이었다. 가만히 엉덩이를 붙이고 노닥거린다는 게 너무 부자연스럽게만 느껴진다. 그리고 마음 한구석이 계속 불안해 견딜 수가 없다.

 이렇게 게으름을 피우다가 무슨 큰 문제가 생기는 게 아닐까 하는, 그런 종류의 불안이었다. 어쩌면 그간의 고생이 만들어 낸, 비정상적인 강박관념일 수도 있다.

 "그래, 그러면 나랑 같이 나가자. 어차피 좀비들 지나간 지도 얼마 안 됐고, 이

틈에 바람 좀 쐬고 오지, 뭐."
 보안관이 선뜻 같이 가겠다고 나선다. 보안관은 표준 장비 배낭을 메고 해머를 챙겨 들었다. 진우 녀석이 워낙 총을 잘 쏘니까 근접전을 할 일은 없겠지만, 그래도 뭔가 하나는 들어야 할 것 같다. 빈손으로 나간다는 것은 이제 상상이 잘 안 된다.
 "진우, 너도 물 좀 챙겨 가. 먹을 거랑…… 그 배낭에는 뭐 들어 있어?"
 유빈이 물었다. 진우는 아무렇지도 않게 대답했다.
 "몇 가지 도구들…… 나머지는 거의 다 탄창이야."
 "그 많은 게 다 총알이라고? 그런데 왜 그걸 전부 다 짊어지고 다니냐? 이제 집이 있으니까 필요한 만큼만 가지고 다녀도 되지 않아?"
 하긴……. 진우는 어깨를 짓누르는 배낭의 무게를 새삼 느꼈다. 유빈의 말을 듣고 보니 적당한 양 정도만 있으면 충분할 것 같다.
 그렇지만 적당한 양이라는 게 도대체 얼마만큼인지, 그게 가늠이 안 된다.
 "에…… 이 정도면 되려나? 20개를 가져가면…… 내 조끼에 여섯 개를 끼워 놓았고, 총에도 또 장착이 되어 있으니까…… 800발 정도인데…… 아니야. 그래도 몇 개 더 가져가자. 불안한 것보다야 나으니까……."
 탄창을 손에 꼭 쥔 채 좀처럼 덜어 내지 못하고 안절부절못하는 진우를 보며, 친구들은 녀석이 그동안 얼마나 불안한 삶을 살아왔는지 절감했다.
 매일 풀 파워로 대적하지 않으면 이기지 못할 상대들을 헤치고 이곳까지 온 것이다. 그리고 어느새 그게 아예 습성처럼 굳어 버렸다.
 "알았어, 그래. 그러면 나머지는 내 배낭에 넣어. 무게를 좀 나눠 지면 되잖아."
 보다 못한 보안관이 자신의 배낭을 열었다. 총알을 천 발이나 가지고 가야 마음이 놓일 만큼 불안해하면서도, 굳이 또 정찰을 나가겠다는 진우의 마음이 이해가 갈 듯 말 듯하다.
 "조심해서 다녀와. 어디로 갈 건데?"
 진우의 배낭에 무전기를 꽂아 주면서 유빈이 물었다. 진우는 머리를 긁적인 뒤 대답했다.
"일단 다음 역까지만 갔다 올게. 별문제 없으면 거기에서 한 정거장 더 가 볼 수도 있고."

진우와 보안관, 그리고 삼숙이가 코스트코 밖으로 나서자마자 주변을 배회하던 좀비들이 고개를 홱 돌리고 포효하기 시작했다. 몇 번을 들어도 언제나 짜증스럽고 소름 끼치는 소리다.
"총 쏜다. 소리 듣고 놀라지 마."
위에 있는 친구들이 놀랄까 봐 무전기에 대고 알린 진우는, 보안관의 앞으로 나서며 K-2를 들었다.
탕— 탕, 탕탕, 탕— 탕, 타앙—.
맹렬한 기세로 뛰어오던 좀비들은 모두 머리가 박살 난 채 바닥에 나동그라진다. 진우는 쉬지 않고 총구를 돌려 가며 방아쇠를 당겼다.
놈들을 쓰러뜨리면서 그는 자신이 왜 지난 이틀 동안 그리도 불편했는지 조금은 깨달을 수 있을 것 같았다. 바로 발밑의 도로에 이런 놈들이 돌아다니고 있는데, 그걸 가만히 방치한 채 밥을 먹고 웃고 이야기를 나눈다는 게 영 낯설었던 것이다.
"으아, 장난 아니네. 하하하, 네가 오고 난 다음부터 갑자기 내가 엄청 약한 사람이 된 기분이 든다?"
도합 스무 마리가 넘는 놈들이 순식간에 전멸하는 모습을 보면서 보안관이 혀를 내둘렀다.
길거리 여기저기에 퍼진 채 뛰어오던 좀비들이 눈으로 좇기도 바쁠 만큼의 속도로 픽픽 자빠지는 것은 신기한 광경이었다. 해머를 꽉 쥐고 만일의 사태에 대한 대비를 하고 있었던 게 바보처럼 느껴진다.
"무슨 소리야? 지금까지 맨손으로 좀비 때려잡고 살아남은 괴물 놈이. 나는 저놈들이랑 근접전은 거의 안 해 봤어. 또 하고 싶지도 않고……. 저 새끼들 이빨을 가까이에서 마주하면 정말 똥꼬를 넘어서 내장 속까지 다 움찔움찔해지더라고. 사실…… 총은, 총알 떨어지면 그냥 아무것도 아니야."

 진우는 보안관의 두텁고 단단한 가슴을 툭, 쳤다. 보안관이 해머를 들어 보인다.

 "맨손은 아니었어. 주로 이걸로 때려죽였지."

 "그래, 그러니까 대단하다는 거야. 보통 사람들 같으면 그걸 몇 번 휘두르다가 제풀에 지쳐서 쓰러질걸? 어이, 삼식아…… 아니, 삼숙아, 너무 앞서가지 마. 너 여기 길 잘 모르잖아."

 신이 나서 뛰어가는 삼숙이는 진우의 부름에도 멈추지 않고 고개만 홱 돌렸다가 다시 달린다. 여기저기에 오줌을 묻히고 싶어서 매우 흥분해 있다.

 하긴…… 계속 기운차게 돌아다니던 녀석이 건물 옥상에만 머물렀으니 엔간히 답답하기도 했을 거다.

 진우는 보안관과 함께 도로를 따라 걷는 동안 눈에 띄는 좀비들마다 머리를 쏘아 쓰러트려 가며 이동했다. 한참을 더 걸어가 삼거리를 만났을 때, 보안관이 중얼거렸다.

 "저런 코너 가까워지면 영 찜찜해. 며칠 전에 한 번 죽을 뻔한 적 있어서."

 "죽을 뻔했다고? 무슨 일이었기에……."

 "어후~ 젠장, 갑자기 수십 마리가 휙 튀어나오니까 어떻게 할 도리가 없더라고. 코너에 몰렸지. 조금 전 지나온 그 주유소 기억나? 거기 근처였는데……."

 보안관은 뒤쪽을 가리키며 말을 이었다.

 "이상한 빨간 주사약이 있었거든. 몸에 대고 찌르면 10분인가 동안 심장이 멎는, 뭐 그런 거였는데…… 급해서 그걸 찔렀어. 그러면 좀비들이 건드리지 않는다고 하더라고. 왜, 이 새끼들은 죽은 사람 시체는 거들떠도 안 보잖아."

 "그런 주사가 있어? 아니…… 심장이 그렇게 오래 멈춰 있어도 다시 살아나? 죽지 않나?"

 진우가 놀라서 묻자 보안관이 자신의 가슴을 두드렸다.

"안 죽더라고. 뭐…… 물론 실제로는 아파서 뒈지는 줄 알기는 했는데…… 그것도 제니가 구해 주지 않았으면 결국 죽었을지도 모르겠네. 하여간 그런 주사가 있어. 태양 그룹 보안 업체 애들이 쓰는 거라고 하던데…… 아, 맞다! 그저께 한강에서 만났던 그 검은 군복 입은 새끼들도 어쩌면 그거 가지고 있었을지도 모르는데! 주머니나 한번 뒤져 볼걸. 끄응~ 아쉬워해야 하는 건가?"

보안관은 생각의 흐름을 따라 계속 중얼거렸다. 진우는 고개를 저었다.

"그런 거 쓰지 말고 살아남으면 되지. 아파서 죽을 뻔했다면서?"

"음, 물론 나한테도 그거 또 한 번 맞을래, 물어보면 제발 용서해 달라고 빌 것 같기는 한데…… 그래도 좀비가 되는 것보다는 나을 테니까."

그때의 기억을 다시 떠올리는 것만으로도 치가 떨린다는 듯 보안관은 세차게 고개를 저었다. 물론 그 바로 직후에 제니와 엄청난 시간을 보내기는 했지만…… 그래도 두 번 다시 그런 일은 없기를 바라는 마음은 진심이다.

"진우야, 이런 말 하는 건 좀 웃긴데…… 너 괜찮아?"

코너를 돌아 다음 면목역 쪽으로 걸어가던 중에 장갑 낀 자신의 손을 물끄러미 바라보던 보안관이 물었다.

"응? 뭐가?"

"그냥…… 태양 그룹 놈들 이야기를 하다 보니까…… 너 그날 쏴 죽인 게 일곱 명이었잖아. 그거 생각하면 기분이 어때냐? 나는 그날 한 명을 죽였는데도 혼자 가만히 있을 때 그때 기억이 나면, 영 마음이 복잡하달까…… 그렇더라고."

보안관은 평소의 그답지 않게 머뭇거리며 말했다. 진우는 녀석의 얼굴을 가만히 바라보다가 물었다.

"너 사람 죽인 거 그날이 처음이었어?"

"……음, 그래."

보안관은 무겁게 고개를 끄덕였다. 진우에게는 오히려 그게 더 놀라웠다. 미친놈들이 사방에서 판을 치는 세상에서 지금껏 아무도 죽이지 않은 채 생존할 수 있었다니……. 게다가 지금까지 친구들끼리만 격리되어 왔던 것도 아니고,

꽤나 여러 사람들과 만나고 그들과 한 무리를 이루기까지 했는데.

"좀비들 때문에 난리 나고 며칠 안 지났을 때, 유빈이가 두 명을 죽였다고 했었거든. 그때는 그냥 그런가 보다 했었어. 왜냐면 그전에 이미 좀비들을 꽤나 많이 죽였었으니까…… 어차피 생긴 건 좀비나 사람이나 별 차이 없잖아. 그런데 막상 내가…… 내 손으로 살아 있는 사람의 목숨을 끊고 나니까 알겠더라고. 이거는 뭔가, 좀비를 죽이는 것하고는 다른 일이구나 하는 걸……."

보안관이 미간을 찌푸리며 이야기를 계속했다. 진우는 의외라는 표정을 지었다.

"그럼 우리들 중에 제일 먼저 사람을 죽여야 했던 건 유빈이구나…… 그것도 두 명이나……. 어휴, 그놈 용케 이기고 살아남았네. 그래, 보안관. 너는 기분이 어떤데?"

"그게…… 젠장…… 막 떨리거나 무섭거나 하지가 않아……. 내 손으로 휘두른 수조 유리 조각이 그놈의 목에 박혀서 죽었는데…… 그 후려칠 때의 감촉이 고스란히 기억이 나는데도…… 엄청나게 충격적이거나 하지도 않고, 나는 악몽조차도 안 꾸는 거야."

잠시 말을 멈춘 보안관은 크게 한숨을 쉬고 나서 이야기를 계속했다.

"후우~ 그래서 그게 기분이 이상해. 솔직히 좀 무섭기도 하고. 사람을 죽였는데…… 이렇게 아무런 감정 변화가 느껴지지 않아도 되는 걸까 하는 것 때문에 말이야. 내가 원래 좀 성질이 더럽잖아. 그래서 실은 내 천성이 사이코 킬러였는데, 지금까지 모르고 살았던 걸까 싶은 걱정도 되고……."

보안관은 납득되지 않는다는 표정으로 중얼거렸다. 무슨 말인지 진우도 알수 있을 것 같았다. 자신 역시 처음 살인을 했을 때, 그리 괴롭지 않았었다. 엄청나게 큰 죄의식이 밀려올 것을 각오했었는데, 그렇지 않다는 것을 조금 시간이 지난 후에 깨달았다. 그 당시에 자신을 지배하던 감정은 하 중위에 대한 미안함과 후회, 이미 죽은 놈들에 대한 분노였지, 죄책감이 아니었다.

"보안관, 너는 직접 손에 그 감촉이 남아 있다니까 이야기가 좀 다를 수 있겠지만…… 나도 너랑 크게 다르지 않았어. 그래서 좀 무섭기도 했고. 내가 좀비를 너무 많이 죽이는 동안 정상인으로서의 감정을 다 잃은 건 아닌가 싶어서……."

진우가 입을 열었다. 보안관이 도중에 말을 끊으며 물었다.

"너도? 너도 그랬다고? 너는 몇 명이나……."

"몇 명? 그런 게 알고 싶어?"

반문을 한 진우는 손가락을 꼽아 보기 시작했다. 하 중위를 죽인 일당 네 놈, 그리고 또 억지로 끌려가 참여한 전투에서 일단 그 저격수와…….

그의 손가락이 헤아리는 숫자가 열다섯을 넘어서도 계속 증가하자, 보안관이 얼른 그 손을 덮어 버렸다.

"아니다, 됐다. 그만 세라. 그거 알아서 뭐 한다고…… 내가 바보 같은 소리 했네. 미안하다."

그런 후, 보안관은 한 손으로 진우의 머리를 꽉 안았다. 녀석이 대체 얼마나 지옥 같은 여행을 해 왔던 것인지, 그 가장 은밀한 치부를 엿본 것 같은 기분이었다. 예전에는 단짝 친구 넷 중에서 제일 비위도 약한 녀석이었는데…….

"크, 이 새끼…… 너 지금 나 불쌍해하는 거지? 아니야, 괜찮아. 나 괜찮다고."

진우는 보안관의 어깨를 두드리며 웃었다. 보안관의 파워 허그에서 겨우 풀려난 진우는 평온한 얼굴로 이야기를 이었다.

"미친놈들이 판을 치는 세상에 살면서 혼자 착한 놈 흉내 내는 건 그만두기로 했어. 조금만 더 일찍 그런 각오를 했으면 한 사람 더 살 수 있었는데……. 뭐, 물론 내가 미친놈이 돼서 아무나 다 죽이고 다니겠다는 말은 아니고."

두 사람은 인적이 사라진 도로를 걸어서 면목역까지 도착했다. 임수정을 만났던 날 지나면서 보았던 풍경과 그리 달라진 부분은 없었다. 죽은 자들의 도시답게 거리는 조용했고, 어디를 가더라도 늘 부패한 냄새가 은은하게 풍겨 온다.

창고 안의 음식들, 사람들의 시체, 막혀 있는 하수구…… 무덥고 습한 날씨 속에서 한 달을 보내며 전부 다 썩었다.

"유빈이는 이쯤이나 다음 역쯤에 새로운 임시 기지를 하나 만들었으면 좋겠다고 하던데…… 괜찮아 보이는 데가 어디 있으려나."

사거리에 선 진우와 보안관은 주변을 돌아보며 후보지를 물색했다. 총인원이 아홉이나 되는 데다, 삼숙이까지 합쳐 식구가 많다 보니 임시 기지의 요건도 꽤나 까다로워졌다. 일단 너무 좁은 건물은 안 된다.

남녀를 나눠 동성끼리 한데 모여 잔다고 해도 큰 방이 두 개는 있어야 하고, 화장실에, 음식과 필요한 물품을 쌓아 둘 공간도 마련되어야 한다.

길거리를 누비고 다니는 좀비들이 낌새를 알아챌 수 없을 만큼 어느 정도는 거리가 확보된 곳일 필요가 있다.

그리고 마지막으로 가장 중요한 건 퇴로의 확보다. 임시 기지니까 오래 살 수 없는 곳이고, 그러니 당연히 빠져나올 방법이 있어야 한다.

그 모든 조건들을 갖춘 채 보안이 유지될 수 있는 구조의 건물은…… 발견하기가 쉽지 않았다.

거기에다가 낯선 방문자를 반기며 달려드는 좀비들 때문에 도무지 집중이 안 됐다. 고민을 좀 할라치면 한두 마리씩 울부짖으면서 뛰어오는 놈들이 있고, 그놈들의 이마에 총구멍을 뚫어 주고 나면 처음부터 계산을 새로 해야 했다.

"으아…… 머리가 지끈거리는 기분이네. 여기는 이거 때문에 안 되고, 저기는 그것 때문에 걸리고…… 이런 거 정하는 일은 역시 유빈이가 와야 하는가 보다."

한참 길거리를 노려보고 있던 진우가 머리를 긁적이며 중얼거렸다. 보안관이 어처구니없다는 듯 녀석을 돌아본다.

"야, 넌 강원도에서 여기까지 혼자 왔다면서…… 그쯤 되면 서바이벌 전문가잖아? 딱 보면 '음, 여기가 안전하군.' 하고 답이 나올 거 같은데."

"아니…… 나는 그…… 굳이 그런 명칭을 붙이자면 산악 지형 생존 전문가랄지…… 주로 산속으로 헤매고 다녔었거든. 능선을 끼고 어느 방향에서 잠을 자야 하는지, 어떤 나무 위에 기어 올라가면 편하고 안전하게 몇 시간을 보낼 수 있는지 그런 거만 빠삭해. 이런 건물들이랑은 안 친해. 그리고 나는 내 몸뚱이 하나만 챙겼었잖아. 열 명 정도가 무더기로 움직이는 건 완전히 다른 문제지."

진우는 손사래를 치며 웃었다. 그의 다리 옆에 바짝 붙어 선 삼숙이는 콧구멍을 벌름거리며 열심히 낯선 동네의 냄새를 맡고 있다.

녀석이 낮게 짖지 않는 것을 보면 적어도 이 부근에 화약 냄새 나는 인간은 없는 모양이다.

"이쪽이 코스트코 방향이지? 그럼 이 반대쪽은 뭐가 있나…… 여기로 한번 가볼까? 전에도 이리로 가려다가 수정이 누나를 만나는 바람에 그냥 돌아갔었는데……."

동일로 방향이라고 적힌 도로 표지판을 보며 보안관이 오른쪽으로 몸을 틀었다.

경치가 크게 달라지는 것은 없었다. 3층이나 4층짜리 나지막한 건물들이 양쪽으로 빽빽하게 늘어서 있는 도로를 100여 미터 정도 걸어왔을 때, 진우가 보안관의 어깨를 잡았다.

"그만 가자."

"응? 왜?"

"저 너머는 느낌이 안 좋다. 어째 슬슬 소름도 돋고, 냄새도 영……."

진우는 그들의 위치에서 120여 미터 더 떨어져 있는 아파트 단지들을 가리키며 말했다. 더 가지 말자고 하면서 녀석이 나열하는 이유들이 영 우스워서 보안관은 맥없이 웃었다.

"그게…… 뭐야? 군인식 농담이냐? 느낌이 안 좋고, 소름이 돋고, 냄새가 난다고? 흐으음~ 냄새는…… 음, 뭐, 구리기는 한데, 어딜 가나 이 정도 썩은 내는 나잖아."

"그렇게 물으면 좀 민망하기는 하지만, 솔직히 말하면 그…… 나는 좀비 새끼들이랑 가까워지면 이렇게 소름이 돋더라고. 보여?"

진우는 자신의 팔뚝을 내보이며 말했다.

호오~!

보안관이 놀랍다는 표정을 지었다. 이 후텁지근한 날씨에 뙤약볕 아래에 서 있으면서 소름이라니…… 갑자기 바람이 심하게 불거나 한 것도 아닌데…….

"이 새끼…… 너 이상한 재주가 있었네? 막 귀기가 느껴지고 그러냐?"

보안관은 농담 반, 진담 반의 태도로 진우와, 녀석이 위험하다고 말한 전방의 아파트 단지들을 번갈아 보았다.

"미친놈…… 귀기 같은 소리 하고 있네. 크흐."

쑥스러워하며 웃은 진우는 멈춰 서 있는 자동차 지붕에 올라가서 조준경으로 전방을 살폈다. 배율을 조정하고 총구를 좌우로 훑던 진우가 보안관을 향해 올라오라고 손짓을 한다.

"봐. 저기 지나가고 있다."

정말?

보안관은 진우가 건네주는 총을 엉거주춤한 자세로 잡고 조준경에 눈을 가져다 댔다. 4차선 도로를 빼곡하게 메운 좀비들이 길을 따라 걸어가는 모습이 보인다.

꽤나 많은 규모여서 처음에는 코스트코 앞을 지나는 놈들이 그쪽으로 경유한 건가 싶었지만, 금세 그게 아니라는 걸 알 수 있었다.

이 좀비 떼 중에는 페인트칠 된 놈들이 전혀 보이지 않는다. 혹시나 해서 꽤 한참을 들여다보고 있었는데도, 단 한 놈도 색깔을 덮어쓴 놈을 찾지 못했다. 그들이 몰랐던 다른 좀비 무리다.

"야, 줄자맨."

조준경에서 눈을 떼지 않은 채 보안관이 진우를 불렀다.

"저게 지금 여기에서 얼마나 떨어져 있는 거냐?"

"음, 210미터 정도?"

진우는 고민도 안 하고 곧바로 대답했다. 이놈이 보여 준 실력만 아니라면 허언증이라고 생각할 수밖에 없는 재주다.

"뭐지…… 별로 안 좋네. 우리가 있는 데에서 그렇게 멀지도 않은데, 저렇게 많은 놈들이 떼로 몰려다니고 있었다니……."

진우에게 총을 넘겨주면서 보안관은 턱을 쓸었다. 저놈들에 대한 정보가 전혀 없으니 놈들이 어떤 경로로 이동하고 있는지 몰라 그게 불안한 것이다.
 "그래, 사방에 좀비들 천지구만. 이걸로 테라를 빨리 구해 와야 하는 이유가 하나 더 는 건가? 너나 나나 그 항체인지 뭔지가 있으면 그래도 한결 덜 불안하겠지."
 진우는 보안관의 말에 동의하면서 차에서 내려갔다. 그러고는 유빈이 챙겨 준 지도에 볼펜으로 놈들이 돌아다니는 구역과 시간을 표시해 뒀다.
 당분간 오른쪽은 거들떠보지도 않는 걸로 해야겠다. 그리고 면목역도 임시 기지 후보에서 일단 제외다.
 "한 정거장 더 가 볼까?"
 진우가 보안관에게 물었다. 잠시 망설이던 보안관이 고개를 끄덕이며 말했다.
 "한 정거장 정도야 별문제 없기는 한데, 어째 오늘 너랑 계속 돌아다닐 것 같은 기분이 든다."
 "에이, 설마! 나도 그건 별로일세. 근처에 좀비 떼들 몰려다니고 있어서 위험하니까 이번에는 지하로 가 보자. 보안관, 너 플래시 챙겨 왔지?"
 자신의 전술 조끼에서 플래시를 꺼내 드는 진우의 표정은 꽤나 상기되어 있다. '위험하니까 안전한 곳으로 돌아가자.'가 아니고, '위험하니까 조금 덜 위험한 경로로 계속 가자.'라는 논리다.
 녀석이 어딘가 조금은 이상하다고 생각하면서도 보안관은 그걸 굳이 입 밖으로 내지는 않았다.
 진우, 이 녀석은 그간 엄청난 일들을 겪어 오면서…… 간이 커졌다고 해야 할지, 아니면 위험과 안전을 구분하는 기준선이 일반인보다 훨씬 더 위험 쪽에 치우쳐 버렸다고 해야 할지…….
 하여간 아슬아슬한 데까지 가 보는 걸 주저하지 않는 성격으로 변했다. 그러면서도 동시에 위험을 판단하는 능력도, 그걸 회피하는 기술도 꽤나 발달했다.
 그 정도의 모험이 녀석에게는 당연한 일이 되었을지 몰라도, 옆에서 지켜보는 입장에서는 간이 떨리는 일이 한두 가지가 아니다.

오늘 여기까지 도보로 오는 것만 해도 유빈이 그 걱정 많은 녀석이었다면 분명 빠른 이동 수단, 달아날 때의 경로 따위를 꼼꼼하게 따지고 또 따졌을 것이다.

"내가 예전에 눈에 거슬리는 새끼들마다 싸움 걸고 다닐 때, 너희도 이런 기분이었겠구나……."

진우와 함께 컴컴한 지하철 계단을 내려가면서 보안관이 작게 혼잣말을 중얼거렸다. 무서움의 기준이 남다른 친구 놈과 함께 다닌다는 게 꽤나 힘들다는 걸 이제야 깨닫게 됐다.

하지만 그는 오늘 기꺼이 이 위험 버전의 진우와 함께 모험을 해 주고 싶었다. 믿을 만한 동료와 함께 낯선 길을 걷는 걸 녀석이 얼마나 그리워했을지 어렴풋이나마 알 수 있을 것 같아서다.

"삼숙아, 화약 냄새 나면 곧바로 알려 줘야 해."

승강장 아래로 내려가기 전, 진우는 삼숙이의 머리를 쓸어 주며 부탁을 했다.

얼—.

삼숙이는 다 알아들었다는 듯 짧게 대꾸했다. 사실 보안관은 이 개를 신뢰해도 되는 건지에 대해 아직 자신이 없다.

이렇게 믿어도 되나? 제 이름이 삼식이에서 삼숙이로 변경되었다는 것도 잘 모르는 녀석인데…….

"내가 앞장설게. 이 조끼 안에 방탄 패드가 들어 있으니까."

자신의 검은색 전술 조끼를 통통, 두드리며 진우가 말했다. 총을 맞을지도 모른다는 걸 이야기하면서도 녀석의 표정에는 별로 두려움이 없다. 그 정도의 위험은 당연한 일일 만큼 숱한 아수라장을 헤쳐 온 때문인가 보다.

"어휴…… 숨쉬기가 어렵다는 게 정말이네. 공기 진짜 답답하다."

삼숙이를 앞세워 선로로 내려선 진우가 가볍게 기침을 하며 말했다. 좌우로 플래시를 흔들자, 불빛이 닿는 곳마다 검은 먼지가 자욱하게 흩날린다.

"쿨럭! 산소마스크 같은 걸 머릿수만큼 구해야겠어. 소방서에 가면 구할 수 있을까? 지하철역에도 그런 게 비치되어 있었던 것 같은데…….”
 이미 걷기 시작한 진우가 보안관을 돌아보며 말했다. 보안관은 고개를 끄덕였다. 끝이 보이지 않을 만큼 길고 어두운 터널이 그들을 기다리고 있는데, 보안관보다 더 담이 세진 그의 친구는 그 끝까지 내달릴 기세다.

03

 보안관의 예상은 맞았다. 진우는 거침없이 나아갔다. 캄캄한 지하철 터널이고 뭐고 무섭지가 않은 것처럼 군다. 삼숙이가 짖는지만을 가끔씩 살펴보면서 플래시로 전면을 비춰 성큼성큼 걷고 있는 모습을 보면, 겁이라는 건 삼척에 놔두고 온 녀석처럼 보였다.
 그러다가 저 멀리서 뭔가 검은 그림자가 휙— 지나가면 진우는 곧바로 기둥 뒤에 몸을 숨긴 채 플래시를 비추며 묻는다.
 “어이! 누구요?”
 지금까지 몇 번이나 검은 그림자를 마주쳤지만, 그 질문에 대답을 하는 놈은 단 하나도 보지 못했다. 그러면 진우는 곧바로 총구를 들어 겨냥을 한다.
 휙—.
 검은 그림자가 모습을 드러내자마자 진우는 방아쇠를 당겼다.
 타아아앙—.
 보통 한 발, 그림자가 어둠 속에 묻혀 있으면 두 발. 그러면 털썩, 그림자는 쓰러진다. 불필요한 행동도 없고, 머뭇거림도 없고, 빗나가는 일도 없다. 그야말로 기계다.
 그림자가 커다란 뭉텅이여도 진우의 행동은 별로 다르지 않다. 세 발, 네 발 만에 포효하던 그림자들은 고꾸라지고 더 이상 움직이지 못했다. 물론 가까이가 보면 이마에 구멍이 뚫린 좀비 떼들이 죽어 있다.

그런 일을 반복하며 순식간에 지하철역 세 개를 지났다. 이렇게 빨리 달려도 되나 싶어서 보안관은 자꾸 뒤를 돌아보았다.

며칠 전, 유빈, 임수정과 같이 지하철 내부를 지나갈 때, 얼마나 긴장하고 땀을 흘렸었는지 생각해 보면 어처구니가 없을 지경이다.

시간은 절반도 지나지 않았는데 거리는 두 배를 넘게 와 있다. 게다가 이미 한 번 승강장 밖으로 올라가 맑은 공기도 쐬고 오기도 했다.

물론 그 모든 과정 속에서 보안관은 좀비를 단 한 마리도 죽이지 않고 왔을 만큼 편했다. 진우의 사격 솜씨 때문이기도 하지만, 전반적으로 보자면 좀비들의 수가 예전보다 조금 적었다.

이 선로 안의 좀비들도 그 느릿한 움직임으로 어디론가 돌아다니는 게 분명하다. 참…… 쉬는 법이 없는, 부지런한 새끼들이다.

"지금 탄창 안에 몇 발 있지? 아까 여섯 발 더 쐈고 지금 네 발 쐈으니까…… 열한 발 남은 건가……."

진우는 가끔 소리 내서 자신의 생각을 웅얼거렸다. 버릇이 쉽게 고쳐지지 않는 모양이다.

"중곡역…… 그리고 다음 역은 군자역."

중곡역에 도착했을 때, 선로에 그려진 안내표지를 보며 진우가 중얼거렸다. 삼숙이는 또 다리를 척 걸치고 오줌을 갈겨 둔다.

한 놈은 좀비 죽이는 기계, 한 놈은 영역 표시하는 기계. 거침없이 질주하는 두 콤비 사이에서 걱정은 보안관의 몫으로 남겨졌다. 그런데 사실 보안관 역시 걱정을 잘 하는 성격은 아니다.

"한 정거장 더 가 보자."

보안관이 진우의 어깨를 두들기며 말했다. 아직 가 보지 않은 영역에 대한 호기심이 보안관의 모험심을 자극하고 있었다.

"군자역에 뭐가 있는데?"

진우가 물었다.

"그 부근에 건대 쉘터가 있어. 수정이 누나한테서 들은 이야기로는, 군자까지 도망쳤는데도 계속 쫓아와서 자기 혼자 유인했다고 그랬거든. 그때, 우리가 그 일행들 찾아 주겠다고 와 봤었는데, 중간에 군인들이 있어서 군자역을 미처 못 살펴보고 돌아갔지. 그 생각이 나서."

"가 보는 건 가 보는 거지만, 그 사람들이 아직까지도 계속 그 자리에 있을까? 그때가 벌써 언젠데……."

"뭐, 없으면 어쩔 수 없는 거고. 이왕 여기까지 왔으니까 건대 근처 한번 구경하고 가는 셈 치지, 뭐. 군인 새끼들이 뭔 짓을 해 놨기에 갑자기 좀비 새끼들이 역류하고 생지랄을 쳐 댔던 건지도 궁금하니까."

보안관은 물을 벌컥벌컥 마시고는 진우에게 병을 넘겼다. 정찰을 하며 친구와 물을 나눠 마시는 기분…… 지금까지는 도통 느껴 보지 못했던 그 기분이 각별해서 진우는 미소를 지으며 보안관의 넓은 가슴을 또 탁, 쳤다.

"삼숙아, 가자!"

진우는 삼숙이의 목덜미를 한 번 쓸어 주고 다시 걸음을 옮겼다. 플래시를 비추고, 움직이는 검은 물체를 보면 한 번 경고를 하고, 답이 없으면 사격.

그렇게 전진의 과정을 몇 번 반복하고 나니, 금방 다음 역에 닿았다.

진우와 보안관은 승강장에 올라서서 노선도에 플래시를 비춰 봤다. 다음 역이 어린이대공원. 거기서부터는 쉘터 부근이라고 보아야 할 것 같다.

"이제부터는 웬만하면 총 쏘지 말아 봐. 괜히 군인들이 쫓아오거나 하면 귀찮아질 테니까."

보안관이 말했다.

응?

사격 허가를 박탈당한 진우가 놀라서 묻는다.

"총소리 안 내면 좀비는 어떻게 하려고……."

"웬만하면 이걸로 내가 잡을게. 뭐, 한 너덧 마리 정도는 별문제 없으니까. 그보다 많으면 어쩔 수 없이 네 신세를 질 수밖에 없겠지만."

보안관이 해머를 빙글 돌려 어깨에 얹으며 말했다.

괜찮을까? 위험할 것 같은데…….

진우는 마음속으로 걱정했다. 늘 총으로만 싸워 왔던 그로서는 너덧 마리의 좀비들을 육박전으로 싸워 이긴다는 게 잘 상상이 가지 않았다. 전에 산속에서 좀비와 맨몸으로 싸웠을 때에는 일대일인데도 꽤나 아슬아슬했었으니까.

"괜찮아, 그렇게 걱정하지 않아도. 너 오기 전까지는 이 해머가 제일 센 무기였어. 믿어 봐. 그보다 네 그 감이라는 건 지금 어떠냐? 크흐흐, 이 위쪽에 귀기가 서려 있냐? 좀비 많이 돌아다니는 느낌이야?"

진우가 계속 걱정하는 눈빛으로 바라보고 있자 보안관이 실없이 웃으며 물었다.

진우는 바람이 불어오는 쪽으로 돌아서서 냄새를 맡고 귀를 기울여 본다. 그다지 대규모의 좀비가 있는 것 같지는 않다.

"……괜찮을 것 같아. 가 보자."

두 사람과 한 마리의 개는 계단을 걸어 올라갔다. 지하철역 내부는 거센 태풍이라도 휩쓸고 간 것처럼 어수선했고, 이따금씩 눈에 띄는 시체는 심하게 부패해 있었다.

바람이 한 번씩 불어올 때마다 깨진 유리창 사이로 비닐이나 종이 포장지가 날리며 안 그래도 황량한 경치를 더욱 스산하게 만들었다.

"후우~ 이제야 좀 숨쉬기가 편하구나. 그건 그렇고…… 진짜 귀신 나오겠네."

해머를 대리석 바닥에 질질 끌고 걸어가며 보안관이 말했다. 그가 찾고 있는 것은 핏자국이다.

임수정의 말에 의하면 두 군인 중 한 명이 총을 맞고 피를 심하게 흘렸었다고 했으니, 분명 흔적이 남았을 거라고 생각했다. 그런데…….

"젠장, 핏자국이 너무 많잖아……. 여기도 피, 저기도 피. 어휴~ 온통 피투성이!"

보안관은 끌탕을 하며 고개를 저었다. 비바람에 지워지지 않은 채 말라붙어 있던 피들이 너무 많아서 눈앞을 어지럽혔다. 아마도 대부분 한 달 전에 좀비 사태가 처음 일어나던 날 흐른 피들이겠지만, 그래도 혼란을 준다는 사실에는 변함이 없다.

게다가 바닥에 떨어져 있는 쓰레기는 뭐 또 이리 많은지…… 한동안 바닥을 훑고 다니던 보안관은 결국 핏자국 추적을 포기해야 했다.

"나가 보자."

햇살이 쏟아져 들어오는 계단 아래 서서 흘끔 위쪽을 쳐다본 보안관이 말했다. 삼숙이가 가장 앞서고, 보안관, 진우의 순서로 계단을 올랐다. 진우는 혹시나 해서 무전을 보내 봤다.

치이익— 하는 소리만 울릴 뿐, 터지지 않는다.

"후후, 유빈이 새끼 걱정하고 있겠다. 아까 지하철 내려간다고 하니까 잔소리 엄청 하던데."

진우가 웃자 보안관이 뒤를 돌아본다.

"걔는 총 쏘는 놈이랑 같이 다녀 본 적이 없으니까 걱정도 되겠지. 근데 이렇게 간단히 올 수 있을 줄 알았으면 아예 그냥 애들도 다 끌고 와 버릴걸."

"에이, 안 돼. 지금 나는 보안관 네 실력을 믿으니까 쭉쭉 가는 거야. 지킬 사람들이 있으면 이렇게 속도 못 내. 일단 오늘은 사전 답사 한다고 생각하자."

진우는 단호하게 고개를 저었다.

구해 달라는 직원들까지도 끌고 나서야 했던 삼척에서의 마지막 순간들…….

그 결과는 참담했다. 인원이 늘어날 때마다 그 위험성이 급격하게 커진다는 것을 그는 똑똑히 기억하고 있다.

"온다! 보안관, 앞에!"

계단 끝에 이르렀을 때, 진우의 목소리가 다급해졌다. 길거리에서 세 마리의 좀비가 포효하며 뛰어오고 있다. 진우의 손가락이 자꾸 방아쇠울 주변에서 머문다. 반면에 보안관은 별 감정의 변화 없이 말했다.

"오케이."

보안관은 오히려 앞으로 몇 발짝 뛰어나가며 해머를 크게 내휘둘렀다.

콰직―.

첫 번째 좀비의 관자놀이와 턱이 박살 나면서 왼쪽으로 처박히는 동안, 보안관은 한 번 더 회전을 하며 두 번째 좀비의 갈비뼈를 후려쳐 뒤쪽으로 날려 보냈다. 그사이 세 번째 좀비가 아가리를 쫙 벌리고 날아든다.

"보안관! 괜찮아? 피해!"

진우의 입에서 비명인지 고함인지 모를 커다란 소리가 터져 나왔다. 보안관은 그 소리가 들리지 않는 사람처럼 해머 끝으로 좀비를 밀쳐놓고, 놈이 중심을 다시 잡고 일어나려는 순간, 정수리를 내려쳤다.

쩡―!

으드득―.

세 번째 좀비의 머리뼈와 목뼈 부러지는 소리가 동시에 지하철 계단을 타고 퍼지며 작은 메아리를 만든다. 맥없이 쓰러지려는 놈을 옆으로 차 밀어 놓은 보안관은, 갈비뼈가 살을 뚫고 나온 두 번째 좀비에게 다가갔다.

콰직―!

비틀거리며 일어나려던 두 번째 좀비가 뒤통수를 가격당하고 그대로 바닥에 처박혔다. 아무렇게나 휘저어 대던 녀석의 팔다리도 더 이상 움직이지 않는다.

"뭐, 이런……."

진우는 눈을 깜빡이며 침을 꿀떡 삼켰다. 어렴풋이 상상은 했지만, 보안관이 좀비와 싸우는 모습을 보고 있으니 눈이 어지러울 정도의 스피드와 스텝이다.

인간보다 훨씬 바르고 힘이 센 좀비들이 세 마리나 한꺼번에 몰려들었는데, 그걸 단 몇 초 만에…… 그것도 저 무거운 해머를 막대풍선처럼 휘두르면서…….

계단 위였기에 여차하면 발을 내딛다가 쓰러질 수도 있는 상황이었다. 그런데 보안관 이놈은 대체…….

"아, 그놈 참…… 갑자기 소리를 그렇게 빽! 지르냐? 놀랐잖아."

좀비들이 모두 죽은 것을 확인하고 난 보안관이 장갑 낀 손으로 귀를 만지면서 뒤를 돌아본다. 진우는 어처구니가 없었다.

야이 씨, 너를 아끼니까 아슬아슬해 보여서 그렇지! 좀비 세 마리가 침을 뚝뚝 휘날리면서 몸을 날리는 건 안 놀라운데, 뒤에서 조심하라고 소리 지르는 게 그렇게 놀랍단 말이냐? 하여간에 간도 큰 놈…….

어쨌든 보안관은 순식간에 좀비 세 마리를 때려잡았고, 두 친구와 삼숙이는 거리로 올라서서 사방을 둘러보았다.

"그…… 해머 안 무거워?"

진우가 물었다. 보안관은 해머를 휘둘러 보면서 대답했다.

"아아…… 이거? 처음에는 꽤 헤맸어. 이걸로 말뚝이나 박고 벽이나 허물었지, 언제 한 번이라도 인정사정없이 움직이는 걸 후려 패 봤어야지. 근데 몇 번 하다 보니까 요령이 붙더라고. 이게 좀 동작이 커서 빨리빨리 못 때리는 단점은 있는데, 그래도 한 방만 잘 들어가면 끝이 나니까."

아니, 지금도 충분히 빨리 때리는 것 같은데…….

진우는 보안관의 팔뚝과 해머를 번갈아 보면서 생각했다.

얼ㅡ!

그때, 길게 쭉 뻗은 넓은 도로 너머를 향해 삼숙이가 낮게 짖었다. 진우와 보안관은 녀석이 짖어 대는 방향을 노려봤다. 움직이는 건 없다.

"이쪽이 건대 쉘터 방향인가?"

진우가 묻자 보안관이 고개를 끄덕인다. 그사이 삼숙이는 또 한 번 낮게 짖었다. 진우는 무릎을 꿇고 앉아서 녀석의 등을 쓸어 주었다.

"응, 네 말이 맞아. 저기 멀리 가면 총 든 군인들 많이 있어. 잘 알아들었어."

녀석과 눈을 마주치고 경고 잘 받았다는 의미로 고개를 끄덕여 주자, 삼숙이는 그제야 자세를 풀고 짖는 것을 멈췄다.

"근데 저놈, 진짜로 화약 냄새 맡고 짖는 거냐? 그러면 완전 영물이잖아. 건대 쉘터가 어린이대공원까지 확장해 놓았다고 해도 여기에서 몇백 미터 이상 떨어져 있을 텐데…….."

 신기하다는 눈으로 삼숙이를 쳐다보던 보안관이 코를 킁킁거려 본다. 물론 그렇게 해 봐야 아무것도 모르겠다. 사방에 온통 썩는 냄새만 넘쳐 날 뿐이다.

 "에…… 있지, 우리 좀 위험한 데 서 있는 것 같은데?"

 보안관이 코를 벌름거리며 개 흉내를 내고 있는 동안 주변을 관찰하던 진우가 말했다. 보안관은 무슨 말인가 싶어 진우의 시선을 따라 고개를 돌렸다.

 "젠장…… 그러네."

 보안관도 금방 동의를 했다. 그들이 서 있는 곳은 8차선 도로와 4차선 도로가 만나는 사거리의 한 귀퉁이. 이 근방에서는 가장 넓게 도로가 트인 곳이라고 해도 과언이 아닐 정도였다.

 "이거 봐."

 진우가 멈춰 서 있는 자동차의 보닛을 가리켰다. 먼지가 뽀얗게 덮여 있는 위에 손자국, 발자국이 몇 개나 찍혀 있다. 그 너머의 자동차도, 그 뒤에 서 있는 차량도 모두 마찬가지다.

 "이리로 밟고 돌아다니나 봐."

 보안관도 긴장된 얼굴로 고개를 끄덕였다. 눈에 보이는 모든 자동차들의 여기저기에 좀비가 지났던 흔적이 묻어 있다. 한두 마리가 아니고, 방향도 잘 모를 정도로 어지럽다.

 "너, 그…… 좀비 탐지기는 뭐래? 무슨 신호 잡았어? 팔 좀 확인해 봐, 소름 끼쳤나."

 보안관이 진우에게 물었다. 진우는 무심한 표정으로 고개를 저었다.

 "이 근처에 있지 않으면 나도 모르지. 근데 말이야, 소름은 좀 끼쳤어. 딱히 뭘 느껴서가 아니고, 조금 전까지만 해도 이 주변이 좀비들로 덮여 있었다는 걸 생각하니까……. 저 손자국 보면 지나간 지 얼마 되지 않은 것 같은데?"

 진우가 가리킨 것은 누가 봐도 새로 만들어진 것이라 판단할 만한 손자국이었다. 아직 그 위에 먼지가 앉지 않았을 만큼 새거다.

"방금 지나갔다 이거지? 이 부근에……."

보안관은 혼잣말을 중얼거리며 자동차 위로 뛰어 올라갔다. 그러고는 눈 위에 손으로 그늘을 만들고 먼 곳을 노려보았다.

안 보인다. 그저 뿌옇기만 하다. 그 옆으로 다가온 진우도 총을 겨누고 조준경을 통해 사방을 살핀다.

"어딘가 코너를 돌아갔나 봐. 여기에서는 안 보여."

조준경에서 눈을 뗀 진우가 말했다. 거기까지는 좋다. 문제는 어느 코너를 돌아서 어디로 가고 있느냐 하는 거였다.

"다시 이쪽으로 오려나?"

보안관이 물었다. 두렵기도 하지만, 호기심이 더 강하게 작용한다. 어차피 잠실로 가려면 이 부근을 지나갈 수밖에 없다. 그리고 건대 쉘터 전에 맑은 공기를 쐬려면 이 역에서 바깥으로 한 번 나와야 한다.

그러니 이 지역에 좀비들이 언제 어디를 지나는지 알게 된다면 나중에 움직일 때에도 큰 힘이 될 것이다.

"지금 우리가 이렇게 무방비 상태로 있을 때 오면 좆 되지. 엄청 규모가 큰 놈들인 것 같은데…… 높은 데로 올라가 보자."

진우가 제안을 했다. 두 사람은 여전히 대로의 남쪽을 노려보고 있던 삼숙이를 데리고 건대 방향으로 뛰어갔다. 우측에 높다랗게 솟아 있는 멀티플렉스 극장과 그 맞은편의 빌딩이 이 부근에서 가장 높은 건물이다.

"둘 중에 어디로 갈 건데?"

도로 중앙에서 내달리고 있는 보안관을 향해 진우가 물었다. 보안관은 극장 맞은편의 빌딩을 가리킨다.

"창문 많이 나 있는 데로 가자! 깜깜한 거 지긋지긋해!"

두 사람이 방향을 트는 걸 보고 삼숙이도 신이 나서 내달린다. 그때였다.

그롸아아아아—.

골목 안쪽에서 들려오는 포효!

보안관과 진우는 깜짝 놀라 소리가 나는 쪽을 돌아보았다. 코를 박고 멈춰 서 있는 자동차들을 뛰어넘으며 좀비들이 달려온다.

"와라!"

보안관이 해머를 치켜세우며 기합처럼 외쳤다. 달려드는 좀비들의 수는 점점 늘어나서 어느새 여섯 마리가 되어 버렸다. 진우는 입술을 꽉 깨물었다.

너무…… 많은 것 아닌가? 이걸 다 때려죽인다고? 사방이 자동차들이라서 해머 움직임에도 지장이 있을 텐데…….

"여섯 마리야! 알아? 보안관?"

방아쇠울에 손가락을 대면서 진우가 소리쳐 물었다. 보안관은 리듬이라도 타듯이 크게 고개를 끄덕이며 이미 스윙에 들어갔다.

콰작—.

얼굴을 정통으로 강타당한 좀비가 자동차 앞 유리창에 처박혔다. 바로 뒤에 뛰어오던 놈의 관자놀이에 해머가 꽂혔다. 그런 후, 보안관은 붕 뛰어올라서 세 번째 놈의 머리를 부서져라 내려쳤다.

크엑—.

무릎이 반대로 꺾인 좀비가 허물어지려 할 때, 뒤쪽에서 또 새로운 좀비들이 속속 뛰어나온다. 또 네 마리. 아까의 여섯 마리에 이놈들을 더하면 총 열 마리나 된다. 진우는 더 이상 참지 못하고 옆쪽의 자동차 위로 뛰어 올라갔다.

"물러나! 보안관!"

"아니! 쏘지……."

뭐라고 만류를 하려던 보안관은 뒷말을 삼켜 버리며 가까이 접근한 좀비를 해머로 밀어 쳤다. 그러고는 서너 발짝 재빠르게 뒤로 물러섰다.

탕—.

해머에 맞아 밀려난 좀비의 옆머리에 진우의 총알이 꽂힌다. 반대편으로 뚫고 나간 총알은 놈의 뇌수와 뇌를 사방으로 퍼뜨렸다. 좀비의 시체가 바닥에 닿기도 전에 진우는 곧바로 총구를 돌리며 연속으로 방아쇠를 당겼다.

탕— 탕, 탕, 탕, 타앙—.

자동차 사이로 뛰어오던 여섯 마리의 좀비가 순식간에 쓰러져 버렸다.

타아아아아아앙~.

주변의 건물들 사이로 커다란 메아리가 퍼지며 울린다.

"아이, 진짜! 이 새끼! 총소리 들리니까 쏘지 말라고! 분명히 말했잖아!"

보안관이 한숨을 몰아쉬며 인상을 쓴다. 진우도 지지 않고 미간을 찌푸린 채 받아쳤다.

"너덧 마리까지는 네가 맡는다고 했지! 새끼야! 이게 지금 몇 마리인 줄이나 알고 그래? 열 마리야, 열 마리!"

"합치면 열 마리인 건 맞는데! 이미 내가 세 마리 죽이고 또 하나 죽이려던 참이었잖아! 그러면 남은 건 다시 여섯이지! 이 멍청아!"

"여섯인 시점에서 이미 너덧 마리는 넘어선 거야! 이 밥통아!"

그렇게 서로 애들처럼 투덕대며 핏대를 올리던 중에 보안관이 갑자기 고개를 홱 돌렸다. 그러고는 길 건너편의 극장 건물을 노려보았다.

"왜 그래?"

진우도 덩달아 긴장하면서 물었다. 잠시 극장 건물을 노려보고 있던 보안관이 고개를 젓는다.

"아니…… 별건 아니고, 저기에서 뭔가 움직이는 기척이랄까, 시선 같은 게 느껴졌었는데…… 아닌가 봐. 아무것도 없네."

풋, 보안관의 말에 진우는 쓴웃음을 지었다.

"야, 너 저 멀리 떨어진 등 뒤의 건물에서 기척을 느꼈다고? 그런 새끼가 나한테 귀기를 느끼느니 뭐니 하고 놀렸어?"

"됐어. 그냥 그런 느낌이었다고. 그런 것보다 총소리나 걱정해. 젠장, 건대까지 들렸으면 안 되는데……."

보안관도 조금 쑥스럽다는 듯 웃었다.

두 친구가 그렇게 다시 웃고 있을 때, 극장 건물 7층의 창가에서는 벽에 모습을 숨긴 한 사람이 가쁜 숨을 몰아쉬며 놀란 가슴을 진정시키고 있었다.

저 새끼들…… 대체 뭐지? 내가 여기서 엿보는 것도 들킨 건가?

04

그날, 고 하사가 목격했던 건 말 그대로 어메이징했다.

건대 쪽의 동향을 살펴보려고 계단을 오르던 그는 창문을 통해 이상한 광경을 보았다. 두 명의 남자가…… 아무런 거리낌도 없이 도로를 달려오는 것이다. 게다가 커다란 개까지 한 마리 데리고…….

"……뭐지, 저 새끼들? 뒈지려고 환장했나?"

고 하사는 멍한 얼굴로 창문에 붙어 서서 아래를 내려다보았다. 앞서 달리는 놈은 해머를 들고 있는데, 덩치가 무슨…… 미국 프로레슬링 선수를 보는 것 같다.

그 뒤에는 보통 신체 사이즈의 남자가 따라오는데, 녀석이 들고 있는 소총이 굉장히 특이하다. 신형 K-2인 것 같기는 한데, 가만히 보니 엄청나게 큰 조준경이 달려 있다. 군 생활 하면서 한 번도 본 적 없는 조합이다. 게다가 탄창이 주렁주렁 달린 검은 전술 조끼…….

뒤죽박죽인 장비만 보면 어디 이라크나 남미의 전장에서 막 워프를 해 온 놈 같다.

두 녀석은 빠르게 고 하사가 숨어 있는 건물의 주변까지 달려온다. 주변에 수많은 골목길이 있고 상점들이 있는데, 별로 경계를 하는 눈치도 없다. 혹시 뒤쪽에 한 패거리가 더 많이 있는가 싶어서 지하철 쪽을 돌아봤지만, 아무도 따라오지 않았다.

"저렇게 부주의한 새끼들이 용케 지금까지 살아남았네……. 어디에서 도망친 놈들인가?"

고 하사는 숨을 죽인 채 두 녀석을 지켜봤다. 그런데 그때, 그의 시선 위쪽에 또 하나의 움직임이 감지됐다.

좀비들이다! 골목 안에서 내달려 오는 10여 마리의 좀비들…….

두 녀석은 모르고 있다.

"야! 너희, 거기…….''

고 하사는 자신도 모르게 소리를 지르려 했다. 하지만 그의 경고보다 더 빠르게 좀비들은 두 녀석을 덮쳤다. 총이고 뭐고 다 필요 없을 만큼 가까운 거리다.

"으아! 못 보겠다!"

고 하사는 얼굴을 잔뜩 찡그렸다. 좀비들이 살아 움직이는 사람을 물어뜯고 해체하는 모습을 보게 될 거라고만 생각했다. 차라리 눈을 감고 싶었다. 그런데…….

그다음부터는 믿기지 않는 일의 연속이었다. 맨 처음 그를 놀라게 한 건 두 놈의 침착함이었다. 좀비들이…… 잔뜩 몰려들었는데 두 놈은 별로 두려워하지도, 달아나려 하지도 않았다. 그런 후, 커다란 덩치의 녀석이 해머를 휘두르기 시작했다.

"저! 저거…… 저!"

말도 안 되는 상황을 목격하면서 고 하사의 입에서는 계속 외마디 신음만 터져 나왔다. 덩치 녀석이 뭘 했는지도 정확하게 모르겠다.

하지만 그가 분명하게 말할 수 있는 건 덩치가 뛰어드는 좀비들을 피하며 크게 한 번씩 몸을 돌렸고, 그때마다 좀비들이 픽픽 나가떨어졌다는 사실이다. 마치 놈의 주위에서만 시간이 절반 정도의 속도로 흐르는 것 같았다.

"허!"

고 하사는 감탄하며 창문에 더 바짝 붙어 섰다. 믿어지지 않는다. 좀비들을 피해 가면서 일격으로 때려죽인다고?

하지만 아직 놀라기에는 일렀다. 더 황당한 상황이 그의 눈앞에 연이어 펼쳐졌다. 이번엔 이상한 개조 K-2를 들고 있는 녀석이었다.

녀석은 빠르게 총을 겨누며 자동차 지붕으로 뛰어 올라가 뭐라고 소리를 질렀다. 덩치 큰 녀석이 해머로 좀비를 밀어 친다. 그리고…….

탕— 탕탕탕탕—.

황당할 정도의 속사였다. 고 하사에게 단발로 세팅된 K-2를 쥐여 주고 그냥 아무렇게나 빨리 쏘기만 하라고 해도 저 정도의 속도로 방아쇠를 당기지는 못할 것이다. K-2라는 총기가 가지고 있는 최대한의 성능까지 끌어냈다고 해도 과언이 아니었다.

그런데 이놈은 그저 단순히 빨리만 쏘는 게 아니었다. 순식간에 대여섯 마리의 좀비가 풀썩풀썩 쓰러져 버렸다. 그중 단 한 마리도 다시 일어서는 놈이 없다.

"뭐야…… 저 새끼들, 대체…… 진짜……."

고 하사는 입을 다물지 못한 채 바보 같은 말들만 중얼거렸다. 두 놈이…… 10초도 안 되어서 좀비 열 마리를 잡았다. 그것도…… 바로 지근거리에서 일어난 습격을……. 게다가 한 놈은 무기가 해머다.

인류가…… 진화하기라도 한 것일까? 판타지에서나 나올 법한 변종 슈퍼 키드들일까? 그게 아니라면…… 자신이 본, 저 말도 안 되는 움직임을 뭐라고 설명할 수 있을지 모르겠다.

더욱 황당한 것은 좀비를 다 잡고 난 뒤에 두 녀석이 서로 성질을 부리며 말싸움을 해 대고 있다는 점이다.

아니…… 왜 싸우지? 살아남았으면 서로 끌어안고 기뻐해도 시원치 않을 텐데…….

그렇게 멍해져서 창문에 매달려 있던 고 하사는 화들짝 놀라 몸을 뒤로 뺐다. 심장이 멎는 줄 알았다. 해머 든 덩치 큰 놈이 갑자기 휙 고개를 돌려 자신이 숨은 곳을 노려보았기 때문이다.

착각이 아니다. 시선의 각도가 거의 정확하다.

"아니, 아니…… 이게 뭔 말도 안 되는 소리야? 저기서 여기가 거리가 얼만데…… 그리고 역광이라 창문 안쪽이 들여다보일 일도 없는데…….”

고 하사는 가슴을 꽉 누르고 소리 죽여 숨을 내쉬었다. 녀석들이 뭘 하고 있는지 내다봐야 하는데, 도무지 그럴 용기가 나지를 않는다.

괴물 같은 놈들…….

대체 뭐 하는 놈들인지, 어떤 인성을 가졌는지 전혀 짐작조차 되지 않는다. 그러나 적으로 돌렸을 때 무시무시할 것이라는 것만은 분명히 알 수 있었다.

'내가 지금 소리를 지르거나 해서 말을 걸면, 어떤 반응을 보일까? 착한 사람이라면 물론 좋겠지만…… 만약에 그렇지 않다면? 다짜고짜 패 죽이려고 한다거나, 부하로 삼으려고 한다거나 하면…… 나는 저항할 수 있는 방법도 없는 거네…….'

고 하사는 입을 꾹 다물고 일단 숨어 있기로 했다. 이미 생존에 필요한 집도, 음식도 있으니 녀석들에게 바랄 수 있는 게 별로 없다.

반면에 놈들이 악당일 경우에는 감당이 안 된다. 그때, 또 총소리가 들려왔다.

투투투투투두― 투투투―.

이번에는 아주 작고 희미한 총소리였다. 고 하사에게는 어느새 익숙해진 건대 쉘터의 총소리다.

"아까 이 앞으로 지나간 좀비들이 건대에 닿았나 보군…….”

고 하사는 이마의 식은땀을 훔쳐 내고 아주 살짝 고개만 내밀어 창밖을 살폈다. 두 명의 슈퍼 전사는 자신들의 개를 데리고 건너편의 고층 건물 안으로 뛰어 들어가고 있었다.

보안관과 진우도 건대에서 울려 퍼진 총소리를 들었다.

"어때? 이 정도면 사실 거리 가늠이 잘 안 되는 정도 아닌가? 우리야 바로 저쪽에 군인들이 잔뜩 있다는 걸 아니까 방향이나 이런 걸 짐작하는 거지만, 쟤네는 아니잖아.”

작게 울리는 총성에 귀를 기울이던 보안관이 물었다. 진우도 그 생각에 동의했다.

"음, 그럴 거 같아. 그리고 생각해 보면 총소리가 나는 게 그렇게 이상할 일도 아니야. 그 까만 군복 입은 새끼들도 막 돌아다니고, 군인이라고 해서 주변에 어떤 작전이 일어나고 있는지 다 알지는 못할 테니까. 그러니까 의외로 신경 안 쓸 수도 있어."

"그딴 식으로 네가 총 쏜 거 정당화하려고 하지 마, 이 새끼야. 나는 아까 우리 위치 들통날까 봐 간이 코딱지만 해졌다고."

"지랄, 나는 너 좀비에 물리는 줄 알고 심장이 쪼그라드는 줄 알았다."

티격태격 말싸움을 하면서도 두 친구는 삼숙이를 앞세워 계속 계단을 뛰어올랐다. 빨리 옥상으로 올라가서 주변의 상황도, 왜 총소리가 난 건지도 살펴보고 싶어서였다.

그런데 이 건물, 굽이굽이 계단이 도무지 끝이 나지 않을 만큼 높다.

"으아, 젠장! 뭐야! 왜 이렇게 높아!"

일부러 높은 건물을 골라서 뛰어올랐으면서도 10층이 넘어가자 저절로 욕설이 나온다. 옥상으로 통하는 문을 열어젖혔을 때는 보안관도, 진우도 땀으로 범벅이 되어 있었다.

"······14층이나 올라왔어. 어이구, 다리야."

보안관이 팽팽해진 허벅지를 두드리며 앓는 소리를 한다.

투투투투―.

아직도 총소리는 끊이지 않고 울려 대고 있다. 진우가 갑자기 뒤를 돌아보면서 허무하다는 듯 중얼거렸다.

"야······ 그런데 우리 왜 이렇게 죽자 사자 전속력으로 뛰어 올라온 거냐? 그냥 걷다가 중간에 좀 쉬었어도 되잖아······."

그 말에 보안관도 꽤나 큰 충격을 받은 표정을 지었다. 자기 딴에는 진우와 둘이서 낯선 길을 꽤나 잘 개척하는 중이라고 생각했었는데, 지금 보니 그냥 아드

레날린이 넘쳐 나는 두 말썽쟁이가 신이 나서 아무렇게나 설쳐 대고 있는 것 같기도 하다.
"너…… 그 대가리로 여태까지 잘도 생존해서 여기까지 왔네. 젠장, 나는 원래 이렇게 생각 없이 움직이는 사람 아닌데…… 네 옆에 있으니까 덩달아 바보가 되는 것 같다, 야."
건대 방향 난간에 기대앉으면서 보안관이 투덜거렸다. 물론 진우도 받아쳤다.
"너는 진짜 앞으로 삼식이한테 바보라고 하지 마라. 내가 보니까 진짜 바보는 너다. 나는 네가 도시에서 살아남으면서 뭔가 조금이라도 요령이 생겼을 줄 알았는데, 전혀 아니구만. 크흐흐."
삼식이가 거론되자 삼숙이는 자기를 부르는 줄 알고 얼— 하며 대답한다. 진우는 녀석을 진정시키며 총구를 건대 쪽으로 겨냥했다. 조준경의 배율을 조절하자 뿌옇던 경치가 조금씩 선명해진다.
"크아~ 시원하다. 뭐가 좀 보이냐?"
옆에 기대앉아서 물을 마시고 있던 보안관이 물었다. 진우는 여전히 조준경에서 눈을 떼지 않은 채 자신이 보는 걸 설명해 줬다.
"그…… 예전에 좀비들이 갑자기 돌아왔었다고 했잖아. 그게 왜 그랬었는지 그 답은 찾은 것 같다."
"진짜? 뭔데?"
"이다음 역 사거리에 존나게 큰 벽이 있어. 딱 봐도 만든 지 며칠 안 된 것 같은 벽이야. 어휴~ 이 길 전체랑 그 양옆의 블록까지 다 막았는데…… 높이도 꽤 되고, 그 앞에 도로를 다 폭파시켜 버렸나 봐. 길이 푹 파였고, 아주 엉망이야. 우와~ 저걸 쌓고 부수고 했으려면…… 진짜 불쌍한 군인 애들 다 죽어났겠다."
진우는 총구를 아주 천천히 사방으로 움직이며 말했다. 보안관은 고개를 끄덕인 뒤 다시 물었다.
"그럼, 그 좀비들 역류하던 날이 그 벽이 완성되던 날이었나 보네……. 근데 총소리는 또 뭐야?"

"총소리는…… 좀비들이 벽 가까이 오기만 하면 근처 건물 옥상에서 아주 정신없이 쏴 대느라 나는 거야. 지금 저 앞에 엄청 많이 몰려 있거든. 근데 이놈들은 페인트 안 묻은 좀비들이야."

"벽을 쌓아 놨다면서 총을 왜 그렇게 열심히 쏴?"

"그건 나도 잘 모르겠어. 아마…… 벽이 무너지거나 망가질까 봐 무서워하는 것 같아."

크크큭, 진우는 진솔하게 답변했지만, 그 말이 너무 웃겨서 보안관은 실소를 터뜨렸다.

"아니, 진짜 저것들…… 바보 새끼들 아니야? 벽이 망가질까 봐 무서워서 쏴 댈 것 같았으면 아예 안 세우는 거랑 뭐가 달라. 크크큭."

"큭, 그러네. 하여간 눈에 보이는 건 그래. 너도 볼래?"

진우가 조준경에서 눈을 떼고 총 멜빵을 벗으려 했다. 커다란 손바닥에 물을 받아서 삼숙이에게 주고 있던 보안관은 얼른 손사래를 쳤다.

"아니, 네가 보고 알려 주니까 그걸로 됐어. 나는 그거 영 잘 안 맞더라. 동전만 한 데다가 눈을 붙이고 사방을 훑고 있으면 자꾸 멀미가 나는 것 같아서…… 조금만 움직여도 경치가 휙휙 바뀌잖아. 어휴~ 그것도 아무나 하는 게 아닌 모양이야. 야, 물 좀 마시고 나서 봐. 너만 안 마셨어."

진우는 보안관이 넘겨준 물병을 기울였다. 건대 쉘터에 무슨 일이 일어났었는지도 알아냈고, 조금 전 사거리를 지난 좀비들이 어디로 몰려갔는지도 파악한 터라 할 일을 다 했다는 생각이 들었다. 이제 잠시 숨을 좀 돌리고 친구들이 기다리는 코스트코로 돌아가면 된다.

"야, 근데 생각해 보니까…… 이 건물, 중간 기지로 어떨까? 길가에 있어서 전망 빵빵하겠다, 지하철역에서 가깝겠다. 먹을 것 채우고 필요한 거 다 가져다 놔도 자리 널널하게 남을 것 같아…… 여기를 베이스캠프 삼아서 하루 이틀 보낸 다음에 잠실로 왔다 갔다 하면 거리도 몇 정거장 안 되잖아."

불어오는 바람으로 땀을 식히던 진우가 팔꿈치로 난간을 두들기면서 입을 열었다.

"음, 다 좋은데…… 총소리 나면 곤란하지 않을까? 만약에 좀비들이 엄청 많이 몰려와서 포위하면, 그때는 총을 써야 할 텐데…… 우리 지금 여기 올라온 것도 좀비들이 어디로 갔는지 알아보려고……."

중얼중얼 이야기를 하던 보안관이 눈을 동그랗게 뜨고 말을 멈춘다. 진우도 녀석이 왜 그러는지 알 것 같았다. 두 사람은 뭔가 잊고 있었다는 걸 뒤늦게, 그리고 동시에 깨달았다.

"좀비들!"

두 친구는 얼른 몸을 돌려 건대 방향의 도로를 내려다보았다.

젠장, 좀비들이 그곳으로 몰려갔었으니, 되돌아 물러 나오기도 할 텐데, 그 생각을 까맣게 잊고 있었다.

"으아, 이런 젠장…… 바로 이 근처까지 다 와 있잖아."

이미 육안으로 선두가 보이는 좀비 무리를 보며 보안관이 중얼거렸다. 진우도 난감한 표정으로 놈들과의 거리를 가늠해 보았다.

거리는 불과 250미터도 안 된다. 놈들의 이동 속도를 감안해 보면, 맨 앞줄의 놈들이 이곳까지 도달하는 데 채 1분이나 걸릴까 말까다.

반면, 그들이 앉아 있는 옥상부터 1층까지는 총 열네 층. 뛰어 내려가야 할 계단이…… 어마무시하다. 4초에 한 층씩을 내려가더라도 지하철역까지 도달하기 전에 좀비들에게 발각될 것이다.

"앉아! 보안관, 움직이지 마. 저것들 지나간 다음에 나가야 돼."

진우는 팔을 뻗어 보안관의 어깨를 누르며 속삭였다.

"그건 알아! 근데…… 야이 씨! 네 소름 어떻게 된 거야? 좀비들이 저렇게 바글바글한데 왜 안 끼치는데?"

보안관도 목소리를 죽여 아우성을 친다.

"아니, 내가 무슨 삼숙이인 줄 알아? 300미터 전부터 좀비 기척을 느낄 수 있게? 그리고 바람이 반대 방향에서 불어왔잖아. 좀비 냄새가 완전히 묻혔다고!"

진우도 목소리를 죽인 채 이유를 설명했다. 보안관이 안타까워하며 한숨을 내쉰다.

높이가 있으니 갑자기 총을 난사해 대거나 불을 지르는 미친 짓만 하지 않으면 좀비들이 그들의 존재를 눈치채고 이 건물 안으로 몰려 들어오지는 않을 것이다. 하지만 놈들이 다 지나갈 때까지 꼼짝없이 이곳에 갇혀 있어야 한다는 게 속 터진다.

규모도 어지간히 커서 놈들이 시야 밖으로 빠져나가려면 적어도 앞으로 꼬박 한 시간은 여기에서 벗어날 수 없다.

"유빈이 진짜 지랄 엄청 하겠다. 지금 돌아가도 이미 별로 빨리 가는 게 아닌데. 젠장, 근데 너랑 둘이 나와서 돌아다니다 보니까 유빈이 그 걱정쟁이 새끼가 얼마나 필요한 존재인지 새삼 느낀다."

보안관이 머리를 긁적이며 중얼거렸다. 진우도 그 의견에 100퍼센트 동감하는 바였다.

"나 있지, 서울까지 오는 동안 하루도 편하게 지낸 날이 없었거든. 젠장, 나는 그게 내가 힘든 경로를 통과하느라 어쩔 수 없이 그런 줄 알았는데…… 지금 돌이켜 보니까 계속해서 너무 무모한 선택을 했기 때문에 그런 거였는지도 모르겠다는 생각이 드네."

진우는 자책감으로 머리를 긁적이며 말했다. 녀석의 자아비판을 가만히 듣고 있던 보안관이 부끄러워하며 입을 열었다.

"아…… 실은 나도 겁 없이 깝치다가 삼식이 새끼랑 이런 비슷한 상황에 처했던 적 있었어. 젠장, 그래도 이건 양반이지. 그때는 좀비들이 딱 건물을 에워싸고 움직일 생각을 안 해서 아주 죽는 줄 알았다."

"근데 어떻게 도망쳤어?"

"도망친 게 아니라 유빈이가 제니랑 같이 구하러 왔더라고. 근데 웃긴다고 해야 하나? 민망했던 게 뭐냐면, 그날 삼식이랑 내가 나왔던 게 유빈이 그놈이 심하게 다쳐서 약을 구해 주려다가 그런 거였거든."

크크크, 미친놈들. 진짜 치료 끝내주게 잘해 줬네…….
 진우가 소리도 내지 못하고 웃는다. 보안관도 웃었다.
 두 사람은 결국 거의 한 시간 후에야 문제의 14층짜리 건물에서 빠져나올 수 있었다.
 "저리로 가는구나……."
 좀비들이 사라진 방향을 잠시 물끄러미 바라보던 보안관이 말했다. 시간은 좀 걸렸지만, 어쨌든 이 주변에 페인트 좀비들 말고도 꽤나 많은 수의 좀비들이 돌아다니고 있다는 걸 확인한 게 중요했다.
 두 사람은 다시 코스트코로 돌아가기 위해 빠르게 지하철 계단을 내려갔다.

 보안관과 진우가 역 안으로 사라진 후에도 꽤나 한참의 시간이 지난 뒤에야 고 하사는 주춤거리며 극장에서 빠져나왔다.
 "완전히 가 버렸나? 설마 다시 돌아오는 건 아니겠지?"
 두려움이 가득한 눈으로 지하철역 입구를 노려보며 고 하사가 중얼거렸다. 만약 한 번만 더 놈들이 이 근처에서 기웃거린다면, 그때는 힘들더라도 강 소위와 함께 도피처를 다른 곳으로 옮길 수밖에 없다.
 세상에는 여러 가지 인간이 있다지만, 그가 오늘 본 것 같은 종류의 인간들이 또 있을까 싶다. 그만큼이나 그들이 보여 준 압도적인 힘의 차이는 무시무시한 수준의 것이었다.
 "젠장, 어지간히 쫄았었네. 하여간 절대 마주치고 싶지 않은 종류의 놈들이었어."
 고 하사는 목덜미를 한 번 쓸어서 땀을 닦아 내고, 강 소위가 숨어 있는 골목 안쪽의 건물을 향해 뛰었다.
 강 소위에게 오늘 그가 보았던 걸 이야기해 주고 싶기는 한데, 도저히 믿어 줄 것 같지는 않다.
 좀비들을 힘으로 압도하는 콤비라니.

진우와 보안관이 코스트코로 되돌아왔을 때, 두 사람을 기다리고 있던 것은 유빈의 엄청난 걱정과 잔소리였다.

"야! 무전이 안 터지는 데까지 가 버리면 어떻게 해! 암만 기운이 넘쳐도 그렇지! 최소한 더 멀리 간다는 말 정도는 하고 가야 할 것 아냐!"

여전히 눈두덩이 보랏빛으로 부어올라 있는 유빈이 펄펄 뛰며 소리를 지른다. 어찌나 마음을 졸이고 있었던지, 입술이 바짝 말라 다시 찢어졌다.

하긴 주특기가 걱정인 놈인데, 친구 둘이 갑자기 연락이 두절되었으니…… 녀석이 몇 시간 동안 얼마나 발을 동동 굴렀을지는 충분히 짐작하고도 남음이 있다.

오늘 수십 마리의 좀비를 때려잡고 멀리까지 모험을 하고 온 두 에너자이저는 두 손을 공손하게 앞으로 모은 채 서 있었다.

지은 죄가 있으니 얌전히 듣는 척이라도 해야 할 것 같아서 한 10분 정도는 군소리 없이 핀잔을 들을 각오를 했다. 그러나 유빈은 더 길게 말하지 않았다.

"어휴~ 진짜, 어린애처럼 굴지 좀 마라. 왜 그렇게…… 후우~ 뭐, 무사히 돌아왔으니까 됐어."

친구들의 가슴을 한 번씩 가볍게 친 뒤, 유빈은 깊은 한숨을 내쉬었다. 안도의 한숨이었다. 진우가 얼른 유빈의 어깨에 한 팔을 두르며 녀석을 달랬다.

"알았어. 근데 있지, 우리 그냥 무작정 놀러만 다닌 거 아니야. 군자역에 네가 바라는 비밀 기지에 딱 맞는 후보도 찾아 놨어. 진짜로. 그치, 보안관?"

"응, 응. 기가 막혀. 보안 좋고, 전망 좋고, 역세권에……"

보안관도 반대쪽에서 어깨를 감싸 안으며 유빈을 홀렸다. 유빈은 고개를 절레절레 흔들었다.

"비밀 기지? 어휴~ 너희 근데 군자역까지 갔었냐? 진짜 기운도 넘친다. 겁도 어지간히 없고……"

"아니, 조금이라도 위험했으면 안 갔지. 진우, 저 새끼 완전 편리해. 그냥 다 쏴 죽이면서 쭉쭉 나가거든. 예전에 우리들끼리 가면서 긴장했던 거 생각하면 안 돼. 그 정도 속도가 아니야. 그리고 그 건물도 진짜로 꽤 괜찮아. 14층짜리 건물인데…… 거기 옥상에 올라가면 바로 건대 쉘터도 보이고…… 지금 텅 비어 있어서, 그냥 옮겨 가기만 하면 된다고."

보안관이 진우와 군자역의 고층 건물을 동시에 자랑한다. 듣다 보니 유빈의 판단에도 장점이 적지 않을 성싶다.

선로 밖으로 나갈 수 없는 어린이대공원과 건대의 직전 지하철역이라는 점이 특히 끌렸다. 어쩌면 이 근처보다 거기쯤이 더 임시 거처로 적합한지도 모르 겠다. 유빈은 얼굴을 쓸어내리며 고개를 끄덕였다.

"그래, 그러면 내일이라도 같이 한번 가 보자."

"네가 가게?"

옆에 앉아 있던 태권 소녀가 놀라서 물었다. 유빈이 고개를 끄덕였다.

"응."

그러자 태권 소녀는 바로 손을 뻗어서 유빈의 오금을 톡, 쳤다. 말 그대로 가볍게 톡—!

"아윽! 야, 너…… 왜?"

갑작스러운 타격에 유빈은 무릎이 꺾인 채 울상을 지으며 물었다. 검은 군복 놈들에게 삼단봉으로 두들겨 맞았던 오금과 허벅지가 엄청나게 시큰거린다. 태권 소녀는 냉정한 표정으로 고개를 저었다.

"그냥 살짝 건드린 거야. 그게 아팠으면 네 몸 상태가 어지간히 안 좋다는 말인 건데, 그 다리로 움직여도 될까 모르겠네. 공연히 염증만 악화되는 거 아닌가?"

"야이 씨! 태권도 국가 대표한테 맞으면 아픈 게 당연하지! 그게 내 몸이 안 좋아서 그러냐?"

유빈이 다리를 문지르며 찡얼거리자 여기저기서 웃음이 터졌다. 태권 소녀도 한바탕 웃고 나서 다시 무표정한 얼굴로 돌아와 말했다.

"같이 가더라도 힘든 건 멀쩡한 애들한테 맡겨. 너는 계획을 짜면 되니까. 혼자 모든 걸 다 맡아서 하려고 하지 말라고."

유빈은 고개를 끄덕였다. 다들 모여 앉아 늦은 저녁을 먹으며 내일의 이동에 대해 이야기를 나누었다. 오전에 유빈이, 진우, 보안관, 삼식이, 태권 소녀가 먼저 방문을 해 보고, 안전이 확인되면 오후에 모두가 같이 이동한다는 결론에 이르렀다.

내일 계획에 대한 세부 사항들을 정리하는 동안 해는 져 버렸고, 주차장 안은 순식간에 어둠에 묻혔다.

"그럼 내일 아예 거기로 먹을 것도 좀 가져다 놓는 거야?"

랜턴으로 주변을 밝히며 삼식이가 물었다. 진우가 걱정스러운 표정을 짓는다.

"내가 음식을 짊어지고 다녀 보니까 일주일 치든, 2주일 치든 먹을 건 별문제가 안 됐었는데, 물이 엄청 무거워."

1리터만 하루 치로 잡아도 2주일이면 14리터. 무게도 무게지만, 일단 부피가 엄청나다. 평지라면 카트에라도 담아서 끌고 간다고 하겠지만, 지하철 선로다 보니 걷기도 불편하고 계단도 수없이 오르내려야 한다.

"그렇게 한 번에 다 하려고 하면 힘드니까, 며칠에 나눠서 계속 방문할 때마다 가지고 가면 돼. 한 이삼일 치씩 가져간다고 생각하면 별로 많지 않아. 너무 빨리 끝내 버리려고 하면 탈이 나더라. 내 얼굴 좀 봐. 겁 없이 한 번에 한강까지 갔더니 이 모양이 됐잖아."

유빈이 말했다. 퉁퉁 붓고 멍투성이인 그의 얼굴을 잠시 바라보고 다들 납득하는 분위기다. 불쌍해야 하는데 조금 웃긴다.

"저기…… 군자역까지 갔었다고 하니까 혹시 지하철역에……."

모두의 입이 잠시 멈추었을 때, 임수정이 조심스럽게 말을 꺼냈다. 보안관은 그녀가 뭘 묻고 싶어 하는지 알 수 있었다.

"아, 저도 혹시 누나 일행분들 무슨 흔적이라도 남아 있을까 싶어서 찾아는 봤는데요, 근데 거기 지하철역이 엄청 어수선해서 쉽지가 않더라고요. 오랫동안 꼼꼼히 수색을 하지는 못했어요. 내일 가면 같이 또 둘러봐요."

"미안해. 부담 주려는 건 아닌데, 그 근방에 찾아갔었다니까 생각이 나서……."
임수정의 말에 보안관이 고개를 저었다.
"아니에요. 저야말로 그때 누나랑 같이 갔다가 중간에 돌아왔던 게 계속 마음에 걸렸었어요. 근데 이제는 여기 이 진우가 있으니까 얼마든지 빠르게 왔다 갔다 할 수 있거든요. 그렇게 미안해하지 마세요. 자기 일행 만나고 싶은 마음은 다 똑같은 건데요, 뭐. 게다가 그분들은 부상도 당한 상태고요."
"고마워, 그렇게 이해해 줘서."
임수정은 엷은 미소를 지으며 고개를 숙였다. 이 험하고 모진 시절에 이런 좋은 친구들을 만날 수 있었다는 게, 지금 생각해도 잘 믿어지지 않을 정도의 행운이다. 게다가 강인하기는 또 얼마나 강인한지…….
안전한 요새를 벗어났다가 죽을 고비를 넘긴 지 채 며칠도 지나지 않아서 다시 또 낯선 곳을 찾아가겠다고 나서고 있다. 전혀 기죽은 기색 없이 오히려 즐기는 사람들처럼 당당하게…….
"너 괜찮아? 제니야, 안색이 별론데?"
태권 소녀가 옆자리의 제니를 돌아보며 물었다. 이동한다는 이야기를 할 때부터 줄곧 그녀는 표정이 굳어 있다.
"네, 그냥……."
제니는 볼을 두드리며 억지로 밝은 표정을 지어 보였다. 랜턴의 불빛에 비친 모두의 얼굴을 찬찬히 훑어보던 제니가 말했다.
"……이제는 정말 아무도 다치지 않았으면 좋겠어요."

05

건대 쉘터에 어둠이 내리기 시작하자 박 소위의 마음은 더욱 급해졌다. 하루 종일 배꼽 부근을 간질이던 욕망은 점점 그 크기가 커지고 강렬해져서 이제는 호흡마저 거칠게 만든다.

'시간 더럽게 안 가는군…….'

지난 30여 분 동안 박 소위는 몇 번이나 시계를 확인하고, 또 확인했다. 그의 기대에 비해 너무 느리게 흐르는 시간 때문에 시계가 고장 난 건 아닌가 하는 의심도 해 봤다.

'으음, 좋았단 말이지…… 진짜 짜릿했어.'

멍하니 어젯밤의 일과 오늘 아침 가희와의 대화를 회상하던 박 소위는 미친놈처럼 히죽거렸다. 가희 하나만으로도 분수에 넘치는 여복이라고 생각했었는데, 어젯밤에는 그녀의 친구까지 함께해서 소설 속에서나 봄 직한 뜨거운 밤을 보냈다. 상상해 보지도 못했던 짜릿한 경험. 그야말로 극락이었다.

거기까지만 해도 술에 취해 벌인 실수라거나, 하룻밤의 미친 불장난이라고 생각할 수 있다. 하지만 그가 아침에 눈을 떴을 때, 옆자리를 지키고 있던 가희가 부끄러워하며 했던 말이 그를 더욱 설레게 했다.

― 박 소위님, 미안하지만 오늘 밤에도 초희 또 놀러 오라고 해도 돼요? 가희는 초희가 이동하기 전, 단 며칠 동안만이라도 계속 행복해하는 걸 보고 싶어요.

가희의 그 말을 들었을 때, 박 소위는 자신의 귀를 의심했다. 물론 겉으로는 최대한 내색하지 않으면서 그게 가희가 원하는 거라면 그렇게 하라고 말해 주고 나왔다.

그리고 오늘 하루 종일, 박 소위는 밤이 되면 또 두 미녀를 품을 수 있다는 생각 외에는 아무것도 머리에 들어오지 않는 중이다.

'참, 나라는 놈도 대단하단 말이야…….'

박 소위는 뿌듯한 미소를 지으며 뜨거운 콧김을 내뿜었다. 두 여자 모두에게서 사랑을 받을 만큼 매력적이기도 하고, 그 두 여자를 모두 녹초로 만들 만큼 에너지가 넘친다. 그렇게 하고도 오늘 다시 그녀들을 만날 생각에 들떠 있다니…….

마침내 지겹기 짝이 없던 근무 시간이 종료되었을 때, 박 소위는 활짝 웃는 얼굴로 기지개를 켰다.

이제 담배 한 대 시원하게 빨고, 숙소로 돌아가 가희, 초희와 마음껏 즐기면 된다. 오늘은 두 번째 경험이니만큼 어제 미처 용기가 나지 않았던 여러 가지를 시도해 볼 계획이다.

"박 소위, 잠시 이야기 좀 하지."

마음 바쁜 그를 불러 세운 것은 전차장 김 소위였다.

뭐지?

박 소위는 고개를 갸웃거렸다. 이상한 일이었다. 놈은 요즘 자신과 도통 말을 섞으려 들지 않고 있었기 때문이다.

"담배 한 대 같이 피우자. 부사관들도 기다리고 있어."

김 소위는 박 소위를 끌고 외곽의 건물로 향했다. 예전에 민구가 고 하사로부터 치료를 받으며 누워 있던 곳이다. 먼저 와서 담배 연기를 뿜으며 기다리던 부사관들이 그들을 보고 가볍게 인사를 건넨다.

"무슨 일이야? 왜 이렇게 다들 모여서…….";

박 소위는 주변의 눈치를 살피며 김 소위에게 물었다. 지은 죄가 있는 터라 이렇게 다들 모여 있는 걸 보니 불안해진다. 혹시 자신이 이 원사를 죽였다는 걸 이놈들이 알아채기라도 한 건 아닐까 두려워서다.

"아, 내가 내일 잠실로 복귀해야 하거든. 그것 때문에 그래."

김 소위의 설명을 들은 후에야 박 소위는 속으로 안도의 한숨을 내쉬었다. K-2 손잡이 부근에서 맴돌던 그의 손이 그제야 내려간다. 그리고 이 모임에 대한 관심도 급격하게 식어 버렸다. 박 소위에게 담배를 권하고 불을 붙여 준 뒤, 김 소위는 이야기를 시작했다.

"위성 쉘터에 배치되어 있던 전차들에게 내일 13시까지 잠실로 복귀하라는 일괄 명령이 전달되었습니다. 저도 예외가 아니어서 여러분보다 먼저 이곳 건대 쉘터를 떠나야 합니다."

부사관들은 다들 납득할 수 없다는 표정을 지었다. 김 중사가 손을 들고 물었다.

"왜 갑자기 그런 명령이 내려왔는지 알고 계십니까?"

"뭐…… 자세한 사정 같은 건 따로 설명되어 있지 않았지만, 짐작은 갑니다. 잠실에서 한강 철교로 이동하는 경로에 엄호할 수 있는 화력이 더 필요한 거겠죠."

김 소위가 말했다. 운용 가능한 병력의 규모가 제한적인 현 상황에서 위성 쉘터마다 한 대씩 분산되어 있는 전차는 당연히 사령부에서 가장 욕심낼 만한 전력이다.

하지만 이렇게 갑작스럽게 이동 명령을 내릴 정도라면, 아마도 첫날 이동의 성과가 어지간히 좋지 못했는지도 모르겠다.

"아니, 물론 거기도 상황이 긴박하다지만…… 갑자기 전차가 사라지면 여기는 또 어떻게 하라고……."

부사관 중 하나가 불만을 토로하자, 김 중사가 어쩔 수 없다는 표정을 지었다.

"그거야, 거기랑 여기는 일단 보호하고 있는 민간인 수가 다르니까 어쩔 수 없는 일이지. 잠실에서 한 시간 동안 이동하는 민간인 수가 여기 전체 수용자 수보다 많을 테니까."

"하지만 그렇게 할 거면 아예 부대 전체를 함께 이동을 시키든가 하면 될 텐데……."

그 뒤로 계속 대화가 이어졌지만, 박 소위는 더 신경 써서 듣지 않았다. 어차피 여기에 남아 있을 시간은 길게 잡아도 일주일 안쪽. 벽까지 쌓아서 최대 규모의 좀비들을 차단해 놓았으니 전차가 빠진다고 해도 크게 위험하지 않을 터였다.

물론 마지막 날에 잠실로 이동할 때 조금 불안해지겠지만, 그런 것까지 미리부터 걱정하고 싶지는 않았다. 그런 골 아픈 일에 신경 쓸 여유가 있으면, 차라리 단 1분이라도 더 환락의 시간을 보내는 데 쓰고 싶다.

"윗분들이 어련히 알아서 지시하셨을까. 그냥 따르면 되는 거 아닙니까? 전

피곤해서 이만 들어가 보겠습니다. 김 소위, 자네도 수고. 내일 볼 수 있으면 한 번 더 보자고."

박 소위는 담배를 바닥에 버리고 모두에게 작별 인사를 했다. 회의가 끝나지도 않았는데 마음대로 돌아서 버리는 그를 향해 다들 눈살을 찌푸렸지만, 그까짓 것쯤 전혀 신경 쓰이지 않는다. 시간과 정력을 사용할 데가 없는 머저리 새끼들이 징징거리는 데 끼어서 이 소중한 밤을 낭비하고 싶지 않다.

"가희! 초희! 나 왔어! 후후후."

숙소 문을 열고 들어가며 박 소위는 뻔뻔하게도 두 여자의 이름을 모두 불렀다. 그렇게 해도 괜찮을 것 같은 기분이었다.

하지만 숙소 안에는 가희밖에 없었다. 혹시 화장실에라도 갔나 싶어 박 소위는 방 안을 두리번거리며 초희의 흔적을 찾았다.

"오셨어요? 오늘도 고생 많으셨죠?"

쓸쓸한 표정으로 혼자 술잔을 기울이고 있던 가희가 힘없이 고개를 숙인다. 오늘 아침 색기 넘치는 제안을 했을 때와는 완전히 다른 표정이다.

혹시 뒤늦게 그 관계가 이상하다는 걸 깨달은 것일까? 그러면 이제 그 야릇한 재미는 더 못 보는 건가? 그건 싫은데…….

박 소위는 불안한 표정으로 가희의 눈치를 살폈다.

"……초희는 없어요. 안 온대요."

가희는 힘없이 중얼거렸다. 그 말을 들은 박 소위의 맥도 탁 풀리는 기분이었다. 잠시 입을 굳게 다물고 있던 박 소위는 가희의 옆에 앉아서 빈 술잔을 집었다. 가희가 따라 주는 술을 한 잔 마시고 나서 박 소위는 부끄러움도 없이 물었다.

"왜? 무슨 일이야? 혹시 싸웠어?"

냉정히 생각해 보면 초희가 오지 않는 게 사실 너무 당연한 일인데도, 지금 박 소위의 머릿속에서는 그렇지 않다. 자신의 것을 누군가 빼앗아 간 것 같은 박탈감이 그를 분노하게 만들었다.

두 여자가 자신에 대한 질투 때문에 싸움이라도 벌였다면 얼마든지 달래 줄 수 있다고 생각했다.

"몰라요. 이야기하지 않을래요."

가희가 까탈을 부리며 다시 술잔을 채운다. 박 소위의 눈초리가 한층 더 사나워졌다.

이것들이 보자 보자 하니까…… 멋대로 찾아왔다가 아무 때나 가 버리면 그만인 줄 아나…….

"흥, 웃기는군. 그렇게 변덕스러운 여자였나? 그런데 가희, 너는 기분이 왜 이렇게 안 좋아?"

겨우 화를 가라앉힌 박 소위는 가희를 끌어당겨 무릎에 앉히며 물었다. 두 여자를 희롱하는 자극은 물 건너가 버렸지만, 일단 자신의 눈앞에 사랑스러운 가희가 있다. 이 끓어오르는 욕정은 그녀에게 풀면 된다.

"무슨 일이 있었는지 모르지만, 기분 풀어. 가희가 이렇게 우울해 있으면 나까지 기운이 빠진단 말이야. 응?"

박 소위는 능글맞게 웃으며 가희의 스커트 안쪽으로 손을 집어넣었다. 그런데 가희가 몸을 비틀어 그의 손을 피하며 새침한 표정을 짓는다. 그녀가 박 소위에게 처음으로 거절의 의사를 표현한 것이다. 애써 눌러 왔던 박 소위의 분노가 터졌다.

"대체 왜 이래? 어제 일 때문에 그래? 그게 내가 졸라서 한 일이야? 네가 부탁했잖아! 서로 쿨하게 즐겼고! 근데 그래 놓고 이러기야?"

박 소위는 가희의 팔목을 꽉 잡고 버럭 소리를 질렀다. 문을 열고 들어올 때에는 두 여자를 기대했었는데, 이제 한 여자마저 뜻대로 안 될지 모른다는 두려움이 그를 분개의 감정으로 치닫게 했다.

"가희가 언제 그것 때문에 그렇대요? 박 소위님은 마지못해서 억지로 한 일인지 몰라도 가희와 초희한테는 어젯밤이 정말 큰 기쁨이었다고요. 인생의 선물 같은 밤이었어요…… 흐흑!"

고개를 모로 틀고 있던 가희가 왈칵 눈물을 쏟는다. 박 소위는 이해할 수가 없어서 이마를 찌푸렸다.

"그, 그럼 왜 이러는데? 대체 왜 울어?"

"그냥…… 묻지 말아 주세요. 어차피 박 소위님이 해결할 수 없는 문제예요. 너무 위험하다고요."

가희는 얼굴을 가린 채 울먹였다. 바르르 떨리는 그 입술이 또 은근히 섹시해서 박 소위는 뜨거운 콧김을 내뿜었다.

후우~ 한숨을 내쉬고 목소리를 가다듬은 박 소위가 말했다.

"나 성질 급한 사람이야. 좋은 말로 물어볼 때, 문제가 뭔지 빨리 이야기해. 그리고 나…… 가희가 어떻게 생각하는지 몰라도 꽤 힘이 있어. 자, 말해 봐."

촉촉하게 젖은 눈으로 박 소위의 눈치를 잠시 살피던 가희가 무겁게 입을 열었다.

"초희요…… 어젯밤에 여기에서 우리랑 함께 있었던 게 걸려서 오늘……."

거기까지 말하고 가희는 또 눈물을 닦는다. 박 소위의 목소리가 높아졌다.

"오늘 뭐? 뭐가 어쨌다는 거야?"

"죽여 버리겠다는 소리를 들었대요. 허락도 받지 않고 아무 데나 흘리고 다닌다면서. 칼로 목을 겨누고 위협을 하는데, 너무 무서웠대요……. 그래서 싹싹 빌었대요. 다시는 그런 일 없을 테니까 한 번만 살려 달라고……."

"아무 데나라고? 어떤 개새끼가 그딴 소리를 겁도 없이…… 누구야? 초희에게 애인이 있어?"

박 소위의 얼굴이 시뻘겋게 달아올랐다.

누가 감히 초희를 칼로 위협해!

애인이라도 용서하지 않을 심산이었다. 하지만 가희는 슬픈 얼굴로 고개를 저었다.

"애인…… 없어요. 초희는 그런 것도 못 만들어요. 왜냐하면 걔는 가희랑 달라서 소속사 사장의 노예거든요. 벗으라면 벗고, 죽으라면 죽는 시늉이라도 해야 하는 노예. 소속사 사장이 깡패라서…… 너무 무섭다고…… 박 소위님에게 고마웠다고 전해 달래요. 흐윽!"

가희는 또 눈물을 쏟는다.

내 쉘터 안에 깡패가 있어? 그것도 그 가엾은 초희를 겁박하는 깡패가? 제까짓 놈이 깡패라도 그렇지, 감히 내 여자를…….

박 소위의 눈에서는 불이 쏟아질 것 같다.

"그 깡패가 누구야? 가희는 알지? 말해."

"어쩌시려고요? 그 사람 엄청나게 무서운 인간이래요."

"무서운 인간? 훗, 진짜 무서운 게 뭔지를 보여 주지. 아주 죽여 버리겠어."

박 소위는 이를 부드득 갈며 말했다.

'걸려든 건가?'

눈물을 짜내고 있던 가희의 눈이 빛난다. 이쯤 흥분해 있으면 이름을 알려 줘도 될 타이밍이다. 가희는 주변을 한 번 둘러보고 나서 박 소위의 귀에 대고 속삭였다.

"박 소위님도 아는 사람이에요. 육만배 사장이요."

"뭐? 육 사장이?"

박 소위는 깜짝 놀라 뒤로 물러나며 소리를 질렀다.

그럴 리가…… 그 사람 이름 있는 교회 장로에 꽤 괜찮은 사람인 것 같았는데…… 내가 이 원사를 죽였을 때도 내 편을 들어 줬었고…….

박 소위의 혼란을 읽은 가희는 뚱한 표정으로 물러났다.

"그것 봐요. 박 소위님이 알아도 소용없을 거라고 했잖아요. 그냥 잊어버리세요. 초희는 이미 충분히 고마웠대요. 평생 간직할 추억이 생겼다고……."

"아니…… 그게 아니야. 너무 의외라서 그러지. 확실해? 가희가 잘못 알고 있는 거 아니야?"

"잘못 안다고요? 초희가 오늘 낮에 울며불며 해 준 이야기인데?"

피식, 얼굴에 흐르던 눈물이 채 마르지 않은 채 가희가 한쪽 입을 찡그리며 웃는다. 비웃음을 산 것 같아서 박 소위의 자존심은 상처를 입었다.

"이해해요. 좋은 사람이라고만 알고 있었으니까 이상하게 들리겠죠. 가희도 처음에는 그랬거든요. 그런데 그 사람 겉보기하고는 달리 정말 악질이래요. 뭐…… 어쩌겠어요. 초희만 불쌍한 거지."

가희는 한숨을 지으며 박 소위를 외면했다. 그는 아직까지도 현실을 받아들일 준비가 되어 있는 것 같지 않다. 둘 사이에 무거운 침묵이 흐른다. 그때였다.

똑똑—.

작고 조심스러운 노크 소리. 그리고 곧바로 초희의 속삭이는 소리가 문밖에서 들려온다.

"가희야, 가희야…… 나야. 혹시 잠들었니?"

"아니야! 안 자. 어서 들어와!"

가희는 박 소위의 허락도 받지 않고 벌컥 문부터 열었다. 박 소위도 놀란 눈으로 그쪽을 돌아보았다.

"후후후, 미안해요. 두 분이 행복하게 계시는데…… 자꾸 이렇게 방해를 하네요. 잠깐 얼굴만 뵙고 가려고요."

가희의 손에 끌려 황급하게 방 안으로 들어온 초희가 부끄러워하며 웃었다. 기분 탓인지 박 소위의 눈에는 그녀의 눈가가 촉촉하게 젖어 있는 것처럼 보였다. 어쨌든 그녀의 얼굴을 보자마자 박 소위의 기억 속에서 뜨거웠던 어젯밤이 되살아난다. 가희가 그녀의 두 손을 꼭 잡고서 물었다.

"너 이렇게 오면 안 되잖아. 위험하지 않아?"

"으, 응? 뭐가?"

초희는 박 소위의 눈치를 살피며 딴청을 피웠다. 가희는 울먹이며 말했다.

"괜찮아, 박 소위님도 다 아셔. 가희가 말씀드렸어."

"뭐어? 아휴~ 이 기집애, 진짜~ 비밀로 해 달라고 했잖아. 그러면 내가 뭐가 되니? 어후, 부끄러워."

초희는 두 손으로 눈을 가리며 어쩔 줄을 몰라 한다. 한동안 그렇게 하고 있던 초희가 이내 결심을 한 듯 가희에게 말했다.

"나 술 한잔 줘. 다들 자는 것 같아서 몰래 빠져나왔어. 그래 봐야 오래는 못 있겠지만."

그리고 가희가 술을 따르는 동안 초희는 박 소위에게 바짝 다가앉았다.

"박 소위님."

박 소위의 머리카락을 쓰다듬으며 초희가 말했다.

"제 신세가 어떤지 들으셨다니까 굉장히 부끄러워요. 발가벗겨진 것보다 훨씬 더요. 이제…… 이렇게 뵈러 오지 못할 것 같아요. 대체 어떤 놈이랑 붙어먹고 왔냐고 오늘 아주 곤욕을 치렀거든요. 후후후…… 우습죠? 대체 내가 왜 육만배, 그 사람 물건처럼 취급당해야 하는 건지……. 그래도요, 저는 끝까지 박 소위님 이름은 대지 않았어요. 이렇게 멋진 분한테 혹시라도 피해가 가면 안 되니까요."

말을 멈추고 잠시 박 소위의 얼굴을 보고 있던 초희는 진한 키스를 선사했다. 혼란스러운 와중에도 박 소위가 충분히 달아오를 만큼 뜨겁고 육감적인 입맞춤이었다.

"하아~ 이 부드러운 감촉. 영원히 못 잊을 거예요…… 크흑."

입맞춤이 끝나고 나서 초희는 그 말과 눈물을 남기고 일어섰다. 방을 나가려던 그녀의 팔목을 가희가 붙잡았다.

"술이라도 한잔 마시고 가. 따라 뒀어."

"마음 같아서야 정말 그러고 싶지. 그런데 그래도 될지 모르겠어. 너무…… 무서워서. 그 인간…… 정말로 잔인하단 말이야. 나 또 걸렸다가는 정말로 죽을지도 몰라."

초희는 덜덜 떨면서 박 소위와 닫혀 있는 문을 번갈아 보았다. 가희의 시선도 박 소위에게 고정되어 있다.

"……초희."

마침내 결심을 한 듯 박 소위가 초희의 이름을 불렀다. 그러고는 자신의 옆자리를 두드렸다.

"여기 앉아. 앉아서 자세히 이야기해 봐. 대체 무슨 일이야? 아무리 육만배가 네 소속사 사장이고 깡패라도 그렇지, 이런 상황에서까지 왜 네가 그놈 명령에 복종해야 하는데?"

"이야기하자면 길어요……."

못 이기는 척 박 소위의 옆자리에 앉은 초희는 거짓 눈물을 찔끔거려 가며 육만배가 얼마나 지독한 인간인지에 대해 설명하기 시작했다.

사실 딱히 꾸며낼 것도 없었다. 오히려 실제로 있던 일에서 몇 가지 정도는 덜어 내야 했다. 그래야 자신이 더러운 년 취급을 당하지 않을 테니까.

물론 육만배의 악행에 대해 이야기하는 동안에도 초희는 쉬지 않고 손을 놀려 박 소위를 흥분시키기 위해 노력했다. 자신을 품고 싶다는 욕망이 커지면 커질수록, 박 소위가 육만배를 죽여 줄 가능성이 높다는 것을 초희는 잘 알고 있었다.

"후우~ 그 개새끼, 그런 쓰레기였나……."

초희의 넋두리를 다 듣고 난 박 소위는 입술을 꾹 깨물면서 욕설을 내뱉었다. 그런 사실을 까맣게 모르고 그간 잘해 줬던 게 후회가 된다. 이 원사 사건 이후로는 고마운 마음에 웬만해서는 놈이 부탁하는 것도 들어주려고 노력했었는데, 그런데…… 쓰레기 같은 깡패 새끼였다니…….

박 소위가 가장 경멸하는 부류다.

'그놈을 어쩌지?'

양팔로 초희와 가희를 끌어안은 채 박 소위는 생각에 잠겼다. 만약 육만배가 보통의 수용자라면 놈을 구속하는 게 가장 편한 방법이다. 조직폭력배 새끼가 무고한 사람들을 협박했다고 죄를 덮어씌워 버리면 된다.

하지만…… 놈을 무조건 따르는 신도들이 꽤 많다는 것을 박 소위는 잘 알고 있다. 순진한 수용자들 사이에서 놈의 인망이 아주 높다는 것도. 그러니 갑자기 그런 죄목을 씌우려고 해도 반대하는 놈들이 적지 않을 것이다.

그리고 그런 사소한 문제들보다도 더 불편한 사실이 있다. 바로 놈이 그날 밤의 목격자라는 점이다. 육만배, 자신이 이 원사를 쏴 죽였던 걸 본 놈…….

지금이야 무슨 생각에서인지 박 소위의 편을 들어 주고 있지만, 만약 관계가 틀어지면 어떤 방식으로든 주둥이를 나불거리고도 남을 것이다.

'이래저래 처치하기가 곤란한 놈이군…… 아예 죽여 버리는 편이 깨끗할지도…….'

생각을 정리한 박 소위는 고개를 끄덕였다. 자의에서든 타의에서든 이미 그는 두 명을 죽여 봤다. 좀비에 물린 죄수 놈과 이 원사. 죽여 버리려고 쐈던 강 소위까지 포함하면 셋이나 된다.

거기에 하나쯤 더해진다고 해도 별로 괴로울 것 같지는 않았다. 어차피 그놈도 쓰레기 같은 죄수 새끼니까.

술이라도 한 병 주는 척하고 이곳으로 몰래 불러서 처리한 후, 장교 숙소에서 물건을 훔치는 놈이어서 쐈다고 하면 그만이다. 깜깜해서 누구인지는 몰랐는데 경고를 무시하고 오히려 위협하려 들었다고…….

녀석의 시체에 권총을 쥐여 놓으면 100퍼센트 정당방위다.

"……초희야."

계획 수립까지 마친 박 소위는 초희의 어깨를 감고 있던 팔에 힘을 주어 그녀를 바짝 당겼다. 그러고는 그녀의 귀에 대고 속삭였다.

"아무 걱정 하지 마. 육만배, 그 새끼는 내가 처리해 줄게."

아아~ 황홀한 표정을 지으며 그의 입김을 느낀 초희가 눈을 빛낸다.

"섣불리 생각하시면 안 돼요. 그 인간, 어떻게 해서든 도망쳐서 복수할 테니까요. 그것도 소위님이 아니라 저에게…… 저는 그게 무서워요."

"아니."

박 소위는 자신만만하게 고개를 저었다.

"죽은 새끼는 복수를 할 수 없어."

"……그럼, 저를 위해서!"

초희가 감격하며 눈물을 글썽인다.

응, 박 소위는 고개를 끄덕거리며 살인을 예고했다.

"아아, 그럼 저는 자유예요. 이제 아무 눈치도 보지 않고, 이렇게 가희랑 박 소위님이랑 함께 그냥 행복하기만 하면 돼요. 아아~ 감사합니다, 박 소위님."

"잘됐다, 잘됐어!"

가희도 눈물을 닦으며 손뼉을 쳤다. 그리고 두 여자는 박 소위의 영혼이라도 빨아들이겠다는 듯 번갈아 가며 정신없이 입을 맞춰 댔다.

"아니지, 그게 아니야……."

박 소위의 군복 단추를 풀고 있던 초희가 갑자기 바짝 얼어붙었다. 기쁜 자극이 멈추자 박 소위는 짜증스러워졌다.

"또 뭐야? 육만배, 그 새끼 내가 죽여 준다고. 그럼 걱정 없잖아."

"……죄송해요. 근데 그놈 하나만 어떻게 한다고 해서 될 일이 아니었어요. 육만배 부하들이 있거든요. 바로 이 쉘터 안에……."

"부하……들?"

부하가 있는 데다가 심지어 그게 여러 명이라고?

박 소위의 눈썹이 치켜 올라간다.

내가 지금까지 죄수로 부려 먹었어야 할 인간쓰레기들을 지켜 주고 있었단 말인가. 치정에 얽힌 분노 못지않게 커다란 짜증이 그의 가슴속에서 폭발했다.

문 대위, 이 등신 같은 새끼…… 수용자들을 무조건 감싸고돌더니, 이 지랄이 날 줄 알았다. 내부가 이렇게나 썩어 문드러질 지경이었는데, 등신이 아무것도 모르는 주제에 잘난 척만 오지게 했던 거구나…….

"몇 명이나 돼?"

박 소위가 잔뜩 흥분한 채 물었다. 죽여야 할 사람이 늘어난다는데 그게 무섭거나 두렵기는커녕 오히려 마음에 든다.

감히 나를 기만하고 선량한 국민인 척하고 숨어 있었어? 죽여 버려야지…… 아무렴…… 쓰레기들은 쓰레기답게 대해야 하고말고…….

"여섯 명이요……."

초희가 박 소위의 눈치를 살피며 조심스럽게 말했다. 이미 가희와 함께 머리를 맞대고 고른 놈들이었다. 기동이가 가장 먼저 이름을 올렸고, 놈의 똘마니들 중 못된 녀석들은 다 포함시켰다.

그놈들을 제외하면 나머지는 스스로의 힘으로 아무 계획도 못 짜는 것들이다. 굳이 힘들게 죽여 버리지 않아도 된다.

"꽤 많구만."

박 소위가 기묘한 표정을 지으며 중얼댔다. 육만배까지 더하면 총 일곱.

초희와 가희는 떨리는 가슴을 꽉 움켜쥐고 그의 다음 말을 기다렸다.

역시 너무 많은가? 여기에서 거절해 버리면…….

그때는 육만배와 기동이만이라도 죽여 달라고 애원할 참이었다. 그 두 새끼만 이 세상에 없어도 숨쉬기가 한결 편안해질 것 같다.

"좋아."

하지만 그녀들의 걱정과 달리 박 소위는 광기 어린 미소까지 지으면서 고개를 끄덕였다. 내 여자를 협박한 깡패 한 새끼를 죽이는 건 개인적인 복수지만, 국민들 사이에 숨어든 조직을 와해시키는 건 정의의 실현이 된다.

한 놈이든 일곱이든 죽이는 데 큰 차이는 없다. 그냥 연사 모드로 두고 방아쇠만 당겨 버리면 되니까. 문제는 놈들을 어떻게 모이도록 하고 증인을 남기지 않느냐 하는 것이었다. 보는 눈이 적으면 적을수록 좋다…….

"그래…… 그거 좋겠어. 그러면 되지……."

갑자기 제법 쓸 만한 아이디어가 떠오른 박 소위는 혼잣말을 중얼거리며 벌떡 일어났다. 가희와 초희는 두려움이 가득한 표정으로 그를 올려다본다.

"왜 그러세요, 박 소위님? 무서워요……."

"아니야. 너희가 왜 무서워해, 내가 있는데."

박 소위는 자신만만한 얼굴로 두 여자의 입술을 한 번씩 어루만지면서 물었다.

"가희야, 초희야, 너희 나랑 같이 있는 거 좋지? 둘 다 내 거 맞지?"

두 여자는 적극적으로 고개를 끄덕였다. 이제 자유가 바로 눈앞인데 무슨 말이든 못 하랴 하는 심정이었다.

"가희는 매일…… 박 소위님이랑 같이 눈뜨고, 눈 감고 싶어요. 박 소위님이 가희를 안아만 주면 다른 건 아무 상관 없어요."

"저는…… 지금 이런 것도 꿈만 같아요. 오죽하면 이렇게 잠깐 얼굴을 보고 싶어서 목숨을 걸었겠어요."

두 여자의 애타는 고백을 듣고 마음을 확인한 박 소위는 만족한 웃음을 지었다. 더러운 쓰레기 새끼들도 소탕하고, 이곳에서 두 여자와 질릴 때까지 즐길 수 있는 방법을 찾은 것 같아서다.

"아무 데도 가지 말고 여기서 기다려. 나 잠시 일 좀 보고 올게. 금방 돌아올 테니까 그때까지 그 깡패 새끼들 이름이나 적어 두고 있어."

가희와 초희에게 명령한 박 소위는 총을 챙겨 들고 방을 나섰다. 그러고는 곧바로 쉘터를 벗어나 남쪽 게이트를 지키고 있는 전차 쪽으로 걸어갔다.

"음? 박 소위, 웬일이야? 쉬어야겠다면서?"

전차에 걸터앉아서 담배를 피우고 있던 김 소위가 놀라며 물었다. 박 소위는 최대한 정상인의 표정을 가장하고 입을 열었다.

"생각을 해 봤는데…… 내일 전차 이동할 때 말이야, 민간인들도 최대한 함께 이동시켰으면 해서."

"민간인들을? 그 사람들은 아직 이동 예정일이 멀었는데?"

"알지. 그런데 사실 전차가 호위하는 게 가장 안전한 이동 방법이라는 건 분명하잖아. 지정 이동일에 같이 못 갈 바에는 아예 미리 데려가는 게 어떠냐는 거지."

박 소위의 말을 들은 김 소위는 잠시 생각에 잠겼다. 확실히 지상으로 이동하는 수단 중에 전차보다 더 든든한 호위는 없다. 민간인들의 생존 확률을 높인다는 면에서는 고려해 볼 만한 사항이다.

"좋은 이야기지만, 뭘 타고 가? 여기로 장갑 트레일러가 배정된 게 닷새 뒤인데."

김 소위의 질문에 박 소위는 게이트 안쪽으로 들여다 놓은 대형 트럭을 가리켰다.

"저게 있잖아. 안전성 면에서는 저 트럭이랑 전차 조합이 장갑 트레일러보다 못할 것 같지 않다고."

대형 트럭은 외부 물품을 징발해 올 때 사용하던 것으로, 일단 차고가 월등히 높고 짐칸에 철제 덮개가 덮여 있다.

운전석 유리에도 철창으로 보강을 단단히 해 두었기 때문에 저 안에 병사들을 태우고 나가서 좀비들에게 피해를 입은 적은 아직 없었다.

"흐음…… 말 들어 보니 나쁜 생각은 아닌데…… 어쩐다?"

전차장 김 소위도 고민에 빠졌다. 그를 혼란스럽게 한 것은 다른 사람도 아니고 박 소위가 이런 제안을 했다는 사실이었다. 얼이 빠진 미친놈이라고만 생각했었는데, 이렇게 민간인들을 걱정하는 의외의 면이 있었다는 게 놀랍다.

"상부에다 말이나 한번 해 봐. 무슨 대단한 위반을 하는 것도 아니고, 민간인을 호송하겠다는 건데 들어줄 만하다고 생각해. 내 판단으로는 말이지."

김 소위가 갈등하는 것을 보고 박 소위는 설득을 계속했다. 김 소위는 고개를 갸웃거린다.

"그런데 저 트럭에 아무리 빽빽하게 태워도 다 타기는 어려울 거야. 통제 인원까지 생각하면 기껏해야 절반 정도? 여러모로 어려운 면이 많네."

"그게 어디야. 적어도 그 사람들은 안전해지는 거잖아. 뭐…… 내가 마음대로 할 수는 없는 문제지만, 그래도 생각해 보라고 하고 싶었어."

박 소위는 사람 좋은 미소를 꾸며내 짓고서 김 소위의 어깨를 두드렸다.

어차피 이 녀석이 민간인들을 모두 인솔해서 가는 무거운 책임을 혼자 도맡을 거라고는 기대하지 않았다. 상부에 건의를 해 봐도 당연히 거절당할 것이다. 높으신 분들은 계획에 없던 변화를 거절한다.

하지만 이렇게 한 번 말을 해 뒀으니 나중에 트럭에서 어떤 불상사가 생기더라도 변명할 수 있는 여지는 마련되었다. 모든 것은 좀 더 안전한 이송을 위한 노력이었다는 변명…….

"하암~ 어휴, 걱정만 하고 잠을 못 잤더니 계속 하품이…… 아무래도 나 먼저 들어가서 자야겠다. 내일 새벽에 다시 이야기해 보자고."

밑밥을 깔아 두는 데 성공한 박 소위는 하품을 연발하며 김 소위에게 인사를 했다. 그러고는 서둘러 자신의 숙소로 돌아왔다. 이제 할 일을 했으니 즐길 차례다.

"어디 다녀오신 거예요? 가희, 걱정했어요."
"저도요. 얼마나 무서웠다고요. 이…… 가슴 두근두근하는 것 좀 보세요."

박 소위가 문을 열고 들어가자 가희와 초희는 애절한 표정을 지으며 다가와 저마다 한쪽씩 그의 손을 잡아끈다.

'훗, 이 귀여운 것들. 아주 나에게 단단히 홀렸구나.'

두 미녀의 육탄 공세를 만끽하며 박 소위는 흐뭇한 미소를 지었다. 육만배와 그 똘마니 새끼들만 정리하고 나면 그녀들과 아주 뼈가 녹을 때까지 즐길 것이다. 단 셋이서…… 오붓하게…….

한강 철교 따위는 나중에, 이 여자들과의 극한의 쾌락조차 지겨워질 때, 그때 가면 된다. 그에게 필요한 것은 약간의 민간인 인질뿐이다. 민간인들이 조난되어 있는 한, 군에서는 그들을 찾고 구조하기 위해 노력할 수밖에 없을 테니까.

"후하하하하!"

그 생각만으로도 즐거워서 박 소위의 손놀림은 더욱 거칠어졌고, 그의 웃음소리는 크게 울렸다. 가희와 초희는 간드러진 비명으로 박 소위의 흥분을 더욱 고조시켰다.

박 소위가 가희로부터 약을 받아먹고 쾌락의 폭풍에 휩싸인 때로부터 한 시간 뒤, 그의 숙소에는 두 명의 여자만 깨어 있었다.

드르렁~ 드르렁~.

가지고 있는 모든 에너지를 소진해 버린 박 소위는 이미 깊은 잠에 빠져서 큰 소리로 코를 골아 댄다.

"끄응…… 아이고, 어휴, 죽겠네."

바닥에 아무렇게나 널브러져 있는 속옷과 옷가지를 챙기면서 초희가 앓는 소리를 냈다. 그녀의 허벅지에는 몇 군데나 멍이 들어 있다. 모두 다 박 소위가 우악스럽게 움켜쥐는 바람에 생긴 것들이다.

도대체 이 남자…… 왜 이렇게 거칠고 여자를 위할 줄 모르는지…… 그저 함부로 다뤄 주면 여자가 기뻐한다고 믿는 모양이다.

"괜찮겠어? 많이 힘들었지?"

문밖으로 나와 초희를 배웅하면서 가희가 속삭였다. 초희는 고개를 저었다.

"아니야. 겨우 이 정도만 참으면 앞으로 자유인데…… 상관없어."

그녀의 마음은 진심이었다. 그리고 가희에 대한 동정도 있었다. 겨우 이틀째에 이렇게 몸 전체가 쑤셔 대는데…… 이런 미친 새끼를 가희는 근 몇 주 동안이나 매일 상대해 왔다.

"조심해서 가. 그리고…… 고마워……."

탈진한 가희가 가녀린 팔을 흔든다. 초희도 고개를 끄덕여 주고 돌아섰다. 컴컴한 구석으로 가서 그녀는 담배를 피워 물었다. 매운 연기와 함께 설움이 폐부를 찌른다.

"큭!"

초희는 갑자기 터지는 눈물을 닦았다. 차라리 만취해서 아무것도 모를 때가 좋았다. 혹시 무슨 실수라도 할까 봐 맨정신인 채로 버티며, 약에 취한 놈의 비위를 맞춰 주고 나면 견디기 힘든 모멸감이 밀려온다.

"씨발…… 괜찮아, 이년아. 그냥 엄청 야한 베드 신 찍었다고 생각해. 어차피 진심이 안 담겨 있으면 뭔 짓을 했어도 아무 의미 없는 거야."

눈물을 찍어 내고 담배 연기를 몇 모금 더 빤 초희는 숨을 고르고 나서 쉘터 안으로 조용히 들어갔다. 그러고는 자기 자리로 가서 얇은 담요를 머리까지 푹 뒤집어쓰고 누웠다. 이제 며칠만…… 며칠만 더 참으면 이 연기로 대상을 거머쥘 수 있다.

그녀가 담요를 풀썩거리고 있을 때, 구석의 그늘 속에 숨어 있던 한 남자가 그녀를 빤히 쳐다보며 생각에 잠겼다. 육만배였다.

육만배는 얇은 입술을 꾹 깨물면서 마음속으로 중얼거렸다.

'으음, 저년…… 벌써 이틀째 밤이슬을 맞고 돌아다니는군.'

(다음 권에서 계속)

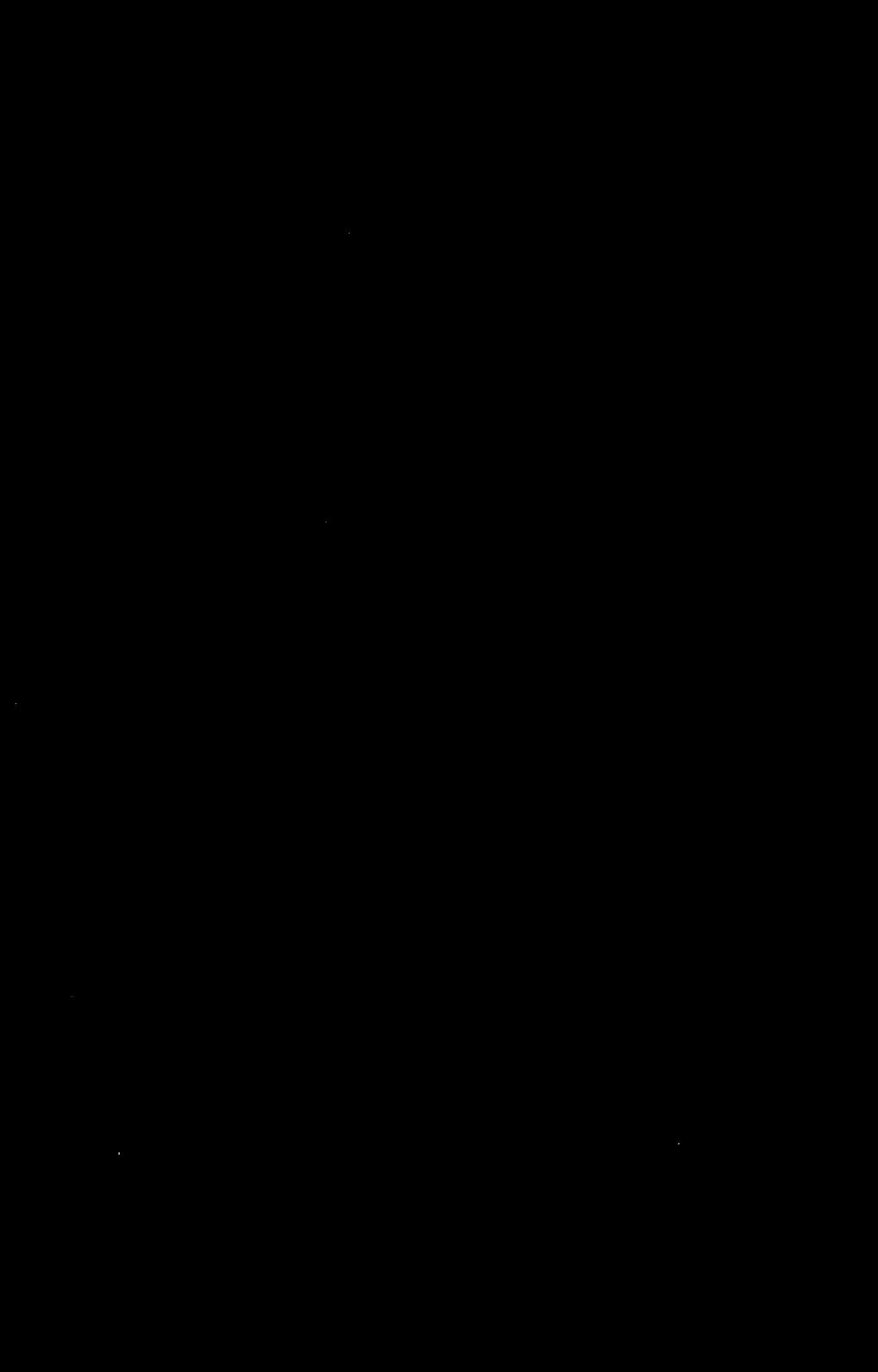

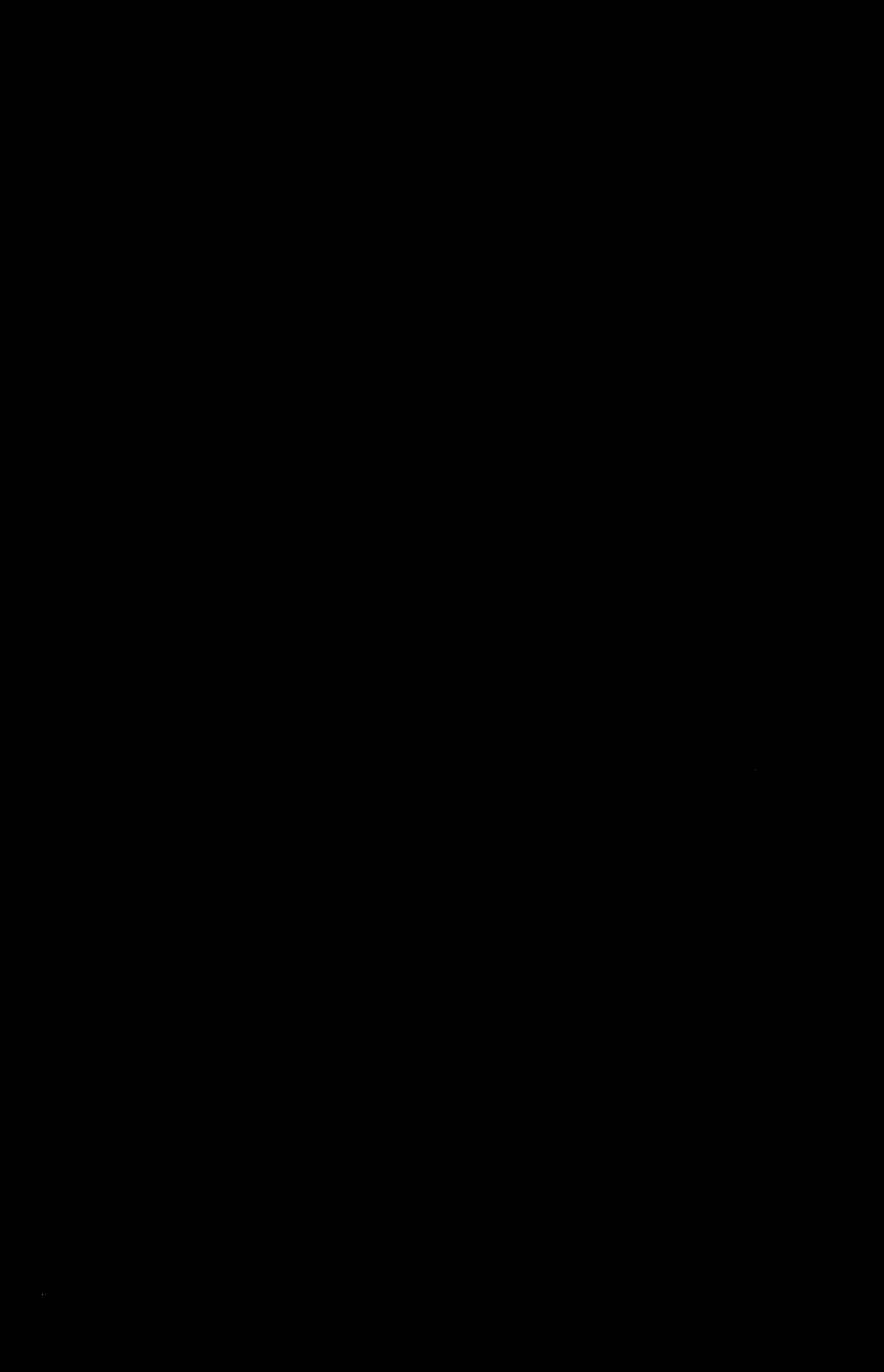